P9-CKH-436

La huida

LA TRAMA

La huida

David Baldacci

Traducción de Borja Folch

Papel certificado por el Forest Stewardship Council®

Título original: *The Escape*

Primera edición: septiembre de 2018

Printed in Spain - Impreso en España

ISBN: 978-84-666-6392-2
Depósito legal: B-10.873-2018

Impreso en Rodesa
Villatuerta (Navarra)

BS 6 3 9 2 2

Penguin
Random House
Grupo Editorial

En memoria de Kate Bailey y Ruth Rockhold.
Se os echará mucho de menos

1

La prisión parecía más el campus de un centro de formación profesional superior que el lugar donde se encerraba en celdas por diez años o más a hombres que habían cometido delitos mientras vestían el uniforme de su país. No había torres de vigía, pero sí dos verjas de seguridad paralelas de cuatro metros de altura, patrullas armadas y suficientes cámaras de vigilancia para mantener un ojo electrónico prácticamente en cada milímetro del recinto. Situado en el extremo norte de Fort Leavenworth, el Cuartel Disciplinario de Estados Unidos ocupaba junto al río Missouri una hectárea y media de ondulados bosques de Kansas, un montículo de ladrillo y concertinas acunado por una mano verde. Era la única prisión militar de alta seguridad para hombres del país.

La principal prisión militar de Estados Unidos se conocía como la USDB, o DB para abreviar. La penitenciaría federal para civiles de Leavenworth, una de las prisiones ubicadas en los terrenos de Fort Leavenworth, quedaba seis kilómetros al sur. Junto con el Correccional Regional —también para presos militares—, en Leavenworth había una cuarta prisión gestionada por una empresa privada que aumentaba la población total de reclusos hasta unos cinco mil entre las cuatro prisiones. La Oficina de Turismo de Leavenworth, al parecer en un intento por capitalizar cualquier elemento notorio para atraer visitantes a la zona, había incorporado una perspectiva carcelaria en sus folletos publicitarios con la frase «Cumpliendo condena en Leavenworth».*

El dinero federal corría a espuertas por aquella parte de Kansas y saltaba la frontera de Missouri como una plaga de langostas verdes, estimulando la economía local y llenando las arcas de negocios que proporcionaban a los soldados chuletas ahumadas, cerveza fría, coches rápidos, prostitutas baratas y prácticamente todo lo que hubiera entremedio.

Dentro de la DB había unos cuatrocientos cincuenta presos. Los reclusos se alojaban en una serie de pabellones a prueba de fuga, que incluía una Unidad Especial de Alojamiento o SHU. La mayoría de los presos estaban allí por delitos sexuales. Casi todos eran jóvenes y sus sentencias, largas.

Aproximadamente diez presos permanecían en celdas de aislamiento en todo momento, mientras que el resto de los reclusos se albergaba con la población general. No había barrotes en las puertas; eran de metal macizo, con un hueco en la parte inferior para pasar las bandejas de comida. Esta abertura también permitía poner grilletes como un nuevo par de zapatos de hierro cuando un preso debía ser trasladado a otro lugar.

A diferencia de otras penitenciarías estatales y federales del país, la disciplina y el respeto se exigían y se daban. No había luchas de poder entre los encarcelados y sus vigilantes. Imperaba la regla de la ley marcial, y la primera respuesta de quienes estaban retenidos allí era «Sí, señor», seguida de cerca por «No, señor».

En la DB había un corredor de la muerte donde en aquel momento aguardaban media docena de asesinos convictos entre los que se contaba el asesino de Fort Hood. También había

* *Spending time*, expresión que alude a condenas de prisión, significa literalmente «pasar tiempo». *(N. del T.)*

una sala de ejecuciones. Que alguno de los reclusos del corredor de la muerte llegara a ver la aguja letal sería algo que solo los abogados y los jueces podrían determinar, probablemente después de años y millones de dólares en honorarios de abogados.

Hacía rato que el día había cedido el paso a la noche y las luces de una avioneta civil Piper que despegaba del cercano Aeródromo de Sherman eran casi el único indicio de actividad. Reinaba la tranquilidad, pero un violento frente de tormenta que desde hacía unas horas aparecía en el radar se aproximaba huracanado desde el norte. Otro frente que se había formado en Texas cruzaba disparado el Medio Oeste como un tren de mercancías sin frenos. Pronto se encontraría con su homólogo norteño, con consecuencias asoladoras. Toda la zona ya estaba resguardada y a la expectativa.

Cuando los dos devastadores frentes se toparon tres horas después, la consecuencia fue una tormenta de proporciones demoledoras, con rayos que cortaban el cielo en zigzag, lluvia a cántaros y vientos que parecían no tener límite en su fuerza ni en su magnitud.

El tendido eléctrico fue lo primero que falló porque los árboles al caer partían los cables como si fuesen cordeles. Les siguieron las líneas telefónicas. Después de eso se vinieron abajo más árboles que bloquearon las carreteras. El cercano Aeropuerto Internacional de Kansas City se había cerrado con antelación, todos los aviones estaban vacíos y la terminal, llena de pasajeros resistiendo la tormenta y dando gracias a Dios en silencio por estar en tierra en lugar de volando en semejante vorágine.

Dentro de la DB los guardias hacían sus rondas o sorbían café en la sala de descanso o hablaban en susurros, intercambiando chismes sin importancia para matar el rato durante su turno. Nadie prestaba la menor atención a la tormenta del exterior, puesto que estaban a salvo en el interior de una fortaleza de ladrillo y acero. Eran como un portaaviones enfrentado a vientos huracanados y mar gruesa. Quizá no fuese agradable, pero resistirían.

Ni siquiera cuando falló la corriente eléctrica al estallar los transformadores de la subestación más cercana, sumiendo la prisión en una oscuridad momentánea, nadie se preocupó en demasía. El inmenso generador de emergencia arrancó automáticamente, y esa máquina estaba dentro de una instalación a prueba de bombas con su propia fuente de alimentación subterránea de gas natural que jamás se agotaría. Este sistema secundario arrancaba tan deprisa que el breve corte de fluido solo provocaba parpadeos en los fluorescentes, las cámaras de vigilancia y las pantallas de ordenador.

Los guardias terminaron sus cafés y pasaron a otros chismorreos mientras otros recorrían lentamente corredores, doblaban esquinas y entraban y salían de las galerías, asegurándose de que todo iba bien en el universo de la DB.

Lo que finalmente llamó la atención de todo el mundo fue el silencio sepulcral que se hizo cuando el generador infalible con el abastecimiento infinito de energía, ubicado en la instalación a prueba de bombas, emitió un ruido como el de un gigante al estornudar y, acto seguido, simplemente se paró.

Todas las luces, cámaras y consolas se apagaron de inmediato, aunque algunas cámaras de vigilancia tenían batería de reserva y, por lo tanto, permanecieron conectadas. De pronto el silencio lo rompieron gritos apremiantes y pisadas de hombres corriendo. Los radiotransmisores crepitaron y emitieron. Las linternas fueron arrancadas de los cinturones de cuero y se encendieron. Pero proporcionaban una escasa iluminación.

Y entonces ocurrió lo impensable: se abrieron todas las puertas automáticas de las celdas. Se suponía que aquello no podía ocurrir. El sistema estaba construido de manera que cada vez que se cortaba la corriente, las puertas se cerraban automáticamente. Mala noticia para los reclusos si el fallo eléctrico se debía, por ejemplo, a un incendio, pero así eran las cosas, o así era como se suponía que tenían que ser. No obstante, ahora los guardias oían los clics de las puertas que se abrían en toda la prisión, y cientos de presos salían a los corredores.

En la DB no estaban autorizadas las armas. Por consiguiente, los guardias solo contaban con su autoridad, ingenio, entrenamiento, capacidad para interpretar el humor de los presos y recias porras para mantener el orden. Y ahora esas porras las agarraban manos cada vez más sudorosas.

Había SOP, o procedimientos de operación estándar, para tales eventualidades, pues los militares tenían procedimientos para cada eventualidad. Por regla general, el Ejército tenía dos sistemas de apoyo en todos los elementos cruciales. En la DB el generador de emergencia de gas natural se consideraba a prueba de fallos. Sin embargo, había fallado. Ahora correspondía a los guardias mantener el orden absoluto. Eran la última línea de defensa. El primer objetivo era controlar a los presos. El segundo era controlar a los presos. Cualquier otra cosa se consideraría un fallo inaceptable según los criterios militares. Carreras, y junto con ellas barras y estrellas caerían como agujas marchitas de un árbol de Navidad que siguiera en pie a finales de enero.

Dado que había muchos más presos que guardias, controlarlos a todos implicaba ciertas tácticas, siendo la más importante la que consistía en agruparlos en los amplios espacios abiertos centrales, donde se les haría tumbarse bocabajo. Esto pareció dar resultado durante el primer cuarto de hora, pero entonces ocurrió algo más que haría que todos y cada uno de los guardias echaran mano de los manuales del Ejército y que más de un esfínter —tanto de presos como de guardias— se contrajera.

—Hay disparos —gritó un guardia a su radio—. Están pegando tiros, ubicación sin determinar, origen desconocido.

Este mensaje se fue repitiendo hasta que resonó en los oídos de todos los guardias. Había disparos y nadie sabía de dónde procedían ni quién disparaba. Y puesto que ningún guardia iba armado, significaba que uno de los presos sí. Quizá más de uno.

De pronto la situación, ya de por sí grave, mutó en algo rayano en el caos.

Y entonces las cosas se pusieron mucho más feas.

El ruido de una explosión reverberó en el interior de la galería número tres, que contenía la SHU. La situación rayana en el caos se volvió de golpe un colapso absoluto. Lo único que podría restablecer el orden sería una abrumadora demostración de fuerza armada. Y existían pocas organizaciones en el mundo que pudieran realizar una demostración de fuerza mejor que el Ejército de Estados Unidos. Sobre todo cuando esa fuerza armada hasta los dientes estaba justo al lado, en Fort Leavenworth.

Minutos después, seis camiones verdes del Ejército irrumpieron a través de las verjas sin electricidad de la DB, cuyos sistemas de detección de intrusos de tecnología punta habían quedado inutilizados. Policías militares con equipo de SWAT y portando escudos salieron en masa de los camiones con sus armas automáticas en ristre. Cargaron derechos hasta la instalación, su campo de visión nítido y claro gracias a sus gafas de visión nocturna de última generación, que volvían la oscuridad del interior de la prisión tan clara y vibrante como cualquier imagen en una Xbox.

Los presos se quedaron inmóviles. Los que todavía estaban de pie se tumbaron bocabajo de inmediato, con las manos en la espalda y los miembros temblorosos ante aquellos soldados magníficamente entrenados y armados para la guerra.

Finalmente se restableció el orden.

Los ingenieros militares fueron capaces de reconectar la corriente, las luces se encendieron de nuevo y las puertas pudieron cerrarse otra vez. Entretanto, la Policía Militar de Fort Leavenworth devolvió el control del recinto a los guardias y se fue por donde había venido. El comandante de la prisión, un coronel, respiró agradecido cuando le quitaron de los hombros el peso del mundo entero o, como mínimo, el súbito muro que había aparecido entre él y su siguiente ascenso.

Los presos regresaron a sus celdas con desgana.

Se efectuó un recuento.

La lista de presos se comparó con la lista oficial de reclusos. Al principio, las cifras cuadraban.

Pero tras una segunda revisión resultó que no era este el caso.

Faltaba un preso. Solo uno. Pero era importante. Lo habían enviado allí de por vida. No porque hubiese liquidado a un oficial con una granada de mano ni hubiese matado de otra manera a uno o a muchos. Ni porque hubiese violado, apuñalado, quemado o detonado una bomba. No estaba en el corredor de la muerte. Estaba allí porque era un traidor que había traicionado a su país en al ámbito de la seguridad nacional, término que hacía que todo el mundo se irguiera y volviera la vista atrás.

Incluso más inexplicable todavía, en la litera del preso ausente había otra persona, un hombre muerto sin identificar, tumbado bocabajo debajo de la manta. Esta fue la causa del error inicial en el recuento.

Registraron hasta el último rincón de la DB, incluidos los conductos de aire acondicionado y cualquier otra oquedad que se les ocurrió. Salieron corriendo al exterior donde la tormenta ya remitía, marchando en metódicas columnas, sin dejar de examinar nada.

Pero aquella parcela de suelo de Kansas no rindió lo que estaban buscando.

El recluso había desaparecido. Nadie podía explicar cómo. Nadie podía decir cómo había llegado el muerto hasta allí. Nadie podía dar sentido a todo aquello.

Solo había un hecho evidente.

Robert Puller, antaño comandante de las Fuerzas Aéreas de Estados Unidos y experto en armamento nuclear y seguridad informática, además de hijo de uno de los combatientes más famosos de todos los tiempos, el ahora jubilado teniente general del Ejército John Puller sénior, había escapado de la hermética DB.

Y había dejado tras de sí a un muerto desconocido en su lugar, cosa todavía más inexplicable que cómo había conseguido fugarse.

Informado de esta aparente imposibilidad convertida en cruda realidad, el comandante de la prisión descolgó el teléfono seguro de su despacho y, al hacerlo, se despidió con un beso de su hasta entonces prometedora carrera.

2

John Puller apuntaba con su pistola M11 a la cabeza del soldado.

Una Beretta 92 trucada, conocida en las fuerzas armadas como una M9A1, lo apuntaba a él.

Era un duelo del siglo XXI que no prometía ganadores y auguraba dos víctimas mortales.

—No pienso ser el chivo expiatorio —rugió el soldado de primera Rogers, o PFC Rogers. Era un negro veinteañero con la imagen de la Toalla Terrible y el logo de los Pittsburgh Steelers tatuado en el antebrazo. Tenía unos veintinueve años y la cabeza rapada, hombros fornidos, brazos y muslos musculosos que desentonaban con su voz aguda.

Puller llevaba pantalones caqui y un cortavientos azul marino con las letras CID estarcidas en la espalda. Rogers vestía su uniforme de combate del Ejército, o ACU, pantalones, botas reglamentarias y una camiseta del Ejército, con una gorra en la cabeza. Sudaba pese a que el aire era frío. Puller no sudaba. La mirada de Rogers era errática. Los ojos de Puller no se apartaban del rostro de Rogers. Quería emanar calma, esperando contagiársela a Rogers.

La pareja de soldados se había enfrentado en un callejón

detrás de un bar en las afueras de Lawton, Oklahoma, sede de Fort Sill y también tumba del líder indio Gerónimo. Puller había estado en Lawton un par de veces, y su padre había estado destinado allí brevemente durante su carrera militar. Ahora estaba aquí en calidad de agente del Mando de Investigación Criminal, intentando arrestar a un presunto asesino que llevaba el mismo uniforme que él y que lo apuntaba con su arma de mano del Ejército.

Puller dijo:

—Bien, cuéntame tu versión de la historia.

—No disparé a nadie. ¿Te enteras? Has perdido el puto juicio si dices que lo hice.

—No digo nada. Solo estoy aquí porque es mi trabajo. Si tienes defensas contra los cargos, me alegro por ti. Úsalas.

—¿Qué me estás contando?

—Te cuento que consigas un abogado de la JAG que sea la hostia para que te defienda y quizá te retiren los cargos. Conozco a algunos muy buenos. Puedo ponerte en sus manos. Pero hacer lo que estás haciendo no está ayudando a tu caso. Así que bajas el arma y nos olvidamos de que has intentado huir y que después me has apuntado.

—¡No me vengas con chorradas!

—Tengo una orden de arresto contra ti, Rogers. Solo estoy haciendo mi trabajo. Deja que lo haga pacíficamente. Tú no quieres morir en un callejón cutre de Lawton, Oklahoma. Y te aseguro que yo tampoco.

—Me encerrarán de por vida. Tengo una madre a quien mantener.

—Y tu madre no querría que acabaras así. Tendrás tu día ante el tribunal. Escucharán tu versión. Puedes llevar a tu madre como aval de personalidad. Deja que el sistema legal haga lo suyo.

Puller dijo todo esto en un tono sereno y tranquilizador. Rogers lo miró con cautela.

—Oye, ¿por qué no te apartas de mi camino para que pueda salir de este callejón y del maldito Ejército?

—Los dos llevamos el mismo uniforme y puedo intentar ayudarte, PFC. Pero no puedo hacer lo que me pides.

—Te meteré un tiro por el culo. Te lo juro por Dios.

—Te equivocas.

—Yo no fallo, tío. Puntuación máxima en el maldito campo de tiro.

—Disparas y disparo. Caemos los dos. Es una estupidez que esto termine de esta manera. Me consta que te das cuenta.

—Pues digamos que solo es una tregua. Te largas y en paz.

Puller negó con la cabeza mientras su mirada fija y la mira seguían apuntando a Rogers.

—No puedo hacerlo.

—¿Por qué demonios no?

—Estás en artillería, Rogers. Tienes un trabajo que hacer, ¿no? Uno para el que el Ejército ha gastado mucho tiempo y dinero en entrenarte, ¿verdad?

—Sí, ¿y qué?

—Pues verás, este es mi trabajo. Y mi trabajo me impide irme de aquí. Vamos, no quiero dispararte, y no creo que tú quieras dispararme, de modo que baja el arma. Es lo más inteligente. Lo sabes de sobra.

Puller había seguido el rastro de Rogers hasta aquel sitio después de haber descubierto pruebas más que suficientes para ponerlo a la sombra una larga temporada. No obstante, Rogers había divisado a Puller e intentado escapar. La huida había terminado en aquel callejón. No había más salida que el lugar por donde habían entrado.

Rogers negó con la cabeza.

—Pues entonces vamos a morir los dos.

—Esto no tiene por qué acabar así, soldado —replicó Puller—. Usa el cerebro, Rogers. ¿Una muerte garantizada o un juicio en el que igual te cae una temporada en DB, o del que quizá incluso salgas libre? ¿Qué te suena mejor? ¿Qué le sonaría mejor a tu madre?

Al parecer había tocado la fibra sensible de Rogers, que pestañeó deprisa y dijo:

—¿Tienes familia?

—Sí, claro. Y me gustaría volver a verla. Háblame de tu familia.

Rogers se humedeció los labios agrietados.

—Mamá, dos hermanos y tres hermanas. Allá en Pittsburgh. Somos fans de los Steelers —agregó con orgullo—. Mi padre estaba allí cuando Franco agarró la Inmaculada Recepción.

—Pues baja el arma y todavía podrás ver los partidos.

—¡No me estás escuchando, maldita sea! No voy a pringar por esto. Verás, el tipo ese me apuntó. Fue defensa propia.

—Declara este atenuante en tu consejo de guerra. A lo mejor sales libre.

—No va a ser así y lo sabes. —Hizo una pausa y estudió a Puller—. Tienes algo en mi contra o no estarías aquí. Estás al tanto de lo de las malditas drogas, ¿no?

—Mi trabajo es entregarte, no juzgarte.

—Estamos en medio de ninguna parte, tío. Necesito priva para ir tirando. Soy un chico de ciudad. No me gustan las vacas. Y no soy el único.

—Tienes un buen historial en el Ejército, Rogers. Eso te ayudará. Y si fue defensa propia y el jurado te cree, asunto resuelto.

Rogers, testarudo, negó con la cabeza.

—Lo tengo jodido. Lo sabes tan bien como yo.

Puller pensó enseguida en alguna manera de distender la situación.

—Dime una cosa, Rogers. ¿Cuántas copas has bebido en el bar?

—¿Qué?

—Una pregunta simple. ¿Cuántas copas?

Rogers apretó con más fuerza la pistola mientras una gota de sudor se deslizaba por su mejilla izquierda.

—Una jarra de cerveza y un chupito de Beam. —De repente, chilló—: ¿A ti qué te importa? ¿Te estás metiendo conmigo? ¡Te estás metiendo conmigo, imbécil!

—No me estoy metiendo contigo. Solo intento explicarte algo. ¿Vas a escuchar lo que tengo que decirte? Porque es importante. Es importante para ti.

Puller aguardó a que contestara. Quería mantener a Rogers ocupado y pensando. Los hombres que pensaban rara vez apretaban el gatillo. Los exaltados, sí.

—Vale, te escucho.

—Has tomado una buena cantidad de alcohol.

—Mierda, puedo beber el doble y conducir un Paladin.

—No estoy hablando de conducir un Paladin.

—Pues entonces, ¿qué? —inquirió Rogers.

Puller mantuvo un tono calmado.

—Pesas unos setenta y cinco kilos, de modo que incluso con el subidón de adrenalina calculo que tu nivel de intoxicación será en torno a cero coma uno, y quizá más alto con el chupito de Beam. Eso significa que legalmente estás demasiado bebido para conducir un ciclomotor, y mucho menos un obús de veintisiete toneladas.

—¿Y eso qué demonios tiene que ver?

—El alcohol altera las habilidades motoras como la que se necesita para apuntar y disparar un arma como es debido. Con lo que has bebido, estamos hablando de una degradación grave de la puntería.

—Por el infierno que a tres metros te doy en el culo.

—Te sorprendería, Rogers, realmente te sorprendería. Calculo que has perdido como mínimo el veinticinco por ciento de tu nivel normal de destreza en una situación como esta. Por otra parte, mi puntería y habilidades motoras están perfectas. Por eso te pido una vez más que bajes el arma, porque una reducción del veinticinco por ciento prácticamente asegura que esto no va a acabar bien para ti.

Rogers disparó su pistola al mismo tiempo que gritó:

—Jo...

Pero no pudo terminar la palabra.

3

John Puller soltó su talego en el suelo de su dormitorio, se quitó la gorra, se secó una gota de sudor de la nariz y se desplomó en la cama. Acababa de regresar de la investigación en Fort Sill. El resultado había sido rastrear al PFC Rogers hasta aquel callejón.

Y cuando Rogers, a pesar de las peticiones de Puller para que se rindiera, había empezado a apretar el gatillo de su pistola del Ejército, Puller se había desplazado un poco a la derecha mientras acotaba la silueta de su objetivo al mismo tiempo que disparaba. En realidad no había visto a Rogers apretando el gatillo. Fue la mirada de sus ojos y la maldición que empezó a salir de su boca, a medio terminar debido al impacto de la M11. Rogers había cumplido con su palabra; no iba a salir del callejón sin pelear. En cierto modo Puller tenía que admirarlo por eso. No era un cobarde, aunque quizá solo fuese por efecto del Jim Beam.

El tiro de Rogers dio contra la pared de ladrillo que había a espaldas de Puller. El impacto de la bala desconchó una esquirla de ladrillo que salió disparada e hizo un agujero en la manga de Puller, pero sin derramar sangre. Los uniformes podían coserse con hilo. La carne también, pero prefería que le hicieran un agujero en el uniforme que en su propio cuerpo.

Podría haberlo matado de un disparo en la cabeza, pero, si bien la situación era nefasta, había estado en peores. Apuntó su arma hacia abajo y disparó al PFC en la pierna derecha, justo encima de la rodilla. Los tiros en el torso permitían que alguien disparase a su vez porque a veces no incapacitaban por completo. Los tiros en la zona de la rodilla, sin embargo, reducían a los hombres más duros a bebés chillones. Rogers soltó el arma, cayó al suelo y dio un alarido, agarrándose la pierna herida. Probablemente caminaría cojeando una larga temporada, pero al menos estaba vivo.

Puller había examinado al hombre al que había disparado, avisó a los paramédicos, condujo hasta el hospital del Ejército con el herido, incluso permitió que Rogers le estrujara la mano cuando el dolor apretaba. Después había rellenado el requerido montón de papeleo, contestó a un sinfín de preguntas y, finalmente, subió a un vuelo de transporte militar con destino a casa.

El hombre que Rogers había matado a tiros en la calle, después de que un pase de droga acabara mal, ahora parecía tener una semejanza de venganza justa. La familia Rogers, allá en Pittsburgh, tenía un hijo y un hermano que mantener y por quien llorar. Los Steelers seguirían teniendo un fan que los animaría, si bien era cierto que desde una empalizada del Ejército. No tendría que haber sucedido. Pero así había sido. A Puller le constaba que se trataba de él o del otro hombre. Con todo, siempre prefería poner las esposas en lugar de apretar el gatillo. Y disparar a un compañero soldado, delincuente o no, no era muy de su agrado.

En definitiva, una jornada de trabajo bastante fastidiosa, concluyó.

Ahora solo necesitaba un sueñecito. Solo pedía unas cuantas horas. Después vuelta a entrar de servicio, porque en la CID en realidad nunca estabas fuera de servicio, aunque lo confinarían ante un escritorio mientras se llevaba a cabo una investigación del incidente para esclarecer el uso extremo de fuerza en aquel callejón. Pero después iría allí donde le dijesen que fuese. El crimen no se ceñía a un horario, al menos que él supiera. Y por eso nunca había usado un reloj de fichar durante su carrera en el Ejército, porque el combate tampoco era un trabajo de nueve a cinco.

Puller apenas había cerrado los ojos cuando sonó su teléfono. Miró la pantalla y gimió. Era su viejo. O, para ser más exactos, era el hospital llamando de parte de su padre.

Soltó el teléfono sobre la cama y cerró los ojos otra vez.

Después, mañana, tal vez el día siguiente se ocuparía del general. Pero ahora, no. Ahora mismo solo quería descansar un poco.

El teléfono se puso a sonar otra vez. Era el hospital. Otra vez. Puller no contestó y finalmente el teléfono dejó de sonar.

Entonces se puso a sonar otra vez.

«Estos capullos no van a darse por vencidos.»

Y de pronto su siguiente pensamiento fue como una sacudida. Quizá su padre había... Pero no, el viejo era demasiado testarudo para morir. Probablemente sobreviviría a sus dos hijos.

Se incorporó y cogió el teléfono. El número de la pantalla era distinto. No era el del hospital.

Era su comandante, Don White.

—¿Sí, señor? —contestó.

—Puller, tenemos un problema. Quizá no se haya enterado.

Puller pestañeó y luego vinculó la ominosa declaración de su comandante a las llamadas del hospital. Su padre. ¿Realmente había muerto? No podía ser. Los combatientes legendarios no morían. Simplemente... estaban ahí. Siempre.

Con la voz seca y rasposa dijo:

—¿Enterado de qué, señor? Acabo de regresar a la ciudad desde Fort Sill. ¿Se trata de mi padre?

—No, se trata de su hermano —dijo White.

—¿Mi hermano?

Su hermano estaba en la prisión militar más segura del país. Ahora la mente de Puller contempló otras posibilidades relacionadas con él.

—¿Está herido?

Puller no sabía de qué podía tratarse. No había disturbios en la DB. Aunque pensándolo bien, un guardia había dado un puñetazo a Bobby una vez, por un motivo que nunca refirió a su hermano.

—No. Es un poco más grave que eso.

Puller inhaló de golpe. «¿Más grave que eso?»

—¿Está... muerto?

—No, al parecer se ha escapado —contestó White.

Puller inhaló otra bocanada de aire mientras su mente intentaba asimilar esa declaración. Pero nadie se escapaba de la DB. Sería como volar a la luna en un Toyota.

—¿Cómo?

—Nadie sabe cómo.

—Ha dicho «al parecer». ¿Hay alguna confusión al respecto?

—He dicho «al parecer» porque es lo que la DB está diciendo ahora mismo. Ocurrió anoche. Me figuro que a estas alturas lo habrían encontrado, si todavía estuviera en el recinto. La DB es grande, pero no tanto.

—¿Falta algún otro preso?

—No. Pero hay algo más. Igual de inquietante.

—¿Qué podría serlo, señor?

—Podría serlo un hombre sin identificar encontrado muerto en la celda de su hermano.

Un Puller agotado apenas pudo procesar estas palabras. Incluso con diez horas de sueño a la espalda dudaba de haber podido hacer gran cosa con ellas.

—¿Un hombre sin identificar? ¿Significa que no era otro preso, un guardia o alguna otra persona que trabajara en la prisión?

—Correcto.

—¿Cómo se escapó exactamente? —preguntó Puller.

White dijo:

—La tormenta cortó la corriente y luego el generador de emergencia falló. Se avisó a refuerzos del fuerte para asegurar que se mantenía el orden. Creyeron que todo iba bien hasta que efectuaron el recuento. Faltaba uno. Su hermano. Y luego apareció otro, el tipo muerto. Según me han dicho, al secretario de Defensa por poco le da un infarto al enterarse.

Puller solo escuchaba a medias mientras otro pensamiento se colaba en su fatigada mente.

—¿Está informado mi padre?

—Yo no lo he llamado, si es lo que está preguntando. Pero no respondo por los demás. Quería que usted lo supiera lo antes posible. A mí acaban de informarme ahora mismo.

—Pero ha dicho que sucedió anoche.

—Bueno, la DB no se puso a dar voces para explicar que había perdido a un preso. Pasó por los canales habituales. Ya sabe cómo es el Ejército, Puller. Las cosas llevan tiempo. Tanto si intenta atacar una colina o teclear un comunicado de prensa, todo lleva su tiempo.

—Pero ¿es posible que mi padre lo sepa?

—Sí.

Puller seguía estando aturdido.

—Señor, me gustaría solicitar unos días de permiso.

—Me lo figuraba. Considérelo concedido. Seguro que quiere estar con su padre.

—Sí, señor —dijo Puller, automáticamente. Pero prefería estar implicado en el dilema de su hermano—. Supongo que la CID está llevando el caso.

—No estoy seguro, Puller. Su hermano es de las Fuerzas Aéreas. Era de las Fuerzas Aéreas.

—Pero la DB es una prisión del Ejército. Ahí no hay riñas por la jurisdicción.

White resopló.

—Esto son las fuerzas armadas. Hay riñas por la jurisdicción del baño de caballeros. Y teniendo en cuenta el delito de su hermano, puede que haya otros intereses y fuerzas en juego que quizá sobrepasen todas las pamplinas habituales sobre organización interprofesional.

Puller sabía a qué se refería.

—Intereses de seguridad nacional.

—Y con su hermano suelto, pueden desencadenarse todo tipo de reacciones.

—No pudo haber ido lejos. La DB está justo en medio de una instalación militar.

—Pero hay un aeropuerto cerca. Y autovías interestatales.

—Esto significaría que necesitaba documentos falsos de identificación. Transporte. Dinero. Un disfraz.

—En otras palabras, habría necesitado ayuda exterior —agregó White.

—¿Cree que la tuvo? ¿Cómo?

—No tengo forma de saberlo. Pero lo que sí sé es que resulta mucha coincidencia que tanto la corriente general como el generador de emergencia fallaran la misma noche. Y que un preso pudiera salir sin más de una instalación militar de máxima seguridad, bueno, hace que uno se haga preguntas, ¿verdad? Y hay que añadir que había un tipo muerto en su celda. ¿De dónde diablos salió?

—¿Saben la causa de la muerte?

—Si la saben, no me la han comunicado.

—¿Piensan que Bob... que mi hermano mató a ese hombre?

—Ni idea de las teorías que están barajando en cuanto a eso, Puller.

—Pero ¿usted piensa que tuvo ayuda desde dentro además de desde fuera?

—El investigador es usted, Puller. ¿Qué piensa usted?

—No lo sé. No es mi caso.

Don White levantó la voz.

—Y puede estar seguro de que nunca será su caso. Así pues, durante su permiso manténgase alejado de este follón. Un Puller con problemas es suficiente. ¿Entendido?

—Entendido —dijo Puller. Pero pensó: «No necesariamente estoy de acuerdo contigo».

Puller colgó el teléfono y observó cómo su gata atigrada, AWOL, se colaba en la habitación, se encaramaba de un salto a la cama y frotaba la cabeza contra el brazo de Puller. Acarició a AWOL y después cogió a la gata, sujetándola contra su pecho.

Su hermano llevaba más de dos años en la DB. El juicio había sido rápido y lo condenó un comité de sus iguales. Ese era el estilo de las fuerzas armadas. Nunca ibas a tardar años en juzgar un caso como aquel, ni tampoco habría infinitas apelaciones. Y a los medios de comunicación se los había mantenido a distancia. Elegantes abogados civiles más interesados en minutas millonarias y en vender libros y derechos para el cine que en hacer justicia no tenían cabida en semejante juicio. Los uniformados se habían encargado de todo y las carretas formaron un círculo enseguida y eficazmente. Por descontado, había ropa sucia entre los uniformados, pero nunca iba a colgarse en un tendedero para que todo el mundo la viera y la oliera. Se enterraría en un vertedero disfrazado de prisión.

Puller ni siquiera había asistido al juicio. Entonces se encontraba a miles de kilómetros en un despliegue en Oriente Próximo, donde pasaba la mitad del tiempo jugando a los soldados y cargando un fusil contra enemigos de Estados Unidos. Al ejército le traían sin cuidado sus problemas familiares. Tenía una misión que desempeñar y la desempeñaría. Para cuando regresó al país, su hermano ya estaba interno en la DB, donde permanecería el resto de su vida.

Aunque quizá ya no.

Puller se quitó la ropa y se dio una ducha, dejando que el agua lo golpeara mientras apoyaba la frente contra las baldosas mojadas de la pared. Normalmente su respiración era lenta y regular, como el tictac de un reloj. Ahora era arrítmica y demasiado rápida, como una rueda desprendida de un coche, saltando alocadamente por un terraplén.

No podía aceptar que su hermano se hubiese fugado de la prisión por una razón de peso: significaba que en verdad era culpable.

Puller siempre había sido reticente a creerlo o aceptarlo. En apariencia no encajaba con su ADN hacer algo semejante. Los Puller no eran traidores. Habían luchado, derramado sangre y muerto por su país. Puller tenía parientes que se remontaban a los tiempos de George Washington que habían recibido balas de mosquete en el pecho para liberarse de Inglaterra. El cabo Walter Puller había muerto repeliendo el ataque de Pickett en Gettysburg. A otro antepasado, George Puller, lo habían abatido mientras sobrevolaba Francia en un Sopwith Camel británico en 1918. Saltó en paracaídas y sobrevivió, pero murió cuatro años después en un accidente de entrenamiento mientras pilotaba un avión experimental. Al menos dos docenas de Puller habían servido en todos los cuerpos de las fuerzas armadas durante la Segunda Guerra Mundial, y muchos de ellos nunca regresaron a casa.

«Nosotros combatimos. No traicionamos.»

Cerró el grifo del agua y comenzó a secarse con la toalla. Su comandante tenía razón. Parecía una coincidencia asombrosa que tanto la red eléctrica como el generador de emergencia fallaran la misma noche. ¿Y cómo pudo haber escapado su hermano sin ayuda? La DB era una de las prisiones más seguras jamás construida. Nadie había escapado hasta entonces. Nadie.

Y, sin embargo, su hermano parecía haberlo hecho.

Y dejando a un muerto tras de sí a quien nadie podía identificar.

Se vistió con ropa limpia de civil y fue en busca de su coche después de dejar que AWOL saliera un rato a correr bajo el sol y el aire fresco.

Ahora Puller tenía que ir a un lugar, un lugar al que no deseaba ir.

Casi habría preferido regresar a combatir en Oriente Próximo en vez de dirigirse a donde iba. Pero tenía que ir. Se imaginaba que encontraría a su padre de un humor de perros, incluso si verdaderamente entendía lo que había sucedido. Puller se figuró que estar cerca de su viejo cuando no estaba contento sería como estar cerca de otra leyenda militar, George Patton, cuando estaba cabreado. No iba a ser una visita agradable para cualquiera que alcanzara a oírlos.

Subió a su sedán blanco del Ejército, puso en marcha el motor, bajó las ventanillas para que se le secara el pelo corto y arrancó. Así no era como había planeado su primer día después de haber disparado a un compañero soldado en un callejón. Aunque, pensándolo bien, en este mundo nada era predecible excepto que cada momento podía ser el desafío de una vida entera.

Mientras conducía para ir a ver al combatiente retirado John Puller sénior, decidió que le encantaría llevar los tanques del Tercer Ejército de Patton como escolta. Era harto probable que necesitara tanto la coraza como la potencia de fuego.

4

Empujó la puerta basculante del trastero alquilado, y las ruedas y el riel oxidados protestaron con un gemido. El hombre se coló en el interior y cerró la puerta a sus espaldas, cambiando la oscuridad de la noche por la tiniebla más profunda del interior del trastero. Alargó una mano y encendió una luz, iluminando el suelo de tres por tres de hormigón del cuarto y las chapas metálicas de las paredes y el techo.

Dos paredes estaban cubiertas de estantes. Había un viejo escritorio metálico con su silla a juego arrimado a la otra pared. En los estantes había cajas esmeradamente apiladas. Se acercó a ellas y leyó sus etiquetas. Tenía buena memoria, pero hacía bastante tiempo que no había estado allí; bueno, más de dos años, en realidad.

Robert Puller llevaba traje de faena y botas de combate, con una gorra cubriéndole la cabeza. Este atuendo le había permitido pasar desapercibido en la que a todas luces era una localidad militar. Pero ahora necesitaba cambiar por completo su aspecto. Abrió una caja y sacó un portátil. Lo puso encima del escritorio y lo enchufó. Tras más de dos años le constaba que las baterías estarían agotadas, pero esperaba que todavía se cargasen. Si no, tendría que comprar uno nuevo. En realidad necesitaba más un ordenador que un arma.

Abrió otra caja y sacó una maquinilla para cortar el pelo, un espejo, espuma de afeitar, una toalla, una garrafa de agua, una jofaina y una cuchilla. Se sentó en la silla metálica y puso el espejo encima del escritorio. Enchufó la maquinilla en una toma de corriente de la pared y la puso en marcha. Durante los minutos siguientes se rasuró la cabeza hasta que le quedó como una barba de pocos días. Entonces cubrió el cuero cabelludo con espuma de afeitar, echó agua en la jofaina y quitó el resto del pelo con la cuchilla, mojándola regularmente en la jofaina para limpiarla y secarla con la toalla.

Estudió el resultado en el espejo y quedó satisfecho. La cabeza humana tenía nueve formas básicas. Con una buena mata de pelo, la suya parecía más redonda. Sin pelo le quedaba más ovalada. Era un cambio sutil pero perceptible.

Deslizó un trozo de plástico blando moldeable encima de los dientes de arriba. Esto produjo un ligero abultamiento y ensanchamiento de la piel y el músculo mientras flexionaba la boca y la mandíbula, cambiando la forma del plástico insertado hasta que se acomodó en su sitio.

Dejando en el escritorio el espejo, el agua y la toalla, metió las demás cosas en la caja y la devolvió a su estante.

Otra caja contenía artículos de características más técnicas. Los sacó y los dispuso ordenadamente encima del escritorio como un cirujano que alineara sus instrumentos antes de comenzar una operación. Se cubrió los hombros y el pecho con la toalla y bosquejó lo que quería hacer en un trozo de papel. Se aplicó cola de maquillaje en la nariz y le dio golpecitos con el dedo hasta volverla pegajosa. Después añadió enseguida un poco de algodón a la piel antes de que el adhesivo se secara. Usó un palito de polo para sacar de un tarro una pequeña cantidad de masilla cosmética mezclada con Derma Wax. Frotó la masilla hasta hacer una pelotilla, calentándola con su calor corporal para que fuese más fácil de manipular. Aplicó la masilla en algunas secciones de la nariz, mirándose en todo momento en el espejo, primero de frente y después de perfil. Alisó la masilla usando KY Jelly. Alisarla y modelarla le llevó mucho rato, pero era paciente. Acababa de pasar más de dos años en la celda de una prisión. Eso, por lo menos, te enseñaba a tener una paciencia más que considerable.

Una vez satisfecho con la forma, usó una esponjita para añadir textura y sellarlo todo. Después dejó que se secara. Finalmente se aplicó maquillaje en todo el rostro, resaltando y ensombreciendo sus facciones para terminar con una aplicación de polvos transparentes.

Se recostó y se miró. Los cambios eran sutiles, desde luego. Pero el impacto general era significativo. Pocas cosas de una persona eran más distintivas que la nariz. Acababa de lograr que la actual y la original fuesen irreconocibles.

A continuación usó goma de maquillaje para fijar sus orejas de soplillo a la cabeza. Se miró una vez más, escrutando todos los detalles, buscando cualquier error o imperfección causados por los cambios, pero se dio por satisfecho.

Repasó unas cuantas etiquetas más de las cajas, sacó una y la abrió. Dentro había una barba de perilla artificial. Primero le aplicó goma de maquillaje y luego situó la perilla mientras se miraba en el espejo. Una vez hecho esto, usó un peine para alisar algunos pelos sintéticos en su sitio. El vello facial no estaba permitido en las fuerzas armadas, ni para los presos ni para los soldados, de modo que aquella era una buena táctica para disfrazarse.

Acto seguido se quitó la camisa y la camiseta y sacó dos tatuajes falsos de la caja. Se puso uno en cada brazo y volvió a examinar el resultado en el espejo. Indudablemente parecían reales, concluyó.

Unas lentillas tintadas fueron lo siguiente, cambiándole el color de los ojos.

Entonces se recortó las cejas, dejándolas mucho más finas y estrechas.

Volvió a recostarse y se miró en el espejo, de nuevo primero de frente y después los perfiles derecho e izquierdo.

Dudó que ni siquiera su hermano pudiera reconocerlo.

Repasó la lista mental de comprobaciones: pelo, nariz, orejas, boca, perilla, tatuajes, cejas. Comprobado, comprobado y comprobado.

Bajó otra caja de un estante alto y sacó la ropa. Había mantenido su peso constante durante los dos últimos años, y los vaqueros y la camisa de manga corta le quedaban bien. Se puso el Stetson con manchas de sudor en la cabeza afeitada, procurando no despegar las orejas. Metió la mano en la caja una vez más para sacar unas botas gastadas de suela muy gruesa que aumentaban su estatura hasta casi el metro noventa de su hermano. Deslizó el cinturón con hebilla de seis centímetros que representaba a un hombre a lomos de un toro por las trabillas de los vaqueros y se lo abrochó bien prieto. El traje de faena, la gorra y las botas de combate fueron a parar a la caja y la devolvió al estante.

La tercera caja contenía los documentos que necesitaría para conseguir cosas en el mundo exterior. Un carnet de conducir de Kansas vigente, dos tarjetas de crédito con un año de vida cada una y mil dólares en efectivo, todos en billetes de veinte. Y una chequera vinculada a una cuenta bancaria activa con cincuenta y siete mil dólares más los intereses que hubiese devengado a lo largo de los años.

Había dado instrucciones de compra automática a las tarjetas de crédito asociadas a su cuenta corriente que se habían realizado antes y durante el tiempo que había pasado en prisión. Así era como había ido pagando aquel trastero y otros gastos periódicos. Valiéndose de su falsa identidad también había adquirido y enviado regalos y artículos a residencias de ancianos, hospitales y desconocidos de quienes había averiguado que estaban pasando apuros económicos. Le habían costado varios miles de dólares, pero al mismo tiempo le había hecho un poco de bien. Además, así se aseguraba de que hubiera actividad en sus cuentas, cosa que se traducía en un historial de crédito con pagos fiables. De otro modo, las instituciones financieras podrían haber visto con recelo que una cuenta durmiente de pronto tuviera actividad después de más de dos años. Y la gente vigilaba. Puller lo sabía porque antes era uno de los vigilantes.

Sopesó los últimos artículos. Una Glock de nueve milímetros y dos cajas extras de munición. Y una carabina M4 con tres cajas de munición. Kansas era un estado con derecho a portar armas abiertamente, lo que significaba que mientras tu arma de fuego estuviera a la vista no era preciso tener licencia. En cambio, sí que se necesitaba un permiso para portar un arma oculta, y Puller también tenía uno, emitido por el gran estado de Kansas a nombre de su identidad ficticia. Todavía tenía validez por otros dieciocho meses.

Deslizó la Glock en la pistolera que había sujeta al cinturón y la tapó con la chaqueta vaquera que antes había sacado de la caja de la ropa. Desmontó la M4 y la puso dentro de una bolsa que metió en el talego. Después se puso un reloj de pulsera, también de la caja de ropa, y lo puso en hora. Metió unas gafas de sol en el bolsillo de la chaqueta.

Habría en marcha una gran cacería humana en su busca. Y aunque ahora no se parecía en nada a su antiguo yo, tampoco tenía margen de error.

Sabía muy bien el caos que debía reinar en la prisión en aquel momento. No estaba seguro de cómo lo había conseguido, pero era consciente de que era una de las personas más afortunadas del planeta. Resultaba particularmente gratificante dado que durante los últimos años había sido una de las más desafortunadas. El cambio radical de su suerte le hacía sentir un poco aturdido. Había aprovechado una oportunidad cuando se le había presentado. Ahora era cosa suya llevarla hasta su conclusión lógica. Si algo era Puller, era lógico. De hecho, algunos sostendrían que a veces era demasiado lógico. Y quizá lo fuese.

Parecía ser que le venía de familia, no obstante, pues su padre sin duda poseía esa cualidad. Y su hermano menor, John, quizá fuese el más lógico de los tres hombres Puller.

«Mi hermano John», pensó. ¿Qué opinaría de todo aquello?

Hermanos en lados opuestos de la puerta de la celda. Ahora hermanos en lados opuestos y punto. No era agradable, pero nunca lo había sido. Y ahora mismo no podía hacer nada para cambiarlo.

Dejó a un lado todo lo demás y se volvió hacia el portátil. Para su deleite se encendió, pese a que las baterías todavía se estaban cargando. Desenchufó el ordenador y lo metió en una bolsa de lona. De otra caja sacó más prendas de ropa y artículos de aseo y lo metió todo en la bolsa de lona. Después se la echó al hombro, apagó la luz y salió, cerró la puerta basculante y se marchó deprisa.

Fue a pie hasta una cafetería que aún estaba abriendo cuando él entró. Dos polis entraron delante de él. Ambos parecían estar cansados, de modo que quizá estaban terminando su turno en lugar de empezándolo. Puller se sentó tan lejos de ellos como pudo. Se agazapó detrás del menú plastificado que le dio la camarera y pidió café solo.

La muchacha se lo sirvió en una taza desportillada y Puller se lo bebió en gratificantes dosis. Era la primera taza de café que tomaba fuera de la prisión donde había estado encerrado más de dos años. Y eso sin contar el tiempo que había estado detenido mientras se celebraba su consejo de guerra. Chasqueó los labios agradecido y echó un vistazo al menú.

Pidió prácticamente una cosa de cada y cuando le sirvieron la comida comió despacio, deleitándose con cada bocado. No era que la comida en la DB fuese espantosa. Era pasable. Pero la comida sabía distinta cuando comías en la celda de una prisión después de que te la pasaran por una abertura en la puerta de acero.

Terminó el último pedazo de tostada con panceta y tomó otra taza de café. Había comido tan despacio que los polis habían terminado y se habían ido. Cosa que ya le iba bien. Lo que no quería ver era una pareja de PM ocupando su sitio, cosa que hicieron, justo mientras la camarera le dejaba la cuenta encima de la mesa.

—Que tengas un buen día, cielo —le dijo a él.

—Gracias —contestó Puller, sin darse cuenta de que no había cambiado el tono ni la cadencia de su voz—. Oye, ¿aquí tenéis wifi, encanto? —preguntó con voz gangosa.

Ella negó con la cabeza.

—Cielo, solo tenemos cosas para comer y beber. Si quieres eso del wifi, tendrás que ir al Starbucks de la esquina.

—Gracias, encanto.

Se subió la cremallera de la chaqueta hasta asegurarse de que su arma quedaba oculta.

Al pasar junto a los PM, uno de ellos echó un vistazo hacia él y asintió con la cabeza.

Puller habló arrastrando las palabras.

—Que tengáis un buen día, muchachos. —Después agregó—: ¡Viva el Ejército!

Y entonces sonrió torciendo la boca.

El policía militar le dio las gracias con una sonrisa cansada y siguió mirando el menú.

Puller puso cuidado en cerrar la puerta batiente para que no diera un portazo y aquellos PM lo volvieran a mirar.

En menos de un minuto estaba desapareciendo en una oscuridad a punto de esclarecerse por el inminente amanecer de Kansas. Era su primera alborada como hombre libre en mucho tiempo.

Primero tuvo un sabor dulce y luego la boca le supo a vinagre.

Al cabo de treinta segundos había doblado la esquina, perdiéndose de vista.

5

John Puller supo que algo iba mal en cuanto salió del ascensor a la sala de su padre.

Había demasiada quietud.

¿Dónde estaban los gritos de barítono de su padre que tendían a estallar por el pasillo como disparos de mortero, haciendo papilla a hombres de hierro en uniforme? Lo único que oía eran los sonidos normales propios de un hospital: suelas de goma sobre el linóleo, los chirridos de carritos y camillas, los susurros de los médicos apiñados en los rincones, visitas que iban y venían, el ocasional ululato de una alarma en un monitor de constantes vitales.

Recorrió a grandes zancadas el pasillo, apretando el paso cuando vio a tres hombres que salían de la habitación de su padre. No eran médicos. Dos llevaban el uniforme de bonito habitual de su cuerpo, mientras que el otro iba de traje. Uno de los uniformados era del Ejército y el otro, de las Fuerzas Aéreas. Ambos eran generales. El tipo de las Fuerzas Aéreas lucía una estrella. Mientras Puller apretaba el paso y reducía la distancia que los separaba, pudo leer la placa de identificación del tipo de las Fuerzas Aéreas: Daughtrey. El del Ejército llevaba tres estrellas en las charreteras y su placa decía Rinehart. Puller reconoció el nombre, pero no lo ubicó. La colección de condecoraciones que llevaba en el pecho ocupaba nueve hileras horizontales. Era un hombre corpulento con el pelo afeitado casi hasta el cuero cabelludo. Y se había roto la nariz, al menos una vez.

—Perdón, señores —dijo Puller, poniéndose firmes. No efectuó un saludo, dado que estaban en el interior y ninguno iba cubierto; es decir, que no llevaban gorra de plato.

Los tres se volvieron hacia él.

Puller miró de frente a los generales y dijo:

—Soy el suboficial mayor John Puller júnior de la CID 701 de Quantico. Pido disculpas por no ir de uniforme, pero acabo de regresar de una misión en Oklahoma y me han dado una noticia por la que debo ver a mi padre.

—Descanse, Puller —dijo Rinehart, y Puller se relajó—. Usted no es la única visita que su padre recibirá hoy.

—He visto que salían de su habitación —señaló Puller.

El del traje asintió con la cabeza y sacó su placa de identificación. Puller la leyó con detenimiento. Le gustaba saber quién estaba en el cajón de arena con él.

James Schindler, del Consejo de Seguridad Nacional, o NSC. El NSC era un organismo político y sus miembros normalmente no iban por ahí investigando. Pero aquellos sujetos también estaban conectados directamente con la Casa Blanca. Resultaba imponente para un humilde suboficial mayor. De todos modos, si alguien quería intimidarlo de verdad tendría que poner la boca de un arma contra el cráneo de Puller. E incluso eso quizá no bastaría.

Rinehart dijo:

—¿Ha recibido una noticia? Seguro que es la misma noticia que ha causado nuestra visita de hoy.

—Mi hermano.

Daughtrey asintió con la cabeza.

—Su padre no ha sido especialmente servicial.

—Es porque no sabe nada acerca de esto. Y está enfermo.

—Demencia, nos han dicho —dijo Schindler.

Puller dijo:

—Ahora ya no la controla. Y no ha estado en contacto con mi hermano desde antes de que ingresara en prisión.

—Pero los pacientes con demencia tienen momentos de lucidez, Puller —señaló Daughtrey—. Y en este caso hay que seguir cualquier pista, por endeble que sea. Puesto que usted era el siguiente en nuestra lista, ¿por qué no buscamos un lugar tranquilo donde podamos hablar?

—Con el debido respeto, señor, me reuniré con ustedes cuando y donde quieran, pero después de ver a mi padre. Para mí es importante verlo ahora —agregó, siendo perfectamente consciente de que en conjunto lo superaban de lejos en rango.

Saltó a la vista que esta respuesta no complació al de la estrella, pero Rinehart dijo:

—Seguro que eso puede acomodarse, Puller. Hoy no existe un solo soldado de uniforme que no deba al combatiente John Puller obligada deferencia. —Mientras lo decía lanzó una mirada cómplice a Daughtrey—. Hay una sala para las visitas al final de este pasillo. Nos encontrará allí cuando termine.

—Gracias, señor.

Puller entró en la habitación de su padre y cerró la puerta. No le gustaban los hospitales. Había estado en demasiados tras resultar herido. Olían en exceso a limpieza, pero en realidad estaban más llenos de gérmenes que el asiento de un retrete.

Su padre estaba sentado en una butaca junto a la ventana. John Puller sénior había sido casi tan alto como su hijo menor, pero el tiempo le había quitado casi seis centímetros. Aun así, con su metro ochenta y cinco, seguía siendo un hombre alto. Llevaba el uniforme habitual de aquellos días: camiseta blanca, pantalones azules de médico y zapatillas de hospital. El pelo, o lo que le quedaba de él, era blanco y algodonoso y le rodeaba la coronilla como un halo. Estaba en forma y delgado, y su musculatura, aunque no al nivel de sus años mozos, seguía siendo notable.

—Hola, general —saludó Puller.

Normalmente era en torno a este momento cuando su padre empezaba a farfullar que Puller era su segundo al mando y que estaba allí para recibir órdenes. Puller había seguido la corriente al delirio de su padre, aunque no quería hacerlo. Parecía que traicionara al viejo. Pero ahora su padre ni siquiera lo miró ni dijo palabra. Siguió mirando por la ventana.

Puller se sentó en el borde de la cama.

—¿Qué te han preguntado esos hombres?

Su padre se incorporó y dio unos golpecitos a la ventana, provocando que un gorrión emprendiera el vuelo. Después volvió a apoyarse en el cuero sintético.

Puller se levantó y fue hasta él, mirando por encima de su cabeza al patio exterior. No recordaba la última vez que su padre había estado en la calle. Había pasado la mayor parte de su carrera militar al aire libre, plantando cara a enemigos que hacían lo posible por derrotarlo a él y a sus hombres. Prácticamente ninguno lo había conseguido. ¿Quién habría previsto que sería un defecto de su propio cerebro lo que finalmente lo hundiría?

—¿Has tenido noticias de Bobby últimamente? —preguntó Puller, siendo provocativo adrede. Habitualmente, la mención del nombre de su hermano causaba a su padre espasmos sardónicos.

La única reacción fue un gruñido, pero al menos ya era algo. Puller se plantó delante de su padre, tapándole la vista del patio.

—¿Qué te han preguntado esos hombres?

Su padre levantó lentamente el mentón hasta que estuvo mirando de hito en hito a su hijo menor.

—Se ha ido —dijo su padre.

—¿Quién, Bobby?

—Se ha ido —dijo su padre otra vez—. Ausente sin permiso.

Puller asintió con la cabeza. Aquello no era técnicamente correcto, pero no se lo tendría en cuenta a su padre.

—Sí que se ha ido. Se escapó de la DB, según dicen.

—Mentira. —No pronunció la palabra con enojo. No levantó la voz. Su padre la había dicho con total naturalidad, como si la verdad que escondía la palabra fuese evidente por sí misma.

Puller se arrodilló junto a él para que su padre pudiera bajar el mentón.

—¿Por qué es mentira?

—Ya se lo he dicho a ellos. Mentira.

—De acuerdo, pero ¿por qué?

Había pillado a su padre en momentos como ese otras veces, aunque cada vez eran menos frecuentes. Era tal como había dicho el general de una estrella: la lucidez todavía era posible.

Su padre miró a su hijo como si de pronto se sorprendiera de no estar hablando consigo mismo. A Puller le cayó el alma a los pies cuando se fijó en su mirada. ¿Eso era todo lo que hoy tenía en su depósito?

¿Mentira?

—¿Ha sido lo único que les has dicho? —preguntó Puller.

Aguardó en silencio durante cosa de un minuto. Su padre cerró los ojos y su respiración se volvió regular.

Puller cerró la puerta al salir y se dirigió a enfrentarse con las estrellas y el traje. Eran los únicos ocupantes de la sala para las visitas. Se sentó al lado de Rinehart, el tres estrellas del Ejército, figurándose que el vínculo con el mismo cuerpo quizá sería más fuerte con la proximidad física.

—¿Agradable, la visita a su padre? —preguntó Schindler.

—En su estado las visitas rara vez son agradables, señor —contestó Puller—. Y no estaba lúcido.

—Aquí no podemos hablar —dijo Rinehart—. Puede venir con nosotros al Pentágono. Después de la reunión le pondremos un transporte de vuelta para que recoja su coche.

El trayecto duró una media hora hasta que aparcaron en uno de los estacionamientos del edificio de oficinas más grande del mundo, aunque solo tuviera siete plantas, dos de ellas subterráneas.

Puller había estado en el Pentágono en un sinfín de ocasiones durante su carrera y aun así todavía no se orientaba demasiado bien. Se había perdido más de una vez al desviarse de su ruta habitual. Pero cualquiera que hubiese estado allí se había perdido como mínimo una vez. Quienes lo negaban mentían.

Mientras caminaban por el amplio pasillo tuvieron que hacerse a un lado deprisa porque un carrito motorizado corría hacia ellos cargado de un montón de lo que parecían ser tanques de oxígeno. Puller sabía que el Pentágono contaba con su propio suministro de oxígeno en caso de un ataque enemigo o de un intento de sabotaje. El atentado contra el Pentágono del 11-S había incrementado las medidas de seguridad hasta cotas sin precedentes, y nadie preveía que alguna vez fueran a disminuir.

Al apartarse del camino del carrito Rinehart trastabilló un poco, y Puller instintivamente lo agarró del brazo para ayudar a su superior a recobrar el equilibrio. Ambos observaron el carrito motorizado cuando pasó a todo trapo junto a ellos.

Puller dijo:

—El Pentágono puede resultar un poco peligroso, señor. Incluso para los tres estrellas.

Rinehart sonrió.

—Es como saltar trincheras, a veces. Con lo grande que es este sitio, en ocasiones parece puñeteramente pequeño para contenerlo todo y a todos.

Llegaron a un despacho en cuya puerta una placa rezaba: TENIENTE GENERAL AARON RINEHART. El tres estrellas los hizo entrar y cruzar la oficina de su personal hasta una sala de reuniones interior. Se sentaron y un asistente les sirvió agua antes de salir y cerrar la puerta, dejándolos a solas.

Puller se sentó en el lado de la mesa opuesto al que ocuparon los otros tres hombre y aguardó expectante. No habían hablado de nada significativo durante el camino, de modo que seguía ignorando qué deseaban.

El general Daughtrey se inclinó hacia delante y dio la impresión de arrastrar a los otros dos consigo, pues ambos imitaron su movimiento.

—Su padre solo nos ha dicho una palabra: mentira.

—Siendo así, ha sido congruente —respondió Puller—, porque es lo mismo que me ha dicho a mí.

—¿Ha interpretado usted algún significado? —preguntó Schindler.

Puller dirigió la vista hacia él.

—No soy loquero, señor. Pero en todo caso, no sé qué quería decir mi padre con eso.

—¿Cuándo visitó usted a su hermano en la DB por última vez? —preguntó Daughtrey.

—Hace unas seis semanas. Intento ir a verle tan menudo como puedo. A veces el trabajo me lo impide.

—¿Qué le dijo durante su última visita?

—Nada relacionado con escapar, se lo aseguro.

—Muy bien, pero ¿él qué le dijo? —insistió Daughtrey.

—Hablamos de nuestro padre. Me preguntó qué tal me iba el trabajo en la CID. Hablamos sobre su estancia en la prisión. Le pregunté qué tal lo llevaba.

—¿Comentaron algo acerca de su caso? —preguntó Schindler—. ¿Sobre el motivo por el que está en la DB?

—Ya no es un caso, señor. Es una condena. Y no, no hablamos de eso. ¿Qué queda por decir al respecto?

Rinehart preguntó:

—¿Tiene alguna teoría sobre lo que ocurrió con la fuga de su hermano?

—No me he formado opinión alguna porque desconozco los hechos.

—Los hechos todavía están evolucionando. Baste con decir que la situación es de lo más inusual.

—Diría que parece imposible que pudiera escapar sin ayuda. ¿Falló el generador de emergencia? ¿Cuán probable es que ocurra eso? ¿Y quién era el tipo muerto que encontraron en su celda?

—¿De modo que sí conoce los hechos? —dijo Schindler en un tono acusador.

—Algunos, no todos. Pero ¿quién pudo haber orquestado algo semejante en la DB?

—Resulta preocupante —dijo Rinehart, innecesariamente.

—¿Su hermano ha intentado ponerse en contacto con usted? —preguntó Schindler.

—No.

—Si lo hace, por descontado se pondrá usted en contacto con su superior de inmediato.

—Creo que ese es mi deber, sí.

—Eso no es lo que le he preguntado, Puller.

—Me pondré en contacto con mi superior, sí.

Schindler le dio una tarjeta.

—En realidad, preferiría que antes se pusiera en contacto conmigo.

Puller se metió la tarjeta en el bolsillo sin contestar.

Daughtrey dijo:

—Seguro que le han advertido que no se inmiscuya en este caso, ¿verdad?

—Mi comandante me lo dejó bastante claro.

—Pero habida cuenta de que usted es investigador, también estoy seguro de que está bastante interesado en implicarse en este caso, ¿correcto?

Puller miró al una estrella. Aquel era territorio interesante, pensó.

—En ningún momento he pensado que dependiera de mí —contestó—. Una orden directa es una orden directa. He dedicado demasiados años a mi carrera para torpedearla por esto.

—Por su hermano, quiere decir —dijo Daughtrey.

Puller lo miró.

—¿Quiere que me implique en la investigación?

—Eso sería contrario a todas las reglas militares que cabe aplicar —terció Rinehart con firmeza.

—Bueno, en realidad eso no responde a mi pregunta, señor.

—Me temo que es la mejor respuesta que va a obtener, Puller —dijo Schindler, levantándose. Todos se pusieron de pie.

—Me han concedido unos días de permiso —dijo Puller.

—Bien, pues yo que usted los emplearía sabiamente. —Dio unas palmadas al bolsillo en el que Puller había guardado la tarjeta de Schindler—. Y no se olvide de llamarme si surge algo. El interés en este caso llega tan arriba que se necesitaría una botella de oxígeno para respirar.

Daughtrey dijo:

—Una pregunta más, Puller.

—¿Sí, señor?

—¿Alguna vez ha preguntado a su hermano si fue culpable?

La pregunta sorprendió a Puller, y no le gustaba que le dieran sorpresas.

—Sí, una vez.

—¿Y él qué le contestó?

—Fue más bien evasivo.

Daughtrey dijo:

—¿Y usted qué piensa? ¿Fue culpable?

Puller no contestó enseguida. Poco importaba lo que pensara sobre la culpabilidad o la inocencia de su hermano. Eso no cambiaría la realidad. Sin embargo, tuvo la impresión de que aquellos tres hombres tenían muchas ganas de oír su respuesta.

—No quiero creer que mi hermano fuese un traidor —dijo finalmente. Eso era realmente lo mejor que podía decir, y no tenía intención de hablar sobre el tema pese a que tuvieran mayor jerarquía.

Daughtrey dijo:

—Era culpable, Puller. Porque el consejo de guerra así lo dictaminó. Las pruebas eran abrumadoras. Quizá usted no esté enterado, pero nosotros, sí.

Rinehart dijo:

—Esto es todo, suboficial mayor Puller. Puede retirarse.

Puller se marchó, preguntándose qué demonios acababa de ocurrir.

6

Necesitaba reflexionar sobre todo aquello, pero también comentarlo con alguien. Y solo existía una persona con la que pudiera hacerlo. Sacó el teléfono del bolsillo y marcó el número. Ella contestó al cabo de dos timbrazos.

—Me he enterado —dijo Julie Carson de inmediato—. Quieres hablar, ¿verdad?

—Sí. Acabo de ver a mi padre y después me han sometido a un extraño tercer grado un tío del NSC y dos generales, uno del Ejército, el otro de las Fuerzas Aéreas.

—¿Cómo se llamaba el del NSC?

—James Schindler. Tengo su tarjeta. Trabaja en Washington D. C.

—¿Quién era el tipo del Ejército? —preguntó Julie.

—Un tres estrellas que se llama Aaron Rinehart, grandullón, nariz rota, pelo rapado casi al cero. Llevaba casi tantas condecoraciones en el pecho como mi padre. Es bastante conocido.

—Me suena, pero no lo conozco personalmente. Duro, serio, increíblemente bien conectado y ascendiendo deprisa en pos de su cuarta estrella. Incluso hay rumores de que será presidente del Estado Mayor Conjunto o jefe del Estado Mayor del Ejército. ¿Qué hay del aviador?

—Es una estrella llamado Daughtrey. No me dijo su nombre de pila.

—De acuerdo, veré qué puedo averiguar. Todos están en algún rincón de la base de datos.

—Gracias, Julie.

—Todavía no he hecho nada.

—Has contestado al teléfono, aunque obviamente sabías por qué te estaba llamando. Podrías haberte servido de la táctica del avestruz y esquivado la bala. Tienes un nuevo mando en Texas que seguro que te mantiene ocupada veinticuatro horas al día, siete días a la semana. De modo que gracias.

—Me traen sin cuidado los avestruces. Nunca he entendido esa táctica. Y voy a meter en cintura a esta gente de aquí. Te llamo luego.

Puller colgó y se recostó. Ahora mismo no estaba pensando en su hermano y su dilema. Pensaba en la mujer que había estado en el otro lado de aquella conversación.

Cuando Puller la conoció, Julie Carson era una estrella del Ejército asignada al Pentágono con el propósito de conseguir como mínimo una y quizá dos estrellas más antes de que concluyera su carrera militar. Puller había coincidido con ella durante la investigación de un caso en West Virginia. Habían comenzado como adversarios y luego, meses después, terminaron compartiendo cama mientras Puller investigaba la muerte de su tía en su casa de la Costa del Golfo de Florida. Y por poco mataron a Carson mientras intentaba ayudarlo. Aunque resultó malherida, se recuperó por completo. Puller todavía tenía pesadillas acerca de ello.

Carson había conseguido su segunda estrella y con ella un nuevo mando en una base del Ejército ubicada en Texas. Se habían despedido con una botella de vino y comida italiana para llevar. El Ejército tendía a interponerse en cualquier relación permanente entre sus miembros en servicio activo. A Puller le constaba que quizá no volvería a verla en persona, al menos durante una larga temporada. Después de Texas era probable que la enviaran al Pacífico Noroeste. Después de eso, estaba por verse. Simplemente estaba contento de que hubiese contestado a su llamada. Ahora mismo necesitaba a una amiga con estrellas en los hombros.

Horas después, acababa de regresar a su apartamento cercano a Quantico cuando sonó su teléfono. Era Carson.

—Espero que no te importe que coma mientras hablo —dijo—. Hoy he tenido tiempo o bien de almorzar o bien de echar una carrera de diez kilómetros.

—Y, por supuesto, has optado por correr.

—¿Acaso no lo hacemos todos? —respondió Carson mientras Puller oía cubiertos que golpeaban un plato y un líquido al verterse en un vaso.

—¿Cocinas mucho ahí abajo? —preguntó Puller.

—¿Te estás quedando conmigo? —dijo Carson—. Mi madre se llevaría una buena decepción. Bueno, de hecho ya está decepcionada. Podría llenar la casa con lo que preparó en la cocina. Y los aromas eran increíbles. En el instituto practicaba tres deportes y creo que en parte lo hacía para poder comer la comida de mi madre sin engordar. Es posible que por eso nunca haya intentado en serio aprender a manejarme en una cocina. Sabía que nunca sería tan buena como ella.

—¿Somos un poco competitivos?

—Señálame a un uniformado que no lo sea —dijo Carson. La oyó tragar lo que fuese que estaba bebiendo y después adoptar un tono serio.

—Hablemos de tu hermano.

—Todavía no doy crédito.

—John, ¿cómo se escapa uno de la DB?

—¿Cuánto sabes al respecto?

—Mayormente rumores, pero hubo un montón. Una tormenta. Falló el generador de emergencia. Avisaron a refuerzos que restablecieron el orden. Se efectuó un recuento. Y no había ningún Robert Puller presente. Pero se mencionó a alguien más que no debería haber estado allí.

—Entonces sabes tanto como yo. Y ese alguien más estaba muerto en la celda de mi hermano.

—¡Santo infierno! —exclamó Carson.

—Eso lo dice casi todo —dijo Puller sin alterar la voz.

—No tenía ni idea. ¿Y no hay rastro de él desde entonces?

—Parece ser que no. Don White, mi comandante, hoy me ha puesto al corriente. Después he ido a ver a mi padre. Me figuré que podría haberse enterado y que pese a su enfermedad podría estar disgustado.

—¿Y ha sido entonces cuando has tropezado con el traje y los generales?

—Me hicieron las preguntas habituales: mis visitas a la prisión, de qué habíamos hablado. Después, que si se ponía en contacto conmigo, me pusiera en contacto con ellos. Pero entonces la situación se volvió rara, como he dicho por teléfono.

—¿Rara en qué sentido?

—Para empezar, aunque en ningún momento lo hayan dicho en voz alta, creo que querían que investigara el caso.

—¿Cómo es posible? Seguro que tu comandante te ha dicho que te mantengas al margen.

—En efecto. Y después el tío de las Fuerzas Aéreas quería saber si pensaba que mi hermano era culpable.

—¿Y tú qué le has dicho?

De pronto a Puller se le ocurrió pensar que en realidad nunca había hablado de su hermano con ella. Y, además, vio claro que Carson también quería saber si Puller pensaba que su hermano era culpable.

—La verdad es que no le he contestado porque realmente no sé qué pienso al respecto.

—Está bien —dijo Carson, aunque su tono hizo patente que no estaba satisfecha con su respuesta.

—¿Has averiguado algo sobre esos tíos? —preguntó Puller.

—Rinehart está asignado a la DIA.* A muy alto nivel. No estoy capacitada para averiguar mucho más. En realidad lo

* Agencia de Inteligencia para la Defensa. *(N. del T.)*

mismo vale para James Schindler del NSC. No estuvo en las fuerzas armadas. Ascendió por el lado civil de la NSA* antes de pasar al Consejo de Seguridad.

—Supongo que tiene sentido. Mi hermano fue condenado por delitos contra la seguridad nacional. Esto trasciende a todas las ramas. Lo mismo que la DIA. Y el NSC tiene mano en todo debido al presidente. ¿Qué sabes de Daughtrey?

—Timothy Daughtrey es agregado en el STRATCOM.

—¡Bingo! Ahí es donde trabajaba mi hermano cuando lo detuvieron. —Hizo una pausa—. Qué ironía.

—¿Cuál?

—Bobby estaba destinado en una instalación de satélites del STRATCOM cercana a Leavenworth cuando lo detuvieron y compareció ante un consejo de guerra. No tuvo que viajar mucho para ir a la DB.

—Y la conexión con el STRATCOM encaja de pleno con la DIA y el NSC porque todos los espías juegan en el mismo patio de recreo —agregó Carson.

—Supongo —dijo Puller despacio.

—Por descontado, el FBI está en el ajo —prosiguió Carson—. Los temas de seguridad nacional hacen salir a todos los sabuesos. Diría que tu hermano es el hombre más buscado de América ahora mismo. Creo que tiene pocas posibilidades de evitar que lo capturen.

—Me sorprende que el FBI no haya venido a verme —dijo Puller.

—Me figuro que si no lo han hecho, como mínimo te estarán vigilando. Aunque también puede ser que Rinehart y compañía hayan hablado con ellos y dejado bien claro que ellos manejan la pieza John Puller de esta ecuación.

—Qué complicado.

—Sí, lo es. Esta tarde me he documentado sobre la carrera de tu hermano —agregó Carson.

—¿En serio? —repuso Puller bruscamente.

* Agencia de Seguridad Nacional. *(N. del T.)*

—Oye, no te pongas así. Me gusta estar preparada. La mayoría estaba clasificada y no he podido acceder ni siquiera con mis autorizaciones, y algunos archivos parecían haber sido borrados, porque había lagunas. Parte de las páginas que he leído en pantalla tenían un estilo muy rebuscado, pero, por lo que he podido ver, la carrera de tu hermano seguía siendo bastante impresionante. Quiero decir que su trayectoria era como un cohete. Habría conseguido fácilmente su estrella, y más. Incluso he sacado a la luz un artículo que escribió sobre un diseño de armas nucleares de última generación. He entendido una de cada diez palabras, y no me considero estúpida. Había ecuaciones matemáticas que me sonaban a chino.

—Siempre fue el listo de la familia. Madera de oficial. Yo no era más que un soldado de infantería en las trincheras.

—¿Alguna vez le preguntaste si lo hizo? —preguntó Carson a bocajarro.

—Una vez —contestó Puller.

—¿Y?

—Y no me contestó.

—Y ahora se ha escapado. Nadie se escapa de la DB sin ayuda. Es imposible.

—Lo sé.

—Y probablemente sabes algo más.

—Sí, claro, que mi hermano era culpable. Y quizá mató al tío que encontraron en su celda. De modo que es un traidor y un asesino.

Mientras decía esto, Puller sintió un doloroso pinchazo en el pecho, su respiración devino superficial y el sudor le perló la frente. Sabía que no estaba padeciendo un ataque cardíaco.

«Pero ¿estaré teniendo un ataque de pánico?»

Jamás había sentido pánico, ni una vez en su vida. Ni siquiera mientras las balas silbaban y las bombas estallaban a su alrededor. Entonces había estado asustado, como lo estaría cualquier persona. Pero eso no era lo mismo que el pánico. En realidad era la diferencia entre sobrevivir o morir.

—John, ¿estás bien?

—Sí, bien —dijo secamente, aunque en realidad no lo estaba.

«¿Mi hermano, traidor y asesino? No, decididamente no estoy bien.»

—Supongo que eso contesta a mi pregunta —dijo Carson.

—¿Qué pregunta?

—Pensabas que tu hermano era inocente, ¿no?

—Tal vez sí.

—Puedo entenderlo, John. Es lógico.

—¿Lo es? —dijo Puller acaloradamente—. No parece lógico. Nada de esto lo es.

—¿Y qué vas a hacer? —preguntó Carson.

—Mi comandante me ha dado unos días de permiso.

—Y también te ha dicho que te mantengas alejado de este embrollo.

—Y hay un traje y dos generales que a lo mejor quieren que le eche un vistazo.

—Pero no te han dado la orden directa de hacerlo, y ni siquiera están autorizados a hacerlo. Quizá malinterpretaste sus intenciones. Por otra parte, tu comandante te ha dicho explícitamente que te mantuvieras al margen. De modo que la respuesta es sencilla. Te mantienes al margen.

—Es mi hermano, Julie.

—Y tú eres un soldado, John. Órdenes son órdenes. La verdad es que no tienes elección.

—Llevas razón, no la tengo. Es mi hermano.

—¿Por qué estás haciendo esto?

—¿Haciendo qué?

—Sometiéndote a tanta presión.

Puller inhaló profundamente y después dijo otra vez, con más énfasis:

—¡Es mi hermano!

—No importa que sea tu hermano. Ese barco ya ha zarpado, Puller. Es un preso huido. Lo mejor que puedes esperar es que lo atrapen sin contratiempos y lo devuelvan a la DB sin demora.

—¿Eso es todo, pues?

—¿Qué más podría ser? Mira, sé cómo debes sentirte. Pero tu hermano tomó sus decisiones. Su carrera y su vida han terminado. ¿Me estás diciendo que quieres arriesgar las tuyas? ¿Por qué razón, si puede saberse?

—Todo lo que estás diciendo es coherente.

—Pero no te lo tragas.

—No he dicho eso.

—No tenías por qué. —Carson respiró profundamente—. Veamos, te lo pregunto otra vez. ¿Qué vas a hacer?

—No lo sé. Y tampoco te lo diría si lo supiera. Te pondría en una situación todavía más embarazosa.

—He pasado por más de una contigo.

—Y faltó poco para que murieras, Julie. Nunca volveré a hacerte algo semejante. Nunca.

—Me presenté en Florida por voluntad propia. No me pediste que fuera.

—Pero tampoco te dije que regresaras a casa.

—Sobreviví.

—Te fue de un pelo.

—No quiero que te ocurra algo malo, John. Aunque ahora esté en Texas. Todavía me importas.

Aunque no estaban cara a cara, Puller podía imaginar la expresión de Carson en aquel momento. Tierna y preocupada.

—¿No te preocupan las reglas de fraternización?

—No se aplican a nosotros. Se aplican a oficial y recluta. Ambos somos oficiales. Yo soy general, y aunque tú iniciaras tu carrera en la tropa, ahora eres suboficial mayor. Y no estás bajo mi mando.

—¿Lo has comprobado?

Carson levantó la voz:

—Sí, lo he comprobado. Supongo que comprenderás que me sienta un poco dueña de ti. No puedes perder aposta tu carrera por esto. ¡Simplemente no puedes!

—Tampoco puedo quedarme sentado en la línea de banda. Lo siento.

—John, por favor, piensa en las consecuencias.

—No he hecho otra cosa que pensar en ellas. Pero eso no ha cambiado mi decisión.

La oyó respirar profundamente.

—Bien, pues te deseo la mejor de las suertes. Y me figuro que no puedo decir que me sorprendas. Después de lo de Florida tengo bastante claro que la sangre Puller es más espesa que incluso la variante verde del Ejército.

—Gracias por comprenderlo.

—No he dicho que lo comprenda. Solo que no me sorprende. Cuídate, Puller. Y considéralo una orden de una dos estrellas.

—Eso significa mucho para mí, Julie. De verdad.

Puller desconectó el teléfono, se recostó y cerró los ojos. Nunca había pensado que Julie Carson pudiera ser su media naranja. Ella era una general en pleno ascenso. Él era un suboficial mayor que prácticamente había tocado techo. Le tenía afecto, pero profesionalmente eran como agua y aceite. Aunque podían ser amigos y seguirían siéndolo. Y siempre sentiría cariño por ella. Siempre.

La lealtad era importante para John Puller. Casi tanto como la familia. Y a veces eran la misma maldita cosa.

7

El wifi estaba conectado y funcionando. Igual que Robert Puller. Mientras la enorme maquinaria de las Fuerzas Armadas de Estados Unidos, junto con el todavía mayor pulpo de inteligencia que se extendía desde la CIA y la NSA, lo estaba buscando a él, el hombre más buscado de América estaba tomando un americano grande descafeinado y tecleando en su Apple MacBook Pro con dedos tan ágiles como los de un adolescente. Y llevaba haciendo lo mismo casi todo el día sin moverse de allí.

Era un poco delicado, pues la mayoría de los estadounidenses con conexión a internet o con un móvil sabía que en la actualidad, «ellos» estaban vigilando. Y «ellos» podían venir y prenderte en cualquier momento que «ellos» quisieran.

Pero Robert Puller sabía manejarse con los ordenadores y conocía todas las maneras conocidas de rastrear, piratear o espiar a los usuarios. Y su portátil había sido programado ex profeso y cargado con software y protecciones únicos, no disponibles para el público general. No había puertas traseras por las que la NSA lo pudiera pillar desprevenido, de manera sigilosa e ilegítima. De hecho, había puertas traseras y punto. Excepto las que él había puesto en otras bases de datos antes de ingresar en prisión, y que ahora aprovechaba al máximo. Estar tantos años en el STRATCOM le había dejado en una posición única para piratear a todo el mundo. Y hacerlo con estilo, admitió para sí cuando terminó el café y echó un vistazo a los demás clientes del Starbucks, donde el extravagante java no era una mera bebida, sino también una forma de vida. Ya había leído todas las noticias relacionadas con su fuga. Había tenido suerte, de eso no cabía duda. Pero no todo había sido suerte.

Los artículos de prensa estaban llenos de datos. Ningún detalle real de la búsqueda, aparte de los penosamente obvios. Puestos de control, registros casa por casa, vigilancia de aeropuertos y estaciones de autobús y de tren, pedir ayuda al público, etcétera, etcétera. Había imágenes de él por toda la red. Como mínimo, eran un riguroso recordatorio de lo mucho que había cambiado su aspecto de la noche a la mañana. Los PM con los que se había cruzado por la mañana en la cafetería debían tener su careto impreso en los genes. Y, sin embargo, el que le había mirado a los ojos ni siquiera se había molestado en echarle un segundo vistazo.

También publicada por toda la red estaba su historia. La brillante carrera académica en la que había sido el mejor en todas las instituciones a las que asistió. La meteórica carrera militar. Sus tentáculos en todos los fregados de inteligencia. Los sistemas que había desarrollado, el software que había codificado, la visión de futuro en ámbitos de los que el público solo tenía un vago conocimiento. Y después la caída desde el alto pedestal, el arresto y los cargos en su contra que lo apuntaron como una ametralladora de calibre cincuenta dispuesta a hacerlo añicos. Y después el consejo de guerra. Después el veredicto. Finalmente, la encarcelación de por vida.

Y ahora la fuga.

Todo esto lo había leído y asimilado, pero en última instancia carecía de sentido para él.

Había una perspectiva de la historia que lo había impresionado en lo más hondo.

Su padre y su hermano aparecían citados en numerosos artículos. El combatiente legendario rendido por culpa de la demencia. Se sacaban a la luz trapos sucios Y había suciedad desenterrada y repetida mecánicamente sobre los motivos por los que nunca había conseguido su cuarta estrella ni le habían colgado de su grueso cuello la Medalla de Honor.

Y después estaba su hermano, el muy condecorado veterano de combate convertido en agente de la CID que se estaba forjando su propia leyenda en el Ejército. Pero la idea subyacente en los artículos eran las visitas que John Puller júnior había hecho a la DB. Lo unidos que estaban los hermanos. El agente de la ley y el quebrantador de la ley. No, el machacador de la ley, pues no era un mero criminal; había cometido traición, salvándose de la pena de muerte por quién sabía qué vericuetos del sistema judicial militar.

«¿Están dando a entender que mi hermano me ayudó a escapar?»

No sabía dónde había estado John el día anterior, pero estaba bastante seguro de que no era en Leavenworth. Eso habría salido en los periódicos. Habría que librar de sospecha a su hermano de cualquier implicación en la fuga. ¡Era impepinable! Con todo, le constaba que incluso un indicio de sospecha podría llegar a destrozar a su hermano pequeño, por más fuerte que pareciera. El honor personal lo significaba todo para John Puller júnior.

¿Y qué pasaba con John Puller sénior?

A pesar de su afecto por el viejo, tan solo esperaba que su padre estuviera tan ido que nada pudiera penetrar la densa nube de demencia que se estaba solidificando en torno a su antaño extraordinaria mente.

Dejó todo esto a un lado y siguió tecleando en el ordenador con renovada vitalidad. Había sido parte de su vida durante mucho tiempo antes de que se lo arrebataran. Sin embargo, el pirateo era como montar en bicicleta. No había olvidado nada. Los códigos habían cambiado. La seguridad era mejor. Pero no infalible. Nada lo era. Cada día se inventaban nuevas técnicas de pirateo y los chicos buenos simplemente no podían seguir el ritmo.

Era un pirata nato porque parte de su deber había consistido en piratear a los de su propio bando para poner a prueba las defensas que había contribuido a crear. Si él, su inventor, no lograba piratearlas, se suponía que nadie más podría hacerlo. A veces habían acertado, otras no. Y a veces Puller se había contenido un poco, pues nunca jugaba mostrando todas sus cartas.

Su mirada se desvió de la pantalla y se aventuró hacia la calle donde un Humvee circulaba lentamente. Dentro había soldados en uniforme de campaña cuyas miradas metódicas barrían la zona.

«O sea, ¿que aún piensan que ando por aquí? Interesante.»

En realidad no se lo creía. El Ejército simplemente estaba cubriéndose las espaldas. La DB acababa de sufrir su primer revés. Era de esperar que hubiera presencia de soldados en las calles. Volvió a mirar la pantalla y siguió tecleando, creando su versión de una sinfonía armada nota a nota, compás a compás, movimiento a taimado movimiento.

Cuando el contenido de la pantalla se disolvió y reapareció como algo enteramente nuevo, cerró el portátil y se levantó. Aquello a lo que acababa de lograr acceso no era para ser leído en el Starbucks del barrio.

Y si bien había estado usando un wifi normal y corriente abierto a cualquiera, su portátil estaba disparando decodificadores tan potentes que cualquier punk con mano para la electrónica que anduviera pescando con caña números de tarjeta de crédito y sus correspondientes PIN se encontraría con algo tan embrollado que le parecería un puzle de un trillón de piezas sin una imagen para guiarse.

Aun así, existían protocolos. Y aunque ya no vestía uniforme, Puller tenía intención de respetar esas normas en la medida en que pudiera. Era parte de quien era, de quien siempre sería. Se decía que el uniforme hacía al soldado. Bien, pues realmente era así. Pero esa afirmación poco tenía que ver con la ropa. Todo estaba dentro de ti.

Había llegado el momento de explorar y tal vez dar una vuelta. Para eso necesitaba ruedas. No iba a alquilar un coche. Iba a rellenar un cheque por una camioneta Chevy Tahoe de 2004 en el solar del concesionario de coches de segunda mano de la manzana siguiente. Antes le había echado un vistazo mientras hacía una pausa de su pirateo.

Tardó una hora en regatear y cumplimentar todos los impresos. Después subió a su nuevo carro, lo puso en marcha —los ocho cilindros de potencia cobraron vida gloriosamente— y arrancó. Se despidió con la mano del vendedor, que probablemente había ganado una comisión suficiente para derrochar en una buena cena para él y su señora, cuyas fotos le había mostrado a Puller durante la negociación, seguramente para ablandarlo.

No le había dado resultado. La prisión no te ablandaba. Te convertía en una roca.

Siguiente misión: conseguir cuartel. Un lugar donde pudiera leer en paz.

Y entonces podría poner aquello en funcionamiento.

Robert Puller confiaba con toda el alma en que los años de espera hubiesen merecido la pena.

8

John Puller sabía que volar estaba descartado porque la compra de billetes con tarjeta de crédito podía rastrearse, e imaginó que un sinfín de ojos computarizados estarían apuntados en esa dirección. Los trenes también estaban fuera de discusión por el mismo motivo, aunque de todos modos tampoco los había convenientes para que lo llevaran sin demasiada demora a donde tenía que ir. Un autobús podría haberle servido, pero cuando llegase necesitaría un vehículo, y alquilarlo también dejaba un rastro electrónico. Eso limitaba sus opciones a un coche: el suyo. Bueno, su sedán de las fuerzas armadas. Aunque él pagaría el combustible.

Llegar a su destino en Kansas le llevaría unas veinticuatro horas si paraba por el camino, cosa que tenía intención de hacer para ver si alguien lo seguía. El traje y las estrellas quizá habían querido convertirlo en su perro de caza por las razones que fuesen para que ojeara a un fugitivo en lugar de una codorniz. Pero Puller no quería hacer tonterías ni correr riesgos innecesarios.

Hizo su equipaje y el de la gata y se marchó a medianoche. Esto no era inusual en él. A menudo tenía que salir a horas intempestivas, mayormente porque los soldados no tendían a cometer delitos graves con arreglo a un horario estricto. La mayoría, de hecho, se perpetraban de noche, con frecuencia después de demasiadas cervezas y demasiados insultos. Poner la otra mejilla había quedado absolutamente borrado de todos los manuales del Ejército.

La cuestión importante era que los faros harían visible a cualquier persona que lo siguiera. No vio a nadie en los tres primeros kilómetros de carreteras serpenteantes y enseguida se dirigió hacia la interestatal y emprendió su viaje hacia el oeste. Se detuvo dos veces para comer, primero un buen desayuno en un Cracker Barrel de Kentucky y después una cena en un asador a pie de carretera y muy concurrido, llamado The Grease Bowl, en algún lugar de Missouri.

No iba de uniforme ni tenía planes de ponérselo mientras estuviera de permiso. Tenía su tarjeta de identificación y sus credenciales oficiales, eso sí. Tenía sus armas, porque si no las tenía significaba que estaba muerto y que alguien había olvidado decírselo. Y tenía algunas herramientas de investigación que habían ido a parar a su bolsa, junto con algo de ropa limpia y un neceser. Lo que no tenía era una idea clara de lo que esperaba conseguir yendo a la escena de la fuga de su hermano.

Los presos huidos de una instalación del Ejército sin duda podían estar en la jurisdicción de la CID sin que importara en qué cuerpo militar hubiesen servido. Técnicamente, su hermano ya no era miembro de las fuerzas armadas. Junto con su condena le había caído un deshonroso cese; procedimiento estándar. Los chicos malos nunca volvían a ponerse uniforme.

Sin embargo, dado que Robert Puller había sido condenado por crímenes contra la seguridad nacional, la responsabilidad de su caso recaía en buena medida sobre los agentes especiales de Contrainteligencia Militar y del FBI. No obstante, Puller había trabajado en investigaciones paralelas con ambas agencias y las consideraba sumamente competentes. Mejor para ellas, tal vez peor para su hermano. Pero tenía que dejar de pensar de aquella manera. Lo que era malo para su hermano era bueno para él y para el resto del país.

Fácil de pensar, más difícil de poner en práctica, porque los hermanos habían estado extremadamente unidos toda su vida, debido a la tan absorbente carrera militar de su padre y a una madre en gran medida ausente. John Puller había recurrido a su hermano en busca de consejo sobre todas las decisiones importantes de su vida, desde invitar a una chica a salir hasta en qué posición jugar en el equipo de fútbol americano del instituto, desde una muy necesaria ayuda ante un examen de física en su primer año en la facultad hasta la manera más apropiada de plantear a su padre la decisión de no ir a West Point para convertirse en oficial. Fueron los consejos de Bobby, todos ellos buenos, acertados y bienintencionados, los que habían ayudado a Puller a ser como era, para bien o para mal. ¿Y ahora su mentor era de pronto su enemigo?

La primera vez que visitó a Bobby en la DB tuvo la impresión de que se había cometido un craso error, pero que podría enmendarse en un futuro cercano. Los dos hermanos, ambos altos y bien plantados, aunque John era el más alto y el más fuerte de los dos, se sentaron frente a frente en el locutorio y Puller habló y Bobby escuchó. Después Bobby habló y Puller escuchó. Luego, a medida que las visitas continuaron durante más de dos años y la estancia de su hermano en prisión había cuajado en una permanencia que parecía inquebrantable, a Puller cada vez le costó más pensar en algo que decir. Era como si el hombre que tenía enfrente tuviera el rostro de su hermano pero nada más. La persona que había conocido toda su vida no era posible que estuviera allí. No era posible que estuviera en aquel lugar condenado por traición. Sin embargo, allí estaba.

La última vez que se separaron, Puller había dado un apretón de manos a su hermano, pero no había sentido conexión alguna con él. En su momento pensó que era un imitador. Tenía que serlo.

Cierto era que Bobby había ayudado a su hermano menor, por teléfono, a evitar un desastre de proporciones mayúsculas durante su investigación del asesinato de una familia militar en Virginia Occidental. Por eso su hermano se había convertido en el primer recluso de la DB que recibiera una mención por servicio a su país. Y cuando su tía apareció asesinada en Florida, su hermano le había ofrecido conmiseración y consejo. Eso había distendido un tanto su relación, pero nada podía salvar el hecho de que uno de ellos vivía entre rejas.

«Solía vivir entre rejas», se recordó Puller a sí mismo al cruzar la frontera de Kansas hacia las diez de la noche siguiente a su partida de Virginia. Era oscuro y sus opciones, limitadas. No quería alojarse donde acostumbraba a hacerlo cuando visitaba a su hermano en la DB. Sería poner demasiado fácil que lo descubrieran y le siguieran desde allí.

Siguió conduciendo y al cabo de unos diez minutos paró en un motel que parecía haber sido construido en los años cincuenta y después olvidado. La pequeña oficina demostró que esta observación era correcta hasta en detalles como el disco marcador del teléfono, la gruesa guía telefónica y una voluminosa caja registradora metálica. No había una pantalla de ordenador a la vista. La mujer del mostrador parecía que estuviera allí desde el primer día y que hubiese olvidado cambiarse de ropa y de peinado durante todo aquel tiempo. Pagó dos noches en efectivo y recogió la llave grande y anticuada de su envejecida y temblorosa mano.

Pocos minutos después estaba en su habitación con su gata, AWOL, acurrucado encima de un colchón delgado con las sábanas húmedas porque el aire acondicionado de pared era básicamente un humificador que escupía volutas de aire húmedo que finalmente caían al suelo, o al menos encima de las sábanas. Puller se tendió en la cama, con la colcha húmeda y todo, y comprobó sus e-mails. Había uno de su comandante, reiterando a Puller que aquel caso le estaba vedado. No contestó. ¿De qué serviría?

Entonces hizo lo único que podía hacer después de conducir a través de casi medio país: dormirse. Había sido capaz de descansar tanto en medio de un combate como de una investigación de asesinato. Pero aquella noche el sueño se veía interrumpido de continuo por pensamientos sobre lo que iba a hacer al día siguiente.

Al despertar por la mañana todavía no lo tenía muy claro. Dio de comer y beber a AWOL y después la dejó salir. Entonces subió a su coche y fue a una cafetería que estaba en la misma calle del motel. También era de los años cincuenta, pero la comida era intemporal: tortitas, beicon, huevos fritos y té caliente. Comió hasta saciarse, regresó al coche y se quedó sentado en el asiento del conductor, mirando de mal humor por el parabrisas. Ahí donde lo habían movilizado con el propósito que fuese, combatir o investigar, Puller siempre había sido capaz de trazar un plan, una estrategia para llevar a cabo su tarea. Pero ninguna de esas veces había conllevado buscar a un preso fugado que resultaba que era su hermano. En muchos sentidos, se sentía paralizado.

Y de pronto una respuesta parcial pasó caminando por delante de él. No tendría que haber resultado sorprendente, pues no lo era. Era uno de los motivos por los que permanecía sentado allí. El café del otro lado de la calle lo frecuentaba el personal de la DB. Lo sabía de sus visitas anteriores. Había encontrado o visto a muchos de ellos durante el tiempo que había pasado allí. No se llamaban por el nombre de pila, por supuesto, pero con su talla era difícil no fijarse en Puller y más aún olvidarlo.

Aguardó pacientemente mientras uniforme tras uniforme entraban en el local y salían con café y bolsas de comida. Los uniformes no le interesaban. Demasiadas normas y reglamentos pesaban sobre ellos como los patucos de cemento de un gánster. Veinte minutos después, su paciencia se vio recompensada. La mujer había aparcado junto al bordillo y se apeó del coche. Tenía cuarenta y tantos, quizá cincuenta y pocos, alta, robusta, con el pelo rubio que no era de su color natural, y con pantalón negro de vestir, jersey rojo y tacones bajos. Puller se fijó en el cordel y la tarjeta de identificación que llevaba al cuello y en el permiso de estacionamiento en la USDB en el parachoques frontal de su coche. La había visto en la prisión varias veces.

Siendo civil, era administrativa en la prisión. No recordaba su nombre, pero supuso que era un buen sitio por el que empezar. Habían hablado un par de veces, y pensó que si él la recordaba, ella lo recordaría.

Salió del coche, cruzó la calle y entró en el local mientras ella estaba haciendo su pedido. Se puso detrás de ella y pidió un café solo grande. Cuando ella oyó su voz se volvió y levantó la vista hacia él.

—¿Puller? —dijo—. Usted es Puller, ¿verdad? ¿De la CID?

La miró con su expresión más impasible.

—Sí, señorita, así es. ¿Nos conocemos?

—Trabajo en la DB. Estoy en administración.

—Ah, claro, señorita...

—Chelsea Burke. Una vez estuvo en mi oficina para preguntar acerca de...

La voz se le fue apagando tal como Puller sabía que ocurriría. Asintió con la cabeza, y su expresión impasible devino ceñuda.

—Exacto. Por eso estoy aquí, señorita Burke.

—Por favor, llámame Chelsea.

—Gracias, me llamo John. Mira, ya que nos hemos tropezado, ¿tienes un minuto?

Chelsea recogió su café y lo pagó, Puller hizo lo propio. Parecía insegura, pero él la condujo a una mesita cerca de la entrada, que daba a la calle. Se sentaron y Puller bebió un sorbo de café mientras ella simplemente sostenía el suyo entre las manos y lo miraba con inquietud.

—Fue una conmoción —comenzó Puller—. Cuando me enteré. Sucedió de noche, así que dudo de que tú estuvieras allí.

—No estaba —corroboró Chelsea.

—Ya han venido unas personas a verme —dijo Puller—. Todo muy confidencial, pero soy de la CID. Sé ver a través de todo eso. Tú probablemente también.

—¿La CID está implicada en esto?

—Me temo que no puedo contestar directamente, lo siento.

—Ay, por supuesto que no. No tenía intención de...

Puller enseguida descartó su disculpa con un ademán.

—No pasa nada, Chelsea, pero me gusta ponerme en acción de inmediato, y quizá haya sido afortunado que me topara contigo.

—¿Y eso por qué?

—Porque no eres militar.

—No lo entiendo.

—Los uniformes tienden a cerrar filas ante incidentes como este. La única preocupación de la CID es descubrir la verdad.

Era absolutamente cierto, aunque había formulado la frase para empujarla a creer que la CID —en la forma de su presencia— estaba investigando el asunto.

—Por supuesto —dijo Chelsea, con ojos como platos.

A Puller le satisfizo ver que bebía un sorbo de café y se recostaba en la silla, con una actitud más relajada y comprometida.

—Seguro que entiendes que las cosas resultan muy excepcionales. Se va la corriente, supuestamente debido a la tormenta. ¿Y luego se para el generador de emergencia? Sin duda te das cuenta de que es sumamente improbable que haya ocurrido por pura casualidad.

Chelsea empezó a asentir antes de que él terminara.

—Eso dicen los rumores, John. Es como una posibilidad contra un billón. Eso sí, te garantizo que fue una tormenta tremenda. Pero la tormenta no pudo afectar al generador. Funciona con gas natural y las tuberías pasan bajo tierra.

Puller se inclinó hacia delante y sonrió.

—Me gusta que te hayas fijado. —Hizo una pausa—. Y seguramente entiendes que el generador no habría arrancado para luego pararse si primero no se hubiese cortado la corriente.

Chelsea lo meditó un momento y se le abrieron los ojos al comprenderlo.

—¿Piensas que alguien saboteó la corriente general?

—Ahora mismo no tengo respuestas claras. Pero sin duda es posible.

—La DB está volviéndose loca intentando descubrir lo que pasó en realidad. —De pronto lo miró nerviosa—. Y con tu hermano y todo. Seguro que estás tan preocupado como el que más.

—No es fácil tener a un familiar entre rejas. Pero mi trabajo consiste en investigar delitos militares. Y en estas circunstancias, el deber pasa por encima de la familia, obviamente.

Chelsea cogió el café entre sus manos y dijo:

—Estaba enterada de lo de su mención. Por ayudarte a ti. El papeleo pasó por mi oficina.

—Sin él se habrían perdido muchas vidas.

—Resulta raro, ¿verdad? —comenzó Chelsea.

—¿El qué?

—Un hombre es condenado por traición y después ayuda a su país y consigue una mención, pero sigue en prisión. Y después se escapa de la prisión. Simplemente, parece raro.

—Estoy convencido de que los agentes han ido a entrevistarse contigo y con el resto del personal.

—Todavía no han llegado hasta nosotros, pero sin duda lo harán. Me consta que ayer estuvieron el día entero en la DB, y seguro que se quedarán por aquí una buena temporada.

—Me pregunto si alguien ha visitado a mi hermano últimamente —dijo Puller. No miraba directamente a Chelsea cuando lo soltó, pero con su visión periférica estaba atento a su reacción.

—No es mi departamento. Aunque debe figurar en el libro de registro, por supuesto. La DB mantiene un meticuloso diario de quién entra y sale. Bueno, tú ya lo sabes, con la de veces que has venido a verle.

—Sí, es verdad. Y seguro que ya han revisado el libro de registro.

Ahora la miró expectante. Chelsea se ruborizó ante su escrutinio.

—No lo sé.

—¿No está todo informatizado en la DB?

—¡Por descontado!

—O sea, ¿que hay archivos digitales de las visitas?

—Sí, los hay.

Puller procuró elegir sus siguientes palabras con especial cuidado.

—Chelsea, algo me huele mal en este asunto. Bien, esto te lo digo en secreto, ¿de acuerdo? —Ella asintió deprisa y él prosiguió—. Hace poco me abordaron un par de generales y alguien del NSC...

—¿El NSC? ¿El Consejo de Seguridad Nacional? ¡Dios mío!

—Sí, esto llega muy arriba. En fin, me abordaron con un montón de preguntas y no tuve respuesta para ninguna. Pero creo que querían que buscara las respuestas. Y para hacerlo necesito información.

Puller repasó mentalmente lo que acababa de decir y concluyó que no había dicho ninguna falsedad. Tampoco era que fuese a servirle de mucho si las cosas se torcían. No obstante, se sintió culpable por pedirle ayuda. Pero las palabras siguientes de Chelsea le hicieron olvidar esa preocupación.

—No veo cómo puedo ayudarte, John. En realidad, tengo acceso a bastante poco.

Puller se apoyó en el respaldo.

—¿Conoces a alguien que pueda tenerlo y que esté dispuesto a hablar conmigo?

—Uno de los guardias. De hecho, me ha dicho que tiene intención de solicitar el ingreso en la CID. Quizá podría ser una manera de acortar distancias, por así decir.

—Podría ser. ¿Cómo se llama?

—Aubrey Davis, soldado de primera clase. Un tipo simpático. Joven, soltero. Le gusta la cerveza, pero tengo entendido que se toma muy en serio su carrera.

Puller sacó una tarjeta y se la dio.

—Dile que me llame al móvil, ¿vale?

Chelsea cogió la tarjeta y asintió con la cabeza.

—Lo haré. Pero no puedo garantizar que vaya a ayudarte.

—Nadie puede garantizarlo. La mayoría de las pistas quedan en nada. Solo intento seguir hurgando en las que tengo y esperar que me conduzcan a otras. Gracias de nuevo.

La dejó allí y regresó a su coche. De acuerdo, le constaba que llevaría cierto tiempo que ese enfoque diera sus frutos, si es que llegaba a darlos. Si fuese realmente desafortunado, el soldado de primera Aubrey Davis quizá informaría de su consulta y esta ascendería con la máxima velocidad militar, conllevando que Puller recibiera una llamada de su comandante o probablemente de alguien incluso de más arriba en la cadena de mando. Si fuese calamitosamente desafortunado no sería una llamada telefónica, sino un camión lleno de PM para llevárselo a escuchar los cargos contra él por desobedecer una orden. Pero entretanto tenía otras cosas que comprobar. A saber, cómo había perdido la DB ambas fuentes de energía en la misma noche, permitiendo que un preso sumamente valioso se largara sin más.

Y dejando tras de sí a un hombre muerto que en principio no tenía por qué estar allí.

Resultaba absurdo, tal como lo había expuesto. Así que de un modo u otro tenía que haberlo expuesto mal.

Y la única forma de hacerlo bien era empezar a cavar.

Con una pala muy grande. Sin que lo supiera nadie.

Era mucho pedir, lo sabía.

Pero se trataba de su familia, y eso significaba que realmente no tenía elección.

9

Puller condujo por un camino tortuoso que rodeaba el perímetro de la DB y de Fort Leavenworth en conjunto. Su mirada recorría las líneas eléctricas. No había manera de ver la configuración del generador de gas natural, puesto que estaba detrás de unos muros de bloques de hormigón y las líneas eran subterráneas.

Observó a una cuadrilla de electricistas que trabajaban dentro de una tela metálica que rodeaba los generadores gemelos que habían sido conectados a la prisión. Seguramente se trataba de la subestación donde habían estallado los transformadores. Pero no podía interrogar oficialmente a los operarios. Tamborileó en el volante y se planteó qué hacer. Y entonces fue cuando se fijó en el Hummer que se detenía detrás de él.

Los PM habían llegado. Puller suspiró, sacó su tarjeta de identificación del bolsillo y aguardó.

Dos hombres armados y de uniforme se apearon del vehículo. Se pusieron las gorras y se aproximaron, uno por cada lado del coche. Puller mantuvo las manos a la vista y no hizo ningún movimiento súbito. Pulsó el botón de la ventanilla con el codo cuando el PM de la izquierda llegó a su altura.

—¿Qué se le ofrece? —preguntó—. Aquí tiene mi identificación. Soy...

—Sabemos quién es usted, señor. Y nos han dado instrucciones de llevarlo a Fort Leavenworth para que asista a una reunión.

Puller guardó despacio su tarjeta de identificación.

—¿Quieren que los siga? ¿O prefieren que vaya en su vehículo?

—En el nuestro, si no le importa, señor. Basta con que ponga el suyo un poco más apartado del camino. Nos aseguraremos de que siga aquí cuando usted regrese.

«Bueno, al menos no ha dicho si usted regresa.»

Puller fue en el asiento trasero con un PM a su lado. Ambos eran jóvenes, veinteañeros, tiesos como palos de escoba, con mentones testarudos, cuellos abultados y ojos que no veían más allá de las órdenes que les habían dado. Puller no intentó hablar con ellos. Solo eran los perros cobradores que llevaban su presa al cazador.

Fueron hasta Fort Leavenworth, donde lo entregaron a una lugarteniente que iba muy elegante con su uniforme de Clase B.

Intercambiaron saludos y ella dijo:

—Sígame, por favor, suboficial mayor Puller.

Vaya, al parecer todo el mundo sabía quién era.

Recorrieron un largo pasillo mientras la vida del ejército proseguía a su alrededor. Las instalaciones militares eran centros de actividad permanente, y sin embargo Puller no se distrajo en ningún momento. No sabía si se dirigía a su muerte profesional o a una temporada de prisión militar. O a algo completamente distinto. Preguntas como esa hacían que un hombre se concentrara.

La lugarteniente abrió una puerta, le hizo pasar, la cerró detrás de él, y Puller oyó el repiqueteo de sus tacones reglamentarios alejándose por el pasillo. Y entonces se olvidó por completo de la lugarteniente. Sentados frente a él al otro lado de una mesa estaban los mismos tres oficiales de antes: el general del Ejército Rinehart; Schindler, el traje del NSC, y el una estrella de las Fuerzas Aéreas Daughtrey. «Schindler, Daughtrey y Rinehart», pensó Puller. Parecía una firma de abogados, cosa que no le hizo sentirse mejor en absoluto.

—¿Está disfrutando de su visita a Kansas? —empezó Schindler.

—Hasta hace unos diez minutos, señor.

—Por qué no se sienta y le contamos lo que va a hacer —dijo Daughtrey secamente.

Puller se sentó enfrente de ellos.

Schindler se tomó un momento para ajustarse el nudo de la corbata y ponerse bálsamo en los labios cuarteados. Entonces dijo:

—Tenemos entendido que ha desobedecido una orden directa de su comandante.

—¿A qué se debe, señor?

—Se debe a su viaje aquí de noche con el propósito de investigar la fuga de su hermano de la prisión.

—¿Investigar?

—Bueno, hasta ahora ha hablado con una mujer que trabaja de administrativa en la prisión, Chelsea Burke. Y usted esperaba hablar con el soldado de primera Davis, que quizá sea capaz de proporcionarle algunas pistas. Y después ha estado observando una subestación eléctrica que está conectada a la DB.

Puller miró a los personajes que tenía al otro lado de la mesa, maravillándose en silencio de cómo lo habían pillado todo al vuelo.

—¿Está al tanto de todo lo que sale en los artículos sobre el espionaje de la NSA y demás, Puller?

—Algo he leído.

—Es la punta del iceberg, pero el noventa por ciento de un iceberg está oculto bajo el agua. Usted usó su tarjeta de crédito para comprar gasolina y comida. Le seguimos el rastro a partir de ahí.

—Bueno es saberlo, señor —dijo Puller, un tanto sarcástico.

Schindler dijo:

—Los servicios de inteligencia nos mantienen a todos a salvo.

—¿Espiar a los nuestros nos mantiene a salvo? —dijo Puller, quizá con más contundencia de lo que pretendía.

Schindler descartó el comentario con un gesto burlón.

—¿Usted no se cree que hay americanos trabajando con nuestros enemigos? Algunos conciudadanos nuestros harían cualquier cosa por dinero. Demonios, algunos de los mayores bancos y fondos especulativos de este país han estado lavando dinero de cárteles y apoyando el terrorismo durante décadas, y todo por el todopoderoso dólar.

—Le tomo la palabra. ¿Y ahora qué?

—Bueno, ahora tiene que tomar una decisión, Puller —dijo Schindler.

—¿Cuál?

—Básicamente, trabajar para nosotros o atenerse a las consecuencias.

—¿Y cómo trabajaría para ustedes exactamente?

Schindler echó una ojeada a sus colegas antes de continuar.

—Haciendo exactamente lo mismo que usted quiere hacer, lo que ha venido a hacer aquí, de hecho. Investigar la fuga de su hermano. Pero la diferencia es que nos mantendrá al tanto de todo en todo momento. Si sale de esa caja, su carrera ha terminado.

Rinehart añadió:

—La decisión es suya, Puller. Y respetaremos el camino que quiera seguir. Pero si decide no trabajar para nosotros, su culo está en un avión de carga despegando de aquí. Y solo para asegurarnos de que no viene otra vez a husmear por aquí en su tiempo libre, su próxima misión será en ultramar, a partir de mañana. Tenemos un par de asesinatos sin resolver en dos bases distintas, una en Alemania y otra en Corea del Sur. El Ejército todavía no ha decidido cuál le asignará. Mi voto sería para Corea, y mi voto pesa mucho.

Puller asimiló todo aquello, pero no contestó de inmediato. Lo tenían acorralado y tanto él como ellos lo sabían.

—¿Por qué yo? —preguntó finalmente—. Ustedes tienen un montón de recursos al alcance de la mano. La CID. La Inteligencia Militar. No me necesitan.

Rinehart respondió:

—En apariencia es una afirmación justa y exacta, Puller. Pero usted tiene algo que nuestros demás recursos no tienen.

Puller creyó saber a qué se refería Rinehart, pero aguardó pacientemente a que lo dijera.

—Usted es su hermano —prosiguió Rinehart—. Crecieron juntos. Sirvieron juntos, si bien en distintos cuerpos. Sabemos que le ayudó a usted en aquella investigación en Virginia Occidental. Sabemos que lo visitaba con frecuencia en la DB. Sabemos que hablan por teléfono. Usted le conoce mejor que nadie. Por eso pensamos que tiene ventaja para traerlo de vuelta.

—Vivo —dijo Puller.

—Por supuesto.

—Si digo que sí, ¿cuándo puedo comenzar mi investigación?

—De inmediato.

—¿Sin ataduras? ¿Sin condiciones?

—Aparte de la mencionada: que debe informarnos a nosotros.

—¿Y qué pasa con las demás personas que lo estén investigando? No pueden impedir que hagan su trabajo. Es imposible que dejen este asunto en manos de un único agente de la CID.

—Tendrá que esquivarlas. Lo dejamos en sus manos.

—¿Sin ninguna ayuda por parte de ustedes?

—Veremos qué podemos hacer. Pero el balón estará mayormente en su tejado, Puller.

—¿Y mi comandante?

Schindler dijo:

—Recibirá usted una directriz suya por escrito confirmándoselo, por supuesto, con todas las autorizaciones necesarias. No le pedimos un acto de fe.

—Vale, acepto. Y comenzaré mi investigación entrevistándoles a ustedes.

Los tres hombres cruzaron miradas y después miraron a Puller a la vez.

Schindler dijo:

—Nosotros nada tenemos que ver con este caso aparte del interés para la seguridad nacional en traer a Robert Puller de vuelta a la prisión.

—Han dicho que sin ataduras ni condiciones aparte de la mencionada. ¿Acaso se está desdiciendo?

—No, pero...

—Porque soy un investigador cualificado y mi formación y mi experiencia me han demostrado que a veces hay personas que piensan que no tienen información valiosa que compartir, pero que en realidad sí la tienen. Y si no hago las preguntas y obtengo las respuestas, esa información nunca sale a la luz.

Schindler asintió con la cabeza lentamente.

—De acuerdo, ¿qué quiere saber?

—Ha dicho que este es un caso de seguridad nacional. ¿Por qué?

—¿Sabe en qué estaba involucrado su hermano en las Fuerzas Aéreas?

—STRATCOM.

—Exacto. El Mando Estratégico de Estados Unidos. Antes se limitaba a la defensa nuclear. Ahora su misión abarca operaciones espaciales, misiles de defensa, guerra cibernética e informativa, armas de destrucción masiva, comando y control globales, vigilancia, reconocimiento, reacción global inmediata, la lista es larga. No se me ocurre otro mando militar más importante para este país. Su hermano trabajó en el Centro de Correlación de Misiles de Cheyenne Mountain y también en el cuartel general del STRATCOM en la Base de las Fuerzas Aéreas en Offutt, Nebraska.

—Todo esto ya lo sabía, señor. De hecho, visité a mi hermano cuando trabajaba en el STRATCOM en Offutt. Pero después lo destinaron a una oficina satélite aquí, en Leavenworth, ¿correcto? —dijo Puller.

Daughtrey asintió con la cabeza.

—Las instalaciones del STRATCOM en Offutt quedaron pequeñas. El nuevo complejo no estará listo hasta dentro de unos años. Leavenworth fue una entre varias ubicaciones subcontratadas. Pero todo sigue estando conectado con el cuartel general.

—Entiendo —dijo Puller.

Daughtrey agregó:

—Prácticamente no había un aspecto del Mando Estratégico en el que su hermano no estuviera metido. Era una de las personas más brillantes que hayan tenido allí alguna vez. Para él, el cielo era el límite. Literalmente. Lo estaban preparando para ponerlo al frente de todo en algún momento. Ya tenía arreglado su próximo ascenso cuando estalló todo.

—Me consta que usted está en el STRATCOM. ¿Trabajó con él? —preguntó Puller.

Daughtrey negó con la cabeza.

—Me destinaron al STRATCOM después de que su hermano ingresara en la DB. La valoración que acabo de dar se fundamenta en quienes lo conocían y trabajaban con él. Como persona, como soldado y como contratista, era uno de los mejores.

—No lo dudo —dijo Puller—. Siempre fue el primero de clase. Desde el instituto a la Academia de las Fuerzas Aéreas e incluso después.

—Salvo por el asuntillo de la traición —tercio Schindler—. No lo olvidemos.

—No lo he olvidado —dijo Puller, volviendo su mirada hacia el traje—. Y estoy casi seguro de que mi hermano tampoco. Pero ¿qué relación guarda su antiguo trabajo con todo esto?

Rinehart dijo:

—Puesto que solo lleva fuera menos de tres años, Puller,

muchos datos secretos que tiene en la cabeza siguen siendo vigentes e importantes. Los códigos de seguridad y demás se han cambiado, por supuesto. Pero la tecnología subyacente, las estrategias y las tácticas son las mismas. Ya sabe cómo funciona el aparato militar. Finalmente logramos que todos se pongan de acuerdo en algo y el Congreso tiene que adjudicar el dinero. Todo el mundo maniobra para hacerse con su parte del pastel, los uniformes por su porción de mando y futuros ascensos, y los contratistas por su porción de dólares. Una vez todo arreglado, comienza el proceso de implementación y ejecución, que suele llevar años. Seremos muchas cosas, pero ágiles no es una de ellas. Es como cambiar el rumbo de un portaaviones de clase *Nimitz* usando un timón manual: lleva tiempo. Por lo tanto, muchos de los proyectos con los que estaba familiarizado su hermano se siguen implementando o ya están operativos. Conoce de primera mano y con todo detalle algunos de los programas de seguridad más importantes de este país, que a su vez se ocupan de algunos de los desafíos más cruciales que tenemos.

Puller meditó todo esto y dijo:

—O sea, que sería muy valioso para los enemigos de este país.

—Sin la menor duda —dijo Rinehart.

Puller miró a los tres hombres y dijo:

—De modo que quizá no se fugó.

Schindler se mostró confuso, expresión que compartieron sus dos colegas.

—No acabo de entender lo que está diciendo, Puller. Se fugó. Ha desaparecido.

—No digo que no se marchara de la DB.

—Pues entonces ¿qué está diciendo? —preguntó Schindler, golpeteando impaciente la mesa con el índice.

—Que todo lo que ocurrió en la DB fue un montaje, y que en lugar de ser él quien se fugase, quizá lo secuestraron unos enemigos de este país.

10

Cuarteles.

Robert Puller ni siquiera ahora podía llamarlo habitación o apartamento o piso. La palabra era cuarteles. La jerga militar estaba tan grabada en la mente de quienes iban de uniforme como si unos dedos la hubiesen escrito en hormigón húmedo y que se hubiese secado para siempre.

Sus cuarteles eran una habitación de motel en las afueras de Kansas City, Kansas. Había dejado atrás Leavenworth por la sencilla razón de que...

«Pude.»

Era un trayecto en ángulo recto, con las manecillas en las doce y las tres del reloj, lo que significaba ir derecho hacia el sur y después ir derecho hacia el este por la I-70, tramos idénticos de un triángulo rectángulo al que solo le faltaba la hipotenusa para completarse, cosa que en caso necesario podría hacer, tomando una ruta alternativa pero no menos derecha y directa de regreso a Leavenworth. Siempre se planteaba las cosas así, con una alusión a la matemática o a la ciencia o a una materia afín a ellas, poniéndolas en una perspectiva que divertía a unos, desconcertaba a otros y que resultaba repelente a la mayoría, según había descubierto. Aunque no le molestaba en lo más mínimo.

Había una cama, una silla, una mesa, un escritorio y encima del escritorio un televisor con montones de canales en su mayoría inútiles. El cuarto de baño era poco menos que una añadidura, básicamente una hornacina en la pared con un plato de ducha tan claustrofóbico que daba más la sensación de ser una camisa de fuerza que un espacio de aseo.

Aunque después de haber vivido en la celda de una prisión, no le molestaba en lo más mínimo.

Su bolsa estaba en el suelo y su portátil encima del escritorio. Había comprado un teléfono desechable por el camino, junto con un punto de acceso wifi, lo había montado todo, programando ciertas características especiales, y estaba abriéndose camino a través de la base de datos militar que había pirateado en el Starbucks.

Se trataba de una base de datos a la que solo debía tener acceso el personal autorizado. La seguridad informática era tan buena como el programador. El que había puesto el cortafuegos a aquella base de datos era bueno, pero no excelente.

Puller también había adquirido una pequeña impresora inalámbrica, papel de tres agujeros, archivadores de tres anillas y libretas de espiral además de bolígrafos. Si bien había dedicado su vida profesional mayormente al mundo digital, donde prevalecía el lenguaje de los unos y los ceros, apreciaba la importancia del papel, el bolígrafo y el pensamiento deliberativo que trabajar con aquellos útiles de la vieja escuela parecía inspirar. Y pensaba mejor en cursiva. Las letras entrelazadas parecían estimular el pensamiento conectivo.

Imprimió sus documentos, los puso en el archivador, salió de la base de datos y cogió un bolígrafo y las libretas de espiral. Trabajó metódicamente por espacio de varias horas. No se detuvo para beber, comer o ir al cuarto de baño. Era ajeno a todo lo demás que ocurría en el mundo, o como mínimo en Kansas. Había dejado de ser, al menos en su mente, el hombre más buscado de Estados Unidos. Era un analista, un vidente, un pronosticador revisando toneladas de información, moviendo sus fichas, distorsionándolas, probándolas, descartando algunas, complementando otras, transformando poco a poco información inconexa en algo que tenía sentido.

Al cabo de seis horas de concentración implacable, cuando la luz del día había dado paso a la oscuridad, obligándolo a tomarse un momento para encender la lámpara, dejó el bolígrafo y se recostó, cruzó los brazos sobre el pecho y apoyó el mentón en ellos. Cerró los ojos, respiró más despacio y contó sus pulsaciones hasta que estuvieron por debajo de las sesenta por minuto. Abrió los ojos y contempló uno de sus brazos tatuados, ahora a la vista porque se había quitado la chaqueta.

Eran de su propia creación. Parecían tatuajes convencionales, pero si uno los miraba con atención suficiente las águilas, dragones y demás criaturas en realidad estaban compuestas de minúsculas figuras geométricas: cuadrados, triángulos, rectángulos y sus compañeros más complejos, el dodecaedro, por ejemplo, que vistos planos, a saber, como un sólido, tenían doce caras y eran parte integral de las escamas de su dragón.

A Puller le constaba que, aparte de él, nadie se fijaría. Y así era como había ido la mayor parte de su vida: él se fijaba, los demás no.

Excepto por su hermano. Y por su padre. Eran curiosos. Observaban. Recordaban. Su padre había dominado el mandar a enormes cantidades de soldados, grandes cuerpos y divisiones a la vez, para entrar en batalla a una escala y dimensión que eran tan complejas como la mejor partida de ajedrez. Con la presión añadida de los miles de vidas humanas que había en juego. Su hermano daba con el paradero de los malhechores con un sentido de la justicia y una atención al detalle que avergonzaría a los demás de su campo.

Los hombres Puller, prodigios en sus campos respetivos, pero cuyas habilidades compartían el atributo fundamental de...

«Observar.»

Pasó a la página sesenta y seis de los papeles impresos porque acababa de ocurrírsele algo. Estudió lo que estaba escrito allí y lo comparó con la información contenida en la página veinticuatro. Curiosamente, no coincidía. No coincidía en absoluto. Pero tenían que hacerlo si se quería que el resultado oficial tuviera sentido.

Aquello no era un arma humeante, pero era algo. Y algo, como solía decir su hermano, normalmente conducía a otra cosa.

Brillante en su elegante simplicidad, y sabía exactamente a qué se refería su hermano. Lo llevó hasta su conclusión lógica.

«En realidad, algo siempre conduce a otra cosa.»

Sacó una hoja de papel en blanco y evocó la imagen del hombre que tenía en la cabeza. No fue fácil, pues lo había visto a oscuras. Pero había habido una fuente de luz. La propia linterna de aquel hombre.

Puller posó el bolígrafo sobre el papel y volvió a concentrarse, transfiriendo la imagen que tenía en la cabeza a las fibras de algodón, dejando que la tinta penetrase en ellas, que culminara lo que estaba intentando conseguir. No era simplemente importante; era primordial. Porque era algo.

«Y algo siempre conduce a otra cosa.»

Era un artista consumado, hecho que no muchos conocían acerca de él. Había comenzado a dibujar años atrás para relajarse de un trabajo cuyas apuestas y presiones eran enormes.

De ahí los esbozos, líneas que se conectaban e intersectaban y bisecaban otras líneas para formar algo que antes no existía. Eran matemáticas una vez más, geometría transformada en arte, una confluencia que había convertido a pintores como Picasso en iconos consagrados para siempre en la historia. Era cubismo creando obras maestras nacidas en otro reino de pensamiento y experiencia.

Tenía arrebatos e inicios y papeles arrugados, pero insistió en comenzar repetidas veces. Finalmente la imagen ganó agarre, el sistema radicular se estableció y los rasgos empezaron a crecer, como una planta que ascendiera en busca de la luz. La plantas no podían vivir sin la luz del sol; de hecho, la fotosíntesis era la clave de su supervivencia.

Pues bien, Puller no viviría mucho más tiempo si aquella imagen no fructificaba del todo.

Siguió trabajando otra media hora y entonces llegó al punto en que los trazos estructurales estuvieron terminados. Ahora solo faltaba llenar los contornos.

Se recostó, dejó el bolígrafo y levantó el papel a la altura de los ojos.

Un hombre lo miraba desde el papel. Un hombre al que Puller no había visto hasta hacía muy poco. Un hombre al que todavía no conocía.

Ese hombre ahora yacía, estaba bastante seguro, en un depósito de cadáveres en Fort Leavenworth, mientras los investigadores intentaban averiguar su identidad. Y lo que hacía en la DB la noche en que Robert Puller escapó. Y por qué estaba muerto. Eran preguntas pertinentes.

Puller estaba casi seguro de lo que estaba haciendo aquel hombre en la prisión. Sabía claramente y con total exactitud cómo había muerto.

Sin embargo, no sabía nada más. Y necesitaba saberlo. Necesitaba saberlo todo. Aquel puzle no podía quedar sin terminar. No si quería sobrevivir.

«Y porque algo siempre conduce a otra cosa.»

11

John Puller tenía sus órdenes de marcha. Había hecho unas cuantas preguntas más a Daughtrey, Schindler y Rinehart y obtenido unas cuantas respuestas más que quizá conducirían a otra cosa, o quizá no. Pero al menos tenía autoridad para actuar abiertamente. Su comandante había enviado un e-mail confiriéndole poderes para trabajar en aquella investigación con el correspondiente e imprescindible rastro electrónico de los firmantes de rango superior. El traje y las estrellas sin duda tenían el poder que aseguraban tener. Se sintió como si acabaran de rebautizarlo.

No le gustaba ir por ahí a hurtadillas, procurando no llamar la atención. Quería que la gente supiera que trabajaba en el caso. Quería intimidar. Las personas intimidadas y con la conciencia culpable a menudo comenten errores. La única diferencia era que el objetivo de su investigación era su hermano. Robert Puller era brillante. ¿Cometería algún error? ¿Acaso no conocía a John Puller mejor que nadie?

«Sabe cómo pienso. Lo que me mueve.»

«Aunque yo sé lo mismo acerca de él.»

No obstante, estos pensamientos no le hacían sentir bien. Le repugnaban.

Pasó el control de seguridad de la DB y subió un tramo de escaleras hasta el locutorio. Pidió ver al oficial que estuviera al mando, mostrando sus credenciales y transmitiendo su propósito para estar allí.

La mujer recibió a Puller en su despacho. Era la capitana Lenora H. Macri, treintañera, baja, esbelta, con el pelo entrecano recogido en un moño. Parecía tan tensa como un muelle de alambre y su expresión no mostraba el menor deseo de colaborar. Eso no era particularmente bueno para él dado que en aquellos momentos ella era el comandante en funciones.

—¿Qué se le ofrece, jefe Puller? —empezó Macri bruscamente.

—Estoy investigando la fuga de Robert Puller.

—Exacto. Su hermano. —Dejó la frase inconclusa, con todas sus complicaciones e insinuaciones inherentes. Después agregó—: Me parece extraordinario que usted esté involucrado en este caso. He señalado debidamente mis dudas a través de los canales apropiados.

—Cosa que tiene todo el derecho de hacer.

—Cosa que no es preciso que usted me diga —repuso Macri—. La sangre es más densa que el agua, y lo que necesitamos es objetividad. No acierto a ver cómo podrá aportar un punto de vista imparcial a esta investigación.

Puller se removió en el asiento.

—Soy agente de la CID. Mi misión está clara, capitana Macri. Traerlo de vuelta, sea o no sea mi hermano. Me han autorizado para hacerlo. Si tiene inconveniente en colaborar conmigo, necesito que me lo diga ahora.

Macri le sostuvo la mirada.

—No tengo inconveniente, señor Puller. En mi opinión cualquier problema potencial recaerá mayormente sobre usted. Bien, ¿cómo puedo ayudar?

Macri había sido bastante hábil, pensó Puller. No solo se había cubierto la espalda por los «canales apropiados», sino que también le había endilgado la responsabilidad de refutar su opinión en cuanto a que él participara en el caso, mientras que en ningún momento había parecido poco colaboradora. Ahora solo era capitana, pero sin duda estaba bregando de cara a su próximo ascenso.

«¿No lo hacen todos?»

Puller repasó los hechos tal como los tenía entendidos y pidió a Macri que se los confirmara.

—Son exactos —dijo la capitana—. Salvo por los disparos y la explosión.

Puller la miró pestañeando.

—¿Disparos y una explosión? Nadie lo ha mencionado.

—Bueno, quizá no hizo las preguntas adecuadas. Le brindo esta información en interés de la plena resolución. Los disparos y la explosión provocaron que se pidieran refuerzos al fuerte.

—¿Se determinó el origen de los disparos?

—No.

—¿Y el de la explosión?

—He dicho que fue una explosión porque inicialmente fue así como sonó —dijo Macri.

—¿Usted estaba de guardia?

—Sí, en efecto. Pero mucha gente oyó los ruidos. Fueron muy claros.

—O sea, ¿que en realidad no hubo explosión?

—Tal como he dicho, al principio pareció que lo era. No obstante, no encontramos pruebas de que realmente hubiese estallado algo.

—Pues tal vez ocurrió lo mismo con los disparos.

—Probablemente, pues tampoco encontramos pruebas de que se hubiesen efectuado.

—¿Meros efectos de sonido, quizá?

—En realidad, esa es la única explicación que encaja. Como sin duda sabe, los guardias no portan armas dentro de la prisión. Por consiguiente, ellos no pudieron disparar. Registramos a todos los reclusos. No apareció un arma ni ningún otro artículo de contrabando.

—Excepto por el fugado. A él no lo registraron porque se había marchado.

—Correcto —concedió Macri.

—Pero algún dispositivo tuvo que hacer esos ruidos.

—Estoy de acuerdo con usted. Simplemente no pudimos descubrir lo que era. Pero la investigación, como bien sabe, sigue abierta.

—¿Registraron a los guardias?

Macri lo miró perpleja.

—¿A los guardias?

—Si el ruido no lo causaron los presos, ¿quizá lo hizo uno de los guardias?

—¿Por qué iban a hacer algo semejante?

—Bueno, si los hubiesen registrado y hubiese aparecido el dispositivo, podría haber hecho esa pregunta directamente.

—Me niego a creer que un miembro de mi personal estuviera implicado en esto. Es impensable.

—Veamos, capitana Macri, si no se encontró nada al registrar a los presos y no se encontró nada en la prisión, salvo que ustedes estén dejando entrar gente al azar para poner dispositivos que siembran el pánico, tuvo que ser un guardia.

Macri se enfureció, pero no dijo palabra.

—¿Y el estatus de su comandante?

—El coronel Teague está de permiso.

—¿Significa que es el chivo expiatorio? —preguntó Puller.

—Significa que está de permiso.

—¿Ha llevado a cabo una investigación por su cuenta, capitana?

—Se ha realizado una preliminar. Como bien sabe, ahora mismo aquí hay otros haciendo la suya: Inteligencia Militar, la CID aparte de usted. Varios tipos de Washington. Muchas manos en un plato hacen mucho garabato.

—¿Y qué reveló su investigación preliminar?

—Que Robert Puller escapó de un modo que todavía está por determinar.

—¿Y el muerto?

—¿Qué pasa con él?

—¿Lo han identificado?

—Todavía no —contestó Macri.

—¿Falta alguien en la prisión? ¿Guardias, personal de apoyo, civiles? ¿Y qué me dice de Fort Leavenworth? ¿Falta alguien allí?

—Se ha realizado un recuento meticuloso. No falta personal ni aquí ni allí.

—Pero aquí también hay una penitenciaría federal. Y el Correccional Regional del Midwest. ¿Tampoco falta nadie en esos dos lugares?

Macri se quedó atónita ante aquella pregunta.

—No entiendo por qué es relevante el personal de esas instalaciones. Si un preso hubiese escapado lo sabríamos. Y tampoco puede decirse que los guardias de esas instituciones puedan entrar sin más en la DB.

La miró fijamente.

—Usted está con la Brigada PM 15.

—Ya lo sé.

—Compuesta por los Batallones 40 y 705 PM.

—¿Por qué no va al grano? —dijo Macri impaciente.

—La PM 15 es responsable del funcionamiento de la DB y del Regional Midwest. El coronel Teague era el comandante de la DB y también de la PM 15. Los policías de la PM 15 reaccionaron ante la situación en la DB y restablecieron el orden. Además, el Batallón 40 se creó en buena medida porque el 705 estaba desplegado en Oriente Próximo para encargarse de las prisiones de allí. De modo que la prisión la vigilan la PM 15 y sus dos batallones. ¿Me está diciendo que no se solapan en los cambios de guardia? ¿Que ningún guardia de la DB trabaja en la prisión regional, o viceversa?

Macri pareció aturullarse.

—No, ni lo digo ni lo doy a entender.

—Siendo así, el personal de esas instalaciones es importante para mi investigación, ¿correcto?

Finalmente Macri asintió con la cabeza.

—Supongo que es correcto. Perdone si he malinterpretado su petición.

—¿Cómo explica la presencia del hombre muerto en la celda de mi hermano?

—No sé cómo explicarla. Por eso siguen abiertas las investigaciones.

Puller decidió cambiar de dirección.

—Tendré que ver el cadáver.

Macri frunció los labios. A Puller le constaba que por más antipático que le resultase, Macri no podía denegar esa petición. Un homicidio siempre conllevaba la existencia de un cadáver. Y para él, en tanto que agente de la CID autorizado para investigar aquel homicidio, un examen del cuerpo siempre era necesario y nunca se denegaba.

—Lo organizaré. Lo tienen en Fort Leavenworth.

—Gracias.

—De nada —contestó Macri cortante.

—También necesitaré consultar con los operarios que restablecieron la corriente y repararon el generador de emergencia.

—También lo puedo organizar.

—También necesitaré ver las grabaciones de vigilancia de la noche en cuestión.

—Se cortó la corriente.

—Pero las cámaras tienen baterías de emergencia.

—Las que están en los corredores y en las zonas comunes las tienen. Las que hay en celdas de los presos, no.

—¿Por qué no?

—No se diseñaron así. Solo me cabe imaginar que si se cortaba la corriente general y fallaba el generador de emergencia, el único problema sería que los presos intentaran huir de donde las cámaras pudieran vigilarlos. No les preocupaba que permanecieran en sus celdas en semejante situación. Como sin duda ya sabe, en la DB hay un preso por celda.

—Lo sé. Pero sigue siendo un ángulo muerto, si lo piensas bien.

—Ningún diseño es perfecto. Y me figuro que a partir de ahora las cámaras de las celdas también tendrán baterías de emergencia.

—Pensaba que el sistema estaba preparado para que las puertas se cerraran automáticamente si fallaba la corriente. Y, sin embargo, tuvieron que llamar a la PM. ¿Por qué?

Las facciones de Macri de pronto se entristecieron.

—Según parece, nos piratearon.

—¿Piratearon? ¿Cómo?

—Tal como ha dicho, nuestro sistema está montado para que las puertas de las celdas se cierren automáticamente cuando se corta la corriente. Eso no sucedió. En cambio, las puertas de las celdas se abrieron.

—¿Y fue obra de un pirata informático? ¿Cómo es posible que haya ocurrido?

—Por desgracia, parte de nuestro personal trae sus aparatos, teléfonos, iPads, y en sus ordenadores de aquí, de vez en cuando se rompe el protocolo cuando alguien se conecta a redes externas. Se supone que no debe ocurrir, pero así es la gente.

—Alguien abrió una puerta para que un pirata entrase y reescribiera el código para que las puertas se abrieran al cortarse la luz.

—Sí.

—¿Alguna pista en ese sentido?

—No.

—Pero ¿ha confirmado que el pirateo ocurriera?

—Técnicamente, sigue siendo pura especulación, pero no veo de qué otra forma pudo haber ocurrido.

Puller pensó: «Oh, a mí se me ocurre como mínimo otra forma de que ocurriera».

—Tendré que ver todo el metraje que tengan —dijo.

Macri volvió a fruncir los labios.

—Eso también lo puedo organizar.

—¿Y los refuerzos de la PM de Fort Leavenworth? Tendré que hablar con quienes participaron.

Macri asintió bruscamente.

—Solo para que quede claro, capitana. ¿Seguro que no tiene una teoría sobre lo que ocurrió?

—No, en absoluto.

—¿Ni siquiera una corazonada?

—No me gustan las corazonadas, señor Puller. Con frecuencia conducen a errores. Y los errores con frecuencia conducen al final de las carreras militares.

—Bien, pues la dejaré seguir con su carrera, en cuanto organice lo que hemos comentado.

Macri lo miró de hito en hito y descolgó el teléfono de su escritorio.

12

Una hora después Puller estaba apoyado contra un bidón de gasoil de cien litros en un taller cercano a la DB. El hombre con quien estaba hablando, Al Jordan, había sido el jefe del grupo de operarios que reparó los transformadores que explotaron. Tenía cincuenta y pocos, el pelo de color plata y un pecho ancho y fuerte encima de unas piernas flacas.

—¿De modo que está claro que fue la tormenta lo que frio los transformadores?

Jordan se limpió las manos con un trapo, se levantó la gorra y se secó el sudor de la frente.

—Desde luego, eso fue lo que me pareció a mí. Los dos transformadores formaban parte de una subestación. Rodeada por una valla de tela metálica que estaba cerrada. La estación tiene un montón de dispositivos de seguridad incorporados, pero esa tormenta tenía potencia suficiente para hacer lo que le viniera en gana. Nadie puede superar a la madre naturaleza.

—¿Los transformadores estaban conectados a la DB? —preguntó Puller.

—Sí. Y también a otras instalaciones de aquí. Los volvimos a poner en marcha tan pronto como pudimos. Ni siquiera aguardamos a que amainara la tormenta.

Puller lo comprendió. En las fuerzas armadas lo primero era la misión, no la seguridad.

—¿Quizá se fijó en que hubiera algo inusual?

Jordan reflexionó.

—No puedo decir que lo hubiera. Esos transformadores estallaron sin más. Seguramente los alcanzó un rayo. Estaban achicharrados.

—¿No es inusual que estallaran los dos?

—Bueno, están conectados. Si uno es alcanzado, también tendrá un efecto en el otro. Demasiada energía, puede pasar cualquier cosa.

—Ha dicho que hay un montón de dispositivos de seguridad incorporados. ¿Acaso no tienen toma de tierra?

—Sí, además de otras protecciones como un descargador de sobrecarga de tensión secundaria inducida, pero ninguno es perfecto. Si cae un rayo con la suficiente potencia no importa lo que hayas hecho para evitar daños. No hay quien lo pare. Un relámpago puede transmitir ciento veinte millones de voltios o más. Láncelos contra un transformador en un milisegundo... Bien, ¿sabe decir «bum»?

—¿Así, como una explosión?

—Muy parecido.

—¿Pudo haber sido una bomba?

Jordan lo miró sorprendido.

—¿Una bomba? ¿En un transformador?

—Sí. Podría inutilizar los dos transformadores.

—¿Qué, dejar sin corriente a la prisión, quiere decir?

—Sí.

—Pero tienen generadores de emergencia —protestó Jordan.

—También fallaron. Y un preso escapó. Por eso estoy aquí.

Jordan se rascó la mejilla.

—No sé si fue una bomba. Supongo que los que saben de bombas podrán aclararlo.

—¿Lo han hecho?

—No lo sé.

—¿Ha hablado con alguien que estuviera investigando esto?

—Pues sí. Hicieron el mismo tipo de preguntas que usted.

—Pero ¿no acerca de una posible bomba?

—¿Por qué lo dice? —preguntó Jordan, receloso.

—Bueno, usted se ha sorprendido cuando le he preguntado sobre la posibilidad de que fuese una bomba. Si alguien ya se lo hubiese preguntado, creo que no se habría sorprendido cuando lo he hecho yo.

—Ah, vale. En fin, no preguntaron sobre una bomba, la verdad sea dicha.

—¿Dónde están los transformadores que estallaron?

—Se los llevaron.

—¿Quién se los llevó?

Jordan cambió un poco de postura.

—Una gente.

—¿Esa gente tenía nombre o credenciales?

—Eran mis superiores. Era lo único que importaba.

—¿De modo que no hay nombres? —insistió Puller—. ¿Ningún albarán de entrega firmado? Tenía que cubrirse la espalda de alguna manera.

Jordan se encogió de hombros.

—Acepté de buena fe, supongo.

Puller lo miró incrédulo.

—Pues quizá debería reconsiderar su fe.

La siguiente parada de Puller fue en el generador de emergencia. Estaba albergado en un búnker de hormigón a unos cien metros de la parte trasera de la DB. Las tuberías de gas que lo alimentaban eran subterráneas. El búnker también era parcialmente subterráneo y lo rodeaba una valla de tres metros coronada con alambre de concertina. Había un guardia apostado allí. Puller había llamado con antelación y dos hombres lo estaban aguardando.

Se apeó del coche y se aproximó. Iban de uniforme y llevaban distintivos de especialistas E-4. Con sus gafas y su escualidez, lo miraban como empollones jugando a soldados. Les dio una explicación detallada del motivo de su presencia allí, y lo condujeron al interior del búnker, donde bajaron un tramo de escaleras hasta que llegaron a tres generadores gigantescos.

—Pensaba que solo había uno —dijo Puller.

—La carga eléctrica que requiere la DB es muy considerable —dijo uno de los E-4—. Estos generadores funcionan en paralelo, pero con sofisticados mecanismos de control. Proporcionan la carga requerida, pero no más, de modo que el desperdicio es mínimo.

—¿Cuál fue la causa del fallo? —preguntó Puller.

Un especialista miró al otro, que carraspeó.

—Fue un problema de combustible.

—¿Combustible? Creía que el combustible era gas natural.

—Estos motores son híbridos —dijo el otro E-4—. Gas natural y gasoil.

—¿Por qué dos combustibles?

—El gas natural nos pone a los mandos de la instalación. Eso no le gusta al Ejército. Si ocurre algo con el flujo de gas, nos vemos de mierda hasta el cuello. Tal como funciona el sistema, si la alimentación principal falla, el componente a gasoil del generador arranca y hace que el sistema funcione inicialmente. Después el controlador del sistema introducirá la alimentación de gas natural en la mezcla de combustible, cuando se satisfagan ciertos criterios; como la carga eléctrica requerida, por ejemplo. El gasoil también sirve de encendedor para el gas natural, que tiene una temperatura de ignición de unos mil doscientos grados Fahrenheit. De esta manera, si el flujo de gas natural se interrumpe, tenemos combustible *in situ* bajo nuestro control. Por lo general, el sistema funciona con una mezcla de setenta y cinco a veinticinco de gas y gasoil.

—¿Qué ocurrió para que fallara? ¿Ha dicho que fue un problema de combustible?

—A lo sumo podemos decir que se trató de un problema de oxidación del gasoil o de una cuestión de contaminación por microorganismos.

—¿En español? —dijo Puller pacientemente.

El E-4 explicó:

—El gasoil puede degradarse con el tiempo. La oxidación puede suceder durante el primer año de almacenamiento, formando sedimentos y resina. Cuando se introduce en el sistema puede obturar los filtros de combustible y los inyectores, igual que la mugre en el motor de un coche. En cambio, los microorganismos se introducen en las tuberías de combustible por la condensación del agua, que promueve el crecimiento de bacterias y hongos. Se alimentan de combustible. Pueden formar colonias capaces de obturar incluso las tuberías.

—Pero supongo que tienen protocolos a mano para impedir que estos problemas tengan lugar.

Al ver que el E-4 no contestaba, Puller exclamó bruscamente.

—El Ejército tiene procedimientos para el uso del papel higiénico. ¿Me está diciendo que no había ninguno para el mantenimiento de un sistema de abastecimiento de electricidad para la prisión más importante de las fuerzas armadas?

El mismo E-4 dijo apresuradamente:

—No, no, claro que los hay. A montones. Pero aun así sucedió. Este año ha llovido mucho y hemos tenido filtraciones subterráneas dentro del búnker. Eso puede haber provocado que se formara una condensación excesiva. Además, estos generadores están muy cerca del final de su vida útil. De hecho, tendrían que haberlos cambiado hace un par de años.

—Los recortes presupuestarios tienen estas cosas —señaló el otro E-4—. Y el Ejército también compró gasoil malo que ha estado circulando por el sistema.

—Vale. O sea, que inspeccionaron el generador y descubrieron que en las tuberías y demás había, ¿qué, resina, microorganismos, sedimentos?

—Sí, señor. Eso es mayormente lo que encontramos.

—¿Y eso provocó que el generador fallara?

Ambos asintieron con la cabeza a la vez. Uno agregó:

—Y sin gasoil haciendo las veces de encendedor, no puedes encender el gas natural. De manera que te quedas sin conexión a la alimentación de combustible. Y eso significa sin electricidad.

—Y una prisión con las puertas abiertas —dijo Puller, mirándolos a los dos—. ¿Ustedes son los principales responsables del mantenimiento de este equipo?

—Sí, señor —contestaron al unísono.

—Bien, quizá deberían ir haciendo planes de futuro alternativos.

—¿Qué quiere decir exactamente, señor? —preguntó inquieto uno de ellos.

—Quiero decir que el Ejército, en su infinita sabiduría, tiene que endilgarle a alguien la culpa por este desastre. Y ustedes dos son los candidatos con más probabilidades que he visto hasta ahora.

Los E-4 se miraron impresionados mientras Puller salía del búnker a la luz del día.

13

Puller estaba en la sala de visionado mirando las tomas que las cámaras de vigilancia habían efectuado la noche en que su hermano desapareció de la DB. Los diversos circuitos se habían compilado para que pudiera ver esencialmente una toma que lo incluyera todo. Había pedido que la habitación estuviera a oscuras para concentrarse en la pantalla que tenía delante. La grabación no duraba mucho en total, tal vez unas dos horas para registrar todo lo ocurrido, y eso contando con el duplicado de las distintas cámaras. Si hubiese estado mirando la grabación de una única cámara, los acontecimientos habrían ocupado menos de media hora en total. Era increíble que tantas cosas importantes hubiesen ocurrido en tan poco tiempo.

Al principio Puller miró la grabación para orientarse en el espacio. Corredores, habitaciones, puertas. Cuando la electricidad se cortó en la grabación, se inclinó hacia la pantalla y usó el mando para pasarla fotograma a fotograma.

Apagón. Poco que ver.

Después las luces se encendían, titilaban y volvían a apagarse. Las cámaras tenían iluminación incorporada, de modo que pudo ver siluetas de figuras corriendo y rayos de linterna. Había audio, también, y lo aisló. Escuchó cada voz por separado. Dudaba de que su hermano hubiese dicho algo, pero no podía descartar la posibilidad. Los fotogramas iban pasando, y ni una sola vez vio a su hermano. Un problema era que la cámara que grababa en la galería de su hermano estaba situada lejos de la puerta de su celda. Puller había visto figuras que corrían de acá para allá en aquella galería, pero ninguna era reconocible. Tal vez los fotogramas podrían contrastarse más o iluminarse mejor, pero seguramente llevaría su tiempo.

Entonces se oyó el ruido de disparos que parecían reales. El siguiente ruido fue tan fuerte que Puller se sobresaltó un poco; ¿una explosión dentro de la DB? Después llegaban los refuerzos de Fort Leavenworth. Barrían los corredores y se encargaban de sacar a los presos de sus celdas. Al menos según lo que podía ver.

Se recostó y bebió el resto del botellín de agua. Aquello no iba a ser rápido. Tenía unos transformadores que habían estallado por culpa de un relámpago durante una tormenta que nadie hubiese creído que fuese a desbaratar el principal suministro de electricidad de la prisión. Después, según Al Jordan, «una gente» se había llevado los restos de los transformadores. Tenía un generador que se había obturado y a dos E-4 que probablemente iban a ser arrestados o al menos a recibir severas consecuencias profesionales por haber permitido que sucediera.

Tenía disparos y una explosión, o al menos sus ruidos, que por el momento nadie sabía explicar. No tenía oportunidad ni motivo ni pistas ni a ningún sospechoso. No tenía nada de nada. Y, sin embargo, su hermano estaba libre en alguna parte, haciendo quién sabía qué, quizá con enemigos de su país. Porque era imposible que su hermano se hubiese fugado de la DB sin ayuda desde dentro, desde fuera o, más probablemente, desde ambos sitios.

Pulsó unas cuantas teclas más y apareció una imagen nítida. Se había tomado antes de que se cortara la luz. Se irguió en el asiento y miró a su hermano.

Robert Puller estaba sentado en la litera atornillada al suelo de su celda. Las paredes eran de bloques de hormigón y el suelo de cemento liso. Había una ventana. Había un inodoro y un lavabo a su lado, ambos fijados a la pared. Había una mesa y una silla de metal, también fijadas a la pared. Robert Puller llevaba su mono naranja de recluso y zapatillas deportivas sin cordones. Los cordones podían convertirse en cuerdas, y estas podían usarse tanto como arma como para suicidarse. Su hermano leía un libro. Apoyaba la espalda contra la pared, con sus largas piernas estiradas delante de él. Cuando se oyeron los ruidos de la tormenta, Robert Puller levantó la vista del libro, pero enseguida continuó leyendo. Y entonces la electricidad se cortó y la celda quedó a oscuras. Después el generador arrancó y las luces volvieron a encenderse, así como la cámara de vigilancia de la habitación de Robert.

Robert Puller seguía estando en su litera, pero ya no leía el libro. Tenía los pies en el suelo y miraba fijamente la puerta. En muy poco tiempo el generador fallaría y regresaría la negrura.

Antes de que ocurriera eso, Puller congeló la imagen de su hermano, se acercó a la pantalla y escrutó a fondo las facciones de Robert, tratando de descifrar los pensamientos que pasaban por aquella cabeza abrumadoramente complicada.

«Háblame, hermano. Muéstrame algo. ¿Qué estás pensando? ¿Estás aguardando a que ocurra algo? ¿Cuentas con que vaya a ocurrir algo? ¿O no?»

Puller reparó, y no por primera vez, en lo mucho que se parecía a su hermano mayor. Ambos eran altos. Ambos tenían la misma nariz y ambos compartían con su padre la mandíbula angulosa. Los ojos, más bien hundidos, daban a cada uno de ellos una mirada taciturna, sin que importase lo que en realidad estuvieran pensando. Aunque bien era cierto que los tres Puller tendían a darle muchas vueltas a las cosas.

Su mente retrocedió hasta el tiempo en que eran niños. Bobby, por su inteligencia, había sido el líder de los hijos de militar en todas las bases donde habían vivido con su padre. Su hermano era la persona más sensible y honorable que Puller conocía, tan sensible, en realidad, que el viejo había adquirido la costumbre de tocarle las pelotas con su aparente «debilidad». De hecho, lo había hecho tan a menudo que Puller había memorizado la perorata de su padre.

—No puedes mandar a los hombres en combate si les caes bien, Bob —había dicho su padre—. Tienen que sentir miedo y respeto en partes iguales. Incluso diría que el miedo es mucho más importante que el respeto. El respeto solo sirve hasta cierto punto. El miedo puede llevarte a través de cualquier maldito obstáculo que haya concebido el enemigo. Los hombres te seguirán al infierno si te temen. Porque fallarte les dará mucho más miedo que cualquier otra cosa a la que tengan que enfrentarse en el campo de batalla. Recuerda bien esto, hijo. Recuerda bien esto aunque no recuerdes nada más de lo que te he contado.

Bobby nunca había superado su «debilidad». Cosa que probablemente era la razón de que hubiese optado por las Fuerzas Aéreas en lugar del Ejército. Y acotó su carrera en la tecnología más que en armas y cojones* del tamaño de Nebraska.

Cuando Puller se había enterado por medio de la capitana Macri de que habían pirateado el sistema informático de la prisión, de entrada había pensado que su hermano, que sabía de ordenadores como el que más, quizá era quien lo había hecho. Aunque por otra parte nunca dejaban a su hermano cerca de un ordenador, en la DB. Y había estado sentado en su celda y pareció sinceramente sorprendido cuando se cortó la corriente. Ahora bien, si no era su hermano, ¿quién era?

Puller andaba pensando en todo esto cuando la puerta se abrió y entró una mujer más o menos de su misma edad. Era alta, esbelta, ancha de hombros y estrecha de caderas, y llevaba un traje chaqueta con una blusa blanca, con el cuello vuelto hacia arriba de un modo que incluso Puller, que no sabía nada de moda femenina, pensó que quedaba bastante chic. Llevaba

* En español en el original.

una melena castaña hasta los hombros, tenía la cara pecosa y una nariz afilada. Daba la impresión de haber practicado atletismo en la facultad y se desenvolvía con una actitud confiada.

—¿Agente Puller?

Momentáneamente confundido por aquel saludo tan poco frecuente, se levantó y dijo:

—Soy el suboficial mayor John Puller de la CID 701 de Quantico.

Ella le tendió la mano.

—Veronica Knox. —Puller le estrechó la mano y ella le mostró sus credenciales, que colgaban de un cordel—. INSCOM —dijo ella, refiriéndose al Mando de Inteligencia y Seguridad del Ejército de Estados Unidos.

—¿Dónde trabaja habitualmente? —preguntó Puller.

—Soy comisionada y acudo a los puntos conflictivos. Por eso estoy aquí.

—Vale. ¿Y su rango? —preguntó Puller.

—¿Por qué?

—Es normal saberlo.

—Capitán.

—De acuerdo, señora.

Las antenas de Puller cosquilleaban.

—La CID ya está investigando aquí.

—Me consta —dijo Puller.

—Usted no forma parte de ese equipo.

—Eso también lo sé, señora.

—No es preciso que me llame señora.

—De acuerdo.

—Y el huido es su hermano mayor —señaló la capitana Knox.

—Me temo que con este van tres *strikes* y está eliminada, capitana.

Knox pasó por alto este comentario, se sentó y contempló la imagen congelada de Robert Puller en la pantalla.

—El hombre del momento. ¿Ha encontrado alguna pista?

—Todavía no.

—Me consta que tiene autorización para estar aquí. Recibimos esa orden. Ahora bien, ¿por qué está aquí?

—Por la misma razón que usted. Intento averiguar qué ocurrió.

—¿La CID tiene suficientes recursos para duplicar esta investigación?

—No, estamos tan escasos como cualquier otro grupo del Ejército.

—¿Entonces? —preguntó Knox, expectante.

—Entonces ¿qué?

—¿Por qué está aquí? —preguntó de nuevo.

Puller dijo:

—Me han ordenado que investigara. Soy soldado, de modo que obedezco órdenes.

—También yo. Y me han asignado para que trabaje con usted.

—¿Quién? —dijo Puller secamente.

—Basta con que sepa que lo he sido. Si quiere descubrir la fuente, adelante.

—¿Y ni siquiera puede decirme por qué?

—No le conozco. De modo que no sé si puedo confiar en usted. Todavía no.

—No lleva uniforme.

—Usted tampoco.

—Lo llevaré. En algún momento.

—Tal vez yo también. —Knox volvió a mirar la pantalla—. ¿Seguro que nada le ha llamado la atención?

—Nada.

—Confiemos en que podamos conseguir algo.

La manera en que lo dijo hizo que Puller la mirase con extrañeza.

—He investigado los transformadores de la subestación y el generador.

Knox negó desdeñosamente con la cabeza.

—Sobrecarga debida a un relámpago y microorganismos, y un par de E-4 lerdos cuyo comandante hará picadillo.

—Exactamente tal como yo lo vi —respondió Puller, volviendo a mirarla detenidamente—. Así pues, ¿somos un equipo?

Knox se encogió de hombros.

—Solo porque el Ejército lo dice. Normalmente trabajo sola.

—En la CID trabajamos en equipo.

—Estilos distintos —repuso Knox.

—¿Qué opina sobre el artefacto que hizo ruido? ¿Los disparos y la explosión?

Knox miró la pantalla.

—Quizá lo tenía su hermano.

—¿De dónde iba a sacar algo semejante? Además, esto es su celda. ¿Ve algo parecido ahí dentro? Porque yo no.

Knox replicó:

—Seguro que usted le conoce mejor que yo. Quizá mejor que nadie, cosa que podría ser la razón por la que está aquí.

Puller echó un vistazo a la puerta.

—¿Ya ha revisado el libro de visitas?

—Era lo siguiente en mi lista de deseos.

—¿Vamos?

Knox le sostuvo la puerta abierta.

—Usted primero.

14

Mientras caminaban por el pasillo, Puller dijo:

—¿Habló con Al Jordan, el tipo que reemplazó los transformadores?

—Pues sí —contestó Knox.

—¿Y?

—¿Y qué?

—¿Mencionó algo que le pusiera tiesas las antenas?

—¿Como qué? —dijo Knox.

—Como lo de la gente que vino a llevarse los transformadores.

—No, no lo hizo.

—¿Preguntó por los transformadores?

—No —dijo Knox.

—Entendido.

Knox se detuvo y Puller hizo lo mismo tras dar unos pasos más. Se volvió de cara a ella.

—¿Adónde quiere llegar, Puller?

—Solo hago preguntas con la esperanza de obtener algunas respuestas que tengan sentido.

—¿Qué pasa con los transformadores?

—Todo el mundo piensa que los hizo estallar la tormenta.

—¿Y usted piensa que no es el caso? —preguntó Knox.

—Yo no pienso nada. Solo me ciño a las pruebas. Pero un examen bastante simple de los restos de los transformadores habría demostrado si se utilizó una bomba.

—¿Una bomba? —preguntó escéptica Knox.

—Una bomba —repitió Puller—. No se puede hacer estallar algo sin unos pocos elementos esenciales. El explosivo, el detonador, un temporizador o un interruptor a distancia.

—Eso ya lo sé. Ahora bien, ¿su teoría es que alguien hizo explotar los transformadores y saboteó el generador de emergencia a fin de sacar a su hermano de la prisión? —Hizo una pausa con el ceño fruncido—. No me dijo que era un paranoico de las conspiraciones.

—¿Y usted piensa que una tormenta pasó por aquí y cortó el suministro eléctrico, que el generador de emergencia falló por pura coincidencia y que mi hermano se marchó por su cuenta, aprovechando una oportunidad que duró cuestión de segundos mientras una compañía de PM de Leavenworth irrumpía en la prisión? ¿Y que por algún motivo el ruido de disparos y una explosión fue una casualidad que coincidió con todo lo demás? ¿Y el muerto sin identificar? —Ladeó la cabeza y la miró con más detenimiento—. Puedo decir por la expresión de su rostro que ya ha pensado en esto, y eso significa que todo lo que ha habido antes entre usted y yo ha sido puro teatro.

Knox se mostró sorprendida.

—¿En serio? ¿Basándose en una expresión?

—Interrogo a personas para ganarme la vida —dijo Puller—. Observar rostros forma parte de eso. Las personas pueden mentir con palabras, pero sus rostros, y en concreto sus ojos, las delatan. Siempre lo hacen. Y los suyos acaban de hacerlo. Así pues, ¿qué está pasando aquí exactamente?

Knox golpeó el suelo con un tacón, con los brazos cruzados en el pecho.

—Esta situación es delicada —dijo—. Muy delicada.

Puller se acercó a ella.

—Ya lo veo. Pero siéntase libre para entrar en detalles.

—Solo sé que mis órdenes de marcha eran que anduviera con cuidado. Y que trabajara con usted. Y eso es lo que tengo intención de hacer.

—¿Nada más que añadir? —preguntó Puller.

—Ahora mismo, no. ¿Vamos a ver el libro de visitas?

El registro de visitas de la DB se almacenaba electrónicamente. A Puller y a Knox les dieron acceso a él a través de un ordenador, en un cubículo adyacente al locutorio. Puller había decidido remontarse al menos seis meses y quizá más si nada destacaba. Se sentaron uno al lado de la otra, y sus rodillas se tocaban de vez en cuando porque ambos tenían las piernas largas y el cubículo era pequeño.

Al cabo de un rato Knox dijo:

—Ha venido a ver a su hermano con bastante regularidad.

—¿Tiene hermanos?

—No.

—Pues bien, entonces quizá le cueste entenderlo.

—Vale, pero no veo que viniera alguien más a visitarlo, Puller. Es decir, aparte de usted.

—Yo tampoco.

—¿Y ahora qué? El libro no muestra llamadas para él, aparte de las suyas.

Puller estudió la pantalla.

—Pero esto en realidad no nos cuenta toda la historia.

—¿Qué quiere decir?

—Quiero decir que los ordenadores solo regurgitan lo que alguien mete en ellos.

Se puso de pie.

Knox levantó la vista hacia él y preguntó:

—¿Y ahora adónde vamos?

—A hacer trabajo de investigación de verdad.

—¿Como qué?

—Como hablar con la gente.

Les llevó buena parte del resto del día y tuvieron que hablar con muchas personas y revisar archivos en papel y después hablar con oficiales supervisores y volver a interrogar a personas con las que ya se habían entrevistado. Cuando terminaron eran las nueve de la noche.

—¿Tiene hambre? —preguntó Puller.

Knox asintió con la cabeza.

—Hace horas que he desayunado.

—¿Conoce Leavenworth?

—No muy bien.

—Bueno, yo sí. Vamos.

Fueron en su coche hasta una cafetería de la calle mayor donde todo lo que figuraba en el menú se freía en grasa que probablemente era tan antigua como el edificio, que decía 1953 en la pared, encima de la entrada. Ambos pidieron sus respectivas cenas. Puller tomó una cerveza, mientras que Knox bebía sorbos de té helado con mucho hielo.

—Lo que vamos a comer significará siete kilómetros extras cuando salga a correr por la mañana —dijo Knox, haciendo una mueca impostada.

—Tiene espacio de sobra —señaló Puller. Bebió un sorbo de cerveza fría—. ¿Remo o baloncesto en la universidad?

—Ambas cosas.

—Impresionante. Varios deportes en la universidad, es duro hacerlo hoy en día.

—Bueno, eso fue hace más de quince años y era un campus pequeño. Y había un club deportivo de remo en Amherst.

—Amherst. Gran universidad.

—Sí, lo es.

—¿Y qué la llevó a ingresar en el Ejército?

—Mi madre.

—¿Su madre era militar? —preguntó Puller.

—No, el militar era mi padre. Llegó a ser coronel. Terminó en Fort Hood.

—Bien, veo que no va a detallar la referencia a su madre.

—Decía que estaba más que segura de que cualquier cosa que hiciera mi padre yo podría hacerla mejor. Están divorciados —agregó, tal vez innecesariamente.

—Deduzco que no se lleva bien con su padre.

—Deduce bien. —Bebió su té helado con la pajita y luego jugueteó con el papel del envoltorio—. Le he investigado, por supuesto. Su padre es John Puller sénior El combatiente John Puller.

—Así es como le llaman.

—Una auténtica leyenda.

—Eso también se lo suelen decir.

—Tengo entendido que está ingresado en un hospital para veteranos.

—Así es.

—¿Qué tal está?

Puller apartó la vista y luego la miró a los ojos.

—Va tirando. Todos envejecemos, ¿verdad?

—Si llegamos a vivir lo suficiente. —Observó la cicatriz que recorría el cuello de Puller hasta hundirse en su espalda—. ¿Faluya? —preguntó, señalando la marca.

—Mosul. Mi souvenir de Faluya lo llevo en el tobillo.

—Yo también anduve por allí. Aunque nunca vi el frente. —Agregó con firmeza—: No tuvo nada que ver conmigo. Todo fue cosa del Ejército.

—No es la primera vez que oigo algo parecido —dijo Puller—. No habrá anotación alguna contra usted si no le dejaron combatir en el frente.

—Sigue siendo una anotación, Puller.

—Pero las cosas están cambiando. Y deprisa.

—Las cosas tenían que cambiar. El siglo veintiuno. No hay vuelta de hoja.

Puller alzó su botellín de Coors a modo de saludo.

—De acuerdo. Algunos de los soldados más duros con los que he servido eran mujeres.

Permanecieron callados hasta que les sirvieron la comida y tampoco hablaron mientras dieron cuenta de ella. Cuando les retiraron los platos Puller retomó la cuestión de por qué estaban allí en realidad.

—¿Ha visto lo mismo que yo en las entrevistas y el papeleo? —preguntó.

—Dígame qué ha visto y le contestaré.

—Digamos que el libro de registro de visitantes es exacto y que yo soy el único que visitó a mi hermano durante los últimos seis meses.

—Vale.

—Si no habló con nadie más de fuera, tenemos que buscar dentro.

—¿Alguien de la DB?

Puller asintió con la cabeza.

—No sería la primera vez que un preso ha recibido ayuda de alguien que estaba al otro lado de la puerta de la celda.

—Estoy convencida de que sería la primera vez en la DB.

—Y el sistema informático fue pirateado, asegurando que las puertas se abrieran cuando se cortara la corriente. Esto tiene pinta de ser obra de una mano de dentro.

Aquella era la otra opción que Puller había considerado cuando Macri le transmitió sus sospechas de pirateo.

—Tiene sentido —convino Knox.

—Tenemos que hablar con todos los guardias que estaban de servicio aquella noche.

—Eso son muchos guardias.

Puller se recostó sintiéndose y mostrándose desalentado.

—¿Tiene algo mejor que hacer con su tiempo?

—No. ¿Y qué buscaremos?

—Una evasiva, una mirada, un titubeo. Y tenemos que peinar sus historiales para ver si aparece algo.

—Eso puede llevar mucho tiempo.

Puller golpeó la mesa con la palma de la mano.

—No me importa el tiempo que lleve, Knox. Lo único que me importa es enmendar esta situación.

—¿Y eso qué significa para usted exactamente? ¿Enmendar esta situación? ¿Atrapar a su hermano y devolverlo a la prisión sano y salvo?

—¿Qué otra cosa podría significar? —dijo Puller despacio.

Knox escrutó su semblante.

—Me lo pregunto. Pero si fue un trabajo desde dentro, quizá implique a más de un guardia. Y para mí eso es disparatado.

—No es disparatado si resulta que es verdad. Quizá el panorama es mucho más amplio de lo que pensamos.

—Y quizá no.

—¿La han informado sobre mi hermano?

—STRATCOM.

Puller asintió con la cabeza.

—Y ya sabe lo que eso conlleva. Este podría ser el motivo que nos falta. Nuestros enemigos lo secuestran por su cerebro y usan lo que saben contra nosotros.

—¿Así que ahora jugamos a espías? —dijo Knox, más bien escéptica—. ¿Un topo en la DB?

—¿Se le ocurre otra explicación? —dijo Puller lacónicamente.

—No —admitió Knox—. Ninguna.

—Seguimos sin saber quién es el muerto y qué estaba haciendo allí. Lo he organizado para ver su cuerpo mañana.

—Eso sí que es un enigma —reconoció Knox—. Quiero decir, ¿cómo entras en una prisión y te haces matar sin que alguien vea u oiga algo?

—Quizá sea más fácil de lo que cree —dijo Puller.

Knox lo miró expectante, pero Puller no dio más detalles. En cambio, dijo:

—¿Quién le ordenó que me hiciera de niñera?

—¡No me ordenaron que le hiciera de niñera! —respondió Knox bruscamente.

Puller hizo caso omiso.

—¿Fue Schindler... Daughtrey... o Rinehart?

Knox contrajo el rostro al oír el último nombre.

—O sea, que fue el teniente general Rinehart. Los tres

estrellas tienden a atraer la atención de los capitanes. Sobre todo si deseas ascender y batir el rango de tu viejo. Quizá sea un buen atajo para su carrera.

Knox apartó la vista.

—Puller, no sabe lo que está diciendo. Está obsesionado con este asunto.

Puller dejó dinero en la mesa para pagar su parte de la cena.

—Seguro que Rinehart le reembolsará la cena de hoy. Al fin y al cabo, todavía está de servicio. —Se levantó—. Bien, yo me retiro.

—¿Adónde va?

—A la cama.

Knox no dijo nada enseguida, solo le sostuvo la mirada. Finalmente, dijo:

—¿Por qué será que no me lo creo?

Se fueron por caminos separados. Puller ni siquiera había preguntado a Knox dónde se alojaba. Dudaba de que fuese en el mismo motel. No había muchos clientes; seguramente la habría visto. Detuvo el coche en el aparcamiento y apagó el motor, se apeó y miró a su alrededor. Había otros dos coches aparcados, ninguno de ellos estaba allí cuando había salido por la mañana. Eran chatarra, ambos con matrícula de otro estado. No le molestó; el suyo también llevaba matrícula de otro estado. Probablemente en aquel motel paraban a pasar la noche quienes se dirigían al este o al oeste, al norte o al sur, antes de proseguir su viaje. Sabía que al estar en medio de Kansas había mucho tráfico de ese tipo.

Subió trotando la escalera hasta su habitación en la segunda planta y recorrió el pasillo exterior hasta su puerta.

Acto seguido empuñó su M11 y torció el dedo en torno al seguro del gatillo.

Su puerta estaba abierta, no mucho pero lo suficiente. Recordaba claramente haberla cerrado con llave por la mañana tras dejar la luz encendida para su gata.

Y aquel motel no ofrecía servicio de limpieza diaria. Nunca veías a una camarera porque solo aparecían cuando lo dejabas, si es que lo hacían entonces.

Se deslizó hasta un lado de la puerta y atisbó por la rendija. Era demasiado estrecha para ver algo. La abrió un poco más, empujándola con el pie. Sujetaba el arma con las dos manos y un instante después estaba dentro de la habitación, en cuclillas, trazando arcos defensivos con su M11 mientras buscaba un blanco al que disparar.

No lo encontró. Pero vio dos cosas.

En primer lugar, AWOL estaba acurrucada, hecha una bola encima de la cama. Su respiración lenta y el lánguido movimiento de su cola le confirmaron que su mascota estaba bien.

No podía decirse lo mismo de la persona que estaba junto a ella en la cama.

Puller se asomó al cuarto de baño, comprobó que estuviera despejado, lo mismo que el armario empotrado, antes de regresar junto a la cama y bajar la vista.

El general de brigada de las Fuerzas Aéreas Tim Daughtrey estaba bien muerto.

15

El viejo motel seguramente nunca había conocido tanta actividad. La policía local lo tenía rodeado, hablando, yendo de acá para allá, observando y, por lo demás, interponiéndose.

Habían enviado en avión a un equipo de la OSI, la Oficina de Investigaciones Especiales, para que dirigiera la investigación. Eran el homólogo de la CID de Puller en las Fuerzas Aéreas. Las Fuerzas Aéreas nunca hasta entonces habían perdido a un general de aquella manera, y mientras Puller supervisaba lo que iba sucediendo, reparó en que todos los agentes ponían especial cuidado en ceñirse a las reglas.

Por el momento lo habían interrogado cuatro veces: primero los locales a los que había avisado marcando el 911, después un equipo enviado desde Fort Leavenworth, a continuación un equipo de agentes del FBI con cortavientos y gorras azul marino, de aspecto adusto y que le hicieron preguntas incisivas y que, al menos al parecer de Puller, no acababan de creerse del todo su relato y tenían curiosidad por saber si su hermano había intentado ponerse en contacto con él. Cuando les había contestado que no, la incredulidad fue patente en los ojos de uno de los agentes. Finalmente lo había entrevistado personal de la OSI tras haber irrumpido en la escena del crimen y reclamado su autoridad como principal agencia investigadora. Los locales y el equipo del Ejército se habían retirado enseguida, aunque los chicos del FBI habían echado atrás a algunos. Puller había descubierto que el Bureau no retrocedía ante nadie.

Su declaración no varió en ningún momento. Se había reunido con Daughtrey y otros dos personajes de alto rango del gobierno. Le habían encomendado que investigara la fuga de Robert Puller de la DB. Había estado trabajando de la mañana a la noche. Había llegado a su habitación hacia las once y cuarto, donde encontró al general muerto de un disparo en su cama.

Puller había sido considerado sospechoso hasta que Veronica Knox se había personado y corroborado que había estado con él hasta poco después de las once. El examen preliminar para establecer la hora de la muerte indicaba que a Daughtrey lo habían matado en torno a las ocho de la tarde. Cabía que eso cambiase un poco, pero, por el momento, Puller estaba libre de sospecha.

Puller había recibido un mensaje de texto una hora después de que se diera la noticia sobre Daughtrey. El traje del NSC quería verle. Puller había retrasado esa petición porque lo estaban acribillado a preguntas y además no quería irse de la escena del crimen. No lo estaban investigando, por motivos obvios; solo había sido tachado de sospechoso en los preliminares, y ese estatus podía cambiar. Y la OSI había dejado claro que era la agencia al mando porque Daughtrey había sido piloto. Pero aun así quería observar lo que estaba ocurriendo.

Puller había visto con sus propios ojos que a Daughtrey le habían disparado un solo tiro en medio de la frente. No había pruebas del arma. Ningún indicio de que se hubiese forzado la puerta, aunque el cerrojo de la habitación del motel no era complicado. Había un poco de sangre en la cama y en Daughtrey, cosa que le dijo mucho a Puller. En aquella época del año el sol se ponía poco después de las siete. Oscurecía del todo una media hora después.

Puller había llegado allí hacia las once y cuarto. Basándose en que la presunta hora de la muerte de Daughtrey era en torno a las ocho, significaba que había una ventana de casi tres horas, más o menos, en la que habían matado a Daughtrey para luego dejarlo allí. Porque allí lo habían llevado una vez muerto.

—Le oigo pensar.

Puller levantó la vista y vio a Knox de pie junto a él.

—Una velada emocionante —dijo Knox, supervisando la actividad que había en la habitación.

—Un poco más de lo que hubiese querido, sí —respondió Puller.

—¿Cuál es su opinión?

—No lo mataron aquí. Le dispararon en otro sitio y luego trajeron el cuerpo.

—¿Ausencia de sangre, fluidos corporales y otros residuos forenses? —dijo Knox, y Puller asintió.

—Y tenía un agujero de salida enorme en la parte trasera del cráneo. Pero la almohada no estaba dañada por el disparo, y había muy poca sangre en la funda. O sea, que el corazón dejó de latir bastante antes de que lo dejaran aquí. Y, por lo demás, la habitación estaba limpia.

—¿La OSI supone lo mismo? —preguntó Knox.

—Sí, al menos según lo poco que me han dicho. Por razones obvias, no pueden contar gran cosa.

—Mi declaración debería haberle dejado libre de sospecha.

—Lo ha hecho. Por ahora. Gracias por hacerla.

—Solo he dicho la verdad. ¿Por qué habrán elegido su habitación como vertedero?

—¿Para poner una barrera a mi investigación? ¿Enviar un mensaje que todavía no entiendo? ¿Para meterse conmigo? Elija usted misma.

—Ayer hablamos con un montón de personas. Todo el mundo sabe que se ocupa del caso. A lo mejor puso nervioso a alguien.

Puller se encogió de hombros.

—Quizá sí. La cuestión es a quién y por qué.

Knox se volvió para ver cómo levantaban a Daughtrey de la cama, lo metían en una bolsa y se lo llevaban en una camilla. Puller vio que el equipo de la OSI estaba congregado en un rincón, revisando sus notas. Allí había pocas pruebas que recoger, aparte del cuerpo. Los polis locales, que en realidad nada tenían que hacer, salieron de la habitación detrás de la camilla.

Un miembro del equipo de la OSI se acercó a Puller y a Knox.

—Jefe Puller, me gustaría saber más acerca de su relación con el general Daughtrey.

—No tenía una relación con él. Tenía un encargo.

—¿Se lo asignó él solo?

—Tal como he dicho antes, había otros, pero no estoy autorizado a revelar sus nombres.

—Bien, voy a tener que insistir en que lo haga. Esto es una investigación de asesinato, Puller. Hemos verificado sus credenciales. Usted es de la CID. Sabe cómo funciona esto. El homicidio está por encima de todo lo demás.

—No forzosamente —dijo Knox, y el hombre de la OSI volvió su atención hacia ella.

Knox le mostró sus credenciales.

—Usted ha dado a Puller su coartada.

—No, solo he dicho la verdad. Y había mucha gente en el restaurante donde hemos cenado. Puede pedirles que presten declaración.

—Ya estamos en ello. Uno no ve a personal del INSCOM cada día.

—Confío en que no.

—¿Es posible que aquí esté ocurriendo algo de lo que no estoy informado? Es más, ¿podría tener relación con un preso que desapareció de la DB y que también pertenecía a las Fuerzas Aéreas? —Fulminó a Puller con la mirada—. ¿Y que resulta que tiene el mismo apellido que usted?

Negó con la cabeza, al parecer debido a lo absurda que encontraba la situación.

—No quiero dificultar su investigación —dijo Puller—, pues me fastidiaría mucho que alguien obstaculizara la mía. Déjeme hacer unas llamadas y después le diré lo que pueda decirle. Aunque también obedezco órdenes. De una autoridad muy superior a la de cualquiera de nosotros.

El agente de la OSI lo miró fijamente y después asintió.

—Estaré esperando su llamada. —Apoyó una mano en el hombro de Puller—. No tendrá planeado marcharse de la zona, ¿verdad?

—Ahora mismo no —dijo Puller—. Pero eso podría cambiar.

—No deje que cambie sin ponerse en contacto conmigo —dijo el agente con firmeza.

Cuando se hubo ido, Knox dijo:

—Debería hacer esa llamada porque me parece que este tipo de la OSI no es muy paciente.

Puller sacó el teléfono y salió a la calle.

Media hora después Puller estaba sentado frente a Schindler y Rinehart en unas instalaciones justo fuera de la base de Leavenworth. Schindler estaba agobiado. Rinehart mantenía la calma, pero con cierto desánimo.

Puller les había dado un informe sucinto de su investigación hasta el momento, aunque reservándose, por motivos personales, la parte acerca de la «gente» que había ido a llevarse los transformadores estropeados.

—Bien, ya están al día. Ahora tienen que decirme qué quieren que haga —dijo Puller—. La OSI quiere nombres. Sus nombres.

Rinehart negó con la cabeza.

—Esto no va a ir así, Puller. Me encargaré de despejar esa intromisión. Dejarán de molestar.

—De acuerdo —respondió Puller, con poco convencimiento—. Ya conocen los hechos. A su hombre le dispararon en alguna otra parte y lo dejaron en mi habitación. Si se hizo para intentar incriminarme, fue una chapuza porque tengo una coartada muy sólida.

—Por Dios, ¿podemos centrarnos primero en quién querría ver muerto a Daughtrey? —interpuso Schindler.

Puller se fijó en que llevaba la corbata torcida, el pelo revuelto, y que no paraba de morderse las uñas. Puller había supuesto que un hombre del NSC sería un tipo más duro.

—Veamos —dijo—. ¿Cuándo lo vio por última vez?

Rinehart y Schindler cruzaron una mirada. Rinehart dijo:

—Poco después de que usted se marchara, Daughtrey hizo lo mismo.

—¿Eso sería hacia las once de la mañana?

Puller echó un vistazo a su reloj. Eran las once de la mañana y todavía no se había ido a la cama.

—Correcto —contestó Rinehart.

—¿Dijo adónde se dirigía? ¿Qué iba a hacer? ¿Iba a reunirse con alguien?

—No —dijo Schindler—. Ayer llegamos en avión a primera hora, nos reunimos con usted y después cada cual se fue por su lado.

—¿Dónde se alojaba? ¿En Leavenworth?

—No. En el Hilton del centro. Le oí decir que iba a pasar un par de días en la McConnell AFB.

—¿La Base de las Fuerzas Aéreas cercana a Wichita? —preguntó Puller, y Schindler asintió con la cabeza—. Era un una estrella, ¿no viajaba con personal? ¿Séquito? ¿Seguridad?

—Si era así, viajaron hasta aquí por separado —dijo Schindler, y Rinehart asintió—. Llegamos juntos en un avión del Ejército. El general Rinehart vino con su gente. Está alojado en la residencia de oficiales de Leavenworth. Yo también estoy en Leavenworth, en calidad de invitado del general.

Puller asentía con la cabeza mientras lo iba anotando todo.

—Bien, ¿quién podía querer matar a Daughtrey? ¿Alguna idea?

Ninguno de ellos respondió.

—¿Significa que no tienen ideas o que no pueden decirme las que tienen?

—Cualquier hombre de su rango se ha granjeado algún enemigo —dijo Rinehart—. Pero yo diría que no hasta el punto de pegarle un tiro en la cabeza.

—¿Estaba asignado al STRATCOM? —dijo Puller, insinuante—. Quizá el motivo proceda de allí.

—Haré indagaciones —dijo Schindler.

Rinehart agregó:

—Para empezar, el STRATCOM, al fin y al cabo, es el motivo por el que los tres estábamos interesados en esto.

—La OSI también lo enfocará desde ese ángulo, pueden contar con ello —dijo Puller.

—Como he dicho, me encargaré de despejar esa intromisión —dijo Rinehart.

—Es otra rama del servicio —señaló Puller, guardando su bloc de notas.

—Tengo mis contactos —dijo Rinehart—. Y el presidente de los Jefes Conjuntos fue mi padrino de boda en cuanto salimos de West Point.

Schindler dijo:

—Puller, su misión sigue siendo encontrar a su hermano. Su fuga quizá no esté relacionada con la muerte del general Daughtrey.

—O quizá sea el motivo del asesinato —repuso Puller.

—O quizá sea su hermano quien lo mató —dijo Schindler.

16

Puller se registró en otro motel a menos de un kilómetro del primero. Cerró la puerta con llave y puso el escritorio contra ella, bajó las persianas, puso su teléfono en modo silencio, apagó todas las luces. Se tendió en la cama completamente vestido y durmió más de seis horas con AWOL acurrucada junto a él, ronroneando y lamiéndose las garras.

Despertó a la hora de cenar y tenía un mensaje de voz en el móvil.

Era Knox. Quería verlo. No le devolvió la llamada, al menos de inmediato, porque no sabía si tenía ganas de verla. Además, tenía que hacer unas cuantas llamadas telefónicas.

Después se duchó y se puso unos vaqueros, un cortavientos y una camisa de cuello blanco. Se calzó y finalmente la llamó, sentado en la cama.

—¿Dónde demonios estaba? —dijo Knox al cabo de dos timbrazos.

«Ya me tiene en su lista de contactos, interesante», pensó Puller.

—Durmiendo —contestó él.

—Estupendo.

—Sí, lo ha sido, gracias. ¿Qué pasa?

—Hay novedades.

—¿Cuáles son?

—Hagamos esto cara a cara —dijo Knox.

Se encontraron en la misma cafetería donde habían cenado la noche anterior. Él tomó un costillar al Jack Daniel's, ensalada de repollo con mucha mayonesa, una guarnición de patatas fritas y una verdura que era verde, pero por lo demás irreconocible. Lo estaba engullendo todo con una Budweiser.

Knox tomó una ensalada del chef con el aliño aparte y agua. Miró la comida de Puller y dijo:

—¿Sabe que podría comer un poco mejor?

—Sí, y estoy convencido de que la carne procesada de su ensalada y los químicos del aliño no le provocarán un cáncer en los próximos diez años.

Knox se recostó y contempló con tristeza su ensalada. Él la miró enseguida. Llevaba pantalón de vestir, blusa color crema y chaqueta a juego. No parecía militar ni de lejos. Puller ya se había preguntado al respecto con anterioridad.

«INSCOM. INSCOM en las credenciales.»

Se figuró que había misterios en ambos extremos de aquel engaño, y también en medio.

Terminó de comer, apuró el último trago de cerveza y la miró expectante.

—Bien, hablemos de esas novedades —dijo en un tono apremiante.

—Tengo información sobre las personas que se llevaron los transformadores.

Puller se limpió la boca con la servilleta y se recostó.

—¿Cómo la ha conseguido?

—He hecho unas llamadas y he tropezado con algunas pistas mientras usted dormía su siesta reparadora.

—Ajá. ¿Y?

—Y no eran militares.

—Tiene toda mi atención, Knox. Las puertas están abiertas de par en par, así que suelte la bomba.

—Es todo lo que tengo al respecto. No eran militares. No sé quiénes eran. Todavía.

—Al Jordan dijo que lo superaban en rango. Eso suena militar.

—Lo he comprobado con él. Solo fue una manera de hablar. Los tipos en cuestión iban de traje.

—¿No mostraron sus credenciales?

—Ha dicho que intimidaban mucho.

—Ajá —dijo Puller, a todas luces escéptico—. Por cierto, una pregunta técnica, ¿considera que el INSCOM es militar o no?

Knox lo miró muy seria.

—¿Qué está dando a entender exactamente?

—No doy a entender nada. Solo hago una pregunta.

—El INSCOM es absolutamente militar. Tiene su base en Fort Belvoir. Es una instalación del Ejército, por si no lo sabía.

—Lo sé muy bien. Mi grupo de la CID estaba radicado allí antes de que nos enviaran a Quantico.

—¿Y bien? —dijo Knox, casi retándolo a hacer otro comentario provocativo.

Puller decidió asumir el reto. Quizá fuese cosa del Jack Daniel's de las costillas, o las cositas verdes disfrazadas de verdura que ahora estaban fermentándose incómodamente en su barriga.

—Yo también he hecho unas cuantas llamadas.

—¿A quién? —preguntó Knox, impasible.

—Llevo el tiempo suficiente en el Ejército para tener una agenda Rolodex bastante gruesa. El INSCOM se creó en 1977 en el edificio Arlington Hall Station, en Virginia. Inteligencia, seguridad, guerra electrónica, todo al más alto nivel, toda una institución.

—Sí, lo es.

—Están divididos en ocho brigadas y varios grupos y compañías de inteligencia, operaciones y apoyo, con un comandante que es un dos estrellas, el mismo rango del tipo que ahora dirige la CID.

—Conozco el desglose de mi mando, Puller. Puede saltarse la lección de historia militar.

—Ah, y usted tiene una función más. —Hizo una pausa—. El Servicio Central de Seguridad.

Knox pestañeó, pero, por lo demás, siguió mirándolo inexpresiva.

—Servicio Central de Seguridad —repitió Puller—. Así es como llaman al INSCOM y a sus homólogos en la Armada y en las Fuerzas Aéreas dentro de la NSA. Porque la Agencia de Seguridad Nacional también es parte del INSCOM, o el INSCOM es parte de la NSA, se mire por donde se mire. Es curioso que olvidara mencionar que estaba en Seguridad Nacional.

—Me costaría mucho creer que alguien de su Rolodex supiera si soy o dejo de ser de Seguridad Nacional.

—¿Lo es?

—¿Si soy qué?

—¿NSA?

Knox levantó el cordón con sus credenciales.

—Aquí dice INSCOM, Puller.

—Ya sé lo que dice —contestó él, sin agregar más.

Knox soltó el cordón y se recostó.

—¿Por qué tendría que importarle dónde estoy agregada en realidad? ¿La NSA, el INSCOM, el Ejército de Estados Unidos? —Se encogió de hombros—. Todos somos estadounidenses, Puller. Todos estamos en el mismo bando.

Puller guardó silencio. Se limitó a permanecer sentado, mirándola con una expresión que al final le hizo apartar la vista otra vez.

Puller dejó unos billetes encima de la mesa para pagar su cena y se levantó.

—¿Vuelve a abandonarme? —preguntó Knox—. Está empezando a resultar embarazoso. Seguro que la gente hablará —bromeó, aunque su mirada rayaba en el pánico.

—Cuídese, Knox.

—Puller, la última vez que se marchó de esta manera, encontró un cadáver en su habitación.

—¿Está diciendo que está implicada en eso?

—No, claro que no. Pero me han encargado que trabaje con usted en este caso.

—Bueno, a mí no me han encargado que trabaje con usted. Ahora bien, no puedo impedirle que aparezca, supongo. Pero ahí es donde termina nuestra colaboración. Al menos por mi parte.

—Realmente tiene que repensárselo.

—Y usted tiene que repensar si la falta de honestidad es realmente la mejor política a seguir.

—No he sido deshonesta con usted —dijo Knox secamente.

—Pero no fue honesta, así que, ¿cómo llama usted a eso?

Knox cruzó los brazos y apartó la vista. Al parecer, eso era parte de su idiosincrasia, observó Puller, aunque no sabía si en verdad ella era consciente o no, o si lo hacía para obtener una ventaja mientras inventaba otra mentira.

Knox levantó la vista hacia él.

—¿Podemos hablar sobre esto en un sitio menos público?

—No, si no va a hacer más que andarse con rodeos. No tengo tiempo para eso.

—Seré todo lo franca que puedo ser. ¿Qué le parece?

—Supongo que lo averiguaremos.

Dio media vuelta y se marchó.

Knox se levantó de un salto, soltó un billete de veinte dólares encima de la mesa y corrió tras él.

Fuera, Puller ya estaba de pie junto a la puerta de su coche.

—Yo conduzco, usted habla —dijo.

Knox asintió, abriendo la puerta del pasajero y subiendo al coche.

Puller torció a la izquierda en el cruce siguiente y después se dirigió hacia las afueras de la ciudad. Leavenworth no era demasiado grande y pronto hubieron dejado atrás el distrito comercial del centro y circulaban por calles residenciales donde las casas punteaban el paisaje oscuro.

—Tengo que saber si alguien me ha identificado con seguridad como miembro del CSS.

—¿Por qué?

—¿A usted qué le parece? Tampoco es que vaya por ahí anunciando mi cargo.

—¿De modo que está con los de Seguridad Central?

—¿Alguien lo hizo? —insistió Knox.

—No.

—Entonces ¿solo es una suposición suya?

—No del todo.

—¿Qué quiere decir?

—Todos los uniformados que he conocido manifiestan automáticamente su rango y la unidad a la que están asignados. Si voy al Pentágono o voy a una tienda de comestibles y veo a otro soldado en la caja, digo: «Hola, soy suboficial mayor de la CID 701 de Quantico. Antes fui sargento de primera clase en el Tercer Batallón, Regimiento de Rangers 75, de Fort Benning». Rango más escuadrón, sección, compañía, batallón, brigada, división, cuerpo, todo es parte del ADN. Todos estamos agregados a algo. Y queremos que sepas qué es ese algo. Cuestión de orgullo, de pertenencia. Viene dado con el ser soldado. Imposible evitarlo.

—Y yo no le di mi rango hasta que me lo pidió y se lo dije —respondió Knox, resignada—. Y no concreté en qué unidad.

—Y la primera vez que nos vimos se dirigió a mí como «agente Puller». Soy suboficial mayor. Cualquiera que en verdad lleve uniforme se dirigiría a mí automáticamente como «señor» o «jefe». Nunca como «agente».

—Dos a cero —dijo Knox, a todas luces irritada.

—Y además a mí no me parece usted militar, Knox.

—¿En serio? —dijo Knox en un tono ligeramente ofendido, y puso tenso el cuerpo.

—Oh, se nota que está en buena forma. Pero esa no es la cuestión.

—¿Qué me ha delatado?

—Llevo quince años en el Ejército. Antes fui hijo de militar desde el día que nací. Huelo los uniformes debajo de cualquier capa con la que alguien quiera ocultarlos. Y en su caso no percibí ese tufillo. —Hizo una pausa—. ¿Es verdad que estuvo en Irak?

—Sí —contestó Knox en voz baja—. Pero no de uniforme. Estaba en inteligencia.

Puller la miró.

—O sea, que no estuvo en el frente. —Ella no contestó—. Knox, he dicho...

—Pare —interrumpió Knox.

—¿Qué?

—¡Que pare!

Puller dirigió el coche a un lado de la carretera y puso el cambio en posición aparcamiento.

Knox encendió la luz del interior, desenganchó el cinturón de seguridad, se levantó la camiseta y tiró de los pantalones y las bragas por su lado izquierdo hasta cerca de la parte baja de su cadera izquierda. Puller se quedó boquiabierto, preguntándose qué demonios estaba pasando.

Hasta que lo vio.

En medio de la suave piel blanca había una cicatriz alargada y fea que le recorría la cadera izquierda hasta el borde carnoso de la nalga izquierda. La cicatriz era de un rojo apagado; los puntos de sutura, todavía evidentes. Aunque la herida que había debajo probablemente hacía tiempo que se había curado, seguía pareciendo dolorosa.

—Recibí esta cortesía de metralla de fuego de mortero y granadas del enemigo. Yo estaba en una comitiva que se dirigía a Basora. Los rebeldes intentaban retomarla. Estaban más cerca y mejor armados de lo que pensábamos. Murieron cinco de los míos. No sabía si volvería a caminar. La metralla llegó muy cerca de mi columna vertebral y estuve unas dos semanas sin sentir las piernas. Resultó ser una parálisis por contusión debida a la inflamación y la hinchazón. Pero finalmente se me pasó después de vivir una temporada tomando Prednisona, y los cirujanos, por último, sacaron todo el metal y yo trabajé más duro de cuanto lo había hecho en mi vida. Y con el tiempo me recuperé del todo. Excepto cuando llueve. Entonces la cadera y la nalga me duelen de mala manera. Con todo, me considero la persona más afortunada del mundo. Mucho más afortunada que el resto de mi equipo.

Puller permaneció callado unos segundos y después dijo:

—Para su información, si bien he dudado acerca de sus superiores, en ningún momento he dudado de su patriotismo. Ni de su valentía.

Poco a poco, Knox volvió a poner los pantalones y las bragas en su sitio y se remetió la camisa.

—Me cuesta creer que acabe de hacer esto. Demonios, he estado saliendo con tíos durante meses que nunca lo vieron. —Hizo una pausa y miró por la ventanilla—. Solo... No quería que pensara que no soy capaz de cumplir con mi cometido. Porque lo soy. Me consta que esta parte del mundo sigue siendo un mundo muy de hombres. Pero soy la mar de buena en lo que hago.

—Lo mismo que con su patriotismo y su valentía, tampoco he dudado nunca de eso, Knox.

Se volvió hacia él.

—En mi trabajo a veces tengo que engañar. Pero no me gusta confundir a las personas como usted.

—Muy bien —dijo Puller—. ¿Algo más que necesite contarme? ¿O que pueda contarme?

—Vine aquí con un objetivo doble.

—El primero era trabajar conmigo.

—El segundo era vigilarlo, de cerca.

—¿Por qué? —preguntó Puller.

—Pensaba que sería evidente.

—¿Sus jefes piensan realmente que estoy involucrado en la fuga de mi hermano?

—No, no es eso. Pero piensan que a lo mejor intentará ponerse en contacto con usted en algún momento.

—¿Y por qué piensa que haría algo semejante?

—Porque con su padre en el estado que está, usted es el único familiar que le queda. Y todos los informes indican que están muy unidos.

—¿De modo que esperaba que la condujera directamente hasta él?

Knox se puso el cinturón de seguridad.

—Nunca he pensado que fuese a ser tan fácil o claro, pero no podíamos descartar sin más esa posibilidad. Todo el mundo busca primero la fruta de las ramas bajas.

—Mi hermano es con mucho demasiado listo para cometer un error tan estúpido.

Puller puso el cambio en posición conducción y arrancó de nuevo.

—¿Adónde vamos? —preguntó Knox.

—A ver el cuerpo del muerto que dejaron en mi habitación. Se suponía que iba a ir esta mañana, pero, como ya sabe, se interpuso otro cuerpo muerto.

—Es más bien tarde.

—Ya, pero si aguardamos más, el cuerpo podría desaparecer como los transformadores.

Circularon un rato en silencio.

—Entonces ¿estamos bien? —preguntó Knox, rompiendo el silencio.

—Por ahora, Knox.

—¿Sabes qué? Puedes llamarme Veronica.

Puller le lanzó una mirada.

—Prefiero Knox. Te queda bien.

Knox frunció el ceño.

—¿En qué sentido?

Puller pisó el acelerador y el Chevy saltó hacia delante.

—Como en Fort Knox.

Cuando la volvió a mirar, estaba sonriendo de veras.

17

Había múltiples posibilidades, Robert Puller lo sabía bien. Estaba sentado en otra habitación de motel, mirando su ordenador.

La pura aritmética del desafío era emocionante.

Oficialmente, existían diecisiete agencias de inteligencia estadounidenses.

Oficialmente.

Mientras que últimamente la atención de los medios había estado centrada, no sin razón, en la NSA y el famoso o infame —según tu postura— Edward Snowden, el hecho era que la NSA no era más que un diente de un engranaje cada vez mayor, conocido por las siglas IC, correspondientes a «comunidad de inteligencia».

Con casi mil trescientas organizaciones gubernamentales y dos mil empresas privadas en más de diez mil ubicaciones esparcidas por el país, que daban empleo a casi un millón de personas, siendo una tercera parte de estas contratistas particulares, todos con credenciales de alto secreto o incluso más altas, la IC empleaba en Estados Unidos unos dos tercios de la plantilla de Wal-Mart.

Por la Orden Ejecutiva 12333, la IC tenía seis objetivos

primordiales. Estaban grabados a fuego en el cerebro de Puller. Sin embargo, había uno en el que ahora estaba especialmente concentrado. Se trataba de una táctica evasiva que otorgaba un poder titánico a la rama ejecutiva.

Puller recitó mentalmente: «Otras actividades de inteligencia como las del presidente pueden prevalecer de vez en cuando».

Encapsulada en estas catorce palabras había una discreción casi incalculable, siendo la única restricción el tamaño de las ambiciones presidenciales. Cuando topaban con restricciones legales, los abogados del gobierno usaban esta fisura legal como táctica evasiva ante los tribunales. Y puesto que el Congreso apenas supervisaba esa área, la táctica evasiva solía dar resultado.

Cuando estaba en el STRATCOM, Puller no había juzgado si aquello estaba bien o mal. Su trabajo se había beneficiado de esa táctica legal. Ahora tenía un punto de vista ligeramente diferente al respecto. Bueno, tal vez no tan ligeramente. La NSA formaba parte de la IC. Legalmente, la NSA, conocida como los «oídos» de la inteligencia estadounidense, no podía escuchar las conversaciones de los ciudadanos estadounidenses sin una orden judicial. Pero ahora buena parte de lo que la NSA y el resto de la IC recogían era digital. Y quienes controlaban el flujo global de datos no tenían fronteras nacionales. Google, Facebook, Verizon, Yahoo, Twitter y demás tenían centros de datos, cables de fibra óptica, granjas de servidores y otras infraestructuras por todo el mundo. Y como muchas «transacciones» exclusivamente estadounidenses se llevaban a cabo en esta infraestructura ubicada en el extranjero, estaban maduras para su explotación.

Sofisticadas herramientas de barrido descifraban y decodificaban los formatos de datos que usaban los proveedores globales de internet, y unos filtros incorporados analizaban el contenido y seleccionaban información para robarla, dirigiéndola a una interfaz donde se examinaba entre tres y cinco días antes de devolverla al espacio abierto de almacenamiento. Y como la recogida de datos que realizaba la IC en el extranjero carecía de regulación casi por completo, había una inmensa recopilación de contenidos y metadatos de ciudadanos estadounidenses, con inclusión de direcciones de e-mail de emisores y receptores, vídeo, audio y fotos. De modo que cada vez que enviabas datos a través de internet, personas que nunca hubieses querido que recibieran esta información, de hecho la obtenían. ¿Y qué hacían con ella? Bien, nunca lo sabías hasta que un día llamaban a tu puerta, te plantaban sus credenciales en los morros y te decían que tu derecho a la vida, la libertad y la búsqueda de la felicidad oficialmente había terminado.

Puller se agachó sobre el mapa que tenía en la pantalla de su ordenador y estudió las posibilidades.

Nebraska, Colorado, Wyoming, Virginia, Maryland. Si realmente quería ser inclusivo podría añadir los estados de Texas, Washington y Arizona. Esa era la huella, al menos la más evidente, de las tripas de la IC. Una cosa tenía clara: no se quedaría en Kansas.

Dejó ese problema específico a un lado por un momento y se concentró de nuevo en el hombre hallado en su celda. Tenía el bosquejo que había hecho, pero un bosquejo no servía para seguirle el rastro. No podías pasar un bosquejo por una base de datos de manera eficiente.

¿O acaso sí?

Salió de la habitación, fue hasta su camioneta y se marchó.

Dos horas después estaba de vuelta en su habitación de motel con varias cosas: una tableta Samsung Galaxy con cámara incorporada, papel satinado, un escáner/impresora a color y unas cuantas cajas de materiales relacionados con el dibujo.

Desenvolvió estos útiles y emprendió la tarea de convertir un bosquejo en algo más sustancial. Necesitaba convertirlo en un rostro. Un rostro con color y textura y puntos que un escáner digital pudiera reconocer mejor.

Había oscurecido fuera cuando terminó el dibujo. Tenía

tanta hambre que fue caminando hasta un McDonald's cercano y engulló un Big Mac con una ración grande de patatas fritas, además de una Coca-Cola *light* gigante para compensar la grasa y el sodio que acababa de ingerir, antes de regresar a su habitación y pasar a la segunda parte de su tarea. Hizo una foto del dibujo con la tableta Galaxy y la descargó en la impresora. Cargó la impresora con el papel fotográfico satinado e imprimió la imagen. La examinó con detenimiento bajo la lámpara.

Entonces sacó una foto de la impresión satinada con la cámara de la tableta. Descargó esa foto de la tableta al portátil y la abrió en la pantalla. Ahora parecía más una fotografía, las imágenes de píxeles contrastaban sobre el fondo satinado. Después se puso a trabajar en la foto, añadiendo color a la piel, el pelo y los ojos. Cuando hubo terminado se recostó y volvió a estudiarla. Una vez más, se dio por satisfecho.

Pero la prueba de lo buena que era vendría con el paso siguiente.

Usando el software de su portátil, pirateó la primera base de datos y pasó la foto por los archivos contenidos en ella. Tardó media hora, pero no hizo diana. Pasó el resto de la noche revisando todas las bases de datos en las que pudo entrar.

Eran las cuatro de la madrugada cuando aceptó la derrota. Por el momento.

El hombre desconocido seguiría siendo un desconocido. Una vez más, por el momento.

Corría un riesgo al hacer aquello. A pesar de haber pirateado a través de una puerta trasera, habría indicios de su violación. Quizá intentarían rastrearlos hasta él. Quizá tendrían éxito. Si algo había aprendido dedicando la mayor parte de su vida profesional al mundo cibernético, era que siempre habría alguien mejor que tú recorriendo el camino de los píxeles. Había piratas aficionados de catorce años y jugadores de Xbox cuya habilidad rivalizaría con la de los mejores agentes de la NSA. Así era como funcionaba ese mundo. Si tu cerebro estaba programado de esa manera, podías hacer prácticamente cualquier cosa. Y si eras temerario, como eran la mayoría de los chavales, podías entrar en el Pentágono o en cuentas bancarias suizas. Todo estaba ahí, al alcance de la mano, porque casi todo el mundo estaba conectado de un modo u otro al universo digital.

Puller se desplomó en la cama, la barriga le hacía un ruido sordo mientras digería la cena a base de comida rápida. Tenía que dormir porque a partir de ahora tenía que estar bien descansado y en plena forma. Pero sus pensamientos se obcecaban en el hombre desconocido.

Había sido alguien. Y saber quién era ese alguien lo conduciría a alguien o algo más. Aquel hombre había ido a la prisión con un propósito concreto.

Afortunadamente para Robert Puller, ese propósito concreto no se había llevado a cabo.

«Porque —pensó— todavía estoy vivo.»

18

Las luces se encendieron, brillantes, molestas y directas. Puller y Knox parpadearon para adaptarse y después aguardaron mientras la puerta se abría y el cuerpo salía deslizándose sobre el lecho metálico del congelador.

El médico forense militar era un hombre cincuentón de pelo entrecano, complexión esbelta y grandes manos musculosas. Estaba un poco indignado porque la llamada de Puller le había hecho levantarse de su litera, vestirse y personarse allí.

Sostenía una tabla sujetapapeles con una de aquellas manos mientras retiraba la sábana con la otra, revelando el cuerpo de un hombre alto, treintañero, con el pelo cortado a cepillo, un físico cincelado y sin vello facial. Puller se fijó en la incisión en Y que le habían hecho en el pecho y en los puntos de sutura que habían cosido aquel inmenso tajo *post mortem*, con los órganos perfectamente dispuestos en la cavidad del pecho.

—¿Causa de la muerte? —preguntó Puller.

El forense señaló la base del cuello.

—En términos legos, cuello roto.

—¿Manera de morir? —preguntó Puller.

—Alguien se lo rompió.

—O sea ¿que no se cayó y se dio un golpe?

—No. No es una herida por compresión con las vértebras aplastadas como la que se asociaría a una caída como esa. Tampoco es la herida que veríamos en un ahorcado, en la que las vértebras están separadas verticalmente. En este caso parece que el cuello fue golpeado horizontalmente.

Puller se mostró intrigado en el acto ante esta observación.

—¿Horizontalmente? ¿De lado a lado? —Levantó las manos como si estuviera agarrando una cabeza y tiró con una mano hacia la izquierda y con la otra hacia la derecha—. ¿Así?

El forense lo consideró.

—Sí, es bastante aproximado. ¿Cómo se le ha ocurrido?

—¿Alguna otra herida?

—Ninguna que haya podido encontrar, y pasé un buen rato buscando.

Puller bajó la vista al cuerpo, repasándolo centímetro a centímetro, empezando por la cabeza y avanzando hacia los pies. Se inclinó y examinó de nuevo los antebrazos más de cerca. Había tres leves marcas en la piel. Eran uniformes y estaban espaciadas regularmente.

—Me fijé en esas. Puede haber sido una prenda de ropa o alguna otra cosa que llevara lo que hizo esas impresiones. O quizá lo ataron de alguna manera, aunque dudo de que sea el caso. Desde luego no lo encontraron maniatado en la celda.

—¿Qué ropa llevaba?

—Vaqueros, camisa de manga larga y mocasines náuticos de lona.

—¿Me está diciendo que entró en una prisión de máxima seguridad vestido así? —dijo Knox—. ¿Está de broma?

—Mi trabajo consiste en examinar el cuerpo y redactar un informe sobre la causa, la hora y la manera de morir —respondió el forense, sofocando un bostezo—. A ustedes les toca jugar a Sherlock Holmes.

—¿Y la hora de la muerte? —preguntó Puller.

—Me avisaron en cuanto encontraron el cadáver. Llevaba muerto dos horas como mucho.

—¿Ha podido identificarlo? —preguntó Puller.

—No ha aparecido nada en las bases de datos de huellas digitales y de reconocimiento facial, y normalmente aparecen quienes son parte de la tropa. He tomado una impresión dental y también muestras de ADN. Las enviaremos al ADFIL de Dover —explicó, refiriéndose al Laboratorio de Identificación de ADN de las Fuerzas Armadas.

—¿Puede pedir servicio urgente? —preguntó Puller—. De lo contrario, podría tardar semanas. Incluso con una respuesta rápida estamos hablando de entre uno y cuatro días.

—Puedo. Pero actualmente se acumula el trabajo pendiente.

—No tanto como cuando Afganistán e Irán iban a toda máquina —señaló Knox.

—No, gracias a Dios —dijo el forense.

—¿Puedo verlo del otro lado? —preguntó Puller, indicando el cadáver.

Ayudó al forense a dar la vuelta al cuerpo. Puller empezó de nuevo por arriba y fue bajando. Y de nuevo se inclinó a mirar de cerca, esta vez a la altura de las pantorrillas. Las marcas eran apenas visibles, pero también eran tres y también estaban espaciadas uniformemente.

—¿Había visto esto? —preguntó.

El forense se inclinó y utilizó una linterna con lupa incorporada. Señaló una línea fina.

—Pensaba que esta podía ser del calcetín. Pero no vi las otras dos —agregó en un tono afligido—. Aunque tiene las piernas particularmente peludas. Sin duda tiene usted muy buena vista.

Puller se enderezó. Miró al forense.

—¿Nos avisará en cuanto haya identificado a este tipo? Parece militar, pero quizá no lo sea. Sobre todo si no aparece en las bases de datos.

El forense asintió con la cabeza.

Puller volvió a agacharse y estudió las facciones del difunto.

—En realidad, parece de Europa del Este. La línea de la mandíbula, la nariz, las mejillas, la frente. —Levantó una de las manos—. Callosidades, una muy clara en la falangeta del índice derecho.

Knox se inclinó y miró el dedo.

—¿De la fricción con un gatillo?

Puller asintió con la cabeza.

—Quizá. ¿Puedo verle los dientes?

El forense utilizó una herramienta para abrir la boca y apartar los labios. Puller escrutó el interior de la cavidad bucal.

—Este tío nunca ha ido al dentista. Mala dentadura, pero nada metálico.

Dirigió un gesto de asentimiento al forense, que dejó que la boca se cerrase.

—¿Puede hacer un examen de isótopos toxicológicos del pelo? Con eso podrá decirme de dónde proviene, o al menos dónde ha estado recientemente, ¿verdad?

El forense dijo:

—En efecto. Los isótopos de hidrógeno y oxígeno transferidos al pelo a través de los alimentos y el agua que haya ingerido la persona, así como del aire que respira. Lleva el pelo bastante corto, de manera que no tendré un espectro muy amplio con el que trabajar. El pelo de la cabeza crece a un ritmo de entre un centímetro y un centímetro y medio al mes. Con un pelo tan corto como el suyo, cualquier respuesta se reducirá a los lugares donde haya estado recientemente.

—Creo que con eso bastará.

—Entienda que si bien Estados Unidos tiene un buen mapa de isótopos en diferenciales de agua y aire, otros países tal vez no lo tengan. Si proviene de algún remoto país del tercer mundo quizá no obtengamos resultados.

—No lo sabremos hasta que lo probemos. Si pudiera hacerlo cuanto antes, le quedaré muy agradecido.

—Entendido, jefe Puller.

—Y, doctor —dijo Puller. El forense lo miró—. Que lo que acabamos de comentar quede entre nosotros por ahora, ¿de acuerdo?

El forense arrugó la frente.

—Pero tengo que redactar informes y...

—Solo por ahora, entre nosotros, ¿de acuerdo? Por un montón de razones. Una de las principales es que no veo cómo ha podido ocurrir esto sin ayuda desde dentro. Y eso significa que quizá tengamos jugando contra nosotros a alguien que creemos que está en nuestro bando.

El forense abrió la boca y la volvió a cerrar. Asintió secamente.

—De acuerdo.

Puller enfiló el pasillo tan deprisa que Knox tuvo que darse prisa para no rezagarse.

—¿Adónde vas?

—A mirar metraje de cámaras de vigilancia.

—¿A estas horas?

—¿Por qué, acaso tienes una cita o algo por el estilo?

—Pero ya hemos mirado las grabaciones realizadas desde el interior de la prisión.

—Pero no hemos mirado las grabaciones realizadas desde fuera de la prisión.

—Para justo aquí —dijo Puller, y Knox pulsó la tecla para congelar la imagen. Estaban sentados en un cubículo de la DB, revisando las grabaciones de la cámara de vigilancia ubicada en la entrada de la cárcel.

Puller paseó la vista por los camiones que acababan de frenar ante la verja de la prisión.

—Ahora avanza a cámara lenta.

Knox lo hizo y Puller se puso a contar, garabateando números en su bloc de notas. Le hizo retroceder el vídeo y repetir el proceso dos veces. Cuando hubo terminado, dijo:

—Bien, veamos la salida.

Knox cargó esa grabación y pulsó las teclas del ordenador para que las imágenes avanzaran despacio. Observaba mientras Puller se ponía a contar otra vez. Le hizo repetir el vídeo tal como había hecho antes. Y anotó más números. Cuando Puller hubo terminado, Knox detuvo la grabación y se recostó, mirándolo expectante.

—¿Y bien? —preguntó.

—Fort Leavenworth llamó a una compañía entera de PM para que tomara el control de la DB. Acudieron en seis camiones pesados. Cuatro secciones que suman un total de ciento treinta y dos hombres, más los mandos, un capitán y su sargento primero.

—Entendido.

—Los seis conductores se quedaron en sus vehículos, pero he contado ciento treinta y tres hombres con equipo antidisturbios saliendo de esos camiones. Más el capitán y el sargento primero.

—O sea, un total de ciento treinta y cinco hombres.

—Cuando tendría que haber solo ciento treinta y cuatro.

—¿Así que hay uno de más?

—También he contado ciento treinta y cinco hombres saliendo de la prisión con equipo antidisturbios. Subieron a esos camiones y se largaron.

—Siendo así, las cifras encajan, pero seguimos teniendo a un tío de más.

—¿Y si el muerto era miembro de la sección que entró?

Knox le lanzó una mirada llena de asombro.

—¿Qué?

—¿Las marcas de correas en el cuerpo? Las de los brazos creo que eran de los protectores rígidos del antebrazo y el codo. Y las marcas paralelas de las pantorrillas eran de las correas de los protectores de las espinillas.

—Pero, Puller, eso es equipo antidisturbios.

Puller asintió con la cabeza.

—El mismo equipo que acabamos de ver en el vídeo. Eso

significa que nuestro muerto quizá formaba parte de los refuerzos enviados desde Fort Leavenworth.

—Pero obviamente no volvió a salir.

—No obstante —observó Puller—, tenemos el mismo número de soldados que entra y sale. ¿Qué te dice esto?

Knox reflexionó un momento y, al cabo, abrió los ojos como platos.

—Mierda, ¿tu hermano ocupó su lugar?

Puller asintió con la cabeza.

—Pudo haberle roto el cuello a ese tío, vestirse como él y escapar así, como parte de los refuerzos de PM. Estaba oscuro, aquello debía de ser un caos. No comprobarían la identidad de un tío con equipo antidisturbios completo. De modo que sube a uno de los camiones, con el que regresa al fuerte. Cuatro secciones de soldados saltan a tierra, cada cual se va por su lado y él simplemente sale pitando de la base.

Knox lo miró, a todas luces impresionada.

—Puller, menuda deducción más afinada. Nunca me habría percatado del número de PM que entraron y salieron.

Puller estaba meditabundo.

—Aunque sería difícil hacer todo eso a oscuras. Recuerda que no había luz en la prisión. Mi hermano habría tenido que matar a un tío que iba armado y probablemente protegido sin que nadie viera ni oyera nada. Después tuvo que quitar todo ese equipo del cuerpo para ponérselo, y todo a oscuras. Veo muchos agujeros potenciales en esta teoría.

—También había mucho ruido que cubriría lo que estuvieran haciendo. El muerto sin duda llevaba una linterna en su equipo. Si la puerta de la celda estaba cerrada, o si sus colegas le vieron registrar aquella celda, no habría habido necesidad de que entrase nadie más. Me parece que has averiguado cómo ocurrió todo.

Puller no respondió.

Knox, que había estado tensa, se relajó.

—Oye, me consta que esto tiene que ser muy duro para ti.

—¿Por qué, porque es mi hermano?

—No, porque es tu hermana. ¡Claro que es porque es tu hermano!

—Te equivocas. No es mi hermano. Ahora mismo solo es un preso fugado que pudo estar implicado en el asesinato de una persona sin identificar.

—Bueno, pues yo creo que has contestado a una pregunta realmente importante. Cómo salió.

—Sí, ya. Y he planteado una docena más.

19

Puller conducía y Knox iba sentada a su lado, mirando de mal humor por la ventanilla.

—¿Cómo se te ocurrió la manera en que le rompieron el cuello? —preguntó, volviéndose hacia él—. ¿Una rotura horizontal? Le mostraste al forense cómo se hacía.

—Quebrar, crujir y listos. Al menos así es como lo llamamos. Es una técnica que enseñan en los Rangers y en el cuerpo de marines. Se usa para matar deprisa, por lo general en el perímetro de seguridad de un objetivo que estás intentando tomar. Una mano y un antebrazo agarran la parte alta de la cabeza. La otra mano y el otro antebrazo se apoyan en la base del cuello. Aplicas la fuerza precisa en distintas direcciones y el cuello se parte justo por la mitad. Limpio, rápido y silencioso.

—¿Y no lo enseñan en las Fuerzas Aéreas?

—No sé qué enseñan en las Fuerzas Aéreas aparte de decir a su gente que no salte de un avión en perfecto estado. Eso nos lo dejan a nosotros, la tropa que carga con el rifle y una mochila de treinta y cinco kilos.

—Muy bien, pero ¿por casualidad enseñaste este método a tu hermano?

Ahora Puller le echó un vistazo.

—¿Me estás interrogando?

—No, solo hago una simple pregunta.

—No me acuerdo. Esa es mi simple respuesta.

Knox volvió a mirar por la ventanilla.

—Parece que se avecina tormenta —comentó.

—Entonces quizá tengamos otro apagón y se escape otro preso —repuso Puller.

Knox lo miró.

—Ni se te ocurra bromear sobre algo como eso.

—Tenemos que identificar a ese tipo.

—Lo sé.

—Y no quiero aguardar lo que vaya a tardar en hacerlo el laboratorio de Dover. Y dado que no creo que sea estadounidense, es probable que no encuentren nada, de todos modos.

—El forense dijo que no obtuvo resultado en la base de datos militar ni con las huellas digitales ni con el reconocimiento facial. Así que es dudoso que sea militar.

—Al menos no de los nuestros. Lo que nos conduce a otra pregunta.

—¿Cuál?

—Cuatro secciones.

—De acuerdo, pero ahora pensamos que tu hermano quizá ocupase el lugar del muerto. Después de matarlo —agregó, tal vez solo para ver la reacción de Puller, que hizo caso omiso.

—¿Cómo entró en Fort Leavenworth el muerto? ¿Y cómo se las arregló para incorporarse a una compañía de soldados que iba a sofocar una posible crisis en la DB?

—Bueno, tiene que haber entrado en la base de alguna manera. Y reinaba el caos. Si iba vestido con equipo antidisturbios dudo mucho de que alguien se molestara en pasar lista.

—Esto significa que todo estaba planeado, Knox. El estallido de los transformadores. Los ruidos de una explosión y de disparos. El manual del Ejército es muy claro al respecto. Se piden refuerzos. Quienes planearon esto sabían cómo iba a reaccionar el Ejército y tenían a un tío en Leavenworth dispuesto a participar.

—Pero ¿por qué, Puller? ¿Qué iba a conseguir?
—¿Ayudar a mi hermano a escapar, tal vez?
—El tipo en cuestión terminó muerto.
—Quizá el plan cambió —dijo Puller—. Quizá lo mató alguien que no era mi hermano.
—¿Cómo tenía planeado sacar a tu hermano? No hay pruebas de que tuviera un segundo equipo antidisturbios consigo. Lo más probable es que tu hermano cogiera su equipo. De hecho, es la única manera en que pudo salir. Así que el tipo tenía que morir. Y eran más o menos de la misma estatura. —Miró a Puller—. ¿Tu hermano mide en torno a un metro ochenta y cinco? ¿Unos noventa kilos?
—Por ahí.
—Igual que el muerto.
—¿Por qué ir en una misión si sabes que es suicida?
—Quizá él no sabía que era suicida —contestó Knox.
—Bueno, si no lo sabía tenía que creer que iba a entrar por una razón que contemplaba la posibilidad de que saliera vivo de allí. Y tenemos que descubrir quién vino y se llevó los transformadores. —La miró con intención al decir esto—. Eso fue lo que puso en marcha toda la cadena de acontecimientos. El estallido de los transformadores.
—Puller, no sé quién lo hizo. Y estoy diciendo la verdad.
—Hice unas lecturas online. El INSCOM lleva a cabo operaciones para mandos militares.
—Menudo secreto.
—Pero tú también tienes la tarea de hacer lo mismo para «responsables de tomar decisiones». Es un término a la vez sugerente y diluido. Podría incluir a tipos como el presidente, el secretario de Estado, el presidente de la Cámara de Representantes...
—No estoy aquí en representación de ninguno de ellos, te lo aseguro.
—Y el jefe de la NSA también dirige el Cibercomando de Estados Unidos.
—Estoy al tanto.

—Interesante.

Knox se encogió de hombros.

—Hay mucho solapamiento. Hay quien sostiene que una y otro son imágenes especulares. Aunque la NSA opera bajo el Título 50 y el Cibercomando está registrado bajo una autoridad de Título 10.

—¿Es una diferencia importante?

—Quizá sí, quizá no. Se rumorea que ambas entidades tendrán jefes distintos en el futuro. La realidad es que ahora ambos son trabajos a jornada completa. Pero siempre estarán relacionados operativamente.

—Y ambos tienen su sede en Fort Meade.

—Sí.

—Primos hermanos, pues.

—No es el término que yo usaría —dijo Knox, ligeramente ofendida.

—Alguien vino y se llevó los transformadores, Knox. Y el tío que los entregó dijo que eran muy superiores en rango. Pero eso era lo único que iba a decir. Eso me dice que le dijeron que no dijera más. Ni siquiera a los investigadores oficiales.

—¿Qué te lleva a pensar eso?

—Que aquí hay múltiples investigaciones en marcha, tanto oficiales como no oficiales, con múltiples intenciones ocultas. Bastante duro es resolver un crimen sin todo ese equipaje. Y ese equipaje no cabe duda de que procede de la central de espionaje. Lo noto en mis calzoncillos reglamentarios del Ejército.

—Bien, ¿qué quieres que haga al respecto exactamente?

—Somos un equipo. O al menos es lo que me has hecho creer. Así que, basándonos en eso, la respuesta a tu pregunta debería ser bastante evidente.

—¿Quieres que averigüe si alguien de inteligencia tuvo algo que ver con la desaparición de los transformadores?

Puller le dedicó una sonrisa forzada.

—Te voy a convertir en toda una investigadora, Knox.

Pasando por alto su sarcasmo, Knox dijo:

—Quizá eso sea lo que temo. Hablando de espías, ¿alguna idea sobre Daughtrey?

—Si mi hermano mató a ese hombre en la prisión, puede que haya matado a Daughtrey.

—¿Por qué?

—Ambos trabajaban en el STRATCOM.

—¿Piensas que ese es el meollo del asunto?

—Ni idea. Tú sabes más que yo acerca de su mundo. Y es un mundo grande. Mucho más grande de lo que se da cuenta la mayoría de la gente.

—¿Sabías que técnicamente el Cibercomando está bajo el liderazgo del STRATCOM?

La miró inquisitivo.

—¿Y eso cómo funciona con la NSA?

—Todo es muy incestuoso, Puller. La NSA opera desde detrás de cientos de plataformas de inteligencia. Nunca sabes hasta dónde van a llegar los tentáculos.

—¿Pues cómo demonios puede nadie mantener todo eso en orden?

—Creo que esa es la clave. No quieren que alguien sepa lo suficiente para mantener las cosas en orden. Entonces quizá tendrían que empezar a contestar preguntas incómodas.

—Hace que la supervisión del Congreso resulte puñeteramente difícil.

—Puñeteramente casi imposible —corrigió Knox—. Cosa que, de nuevo, vuelve a ser el meollo.

Puller la miró con curiosidad.

—Unas observaciones desconcertantes para alguien del sector de inteligencia.

—Que trabaje en eso no significa que tenga que beberme todo el Kool-Aid. ¿Y no te has preguntado otra cosa?

—¿Cuál?

—Por qué enviaron a prisión a tu hermano.

—Le imputaron crímenes de seguridad nacional. Traición.

Knox dijo en tono de reprimenda:

—¿Y no tuviste curiosidad por enterarte de las circunstancias exactas? Es sorprendente, siendo investigador.

—Me lo pregunté. Me pregunté muchas cosas. En cuanto regresé del despliegue en el extranjero me puse a ello. Mi hermano ya estaba en prisión.

—¿Y?

—Y el archivo estaba precintado. Ni siquiera conseguí que alguien me devolviera una llamada o se reuniera conmigo. No salió en los periódicos y solo vi una noticia en la CNN, y después desapareció como polvo en un agujero negro del espacio exterior.

—Entonces ¿no sabes por qué lo condenaron?

La miró desafiante.

—¿Por qué? ¿Acaso tú sabes algo al respecto?

—Creo que deberíamos averiguarlo.

Puller siguió conduciendo mientras reflexionaba.

—¿O no quieres saber si tu hermano realmente es culpable o inocente? —preguntó Knox.

—Lo condenaron.

—¿Y según tu experiencia nunca se ha condenado a un inocente?

—No a demasiados.

—Uno es demasiado —repuso Knox.

—¿Y si el archivo sobre el caso de mi hermano está precintado?

—El investigador eres tú. Seguro que tienes ideas sobre cómo encontrar cosas. Y si voy a jugarme el cuello por unos transformadores que desaparecieron, tú puedes hacer lo mismo con el caso de tu hermano.

Y no dijo más mientras iban derechos hacia la tormenta inminente que bien podría haber estado tanto dentro del coche como fuera.

20

Se despertó a mediodía y miró despacio en derredor.

Robert Puller había soñado que se escapaba de la DB. Por eso al despertar pensó que iba a ver el interior de su celda.

«Pero me escapé. Soy libre. Por ahora.»

Poco después se duchó, poniendo cuidado en que el agua y el jabón no le salpicaran la cara, y se cambió de ropa con la única muda que tenía. Pronto tendría que ir de compras si se las arreglaba para conservar su libertad. Se miró en el espejo, aunque solo fuese para confirmar que no se parecía una pizca a sí mismo. Solo tenía que evitar que lo arrestaran, porque no podía cambiar las huellas dactilares, el ADN ni la retina. Con la barriga gruñendo otra vez, fue en coche hasta una cafetería abierta las veinticuatro horas y comió en la barra. Mientras daba cuenta de unos huevos revueltos con panceta y galletas untadas de mantequilla leyó el periódico local, del que había un ejemplar encima de la barra. El artículo con el que tropezó no había salido en primera plana y se preguntó por qué.

«General de las Fuerzas Aéreas hallado en habitación de motel en Leavenworth, Kansas.»

Siguió leyendo. Timothy Daughtrey, de cuarenta y tres años y general de una estrella de las Fuerzas Aéreas, estaba de visita en la zona por asuntos militares. No se alojaba en el motel. Y no había información sobre cómo había llegado allí ni sobre el motivo de su muerte, y tampoco había sospechosos. Había una línea telefónica directa a la que la gente podía llamar para dar información.

Puller rebuscó en su memoria. Daughtrey. Timothy Daughtrey. No recordaba aquel nombre, aunque, por otra parte, las Fuerzas Aéreas eran una entidad bastante grande. Podía no estar relacionado en absoluto o conectado directamente con lo que le estaba ocurriendo a él.

Terminó su desayuno y se llevó el periódico consigo al motel. Se conectó a la red e investigó al general fallecido. Había numerosas referencias a él, incluso una página de Wikipedia. La leyó en diagonal.

«Aquí está.»

Estaba en el Cibercomando de Estados Unidos, un componente integrante del STRATCOM.

A Daughtrey lo habían destinado allí poco más de cuatro meses antes, bastante después de que Puller hubiese ingresado en la DB.

Su carrera parecía bastante honesta. Incluso había un vídeo en YouTube en el que pontificaba sobre asuntos militares en un oscuro programa que probablemente solo personas uniformadas, y solo algunas de estas, se molestarían en ver. Se le veía inteligente y franco en el vídeo. A los estúpidos no los destinan al STRATCOM. Pero lo más seguro era que no fuese franco. Tales personas tampoco eran destinadas al STRATCOM. De hecho, leyendo entre líneas la entrevista del vídeo, Puller se llevó la impresión de que Daughtrey había averiguado más cosas sobre el entrevistador que el periodista sobre él o, más importante todavía, sobre el STRATCOM.

Sin embargo, ahora estaba muerto y no tenían pistas. Asesinado en Leavenworth mientras estaba allí por asuntos militares. ¿Qué asuntos serían? El Cibercomando de Estados Unidos tenía su cuartel general en Fort Meade, Maryland. La base más cercana de las Fuerzas Aéreas era la de McConnell en Wichita. Pero si estaba en aquella parte del país por asuntos del STRATCOM lo más probable era que hubiese ido a la AFB de Offutt, Nebraska. La oficina filial donde Puller había trabajado en Kansas había cerrado y las operaciones se habían consolidado en las instalaciones parcialmente renovadas de Offutt.

Así pues, ¿por qué estaba en Leavenworth, Kansas? De súbito la respuesta le pareció evidente.

«Porque fue de allí de donde me fugué.»

Mientras contemplaba el rostro del fallecido en el vídeo de YouTube, Puller asintió con la cabeza. Esa tenía que ser la conexión. Él tenía que ser la conexión.

Volvió a leer el artículo del periódico. El motel donde habían encontrado el cuerpo estaba relativamente cerca en coche. No estaba haciendo progresos con sus búsquedas en bases de datos para dar con el hombre asesinado en la prisión. Seguía debatiéndose cuándo marcharse de Kansas a otro lugar donde pudiera encontrar respuestas. Pero tenía tiempo para dar un paseo. De hecho, en cierto sentido, tenía todo el tiempo del mundo.

Salió de su habitación, subió a su camioneta y condujo de regreso a Leavenworth. Encontró el motel, pasó de largo y se fijó en los guardias militares apostados enfrente para vigilar la escena del crimen. El motel era como el otro en el que se alojaba ahora en Kansas City. Barato, destartalado, así como alejado de las calles principales. Las dietas de un una estrella habrían bastado y sobrado para pagar un lugar mucho mejor. Puller también sabía que Daughtrey podría haberse instalado, como cortesía profesional, en la residencia de oficiales de Fort Leavenworth. Las distintas ramas del servicio eran de lo más hospitalarias entre sí, aunque solo fuese para presumir de lo que tenían.

Aparcó en la calle y volvió sobre sus pasos, caminando despacio por delante de la entrada del motel antes de seguir adelante. Llegó a la esquina y se metió en el callejón, manteniendo el lugar bajo observación. Notó que el corazón le latía más rápido y fue consciente de que estar al aire libre de aquella manera seguía siendo algo nuevo para él. En la DB había estado en régimen de veintitrés a una: veintitrés horas de reclusión solitaria antes de que le permitieran salir de su jaula durante una única hora. Caminar libremente por las calles y llenarse la panza en una cafetería en medio de decenas de personas suponía un cambio embriagador. Volvió a concentrarse en el motel y, momentos después, su decisión de ir allí se vio recompensada de un modo que Robert Puller jamás habría podido imaginar.

Un sedán Chevy blanco se detuvo junto al arcén delante del motel. Puller se fijó en el vehículo porque el fabricante, el modelo y el color decían a gritos que era militar. Se apearon un hombre y una mujer.

Cuando Robert Puller vio salir a su hermano del coche se quedó paralizado, aunque solo un instante. Enseguida se adentró un poco más en el callejón, pero mantuvo la mirada fija en la imponente presencia física de su hermano.

¿Qué demonios estaba haciendo allí?

Aquel no era un caso de la CID. Y aun si lo fuese, el Ejército jamás habría permitido que John Puller trabajara en él, aunque solo fuese porque quizá tuviese relación con el caso de su hermano. A los militares no solo les desagradaba la apariencia de impropiedad, la detestaban.

Sin embargo, ahí estaba en carne y hueso, y se encaminaba hacia los guardias enseñándoles sus credenciales. La mujer que iba con él era alta, esbelta y de pelo castaño, pero Puller no le vio bien la cara.

«De modo que mi hermano está investigando este caso. Me pregunto qué más andará investigando.»

¿Los militares realmente dejarían que un hermano diera caza al otro?

Robert Puller había pensado mucho en su hermano y en cómo reaccionaría al saber que su hermano mayor se había largado de la DB, dejando tras de sí un cadáver. Pero ni una sola vez, pese a toda su brillantez y su paranoia incorporada después de trabajar tanto tiempo en el ámbito de la inteligencia, se había imaginado a su hermano trabajando en una investigación cuya meta sería traer de vuelta a Robert Puller, vivo o muerto, por más melodramático que sonara.

«Y es harto probable que ciertas personas me prefieran muerto.»

Aguardó a que su hermano desapareciera de su campo de visión y entonces salió del callejón y regresó deprisa a su camioneta. Confiaba en su nuevo rostro y su aspecto distinto. Pero había aprendido que la capacidad de observación de su hermano era muy superior a la normal. A veces incluso daba miedo. Por eso no quiso correr riesgos.

Llegó a la camioneta, subió y después se quedó sentado sin más.

Ahora tenía el pensamiento concentrado en una cosa, y no tenía nada que ver con un hombre muerto en la celda de una prisión.

Su hermano estaba allí.

Y Robert Puller no quería ni pensar en cómo podrían acabar las cosas.

Las cosas ya eran bastante complicadas de por sí.

¿Entonces? Lo que estaba intentando hacer le pareció imposible.

Porque su hermano pequeño quizá se interpondría.

21

John Puller estaba sentado en su habitación del motel, mirando la pared. Él y Knox habían dormido hasta tarde después de trasnochar. Después habían ido al motel donde encontraron muerto a Daughtrey. Puller no sabía qué esperaba encontrar allí por segunda vez. Y últimamente no había descubierto nada útil o nuevo. Después habían pasado el día entero siguiendo más pistas, pero ninguna de ellas dio el menor fruto. Ahora volvía a ser de noche y su investigación no había avanzado ni un ápice.

Y Knox había dicho una cosa que Puller tenía pegada a la cabeza como si llevara un cuchillo de combate Ka-Bar clavado en el cráneo.

«¿O no quieres saber si tu hermano realmente es culpable o inocente?»

«¿Quiero saberlo? ¿O no?»

Sacó el teléfono del bolsillo. Lo sintió como un tocho.

Repasó sus contactos hasta que dio con el que quería. Miró la hora en su reloj. Era tarde, y todavía más tarde en la Costa Este, pero la persona en cuestión era un ave nocturna. Puller conocía a muchas aves nocturnas; él mismo era propenso a ser una de ellas.

Escuchó el teléfono sonando. Al tercer timbrazo oyó una voz ruda.

—¿Sí?

—¿Shireen?

—¿Quién demonios es usted?

La rudeza había cedido el paso al fastidio.

—John Puller.

Puller oyó un golpe sordo, como el de soltar un libro, y un tintineo, como si acabara de dejar un vaso con hielo. Y conociendo a Shireen como la conocía, el vaso no estaba lleno de agua. Más bien de ginebra con un chorrito de tónica y cubitos de hielo porque, tal como le había dicho una vez, era importante mantenerse fresca e hidratada.

Hubo un momento de silencio.

—¿John Puller? ¿Qué es de tu vida últimamente?

Shireen Kirk —su nombre completo, Puller lo sabía, era Cambrai Shireen Kirk— era abogada y auditora militar general, o JAG. Ejercía por su cuenta desde hacía casi veinte años y había estado implicada en varios casos que Puller había investigado. Del primero al último de estos casos terminaron en condena. Ahora tenía cuarenta y cuatro años de edad, era menuda y delgada, con el pelo pajizo cortado en una melena corta y un flequillo que todavía mostraba muchas de sus pecas; rocío irlandés, las había llamado una vez. Residía en el D. C. y tenía fama de ser brillante, escrupulosamente honesta, diligente, imparcial y capaz de darte una patada en el culo si le mentías, sin que le importara tu rango militar. Y bebiendo daba cien vueltas a cualquier conocido de Puller, y eso incluía a muchos hombres corpulentos con una capacidad prodigiosa de beber cerveza.

—Esto y aquello, Shireen —contestó Puller.

—Hace tiempo que no trabajamos en un caso.

—Tal vez ha llegado el momento de hacerlo.

—Espera un momento, ¿no acabas de dispararle a un tipo en Nebraska?

—Oklahoma.

—Justo, uno de esos estados intermedios. Algo al respecto pasó por mi escritorio. ¿Estás bien?

—Estoy bien. El otro tío no. No lo maté, pero caminará raro una temporadita. No quería que saliera así, pero no me dio alternativa.

—¿Dónde estás ahora?

—En Kansas.

Esta vez el silencio fue más prolongado. Puller casi podía oír su mente poniendo en orden sus ideas y recopilando datos, con una conclusión inminente.

—La DB —dijo Shireen.

—La DB está aquí, sí.

—Estoy un poco sorprendida —dijo Shireen con cautela, como si una escucha telefónica la estuviera grabando y sospechara que le tendían una trampa legal.

—Yo también lo estuve. Pero todo es oficial y autorizado.

—No me estarás diciendo que investigas la fuga, ¿verdad? —dijo Shireen con incredulidad.

—Eso es exactamente lo que te estoy diciendo.

—¡Déjalo ya! Me estás engañando.

—No.

—¿Acaso el Ejército ha perdido su maldita cabeza?

—La verdad es que no puedo contestar a eso.

—¿Pues la has perdido tú?

—Espero que no.

—Bien, espero que tus autorizaciones lleguen tan alto como sea posible llegar, de lo contrario quizá te enjuiciaré por una docena de infracciones de la ley militar, Puller.

—Si no llegaran tan alto no estaría aquí, Shireen.

—Por escrito. A veces la memoria de un comandante se desvanece cuando se arma la gorda.

—Las tengo por escrito. ¿Un tres estrellas del Ejército y el NSC con goteo en la cadena de mando hasta mi comandante son suficientes para ti?

—Bien, hijo de puta, ¿nunca cesarán los prodigios? ¿Por

qué me llamas? Si estás en Kansas queda un poco lejos para que tomemos una cerveza juntos.

—Llamo por lo de mi hermano.

—¿Qué voy a saber yo de tu hermano? ¿Aparte de que aparentemente se ha fugado de la DB? ¿Y tú estás allí, aparentemente investigando un delito del que tendrías que estar lo más lejos posible?

—Otra vez esa palabra, aparentemente.

—¿Qué pasa con ella?

—No eres la primera que la usa cuando habla de lo que ocurrió.

—Pues claro, Puller. Piénsalo. Nadie se fuga de la DB. ¿Acaso has creído por un instante que el Ejército quiere reconocer algo semejante? Los peces gordos seguramente están rezando para que lo encuentren atascado en un tubo de ventilación y que todo sea un malentendido.

—¿Y mi hermano?

Shireen se quedó callada, pero Puller alcanzó a oír crujido de papeles y creyó detectar el ruido de un chasquido de bolígrafo. Al parecer estaba preparándose para tomar notas. No estuvo seguro de si eso era bueno o malo.

—Tengo que averiguar sobre su caso.

—¿Su caso? —dijo Shireen.

—Su consejo de guerra.

—¿Averiguar qué?

—Básicamente, todo.

—¿No estás enterado al respecto?

—No.

—¿Por qué no?

—Estaba precintado. Supongo que por los asuntos que conlleva.

—Seguridad nacional —dijo Shireen, y Puller se la imaginó asintiendo con la cabeza y tal vez frunciendo el ceño. Había descubierto que a Shireen Kirk no le gustaban los secretos en ningún lado de un caso. En eso se parecían mucho.

—Bien —dijo Shireen—. ¿Por qué necesitas ponerte al corriente sobre su caso?

—Estoy intentando encontrarlo. Si supiera por qué motivo lo internaron en la DB quizá daría con alguna pista.

Puller confió en que lo tarde de la hora hubiese reducido la eficiencia de su medidor de sandeces.

—Muy bien —dijo Shireen lentamente, rezumando escepticismo en ambas palabras.

—Creo que estarás de acuerdo conmigo en que fugarse de la DB es bastante excepcional.

—Creo que en eso podemos estar de acuerdo.

—Y quizá alguien le ayudó a hacerlo.

—O sea, ¿que piensas que quien antes estaba conchabado con él le ayudó a escapar?

—Es una teoría.

—¿Cuánto tiempo ha pasado en la DB?

—Más de dos años.

—Es aguardar mucho tiempo para ayudar a alguien a escapar.

—En realidad, no tanto. Sobre todo si tienes que adquirir las herramientas con las que hacerlo.

—¿Ayuda desde dentro, quieres decir?

—Eso no sería fácil ni barato. Al menos así lo espero, puesto que podría implicar a colegas uniformados.

—En fin, si el archivo está precintado, dudo de que pueda hacer gran cosa. Si te han autorizado a investigar este caso deberías estar en condiciones de hacer que los desprecinten usando los canales apropiados.

—Tal vez sí, tal vez no. Pero ahora mismo prefiero no usar los canales apropiados. Y se me ha ocurrido pensar que a lo mejor tú conocías a alguien que podría desprecintarlo.

—Eso requeriría una orden judicial, Puller —dijo Shireen con aspereza—. Porque para sellarlo habrá sido necesaria una orden judicial.

—Bueno, recuerdo que en clase de ciencia en el instituto

nos enseñaron que para toda acción existía una reacción igual y opuesta.

—Ya, y yo recuerdo de la facultad de Derecho que un idiota y su licencia para ejercer se pueden divorciar muy pronto.

—No te estoy pidiendo que hagas algo poco ético, Shireen, porque me consta que no lo harías. Lo único que te pido es que mires si hay manera de que pueda informarme sobre el caso. Algo que pueda leer. Alguien con quien pueda hablar. Cualquier cosa será más de lo que tengo ahora. Los militares nunca tiran nada. Tiene que haber un archivo en alguna parte.

Hubo otra pausa y Puller empezó a preguntarse si Shireen había colgado.

—¿Shireen?

—Sí, sí, sigo aquí. Me estoy tomando un respiro por haber hecho el idiota al plantearme ayudarte.

—Pero ¿te lo estás planteando? —señaló Puller, esperanzado.

—Haré unas llamadas. Si consigo algo, tendrás noticias mías. Si no, no. ¿Te parece bien?

—Muy bien. Gracias, Shireen.

—No me des las gracias. Esta mierda huele tan mal que es increíble que sigas respirando.

—Me consta que se sale de lo corriente.

—No es solo que se salga de lo corriente, es que es impensable. Dejarte trabajar en este caso viola todas las reglas que tiene el Ejército. Y más vale que dejes de hacer el idiota y que te preguntes por qué te están dejando hacerlo en realidad. Porque no se me ocurre una sola razón que te beneficie, a pesar de la aprobación del tres estrellas y del NSC.

Colgó y Puller volvió a meterse el teléfono en el bolsillo.

No era abogado, pero había pasado suficiente tiempo entre ellos para saber que eran capaces de oler un problema y sus desventajas potenciales desde la otra punta del mundo. Sin lugar a dudas veían el vaso medio vacío. Y ahora mismo, quizá él también debería hacerlo.

«¿Por qué me quieren en este caso en realidad?»

Schindler, Daughtrey y Rinehart le habían dado motivos para ello. Parecían sensatos y plausibles. Pero después de lo que había dicho Shireen no parecían tan sensatos ni tan plausibles. Y ahora Daughtrey estaba muerto.

Todavía estaba pensando en esto cuando oyó chillar a una mujer.

22

Su mano se metió automáticamente en la pistolera y Puller desenfundó su M11.

Había sido el grito de una mujer, de eso no cabía duda. Se apostó junto a la única ventana de la habitación y se asomó. Fuera había cuatro figuras. Eran tres hombres y una mujer, la que había gritado. No eran especulaciones de Puller. La mujer estaba volviendo a gritar.

Observó a los hombres. No alcanzó a verles el rostro. La iluminación exterior era escasa y además le daban la espalda. Alcanzó a ver que dos eran más o menos de su estatura. El tercero era más bien menudo. La mujer era la más baja de todos. Y una mano le agarraba el cuello como si estuvieran arrastrándola escalera abajo.

Puller marcó el 911 en su teléfono e informó de lo que acababa de ver. Después abrió la puerta de golpe y salió a tiempo de ver que el grupo desaparecía por un callejón anejo al motel.

Bajó la escalera en silencio, su M11 abriendo el camino, y cruzó el patio a la carrera. Oyó otro grito de la mujer dentro del callejón. Y también forcejeos.

El callejón debía de tener otra salida. Quizá tenían un coche aguardando allí. Apretó el paso.

Y de pronto se encontró despatarrado en el suelo, habiendo perdido la pistola.

Rodó sobre sí mismo y levantó la vista. Los tres hombres lo estaban mirando. Llevaban pasamontañas. La mujer no estaba a la vista.

Aquello era una emboscada y la chica, el cebo.

«Soy un idiota por habérmelo creído.»

Tres armas lo apuntaban, de modo que no tuvo más remedio que levantarse despacio con las manos encima de la cabeza.

Le hicieron recorrer el callejón hasta donde aguardaba un todoterreno. Lo empujaron al interior, le vendaron los ojos, lo amordazaron y le ataron las manos con una brida. El todoterreno arrancó.

Calculó mentalmente que la duración estimada del trayecto era de una media hora. Eso de poco servía para determinar la dirección o el destino, porque el vehículo podía haber dado media vuelta para deshacerse de él. A aquellas horas de la noche los sonidos normales de la ciudad no eran tan evidentes. Aunque dudaba de que todavía estuvieran en la ciudad.

Finalmente el coche se detuvo, se abrió la puerta y lo hicieron bajar a empujones. Sus pies pisaron grava. Le hicieron subir un tramo corto de escalera y cruzar una puerta que oyó cerrarse a sus espaldas. Lo sentaron en una silla y le quitaron la mordaza.

Aguardó. No iba a iniciar la conversación, pues suponía que por esto estaba allí. De lo contrario, estaría muerto.

Cuando llegó la voz, sonó hueca, como si su dueño hablara desde dentro de un agujero. La persona en cuestión no estaba en la habitación, a Puller le constaba. Todo aquello se estaba haciendo a distancia.

—Muy caballeresco, debo reconocerlo —dijo la voz, que había sido modificada electrónicamente. Sonaba como la de Darth Vader, solo que con un presupuesto de película *indie*. Pero podía ser interesante, pensó Puller, que no quisiera que le reconocieran la voz.

Permaneció quieto, a la espera. Fuese lo que fuera lo que aquel hombre dijese, sería información que antes no poseía. Y si salía vivo de aquella, podría conducirle a algo.

—No estoy aquí para amenazarlo, agente Puller. Estoy aquí para apelar a su patriotismo.

—Podría haberlo hecho por teléfono.

—Habría sido raro. Prefiero este método.

—¿Un secuestro?

—Digamos que una convocatoria agresiva a una reunión.

—Con tres armas apuntándome, supongo que puede llamarlo como le venga en gana.

—Está investigando la fuga de la prisión de Robert Puller. Espera traerlo de vuelta, mejor vivo que muerto.

Puller mantuvo la boca cerrada.

—Quiero saber qué ha averiguado hasta ahora. ¿Sabe dónde está?

—No.

—¿Tiene pistas prometedoras?

—Debo de haberme perdido la parte en que se me ordenaba que informase a una voz.

—Sería mejor para todos que cooperase.

—No es así como funciona esto en mi mundo. Soy soldado. Tengo cadenas de mando. Siempre me atengo a ellas.

—¿De modo que no va contarme el resultado de su investigación?

—Tendrá que consultarlo con el Ejército de Estados Unidos.

—Espera traer a su hermano vivo de vuelta. Tengo que decirle que es imposible.

—¿Por qué?

—Es imposible —repitió la voz—. Si no coopera, le pido que dimita.

—Me ordenaron que investigara. Obedezco órdenes.

—Tiene muchos tantos que perder en este partido —dijo la voz—. La orden para que usted participara en esta investigación va contra todos los protocolos de las fuerzas armadas.

Usted no debería formar parte de esto. Pedirá la dimisión fundamentándose en estos motivos. Su objetividad está en entredicho, cosa muy comprensible. Se trata de su hermano, al fin y al cabo. El Ejército de Estados Unidos es muchas cosas, Puller, pero no es irrazonable.

—¿Y usted cómo lo sabe?

—Dimita, agente Puller. Es todo lo que tiene que hacer.

—La investigación seguirá su curso conmigo o sin mí.

—Eso no es asunto suyo. ¿Dimitirá?

—No.

—Voy a preguntárselo otra vez. ¿Dimitirá?

Puller no contestó porque no tenía más que añadir a lo que ya había dicho.

—Solo puedo añadir como incentivo que esto es mucho mayor que la mera fuga de un preso.

—¿Le importaría explicármelo?

—Contestar a eso conllevaría revelaciones que no estoy dispuesto a hacer. Baste con decir que tiene mi palabra de que soy un patriota. El bien del país está bien grabado en mi mente por las acciones que se han llevado a cabo en el pasado o que se vayan a realizar en el futuro.

—No me ha dicho de qué país. Dudo de que sea el mío.

—Me lo describieron como un hombre testarudo, duro y honorable. Todos ellos atributos idóneos para quienes visten uniforme. Pero esto, me temo, es la excepción que desmiente la regla. Una vez más, ¿dimitirá?

—No.

—Pues entonces me temo que ya no está en mi mano.

—¿Ahora me amenaza?

—Ojalá solo fuese una amenaza, agente Puller. Ahora me temo que es un hecho.

La voz se cortó y volvió a hacerse el silencio.

Y entonces oyó unos pies que se acercaban. Y el ruido del seguro de un arma al abrirse. Puller se puso tenso en el acto, los cuádriceps y las pantorrillas preparadas para lo que se avecinase.

Le quitaron la venda de los ojos y pestañeó deprisa para adaptarse a la luz que arrojaba una lámpara de techo.

Un instante después Puller notó el cañón de una pistola apoyado en la sien.

Y entonces unos disparos hicieron añicos la ventana y apagaron la luz.

Puller y el otro hombre se quedaron inmóviles y después el hombre armado se volvió hacia la ventana de donde habían procedido los disparos. Esa fue la oportunidad que Puller necesitó.

Saltó hacia un lado, arremetiendo con el hombro contra el pecho del hombre que empuñaba el arma. Hueso, músculo y cartílago se aplastaron por igual. Puller era más corpulento, con una ventaja de veinte kilos sobre el otro. Ambos salieron rebotados hacia atrás, en la dirección desde la que había atacado Puller.

Cuando Puller había golpeado al otro hombre con el hombro, le había bloqueado el muslo con una pierna y la parte alta de la pantorrilla con la otra. Apretó el muslo hacia un lado y la pierna hacia el otro y oyó gritar al hombre mientras se le rompían partes vitales de la rodilla. Él y el hombre ahora lisiado cayeron al suelo y su impulso los propulsó por el suave entarimado. El otro hombre chocó de cabeza contra la pared y el impacto lo dejó inconsciente.

Puller todavía tenía las manos atadas a la espalda. Muy flexible para ser tan corpulento, se encogió y pasó las manos atadas por detrás de las piernas hasta que las tuvo delante. Agarró la silla volcada, le dio la vuelta y aplastó el mueble contra el pecho del segundo hombre, que acababa de irrumpir en la habitación a oscuras. El tipo se las había arreglado para pegar dos tiros antes de recibir el golpe de la silla en el pecho. Salió despedido en dirección contraria y se quedó jadeando y gimiendo de dolor encima de una mesa.

Puller se arrodilló junto al primer hombre, le registró los bolsillos y encontró tanto su M11 como su teléfono móvil. Agarró la silla una vez más y la tiró por la ventana. Un segundo después saltó entre los cristales rotos y aterrizó fuera. Se puso de pie en el acto, miró frente a él y en menos de tres segundos decidió qué camino seguir. Ante una duda con varias personas intentando matarte no existía la respuesta perfecta. Solo existía la acción.

Se echó a correr en aquella dirección y enseguida llegó a una curva de la carretera que lo dejaría fuera del campo visual de la casa.

Momentos después dos hombres salieron a la carrera del edificio donde habían retenido a Puller y miraron a su alrededor en busca de su antiguo cautivo. Al no verlo, corrieron al SUV, subieron y el conductor lo puso en marcha. Arrancaron a toda pastilla, pero el vehículo empezó a bambolearse de mala manera. El conductor puso el freno de mano, ambos se apearon para mirar incrédulos los cuatro neumáticos rajados.

Robert Puller vigiló todo esto desde los arbustos del lado derecho de la casa. Había disparado con su arma contra la ventana, haciendo añicos la lámpara. Habría sido un disparo de pistola difícil, a través del cristal, pero la automática que portaba era tan devastadora como de una precisión increíble en las distancias cortas. Le constaba que sin luz su hermano tendría ventaja. Con todo, había estado observando hasta que la silla y después su hermano habían salido volando por la ventana destrozada, antes de retirarse a su posición actual. Había rajado los neumáticos del todoterreno antes de ocupar su puesto de centinela junto a la ventana.

Se retiró silenciosamente hasta donde tenía aparcada la camioneta. Había dejado el motor en marcha porque resultaba más silencioso que hacerlo después. También había aparcado de cara a la salida para poder arrancar directamente. Subió, puso la marcha, soltó el freno, avanzó con cuidado y después básicamente dejó que el impulso de la camioneta lo llevara donde quisiera. Una vez que estuvo a suficiente distancia, pisó el gas y aceleró.

Robert Puller había seguido a su hermano desde el motel donde habían encontrado muerto a Daughtrey. Después lo siguió el resto del día, terminando en el lugar donde se alojaba su hermano. Había visto a los hombres que se habían llevado a John por la fuerza y los había seguido hasta allí. No sabía qué había ocurrido dentro de la casa. Había oído retazos de voces, pero sin entender lo que decían. No sabía quiénes eran aquellos hombres. Había efectuado un registro rápido del todoterreno, pero no había documentos de matriculación ni ninguna otra identificación.

Podría haber irrumpido en la casa, pero incluso con el arma brutalmente eficiente que portaba pensó que las probabilidades que tenía de ganar la batalla eran demasiado escasas. Y no quería arriesgar su libertad ni la vida de su hermano con un pronóstico tan malo.

Sabía que su hermano era capaz de correr dos kilómetros en menos de seis minutos y realizar el circuito estándar del Ejército en poco menos de doce minutos. Miró la hora en su reloj. John Puller debería llegar a la carretera en breve. Habría encontrado la manera de quitarse las ataduras. Tenía un arma. Estaba a salvo.

Robert Puller se detuvo en el arcén. Lo hizo por dos razones. Quería ver si alguien perseguía a su hermano. Y también quería dar tiempo a John para llegar a la carretera principal. Si lo adelantaba con la camioneta, el instinto investigador de su hermano se activaría, de modo que memorizaría la matrícula de la camioneta, el fabricante y el modelo, y cada rasgo del conductor que pudiera ver en aquellas circunstancias. Y Robert seguía teniendo la paranoia de que su hermano sería capaz de ver a través de su elaborado disfraz.

Aguardó ocho minutos y reanudó la marcha lentamente hasta que llegó a la carretera principal. Al incorporarse, su mirada la barrió en ambas direcciones. Lo vio unos quince segundos después. Y contempló con más de una pizca de orgullo a su hermano caminando por la carretera, con las manos libres.

Había personas en quienes uno podía confiar a ciegas. Y su hermano era una de ellas.

Mientras Robert Puller conducía despacio vio que su hermano sacaba su teléfono y empezaba a marcar números. Entonces salió de la carretera principal, cruzó un terraplén y desapareció en el otro lado.

«Bienvenido, hermano. Y a partir de ahora mantén la cabeza gacha. Esto no va a ponerse más fácil. No hará más que empeorar. Confía en mí. Si todavía puedes.»

Robert Puller pisó el gas y aceleró.

23

John Puller volvió a cambiar de motel.

A aquel ritmo pensó que los alojamientos a precio razonable de Leavenworth se agotarían mucho antes de lo que le hubiese gustado. Pasó un rato con AWOL, que había asimilado la mudanza mejor que él. Ojalá el felino supiera hablar, pues AWOL era la única, aparte de Daughtrey, que había visto al asesino del general de las Fuerzas Aéreas.

No sabía si la policía había acudido en respuesta a su llamada al 911, aunque tampoco tenía mayor importancia. No tenía previsto denunciar su propio secuestro. Los polis locales no habrían sabido resolverlo y Puller quería jugar aquellas cartas tan recientes sin mostrar su mano.

Lo que sí hizo fue llamar a Knox y pedirle que se reuniera con él a la mañana siguiente en la misma cafetería donde habían cenado.

A las siete en punto estaba sentado en el mismo reservado cuando la puerta se abrió y entró Knox, vestida como de costumbre con pantalón largo de pinzas y una blusa blanca. La observó mientras lo localizaba y se acercaba a él. Mientras sus largas piernas devoraban el suelo, Puller sabía que tenía que hacer una de estas dos cosas: confiar en ella o no confiar en ella. Y a pesar de su aparente sinceridad y de que le hubiese mostrado sus heridas de guerra, Puller no se fiaba con facilidad. Se debía a que en demasiadas ocasiones había depositado su confianza en personas equivocadas, o bien se la habían quebrantado directamente, o bien ambas cosas.

Knox se sentó y pidió café a la camarera, y cuando se fue a satisfacer el pedido, Puller se inclinó hacia delante y le contó lo que había ocurrido. La observó con detenimiento para ver si su sorpresa era sincera.

Concluyó que sí. Aunque a Puller le constaba que lo que fuese aquello con lo que lidiaba estaba tan lleno de engaño y cargado de peligro que incluso el más ligero paso en falso sería desastroso. También estaba empezando a dudar de su hasta ahora fiable discernimiento.

Knox no dijo palabra hasta que la camarera le sirvió el café y se alejó. Su primera pregunta intrigó a Puller.

—¿Quién disparó el tiro que cortó la luz? —preguntó—. Porque quienquiera que lo hiciese seguramente te salvó la vida.

—Disparos —corrigió Puller—. Al menos seis. Creo que de M4A1. La M4 tiene un máximo de tres opciones de disparo. Las he disparado lo suficiente para reconocer el ruido que hacen. Pero tienes razón. El tirador me salvó la vida. Y quienquiera que fuese nos siguió hasta allí.

—¿Y ese sujeto te vigilaba a ti o a los otros tipos?

—Buena pregunta, pero no sé la respuesta.

—Una M4 es una carabina del Ejército —señaló Knox.

—Fui un pilar de las fuerzas especiales. Portaba una cuando fui ranger. Todas las unidades de infantería la usan mucho, también.

—¿Crees que estos tipos son los mismos que mataron a Daughtrey?

—No lo sé. Podría ser. Pero en esa voz había algo que me hizo pensar.

—¿Pensar qué exactamente?

—Que no es un simple criminal —dijo Puller.

—¿Porque tenía en mente el bien del país?

—Pero ¿qué país, Knox? Quizá trabaje en el ámbito de la inteligencia.

—Puller, las agencias estadounidenses de inteligencia no secuestran ni intentan asesinar a agentes federales de la ley.

—¿Estás segura?

—No puedo creer que me lo preguntes.

—¿En serio? ¿Después de todo lo que ha ocurrido?

Knox bajó la vista, al parecer incapaz de sostenerle la mirada. Dio unos golpecitos a su taza con la cucharilla.

—Si esa persona está en el ámbito de la inteligencia, quizá trabaje para un enemigo nuestro, tal como sugieres.

—Quizá.

—Hay una cosa que deberías saber.

—¿Cuál? —preguntó Puller, percibiendo en su tono que lo que estaba a punto de decirle no sería una buena noticia.

—¿Al Jordan, el tipo de mantenimiento que tenía los transformadores estropeados?

—Sí, claro. ¿Has hablado con él? ¿Has descubierto quién se los llevó?

—Intenté hablar con él.

—¿Qué quiere decir «intenté»?

—Lo han trasladado.

—¡Trasladado! ¿Adónde?

—No he conseguido una respuesta clara al respecto.

—Es un tipo de mantenimiento. Ha pasado quince años aquí. Comprobé su ficha. Solo se me ocurre un motivo para trasladarlo, Knox.

—Quitarlo de en medio para que no pueda contar a nadie lo que sabe, ¡por ejemplo, quién se llevó los transformadores! —dijo enojada—. Comprobé la subestación. Han limpiado todos los escombros. Aunque vayamos no encontraremos nada.

Puller se recostó y echó un vistazo a la cafetería antes de lanzarle una mirada penetrante.

—¿Y te metes conmigo porque estoy paranoico?

Ahora Knox levantó la vista.
—Quizá no quería creer que fuese posible —dijo en voz baja.
—Creía que en el ámbito de la inteligencia los aliados se convertían en enemigos a diario.
—Eso lo exageran sobremanera los periódicos, el cine y la tele.
—Supongo que tendré que aceptar tu palabra.
—Supongo que sí. Bien, ¿adónde vamos desde aquí?
—A Fort Leavenworth.
—¿Y qué buscaremos allí?
—Cómo fue que un tipo sin relación con las Fuerzas Armadas de Estados Unidos terminara formando parte del equipo de intervención cuando se produjo el incidente en la DB para luego ser encontrado muerto en la celda de mi hermano. Y no pienso irme de allí hasta que obtenga una respuesta.
—¿Y la gente que te secuestró y por poco te mata?
—Solo pueden pillarme por sorpresa una vez, Knox. Si vuelven a por mí, alguien saldrá con los pies por delante.
—Bien, espero que no seas tú.
Puller la miró.
—¿Puedo contar con que me cubrirás la espalda?
—¿Necesitas preguntarlo?
—No lo preguntaría si pensara que no necesito hacerlo.
—Sí, te cubriré la espalda. ¿Cubrirás tú la mía?
—Tengo cubierta tu espalda desde el momento en que apareciste, Knox.

24

Puesto que tanto Puller como Knox tenían credenciales del Departamento de Defensa podían acceder al fuerte por las verjas este y oeste, llamadas Hancock y Sherman respectivamente, en memoria de los generales del Ejército de la Unión durante la Guerra Civil, donde había menos trajín que en la verja principal, que era por donde entraban las visitas, los recién llegados y el tráfico comercial.

El fuerte llevaba en pie desde 1827, cuando el coronel Henry Leavenworth lo fundó para que fuese un puesto de avanzada para proteger el precario y sumamente peligroso Camino de Santa Fe. Lo habían bautizado Fort Leavenworth por el general de brigada Leavenworth en 1832. El fuerte nunca lo había atacado fuerza enemiga alguna, ni siquiera durante la Guerra Civil. Y plantado como estaba en medio del país, nunca lo sería, salvo que Estados Unidos implosionara.

Entraron por la verja Hancock. Puller había organizado una reunión con un representante de la brigada PM 15, responsable de la seguridad del fuerte.

Knox miraba a su alrededor mientras conducía por la carretera.

—Casi quince kilómetros cuadrados de Ejército —dijo—.

Seiscientos sesenta mil metros cuadrados de espacio, mil edificios.

—Quince mil personas en la base, miles fuera, más de ochenta mil visitas al año —agregó Puller.

—Lo que equivale a una aguja en un pajar —concluyó Knox.

—Una aguja que vamos a encontrar.

—¿Cómo puedes estar tan seguro?

—Porque no existe la opción de fracasar.

Pasaron por delante de un edificio y Puller lo señaló.

—La Escuela de Suboficiales. Asistí cuando me ascendieron. Forma parte del Centro de Armas Combinadas.

—Fort Leavenworth, el centro intelectual del Ejército —dijo Knox, sardónica.

—Aquí se forman casi todos los comandantes, y todos los cinco estrellas modernos, de Eisenhower a Bradley, pasaron por aquí.

Knox señaló otro edificio.

—Ahí es donde está ubicado el Grupo de Inteligencia Militar 902; contraespionaje para proteger bienes del Ejército en un área que cubre seis estados.

—¿Algún vínculo con la NSA? —preguntó Puller, mirándola un momento.

—¿Necesitas saberlo?

—Si no, no habría preguntado —repuso Puller.

—Me temo que no puedo meterme en eso —dijo Knox—. ¿Con quién de la PM 15 vamos a reunirnos?

Puller frunció el ceño y dijo:

—Con el sargento primero Tim McCutcheon, suboficial sénior.

—¿Un sargento primero? Pensaba que nos echarían un pez más gordo.

—Bueno, al comandante de la 15 le dieron una buena azotaina cuando mi hermano se escapó, y supongo que su sustituto estaba ocupado.

—Vale. ¿Y qué esperas sacar en claro de aquí, realmente?

—La primera prioridad es identificar al muerto. La segunda prioridad es determinar cómo terminó en la celda de mi hermano en la DB.

—Eso es pedir mucho.

—Bueno, si no pides, seguro que no tienes la más remota posibilidad de recibir algo.

Un cuarto de hora después habían aparcado delante del cuartel general de la PM 15, entraron y los condujeron a lo largo de un pasillo hasta el despacho del sargento primero McCutcheon.

Este se levantó de detrás de su escritorio, vestido con su uniforme de combate con estampado de camuflaje universal, o UCP, que al ser visto de noche con binoculares de visión nocturna parecía simplemente negro. El uniforme era de alta tecnología. Minimizaba las siluetas infrarrojas y llevaba marcas que identificaban a los soldados amigos en las zonas de combate, cuando se veían con binoculares de visión nocturna, que podían taparse cuando no eran necesarias. Pese a todo, el uniforme había sido un fracaso total. La tropa lo llamaba pijama porque a nadie le sentaba bien, por más en forma que estuviera. El color gris destacaba en casi todos los entornos de combate excepto los aparcamientos de hormigón —que no solía ser donde se libraban las batallas— y el velcro estaba mal diseñado y se pegaba a las cosas mientras la tropa estaba de patrulla, un fallo fatal en potencia. Había sido un error de cinco mil millones de dólares cometido por el Ejército, que estaba planeando gastar otros cuatro mil para crear otro uniforme que sustituyera el camuflaje UCP, que apenas contaba diez años de vida. Pero por ahora, hasta que llegara ese día, el UCP era lo que llevaba el Ejército, fuese o no fuese una mierda. Tampoco era cuestión de que la tropa fuese desnuda.

En la manga izquierda de McCutcheon había un simple parche con las letras PM en negro. La insignia de la división consistía en dos pistolas doradas cruzadas que representaban el modelo Harpers Ferry de 1805, la primera pistola militar estadounidense. La insignia distintiva de la unidad contenía el lema: DEBER, JUSTICIA Y LEALTAD.

McCutcheon tenía cuarenta y tantos años, era casi tan alto como Puller y debía pesar unos diez kilos más que él, todos de músculo. Llevaba el pelo cortado casi a ras del cráneo y daba la impresión de ser capaz de levantar a pulso un Stryker* y aplastar un tanque Bradley. Todos se estrecharon las manos y Puller señaló la insignia de la unidad.

—Siempre he pensado que estaba bien vivir con arreglo a estas palabras.

McCutcheon asintió con la cabeza y sonrió.

—Me han dicho que ascendió desde las filas. —Les indicó que tomaran asiento y él hizo lo propio detrás de su escritorio—. ¿Qué puedo hacer por ustedes?

Puller explicó el asunto y McCutcheon asintió con la cabeza.

—Me han informado, por supuesto. El equipo que respondió lo formaban solo PM. Los llamamos del 40 y del 705. Una compañía entera más el comandante y el sargento primero.

—¿Ciento treinta y dos soldados? —inquirió Puller.

—Además del capitán Lewis y del sargento primero Draper —agregó McCutcheon.

—Exacto, eso nos da un total de ciento treinta y cuatro efectivos. —Puller se inclinó hacia delante—. Pero ¿y si le dijera que en el vídeo de esa noche conté ciento treinta y cinco PM saltando de los camiones?

McCutcheon se quedó perplejo.

—No veo cómo puede ser posible. Llamamos a cuatro secciones. Se trataba de una situación de crisis en potencia en la DB, pero no organizamos una respuesta con todo el personal disponible. Cuatro secciones, una compañía. Ningún PM se presentaría para una misión salvo si lo llaman. Así es como funciona el Ejército. Lo sabe de obra.

* Vehículo blindado de ocho ruedas para el transporte de tropas. *(N. del T.)*

—Y, sin embargo, había un soldado extra que se presentó en la DB —insistió Puller.

—¿Puede haberse equivocado al contar, jefe Puller?

—Lo revisé una docena de veces a cámara lenta. Knox, aquí presente, hizo lo mismo.

McCutcheon desvió la mirada hacia ella, que asintió con la cabeza.

—Es verdad, sargento primero.

—O sea, que habida cuenta de las circunstancias no se efectuó un recuento —dijo Puller—. Cuatro secciones en seis camiones diferentes en plena noche; ¿quién iba a fijarse en si un tío de más, cubierto de la cabeza a los pies con equipo antidisturbios, se sumaba al paseo? Y seguro que alguien estaba siendo muy presionado para que enviara a la PM a la prisión.

—Mucha presión —admitió McCutcheon—. Yo ni siquiera estaba de servicio y me llamaron de inmediato. Estaban apresurándose en montar la unidad de intervención.

—¿Quién dio la orden a cuatro secciones para formar la unidad de intervención? —preguntó Knox.

—El coronel Teague.

—Comandante de la 15 hasta que le concedieron licencia administrativa —dijo Puller.

—Y también era el jefe de la DB —agregó Knox—. Y aquella noche estaba de servicio, ¿verdad?

—Sí. Cuando falló el generador y todo el mundo oyó la explosión y los disparos, llamó por la línea directa y solicitó una compañía de PM.

—¿Y esos ruidos solo se oyeron en la galería número tres? —dijo Puller, y McCutcheon asintió con la cabeza—. ¿Y no se ha descubierto el origen de esos ruidos?

—No —contestó McCutcheon.

—Cuando pregunté a la capitana Macri, dijo que había decidido no registrar a los guardias de la DB en busca de algún aparato que pudiera haber sido la causa de la explosión y del ruido de disparos.

McCutcheon no dijo palabra y Puller tampoco. Si el sargento primero al mando quería un concurso de miradas fijas para ver quién pestañearía primero, Puller estaba más que dispuesto a complacerle. Cuando Knox fue a decir algo, Puller le dio un toque en la rodilla con la suya. Finalmente McCutcheon dijo:

—No señalo a nadie. —Aguardó a que Puller asintiera antes de continuar—. Pero estoy seguro de que si tuviera que hacerlo otra vez, la capitana habría tomado una decisión distinta.

—¿Quiere decir que habría registrado a todos los guardias? —preguntó Puller.

—Sí.

—Ahora es agua pasada —dijo Knox—. No podemos volver a hacerlo. Pero ¿es posible que entonces ese tipo de más estuviera en la mezcla?

McCutcheon se recostó en la silla.

—Si sus cifras son correctas, sí. Puedo comprobar si algún hombre adicional se presentó para el servicio, aunque es sumamente improbable. Así pues, ¿piensa que el muerto no identificado era ese hombre de más? ¿Un enemigo infiltrado?

—Ahora mismo no veo otra explicación —contestó Puller—. Salvo que usted tenga una.

—No la tengo —admitió McCutcheon.

—Tendremos que hablar con Lewis y Draper —señaló Knox.

—Me parece que la capitana Macri les habló de ustedes. Me aseguraré de que puedan hablar con ellos hoy mismo.

Puller dijo:

—Macri también me dijo que aquí no había personal sin explicación.

—Correcto.

—Ahora bien, ¿han tenido algún permiso personal recientemente? —preguntó Puller.

—Esta es una base activa, señor —dijo McCutcheon—. El

personal se asigna y reasigna constantemente. Otros tipos vienen y van. Tenemos soldados, contratistas civiles del Departamento de Defensa, estudiantes militares extranjeros, reservistas, intercambios con las Fuerzas Aéreas...

Puller interrumpió.

—Volvamos a lo de los estudiantes extranjeros. Había olvidado que aquí tenían alumnado.

—Exacto. En la Oficina de Estudios Militares Extranjeros.

—¿Cuántos estudiantes tienen ahora?

McCutcheon se volvió hacia su ordenador y pulsó unas teclas.

—Hasta esta mañana, cuarenta y cinco.

—¿Alguna partida reciente? —preguntó Knox.

McCutcheon de nuevo se volvió hacia la pantalla. Unos cuantos clics después dijo:

—Uno de Croacia se marchó el día del incidente en la DB. Es el único reciente.

—¿Croacia? —dijo Puller.

—Ese país es miembro de la OTAN y, desde el año pasado, también lo es de la UE. Y Croacia envió tropas a Afganistán. Son nuestros aliados en una región problemática. Uno de los beneficios que obtienen a cambio es venir aquí y aprender con los mejores. Sus fuerzas armadas carecen de fondos suficientes, y ni su equipo ni su personal están en plena forma. Por eso los ayudamos.

—¿Cómo se llama el croata?

—Ivo Mesic.

—¿Cuánto tiempo estuvo aquí?

—Un mes.

—¿Lo conoce de vista?

McCutcheon asintió con la cabeza.

—Le vi varias veces. Tomé un par de cervezas con él. Parecía un tipo muy majo.

Puller sacó una foto de su bolsillo y se la mostró al sargento primero.

—¿Es este?

Era una foto del muerto en el depósito de cadáveres de Fort Leavenworth.

—No, desde luego este no es él.

—Supuestamente estaría en la base de datos del fuerte —dijo Knox—. Eso significa que lo habríamos localizado si el muerto estuviera en ella.

McCutcheon asintió con la cabeza.

—Sin duda. Verificación de antecedentes realizada y todo lo demás. El personal militar extranjero tiene credenciales de acceso. No son del nivel de una CAC —dijo, refiriéndose a la Tarjeta de Acceso Común de las fuerzas armadas—, pero se emiten para personas que requieren acceder regularmente al fuerte. Como Mesic.

—O sea, ¿que podía entrar por las verjas Hancock y Sherman en lugar de la principal? —preguntó Puller.

—Exacto. Acceso con credencial del Departamento de Defensa.

—¿Sabemos qué hacía Mesic antes en Croacia? —preguntó Knox.

—Yo no lo sé, pero puedo preguntarlo. —Señaló la foto—. Aunque este no es él.

Dio la vuelta a su ordenador para que pudieran ver la pantalla. Había un retrato de un hombre.

—Este es Ivo Mesic.

Puller leyó la información de la ficha y asintió con la cabeza.

Knox dijo:

—Está claro que no es nuestro hombre. Y la ficha dice que tiene más de cincuenta años.

—Ostentaba rango de coronel en el Ejército croata —dijo McCutcheon.

—¿La fecha de su partida se programó con antelación? —preguntó Knox.

McCutcheon miró la pantalla.

—Todas se programan, pero ahora que lo pregunta, él se

marchó unos pocos días antes. La ficha dice que recibió órdenes de regresar.

—¿Qué día fue eso?

—El día en que se marchó.

—¿Justo antes del incidente en la DB? —dijo Puller.

—En efecto, jefe.

Puller y Knox cruzaron una mirada elocuente.

—¿Cómo se fue? —preguntó Puller.

—¿Perdón?

—¿Lo llevaron al aeropuerto o tenía su propio transporte?

—Ah, tenía un coche de alquiler.

Knox dijo:

—Podemos comprobar si lo devolvió.

—Pero el muerto no es Mesic —dijo McCutcheon—. ¿Qué sentido tiene investigarlo?

Puller lo miró.

—Cuando despeja una casa en Kabul buscando enemigos, ¿cuántas habitaciones registra?

—Todas, por supuesto, jefe Puller —contestó McCutcheon en el acto.

—El mismo principio se aplica a mi trabajo, sargento primero —respondió Puller.

25

Puller y Knox estaban de pie en la entrada a la verja Sherman de Fort Leavenworth. Ya habían estado en la verja Hancock sin éxito. Mesic no se había marchado por allí. Sin embargo, los dos guardias estacionados en la verja Sherman recordaban bien al oficial croata.

El primer guardia dijo:

—No estaba muy contento. Cuando le pregunté qué le pasaba dijo que le apenaba marcharse. Le gustaba esto.

—¿Por qué habló con ustedes? —preguntó Puller—. Tenía credenciales de acceso. Podría haberlas mostrado y seguir adelante.

—Podría —dijo el segundo guardia—. Pero lo habíamos visto por la base. Una vez incluso jugamos al billar en un bar. Era un tipo simpático. De modo que detuvo su coche y habló un ratito. No había nadie detrás de él. Poco tráfico a esas horas del día.

—¿Qué hora era exactamente? —preguntó Knox.

El primer guardia arrugó la frente.

—Diría que en torno a las veinte horas. La mayor parte de la gente que suele irse del fuerte ya lo había hecho. Todos los demás habían terminado de papear y seguramente habían vuelto a sus cuarteles. Dijo que tenía que tomar un avión en Kansas City. Llegaría a Croacia después de unas cuantas escalas. Al menos eso fue lo que dijo.

—No hay vuelos directos entre Kansas City y Zagreb —dijo el otro guardia, sonriendo de oreja a oreja—. Era un buen tipo, nunca tuve problemas con él —agregó.

—¿Les llamó la atención algo fuera de lo normal cuando se marchó? —preguntó Puller.

—¿A qué se refiere? —preguntó el primer guardia.

—A algo raro —terció Knox.

—No, nada raro. Es decir, hizo lo de costumbre.

—¿Qué era lo de costumbre? —preguntó Puller.

—Se olvidó algo —contestó el primer guardia—. Siempre andaba olvidándose cosas.

—¿Y qué hizo cuando vio que se olvidaba cosas? —preguntó Knox.

—Volvió pitando —contestó el primer guardia—. Parecía que estuviera a punto de vomitar. No iba a salir del país sin su pasaporte, ¿verdad?

—¿Y le dejaron entrar de nuevo? —dijo Knox.

—Claro. Tenía su pase de acceso.

—¿Hasta dónde había ido cuando dio media vuelta para regresar? —preguntó Puller.

El primer guardia miró un momento hacia la carretera.

—Diría que en aquella curva. —Hizo una pausa y se frotó el mentón con los dedos—. Es decir, ahí lo perdimos de vista. No recuerdo haber vuelto a verlo hasta que regresó a toda mecha. Se lo había dejado en su cuartel. Fue a recogerlo.

Puller miró el punto donde la carretera trazaba la curva. Cualquier coche que la tomara quedaría fuera del campo visual de los guardias apostados en la entrada del fuerte.

—¿No registraron su coche, por dentro o por fuera? —preguntó Puller.

—No. Los vehículos sin credenciales los registran en la verja Grant, en el cruce de Metro y la Séptima. No aquí. La verja principal es donde se efectúan los registros. Casi nadie que disponga de credenciales del Departamento de Defensa usa la verja principal.

—¿La última vez que lo vieron fue cuando regresó por segunda vez?

—Pues sí —dijo el primer guardia, y su compañero asintió con la cabeza.

—Gracias —dijo Puller, y se echó a caminar por la carretera en dirección a la curva.

Los guardias miraron a Knox con curiosidad.

—¿De qué va todo esto? —preguntó el segundo guardia.

—Cuando lo sepamos no será precisamente a ustedes a quienes se lo contemos —contestó Knox, y se apresuró en pos de Puller.

Lo alcanzó al cabo de unos cien metros y sus largas piernas se tragaron la distancia que mediaba entre ellos y la curva.

—¿Qué opinas, Puller? —preguntó Knox.

Puller no contestó hasta que llegó a la curva y la tomó hasta el final. Después se volvió y miró atrás.

—Completamente fuera de la línea de visión de la caseta de la guardia. Y debía de ser bastante oscuro.

—¿Qué quieres decir?

—Quiero decir que nuestro hombre pudo haber estado aguardando ahí cuando Mesic sale por primera vez. El tío se mete en el maletero y Mesic regresa en coche a la base. Sale del coche y se esconde con su equipo antidisturbios hasta que se recibe la llamada de la DB. Entonces se suma a las cuatro secciones, va hasta allí y termina muerto en la celda de mi hermano.

—¿Dónde se escondería exactamente en una base del Ejército sin llamar la atención? Sobre todo si llevaba puesto el equipo antidisturbios.

—Seguramente llevaba el equipo en una bolsa. En esta base hay miles de soldados. En cierta medida tienen el mismo aspecto, sobre todo de uniforme. Y hay un montón de sitios donde esconderse. Estoy seguro de que Mesic había localizado uno para él y probablemente lo llevó directamente allí.

Quizá a una de las iglesias de la base. A esas horas de la noche bien podían estar vacías.

Knox no parecía muy convencida.

—Todo esto se salta la lógica. Ni siquiera sabemos si Mesic está implicado.

—¿Se fue anticipadamente? ¿Órdenes desde su país? ¿Qué podía ser tan importante en Croacia para hacerle regresar antes de lo previsto? ¿Y casualmente el día que estaba anunciada la tormenta y el infierno se desató en la DB?

—Y si el tipo se infiltró en el equipo de intervención inmediata, ¿por qué lo hizo? ¿Qué motivo tenía para entrar en la DB?

—Lo he estado meditando.

—¿Y? —preguntó Knox.

—Y en mi opinión su misión era matar a mi hermano.

—¡Vaya! ¿De dónde has sacado eso? Además, ¿has dicho misión?

—Exacto. Esto se planeó cuidadosamente con un montón de piezas móviles. Este tipo no solo irrumpió aquí. Lo enviaron aquí para que matara a mi hermano.

—Pero terminó muerto.

—Porque mi hermano lo mató antes.

—No entiendo a dónde te lleva todo esto.

Puller dijo:

—Antes de que se cortara la luz mi hermano estaba sentado en su celda leyendo un libro. Me fijé en su lenguaje corporal. Estaba relajado. Para él, aquella era una noche como cualquier otra de las que había pasado aquí. No estaba tenso. Solo estaba esperando echarse a dormir cuando terminara de leer.

—Y entonces se fue la luz —dijo Knox lentamente.

—Y se desató el infierno. Ruidos de disparos y una bomba que estalla, cuando en realidad nada de eso ocurrió.

—¿Y tu hermano?

—Es más listo que el hambre. Creo que adivinó lo que se avecinaba y estaba preparado cuando el tipo irrumpió en su celda para matarlo.

—Quebrar, crujir y listos —dijo Knox—. O sea, que fuiste tú quien le enseñó esa técnica.

—Sí, fui yo.

—Pero si lo que dices es verdad, tu hermano aun así se escapó de la DB por propia voluntad. Se puso la ropa del intruso, subió a un camión, regresó a Leavenworth y luego se marchó.

—Míralo desde su punto de vista. Acaba de matar a un tipo. Ignora que ese hombre no es PM. Pero por lo que sea sabe que el tipo ha intentado matarlo. ¿Quién se lo va a tragar? Se queda en la DB y encuentran al muerto, mi hermano probablemente se enfrenta a una pena de muerte garantizada. Y si bien nadie ha sido ejecutado desde la década de 1960, creo que harían una excepción ante algo como esto.

—Pero ellos habrían sabido que no era PM —señaló Knox.

—¿A quién le importa? Sigue estando muerto. Quizá no lo sepas, pero en la comunidad militar hubo quien pensó que mi hermano tenía que ser ajusticiado por traición después de su consejo de guerra. Oí un montón de chismes a ese respecto. Esto les daría la oportunidad perfecta de presionar en ese sentido otra vez.

Knox consideró todo aquello y finalmente dijo:

—Lo reconozco, no encuentro un fallo evidente en tu lógica, pero sigue habiendo una tonelada de cosas que no encajan. Además, ¿cómo se vincula esto con la muerte de Daughtrey?

—Quizá no lo esté.

—¿Y por qué un militar croata se implicaría en colar a un asesino en una base estadounidense?

—Ojalá Mesic anduviera por aquí y pudiera preguntárselo. Suponiendo que aún esté vivo.

—¿Piensas que no regresó a Croacia?

—Oh, dudo de que llegara a emprender el viaje a Croacia. Vayamos a dar una vuelta. Quiero enseñarte una cosa, Knox.

—¿Es importante?

—Mucho.

26

Puller estaba sentado en el capó de su coche en el aparcamiento del Cementerio Nacional de Fort Leavenworth. Inmediatamente al este discurría el río Missouri y al otro lado del río estaba el estado de Missouri. Un poco más al norte el río iniciaba un gran meandro, cuya forma se asemejaba mucho a la curva de una campana. Dentro de esta curva estaban el Aeródromo de Sherman y la carretera del Jefe Joseph.

Knox estaba junto al coche, mirando a Puller con curiosidad.

—¿Qué estamos haciendo aquí? —preguntó, mirando las lápidas blancas bajo las que descansaban más de treinta mil muertos.

—Lincoln fundó este cementerio en 1862, cuando la Unión estaba perdiendo la Guerra Civil. Fue el primero de los doce cementerios nacionales que fundó.

—Muy bien, ¿y el motivo de esta lección de historia?

Puller se deslizó por el capó y sus pies tocaron el suelo.

—Lincoln sabía que iba a ser un conflicto largo y mortífero. Pero los perdedores no montan cementerios nacionales. Un presidente que preside un país fracturado no monta nada salvo si cree de verdad que va a ganar la guerra y que el país se reunificará.

—Lincoln no era otra cosa que confiado, supongo —dijo Knox, que seguía perpleja ante las palabras de Puller.

—La gente que carece de confianza rara vez gana algo —señaló Puller.

Se adentró en el cementerio a grandes zancadas y Knox lo siguió. Recorrió las hileras de lápidas hasta que se detuvo y señaló una.

—Lee la inscripción —dijo.

Knox bajó la vista.

—Thomas W. Custer. Dos Medallas de Honor. Capitán del Séptimo de Caballería de Ohio.

Puller dijo:

—Fue el primero de los cuatro ganadores de una Medalla de Honor doble durante la Guerra Civil, y uno de los solo diecinueve en la historia de Estados Unidos. Ambas medallas las ganó por cargar contra posiciones enemigas y capturar banderas de regimientos de los Confederados. Con la segunda se llevó un tiro en la cara, pero agarró los colores regimentales y cabalgó de regreso a su línea cubierto de sangre.

Knox miró a Puller.

—Un momento. ¿Custer? ¿Era...?

Puller se puso en cuclillas delante de la lápida.

—Era el hermano menor de George Armstrong Custer. Murió a los treinta y un años con su hermano mayor y un batallón de hombres del Séptimo de Caballería en Little Big Horn. También mataron a su hermano pequeño, Boston Custer. Desde un punto de vista táctico George Custer la pifió. Dividió sus fuerzas a sabiendas y rechazó soldados y armamento adicionales. Fue contra un oponente que empequeñecía en número a sus hombres y armas, y que además mantenía sus posiciones mejor. Pero su hermano Tom ganó un par de Medallas de Honor. Era un buen soldado. Tal vez un gran soldado. Había participado en un sinfín de batallas y veía lo que su hermano veía. Y más aún.

Knox arrugó la frente al pensar en ello.

—Aun así fue a la batalla con su hermano... aunque sabía que... perderían —dijo, titubeante.

—Incluso aunque quizá sabía que los iban a masacrar —corrigió Puller.

—O sea, ¿que la familia triunfa sobre la cabeza? —preguntó Knox.

—La familia es lo que es —contestó Puller.

—¿Me estás diciendo que tú eres Tom y que Robert Puller es George? ¿Estás siguiendo a tu hermano a ciegas hacia el desastre?

Fue levantando la voz al decirlo.

Puller se puso en pie de repente, imponente delante de ella. Knox dio un paso atrás ante su mirada furiosa.

—Presté juramento cuando me puse el uniforme, Knox. Bobby forma parte de mi familia, pero el Ejército de Estados Unidos también. Continuaré esta investigación objetivamente y atraparé a los responsables. A todos los responsables.

—¿Pues para qué me has traído aquí, entonces? —preguntó Knox, desconcertada.

—Para recordarte que estoy dispuesto a sacrificar a mi hermano o a cualquier otro si eso significa que estoy haciendo bien mi trabajo y velando para que se haga justicia. —Hizo una pausa, aunque muy breve—. Dime, ¿tú qué estás dispuesta a sacrificar?

Knox abrió unos ojos como platos.

—¿Qué demonios estás diciendo? ¿Cómo se ha vuelto contra mí este asunto?

—¿Estás dispuesta a sacrificar tu lealtad al INSCOM, la NSA o a los demás para quienes trabajas?

—Puller, creía que ya habíamos tenido esta conversación. Me reprendiste y te dije que trabajaría contigo. Así que, ¿cuál es el problema?

Con una voz como la de un sargento instructor le ladró:

—Antes te he preguntado si el Grupo de Inteligencia Militar 902 estacionado aquí tenía vínculos con la NSA. Y tu respuesta ha sido: «Me temo que no puedo meterme en eso».

—Oye, estás cabreado y quizá tengas derecho a estarlo, pero traerme a un cementerio resulta un poco melodramático, ¿no te...?

Puller interrumpió.

—Te lo pregunto por última vez, ¿tienes mi espalda cubierta en cualquier circunstancia? Porque si no, no me sirves de nada, Knox. Y nuestros caminos van a tener que separarse.

Hubo un prolongado silencio hasta que Knox lo rompió.

—Puller, te dije que detesto engañar a personas como tú. Y lo dije en serio.

—Eso no es una respuesta.

—¿Qué quieres de mí?

—Lo único que quiero es que respondas a mi pregunta. Así de simple.

—Puedo darte una respuesta, solo que no la que tan obviamente... deseas —dijo Knox, cada vez en voz más baja.

—Bien, es toda una respuesta.

Dio media vuelta, caminó a paso vivo hasta su coche y se marchó, dejándola plantada junto al sepulcro de Thomas Custer, extraordinario hermano leal.

27

Robert Puller estaba sentado en la habitación de su motel, contemplando la imagen que había dibujado, fotografiado y después transferido a un papel satinado. Era el busto del hombre que habían encontrado muerto en su celda. Puller no había obtenido ningún resultado en ninguna base de datos que se le hubiese ocurrido. Finalmente había dejado de intentarlo. Estaba claro que aquel hombre no pertenecía a las fuerzas armadas. No estaba en la burocracia federal. No era contratista del gobierno con acreditación. No era de un cuerpo de seguridad. No estaba en una lista de terroristas vigilados. Todos ellos estarían en una base de datos en alguna parte. En aquellos días todo el mundo estaba en una base de datos en alguna parte.

«¿Quién demonios era? ¿Y cómo terminó en mi celda de la prisión?»

Puller acercó la cara a la foto. Había dedicado años de su vida a examinar los detalles más nimios, buscando algo valioso, a veces solo una manchita en una montaña de datos digitales. Era un buscador de oro del siglo XXI, solo que su equipo consistía en un ordenador y un ancho de banda del tamaño de Nueva Jersey.

Entonces sus ojos detectaron algo, transmitió ese algo a su

cerebro y su cerebro sacó de la memoria la información necesaria. Bajó la vista a la imagen con renovada energía y un nuevo punto de vista.

«He trazado mal la mandíbula. La celda estaba a oscuras, pero eso no es excusa. Sigue estando mal y no puedo permitirme errores. Era más anguloso. Y los ojos los tenía más hundidos, la frente un poco más amplia, la nariz una pizca más afilada.»

En un cuaderno de dibujo hizo los ajustes necesarios al rostro. Una vez que terminó, se recostó y contempló la nueva imagen.

«No me extraña que no apareciera en ninguna base de datos. En ninguna base de datos estadounidense.»

Puller había examinado muchos rostros como aquel a lo largo de su carrera. Se había convertido en experto en establecer el origen de las personas en función de sus facciones. Aquel hombre era de Europa del Este. Quizá de un lugar tan concreto como la región balcánica. Aunque estaba claro que no era griego, turco ni albano. Debía de ser eslavo. Podía ser bosnio, croata o serbio. Así pues, ¿cómo era posible que un eslavo hubiese terminado formando parte de un grupo de PM que respondió a una crisis en la única prisión militar de máxima seguridad de Estados Unidos?

Se recostó y cerró los ojos. En su imaginación dio un paseo por Fort Leavenworth, lugar en el que había estado con frecuencia durante su carrera. Aunque él perteneciera a las Fuerzas Aéreas, su especialidad particular hacía imperativo que trabajara con otras ramas de las fuerzas armadas. Y el Grupo de Inteligencia Militar 902 estaba estacionado allí.

Con su memoria fotográfica en marcha, Puller prosiguió su recorrido mental hasta que dio con la respuesta. Abrió los ojos.

La escuela militar para extranjeros de Leavenworth. Aquel hombre tenía que haber salido de allí. Pensó en ello un rato más. Pero aquello no podía ser. En las noticias no había oído que lo hubiesen identificado. De haber estado matriculado en la escuela de Leavenworth su rostro y sus huellas digitales estarían en una base de datos en algún lugar. O bien lo habían identificado y la noticia no se había hecho pública, o bien no lo habían identificado, cosa que significaba que Puller había pasado algo por alto en sus deducciones.

Cerró los ojos otra vez. No, había otra posibilidad. El estudiante extranjero habría tenido una tarjeta de acceso al fuerte que le permitiría eludir la verja principal. Eso significaba que se ahorraba el registro de vehículos. Eso significaba que el estudiante pudo haber transportado hasta la base al hombre que había terminado muerto en su celda.

A aquel hombre lo habían enviado a la DB para matarlo. Puller lo había sabido tan pronto como se abrió la puerta de la celda. Estaba a oscuras, por cierto. Pero había sospechado que algo iba mal desde el mismo principio. La corriente podía fallar por culpa de la tormenta. Pero ¿el generador de emergencia también? Sabía que se alimentaba de gas natural a través de tuberías enterradas y, por lo tanto, invulnerables a la potencia de la tormenta.

No, la probabilidad de que ambos sistemas fallaran a la vez era colosalmente remota. Y luego estaban las acciones del hombre. Había entrado en la celda y cerrado la puerta a sus espaldas. Ese fue el primer indicio sospechoso. El segundo fue que el tipo sacó un puñal. Puller lo había visto gracias a la luz que el extraño llevaba en el casco.

Pero Puller no le había dado ocasión de apuñalarle. Lo había desarmado, agarrándolo del cuello.

Y, bueno, el fin había llegado enseguida.

Gracias a las enseñanzas de su hermano pequeño.

Según parecía los eslavos nunca habían oído hablar de quebrar, crujir y listos.

«Tuve suerte de que fuese de mi estatura y constitución; sin embargo, ellos no pensaron en las posibilidades que había allí. Ni por un instante. De eso estoy bien seguro. Nunca imaginaron que terminaría matándolo y ocupando su sitio para escapar.»

Las preguntas, no obstante, eran numerosas, y Puller no estaba hallando respuestas.

«¿Por qué matarme ahora? ¿Quién querría verme muerto? ¿Y quién había orquestado semejante suceso en la DB?»

Puller se recostó, sintiéndose consternado. Le constaba que la parte del cerebro que generaba emociones causadas por el dolor era la corteza cingulada exterior. Lo curioso era que no distinguía entre dolor físico y mental. De ahí que pudieran activarla con la misma facilidad un corazón partido o un miembro lesionado.

Cerró los ojos y empezó a concentrarse, convirtiendo lentamente las ondas alfa en ondas beta que circulaban por su cerebro al doble de velocidad que las alfa.

Europa del Este.

Estudiante militar extranjero.

Intento de asesinato en Leavenworth más de dos años después de que lo encarcelaran.

¿Qué había actuado como catalizador? ¿Algo tan simple como el tiempo preciso para planearlo? Lo dudaba mucho. Llevaría su tiempo hacerlo, pero difícilmente más de veinticuatro meses. ¿Qué había ocurrido en el ínterin?

Y el resto, el apagón, los ruidos de armas y bombas, incluso el hombre enviado a matarlo eran parte del «efecto» de la causa y efecto. Solo eran relleno. Ahora tenía que dejar atrás la pifiada y centrarse en la raíz de todo ello.

Su instinto inicial había sido encaminarse a un lugar relacionado con su antiguo puesto en el STRATCOM. Todavía sentía esa inclinación, pero no disponía del lujo de la ubicuidad. Tenía que reducir su radio de acción.

¿Qué había sido el detonante de todo aquello? Si lo descubriera, podría reducir el número de lugares a los que quizá tendría que viajar.

Mientras estuvo en prisión incomunicada había tenido acceso a las noticias. Había leído tantos periódicos como le proporcionaban. Había visto la tele. No disponía de acceso a internet, pero había escuchado las conversaciones de los guardias. Y su hermano también le había llevado noticias durante sus visitas.

Daughtrey se había incorporado al STRATCOM cuatro meses antes. Ahora estaba muerto. ¿Acaso su incorporación al STRATCOM había sido el motivo de lo que había sucedido en la DB?

También circulaban rumores de que los servicios de inteligencia iban a sufrir cambios estructurales radicales, poniendo más orden y un enfoque más racional en un sector que presentaba profundas carencias en esas áreas. ¿Era ese el motivo de los sucesos en la DB que por poco le costaron la vida? Pero ya no tenía conexión alguna con ese mundo.

Siguió dando vueltas al problema con ciclos de ondas beta.

Cinco minutos después, lleno de frustración, dio un puñetazo contra la pared. Su cerebro, lo único que nunca le había fallado, acababa de hacerlo.

28

John Puller había regresado al motel para recoger sus cosas y marcharse. Su plan consistía en pasar el resto del día siguiendo pistas y después regresaría al este, se instalaría e informaría de sus hallazgos a sus nuevos «jefes». Mientras conducía por las calles de Fort Leavenworth tenía a la izquierda el río Missouri, también conocido como Big Muddy. Sabía que las corrientes eran engañosas y los ahogamientos, demasiado frecuentes. Y algunos no eran accidentales. Unos cuantos años antes, un sargento de batallón había arrojado el cuerpo inconsciente de su esposa al río entrada la noche después de haber descubierto que tenía una aventura con un subordinado. Se desconocía si la mujer había recobrado el conocimiento antes de ahogarse, pero su cuerpo finalmente lo recuperaron bastante río abajo, donde se había enganchado en un árbol caído. A Puller le habían asignado el caso, que lo mantuvo ocupado durante un mes. El sargento de batallón ahora estaba interno en la DB por el resto de su vida y sus dos hijos se criarían sin ninguno de sus progenitores.

Entonces el caso quedó resuelto. En el actual parecía que todavía estuviera en la línea de salida.

Se detuvo junto al arcén y puso el freno de mano. La DB

quedaba a menos de un kilómetro. El Castillo, la antigua prisión, había tenido su propia granja y su ganadería, donde trabajaban los reclusos «fiables». Todo eso había desaparecido con la demolición de grandes partes del Castillo y la construcción e inauguración de la DB. Las vacas lecheras dejaron de ser necesarias. ¿Y quién decía que el Departamento de Defensa no sabía cómo recortar gastos?

Aunque no hubiera ubres de vaca que muñir ni tractores que conducir, los presidiarios de la DB podían levantar pesas, jugar al sófbol o al fútbol, o correr por la pista exterior. Podían jugar al baloncesto en el gimnasio cubierto, que llevaba el nombre de un sargento primero que se había desplomado en la cancha y que falleció poco después. Podían recibir visitas de familiares y amigos. Podían ejercer oficios y adquirir aptitudes en la lavandería, en la barbería, en el taller de chapa metálica y soldadura, en la carpintería, en la sección de reparación de tejidos, en el estudio de artes gráficas e incluso en el taller de bordado que producía etiquetas para diversos propósitos castrenses.

Como recluso en régimen de incomunicación, sin embargo, Robert Puller no podía levantar pesas ni jugar al baloncesto ni al sófbol ni trabajar en un taller de aquellos. Estaba designado como reo de máxima custodia, en el nivel más alto del grado restringido. Su existencia en la DB era solitaria. Y, a decir verdad, probablemente él lo prefería así. Su intelecto era tan avanzado que quizá habría encontrado que la conversación de los demás reclusos y la rigidez de las rutinas en la prisión eran más perniciosas que beneficiosas. Puller no tenía la menor duda de que su hermano era capaz de perderse en su propia mente. Y esa quizá fuese para él la mejor manera de sobrevivir en prisión.

Cuando Puller visitó a su hermano en la DB por primera vez, se habían visto en una zona sin contacto con las visitas, por lo general reservada para los reclusos del corredor de la muerte. Una pared gruesa de vidrio separaba al visitante del preso y para comunicarse se utilizaba un sistema telefónico.

Robert Puller había sido mayormente un preso ejemplar, no obstante, y las visitas más recientes habían tenido lugar en la zona general de visitas, que era abierta y bastante bonita, tratándose de una prisión.

A Puller le constaba que no volvería a poner un pie en la zona general de visitas de la DB si atrapaban a su hermano y lo devolvían allí. Quizá nunca podría visitar a Bobby otra vez, en realidad.

Bajó del coche y volvió la vista en dirección al lugar donde había dejado a Knox. Aquella mujer estaba resultando ser un auténtico problema. Había empezado mal, mejoró y después de mostrar a Puller sus heridas de guerra, pensó que habían alcanzado cierto nivel de distensión. Pero entonces le soltó lo de «no puedo meterme en eso», que había sido el motivo de la paliza verbal que le había dado en el cementerio.

De modo que ahora iba por su cuenta en aquello.

Se apoyó en el capó del coche y repasó unas cuantas notas mentales para saber en qué punto de la investigación se encontraba.

Tenía que seguir la pista del croata Ivo Mesic. Todavía tenía que entrevistarse con el capitán y el sargento primero que condujeron al equipo de intervención inmediata a la DB. Tenía que hacer incursiones en el origen de los ruidos de disparos y explosiones en la tercera galería de la DB. Si aquella misma noche no tenía noticias de Shireen Kirk, su contacto en la Auditoría General Militar, la telefonearía él. Y eso a pesar de que le hubiese dicho que no tener noticias de ella significaba asunto concluido. Una vez que Puller tenía un hilo del que tirar, no se daba por vencido fácilmente.

Después estaba el asesinato de Daughtrey. Y, finalmente, en algún momento tendría que sentarse con el general Aaron Rinehart y con James Schindler del NSC. Estaba claro que había muchas tinieblas en ambos extremos del caso, y no se creía las explicaciones que Rinehart y Schindler le habían dado de su interés en aquel caso. Por lo demás, en realidad no se creía nada de lo que dijera alguien relacionado con el caso.

Y después venía la cuestión de quién lo había secuestrado. Y quién había efectuado los disparos que le habían salvado la vida.

Mientras contemplaba la DB en la lejanía se preguntó si su hermano regresaría allí alguna vez. A lo mejor nunca lo encontrarían. O lo matarían en lugar de atraparlo.

«¿Y si soy quien lo abate? ¿Qué hago si no quiere regresar a la DB? ¿Qué hago si presenta batalla?»

Los pensamientos de Puller regresaron al empate en el callejón de detrás de aquel bar de Lawton, Oklahoma. El resultado fue que él había salido con vida y que el soldado de primera Rogers había mordido el polvo con una pierna destrozada.

«¿Podría apretar el gatillo contra Bobby? ¿Podría hacerlo él contra mí?»

«No» y «diablos, no» fueron las respuestas que le acudieron a la mente. Por otra parte, su hermano había estado en prisión durante más de dos años. Era harto probable que hubiese matado a un hombre durante su fuga. Si lo atrapaban quizá lo sentenciarían a muerte por el asesinato, aun habiendo pruebas para demostrar que había sido en defensa propia. Ante semejante panorama, su hermano tal vez querría morir luchando. O dejar que su hermano lo matara sin más. Puller no sabía cuál de las dos opciones era peor.

Sacudiendo la cabeza para aclarar aquellos plúmbeos pensamientos, Puller decidió hacer lo que mejor hacía.

Seguir avanzando. Tanto si estabas en el campo de batalla como durante una investigación, si no avanzabas, ¿de qué servías? Subió al coche y se largó.

Pasó dos horas con el capitán Lewis y su sargento primero. Ninguno de ellos había efectuado un recuento de los soldados mientras formaban el equipo de intervención inmediata. Simplemente habían avisado a las secciones y las habían enviado a restablecer el orden en la DB. Ambos parecieron sorprenderse de verdad al enterarse de que había un hombre de más a bordo. Una vez en la prisión, los PM se habían desplegado en las distintas galerías, obedeciendo órdenes que les habían dado previamente.

Puller preguntó sobre la tercera galería, donde estaba la celda de su hermano. Ninguno de aquellos dos hombres supo darle una respuesta preparada en cuanto a lo que había sucedido en aquella galería. No se habían enterado de la aparición del muerto hasta mucho más tarde. De hecho, se quedaron atónitos ante tal posibilidad. Sin embargo, cuando Puller explicó cómo pudo haber ocurrido, ambos hombres admitieron que no podían demostrar que no había ocurrido.

Examinó la zona donde se había organizado el equipo de intervención inmediata. Era amplia, abierta y en aquella noche tormentosa probablemente reinaba un caos absoluto. Registró el cuartel donde había vivido Mesic, pero un equipo de limpieza había ido a prepararlo para el ocupante siguiente, de modo que Puller no pudo encontrar ni una sola huella dactilar en condiciones. Ya había averiguado que el coche de alquiler que había usado el croata había sido arrendado de nuevo y estaba en algún lugar de Montana. Otro callejón sin salida.

A continuación Puller se dirigió a la DB. Se sentó en la celda de su hermano, encima de la cama donde su hermano había estado leyendo un libro hasta que se cortó la corriente. Recorrió con la vista la habitación donde su hermano había pasado veintitrés de las veinticuatro horas de su vida cotidiana. Cuarto pequeño, mente grande. Era asombroso que uno pudiera contener la otra. Observó la puerta, tratando de imaginar qué estaba pensando su hermano cuando se apagó la luz.

¿Sabía lo que estaba a punto de ocurrir? ¿Se había preparado cuando la puerta se abrió? Solo tuvo unos segundos para determinar qué estaba pasando. ¿Cómo pudo estar seguro de que el soldado que entró por la puerta estaba allí para matarlo? Quizá no había estado seguro. Quizá vio una oportunidad de escapar. Quizá habría intentado matar a cualquiera que hubiese cruzado aquel umbral aquella noche.

Puller intentó reunirse con la capitana Macri, pero no estaba de servicio. Mike Cardarelli, el oficial al mando, se avino a contestar unas cuantas preguntas. No le contó nada útil hasta que Puller hizo una última consulta sobre el paradero de Cardarelli la noche en que Robert Puller se había fugado.

Cardarelli dijo:

—En realidad, se suponía que tenía que estar de servicio aquella noche, pero la capitana Macri me cambió el turno.

Puller se puso alerta.

—¿Por qué?

—Ella entraba de turno la noche siguiente, pero tenía un compromiso familiar que había cambiado de fecha. Nos cambiamos las guardias. Supongo que debo considerarme afortunado. Aquella noche fue un revés profesional para todo el mundo.

—¿En qué consistía el compromiso familiar? —preguntó Puller.

—¿Cómo dice? —preguntó Cardarelli.

—El compromiso familiar de Macri que cambió de fecha. ¿En qué consistía?

—No lo sé. O sea, no se lo pregunté.

—¿La capitana Macri tiene familia aquí?

—Creo que no. Supuse que venían de fuera.

—¿Ella vive en la base?

Cardarelli negó con la cabeza.

—No. Tiene una casa fuera de la base.

—Necesito la dirección.

Cardarelli se la dio a Puller. Al levantarse, Puller dijo:

—¿Algún progreso sobre el aparato que hizo el ruido de los disparos y la explosión en la tercera galería aquella noche?

—Que yo sepa, no. Fue de lo más extraño.

—Sí —dijo Puller—. De lo más extraño.

Pocos minutos después regresó apresurado a su coche y accedió a la base de datos militar desde su portátil.

La foto de Lenora H. Macri y su hoja de servicio aparecieron junto con su historia personal. Puller lo leyó todo deprisa. Tenía un buen historial, inmaculado. Cuando fue pasando las pantallas relativas a su historia personal, sin embargo, las cosas resultaron más claras, o más embrolladas, según cómo lo mirases.

Sus padres habían fallecido y era hija única. Así pues, ¿cuál era el compromiso familiar que había cambiado de fecha?

Además, Macri le había dicho que no había ordenado que registraran a los guardias en busca del aparato de hacer ruido. A Puller le había parecido peculiar y tal vez una pifia profesional. Pero al no efectuar el registro había conseguido algo, en realidad. Había dejado disponibles a cientos de sospechosos que podían haber introducido el aparato en la cárcel, y no había manera de demostrar cuál de ellos podría haberlo hecho. Y actuando así, Macri, si ella misma era quien había llevado el aparato a la prisión, también estaba perdida en un mar de sospechosos potenciales. Y quizá tuviera suficiente habilidad y acceso para anular el sistema de seguridad de la prisión, con lo que habría conseguido que las puertas se abrieran en vez de cerrarse cuando se cortara la corriente.

Puso el coche en marcha y lo condujo hacia la dirección que le había dado el oficial. Había advertido con contundencia a Cardarelli que no llamara a Macri ni comentara nada de lo que habían hablado. La verdadera razón para amonestarlo era asegurarse de que Macri no estuviera prevenida ni que saliera corriendo.

Vigorizado porque tal vez finalmente tenía una pista en el caso, aceleró el motor y llegó a la urbanización en las afueras de Leavenworth en tiempo récord. Aparcó en un sitio desde donde veía su casa unifamiliar. Apagó el motor y aguardó. Había un coche aparcado enfrente de la casa. Sacó unos prismáticos de la bolsa y los dirigió al coche. Efectivamente, colgada del retrovisor había una identificación para aparcar en la DB. Ese era el coche de Macri, un Honda Civic plateado último modelo.

Su plan era darle tiempo y ver si salía, para entonces seguirla. Si no salía, se entrevistaría de nuevo con la mujer con el objetivo de incomodarla lo máximo posible.

Aguardó una hora, pero Macri no salió de su casa. Estaba a punto de bajar del coche cuando otro vehículo se detuvo y aparcó junto al de Macri.

Puller abrió unos ojos como platos al ver a la persona que bajaba del coche y enfilaba los peldaños hasta la casa de Macri.

Obviamente, Veronica Knox ya no estaba esperando impaciente en el cementerio.

29

Puller observó mientras Knox llamaba a la puerta con los nudillos y después, visto que nadie abría, tocaba el timbre. Miró a su alrededor y Puller vio que metía la mano en un bolsillo de su chaqueta y que sacaba algo que no pudo ver, pero que supuso que era una ganzúa. Sus manos manipularon la cerradura unos segundos y después abrió la puerta y entró.

En cuanto la puerta se cerró a sus espaldas, Puller bajó del coche y corrió calle abajo. Pasó por un lado de la casa de Macri y llegó al jardín trasero. Era un edificio de tres plantas con una terraza arriba y una puerta de acceso al sótano. La puerta era corredera. No había cortinas, de modo que Puller pudo ver el interior. No estaba terminado; los muros de los cimientos y unas cajas de cartón apiladas le devolvieron la mirada.

La cerradura de la corredera era sencilla y Puller entró y bajó hasta el pie de la escalera en cuestión de segundos. Oyó pasos arriba, seguramente era Knox curioseando. ¿Dónde estaba Macri? Su coche estaba enfrente. Pero no había abierto la puerta. ¿Estaba o no estaba en casa?

Los consabidos ruidos de petardos que indicaban disparos hicieron que Puller empuñara su M11, se agachara, se detuviera y escuchara. Habían sonado dos disparos, además de otros ruidos. Había oído el primer disparo, después el estrépito de objetos chocando, luego un segundo disparo, seguido de un grito y un golpe sordo. Alguien había sido abatido. ¿Era Knox? ¿O Macri, si es que estaba allí?

Subió los peldaños de tres en tres. Había una puerta en lo alto de la escalera. Puller la abrió y se asomó.

No vio a nadie. Echó un vistazo a la habitación que tenía detrás y después siguió adelante. Dobló la esquina del pasillo, con la pistola apuntando al frente.

Entonces se detuvo.

Knox estaba de rodillas junto a Macri, que estaba despatarrada en el suelo, con sangre manándole de una herida en el pecho.

Knox todavía empuñaba su arma con la mano derecha.

—No te muevas, Knox —gritó Puller, aunque estaba preparado para que se moviera deprisa, se volviera y le disparase.

En cambio, sostuvo el arma en alto, con el dedo claramente apartado del gatillo y el cañón mirando abajo. Se estaba rindiendo.

—Déjala en el suelo y dale una patada hacia mí —ordenó Puller.

—Necesita una ambulancia —dijo Knox.

—Desde luego que sí. Pásame la pistola y entonces la llamaré.

Knox hizo lo que le mandaban. Puller agarró el arma por el cañón y la dejó encima de la consola del descansillo. Marcó el 911 en su teléfono y pidió una ambulancia.

—Apártate de ella —dijo—. Tiéndete en el suelo, las manos detrás de la cabeza y las piernas separadas.

—¡Puller, ha intentado matarme!

—Estoy seguro de que lo aclararemos, pero, por ahora, haz lo que te digo.

Knox se tumbó en el suelo con las manos detrás de la cabeza y las piernas bien separadas.

Puller se arrodilló al lado de Macri, que estaba despatarrada bocarriba junto a una silla, con los brazos en torno a la cabeza. Vio un pequeño agujero de bala en la blusa oscura y la mancha de sangre que se extendía por la tela. Le buscó el pulso en el cuello y no se lo encontró. Tenía los ojos abiertos y vidriosos. Las manos ya se le estaban empezando a enfriar un poco.

—Está muerta, Knox. Parece ser que el disparo le ha dado de pleno en el corazón.

—Me lo figuraba.

—¿Qué ha sucedido? Es más, ¿por qué has venido aquí?

Knox empezó a levantarse, pero Puller le ladró:

—Quieta. No te lo volveré a decir.

Knox se detuvo y volvió a tenderse.

—Vine a interrogarla. Iba a hacerlo contigo, pero, bueno, ya sabes cómo fueron las cosas. Gracias a ti he tenido que hacer autostop para regresar del cementerio a mi coche.

—¿Por qué querías interrogarla?

—Porque no registró a los guardias.

—Explícate.

—Anoche leí las notas de tu interrogatorio. Te dijo que no había registrado a los guardias en busca del aparato que emitió los ruidos. Dijo que fue porque no podía creer que un guardia pudiese estar involucrado. Pero por supuesto debería haberlo hecho, al margen de lo que opinara. No había motivo para que no lo hiciera. Excepto uno.

Volvió la cabeza hacia un lado y levantó la vista hacia él.

—¿A saber? —preguntó Puller.

—Si no lo encontraban en un guardia la sospecha hubiese pasado a ella. Pero si no los registraba...

—Fue como si fabricase una coartada para sí misma —dijo Puller.

—O sea, que tú también lo pensaste —respondió Knox—. ¿Por eso has venido aquí?

—Te he visto sacar la ganzúa y entrar. Yo he entrado por el sótano. Entonces he oído los disparos. Dos, para ser exactos.

—Ella me ha disparado primero —dijo Knox—. Mira esa pared de ahí.

Señaló con la mano derecha hacia la pared del fondo. Puller miró en la dirección que le indicó. La bala había dado contra el tabique, quedando incrustada y mostrando la punta.

—He disparado una fracción de segundo después —prosiguió Knox—. Y no he fallado.

—¿Por qué has forzado la entrada? ¿Tienes una orden?

—No.

—Pues entonces nada de lo que hubieses encontrado habría sido admisible ante un tribunal.

—No me preocupan mucho las sutilezas legales, Puller. Tengo un trabajo que hacer.

—O sea, que has entrado aquí sin más y ella te ha disparado. Tenías a tu favor el elemento sorpresa. Macri era soldado. ¿Cómo es posible que fallara a tan corta distancia?

—Porque la he visto una fracción de segundo antes de que disparase. Le he arrojado esa silla, me he tirado al suelo y he disparado. Cuando hagan la autopsia confirmarán la trayectoria.

Puller miró la silla volcada que había al lado del cuerpo de Macri.

A lo lejos oyeron que las sirenas se acercaban.

—De modo que si tú hubieses entrado antes que yo —prosiguió Knox en un tono mordaz—, quizá estarías tumbado bocabajo en el suelo explicándome a mí lo sucedido. O quizá estarías muerto.

—No, porque yo no habría forzado la entrada.

—Bueno, lo hecho, hecho está.

Al oír las sirenas más cerca, Puller fue hasta la ventana y se asomó. Había una ambulancia y dos coches patrulla.

—Tú controla el tablero, Puller. ¿Cómo vas a jugar esto? —dijo Knox.

—Mierda —murmuró Puller. Después agregó—: Levántate, Knox.

Se levantó despacio y lo miró. Él le devolvió la pistola.

—Debo decir que estoy sorprendida —dijo—. Pensaba que ibas a dejar que me empapelaran.

—Aún es posible que lo haga.

—¿Qué le contamos a la policía? —preguntó Knox—. He forzado la entrada. Iba armada. Podría parecer que Macri tan solo defendía su casa y a sí misma. Y le he disparado.

—Les diremos la verdad.

—Igual nos dan la bronca por estar aquí.

—Pero tú antes has llamado y has tocado el timbre. Y te has identificado y llevabas las credenciales a la vista, ¿verdad?

—Por supuesto. Ella sabía quién era yo. Y aun así ha disparado.

—De acuerdo, sígueme la corriente.

Al principio la policía se mostró escéptica, pero la conducta y la declaración de Puller fueron sólidamente profesionales, igual que las de Knox. Sus credenciales pesaban mucho para la policía local, que era muy consciente de lo que había ocurrido en la DB. Tomaron declaración a los agentes. Entonces uno de los polis dijo, mirando a Macri:

—¿Qué hacemos con el cuerpo?

—Es capitana del Ejército en servicio activo. Esta investigación le corresponde sin excepción a la CID. Nos ocuparemos de la escena del crimen. Lo mantendremos todo intacto.

—No sé si me quedo tranquilo con este arreglo —dijo el poli de más edad.

—Pues que sus superiores llamen a los míos y ellos los tranquilizarán. Por ahora, el cuerpo no sale de la casa y nadie toca la escena del crimen.

El poli finalmente asintió con la cabeza y sacó su móvil.

—Esto está muy por encima de mi salario.

Una hora después los polis se marcharon y el equipo forense de la CID llegó desde Leavenworth, examinaron la escena y el cuerpo, y luego metieron los restos mortales de Macri en una bolsa y se la llevaron en camilla.

Puller había ayudado a los agentes locales de la CID a procesar la escena, mientras que Knox, tras prestar declaración, y bajo estrictas órdenes de Puller, aguardó en la otra habitación.

Cuando los agentes de la CID terminaron, se marcharon. Puller y Knox se quedaron solos en la casa.

—Los forenses confirmarán que todo lo que te he dicho es verdad, Puller.

—Los forenses pueden hacer muchas cosas, pero yo no puedo hacerlo, Knox, al menos no del todo.

Knox contestó acaloradamente.

—Por poco me vuelan la cabeza. Se trataba de ella o de mí. ¿Qué otra cosa habría podido hacer?

—Venir a ver a Macri porque sabía algo incriminatorio. Y matarla para silenciarla.

—Vaya, ¿así que ahora piensas que estoy metida en lo que puñetas sea esto y que además soy una asesina?

—No te conozco, Knox. Simplemente te presentaste en mi puerta. Y desde luego no te has ganado mi confianza.

—Bien, tú tampoco te has ganado la mía —replicó Knox.

—¿De modo que el hecho de que no haya dejado que la poli o la CID te arrestaran no vale nada para ti? ¿Que te devolviera la pistola? ¿Que haya respaldado la historia que les has contado? ¿Que no te haya esposado? ¿Nada de esto me ha granjeado ni siquiera un poco de confianza por tu parte?

El enojo enseguida se borró de sus facciones y fue reemplazado por la vergüenza.

—Te estoy agradecida, Puller, de verdad. Que me arrestaran no estaría bien.

—Sin duda no estaría bien para ti. Y para quien sea que está detrás de ti en el INSCOM. Y eso puede incluir a muchos tipos —dijo Puller, provocador.

Knox se desplomó en una silla.

—He pensado mucho en lo que me has dicho en el cementerio —dijo con cierta ironía—. La analogía del hermano Custer ha sido original, debo admitirlo.

Puller se apoyó contra la pared y aguardó a que ella continuara.

—¿Qué sabes sobre el consejo de guerra de tu hermano?

—Nada. Ya te lo dije. El archivo estaba sellado. Y yo estaba en el extranjero cuando sucedió. Lo acusaron y condenaron por traición, es lo único que sé.

—La fuga de tu hermano ha puesto nerviosa a mucha gente del ámbito de la inteligencia, Puller.

—De eso ya me he dado cuenta. Por mí mismo.

—No debería decirte nada de lo que te estoy diciendo.

—Hay muchas cosas que la gente no debería hacer.

—He venido aquí no solo debido a tus notas sobre el caso, sino también por otra cosa.

—¿Cuál? —preguntó Puller.

—Investigamos una serie de depósitos por un total de un millón de dólares en una cuenta que la capitana Macri abrió hace cosa de un mes.

—¿Su paga por hacer lo que hizo?

Knox asintió con la cabeza.

—¿De dónde procedía el dinero?

—Imposible de rastrear, incluso para nosotros. Tuvimos suerte al detectar la cuenta de destino, pero el origen sigue siendo un misterio.

—¿Por qué la investigaron?

—El INSCOM había estado recibiendo rumores, nada definitivo, pero sin duda extraño, que hizo que empezara a centrarse en la DB. Hicimos un informe detallado de todo el personal. Unas cuantas personas suscitaron suficientes preocupaciones para que mereciera la pena ponerles señuelos. Macri era una de ellas.

—¿Qué preocupaciones? No encontré nada inusual en su hoja de servicios.

—Era soltera, sin familia en la región, y muy ambiciosa.

—Como tantos otros militares.

—Y tenía una deuda personal considerable.

—Era oficial. El Ejército le pagó la estancia en West Point.

—También se aventuró en la bolsa. Opciones en cuentas de margen. Tenía un agujero de unos ochenta mil dólares. La paga le habría servido para pagar esa deuda y todavía le quedaría una buena suma para levantar cabeza otra vez.

—Nada de esto figuraba en su ficha.

—No, claro que no. Lo que haga con su economía personal en realidad no es asunto del Ejército. Y las sumas que debía todavía no se las habían reclamado.

—Pero vosotros lo descubristeis.

—Sí —contestó Knox.

Puller frunció el ceño.

—¿Y por qué no me lo has dicho antes?

—Te lo estoy diciendo ahora aunque probablemente me costará el empleo si mis superiores se enteran. —Cruzó los brazos, se recostó en la silla y respiró profundamente—. Hemos ascendido por caminos diferentes, Puller. A mí me formaron desde el primer día para el servicio clandestino. Eso significa que no nos fiamos de nadie ajeno a nuestro círculo y que guardar secretos y mentir descaradamente son parte de nuestro trabajo. Así como tú estás entrenado para investigar la escena de un crimen, yo estoy entrenada para distraer y engañar. He pasado años perfeccionando mis habilidades, y si supieran que te estoy contando esto, bueno, no sé muy bien qué harían conmigo.

Puller se relajó un poco.

—Pues ¿por qué me lo estás contando?

Knox se rio, pero la risa murió antes de llegarle a la garganta y enseguida adoptó un aire sombrío.

—Por tu honestidad y, bueno, esa maldita nobleza tuya me avergonzaron. Me daba vergüenza tener que engañarte. Resultaba humillante, francamente. Y eso que creía haber superado esa emoción. Junto con muchas otras —agregó Knox, en voz cada vez más baja.

—Bien, ¿eso adónde nos lleva? —preguntó Puller tras una prolongada pausa.

—A que te pida una segunda oportunidad o, mejor dicho, una tercera oportunidad de seguir trabajando contigo. Aunque me la des no te reprocharé que esta vez no me creas.

Puller le miró la cadera.

—Esa cicatriz y la herida que la causó son bastante reales. Has cojeado cuando venías hacia aquí y te he visto hacer una mueca al sentarte. —Echó un vistazo a la otra habitación—. Cuando te has tirado al suelo para esquivar el disparo supongo que aterrizaste sobre esa cadera. Seguramente te duele mucho.

—Sí, en efecto —admitió Knox—. Muchísimo, en realidad. Ahora mismo mataría por una pastilla de Percocet.

—Así pues, ¿el Grupo de Inteligencia 902 de Leavenworth está bajo control de la NSA?

—La NSA está prácticamente en todas partes, Puller. Y el 902 no es la excepción.

Puller asintió con la cabeza.

—Soy consciente de lo mucho que te habrá costado decirlo.

—La formación es la formación —respondió Knox—. Pero todavía conservo un poco de libre albedrío y tengo intención de utilizarlo.

—De acuerdo. Es un buen principio.

Sonó el teléfono de Puller. Era Shireen Kirk.

—Hola, Shireen. ¿Puedo llamarte dentro de un momento? Estoy un poco ocupado.

—No, no puedes llamarme dentro de un momento. ¿Dónde estás?

—En Leavenworth.

—Yo también.

—¿Cómo dices?

—Acabo de aterrizar y voy en taxi a buscarte.

—¿Qué demonios haces en Kansas?

—No quiero hablar de esto por teléfono. ¿Podemos quedar en algún sitio?

Puller miró un momento a Knox, que lo observaba muy atenta.

—Sí, hay una cafetería que suelo frecuentar. —Le dio la dirección—. Estoy con una agente del INSCOM. Me gustaría que también viniera.

—Preferiría hablar contigo a solas, Puller.

—Va a tener que ser con nosotros dos, Shireen. Confío en ella y tú también puedes hacerlo.

—Estaré allí en media hora —dijo Kirk bruscamente y colgó.

—¿Quién era?

—Shireen Kirk. Mi contacto en la Abogacía General.

—¿De dónde ha llegado?

—De Washington.

—¿Por qué ha venido desde tan lejos?

—Quiere hablar cara a cara. Tiene que ser importante.

—Agradezco que quieras que asista, pero si la voy a incomodar, puedo retirarme.

—No, Knox. Ahora somos un equipo. Nos mantenemos unidos.

—¿Estás seguro?

—Vámonos.

30

Condujeron por separado de regreso a Leavenworth y se reunieron en la misma cafetería en la que habían comido antes. Puller sostuvo la puerta a Knox, que caminaba un poco envarada por culpa de su cadera contusionada.

—¿Has conseguido el Percocet? —preguntó Puller.

—No —respondió Knox entre dientes—. Pero me he tragado cuatro Advil. Espero que me hagan efecto enseguida.

Puller localizó a Kirk en un reservado del fondo y se encaminaron hacia allí.

Kirk llevaba pantalón de vestir y chaqueta, ambos arrugados. Tenía los ojos hinchados por la falta de sueño, el pelo alborotado, olía a humo de cigarrillo y había una taza de café vacía delante de ella.

Puller presentó a las mujeres. Kirk dedicó a Knox una mirada valorativa y después asintió secamente.

—No te conozco, Knox, pero si Puller responde por ti, no hay problema.

—Te lo agradezco.

—No me des las gracias a mí, no lo estoy haciendo por ti. —Se volvió hacia Puller—. Salí anoche. Tuve que pasar por Chicago, donde cancelaron mi vuelo de enlace. Dormí en el aeropuerto y hoy me he pasado el día intentando subirme a otro avión hasta que he pillado un asiento en una avioneta. Hubiese sido más rápido venir en coche. Malditas aerolíneas.

—Una llamada habría sido mucho más rápido.

—Tengo hambre, ¿vosotros vais a pedir algo? Porque yo sí.

Pidieron la comida y tras charlar un poco Kirk se agachó hacia delante y habló en voz baja.

—Sabes cómo funciona un consejo de guerra, supongo.

—Por suerte, nunca he pasado por uno, pero sí, sé cómo funciona —dijo Puller—. Son tribunales legislativos con arreglo al Artículo 1, o sea, que los controla el Congreso.

Kirk asintió con la cabeza.

—La autoridad convocante es el oficial al mando. Crea el consejo de guerra y selecciona a los miembros del jurado.

—Ahí está el problema —dijo Puller—. El comandante crea el tribunal y elige a los jurados.

—Existen directrices estrictas con relación a la influencia ilegal de los mandos. La Regla 104 de procesamiento mediante consejo de guerra es muy explícita. El comandante tiene prohibido castigar o influir sobre los jurados. El sistema ha resistido todos los ataques durante más de dos siglos.

—Aun así, no significa que sea justo. Ahora bien, ¿quién quiere echar leña al fuego?

Kirk abrió las manos.

—No digo que sea un sistema ideal, pero es el que tenemos. Y por lo general da resultado.

—A mi hermano no le dio resultado.

Kirk bebió un sorbo de café y recorrió la cafetería con la vista, mientras Puller miraba al vacío de mal humor y Knox iba echándoles vistazos a uno y a otra.

Pocos minutos después llegó la comida y aguardaron a que la camarera se marchase antes de reanudar la conversación.

—Voy a hablar y a comer a la vez —dijo Kirk—. Perdonad que lo haga con la boca llena. —Tras echar sal generosamente en todo lo que contenía su plato mientras Knox la miraba con desaprobación, Kirk prosiguió—: No existe el jurado en desacuerdo como en los tribunales civiles. Se necesita una mayoría de tres cuartos del jurado para una sentencia de diez años o más, y el jurado, no el juez, también decide la sentencia.

—Tengo entendido que para una pena de muerte es necesario que la decisión del jurado sea unánime —dijo Puller.

—No siempre. Si lo condenaron bajo el Artículo 106 de espionaje, la decisión de la condena deja de tomarla el jurado. El espionaje conlleva una pena de muerte obligada. No hay excepciones si se cumplen las condiciones. El juez solo anuncia la sentencia.

Puller se recostó.

—No lo sabía. ¿Qué condiciones son esas?

—Bastante simples y claras. La génesis del lenguaje en realidad se remonta a la época colonial, aunque con los años se ha modificado de tanto en tanto. Tiene que ser en tiempo de guerra, como sin duda estábamos cuando lo arrestaron.

—Pero el Congreso nunca declaró oficialmente la guerra a Irak o Afganistán —señaló Puller.

—Serías un buen abogado, Puller. Y la defensa presentó este argumento. Pero si bien técnicamente lo que dices es cierto, en la práctica estábamos en guerra. Y tu hermano fue acusado de ayudar a nuestros enemigos. Cuando te enfrentas a casos como este, la defensa tiende a perder más que a ganar. Eso es lo que pasó cuando el abogado de tu hermano presentó ese argumento. Perdió.

—Vale, sigue —dijo Puller.

—El acusado tiene que estar actuando como espía en un lugar bajo jurisdicción o control de las fuerzas armadas o en otro lugar dedicado a trabajar en ayuda de esa guerra. Existen otros elementos: actuar clandestinamente, intentar recabar cierta información con la intención de pasársela al enemigo, etcétera, etcétera.

—¿Lo acusaron bajo el Artículo 106? —preguntó Knox. Enseguida agregó—: Aunque me figuro que no pudo ser así. Fue condenado pero no sentenciado a muerte.

Kirk dijo:

—Al parecer el Artículo 106 estuvo originalmente encima de la mesa, pero luego fue retirado. En cambio, lo condenaron bajo el Artículo 106a por espía. Es como rizar el rizo porque conlleva muchos de los requisitos subyacentes del espionaje aunque ninguno que exija que sea en tiempo de guerra. También conlleva la pena capital cuando el crimen implica ciertos elementos como armamento nuclear, satélites y comunicación de inteligencia.

—Todo lo que hacía mi hermano —dijo Puller lentamente.

—Exacto, pero a diferencia de una condena por espionaje, la sentencia de muerte no es obligatoria. También es objeto de cualquier otro castigo que el consejo de guerra quiera ordenar. Y tal como has dicho, entonces es cuando todos los miembros del jurado deben votar unánimemente para imponer la pena de muerte. Hay una gran diferencia con una pena capital automática.

—¿Y no hubo unanimidad? —preguntó Puller.

—No. De lo contrario estaría en el corredor de la muerte o incluso muerto. En cambio, le impusieron cadena perpetua.

—O sea, que tuvo que haber circunstancias atenuantes —dijo Knox.

—Supongo que las hubo, sí, pero el panorama general era un poco confuso desde el punto de vista judicial.

—Seguro que no has conseguido esto tan solo siguiendo un rastro documental, ¿verdad, Shireen? —preguntó Knox.

Kirk desvió la mirada hacia Knox.

—Mi nombre de pila no es Shireen, en realidad es Cambrai. Aunque bien podría haber sido Tierra Quemada. Averigüé quiénes eran el fiscal y el abogado defensor y hablé con ambos. Fueron sorprendentemente cándidos. Sorprendentemente.

Dejó la palabra flotando en el aire.

—¿Por qué crees que estaban tan dispuestos a colaborar? —preguntó Puller.

—Bueno, es difícil decirlo —comenzó Kirk con cautela—. Ambos recordaban bien el caso, aunque estoy convencida de que han llevado docenas desde entonces. Sabrás que hubo un acuerdo previo al juicio, pero que tu hermano lo rechazó.

—¿Qué es un acuerdo previo al juicio? —preguntó Knox.

—El acusado puede declararse culpable a cambio de una sentencia más leve. Según parece, no quiso saber nada de eso. Proclamó reiteradamente su inocencia en los términos más contundentes que quepa imaginar.

—¿Quién fue la autoridad convocante? —preguntó Puller.

—El comandante del STRATCOM, el general de división Martin Able.

—Sé que a Puller lo condenaron por espía. ¿Cuáles fueron los cargos en concreto? —preguntó Knox.

—Tal como Puller me dijo, el archivo del juicio estaba sellado. Y no sin razón, porque estaba lleno de información confidencial. La norma NMP 505 es muy detallada a ese respecto.

Knox dijo:

—¿NMP? No será «no más pastillas», ¿verdad?*

—Más bien Normas Militares para las Pruebas —repuso Kirk.

—Pero no habrías venido tan lejos a no ser que lo hubieses abierto —comentó Puller.

—Tal como te he dicho antes, eso requeriría una orden judicial. Y no ha habido manera de conseguirla, menos aún en el tiempo transcurrido desde la última vez que hablamos.

—¿Pero? —apuntó Puller.

—Pero, como ya he dicho, los abogados cooperaron. Sobre todo Todd Landry, el abogado de la defensa. Me dijo en confianza cuáles fueron los cargos.

* Juego de palabras intraducible. MRE serían las siglas de *meal ready to eat*, literalmente «comida lista para comer». En realidad, las siglas MRE aluden a las Military Rules of Evidence, Normas Militares para las Pruebas. Cambio MRE por NMP para conservar la intención del autor. *(N. del T.)*

—¿No te preguntó por qué querías saberlo? —preguntó Knox.

—Por supuesto. Hice muchos aspavientos sobre la fuga de Robert Puller de la DB, de la que ambos estaban enterados. Está en boca de todos los militares.

—¿Y dieron por sentado sin más que formabas parte de un grupo que lo está investigando? —dijo Knox.

—Si lo dieron por sentado, yo no hice nada para insinuar que su suposición era incorrecta —dijo Kirk con mucha labia.

—Es de todos sabido que la NSA tiene convenios firmados con las principales empresas tecnológicas y operadores de telefonía móvil para que les permitan acceder por la puerta trasera a esas plataformas. Bien, según parece, Robert Puller había ideado una puerta trasera para acceder a la plataforma de inteligencia del STRATCOM que, por cierto, está vinculado a casi todas las demás plataformas de inteligencia, como la NSA, la CIA y Army Intel. Y que estaba en negociaciones para vender los códigos de acceso a esa puerta trasera a enemigos de este país. Habría sido catastrófico.

—¿Vender secretos? —exclamó Puller—. El dinero le traía sin cuidado. ¿Por qué iba a hacer algo semejante?

—Según parece el motivo eran unas deudas de juego online. Millones.

—¿Apuestas online? —dijo un Puller perplejo—. Mi hermano no era jugador.

—Bueno, al parecer encontraron pruebas que indicaban lo contrario en sus ordenadores personales y en su teléfono móvil. Jugaba usando varios nombres ficticios.

—Mi hermano es un bicho raro superlisto. Es demasiado inteligente para apostar.

—Hice la misma pregunta.

—¿Y? —dijo Knox.

—Y el fiscal, Doug Fletcher, me informó de que al parecer tu hermano había ideado un elaborado algoritmo para apostar que al principio fue sumamente exitoso.

—¿Al principio? —dijo Puller.

—Antes de que tuviera éxito. Ahí es de donde proceden las pérdidas millonarias. Siguió jugando, tratando de salir del agujero apostando. Muchos jugadores lo hacen. Es una auténtica adicción. Y el juego online pone en bandeja esa adicción a millones de adictos en potencia.

—¿Y tenían pruebas de todo esto? —preguntó Knox.

—Sí. Según dijeron, claras como el agua.

—Entonces... —comenzó Puller, pero Knox se le adelantó.

—Entonces ¿por qué ambos abogados recuerdan tan bien el caso? —preguntó.

—Landry en concreto daba la impresión de pensar que todo era demasiado limpio y prolijo. Era incuestionable que tu hermano era muy ducho en tecnología. Y, sin embargo, descubrieron todas estas pruebas en sus aparatos personales sin demasiado esfuerzo.

—Así que pensó que las pruebas estaban plantadas. Siendo así, ¿lo arguyó como defensa?

Knox dijo:

—Lo habría hecho, salvo que tu hermano testificó que sus aparatos personales no podía piratearlos nadie. Que cualquier cosa que se encontrara allí era suya.

Puller dio una palmada sobre la mesa y ambas mujeres se asustaron.

—El muy idiota. Le pudo más el orgullo que el sentido práctico. No quiso admitir que alguien le había vencido. Hacía lo mismo de pequeño. Podías darle una patada en el culo una vez, pero sería la única.

—Un hombre culpable jamás habría hecho eso —dijo Knox—. Se habría aferrado a cualquier defensa que tuviera a mano.

—Otro motivo para que Landry recordara el caso tan bien. De hecho, nunca había visto que un acusado torpedeara a propósito una defensa en potencia como esa. Nunca. Y, sin embargo, tu hermano lo hizo sin pestañear, según parece.

—A lo mejor nunca llegó a creer que fueran a condenarlo —dijo Knox.

—Bien, pues se equivocó.

—Hubo una apelación, ¿verdad? —preguntó Knox.

—Cada vez que la pena conlleva la destitución de un oficial, el Tribunal de Apelación de lo Penal, en este caso el de las Fuerzas Aéreas, presenta una automáticamente. El caso de Robert Puller se revisó y se confirmó la sentencia de primera instancia. No se hizo más en su nombre. Cualquier otra apelación habría llevado cierto trabajo para iniciarla, cosa que nunca hizo.

Puller toqueteaba su taza.

—¿Así que manifestó su inocencia con vehemencia? Nunca me lo dijo. Me pregunto por qué.

Knox se encogió de hombros.

—Podría haber un montón de razones.

—No puedo creer que mi hermano fuese a vender secretos.

—Pero estaba en posición de transmitir secretos al enemigo. Y si lo hizo quizá no fue solo por dinero a pesar del asunto del juego —señaló Knox.

—¿Qué pasa, que es como ese Snowden y quiere transformar lo que considera un mal sistema sacándolo a la luz desde una distancia segura?

—Bueno, obviamente no lo hizo como Snowden —dijo Kirk—. El tribunal dictaminó que lo había hecho por dinero.

Puller dejó su taza.

—No podemos perder de vista el hecho de que quizá enviaron a alguien a la DB a matar a mi hermano. Desde entonces un general de las Fuerzas Aéreas asignado al STRATCOM ha sido asesinado y Knox, aquí presente, tuvo que disparar a una capitana del Ejército que quizá estuvo implicada en el atentado contra la vida de mi hermano. Si era culpable y estaba a salvo en la prisión, ¿por qué tanta atención de repente?

Kirk por poco se atraganta con el café. Se volvió hacia Knox.

—¿Que hiciste qué?

—Ella me disparó primero. Me defendí. Ella está muerta, yo no.

—¿Cuál fue el motivo?

—Descubrimos que tenía problemas económicos y, mira por dónde, abre una cuenta en las Caimán bajo nombre supuesto y alguien le ingresa un millón de pavos.

—¿Qué hizo para ganárselo? —preguntó Kirk.

Contestó Puller.

—Un aparato que simuló ruidos de disparos y de explosión tuvo un papel principal en el caos que se adueñó de la DB. Mi conclusión es que lo introdujo ella misma. Por eso después no registró a los guardias. De esta manera nunca podríamos culparla de nada. Y también es posible que saboteara el software que cierra las puertas de las celdas.

Kirk levantó la mano.

—Vale, pero volvamos a tu última pregunta: ¿por qué tanta atención ahora?

Puller miró a Knox y después de nuevo a Kirk.

—Me parece que ninguno de los dos tenemos la respuesta.

Kirk asintió con la cabeza.

—Estoy de acuerdo en que todo esto es arriesgado. Y que es preciso seguir investigando. Pero tienes que entender que complica demasiado la situación, ahora que tu hermano ha escapado de la DB.

—Bien, quizá no tuvo otra opción. Escapar o morir. Ante estas opciones, yo también me habría largado.

—El problema con esta respuesta es que a quienes ahora le están dando caza no les importan sus motivos.

—Y otro problema es que igual lo están persiguiendo unos tipos que no forman parte de la maquinaria oficial —replicó Puller.

Knox dijo:

—Después de lo que te ha ocurrido, me parece lo más probable. Secuestrarte e intentar asesinarte señala sin la menor duda una intromisión no oficial.

Una Kirk perpleja lanzó una mirada a Puller.

—¿Primero ella dispara a una maldita capitana del Ejército y ahora me decís que te secuestraron y por poco te matan?

—Eso vendría a ser lo esencial, sí. Una panda de tíos armados me atacó valiéndose de la artimaña de una dama en apuros que me tragué. Me llevaron a un sitio, me ataron, me hicieron un montón de preguntas que no contesté y después iban a matarme.

—¿Pues por qué no estás muerto? —preguntó Kirk.

—Me ayudó un ángel de la guarda. Hizo lo suficiente para que pudiera largarme por mi cuenta.

—¿Quién era ese ángel? —preguntó Kirk.

—Espero descubrirlo algún día para poder darle las gracias en persona.

Se volvió hacia Knox y bajó aún más la voz.

—¿Y tú me garantizas que no sabes quiénes son esos tipos ni de dónde pueden haber salido?

—Si me preguntas si son de los míos, puedo asegurarte que no —dijo Knox—. Quizá engañemos, quizá desmenucemos la verdad, quizá ocultemos cosas. Pero no hacemos estupideces de ese calibre. Tenemos comités supervisores, Puller. Y si intentásemos algo semejante y llegara a saberse, bueno, todos podríamos ir diciendo adiós a la pensión y la libertad. Y dudo de que alguna vez haya habido un motivo de peso para hacerlo. Bastantes enemigos tenemos ya para andar volviéndonos contra nosotros.

Puller la estudió con detenimiento y después apartó la vista. Kirk miró a Knox.

—Cuéntame lo de ese tiroteo con una capitana del Ejército. ¿Cómo se llamaba?

Contestó Puller.

—Lenora Macri. Y tenía que estar bastante desesperada para dispararte, Knox. ¿Piensas que te vio entrar?

—Llamé con los nudillos y toqué el timbre antes de forzar la cerradura. No intenté hacerlo a hurtadillas.

—Me consta. Te estaba vigilando. Para ilustrar a Shireen, cuéntanos otra vez cómo ocurrió.

—Paso a paso —agregó Kirk.

Knox suspiró y puso en orden sus ideas.

—Una vez dentro cerré la puerta y la llamé por su nombre. No hubo respuesta. Volví a llamarla y me identifiqué, cargo completo y todo. Cuando quise darme cuenta salió por la esquina de la sala de estar. Empuñaba un arma y me apuntaba. Llevaba la credencial en la mano y se la mostré aun sabiendo que de nada serviría. La expresión de su rostro me decía cuanto necesitaba saber. Quizá tenía un segundo. Iba a dispararme.

—Sigue —dijo Puller, al ver que Knox se callaba.

—Solté mis credenciales, agarré la silla y se la arrojé mientras me tiraba al suelo. Disparó. Noté cómo la bala pasaba por encima de mí y daba en la pared que tenía detrás. La silla la golpeó mientras disparaba y falló el tiro. Yo estaba en el suelo, retrocedí, apunté y disparé hacia arriba, contra su pecho. Se desplomó en el acto. Cayó al suelo y ya no se volvió a mover.

—Todo eso coincide con lo que oí desde abajo —dijo Puller, mirado a Kirk.

—Bueno, resulta que además es la verdad —respondió Knox con firmeza.

—Mira que intentar matarte a sangre fría de esa manera —dijo Kirk—. Es una reacción extrema. ¿Cómo podía saber a qué habías ido allí? Podría no ser más que un interrogatorio de rutina. Si te mataba iba derecha a una pena de muerte. ¿Y cómo tenía previsto largarse?

—Tiene un alias. El mismo nombre que usó para abrir la cuenta en las Caimán, pero logramos seguir el rastro hasta ella. Con ese alias había comprado una serie de billetes de ida con destino final en San Petersburgo.

—No hay tratado de extradición entre Rusia y Estados Unidos —señaló Kirk.

—Exacto. Y dudo de que Rusia fuese su destino final. Solo iba hasta allí para desaparecer. A partir de ahí, quién sabe. Desde luego contaba con recursos económicos para hacer lo que quisiera.

—¿Para qué fecha eran los billetes de avión? —preguntó Puller.

—Para hoy. Se suponía que estaba de servicio, pero llamó diciendo que estaba enferma. Estaba claro que nunca iba a regresar. Por eso fui a su casa.

Puller miró a Knox fijamente y ella le sostuvo la mirada. Kirk se fijó en aquel careo y los iba mirando a los dos, como si estuviera viendo un partido de tenis.

—Sé lo que vas a decir —dijo Knox por fin.

—¿En serio? —respondió Puller—. ¿Pues por qué no me dices lo que te iba a decir?

—Que somos un equipo y que debería haberte contado todo esto. Y llevas razón. Tal vez te lo habría dicho si no me hubieses abandonado en ese cementerio. Pero me dejaste tirada y no sabía dónde estabas. Por eso hice lo que tenía que hacer.

Puller la estudió un rato más, pero al parecer quedó satisfecho con su explicación.

—Me sorprende que con tantas pruebas contra ella no enviaras a un equipo SWAT. El Ejército lo habría hecho.

—Quizá sea así como hace las cosas el Ejército, pero nosotros no. Lo que realmente queríamos era que cooperase con nosotros y nos condujera hasta quien estaba trabajando con ella. Desde un punto de vista general, ella era insignificante. Queríamos a los demás. Por eso entré a solas, para hablar con ella, para hacerla entrar en razón.

—Y por poco te vuela la tapa de los sesos por tomarte tantas molestias.

—Tengo que decir que no lo vi venir. En su perfil nada nos había llevado a creer que fuese a reaccionar con tanta violencia.

—Bueno, los perfiles son engañosos —comentó Kirk.

—Y ahora la hemos perdido como testigo en potencia y fuente de información. Y la culpa es solo mía —agregó Knox con tristeza.

—O sea, que te vio en su casa —dijo Puller—, se dio cuenta de quién eras al oír cómo te identificabas. Sabía que el juego había terminado, puesto que probablemente estaba arriba haciendo el equipaje para su viaje a Rusia y le entró el pánico.

—En fin, solo me alegra que le fallara la puntería.

—Gracias a la silla que le tiraste.

—Sigo siendo afortunada, Puller.

—Como con la cadera.

—Como con la cadera —convino Knox mientras Kirk la miraba desconcertada. Knox se fijó y agregó—: Es una larga historia.

Bebió un sorbo de café y se quedó pensativa.

—¿Qué pasa? —preguntó Puller al ver la ironía que asomaba a sus ojos.

—Me preguntaba cuándo se acabará mi suerte definitivamente.

—¿Y quién no? —respondió Puller.

—Bien, por desgracia para vosotros dos, creo que la respuesta es que será más temprano que tarde —observó Kirk.

31

—¿Puedes acompañarme al hotel, Puller? —preguntó Kirk mientras salían de la cafetería. Llevaba una pequeña maleta de cabina.

Knox miró a Puller.

—Voy a dar el parte de novedades y después te llamaré. Seguro que mis supervisores tendrán un montón de preguntas que hacerme después del incidente con Macri. Y siempre hay mucho papeleo que rellenar. Aunque me parece que no es para quejarse, después de quitarle la vida a alguien —agregó, decaída.

—Le quistaste la vida porque iba a quitarte la tuya —dijo Puller.

Se quedó mirando a Knox mientras esta se dirigía a su coche.

—¿Te fías de ella? —preguntó Kirk—. Es decir, ¿realmente te fías de ella?

—Sí.

—Bueno, pues yo no. Por eso me he guardado unas cuantas cosas.

Puller la miró y dijo:

—Mi coche está allí.

Caminaron hasta su sedán y subieron.
—Vale, ¿qué es lo que tienes? —preguntó Puller.
—Dos hechos, uno de Todd Landry y otro de Doug Fletcher, el abogado de la acusación. ¿Cuál quieres oír primero?
—El de la acusación.
—Además de las pruebas informáticas hubo dos testigos que declararon contra tu hermano en el consejo de guerra.
—¿Testigos? ¿Quiénes eran?
—Personas con las que trabajaba en el STRATCOM.
—¿Qué dijeron?
—Una declaró que había visto a tu hermano reunido en un coche con un hombre que después fue identificado como agente del gobierno iraní.
—No es posible.
—Y el otro testigo declaró que había visto a Robert Puller grabar un DVD en una zona restringida de la instalación de satélites del STRATCOM en Kansas para luego intentar llevárselo consigo.
—¿Por qué te señaló estas cosas el abogado de la acusación? Parecen bastante condenatorias y desde luego no ayudarían a Bobby.
—En el consejo de guerra fueron gravemente perjudiciales. No, Fletcher me las señaló por algo que detectó en las declaraciones escritas de ambos testigos.
—¿El qué? —preguntó Puller, mirando fijamente a Kirk.
—Lo que dijeron, lo que ambos dijeron en esas declaraciones. —Carraspeó y recitó—: «Para mí estaba claro que entonces Robert Puller estaba actuando muy misteriosamente».
Puller siguió mirándola.
—¿Ambos dijeron lo mismo?
—Palabra por palabra. ¿Qué probabilidades crees que hay de que ocurra por casualidad?
—Pocas o ninguna. ¿Qué hizo el fiscal con esa información?
—Las declaraciones se pusieron a disposición de la defensa, por supuesto, sometidas a las normas sobre descubrimien-

to de pruebas en consejos de guerra. Pero no es tarea del fiscal hacer el trabajo de su adversario. De modo que no hizo nada al respecto. Sin embargo, dos años después es evidente que no se las traga.

—¿Landry tampoco hizo nada con las declaraciones?

—No lo sé. No asistí al consejo de guerra y el fiscal no se extendió en ese punto. Quién sabe si habría salido algo de ello. La otra prueba que tenían era bastante concluyente. La similitud entre las declaraciones de los testigos probablemente no prevalecería.

—O sea, ¿que Fletcher piensa que los testigos mintieron? ¿Que les habían dicho lo que tenían que decir?

—No llegó tan lejos, y tampoco lo habría hecho yo si hubiese estado en su lugar y alguien me preguntara. Si mintieron, fue un poco chapucero decir exactamente lo mismo. Quienquiera que esté detrás de esto quizá sea muy controlador, pero desde luego no es abogado. Las declaraciones de los testigos se comparan precisamente por este motivo. —Hizo una pausa—. Y leyendo entre líneas, Puller, creo que por eso un caso de espionaje del Artículo 106 se convirtió en un caso de espionaje del Artículo 106a. En mi opinión, la acusación y la defensa llegaron a un acuerdo porque ambas partes pensaban que estaba pasando algo extraño. Si ejecutaban a tu hermano, nunca podría rectificarse. Si seguía vivo, aunque en prisión, quizá algún día saldría a la luz otra explicación.

—¿Has dicho quienquiera que esté detrás de esto? ¿Crees que a mi hermano le tendieron una trampa?

—Deja que te cuente lo que me dijo el defensor. Y deja que te advierta que quizá no te será fácil oírlo. Esta es la razón principal por la que he venido aquí. Quería decírtelo en persona.

Puller se puso un poco tenso.

—Adelante.

—Hacia el final del consejo de guerra, Landry quería que tu hermano declarase en su propio nombre. El juicio no estaba yendo bien y Landry pensó que Robert sería un buen testigo. Era increíblemente inteligente, patriótico y elocuente. Landry pensó que impresionaría al jurado.

—¿Testificó?

—No.

—¿Por qué no?

—Se negó.

—¿Por qué? ¿Qué tenía que perder si de todos modos las cosas estaban yendo en su contra?

—Hablando con Landry se le escapó una cosa, y lo de que se le escapó es un comentario del defensor, no mío.

—¿Qué dijo mi hermano?

—Que no podía arriesgarse.

—¿Arriesgarse? ¡Estaba luchando por su vida!

—Según parece no estaba preocupado por él mismo.

—¿Por quién, pues? —inquirió Puller.

—Esto fue lo que se le escapó. Dijo que no podía arriesgarse porque si lo hallaban inocente su familia se vería afectada.

Hubo un prolongado momento de silencio dentro del coche hasta que Puller dijo:

—Mi padre y yo somos la única familia que tiene. O sea, ¿que se refería a nosotros? ¿A que nosotros estaríamos en peligro si se libraba?

—Sí.

—Alguien le amenazó. ¿O cargaba con la culpa o nos mataban?

—Landry dijo que tu hermano cambió en el transcurso del consejo de guerra. Pasó de estar confiado e indignado a, bueno, asustado.

—¿Y nadie hizo nada?

—¿Qué quieres que hicieran? Tu hermano en ningún momento dijo que lo habían amenazado. O que alguien iba a hacer daño a su familia. De hecho, cuando Landry lo presionó se cerró en banda, no dijo ni una palabra más al respecto y le hizo jurar que le guardaría el secreto. Eso significó que Landry no pudo compartir esa información con la acusación ni con el tribunal.

Puller se desplomó contra el respaldo del asiento. Se sentía como si alguien le hubiese taladrado el cráneo con un martillo neumático y después aparcado un tanque Abrams encima del pecho. Sintió un frío mortal.

«¿Mi hermano se ha estado pudriendo en prisión para protegerme?»

—No deberías sentirte culpable, Puller —dijo Kirk—. No sabías nada.

Puller miró por la ventanilla a una pareja joven que paseaba dándose la mano.

—Quizá no quise saberlo —dijo por fin—. Podría haberlo averiguado. Soy investigador. Podría haberlo descubierto. Ese es mi trabajo.

—Mejor tarde que nunca —respondió Kirk—. ¿Qué piensas hacer ahora?

—Necesito los nombres de los testigos. ¿Los tienes?

—Sí. Pero ¿qué harás con esa información?

—Descubrir la verdad. Eso es lo que realmente hago, Shireen. Descubro la verdad. Y quizá esta vez pueda salvar a mi hermano si la descubro.

—En fin, también es posible que encuentres mucho más de lo que te esperas.

32

—Agradezco que me pongas al día, Puller —dijo Knox.

Estaban sentados en el bar del vestíbulo del hotel donde se alojaba Shireen Kirk. Kirk estaba arriba, durmiendo en su habitación. Puller había quedado allí con Knox para tomar una copa y contarle todo lo que Kirk le había revelado en el coche.

—Tenías que saberlo.

Bebió un sorbo de prosecco mientras él tomaba una cerveza.

—Deduzco que la señora Kirk no quería decírmelo, sin embargo. Aguardó a que estuvierais a solas.

—Siempre juega sin mostrar todas sus cartas.

—Bien, en este caso no puedo reprochárselo.

Knox echó un vistazo al bar. Había actividad, muchos clientes, unos con citas y otros buscando compañía al menos para una noche.

—¿Qué tienes intención de hacer ahora?

Puller sacó un trozo de papel.

—Hablar con estas personas.

Knox echó un vistazo al papel.

—¿Los dos testigos?

Puller apuró su cerveza y asintió con la cabeza.

—Susan Reynolds todavía está al servicio del gobierno, pero trabaja en Fort Belvoir, Virginia. Niles Robinson trabaja para un contratista privado del gobierno y está en Fairfax, Virginia.

—¿Vas a hacerlo de lejos o de cerca?

—No entrevisto a la gente a distancia, si puedo evitarlo.

—¿Entrevistar o interrogar? —repuso Knox.

—Mayormente depende de ellos.

—¿Qué esperas encontrar en realidad?

—Respuestas.

—¿Cuándo quieres irte?

—Mañana a primera hora. Sale un vuelo a las ocho de la mañana, llega al Reagan National un par de horas después.

Pagó la cuenta y se levantaron. La agarró del brazo cuando se disponían a irse.

—Los testigos no saben que voy, Knox. Me gustaría que fuese una sorpresa.

—Si tienes miedo de que los llame puedes pasar la noche en mi habitación y vigilarme. He pillado habitación aquí antes de reunirme contigo en el bar.

La estudió en silencio, sin perder detalle de cualquier rasgo de su expresión que mereciera ser evaluado.

—Confío en ti, Knox.

—No, me parece que no —respondió Knox enojada—. O sea, que si no quieres pasar la noche en mi habitación, la pasaré yo en la tuya. Y después nos iremos a la Costa Este a ver qué vemos.

—No tienes por qué hacer esto.

—Te equivocas. He visto cómo acabas de mirarme. De manera que tengo que hacerlo.

—Oye, voy a coger mi propia habitación.

—Pensaba que ya tenías habitación.

—Me fui después de dejarte en el cementerio. Mi plan era investigar alguna otra pista y después regresar al D. C. Obviamente, entre lo que ha ocurrido con Macri y la llegada de

Shireen, todo ha cambiado. Podemos regresar mañana por la mañana. Voy a pedir la habitación.

—Puller...

Pero él ya había salido del bar y se dirigía al mostrador de recepción mientras Knox, con los brazos cruzados, lo observaba malhumorada. Puller pasó un buen rato con la recepcionista del hotel, dado que la mujer hizo varias llamadas mientras Puller se veía cada vez más frustrado. Finalmente la mujer colgó por última vez, negó con la cabeza y dijo:

—Lo siento mucho. Incluso he probado en el albergue juvenil. Nada.

—Gracias —dijo Puller secamente.

Puller regresó junto a Knox, que dijo:

—¿Qué te han dicho?

Puller puso cara de póquer.

—Pues que hay una especie de convención de ganaderos en la ciudad. Acaban de alquilar la última habitación del hotel hace diez minutos.

—¿Ganaderos? —dijo Knox, con una sonrisa socarrona—. No sabía que celebrasen convenciones. ¿De qué deben de hablar? ¿De las mejores maneras de derribar a una vaca brava?

Puller hizo como que no la había oído.

—Significa que no hay una habitación de hotel en toda la ciudad.

—Ahí te equivocas, Puller. Está mi habitación. Vamos.

Puller salió en chándal del cuarto de baño de Knox.

Knox pasó junto a él y le dio su teléfono.

—Puedes comprobar el registro. No he llamado, no he enviado mensajes de texto ni e-mails mientras te cambiabas. Y si quieres te lo puedes quedar hasta que lleguemos al D. C.

—Realmente lo estás sacando de madre.

—Lo dudo —dijo Knox lacónicamente—. De hecho, creo que le doy la justa medida.

Entró en el cuarto de baño y dio un portazo. Momentos después Puller oyó correr el agua en la ducha.

Puller echó un vistazo a la habitación. Solo había una cama. Y un sillón. Hizo una mueca. Contorsionar su cuerpo de casi metro noventa en un sillón durante una noche entera no le apetecía lo más mínimo.

Miró el suelo. Parquet. Fantástico.

Llamó a recepción y pidió una cama plegable. No había ninguna disponible. Al parecer, varios de los ganaderos habían agotado las existencias.

—Tenemos una cuna —dijo la mujer.

—Perfecto —dijo Puller antes de colgar.

«Listilla.»

Se sentó en el sillón y observó el teléfono de Knox. Había desactivado el bloqueo automático, pues no tuvo que poner contraseña. No había efectuado ni recibido llamadas. Comprobó los mensajes de texto y los e-mails. Nada. Tal como había dicho ella. Comprobó la papelera y la basura. Cero pelotero.

Dejó el teléfono en la mesita de noche, estiró brazos y piernas y aguardó. Y mientras aguardaba escuchaba el agua correr en la ducha y de pronto oyó que Knox cantaba. Y sin que se diera cuenta sus pensamientos retrocedieron hasta la persona más insólita.

Su madre.

Sus padres habían tenido una relación de lo más difícil. Ella era una mujer amable, pero con un temple de acero cuando la arrinconaban, cosa que John Puller sénior hacía a menudo. Entonces se cortó el agua. La puerta del cuarto de baño se había abierto y cerrado. Puller había salido a jugar al patio trasero. Recordaba haber mirado hacia la casa de la base donde estaba destinado su padre. Su madre había estado en la ventana, todavía envuelta en una toalla y con la melena todavía mojada. Lo estaba mirando a él. Sonrió y lo saludó con la mano. Y él le correspondió.

Aquella fue la última vez que la vio. Cuando al cabo de varias horas volvió a entrar en casa, se había ido. Efectuaron una búsqueda, pero jamás la encontraron. Su padre no había vuelto a pronunciar su nombre desde entonces.

Jacqueline Puller había sido Jackie para sus amigos, de los que tenía más de los que su padre nunca tendría. La gente temía a su padre. La gente amaba a su madre. No pasaba un día sin que pensara en ella. Ni un solo día.

Invocó aquel rostro en la ventana. La sonrisa, el saludo. Todo ello rebosante de amor y tranquilidad, sin que nada indujese a predecir tan catastrófico y misterioso final.

La imagen comenzó a desvanecerse al entrometerse la voz.

—¿Puller? ¿Puller?

Alguien le sacudía el brazo.

Salió de su ensoñación, abrió los ojos y levantó la vista. Durante un momento inmensamente perturbador Puller pensó que su madre desaparecida tanto tiempo atrás estaba delante de él.

Pero era Knox quien estaba delante de él, envuelta en una toalla, con el pelo húmedo recogido con horquillas.

—¿Estás bien? —preguntó Knox, mostrándose sinceramente preocupada.

Puller carraspeó, recobró la compostura y asintió con la cabeza mientras se levantaba precipitadamente, haciendo que ella diera un salto atrás cuando por poco le pisa los pies descalzos.

—Perdón, tengo un lío de cosas en la cabeza.

—Caray, me pregunto qué podrá ser...

Sonrió y Puller se obligó a corresponder. Cogió su teléfono y se lo devolvió.

—Me parece que esto es tuyo.

—¿Seguro que no quieres guardarlo?

—Seguro que no tengo por qué.

Knox dejó el teléfono en la mesita de noche y echó un vistazo al sillón, al suelo y finalmente a la cama.

—Más vale que veamos cómo nos organizamos.

—Oye, puedo dormir perfectamente en el vestíbulo. Hay un sofá.

—¿Cómo? —dijo Knox en un tono burlón—. ¿No te fías de ti mismo al pensar que vas a pasar la noche en la habitación de una mujer en un hotel? ¿Qué ha sido de la legendaria disciplina de los Rangers?

Puller miró de soslayo su figura envuelta en una toalla. De repente, levantó la vista.

—Me fío de mí.

Inhaló una bocanada de aire. El cabello de Knox olía a vainilla. Tuvo una extraña sensación que le recorrió la columna vertebral. Se la sacudió de encima, aunque con dificultad.

—¿Pues qué problema tienes?

—Puedo dormir en el sillón o en el suelo.

—Puedes dormir en la cama, yo dormiré en el sillón.

—Knox, es tu habitación.

—Y tú eres mucho más grandote que yo. He dormido en sitios mucho peores, créeme.

Sacó unas cuantas cosas de su maleta y volvió a meterse en el cuarto de baño. Al cabo de un momento salió vestida con unos pantalones cortos y una camiseta sin mangas, con el pelo suelto en torno a los hombros. Cogió una almohada de la cama y una manta del armario. Se acurrucó en el sillón y se tapó con la manta.

—¿Estás segura de esto? —dijo Puller, que la había estado observando incomodado.

—Por última vez, sí. ¿Puedes apagar la luz?

Puller le dio al interruptor con la mano. Después se metió en la cama, tendido con la espalda en la almohada, y se tapó hasta el pecho.

Knox se incorporó en el sillón.

—¿En qué pensabas cuando he salido del baño? —preguntó—. ¿En tu hermano?

—No. En otro familiar.

—¿Tu padre?

—No —contestó Puller, tajante.

—Vale, mensaje recibido. No haré más preguntas.

Estuvieron tendidos un rato, el único sonido era el de su respiración.

—Pensaba en mi madre. Pensaba en ella.

Con el rabillo del ojo vio que Knox lo estaba mirando.

—¿Todavía vive? —preguntó.

—No lo sé —contestó Puller.

—¿Qué le ocurrió?

—Desapareció cuando yo era niño. Me saludaba con la mano desde la ventana de nuestra casa mientras yo jugaba fuera. Simplemente estaba allí y de pronto había desaparecido. Nunca he vuelto a verla.

—Puller, lo siento mucho.

—No... no he hablado con nadie sobre esto. Al menos no desde que ocurrió.

—Es comprensible.

—Agradecería que tú no...

—Puller, si hay algo que sé hacer es guardar un secreto. Nunca se lo diré a nadie. Lo prometo.

—Gracias, Knox.

—Pero ¿por qué te has puesto a pensar en ella ahora precisamente? ¿Por lo de tu hermano?

—No. Ha sido mientras estabas en la ducha, cantando.

Knox parecía avergonzada.

—¿He cantado en la ducha? Por Dios, a veces ni me doy cuenta cuando lo hago. Lo siento. Si ni siquiera sé seguir una melodía.

—No, has estado bien —dijo Puller, y se sumió en el silencio.

—¿Es el último recuerdo que tienes de tu madre, aparte del de verla por la ventana? —preguntó Knox—. ¿Estaba cantando en la ducha?

Puller asintió con la cabeza porque no podía hablar en aquel momento.

—No lo sabía, Puller. Nunca habría...

—Lo sé —dijo él, interrumpiéndola—. No pasa nada. —Hizo una pausa—. Menuda familia, ¿eh? El hermano, fugitivo. La madre, desaparecida. Y mi padre en un hospital de veteranos creyendo que todavía está al frente de un cuerpo del Ejército.

—Mi abuelo tuvo Alzheimer —dijo Knox—. Es una... enfermedad espantosa. Borra todo lo importante que llevas dentro.

—Sí, así es —dijo él secamente, y después se hizo el silencio una vez más.

—Buenas noches, Puller.

—Buenas noches, Knox.

33

La mañana siguiente descendieron hacia un D. C. encapotado y aterrizaron con unos minutos de antelación. Antes de irse, Puller había llevado a AWOL a Fort Leavenworth para dejar a la gata a cargo de un veterinario que llevaba una residencia para mascotas. Puller había organizado que un coche del Ejército le estuviera aguardando a su llegada. Cargaron el equipaje en el maletero y salieron del aeropuerto.

—Dos testigos —dijo Puller.

—Dos testigos —repitió Knox.

—¿Tienes algo? —preguntó él.

—He entrado en la base de datos del INSCOM durante el trayecto al aeropuerto. Susan Reynolds ha trabajado en Fort Belvoir desde hace unos cuatro meses. Cuando arrestaron a tu hermano trabajaba para el STRATCOM en Kansas City.

—Donde trabajaba con mi hermano o al menos lo conocía de vista —comentó Puller.

Knox sacó un bloc de notas de su bolso y pasó unas cuantas páginas.

—Shireen Kirk dijo que Reynolds declaró que tu hermano había copiado algo de un ordenador a un DVD.

—Supongo que eso no se hace en el STRATCOM.

—No se hace en casi ningún centro de seguridad. Pero Reynolds dijo que vio a tu hermano hacerlo, y que después se metió el DVD en el bolsillo y salió del centro con él.

—Me pregunto si llegaron a determinar a qué archivos había accedido y descargado. Presuntamente, claro —agregó Puller.

—Supongo que tuvieron que comprobarlo si querían presentarlo como prueba contra él en el consejo de guerra.

—También me pregunto qué fue del DVD, si es que alguna vez existió.

—Realmente sería muy útil conseguir una transcripción del consejo de guerra —dijo Knox.

—Shireen dijo que hace falta una orden judicial. Y tendría que estar por encima de la seguridad nacional, motivo por el que, para empezar, el archivo estaba sellado.

—Bueno, tu hermano ha escapado de la prisión. Así pues, si aceptamos el argumento prevaleciente de que en verdad es culpable, que ande suelto con todos los secretos que tiene en la cabeza constituye un problema de seguridad nacional. Podríamos argüir que si vamos a ayudar a atraparlo, necesitamos conocer por qué delitos fue condenado. En detalle. Por ejemplo, ese agente iraní con el que presuntamente se reunió. Si podemos seguirle la pista, podría conducirnos hasta tu hermano.

—¡No es culpable, Knox!

—Claro que no. Pero la cuestión es que necesitamos una manera de conseguir los archivos, Puller. Y si tenemos que jugar a la seguridad nacional, ¡demonios, juguemos!

Puller la miró admirado.

—Es una estrategia bastante inteligente, la verdad. ¿Cómo van a discutir eso, no? Tienen que darnos todo lo que tengan para permitirnos atraparlo antes de que haga daño a este país.

—¿Quizá Kirk puede presentar una petición?

—No, le llevaría demasiado tiempo. Necesitamos un atajo.

—¿Qué atajo?

Puller sacó su teléfono. El hombre contestó al segundo timbrazo. James Schindler del Consejo Nacional de Seguridad dijo:

—¿Diga?

—Señor Schindler, aquí John Puller. Necesito su ayuda, señor. Y realmente la necesito ahora mismo.

34

Puller y Knox estaban aparcados enfrente del domicilio de Susan Reynolds en Springfield, Virginia.

Knox miró la hora en su reloj.

—Ha salido de trabajar hace unos treinta y cinco minutos. Quizá ha parado por el camino. Fort Belvoir no está tan lejos de aquí.

Puller asintió con la cabeza, pero no dijo palabra, paseando la mirada de la casa de dos plantas de Reynolds a la entrada a la urbanización.

—¿Qué puesto tiene en Fort Belvoir? —preguntó Puller.

—Trabaja en el Centro para Combatir las Armas de Destrucción Masiva.

—¿No trabajan muy unidos con la DTRA?* —dijo Puller, refiriéndose a la Agencia de Reducción de Amenazas de Defensa.

—Colaboran, sí —respondió Knox—. De hecho, el centro

* La Defense Threat Reduction Agency, DTRA por sus siglas en inglés, es el organismo oficial del Departamento de Defensa de Estados Unidos encargado de prestar apoyo en la lucha contra las armas de destrucción masiva. *(N. del T.)*

está ubicado en el cuartel general de la DTRA y buena parte de la misión de la DTRA respalda el trabajo del centro.

—¿Y su misión es eliminar armas de destrucción masiva?

—Al menos la armas de destrucción masiva de los malos.

—¿Algo llamativo en su ficha personal? —preguntó Puller.

—No. Se incorporó a otra unidad del STRATCOM en la Base Aérea de Bolling en la época del consejo de guerra de tu hermano. Y de allí pasó al centro. Pero tiene que haber algo si mintió sobre los actos de tu hermano.

—Bien, pues vamos a averiguarlo porque aquí llega.

Un Lexus último modelo de cuatro puertas aparcó en la entrada de la casa de Reynolds. Una mujer alta, en plena forma y bonita de cincuenta y tantos años bajó del sedán con un maletín y una bolsa de plástico llena de comestibles.

Puller sabía por su ficha que tenía dos hijos mayores que ya no vivían con ella.

La mujer caminó hasta la escalera de la entrada y, para cuando llegó, Puller y Knox la habían alcanzado.

—¿Qué significa esto? —preguntó cuando le mostraron sus credenciales.

—Robert Puller —dijo Puller sin tapujos, y acto seguido miró detenidamente a Reynolds para ver cómo reaccionaba. Sin embargo, ella se limitó a sostenerle la mirada. En su juventud tuvo que haber sido una verdadera belleza, pensó Puller. Se notaba que tenía carácter, y su figura alta y esbelta era impresionante. Estaba claro que se mantenía en forma.

—Me he enterado de que se fugó de la DB. ¿Le preocupa que pueda venir a por mí porque declaré contra él?

Puller le dedicó otra mirada apreciativa y su opinión sobre la mujer cambió. No iba a desmoronarse y a confesar sin más. Sin duda había previsto que alguien se presentaría en su puerta después de que Robert Puller se fugara de la DB. Y estaba preparada.

—¿Podemos pasar para hablar de esto? —dijo Puller.

—De acuerdo. —Reynolds miró a Knox—. ¿INSCOM? O sea, que también está en Fort Belvoir.

—Sí, pero no trabajo desde allí. Y apenas colaboro con el centro y la DTRA.

Reynolds asintió con la cabeza.

—Bueno, de todos modos es normal que no la haya visto nunca. Ese sitio es inmenso.

Abrió la puerta de la calle. La casa tenía alarma y les tapó el panel de control mientras pulsaba el código para desarmarla.

—Tengo que meter los comestibles en la nevera. ¿Me dan un par de minutos?

—Puedo hacer algo mejor —dijo Puller—. Puedo ayudarla mientras mi colega revisa su bloc de notas.

Inclinó la cabeza hacia Knox y luego asintió en dirección a la sala de estar.

Knox tomó asiento allí y sacó su libreta mientras Puller seguía a Reynolds por un pasillo corto hasta la espaciosa cocina.

—¿CID? —dijo ella—. Me figuro que está investigando la fuga. Pero Puller era de las Fuerzas Aéreas.

—La DB es una prisión del Ejército.

—He visto que tienen el mismo apellido.

—Hay muchos Puller por ahí —dijo Puller, sin faltar a la verdad.

Poco a poco fue vaciando la bolsa de comestibles y pasándoselos a ella uno tras otro, tomándose su tiempo.

—¿Le gusta trabajar en el centro? —preguntó.

—Es un desafío. ¿Y qué objetivo podría ser más importante? Quitar armas de destrucción masiva de las manos de terroristas.

—O impedir que las consigan, para empezar.

—Incluso mejor.

—Dígame, ¿conocía bien a Robert Puller?

—No mucho. Quiero decir que trabajamos juntos en el centro de Kansas City cuando estaba abierto. Ahora lo han vuelto a unir todo en Offutt.

—¿Qué opinaba de él?

—Era increíblemente listo y diligente. Todo el mundo sabía que iba a acabar dirigiendo aquello algún día. Por eso fue aún más inconcebible que hiciera lo que hizo.

—Deudas de juego online.

Reynolds guardó el último artículo y cerró la puerta del frigorífico.

—Eso es lo que salió en el juicio. Supongo que si te vuelves adicto a algo, puede acabar por arruinarte. A él le ocurrió. Muy triste todo. Fue muy difícil reemplazarlo.

—Usted declaró que lo había visto copiar algo en un DVD.

—Exactamente, así fue.

—Cosa que estará prohibida en el STRATCOM.

—Absolutamente.

—¿Cómo comprueban estas cosas?

—Bueno, te ponen difícil hacer cosas como esa. Igual que en la DTRA, nuestros ordenadores se desactivaron para el uso de memorias USB, de modo que no puedes robar información de esa manera. Pero podemos utilizar un DVD, tal como hizo Robert. Tenían que permitírnoslo para que pudiéramos hacer nuestro trabajo. La mejor seguridad consiste en investigar a tu personal y asegurarte de que no trabajan para el otro bando, porque no puedes eliminar por completo el riesgo de que alguien robe información reservada. Mire a Snowden. Hay búsquedas al azar y tienen escáneres, pero si estás identificado no pasas por los escáneres. Sospecho que disponen de otras medidas de seguridad de las que nada sabemos, por si tenemos a un traidor entre la tropa.

—Lo más probable es que él también lo supiera y no podía correr el riesgo de meterse un DVD en el bolsillo con la intención de marcharse sin más. ¿Cómo sacó el DVD el día que usted lo vio?

—Activó la alarma. Se evacuaron las instalaciones. Como puede imaginar, no hubo ocasión de registrar al personal. Y me figuro que las medidas sigilosas que tuvieran en marcha se vieron superadas por la posibilidad de un incendio.

—Pero informó de lo que vio.

—Inmediatamente. Cuando llegaron los de seguridad la alarma estaba activada. Lo atraparon fuera. Encontraron el DVD en uno de sus bolsillos.

—¿Lo detuvieron entonces?

—Sí. Después, al reconocerle, lo soltaron. Pero entonces alguien informó de que lo había visto reunido con alguien que resultó ser un espía del gobierno iraní. Fue entonces cuando metieron a Puller en el calabozo hasta que comenzara su consejo de guerra.

—¿Qué lapso de tiempo transcurrió?

—No estoy segura. No mucho. Quizá una semana.

—Me sorprende que no lo encarcelaran para siempre tras haber encontrado el DVD en su bolsillo.

—También yo lo pensé. Aunque quizá los convenció. Podía ser muy persuasivo.

—Antes me ha dicho que no lo conocía muy bien.

—Pues no, la verdad. Pero escuché varias presentaciones suyas en el STRATCOM. Era elocuente, un orador nato y tenía respuesta para cualquier pregunta que le lanzaran. Seguramente porque era el más listo de la sala.

Puller había estado tomando notas. Abrió y cerró el bolígrafo un par de veces mientras pensaba en la última declaración de Reynolds. ¿Detectaba una nota de celos?

—¿Ha notado algo inusual por aquí? —preguntó.

—¿Se refiere a si he visto a Robert Puller acechando en el patio trasero? No, en absoluto. Dudo de que yo sea tan importante como para eso. Es increíble que se fugara de la DB. Yo diría que ya ha salido del país.

—Fue bastante arriesgado que se reuniera con un espía iraní.

—Tal vez deberíamos regresar con su compañera. Se estará preguntando qué nos ha ocurrido.

Puller fue delante por el pasillo. Knox estaba sentada en el mismo sillón junto a la chimenea. Miró a Puller, sus facciones inescrutables.

—Esto es muy acogedor —dijo a Reynolds—. Me encantan la distribución tan abierta y la decoración.

—Gracias. Es un buen vecindario. Mucha gente interesante de distinta condición social.

Knox señaló las fotos que había sobre una consola.

—¿Es usted?

Reynolds asintió con la cabeza y sonrió.

—Esa me la hicieron cuando ingresé en el equipo olímpico de biatlón.

—¿Esquí y tiro con carabina? —dijo Puller.

—Exactamente.

—¿Qué tal le fue?

La sonrisa se convirtió en un mohín.

—No llegué a competir. Problemas de salud.

—Tuvo que ser frustrante —dijo Knox.

—¿Qué es la vida sin frustraciones? Nos hacen más fuertes.

Knox señaló otra foto.

—¿Sus hijos?

Reynolds asintió con la cabeza.

—Mi hijo es abogado y mi hija lleva una tienda de ropa.

—Debió tenerlos muy joven —señaló Puller.

—Adam y yo nos conocimos en la facultad y nos casamos el segundo año.

—No veo fotos de él —dijo Knox.

—Lo mataron en un atropello con fuga, pronto hará veinte años —dijo Reynolds sin rodeos—. Me resulta muy doloroso ver su cara.

—¿Atraparon al responsable? —preguntó Puller.

Reynolds negó con la cabeza.

—Yo estaba en una misión fuera del país. Adam era agente del FBI, y muy bueno. Estaba trabajando en un caso en el D. C., relacionado con un cártel de la droga. Creo que esos demonios fueron los responsables, pero el Bureau pensó que era un simple accidente.

—¿Tenía pruebas de lo contrario? —preguntó Knox.

—Fue hace mucho tiempo —dijo Reynolds—, ¿qué importa ya? Nada me lo devolverá.

—Lo siento —dijo Knox. Después señaló una fotografía más. Era mucho más antigua, en blanco y negro.

—¿Es usted?

Puller la miró. Había un hombre mayor vestido de mago con frac y chistera. Sostenía una varita mágica con una mano y una tela larga con la otra. A su lado había una adolescente alta y esbelta.

Reynolds asintió con la cabeza.

—Mi padre era mago profesional. Fui su asistente. Era muy bueno. Me enseñó mucho. Un gran tipo. Lo echo de menos. Un cáncer se lo llevó hace diez años. —Cambió a un tono más brusco—. Bien, ¿hay algo más en lo que pueda ayudarlos?

Puller miró a Knox y dijo:

—Ha contestado a mis preguntas mientras guardábamos la comida. Así que por mí ya estamos. —Se volvió de nuevo hacia Reynolds—. Obviamente, si detecta algo sospechoso, le ruego que nos llame.

Puller le dio una de sus tarjetas. Ella la miró y levantó la vista hacia Puller.

—Solo para que lo sepa, sé cuidar de mí misma. Si hubiese competido en los Juegos Olímpicos me habría llevado el bronce y, con un poco de suerte, el oro no estaba fuera de mi alcance. Tengo muchas armas y sé cómo usarlas. De hecho, antes iba al campo de tiro del FBI con Adam y ganaba a cualquiera. Nunca perdí. Y pese a mi edad, nunca he necesitado gafas de ningún tipo. Los médicos dicen que es asombroso. Yo digo que solo es buena suerte. Si alguien entra en mi casa, dudo de que salga caminando de aquí. Siempre planto cara. Y no yerro el tiro.

Puller la miró largamente y después asintió con la cabeza.

—Estoy convencido. Que tenga un buen día.

Él y Knox salieron y subieron a su coche, pero Puller no lo puso en marcha. Se quedó contemplando la casa.

—¿Has encontrado algo mientras estaba en la cocina con ella?

—Un Smith and Wesson del cuarenta y cinco escondido en la librería. Las ventanas también tienen alarma. Tiene sensores de movimiento por todas partes. Y hay una caja fuerte en su dormitorio, que está en la primera puerta a la derecha desde el vestíbulo. Está cerrada, pero sospecho que ahí es donde guarda las armas largas y otras pistolas. Y quizá todos sus estupendos trofeos de tiro.

—Has cubierto mucho terreno en muy poco tiempo.

—Se hace lo que se puede.

—¿Algo más?

—Ningún arma humeante, sin doble sentido.

—Quizá lo tengamos delante de los ojos —dijo Puller.

—¿Qué quieres decir?

—Vino desde Kansas City —dijo Puller—. Fue a Bolling en Anacostia.

—Correcto.

—El coste de la vida en Kansas es mucho más bajo que aquí. ¿Cuánto calculas que puede valer esta casa?

Knox la estudió y después miró las que la rodeaban.

—Más de un millón.

—Justo lo que pensaba. Y el sedán Lexus último modelo de alta gama seguramente le supuso unos setenta mil o más.

—Y tiene dos hijos y un marido al que mataron cuando todavía eran jóvenes. Significa que fue el único sostén de la familia.

—Viste su ficha. ¿Cuánto ganaba, digamos, hace veinte años?

—Unos treinta mil al año —contestó Knox.

—Y el instituto y la facultad de Derecho no son baratos. Aunque pidieran créditos. Probablemente tuvo que pagar parte de los gastos.

—Pero si cobró por lo de tu hermano, eso fue hace poco más de dos años.

—Cierto, pero me pregunto cuántas deudas tiene todavía pendientes. ¿Tal vez ninguna?

—Y ahora vive en una casa de un millón de dólares y conduce un coche de lujo.

—¿Qué salario tiene ahora?

—Me figuro que un poco más de cien mil al año más beneficios.

—Las cifras no cuadran.

—No, en absoluto.

—Aunque supongo que el gobierno comprueba estas cosas.

—Quizá no. Mira la CIA y a Aldrich Ames. Casa grande, coches de lujo, y nada de ello podía permitírselo con su salario. —Hizo una pausa—. A lo mejor Reynolds heredó.

—¿Te has dado cuenta de que al final prácticamente nos ha amenazado? ¿Tiene armas y sabe cómo usarlas? ¿Entras a pie pero no sales? Me parece que sabía que estabas registrando la casa mientras nos demorábamos en la cocina. Y estaba muy tranquila, al menos demasiado tranquila para una visita como la nuestra. Ha sido como si nos esperase.

—Juro que no se lo he dicho a nadie, Puller.

—Lo sé. Pero si estaba avisada, también lo estará el otro testigo.

—¿Todavía quieres verle?

—Diablos, pues sí. Quizá no esté tan preparado como Reynolds.

El teléfono de Puller emitió dos tilines seguidos. Comprobó los e-mails.

—¿Algo interesante? —preguntó Knox.

—Quizá el Santo Grial.

—¿Qué es?

—La transcripción del consejo de guerra. Según parece, Schindler tiene mucho poder. Y eso no es todo.

—¿Qué más hay?

—El forense de Leavenworth. Ha recibido los resultados de toxicología de nuestro muerto.

—¿Y?

—Y es ucraniano. O al menos ha estado allí hace poco.

—Creía que allí no harían mapas de isótopos.

—Dice que ha sido un golpe de suerte.

—¿Y eso?

—El tío era de Chernóbil. Según parece, debido al desastre nuclear que sufrieron hace ya unos cuantos años, la firma toxicológica es absolutamente única a causa de la contaminación del aire y el agua.

—Por suerte para nosotros. No tanto para los pobres desgraciados que tienen que vivir allí. Así pues, ¿ucraniano? ¿Ayudado por un oficial croata llamado Ivo Mesic?

—Tampoco es tan raro. Ucrania era parte de la Unión Soviética. Y Croacia era parte de Yugoslavia, que tenía un régimen comunista.

—O sea, ¿que el gran monstruo rojo levanta cabeza?

—¿Esperabas que se perdiera silenciosamente en la noche? Sobre todo con el tipo que ahora dirige el espectáculo. Tiene más testosterona que Arnold Schwarzenegger en los tiempos de *Terminator.*

35

Robert Puller había conducido veinticuatro horas seguidas, desde Kansas a Maryland. Había aguantado a base de café caliente, música alta y más latas de Red Bull de las que le apetecía recordar. Había descubierto por necesidad que la vejiga le funcionaba bien.

Estaba pasando por delante de Fort Meade, que era como una muñeca rusa. Había muchas capas en él, que comprendían una instalación del Ejército, la NSA, el Cibercomando de Estados Unidos y la DISA, la Agencia de Defensa de los Sistemas de Información. Probablemente había más analistas de inteligencia y hardware de espionaje en los casi doce kilómetros cuadrados de allí que en cualquier otro lugar de la tierra.

Si National Geospatial era los ojos del imperio de la inteligencia estadounidense en virtud de su función en la vigilancia vía satélite, la NSA era los oídos de ese mismo imperio de inteligencia, puesto que era la principal productora y gestora de las señales de inteligencia. Y tal como los estadounidenses corrientes y el resto del mundo habían averiguado recientemente, la NSA estaba escuchando mucho más que conversaciones extranjeras.

La NSA formaba parte del Departamento de Defensa y por ley debía tener al mando a un oficial militar. Al asumir la dirección de la NSA uno ascendía automáticamente a cuatro estrellas o almirante. El director adjunto siempre era un civil con conocimientos técnicos.

Robert Puller sabía todo esto porque lo habían preparado para que un día quizá dirigiera la NSA. Habría sido muchos años después y para entonces habría tenido que llevar tres estrellas en los hombros. Nada de esto estaba garantizado que fuese a suceder. Y era una meta ambiciosa para un humilde comandante, pero su trayectoria había sido fulgurante. Había estado en camino de conseguir su primera estrella casi en tiempo récord, y cuando cumpliera los cincuenta seguramente llevaría como mínimo las tres estrellas requeridas.

Con su condena Puller había perdido su nombramiento militar, junto con todo lo demás que consideraba importante. Y ahora era un preso huido. Su destrucción personal y profesional era completa.

Aunque tal vez remediable.

Mantenía la vista fija en la verja del perímetro de seguridad que rodeaba Fort Meade. A lo lejos había una serie de antenas satelitales que ayudaban a recoger información del éter digital en cantidades iguales al contenido de la Biblioteca del Congreso cada seis horas. Se trataba de una increíble cantidad de información que ni siquiera la NSA, con todos sus recursos, tenía personal suficiente para digerir. Parco consuelo para aquellos cuyas comunicaciones captaba la NSA para luego actuar en consecuencia.

Puller había estado en Fort Meade muchas veces. No podía volver a ir salvo que quisiera regresar enseguida a la prisión. Condujo hasta un motel cercano al fuerte y se registró. Subió la bolsa a la habitación, ordenó sus cosas y después se sentó a un pequeño escritorio que había de cara a la pared.

Se había producido un cambio en el mando del STRATCOM. El comandante mientras Puller había estado allí, el general de división Martin Able, había ganado otra estrella en los dos últimos años y dirigido alguna que otra misión importante antes de hacerse con el botón de latón. Lo habían nombrado y confirmado en el cargo de director de la NSA cuatro meses atrás. También hacía cuatro meses que habían destinado al general Daughtrey al STRATCOM. No había sido el jefe del STRATCOM, aunque un día quizá habría llegado a serlo. Fue el segundo en el mando detrás de un dos estrellas.

Ahora Martin Able era el rey de la NSA. Además, estaba en la cuerda floja debido a todas las revelaciones recientes, cortesía de Edward Snowden. Su agencia se había convertido en el objetivo de unos medios de comunicación turboalimentados que buscaban el escándalo para vender suscripciones e índices de audiencia y también en el de un Congreso de Estados Unidos desesperado por aparentar que realmente estaba haciendo algo al respecto. Y los teóricos de conspiraciones estaban haciendo su agosto.

Y quizá esta vez llevaran razón.

Un cambio en el control. Cuatro meses antes. El general Able en la NSA en Fort Meade. Su última parada, seguramente. La mayoría de los oficiales se jubilaba de lo más alto de la NSA. Able tenía sesenta años. La edad de jubilación obligatoria se le iba acercando, aunque podía posponerse en determinadas circunstancias.

En aquellos momentos había treinta y ocho tres estrellas de las Fuerzas Aéreas. Con su encumbramiento en la NSA, el director Able había obtenido automáticamente su cuarta estrella. Solo había trece como él en las Fuerzas Aéreas y solo treinta y cuatro contando todos los brazos militares. Un grupo bastante selecto.

Able también había sido la autoridad convocante en el consejo de guerra de Puller. Puller y Able habían trabajado muy unidos. Al general le gustaba tener protegidos de los que pudiera alardear, y lo hizo a mansalva con Puller, arrogándose sutilmente buena parte del mérito de los logros de su subordinado. Orientar a un talento te ayudaba en tu carrera, y Able había sido un hombre totalmente centrado en la suya. Al menos así era como lo recordaba Puller y, por lo general, su memoria era certera.

Able no había vuelto a ponerse en contacto con él desde que empezaron los problemas de Puller. Tampoco era que Puller le guardase rencor. Culpabilidad por asociación. Algo muy arraigado en las fuerzas armadas. Te mantenías alejado de la mierda. Si la pisabas, la peste nunca te abandonaba.

¿Daughtrey ascendido al mismo tiempo que Able? Daughtrey estaba muerto. Able, vivo y coleando. Ahora Able dirigía una NSA asediada por el escándalo. Iba de acá para allá apagando fuegos y aguardando a que surgieran otros. Era un hombre ocupado.

Aunque tal vez no demasiado ocupado para pensar en el pasado.

¿Cuánto tiempo llevaría planear lo que había ocurrido en la DB? ¿Unos pocos meses para tenerlo todo en orden?

¿La coartada para después?

Pero ¿Daughtrey estaba implicado? ¿Había ido a Kansas para asegurarse de que nunca se descubriera la verdad? ¿O estuvo allí para intentar descubrirla?

El hecho de que estuviese muerto hizo que Puller se decantara por lo segundo. De lo contrario, ¿por qué matar a uno de tus cómplices?

Habían declarado dos testigos en el consejo de guerra. Estos también tenían que estar implicados.

Susan Reynolds había testificado a propósito del DVD encontrado en el bolsillo de Puller. Lo encontraron en su persona después de que ella hubiese avisado a seguridad, y Puller no tenía ni idea de cómo había llegado allí. Los archivos pertinentes habían sido clasificados. La conclusión más clara había sido que estaba robando secretos.

El otro testigo, Niles Robinson, había declarado haber visto a Puller reunido en secreto con una persona que luego resultó ser un agente iraní. Puller nunca se había reunido con aquel hombre, pero Robinson al parecer había hecho unas fotos que mostraban lo contrario.

Ambos testigos y las pruebas materiales habían sido devastadores. Sin embargo, él nunca había creído de verdad que fuesen a condenarlo, simplemente porque era inocente. Ni siquiera cuando hallaron en su ordenador los incriminadores archivos sobre las apuestas online había titubeado en su creencia en que sería exculpado de todos los cargos.

No era tan ingenuo como para creer que los inocentes nunca iban a prisión. Pero en las fuerzas armadas no lo creía posible. Había planeado testificar en su propia defensa para responder a las acusaciones y exponer parte de su teoría sobre lo que había ocurrido.

Y entonces llegó.

El sobre había aparecido debajo de la almohada de su celda durante el consejo de guerra. No sabía cómo había llegado allí.

Lo había abierto y leído su breve contenido. El mensaje estaba claro: «Haz cualquier cosa para salvarte y tus familiares directos sufrirán. Sufrirán el castigo final».

Bien, solo le quedaban dos familiares directos. Su hermano y su padre.

Supuso que podría haber llevado la carta a las autoridades. Tal vez hubiese servido para demostrar su inocencia, aunque bien podrían alegar que la había escrito él mismo. Pero nunca se había planteado en serio hacerlo.

Por eso Puller no había testificado. Había aceptado su destino. Lo había condenado un jurado constituido por sus pares y lo habían trasladado a la DB. Su apelación automática no había prosperado y nunca intentó iniciar otras. Se había resignado a vivir el tiempo que le quedara en prisión. Era un hombre inocente tras los barrotes de por vida. ¿Cabía imaginar peor destino? En ocasiones había pensado que la pena de muerte quizá hubiese sido mejor.

Se había estado pudriendo en prisión durante más de dos años. Y ahora lo querían muerto. Habían enviado a un asesino al interior de la cárcel como parte de un elaborado plan para asegurarse de que moría. Habían fracasado. Había convertido su plan en una ventaja. Y ahora era libre.

Ahora no podían comunicarse con él. No podían amenazarlo con el castigo final para sus familiares directos.

De modo que Robert Puller había decidido que aquella oportunidad le había llegado por alguna razón. Lo que había guardado en un rincón de su mente cuando aparecieron las amenazas contra su familia era que si estaban intentando acusarlo falsamente de espionaje, tenía que haber espionaje de verdad operando en el STRATCOM. Y eso podía hacer, si no lo había hecho ya, un daño incalculable a Estados Unidos.

Puller seguía desconociendo el motivo por el que habían decidido implicarlo. Pero iba dando vueltas en la cabeza a las distintas posibilidades. Y estaba convencido de que tarde o temprano surgiría una respuesta.

Aunque ya había llegado a una conclusión. Había elegido a su familia por encima de su país, sacrificándose por su bienestar.

Ahora iba a elegir su país por encima de todo lo demás.

Y aunque le habían quitado el uniforme, todavía se consideraba servidor de Estados Unidos, ciñéndose al juramento de proteger para siempre sus intereses por encima de todos los demás.

Y eso era exactamente lo que se disponía a hacer.

Y además estaba el abrumador deseo de hacer que aquellos hijos de su madre finalmente pagaran por lo que habían hecho.

36

Niles Robinson trabajaba para un contratista de defensa en Fairfax. Puller y Knox se habían reunido con él en su despacho a la mañana siguiente. Era un hombre negro de cuarenta y tantos, alto y enjuto, de inteligentes ojos castaños. Contestó a sus preguntas sin reparos. Había trabajado con Robert y lo consideraba un amigo.

Hasta que había visto a Puller hablando con un hombre que resultó ser un agente iraní.

—¿No sabía que era un agente en aquel entonces? —preguntó Puller.

—No. Pero les hice fotos.

—¿Por qué? —preguntó Knox con aspereza.

Robinson la miró benignamente.

—No me acusen de sesgo racista, pero el hombre era de Oriente Próximo. Y daban la impresión de estar actuando furtivamente.

—¿Estaban dentro de un coche, en plena calle?

—Sí.

—Podrían haber escogido un rincón más tranquilo —señaló Puller.

—Verán, era entrada la noche y apenas había gente por allí. Y en ningún momento bajaron del coche.

—¿Fue mera coincidencia que usted estuviera allí? —preguntó Knox.

—No, en absoluto.

—¿Y eso? —instó Knox.

—Tal como declaré en el consejo de guerra, seguí a Robert Puller hasta allí.

—¿Por qué? —preguntó Puller.

Robinson desvió la mirada hacia él.

—Porque, a decir verdad, tenía mis reservas acerca de él.

—¿Fundamentadas en qué? —dijo Puller.

—En el STRATCOM te enseñan a estar paranoico. Y yo lo estaba. No puedo decirle en concreto qué despertó mis sospechas, pero las tenía. Esa no fue la primera vez que lo seguí. Otras veces no había sucedido nada. Pero esa vez, bueno, no lo tuve tan claro. Por eso hice las fotos.

—¿Y se las entregó a sus superiores? —dijo Knox.

—No enseguida. Pero lo hice cuando una compañera de trabajo pilló a Robert saliendo de la instalación con un DVD.

—¿Por qué no lo denunció de inmediato? —preguntó Puller.

—No sabía que el hombre que estaba con él en el coche era un espía. No quise crear problemas innecesariamente.

—Pero después presentó las fotos —dijo Knox.

—En efecto. Las pasaron por una base de datos de vigilancia terrorista y dieron con él. Una mala persona. Una verdadera mala persona.

—¿De modo que se confirmaron sus sospechas? —dijo Knox.

—Por desgracia, sí. Entiéndanlo, por favor, admiraba mucho a Robert. Era increíblemente brillante y trabajador. Lo estaban preparando para desempeñar funciones cada vez más importantes. El general Able lo había convertido en una especie de proyecto personal, de hecho. No podía entender por qué Robert había hecho lo que había hecho, hasta que salieron a la luz las apuestas en internet.

—¿Ese fue el motivo? —preguntó Knox.

—Millones de ellos, según parece —contestó Robinson sin alterarse lo más mínimo.

Mientras Robinson hablaba Puller había estado mirando la estantería de detrás del escritorio. Se fijó en una cosa y miró a Robinson.

—Le agradecemos su ayuda.

Le dio una tarjeta y le pidió que le llamara si tenía algo que añadir.

Robinson jugueteó con la tarjeta y dijo:

—¿Alguna idea sobre cómo escapó? Pensaba que la DB era impenetrable.

—Bueno, según parece tiene un talón de Aquiles —dijo Puller.

De nuevo en el coche, Puller se recostó en el asiento y cerró los ojos.

—Recuerda, ambos usaron la misma frase en su declaración, Puller.

—Además, trabajaban juntos. Quizá lo comentaron antes de dar sus declaraciones.

—¿Ahora dudas de la inocencia de tu hermano?

Puller abrió los ojos y la miró.

—No. Mi hermano nos estaba protegiendo a mí y a mi padre. Cargó con la culpa porque los verdaderos traidores lo pusieron en una situación imposible.

—Las fotos pueden alterarse —señaló Knox—. Imágenes añadidas o borradas.

—Sí, claro. Y hoy en día es bastante difícil detectarlo.

—Total, que con Robinson no hemos conseguido nada —dijo Knox—. Me parece que le habían avisado de nuestra llegada.

—Seguro que sí. Eché un vistazo a su ficha. Sirvió bien a su país. Ahora está en el sector privado ganando más dinero, pero había algo en ese tío. Algo que no vi en Reynolds.

—¿Qué no viste?

—Remordimiento.

—¿Piensas que se siente mal por haberle tendido una trampa a tu hermano?

—¿Te has fijado en la foto de la estantería de detrás de su escritorio?

—Había unas cuantas. ¿Cuál en concreto?

—La del niño en una cama de hospital. Cabeza afeitada, tubos por todas partes. Creo que era el hijo de Robinson. Aparentaba unos diez años. Había otra foto de Robinson con el chico. Se le veía crecido y sano.

—O sea, que su hijo estuvo enfermo. Quizá tuvo cáncer.

—Y ahora está bien.

—¿Adónde quieres llegar?

—Robinson vive en una casa modesta. No ha mostrado signos de haberse enriquecido. De ahí que me pregunte si más de dos años atrás su seguro sanitario había tocado techo. O siquiera si cubría tratamientos experimentales para el cáncer. ¿Quizá en otros países? Dudo de que los planes de salud del gobierno federal lo hagan.

—¿Piensas que ese puede ser su motivo para mentir acerca de tu hermano?

—¿Ver morir a tu hijo o ver a un compañero de trabajo en prisión? ¿Tú qué harías?

—Si llevas razón, esta gente son realmente unos cabrones.

—¿Crees que puedes escarbar un poco y averiguar si estoy en lo cierto?

—Dalo por hecho. ¿Qué vas a hacer tú?

—Releer el expediente del juicio. Y tratar de entender el componente ucraniano.

—Mercenario, seguro —dijo Knox.

—Muy bien, pero ¿quién lo contrató?

—Hombre, si contestamos eso, seguramente lo contestamos todo.

37

Un día después Puller dejó a un lado la última página, se recostó y bostezó. Estaba sentado en un despacho libre de un antiguo edificio de la CID en Fort Belvoir. El expediente del juicio que acababa de leer por tercera vez le había resultado tedioso en casi todos los sentidos, salvo cuando era fascinante. Había tenido que leerlo entero para encontrar esos fragmentos.

Se restregó los ojos, bebió lo que quedaba de su café ya tibio y miró por la solitaria ventana la llovizna que había empezado a caer, aunque estaba prevista una tormenta bastante fuerte, puesto que un frente avanzaba camino del Atlántico.

La puerta se abrió y Knox asomó la cabeza.

—Me han dicho que estabas aquí.

Entró con una bolsa blanca y una bandejita con dos cafés.

—El caso es son casi las doce, pero apuesto a que todavía no has comido nada.

—Ganarías esa apuesta —reconoció Puller.

Knox le dio un café y después sacó un bocadillo de la bolsa y se lo puso delante. A continuación dejó una caja grande de patatas fritas entre ambos al tiempo que se sentaba encima del otro lado del escritorio.

Puller miró las patatas y luego a ella.

—¿Patatas fritas? Pensaba que habrías venido con unos palitos de zanahoria y yogur desnatado.

Knox cogió una patata bien gruesa de la caja, abrió mucho la boca y la puso un momento entre sus dientes antes de morderla, provocando que él hiciera un amago de mueca.

—Una chica puede darse un capricho de vez en cuando, Puller. Esta mañana he corrido ocho kilómetros y después he hecho una tabla de ejercicios.

—Pues quizá tengas derecho a la caja entera.

Puller desenvolvió el bocadillo y vio que era de carne con queso de Filadelfia. Su sonrisa fue amplia e instantánea.

—Los chicos sois tan predecibles —dijo Knox, mirándolo divertida.

—En ciertas cosas —dijo Puller, tomando un bocado de bocadillo y después un trago de café caliente.

Knox miró los montones de papeles.

—¿Has encontrado algo interesante?

Puller se limpió la boca con una servilleta y se acercó una libreta.

—Shireen dijo que acusaron a mi hermano de espiar por el Artículo 106.

Knox dejó su café encima del escritorio.

—Exacto, el que conlleva una sentencia de muerte automática.

Puller asintió, poniendo kétchup a una patata frita.

—Pero después cambiaron a una acusación de espionaje.

—¿Nada sobre el motivo en el expediente del consejo de guerra?

—No, realmente no. Estaba ahí hasta que dejó de estar.

—Supone una gran diferencia —observó Knox—. Muerte segura o prisión de por vida.

—Bien. Seguro que si preguntásemos por qué, alegarían cuestiones de seguridad nacional.

—Siempre sueltan ese rollo cuando no quieren decir la verdad —dijo Knox.

—Claro, supongo que lo sabes mejor que nadie —repuso Puller.

Knox frunció el ceño.

—¿Por qué piensas que rebajaron los cargos? ¿Tu hermano tenía influencia en las altas esferas?

—Siguió estando acusado de espionaje. Condenado a cadena perpetua. Y al parecer los presuntos delitos encajan con los requisitos del espionaje.

—El abogado defensor y el fiscal con los que habló Shireen deberían estar al corriente de todo esto.

—Ya. Pero ¿hablarán con nosotros? Me sorprende que le contaran tanto como le contaron.

—Es abogada de la JAG. Y no se lo contaron todo. —Hizo una pausa y se sumió un momento en sus pensamientos—. Siempre podemos preguntarles, basándonos en nuestra calidad profesional.

—Sí, claro. Y ellos pueden rehusar. También podríamos presionar, acudir a los tribunales, conseguir un requerimiento, dejar que los abogados se peleen.

—Pero eso llevaría tiempo, quizá mucho tiempo —dijo Puller.

—Los abogados nunca trabajan deprisa, al menos esta ha sido mi experiencia.

—Tenemos que resolver esto desde nuestra perspectiva.

—¿Y si hablamos con el juez? —preguntó Knox.

Puller negó con la cabeza.

—Dudo de que nos reciba. Y aunque lo hiciera, no nos diría una palabra. Los jueces no hablan sobre los casos.

—Vaya, pues entonces los abogados seguramente tampoco.

—Creo que tenemos más posibilidades con ellos.

—De acuerdo, ¿dónde están los abogados?

—El de la acusación en Charlottesville, Virginia, a un par de horas de aquí. Ha dejado de ejercer en los tribunales. Enseña en la Escuela de la JAG. El antiguo abogado de mi hermano ha dejado las Fuerzas Aéreas y tiene un bufete en Carolina del Norte.

—Bien, ¿nos dividimos o formamos un equipo táctico? —preguntó Knox.

—¿Quieres que nos separemos?

—No.

—Pues vayámonos a C-ville. ¿Has averiguado algo más acerca de Robinson?

—Tu instinto fue certero. Su hijo estuvo muy enfermo. Terminal, en realidad. Se fueron desesperados a Alemania a probar una cura milagrosa que por suerte dio resultado.

—¿Y cómo pagaron ese tratamiento?

—Un grupo de allegados montó una recogida de fondos que aportó unos cuantos dólares. Pero hablé con gente de Berlín que conoce ese procedimiento y me dijeron que fácilmente les habrá costado más de un millón. Dudo de que se puedan vender suficientes galletas y limonadas para reunir tanto metálico. Y el seguro de Robinson, aun siendo bueno, no cubría ese tipo de tratamiento.

—¿Y nadie receló?

—Es un asunto muy delicado cuando se trata de un niño enfermo. Y sucedió después de que hubiese concluido el juicio. Quizá a nadie se le ocurrió sumar dos más dos.

—O quizá no quisieron hacerlo. Pero nosotros lo hemos hecho, y bastante deprisa. Sé que el niño estuvo enfermo y me alegra que esté mejor. Pero mi hermano lo perdió todo.

—Predicar en el desierto —respondió Knox.

—Sí —dijo Puller—. Lástima que nadie comenzara a predicar hace un par de años.

38

Susan Reynolds subió a su coche después de meter unas bolsas de compras en el maletero. El trayecto hasta su casa duraba una media hora y había poco tráfico. Llegó a su casa y se llevó las bolsas dentro. Las dejó en el suelo y desactivó la alarma. Estaba a punto de abrir el interruptor de la luz cuando la voz le habló.

—Por favor, no te muevas. Hay un arma apuntándote a la cabeza.

Reynolds empezó a darse media vuelta.

—No te vuelvas —dijo la voz bruscamente.

Reynolds se quedó inmóvil donde estaba.

—Bien, ahora adelante y entra en la sala de estar. Siéntate en el sillón más cercano al televisor.

—Parece ser que conoce muy bien mi casa —dijo Reynolds con toda calma mientras avanzaba en esa dirección.

Entró en la sala de estar y se sentó en el sillón indicado. Cuando alargó el brazo hacia la lámpara de la mesa más cercana la voz dijo:

—Ya lo haré yo.

Reynolds retiró la mano despacio y la puso en su regazo mientras el tipo que estaba detrás de ella encendía la luz poniéndola al mínimo.

—¿Cómo ha entrado aquí? La alarma estaba conectada.

—Una alarma solo es tan buena como lo sea la contraseña, y la tuya no era muy buena.

—Pero la ha reiniciado. ¿Por qué?

—Bueno, de no haberlo hecho mi intromisión habría sido evidente, ¿no?

Entró en la habitación, pero permaneció detrás de ella.

Robert Puller llevaba un pasamontañas y unas gafas de esquí que le cubrían el rostro por completo, excepto los ojos y los labios. Su arma apuntaba a la nuca de Reynolds. Al otro lado de la sala había puesto encima de una mesa un espejo que había encontrado en el cuarto de baño. Estaba colocado de manera que él le viera la cara sin que ella lo viera a él. Quería verle el rostro y, más importante aún, la reacción a sus preguntas.

—Me figuro que vas armada —dijo Puller—. Saca el arma cogiéndola del cañón o el siguiente ruido que oigas por desgracia será el último que oirás.

Reynolds sacó su compacta Sig de nueve milímetros sosteniéndola por el cañón y la dejó encima de la alfombra.

—Dale una patada hacia atrás.

Reynolds lo hizo y Puller se agachó y se la metió en un bolsillo.

—¿Qué es lo que quiere? —preguntó Reynolds—. Tengo algo de dinero en el estudio. Las tarjetas de crédito las llevo en el bolso. No guardo lingotes de oro en casa, si eso es lo que busca —agregó con sarcasmo.

—¿Quién te pagó para que mintieras a propósito de lo que viste? —preguntó Puller. Reynolds se puso tensa y Puller agregó—: Pensaba que me habrías reconocido la voz antes, Susan.

—Han pasado dos años.

—Más de dos años, en realidad. Aun así, yo recordaba tu voz.

—He tenido que ocuparme de muchas cosas aparte de ti durante estos dos últimos años.

—La verdad es que he tenido mucho tiempo para pensar en ello, si eso cuenta.

—¿Y a qué conclusión llegaste, Robert?

—A que te recompensaron bien, a juzgar por el tamaño de tu casa y el coche de lujo que conduces. El Tío Sam no paga tan bien a alguien de tu nivel.

—Invertí con atino y para empezar disponía de una buena cantidad. Todo ha sido comprobado. Mi pase de seguridad lo demuestra.

—No siempre, como bien sabes. Hoy en día, que te otorguen pases de seguridad no es como antes. Pero no he venido a hablar de tu situación económica, excepto para averiguar quién te pagó.

—Nadie me pagó. Vi lo que vi. Robaste información clasificada del STRATCOM. Encontraron el DVD en tu bolsillo. No podría haber una prueba más clara.

—Motivo por el que lo metiste ahí, activaste la alarma antiincendios y después pediste a otros que me registraran.

—Vaya, ¿ahora es culpa mía? ¿Tienes la menor idea de cuánta gente anda buscándote? Mataste a un hombre para salir de la prisión. La última vez no te condenaron a pena de muerte por la razón que sea, pero esta vez lo harán. Ah, y tu hermano vino a interrogarme. Estaba claro que te creía culpable.

—¿No vas a decirme quién te contrató?

—Nadie me contrató. Estar en la DB debe haberte vuelto propenso a delirar. Y, además, ahora eres un asesino. Espero que Dios se apiade de ti cuando te hayan clavado la aguja, Robert.

—Me parece que Dios tendrá que apiadarse, pero no de mí porque yo no lo necesito.

—¿Y qué pasa con Niles Robinson? Explícamelo.

—No tengo nada que explicar. Mintió. Igual que tú. Estabais juntos en esto. Sobornados por la misma gente.

—Oye, es evidente que así no vamos a ninguna parte.

—¿Cómo terminaste en el Centro para Combatir las Armas de Destrucción Masiva?

—¿Cómo es que lo sabes?

—Por favor, Susan, no insultes a mi inteligencia.

—Estoy en el centro porque es un trabajo. Ea, ¿satisfecho?

Puller estudió su rostro en el espejo, pero su expresión no era concluyente. Y aún tenía las manos en el regazo.

—Es un trabajo inusual para alguien como tú. Tiempo atrás tu trabajo tenía que ver con la inspección de nucleares, pero tu especialidad más reciente no era en ese campo.

—Eso es asunto mío.

—Aunque tiene sentido en un aspecto.

Reynolds volvió a ponerse tensa, Puller se percató de ello en el espejo.

—Para combatir las armas de destrucción masiva hay que saber dónde están ubicadas. ¿Por eso estás trabajando allí, Susan?

—Soy experta en armas de destrucción masiva desde que trabajé en el programa de verificación del START.* ¿Y ahora por qué no te vas para que pueda llamar a la policía?

—Te sacaré la verdad de una manera u otra.

—¿Vas a matarme a mí también? ¿Tal como hiciste con aquel hombre en la DB?

—Lo habían enviado a matarme. No sé si te contaron esta parte del plan.

—Espero que te diviertas contando este embrollo tan enrevesado a la PM.

—Si cooperas conmigo, seguro que puedes llegar a un trato. Quizá no pases en prisión el resto de tu vida. Un buen trato, la verdad.

—No voy a ir a prisión. Tú sí. De vuelta a la prisión. O muerto, más probablemente.

Reynolds chilló cuando la aguja se le clavó en el cuello. Se llevó la mano donde había notado el pinchazo un segundo

* START (Strategic Arms Reduction Treaties: Tratados de Reducción de Armas Estratégicas), una serie de tratados de reducción de armas entre Estados Unidos y la Unión Soviética. *(N. del T.)*

después de que Puller apartase la hipodérmica. La dejó encima de una mesa que tenía detrás.

Ella empezó a darse la vuelta. Él retiró el percutor de su pistola.

—No lo hagas.

—¿Qué me has inyectado? —le espetó Reynolds.

—Un mejunje de mi invención. Enseguida notarás que el corazón te late de forma errática.

Reynolds se llevó las manos al pecho, jadeando.

—Me has envenenado. ¡Cabrón, me has envenenado!

—Pero también tengo el antídoto. Contesta a mis preguntas y te lo daré.

—¡No me fío de ti!

—Bueno, pues tendrás que hacerlo porque veo pocas opciones.

—Te mataré —rugió Reynolds. Intentó levantarse, pero él le puso una mano en el hombro y se lo impidió. Ella forcejeó, pero Puller era demasiado fuerte.

—Debo advertirte de que un esfuerzo físico como este acelera el efecto. Entonces no servirá ni el antídoto. Y tendrás una muerte dolorosa, te lo aseguro.

Reynolds dejó de moverse en el acto.

—Eso es, intenta respirar normalmente. Respiraciones lentas y profundas. Como si estuvieras haciendo yoga. Largas y profundas.

Puller aguardó mientras ella lo hacía.

—Mucho mejor —dijo. Hizo una pausa y la miró en el espejo. Entonces comenzó el verdadero interrogatorio—. ¿Quién te contrató?

—¿Cuánto tiempo tengo antes de que el antídoto no dé resultado?

—Cinco minutos, quizá menos ahora que has dejado que se te disparase el pulso. El veneno se ha distribuido por tu torrente sanguíneo más deprisa de lo que es óptimo.

—Nada de esto es óptimo —le espetó Reynolds.

—Cálmate, Susan. Deja que te disminuya el pulso y contesta a mis preguntas. ¿Quién te contrató para que me tendieras una trampa?

—¿Qué veneno me has administrado? ¡Dímelo! —exigió Reynolds.

—Un organofosfato. O sea, un agente nervioso.

—¡Mierda! ¿Y el antídoto?

—Dos-PAM, cloruro de pralidoxina. Con un aderezo de atropina dado que el dos-PAM no penetra demasiado bien la barrera hematoencefálica. Y un poco de policarpina por si hay reacción a la atropina.

Reynolds empezó a respirar más tranquila.

—¿Has conseguido atropina?

—Así llamada en honor a Átropos, una de las tres Moiras de la mitología griega —dijo Puller—. Era la Moira que decidía cómo iba a morir cada persona. Me pareció apropiada, habida cuenta de las circunstancias. Al fin y al cabo, habías contado con que me condenaran a muerte mediante una inyección letal por tu delito. Solo te estoy devolviendo el favor. Potencialmente, al menos. —Hizo una pausa—. Bien, el tiempo se va agotando, ¿quién te contrató?

—No lo sé —contestó Reynolds con aspereza.

—Y un jamón.

—Te estoy diciendo que no lo sé. Las instrucciones llegaron a través de un enlace codificado de mi e-mail particular.

—¿Por recibir un e-mail cometiste traición?

—No fue solo eso. Me reuní con alguien.

—¿Nombre de la persona?

—No intercambié tarjetas de visita con aquel tipo.

—Bien, al menos ahora sé que es un hombre. ¿Con quién estaba?

—No era de nuestro país.

—¿De cuál?

Ahora se concentró poniendo especial atención, aguardando su reacción mientras observaba su reflejo en el espejo.

Reynolds enarcó las cejas y se rascó la nariz.

—Rusia —dijo.

Puller se relajó solo un poco.

—Vale, ¿y te convenció de que hicieras qué exactamente?

—La trampa que te tendimos. Proporcionar acceso por la puerta trasera a nuestros sistemas.

—Pero una vez que me hubisteis enredado se comprobó todo eso. ¿Por qué llamar la atención sobre ello?

—Comprobaron tus puntos de acceso, los de nadie más.

—O sea, ¿que me echaste a los lobos para quitártelos de encima?

—Algo por el estilo.

—¿Las puertas siguen existiendo?

—Supongo que sí.

—¿Se han utilizado?

—Dudo de que pagaran para no utilizarlas.

—Y ahora te han destinado al Centro para Combatir las Armas de Destrucción Masiva. Interesante.

—Eso no tiene nada que ver. Los rusos tienen ADM. No necesitan las de nadie.

—Será suponiendo que me crea que los que están detrás de esto son rusos. Y no me lo creo.

—No tienes ni una posibilidad, Puller. Ninguna. Vas a morir.

—Es muy fácil culpar a los rusos. Que los hayas mencionado como tu fuente no es muy creativo, que digamos. Habría esperado algo mejor de ti.

—¿Cuánto tiempo me queda? —soltó Reynolds—. Dame el maldito antídoto.

Puller prosiguió como si no la hubiese oído.

—Niles Robinson dijo que me había visto con un agente iraní. Una vez más, no lo habría dicho si Irán realmente estuviera implicado. De modo que podemos dejar a esa nación rebelde fuera de la mezcla. Solo estoy pensando en voz alta. Puedes interrumpir cuando quieras con la respuesta real.

Metió la mano en un bolsillo.

—¡Imbécil! Apuesto a que ni siquiera tienes atropina.

Puller le clavó la punta de otra jeringuilla en el cuello y apretó el émbolo.

En cuestión de segundos Reynolds se desmoronó en el sillón, inconsciente a causa del sedante que le había administrado. El «veneno» solo había sido una simple solución salina.

Ya había registrado la casa y encontrado el arsenal oculto en la caja fuerte. Reynolds había cometido el craso error de usar el mismo código que en la alarma de la casa. Una caja de pistola estaba vacía, de ahí que hubiese deducido que iba armada. Con el teléfono había tomado fotos de todo documento que pareciera prometedor. Y le había pirateado el ordenador y descargado varios archivos a una memoria USB.

Salió a la calle, se quitó las gafas, fue hasta la camioneta aparcada al otro lado de la calle y se marchó. Había tenido sus pros y sus contras la visita a Reynolds. Entre los pros había reconocido que le habían tendido una trampa y le había dado alguna pista sobre la verdad. Los contras eran obvios. Diría a los demás que había entrado en su casa y que la había amenazado. Esto los alertaría de que estaba en la zona. Y a su vez reforzaría el convencimiento general de que era, en efecto, culpable. Tampoco era que fuesen a necesitar mucha persuasión.

Pero, con todo, había merecido la pena porque por primera vez tenía la sensación de que finalmente iba a resolver todo aquel entuerto.

39

Doug Fletcher estaba saliendo del edificio de la JAG en el campus de la prestigiosa facultad de Derecho de la Universidad de Virginia cuando Puller y Knox bajaron del sedán. Entrado en la cincuentena, era delgado y llevaba el pelo tan corto como seguramente a lo largo de toda su carrera militar, solo que ahora lo tenía mayormente gris. Tenía el mentón prominente y sus ojos azules eran vivaces y penetrantes, cosa que le ayudaba a ganarse la confianza de jueces y jurados.

Puller y Knox le mostraron sus credenciales. A Fletcher no le sorprendió su aparición.

—¿Qué se les ofrece? —preguntó, con voz firme y grave pero en un tono gutural que la hacía perfectamente clara.

Puller explicó por qué estaban allí y Fletcher asintió con la cabeza.

—Estaba enterado de la huida, por supuesto. —Miró en derredor—. Tengo un despacho aquí, en la facultad. Tal vez tendremos más privacidad.

Llegaron en cinco minutos. Fletcher cerró la puerta del pequeño despacho donde había un escritorio en medio con un ordenador encima. Las paredes estaban forradas de estanterías de madera llenas de tomos polvorientos y montones de revistas jurídicas. Fletcher tomó asiento detrás del escritorio mientras que Puller y Knox se sentaron enfrente.

—Tenemos entendido que tuvo alguna duda sobre la culpabilidad de Robert Puller —comenzó Puller.

—No fui el único —respondió Fletcher.

—¿Por las declaraciones de los testigos?

—Entre otras cosas. Supongo que podría haber ocurrido de forma natural. Pero después también me enteré de que Puller tenía una posible defensa, dado que habían pirateado su ordenador.

—Cosa que no quiso admitir.

—Era demasiado inteligente para su propio bien. Demasiado inteligente, de hecho, para permitir que le vieran copiando un DVD y que después lo atraparan con él en el bolsillo.

—¿Y el asunto del espía iraní? —preguntó Knox.

Fletcher se encogió de hombros.

—Fue un testimonio muy condenatorio. Y el testigo era fiable y no guardaba rencor alguno contra Puller. Así pues, ¿qué motivo tenía para mentir?

—¿Qué le parece un niño muy enfermo que necesitaba un tratamiento considerado experimental y por eso excluido de la póliza de seguro médico y muy lejos del alcance económico de papá? —dijo Puller.

Fletcher se inclinó hacia delante.

—¿Cómo dice?

Knox lo explicó:

—El hijo de Robinson tuvo un tipo muy raro de leucemia. El tratamiento convencional de nada servía. La opción experimental costaba más de siete cifras y solo se llevaba a cabo en otro país. Antes de que condenaran a Robert Puller el niño iba a morir. Una vez que Robert Puller ingresó en la DB, Robinson de repente consiguió el tratamiento. Y no fue gratis.

—¿Cómo saben todo esto? —preguntó Fletcher.

Contestó de nuevo Knox:

—Porque mi colega aquí presente se fijó en dos fotos del

niño que Robinson tiene en su despacho. Una es de un niño agonizante. En la otra ha crecido y es obvio que goza de buena salud.

Puller agregó:

—Total, que lo investigamos y encontramos lo que encontramos.

—¿Y no existe otra explicación? —preguntó Fletcher—. ¿Donativos, el tratamiento experimental gratis?

—Fue debidamente pagado. Más de un millón de pavos dos meses después de que Robert Puller ingresara en la DB.

—¡Maldita sea! ¿Sobornaron a Robinson?

—Pensamos que a Susan Reynolds también. Nos entrevistamos con ella. Y he hecho suficientes careos para darme cuenta cuando alguien miente. Ella lo hizo.

—¿Y el motivo? ¿Dinero, una vez más?

—Para ella —dijo Puller—. Su marido murió hace casi veinte años, dejándola con dos niños pequeños que criar. Ahora vive en una casa de un millón de dólares con un salario gubernamental.

—¿Nadie lo ha descubierto hasta ahora?

—Todo ocurrió después de los hechos que nos ocupan. El hijo de Robinson se estaba muriendo. Susan Reynolds era pobre. Después del juicio, ¿quién habría ido a removerlo? Usted mismo no lo hizo, ¿verdad?

—No, no lo hice —dijo Fletcher un tanto culpabilizado—. Tenía un montón de trabajo. No había tiempo de retroceder después de fallado un veredicto. Y tampoco era mi trabajo hacerlo —agregó a la defensiva.

—Pero ahora tenemos que saber la verdad. Puller anda suelto por ahí.

—¿No mató a un hombre para fugarse? —dijo Fletcher—. Un pajarito me lo dijo.

—Eso es una teoría —dijo Puller—. Aunque es posible que sea más complicado.

Knox dijo:

—Usted fue obviamente un tanto escéptico porque las declaraciones de los testigos contenían las mismas frases. ¿No indagó ese indicio?

—Una vez más, no era mi trabajo. Se lo señalé a la defensa, aunque tampoco habría sido necesario. Las demás pruebas eran muy contundentes. Apuestas online, deudas acumuladas. Medios, motivo y oportunidad. Era un caso clásico.

—Bueno, el motivo pudo ser un invento, dado que habían pirateado su ordenador —señaló Puller.

—No había caído hasta ahora —respondió Fletcher.

—Sabemos que la acusación de espiar —dijo Puller—, que conlleva pena de muerte obligatoria, se cambió por la de espionaje, que no exige pena de muerte automática. ¿Por qué se cambió? —Se inclinó hacia delante—. Lo digo porque en el expediente del consejo de guerra que consulté aparece usted como quien presenta la moción para cambiar la acusación contra Robert Puller. No fue cosa de la defensa.

Fletcher unió las manos delante de él y pareció sumirse en profundos pensamientos.

—Esa directriz vino de arriba.

—¿Cuán arriba?

—Bastante por encima de mí. Pero, francamente, pienso que la génesis procedía de fuera del aparato legal de las fuerzas armadas. Incluso de fuera de las Fuerzas Aéreas.

—¿Cómo es posible? —dijo Puller—. Robert Puller era de las Fuerzas Aéreas. Tendrían jurisdicción sobre él y su caso.

—Lleva razón en todos los sentidos. Pero creo que fue porque su padre fue un legendario general del Ejército, si quiere que le diga la verdad. El Departamento de Defensa pensó que condenar a muerte al hijo de semejante héroe no sería conveniente, según parece.

Puller se apoyó en el respaldo. Aquello no se le había ocurrido.

Fletcher lo estudiaba.

—También es su padre, por supuesto.

—¿Lo ha deducido por el apellido?

—No, ya lo sabía. Cuando acusas a alguien de un delito

grave, te informas acerca de su familia. Lo sé todo sobre usted. Y me deja absolutamente perplejo que le hayan autorizado a investigar la fuga de su hermano de la DB.

—No es el único —dijo Puller—. ¿De modo que piensa que tuvo que ver con mi padre?

—Bien, para empezar está la carta que escribió.

Puller pareció incapaz de asimilar aquella afirmación. Knox lo miró, vio su mirada perdida y dijo a Fletcher:

—¿Qué carta?

—La del general Puller, suplicando que no juzgaran a su hijo por espiar. Era bastante conmovedora.

—¿Cuándo fue enviada? —preguntó Knox, sin dejar de mirar nerviosa a Puller.

—Al principio de las actuaciones judiciales. El juez aceptó la moción que presenté y, por supuesto, la defensa no tuvo objeción alguna.

Puller por fin recobró la voz y dijo:

—La carta no estaba en el archivo.

—No me sorprende. Técnicamente no formaba parte del expediente.

—¿Recuerda qué más decía? —preguntó Puller.

—De hecho, tengo una copia. Si me da su e-mail puedo escanearla y enviársela.

Puller le dio una tarjeta.

—Se lo agradecería.

—¿Puedo hacer algo más por ustedes? —preguntó Fletcher.

Knox dijo apresuradamente:

—Si lo hay ya volveremos, gracias.

Dejaron a un malhumorado Fletcher sentado detrás de su escritorio.

Mientras se dirigían a la salida, Knox dijo:

—Es obvio que no sabías que tu padre había escrito una carta.

—Entonces ya estaba en el hospital de veteranos. Creía que no era capaz de escribir ni su propio nombre.

—En fin, quizá recuperó capacidades para ayudar a un hijo que luchaba por su vida.

—A mí me parecía que le traía sin cuidado lo que le había ocurrido a Bobby.

—Quizá tu padre no quería reconocer sus sentimientos delante de ti. A algunos hombres les cuesta mucho hacerlo. ¿Crees que tu padre encaja en esa categoría?

—Que yo sepa, mi padre nunca ha tenido sentimientos —dijo Puller lacónicamente.

40

Charlotte, en Carolina del Norte, era la siguiente parada de la lista. Tardaron desde Charlottesville poco más de cuatro horas porque Puller condujo deprisa todo el camino. Le gustaba conducir porque le daba tiempo para pensar. Y tenía mucho en lo que pensar, sobre todo en una carta que un padre había escrito en un intento por salvar a su hijo mayor de una sentencia de muerte.

—No llevo nada suelto, pero te daría un fajo de billetes para ver dentro de tu cabeza.

Puller se volvió un momento hacia Knox, que lo miraba fijamente con expresión de estar preocupada.

—Estaba pensando en mi padre.

—¿Y en por qué escribió esa carta?

—No tiene sentido.

—A pesar de lo que dijiste antes, seguro que tu padre tiene sentimientos.

—He oído cómo habla de mi madre cuando lo he visitado en la residencia de veteranos. Salvo si malinterpreté sus gritos y maldiciones, dudo de que fuese un verdadero fan de lo que presuntamente hizo mi hermano.

—Sabiendo lo que sabemos sobre el motivo de tu hermano

para torpedear su propia defensa a fin de protegeros a ti y a tu padre, a lo mejor llegará un día en que puedas decirle que su hijo era inocente.

—Me gustaría que pudiera hacerlo Bobby en persona.

Knox le puso una mano en el hombro.

—Lo mismo digo.

—Quiero preguntar al abogado defensor a bocajarro por qué no siguió esa pista. Quiero decir, si sabía que habían amenazado a Bobby, ¿por qué no hubo una investigación?

—Según lo que te dijo Shireen Kirk, no había pruebas a tal efecto salvo la declaración de tu hermano.

—¿Y deja que un hombre inocente vaya a prisión?

—No, puso en su defensa lo que tenía y un jurado de sus pares envió a Robert Puller a prisión.

—Sabes bien que no es tan simple ni claro.

—Lo que sé es que necesitamos más pruebas de las que tenemos ahora mismo.

—A Macri la sobornaron. Susan Reynolds miente. Y Niles Robinson también.

—Yo así lo creo. Ahora bien, ¿podremos convencer a los demás? ¿Incluso con las pruebas económicas que tenemos? Y más importante si cabe, ¿podemos vincularlo al caso de tu hermano? Porque lo único que sabe la mayor parte de la gente es que se fugó de la DB dejando a un hombre muerto tras de sí. Que ese hombre tuviera o no que estar allí es irrelevante para la mayoría. Ante todo, tu hermano es un asesino, al menos eso es lo que piensan. Sea cual sea la verdad, es complicada, y las cosas complicadas no son precisamente las que nuestra sociedad sobrecargada de información capta con facilidad porque es preciso centrarse en algo durante más de cinco segundos, cosa que muchas personas ya no saben hacer.

—Entonces ¿todo esto es una mierda? ¿Todo lo que estamos haciendo? —replicó Puller.

—Por supuesto que no. Pero quiero que entiendas con claridad absoluta que con lo que ahora tenemos no basta. Ni siquiera se acerca a bastar. Todavía no veo luz al final del túnel y tú tampoco deberías verla. Tenemos que seguir insistiendo.

—Es lo que siempre hago, Knox. Seguir insistiendo.

Knox había gorroneado unos bonos de viaje del gobierno que les permitiría alojarse en el hotel Ritz-Carlton del centro de Charlotte con una tarifa reducida que no provocaría que un contable del Departamento de Defensa se cortara las venas. Consiguieron habitaciones en la misma planta, una a cada lado de los ascensores. Quedaron en el vestíbulo media hora después para salir a cenar.

Puller se duchó enseguida y se puso ropa limpia que había sacado de la bolsa. Hizo unas llamadas, entre ellas una al hospital de veteranos para comprobar cómo seguía su padre.

—Descansa tranquilamente —fue la respuesta que dieron a su pregunta. Puller sabía que eso significaba que el viejo no le estaba gritando a nadie.

Dejó un mensaje de voz a Shireen contándole dónde estaban y qué habían averiguado. Le constaba que pronto tendría que informar al general Rinehart y a Schindler del NSC. De lo que no estaba seguro era de cuánto les contaría.

Miró la hora, se armó y fue en busca del ascensor.

Knox estaba allí, aguardando a que llegara el ascensor. Llevaba una falda de color crema que le llegaba justo por encima de la rodilla, una blusa verde esmeralda y zapatos abiertos de tacón alto que mostraban esmalte de uñas rosa. Su pelo caoba resaltaba sobre la tela verde y estaba peinado de modo que revelaba su largo cuello curvado. Llevaba un bolso de mano y los hombros envueltos holgadamente con un chal. Puller percibió su perfume y se quedó un poco aturdido mientras se acercaba.

Se miró los caquis, el polo y la vieja chaqueta de pana.

—Me veo un poco mal vestido a tu lado, Knox.

Ella sonrió.

—Estás bien.

—¿Adónde vamos? —preguntó cuando llegaron al vestíbulo—. No conozco la ciudad demasiado bien.

—He hecho una reserva. Está a la vuelta de la esquina, podemos ir a pie.

Puller observó sus tacones.

—¿Incluso con estos zapatos?

Knox sonrió.

—Tengo muy buen equilibrio.

Puller observó el bolso.

—¿Vas armada?

Ella asintió con la cabeza.

—Compacta pero con buena fuerza disuasoria. Normalmente la uso de reserva.

El aire era cálido y el cielo oscuro, despejado. El paseo era de poco más de dos manzanas. El restaurante estaba bastante lleno para la hora que era. La clientela la formaban veinteañeros bien vestidos que parecían abogados, banqueros, informáticos y de varias otras profesiones, tomándose un respiro de su atareada vida para distraerse. Cuando Puller vio los precios en la carta miró rápidamente a Knox.

—Mis dietas no cubren esto.

—Calma, invito yo.

Compartieron una botella de vino y Puller tomó solomillo poco hecho, mientras que Knox pidió salmón servido en una tabla de cedro. De postre se repartieron un pedazo de tarta de zanahoria.

Fueron los últimos clientes en salir del restaurante.

Mientras paseaban de regreso al hotel, Knox enlazó su brazo con el de Puller. Se inclinó hacia él y por alguna razón Puller lo interpretó más como una necesidad de apoyo que cualquier otra cosa. Cuando la miró, ella se lo confirmó diciendo:

—Lo reconozco, los tacones han sido mala idea.

—Bueno, te quedan muy bien. Igual que el vestido.

Knox le apretó el brazo.

—No estaba segura de si te fijarías.

—Pues me he fijado —dijo Puller. Hizo una pausa—.

Igual que me he fijado en los cuatro tíos que nos siguen. Dos por la otra acera y dos detrás de nosotros.

Knox siguió mirando al frente.

—¿Seguro que están interesados por nosotros?

—Estaban fuera del restaurante cuando hemos salido. Se han separado en dos parejas y han ido en la misma dirección que nosotros. Y ahí siguen, caminando a nuestro mismo paso pero guardando las distancias.

—La manzana siguiente es bastante solitaria. A estas horas seremos los únicos que andemos por allí.

—Doblemos a la izquierda en aquel callejón y a ver qué pasa.

Giraron y Puller vio que Knox abría el bolso y sacaba la pistola. La ocultó deslizando la mano debajo del chal.

—Oigo pasos que vienen de la otra acera —dijo.

—¿Ves aquel contenedor?

—Sí —dijo Knox.

—Cuando lleguemos finjamos algo romántico.

—¿Algo como besarse?

—Sí —dijo Puller resueltamente.

—Vale, pero ¿cuál es la finalidad del juego?

—Quiero verles bien los ojos. Y puesto que nos superan a razón de dos contra uno, espero hacerles bajar la guardia durante el segundo que necesitaremos.

Siguieron caminando sin prisa hasta que llegaron al contenedor. Entonces Puller se volvió hacia Knox, le apartó un mechón de pelo de los ojos, le rodeó la cintura con el brazo y se agachó para besarla. Con los labios posados sobre los de Knox, Puller no tenía un solo pensamiento romántico en la cabeza. Estaba contando los pasos mentalmente. Con el brazo izquierdo enroscaba la cintura de Knox, pero con la mano derecha empuñaba su M11.

Deslizó los labios hasta el cuello de Knox y fingió acariciarle la piel con la nariz.

—Tres, dos, uno —le susurró al oído.

Dieron media vuelta, con las armas apuntando a los cuatro hombres, que ahora solo estaban a unos cuatro metros. A juzgar por sus expresiones de pasmo los habían pillado totalmente por sorpresa.

—Armas al suelo, ya —ladró Puller.

Un hombre no hizo caso de su advertencia y, en cambio, levantó el arma y disparó. Falló el tiro y la bala resonó contra el contenedor, a espaldas de Puller. Knox disparó y el hombre se desplomó sobre el asfalto. Mientras caía los otros tres disparaban y se batían en retirada. Puller disparaba a su vez.

—¡Corre! ¡Corre! —gritó Knox—. Te cubro.

Puller corrió tras ellos. Knox comprobó el estado del hombre caído, miró detrás de ella, se quitó los tacones y se echó a correr en pos de Puller.

Los tres hombres alcanzaron el final del callejón y Puller oyó el vehículo que se acercaba deprisa por la siguiente calle. Apretó el paso, pero tuvo que esconderse detrás de unos cubos de basura cuando uno de los hombres se volvió y le disparó. Para cuando llegó a la calle el todoterreno estaba doblando la esquina siguiente.

Knox llegó corriendo junto a él.

—¿Algo? —preguntó, jadeante.

Él negó con la cabeza.

—Se han largado. No sé la matrícula.

—Registremos al tipo a quien he disparado. A lo mejor lleva alguna identificación.

Pero allí no había muerto. Había sangre, pero ningún cadáver.

Buscaron por todos los sitios por los que podía haberse ido el hombre herido, pero no hallaron ni rastro de él.

Knox miró a Puller, boquiabierta.

—Le he dado en medio del pecho.

—¿Llevaban chaleco antibalas?

—No te lo sabría decir. Estaba demasiado oscuro. Pero hay sangre. Le he dado. —Se dio una palmada en la frente—. Me está bien empleado. Tendría que haber apuntado a la cabeza.

Puller llamó a la policía y explicó la situación. Después llamó a su superior en la CID. Los polis se presentaron en cuestión de minutos. Después llegaron los detectives locales, y después de ellos los dos agentes de la CID recién llegados de Fort Bragg, más allá de Fayetteville. No parecían muy contentos por haber tenido que conducir a aquellas horas de la noche. Hicieron sus preguntas y revisaron la escena del crimen, si es que había alguno.

Uno de los agentes preguntó a Puller si sabía por qué los habían asaltado. Puller no se explayó, sino que dijo a los agentes que Knox y él estaban trabajando en un caso clasificado.

—Bien, pues buena suerte —dijo el agente al irse él y su compañero.

Entre contestar a un sinfín de preguntas de los polis locales, repasar los libros de fichados en comisaría y hacer sus declaraciones oficiales, Puller y Knox no estuvieron de vuelta en el hotel hasta las tres de la madrugada.

—¿Has tenido ocasión de informar a tus superiores? —preguntó Puller mientras subían en ascensor.

Knox asintió con la cabeza.

—¿Y tú?

—No se han puesto muy contentos, que digamos. Pero tampoco ha sido como si yo hubiese pedido que alguien nos matara.

Knox se quitó los tacones en cuanto salió del ascensor, apoyándose contra la pared, y se frotó un pie.

—No ha sido exactamente la velada que había planeado —dijo, un tanto abatida.

—No me digas.

—¿Quiénes crees que eran esos tipos?

—¿Los mismos que me atacaron en Leavenworth, quizá?

—¿Has reconocido a alguno?

—Los tipos de Kansas llevaban gafas de esquí.

—¿Quieres decir que nos han seguido a través del país?

—Tal vez —dijo Puller.

Knox levantó la vista hacia él.

—¿Cansado?
—No especialmente. Debe de ser por el subidón de adrenalina cuando por poco te matan.
—El Ritz tiene servicio de habitaciones las veinticuatro horas. ¿Te apetece una copa de vino y algo para picar? De repente estoy muerta de hambre.
Se dirigieron a la habitación de Knox y ella pidió un tentempié. Llegó veinte minutos después y, cuando el camarero se hubo retirado, Knox sirvió el vino y pasó a Puller una fuente con galletas, panecillos, quesos, fruta y un cuenco de nueces. Se sentaron frente a frente a la pequeña mesa con ruedas que había traído el camarero.
—Hay alguien que está empeñado en que no averigüemos la verdad, Puller —dijo Knox, entre sorbos de vino y pedacitos de queso.
—Según mi experiencia, es lo habitual. Mucha gente miente.
—¿Intentan matarte a menudo, según tu experiencia?
—Más de las que quisiera —admitió Puller.
Permanecieron callados un rato.
—Eres un hombre extraño —dijo Knox en un tono singular.
Puller se tragó un pedazo de queso.
—¿En qué sentido? Siempre he pensado que soy bastante sencillo.
—Eres un tipo legal, eso está claro. Fiable, predecible, siempre intentas hacer lo correcto. No persigues gloria ni medallas. Lo único que te importa es hacer bien tu trabajo. Eso es lo que define a John Puller. He llegado a aceptarlo como el evangelio.
—¿Y cuál es entonces la parte extraña?
—Todavía estoy intentando descubrirla. Digamos que es cosa de mi instinto. —Se levantó—. Y me parece que ahora los dos necesitamos dormir un poco.
Puller se levantó y se dirigió hacia la puerta. Dio media vuelta.

—Antes, en el callejón...

—¿Sí? —dijo Knox.

—Eres buena tiradora. Y rápida.

—Siempre lo he sido, Puller. Siempre. Así es como me gusta vivir mi vida. Deprisa.

Knox echó un vistazo a la cama y cuando volvió a mirarlo no le sostuvo la mirada.

—Ambos necesitamos dormir —repitió—. Mañana nos espera un gran día. —Levantó la vista y sus miradas se encontraron un instante—. Buenas noches, Puller.

Él interpretó su mirada como hambrienta. Y no de comida. Y pensó que quizá le estaba devolviendo la misma mirada a ella.

Knox entró en el cuarto de baño y cerró la puerta.

Puller se quedó allí plantado unos instantes tratando de diseccionar qué acababa de ocurrir. Una parte estaba clara. La otra, más turbia.

Regresó a su habitación, se desnudó y se tumbó en la cama. Eran casi las cuatro de la madrugada. Su reloj interno estaba descompuesto. El corazón le palpitaba por lo que acababa de ocurrir con Knox. Aquella mujer era complicada. Totalmente profesional en todo momento, de repente enviaba señales raras. Quizá se debiera a que como espía tendía a emplear todos sus recursos, incluido su lado sexual. Era muy, bueno, seductora, por más anticuado que sonara. Respiró profundamente y se preguntó si una ducha fría le haría bien.

Sonó su teléfono. Maldijo para sus adentros, pero de todos modos cogió el teléfono. Siempre lo cogía, aunque no siempre contestara. Y quizá fuese Knox deseando que él...

Había un mensaje de texto en el buzón. Lo leyó.

Y acto seguido se incorporó. No era de Knox. Pero le concernía.

El remitente del mensaje era un número que desconocía.

Llamó dos veces. Nadie contestó.

Leyó el texto otra vez. Era breve, iba al grano, y solo cabía interpretarlo de una manera.

«No te fíes de Veronica Knox, Puller. No es lo que parece.»

41

Niles Robinson había salido pronto de trabajar para llegar a tiempo al partido de fútbol de su hijo. El chico había pasado de estar a las puertas de la muerte a ser un chaval de doce años sano y atlético en menos de dos años. Era un verdadero milagro que Robinson nunca había dado por sentado.

Había un puñado de padres viendo el partido desde las bandas. El día era cálido y los chicos ya habían sudado la camiseta. El hijo de Robinson era centrocampista, lo que significaba que tenía responsabilidades parejas en la defensa y el ataque. Debido a esto su hijo probablemente corría más que cualquiera de sus compañeros de equipo, pero parecía estar a la altura de su cometido.

Robinson negó con la cabeza asombrado cuando su hijo pasó como un rayo por delante de él con el balón. Un momento después el balón estaba en la red y el equipo de su hijo encabezaba el marcador. Una ventaja que no iban a ceder. Una vez terminado el partido, Robinson felicitó a su hijo y después regresó a su trabajo. Al chico lo acompañarían a casa unos amigos.

Un hombre alto con una sudadera con capucha lo abordó en el estacionamiento. Robinson no reparó en él hasta que lo tuvo prácticamente encima.

—¿Necesita algo? —preguntó.

Antes de que el encapuchado tuviera ocasión de contestar, cuatro hombres se apearon de sus vehículos, aparcados cerca, y los rodearon. Agarraron al encapuchado y le quitaron la capucha mientras le esposaban las manos en la espalda.

Robinson miró al hombre y negó con la cabeza.

—No es él —dijo—. No es Robert Puller.

El encapuchado era más joven y tenía la cara sucia.

—Quitadme las manos de encima —chilló—. No he hecho nada malo. Quitadme las esposas.

Uno de los hombres lo estampó contra el monovolumen de Robinson.

—¿Por qué te has acercado a este hombre?

—¿Acaso es delito?

—Podría serlo.

—Un tío me ha pagado.

—¿Qué tío? ¿Dónde está?

—Un tío cualquiera. Me ha dado veinte pavos. Me ha dicho que viniera aquí cuando terminara el partido.

—¿Qué aspecto tenía?

—No lo sé. Era tan alto como yo. No le vi la cara.

—¿Por qué te escogió?

—¿Cómo voy a saberlo?

—¿Merodeas por este parque a menudo?

—Sí, registro las papeleras. Los chavales dejan botellas de Gatorade llenas. Y las mamás tiran la mitad de los bocadillos que traen. Es el cuerno de la abundancia, colega.

—¿Eres indigente?

—No, hombre, no. He venido con mi jet privado para poder revolver la mierda de las papeleras.

—¿Cuándo te ha abordado ese tío?

—Hará una hora.

—¿Dónde?

—En las canchas de baloncesto del otro lado del parque.

El hombre lo soltó y miró a Robinson.

—Nos ha engañado con este idiota.

Robinson asintió con la cabeza.

—Ya le dije que era listo.

El hombre se dirigió a uno de sus colegas.

—Llevaos a este capullo a ver qué más le podéis sonsacar.

Se lo llevaron y lo metieron en un todoterreno que estaba aguardando y que se marchó de inmediato.

El primer hombre miró a Robinson.

—Si se pone en contacto con usted, nos avisa al momento. ¿Entendido?

Robinson asintió con la cabeza, subió a su coche y se marchó. Se miró en el retrovisor y vio que estaba sudando.

Llegó a su casa, habiendo decidido que no regresaría al trabajo. Envió una excusa a su jefe por e-mail, salió al patio trasero y se sentó en una silla, sus pensamientos eran un torbellino de hipótesis en su mayoría catastróficas.

Su teléfono personal emitió un zumbido. Casi lo estaba esperando.

Miró la pantalla:

«Perdona el incidente en el parque. Tenía que ahuyentar a los dóberman.»

Segundos después llegó otro mensaje:

«Me alegra que Ian esté bien. Pero ahora que está sano tienes que reflexionar sobre lo que has hecho y el daño que has causado. Porque tú les abriste la puerta. Tú y Susan. Tenemos que vernos.»

Robinson se quedó un rato con la vista fija en la pantalla y después, tras echar un vistazo en derredor para asegurarse de que nadie lo estaba vigilando, escribió una breve respuesta:

«¿Cómo? Están en todas partes.»

Mientras Robinson leía la respuesta, su opinión acerca de Robert Puller se validó una vez más. Era un hombre muy listo.

A aquellas horas del día había mucho ajetreo en Union Station. Robinson aparcó en la planta más alta y bajó a la estación por las escaleras mecánicas. Entró y se dirigió a una hilera de teléfonos públicos sujetos a una pared. En un mundo de teléfonos móviles, nadie usaba aquellos anticuados aparatos para comunicarse.

Frente a los teléfonos habían montado un andamio con una cortina muy alta en torno a unas obras de reparación del techo.

Robinson escogió el teléfono más alejado de la puerta por la que había entrado y aguardó. A los pocos segundos sonó.

Lo descolgó y saludó.

—Tienes buen aspecto, Niles. Tan delgado como siempre.

Robinson no se molestó en mirar a su alrededor. Dudaba de que pudiera localizar a Puller.

—¿Cómo escapaste de la DB, Bobby?

—No lo tenía planeado. Tan solo aproveché la oportunidad.

—Tu hermano vino a verme.

—No me extraña.

—Me parece que no me creyó.

—Es prácticamente imposible mentirle.

—Sé que fuiste a ver a Susan. Dijo que intentaste matarla. Que finalmente se libró de ti, recuperó su arma y huiste.

—Muy propio de Susan. No fue así como ocurrió exactamente, pero ya la conoces.

—Quieres decir que es una mentirosa de mierda.

—Más o menos, pero me gusta más la manera en que lo has dicho tú.

—Lo siento, no quería hacerlo, Bobby. Pero me tenían acorralado. Sin escapatoria posible. Ian iba a... —Al llegar aquí Robinson vaciló.

—No he venido a juzgarte, Niles. Habida cuenta de las circunstancias, quizá yo habría hecho lo mismo. Pero ahora tenemos que arreglar la situación.

—¿Cómo?

—Para empezar, tienes que decirme quién te pagó para que hicieras lo que hiciste.

—No llegué a verme con nadie. Todo se hizo por e-mail y

en ningún momento ingresaron dinero en mi cuenta. Pagaron directamente la asistencia médica en Alemania. De esta manera nadie podía pasarse de listo. Explicamos que el tratamiento en Alemania fue un caso de beneficencia porque la empresa que realiza los ensayos clínicos necesitaba cuerpos para probarlo.

—Vale, pero ¿qué querían que hicieras exactamente? ¿Que les abrieras la puerta trasera del STRATCOM y con ella la de todo lo demás?

—Quizá tuvieran este plan. Pero no fue lo que me dijeron que hiciera. Solo tenía que señalar tu encuentro con el iraní. Me proporcionaron las fotos amañadas.

—Muy bien, Niles, pero tuvo que haber algún tipo de finalidad.

—¿Nunca te has preguntado por qué te seleccionaron a ti en concreto entre todo el personal del STRATCOM?

—Por supuesto que sí.

—¿Y has dado con alguna respuesta?

—Ninguna que sea buena.

—Bien, yo mismo me lo he preguntado un montón de veces.

—¿Y se te ha ocurrido una respuesta? —preguntó Puller.

—Hace más o menos un año, mientras trabajaba.

—¿Y cuál es?

—Te estaban preparando para que llegaras a lo más alto, Bobby. El general Able lo tenía muy claro.

—¿Y qué? —preguntó Puller.

—Quizá había algunos a quienes no les gustaba la idea.

—¿A quién te refieres exactamente?

—Intenté hacer lo correcto, Bobby. De verdad. Esto me ha estado reconcomiendo durante más de dos malditos años.

—Dame un nombre, Niles —insistió Puller.

El disparo alcanzó a Niles Robinson justo en la base del cuello y le seccionó la médula. Con semejante herida, murió casi en el acto. Permaneció de pie un instante, con una mirada de sorpresa absoluta en su rostro ahora ensangrentado donde había salido la bala y dado contra la pared. Después cayó de bruces contra los teléfonos y se deslizó hasta el suelo, dejando la pared manchada de sangre, con la mano todavía agarrada al auricular.

El tirador, vestido de agente de policía, estaba detrás del quitamiedos de la obra. Había apuntado y disparado su pistola con silenciador a través de una raja en la cortina. Enfundó su arma, salió por el otro lado del andamio y empezó a gritar a la gente que no se alarmase y que se alejara del lugar del tiroteo. La mayoría obedeció, puesto que iba de uniforme.

Aun así, cientos de personas chillaban y huían en todas direcciones, abandonando sus equipajes e intentando alejarse del hombre asesinado. Varios policías que empuñaban sus armas corrieron hacia él. Union Station se transformó de inmediato en el escenario de una pesadilla.

Solo dos personas salieron con toda calma de la estación ese día.

Una fue Robert Puller.

La otra, el hombre que había matado a Niles Robinson.

42

A las siete en punto de la mañana siguiente Knox y Puller se sentaron a desayunar en el restaurante del hotel. Rayos de alegre sol entraban por las ventanas que daban a la calle. La gente entraba y salía del restaurante y los automóviles circulaban tranquilamente por la calle. Resultaba inaudito que alguien hubiese intentado matarlos unas horas antes y a tan corta distancia de allí, pero, inaudito o no, había sucedido.

—Tengo que decirte que anoche me costó dormirme, al menos durante las tres horas que tenía de descanso.

—¿Por qué?

—Disparé a un hombre, Puller. Quizá para ti sea pura rutina, pero para mí no lo es.

—Disparar a alguien nunca es rutina. Al menos espero que nunca llegue a serlo.

—En eso coincidimos. Pero sin duda estamos poniendo nervioso a alguien. Algo hemos avanzado.

Puller detuvo su taza de té a medio camino de sus labios.

—Hemos cubierto mucho terreno, pero no tenemos respuestas, Knox. Eso no es avanzar. Por lo menos en mi manual.

—No estoy de acuerdo. Hemos descubierto que dos personas mintieron como bellacas y consiguieron que metieran a tu hermano en prisión erróneamente. Averiguamos, bueno, lo averiguaste tú, que un croata coló a un enemigo en Fort Leavenworth para que matara a tu hermano. Hemos conseguido mucho. Lo digo en serio.

—Pero en realidad todavía no tenemos respuestas. No para las preguntas importantes. A saber, quién y por qué.

Knox jugueteaba con su cucharilla.

—Es obvio que tu hermano ahora mismo anda por ahí tratando de averiguarlo todo.

—Das la impresión de haber pensado en ello.

—En realidad he pensado mucho en ello.

—¿Y cuál es tu opinión?

—Que quizá vaya por delante de nosotros en algunas cosas.

—¿Por qué?

—Es superinteligente. Le tendieron una trampa. Trabajaba en inteligencia. E intenta demostrar su inocencia. No carece de motivación.

—He empezado a pensar que fue él quien me salvó el pellejo cuando aquellos matones me raptaron. Realmente es lo único que encaja.

Knox lo miró sorprendida.

—Ni me lo había planteado. Pero supongo que encajaría. ¿De modo que quizá estuviste a pocos metros de él aquella noche?

—Es posible, sí. Tal como fue todo, también podría haber estado a unos cuantos kilómetros. Ha desaparecido y no estoy más cerca de encontrarlo.

—Tu hermano y tú estabais muy unidos, ¿verdad?

—Durante mucho tiempo solo nos tuvimos el uno al otro. —Dio un toquecito a una patata asada de su plato—. Quizá sea una de las razones por las que nunca di el paso.

—¿A qué te refieres? ¿Al matrimonio?

—Sí.

—¿Por qué? ¿Por miedo a ser un mal padre?

—También un mal marido.

—Yo no lo veo así, Puller, en serio. Serías un gran partido. Y un gran papá. Enseñando a tus hijos lo que está bien y lo que está mal, a colorear sin salirse del dibujo, a lanzar un balón, a forzar una puerta, a disparar un rifle de francotirador, a reducir a cuatro malhechores con un trozo de cuerda y un chicle. Todas ellas, buenas lecciones de vida.

—¿Nunca has pensado en casarte?

—En realidad, lo hice.

Puller enarcó las cejas.

—¿Quieres decir que pensaste en ello?

—No, Puller, quiero decir que recorrí el pasillo, intercambié los anillos y me casé ante un predicador con licencia.

—¿Cuándo?

—Hace mucho tiempo. Ambos teníamos dieciocho años. Novios de instituto. En total duró catorce días. Un maldito fracaso, ¿no? Quiero decir, a los dieciocho años los dos sabíamos perfectamente quiénes éramos y qué queríamos lograr en la vida, ¿no? Bien, pues resultó que no teníamos ni idea. De manera que pusimos un sujetalibros. Y se anuló el matrimonio. Por eso ni siquiera consta que nos casamos.

—¿Pusisteis un sujetalibros? ¿Eso qué significa?

—Significa que nos casamos en Las Vegas y que nos divorciamos allí, todo en el lapso de dos semanas. Devolvimos los anillos, firmamos los documentos necesarios y cada cual se fue por su lado. Nunca se lo he contado a mis padres. Pensaban que estaba en un retiro de estudio preparando un examen.

—¿Por qué me cuesta imaginarlo? Es decir, ¿te casaste a los dieciocho en una capilla de bodas de Sin City?*

—Te dije que me gusta vivir deprisa. Pero el hecho es que no tenía una sola mancha en mi expediente académico, siempre sobresalientes, tres cartas de universidades, lo hacía todo muy bien por aquel entonces. Nunca me desvié de la línea que

* Sin City, literalmente la «ciudad del pecado», es el apodo que recibe las ciudad de Las Vegas. *(N. del T.)*

mis padres me habían trazado. Gané todos los premios, entré en las mejores escuelas. Entonces algo se rompió y me volví loca justo después de graduarme en el instituto. Como he dicho, duró dos semanas. Después volví a encarrilarme. Recibí una educación de primera en Amherst sin descuidar la vertiente deportiva, conseguí un máster, decidí servir a mi país en el ámbito de la inteligencia y el resto, como suele decirse, es historia. —Lo miró a los ojos—. ¿Haces cosas así, de vez en cuando?

—No.

Knox se mostró decepcionada.

—¿Siempre te ciñes al manual, pues?

—Fui hijo de militar y tuve por padre a un oficial. El manual era lo único que conocíamos. O a la manera del Ejército, o nada.

Dijo esto último con particular severidad.

—Vale —dijo Knox, atónita por su tono—. Pues a partir de ahora te llamaré Puller el del manual.

—Vale, pero ¿cómo te llama a ti la gente? —dijo Puller, con súbita aspereza.

Se sostuvieron la mirada durante un largo e incómodo momento.

—¿Qué quieres decir exactamente con eso? —preguntó Knox.

—Solo es una pregunta.

—Me llaman Veronica Knox. Bien, ahora deja que te pregunte yo. ¿Qué ha cambiado entre hace unas horas y ahora? Porque hace tres horas las cosas parecían ir la mar de bien entre nosotros. Disparé a un sujeto que quería agredirnos. Pero ahora estás siendo tan frío y distante que tengo la sensación de estar en Alaska y no en Carolina del Norte.

—Estás siendo un poco susceptible, creo.

—No, solo quiero saber la verdad, Puller. ¿Estás dispuesto a contármela?

—Nunca te he mentido, Knox. Y nunca lo haré.

—Lo sé, no paraste de señalar mis defectos en ese campo y

probablemente llevabas razón al hacerlo. Pero pensaba que a estas alturas ya te había demostrado que soy de fiar. Así que repito, ¿qué ha cambiado?

—Me gusta cómo expones las cosas. Deberías plantearte escribir una novela. O un blog.

—Y tú deberías pensar en dejarte de sandeces y contarme qué está pasando.

Puller fue a decir algo, quizá más de lo que debía. Tras debatirse en su fuero interno terminó por levantarse, echar un vistazo a su reloj y decir:

—Es hora de reunirnos con Todd Landry.

Knox se quedó sentada mientras él salía del restaurante.

—¡Se supone que las complicadas somos las mujeres, no los hombres! —murmuró. Después cogió su chaqueta y fue tras él.

43

Tenían cita a las ocho con Todd Landry, el abogado que había defendido a Robert Puller. Estaba en su bufete en el centro de Charlotte, solo a un corto paseo del Ritz.

Una secretaria los condujo a una pequeña sala de reuniones en la parte trasera de la oficina. Mientras caminaban, Puller reparó en la madera clara y los cuadros y notó cómo se le hundían los pies en la tupida alfombra. Se fijó en la compleja disposición de los cubículos donde la gente parecía tan atareada como abejas en un panal mientras bregaban con los problemas legales a los que se enfrentaban.

Landry los recibió en la puerta de la sala de reuniones. Tenía unos cincuenta y ocho años, era delgado y con un anillo de pelo entrecano rodeándole la coronilla. Llevaba un traje cruzado oscuro y una corbata de cachemira sobre una camisa estampada azul celeste. Puller también se fijó en los gemelos de oro con monograma que lucía en los puños franceses.

Un hombre cuidadoso con su aspecto.

Landry conservaba su porte militar en su postura erguida, su firme apretón de manos y en su actitud dominante.

—Siéntense. Seguro que quieren ir al grano. ¿Café, agua?

—No, gracias —dijo Puller, y Knox negó con la cabeza.

Se sentaron mientras Landry se desabrochaba la chaqueta cruzada y aguardaba.

—Me figuro que sabe por qué estamos aquí —comenzó Puller.

—Robert Puller. Me cuesta creer que escapara de la DB. Pensaba que era inocente, ¿saben? No puedo decir lo mismo de la mayoría de mis clientes. Supongo que en su caso me equivoqué.

—Tal vez no. Hemos sacado a la luz lo suficiente para que nos preocupe que se haya mandado a prisión a un inocente.

—Siendo así, ¿por qué escapar?

—La verdad es que no podemos entrar en eso, pero podemos decirle que existen circunstancias atenuantes.

—De acuerdo, sé que ya no soy militar y que no tengo acceso a información confidencial, pero aun así tiene preguntas que hacerme, ¿verdad?

—Ya nos hemos reunido con Doug Fletcher —dijo Knox.

Landry asintió con la cabeza.

—Buen tipo, buen abogado. Está enseñando en la JAG de Charlottesville.

—Exacto. ¿Y usted ha hablado con Shireen Kirk? —dijo Puller.

Landry sonrió.

—Detestaba ir contra ella. Me dio más palizas de las que quisiera admitir. Espero que nunca se mude a Charlotte para ejercer por su cuenta.

—Agradecimos que fuese tan franco con ella.

Landry asintió, manifestando su comprensión.

—Verán, fue un caso extraño en todos los sentidos. Nada cuadraba del todo. Me consta que según las pruebas las apuestas online eran el motivo, y que tuvo los medios y la oportunidad, pero nunca me lo tragué. Todo eso puede fabricarse bastante fácilmente. Si Robert no hubiese sido tan ególatra cuando supo que habían pirateado su ordenador quizá el veredicto habría sido distinto. Quizá no, pero al menos habría tenido la posibilidad de presentar batalla.

—Tenemos entendido que había una carta del padre de Robert —dijo Knox, suscitando una breve mirada de Puller.

Landry miró a Puller.

—Y del suyo también. Sé quién es usted.

—Sí.

—Su hermano decía que usted era el mejor investigador que tenía el Departamento de Defensa. Estaba realmente orgulloso de usted.

—Era mutuo —dijo Puller.

Landry asintió con la cabeza.

—La carta tuvo mucho peso. Y creo que es el único motivo por el que los cargos pasaron de espiar a espionaje. Vida *versus* muerte.

—¿Mi hermano vio la carta? —preguntó Puller.

Landry vaciló un instante.

—No.

—¿Por qué no? —inquirió Puller.

—Porque su padre no quiso que la viera. Esas fueron las condiciones impuestas para que el juez leyera la carta a fin de reducir los cargos.

—¿De modo que mi padre no quería que mi hermano supiera de su implicación?

—Supongo que no. Me pareció fuera de lo corriente, naturalmente. Pero estaba atado de pies y manos y no pude hacer nada al respecto. Entonces era soldado, agente Puller. Hacía lo que me decían. Igual que Doug Fletcher.

Puller se recostó en el respaldo, asimilando aquella información mientras negaba con la cabeza.

—¿Robert Puller mencionó las amenazas contra su familia? —intervino Knox.

Landry miró a Puller.

—¿Usted estaba enterado?

—Estaba destinado en el extranjero, en aquel momento. Zona de combate. No regresé al país hasta después de que mi hermano hubiese sido condenado y enviado a la DB.

—Me habló mucho de usted. No en relación con el caso.

Tan solo hablar. Le preocupaba mucho que pensara mal de él. No porque hubiese hecho algo malo. Se declaró inocente hasta el final. Era solo porque, bueno, había deshonrado a la familia.

—Lo visitaba en la DB. Bastante a menudo.

—Seguro que esas visitas significaban mucho para él.

—Pero ¿le dio más detalles acerca de las amenazas? —terció Knox.

—Me dijo que había encontrado una carta debajo de la almohada de su celda.

—Por lo tanto, alguien de la prisión tuvo que ponerla ahí —dijo Knox.

—Parece lo más lógico. Me la mostró. Estaba impresa, de modo que cualquiera pudo escribirla. Por eso la carta habría sido una prueba cuestionable. La acusación habría argumentado que la había escrito él mismo. Pero no tuve ocasión de probar suerte porque Robert se negó a permitírmelo. Eso fue lo que me convenció de que era auténtica. Alguien estaba utilizando la amenaza de violencia contra su familia para influir sobre la manera en que se estaba defendiendo durante el juicio. Se negó a testificar. En realidad, a partir de ese momento no me dejó hacer mi trabajo. La condena era previsible. El jurado solo necesitó una hora de deliberaciones para emitir un veredicto de culpabilidad.

—Entiendo —dijo Puller.

—Es curioso, de todos modos. Lo digo por lo que ocurrió anoche en el D. C. —dijo Landry.

Tanto Puller como Knox miraron a Landry con extrañeza.

—¿Qué ocurrió en el D. C.? —preguntó Knox.

—Oh, lo siento, pensaba que estarían al corriente. Un antiguo colega mío del D. C. me llamó anoche. Lo había visto en las noticias. Había un artículo breve al respecto en el *USA Today* de esta mañana, pero me parece que todavía no ha llamado demasiado la atención de los medios. Puesto que guarda relación con el caso de su hermano, me pareció que el momento era un poco raro.

—¿De qué está hablando? —preguntó Puller.

—De Niles Robinson. ¿Sabe quién es?

—Trabajaba con mi hermano y declaró contra él en el juicio. Hace poco hablamos con él.

—Bien, pues fue acertado que lo hicieran.

—¿Por qué? —preguntó Knox.

—Porque ahora sería imposible hablar con él. Anoche lo mataron de un disparo en Union Station.

Puller y Knox cruzaron una mirada.

—¿Niles Robinson? —dijo Puller—. ¿Está seguro de que es el mismo hombre relacionado con el caso de mi hermano?

—Totalmente. En el artículo aparecía una foto de él. Lo reconocí de inmediato de cuando estuvo en el estrado. Dediqué mucho rato a repreguntarle acerca de su relato, aunque en realidad no conseguí hacer progreso alguno. En mi opinión, parecía sinceramente apenado de estar testificando contra Robert.

—Seguro que lo estaba —dijo Puller severamente.

—¿Han atrapado al tirador? —preguntó Knox.

—Según lo que he leído, no. Mi amigo dijo que el noticiario del D. C. lo situaba en los teléfonos púbicos de la estación de tren. Resulta curioso porque, bueno, ¿quién usa cabinas hoy día? Me sorprende que todavía existan.

—Me pregunto si estaba allí para tomar un tren —dijo Puller.

Knox lo miró con curiosidad.

—No lo sé —dijo Landry—. Me figuro que si encuentran un billete entre sus pertenencias tendremos la respuesta a esa cuestión.

—¿Se le ocurre algo más que añadir? —preguntó Knox.

—Solo reiterar que siempre he creído que Robert es inocente. Pero las pruebas no nos fueron favorables. Había las fotos que aportó Robinson, su testimonio corroborador, los archivos informáticos que mostraban las apuestas online y las deudas, el seguimiento de movimientos bancarios. Y después estaba lo del DVD y el testimonio de otra compañera de trabajo. ¿Cómo se llamaba?

—Susan Reynolds —dijo Puller.

—Exacto. Fue como una roca en el estrado. Pero a diferencia de Robinson, ella, pues...

—¿No parecía que le importase estar contribuyendo a mandar a mi hermano a prisión el resto de su vida?

Landry lo señaló con el dedo.

—En efecto. De hecho, parecía más bien contenta de hacerlo. —Landry negó con la cabeza—. Una mujer no muy agradable. Dura, incluso cruel. Desde luego no es el tipo de persona con quien saldría. La investigué, por supuesto, para ver si encontraba munición para atacarla en el estrado. Pero no encontré nada.

—Bien, a lo mejor nosotros tendremos más suerte —dijo Puller. Se levantó y le tendió la mano—. Gracias por atendernos.

—No, gracias a ustedes. Confío en que la verdad finalmente salga a relucir —dijo Landry—. Si su hermano es inocente no debería tener que pasar ni un minuto más en prisión.

Se despidieron mientras Knox miraba preocupada a Puller.

Poco después caminaban de regreso al hotel.

—Robinson muerto —dijo Knox—. Es para quedarse pasmada.

—Quizá no tanto.

—¿Qué quieres decir?

—¿Por qué fue a la estación de tren y utilizó un teléfono público?

Knox reflexionó un momento.

—¿Se estaba comunicando con alguien y no quería que los vieran juntos o que les rastrearan la llamada?

—¿Y con quién hablaba cuando lo mataron?

—Hay un sinfín de posibilidades —dijo Knox.

—Quizá no tantas como te imaginas. Podía ponerse en contacto de muchas maneras con quienes pagaron el tratamiento de su hijo. El teléfono público, por otra parte, sería perfecto para alguien que no pudiera permitirse ser visto con Robinson para comunicarse con él sin correr el riesgo de que rastrearan la conversación.

—Un momento. ¿Estás diciendo...?

—Que era mi hermano quien estaba al otro lado de la línea.

—Pero ¿por qué querría hablar con Robinson?

—Robinson se sentía culpable por lo que había hecho. Ya has oído a Landry. Estoy convencido de que mi hermano se fijó en eso cuando Robinson testificó. Quizá pensó que Robinson estaría dispuesto a que la verdad por fin saliera a la luz, aunque solo fuese para aliviar su culpabilidad.

—¿Crees que averiguó el motivo de Robinson?

—¿Lo del hijo enfermo? Tal vez. Yo vi la foto en el despacho de Robinson. Mi hermano también pudo haberla visto, pues estoy seguro de que ya estaba en el despacho de Robinson cuando trabajaba en Kansas City. Debes comprender que a mi hermano no se le escapa una. Lo ve todo. Nunca olvida nada. Ahora tenemos que averiguarlo todo sobre la muerte de Robinson.

—¿Quién lo mató? ¿Tu hermano? Quizá Robinson se negó a cooperar.

—Si mi hermano hubiese tenido ese plan no habría escogido un lugar como Union Station. Demasiado bullicio. Y no es un asesino a sangre fría. Podría matar a alguien en defensa propia, como en la DB, pero nunca de lejos y menos sin estar en peligro. Creo que siguieron a Robinson, y cuando su sombra vio lo que estaba ocurriendo lo liquidó.

—¿Y tu hermano?

—No tengo manera de saber qué le contó Robinson. Si es que, en efecto, le dijo algo que condujera a Bobby en otra dirección.

—¿Qué pasa con Susan Reynolds? ¿Piensas que irá a verla?

—Quizá, si es que no lo ha hecho ya.

—¿No te parece que nos habríamos enterado si lo hubiese hecho?

—No forzosamente. Si Reynolds está en la nómina de alguien quizá no quiera que sus oficiales superiores lo sepan porque atraería la atención sobre ella. Es posible que solo se lo dijera a sus cómplices. O quizá se lo dijo a uno de los nuestros que no se ha molestado en contárnoslo. O llamó a Robinson y se lo contó a él. Las posibilidades son muchas.

Mientras seguían caminando, el teléfono de Puller emitió un zumbido. Miró la pantalla y cambió de actitud.

—¿Malas noticias? —preguntó Knox, que lo observaba detenidamente.

—Doug Fletcher es un hombre de palabra.

—¿Cómo dices?

—Acaba de enviarme la copia de la carta que mi padre presentó ante el tribunal durante el consejo de guerra de Bobby.

Knox apoyó una mano en el brazo de Puller.

—Escucha, sube a tu habitación, termina de hacer el equipaje, lee la carta, tómate el tiempo que necesites. Yo pagaré la cuenta y te esperaré en el vestíbulo.

Puller se volvió hacia ella.

—Te lo agradezco. —Titubeó—. Y perdona que te haya tratado tan mal esta mañana.

—Olvídalo. Tampoco yo soy muy de mañanas. Y también puedo ser una gilipollas.

—Me dijiste que no estabas muy unida a tu padre, pero ¿lo ves de vez en cuando?

—Sería bastante difícil, puesto que murió.

—Lo siento, no lo sabía.

—Bebía demasiado, se fue marchitando, cayó en una depresión, terminó más solo que la una, y se metió una bala de una Glock sin molestarse en dejar siquiera una nota.

—Caray, tuvo que ser muy duro.

—No tanto como puedas pensar. Para entonces llevábamos mucho tiempo distanciados.

—Aun así, era tu padre.

—En realidad, al menos para mí, había perdido ese título. No debe darse por sentado, Puller, solo porque un espermatozoide tropiece con un óvulo. Tienes que ganártelo. Él decidió no hacerlo. Y sufrió las consecuencias. Es increíblemente triste, pero no fue decisión mía, fue suya.

—Me admira que puedas ser tan... analítica en este asunto.

—Eso solo sucede después de haberte pasado unos diez años de tu vida llorando. Una vez que las emociones se desvanecen, solo te queda la capacidad de análisis.

Pero mientras lo decía, Knox apartó la vista de Puller y miró al frente.

Habían llegado al hotel y Knox lo empujó hacia la entrada.

—Ve a hacer lo que tienes que hacer. Me acercaré un momento a la farmacia para comprar unas cosas que necesito. Nos vemos en el vestíbulo.

Puller la miró un momento y acto seguido entró en el hotel.

Knox miró con frenesí a su alrededor y entonces reparó en el estrecho callejón de detrás del hotel. Se adentró en él, dio la espalda a la calle y se echó a llorar.

44

Robert Puller estaba en una sórdida habitación de motel junto a un centro comercial de la Route 1 en el sur de Alexandria, mirando fijamente una tira machacada de moqueta aunque en realidad no la veía.

La noche anterior había visto el cerebro de Niles Robinson salpicando una pared en Union Station. Había trabajado con Robinson varios años en el STRATCOM, primero en Nebraska y después en Kansas. Había considerado a Robinson un buen amigo. Lo había observado cuando subió al estrado, mientras su mente visitaba el despacho de Robinson, repasando cuanto contenía. En la extraña manera en que funcionaba su cerebro, una vez que Robert Puller veía algo, siempre permanecía en su mente, guardado a salvo en un rincóncito de su materia gris.

En su mental deambular se había detenido en la fotografía de Ian Robinson cuando estuvo enfermo, con la cabeza afeitada y tubos por todo su frágil cuerpo. Puller y Niles habían hablado a menudo del chico, su enfermedad y su nefasto pronóstico. Había sido descorazonador, la verdad. Y si bien no podía estar de acuerdo con lo que Niles había hecho, podía entender por qué lo había hecho.

Y ahora, mientras Ian creciera, lo haría sin su padre.

Puller se sentía culpable. Habían seguido a Robinson. Puller tendría que haber previsto esa posibilidad. Sin embargo, no había imaginado que lo fuesen a matar en un lugar tan concurrido.

Pero ahora no podía hacer nada por Robinson. Y lo que Robinson le había dicho era prometedor. A alguien le molestaba que estuvieran preparando a Puller para hacer grandes cosas en el ámbito de la inteligencia. Ahora bien, ¿era posible que fuese solo eso? Quizá Robinson no conocía toda la historia.

«¿Arruinar mi carrera y meterme en prisión solo porque a alguien no le gusto o porque está celoso? No, tenía que haber algo más. ¿Y qué había querido decir con que "había intentado hacer lo correcto"? ¿En qué sentido?»

Puller se tumbó en la cama y miró el techo en lugar de la moqueta raída. No encontraba pies ni cabeza en lo que Robinson había querido decir, de modo que pasó a otro asunto.

Puller se había mudado al este debido a un cambio en el mando del STRATCOM. A Daughtrey también lo trasladaron al mismo sitio que a él. Y después lo asesinaron. Con la nueva asignación de personal, otros cambios habían tenido lugar en el orden jerárquico. Ante todo, Martin Able había conseguido su cuarta estrella y pasó a ser el jefe de la NSA. Era un cargo de primera.

Sin embargo, ahora quizá no lo fuse tanto. La NSA estaba inmersa en la controversia tras las revelaciones de Snowden. El antiguo espía de la NSA había acusado a la agencia de una conducta sin precedentes que había arrojado una oscura sombra sobre toda la comunidad de inteligencia de Estados Unidos.

Puller no había estado directamente implicado en las actividades de la NSA durante el tiempo que estuvo en el STRATCOM, aunque las agencias trabajaban estrechamente unidas. Pero las revelaciones que habían salido a la luz a lo largo del año anterior no estaban relacionadas con un cambio drástico en la manera de proceder de la NSA. Las recientemente difundidas y ahora denunciadas tácticas de vigilancia hacía mucho tiempo que eran moneda corriente.

Muchas personas habrían preferido que esas revelaciones no se hicieran públicas, pero aun así lo fueron. Y ahí es donde Puller cometió su error de cálculo. Había sospechado de Martin Able, su antiguo jefe. Por eso se había dirigido al este. Pero aquello podía no tener relación alguna con los problemas de la NSA y, por extensión, del STRATCOM. Él estaba en una celda de la DB y lo había estado durante más de dos años. A lo largo de todo ese tiempo nadie se había metido con él. Nadie.

Hasta que recientemente un hombre había entrado en la prisión con la tarea de matarlo. Tenía que haber un motivo. Y si lograse averiguar ese motivo, podría averiguar, por extrapolación, todo lo demás.

Esta reflexión lo llevó de nuevo a las personas que Robinson había mencionado, aquellas que no veían con buenos ojos que Puller ascendiera y que con el tiempo llegara al puesto más alto. Y entre ellas no cabía incluir a Martin Able. Estaba bien encarrilado para convertirse en el jefe de la NSA. Y estaba claro que quería que Puller tuviera éxito; su tutela lo había demostrado.

Ahora bien, era obvio que Susan Reynolds no era fan de Puller y que había conspirado para traicionarlo por dinero y tal vez por un rencor profesional. Pero no podía ser la fuerza motriz de todo aquello. Le faltaban rango y cabeza.

Llegados a este punto, los pensamientos de Puller cambiaron de rumbo. Hacia la brecha que existía entre Daughtrey, el una estrella y Able, el ahora cuatro estrellas. Cuando se había marchado del STRATCOM, había dejado vacante el cargo más alto. Una rápida búsqueda en Google le dijo a Puller que un almirante había asumido el trabajo de Able en el STRATCOM. No lo habían ascendido desde dentro, sino que procedía de otro mando. Debajo de él a nivel directivo había un tres estrellas que era subcomandante, un jefe del Estado Mayor que era un dos estrellas y un sargento mayor de comandancia que era el jefe de más edad reclutado.

La lista no terminaba ahí. También estaban los comandantes de componentes del cuartel general, que estaba compuesto por un batiburrillo de generales de tres, dos y una estrella, contraalmirantes, coroneles, mayores, capitanes y también civiles. Formaban un apabullante arsenal de posibles sospechosos, todos y cada uno entregado al baile profesional, con la esperanza de ascender en rango y poder antes de que terminara la música.

Puller abrió su portátil y se conectó a internet. Estudió la biografía profesional de cada una de estas personas, repasando la lista una y otra vez, confiando en que surgiera algo.

Había un momento crucial.

«La decisión de matarme en la DB. ¿Qué ocurrió para provocarla? Habría requerido planificación, pongamos un par de meses para organizar todos los detalles precisos. El detonador podía hallarse en cualquier época anterior, solo que no sé cuánto he de remontarme en el tiempo. Pero tengo otro momento crucial que quizá me lleve en la dirección correcta.»

Pirateó una base de datos segura para buscar el currículo interno y no público de Susan Reynolds.

Había tenido muchos destinos a lo largo de una carrera gubernamental que se dilataba más de veinticinco años. Su formación académica era espectacular y ostentaba títulos superiores a pesar de haber sido una madre joven. Se había abierto camino hasta un cargo directivo, pero Puller dudaba de que tuviera la potencia o los contactos necesarios para alcanzar el nivel SES antes de jubilarse, aunque cabía que lo consiguiera. Había pasado temporadas en ultramar y había estado en zonas de guerra. Incluso había servido en equipos de interrogatorio sobre el terreno y era experta en técnicas para sonsacar información a personas que no querían darla. En fin, sin duda podía imaginarla apretándole las tuercas a cualquiera. Y tal vez su atracción por las armas la había ayudado en ese ámbito. Retrocedió más en su expediente. Había estado en Europa oriental y en Corea del Sur, entre otros lugares. Y, tal como había mencionado cuando Puller estuvo en su casa, muchos años atrás había formado parte de un equipo de verificación de reducción de armas nucleares del START en la Unión Soviética.

Hacía cuatro meses que se había incorporado al Centro WMD de armas de destrucción masiva. A Puller se le ocurrieron otros cinco destinos más probables a los que podrían haberla asignado.

Así pues, ¿por qué las WMD?

Buscó al director del centro. No era un militar. El jefe actual era Donovan Carter, civil y SES, o miembro del servicio ejecutivo de élite, cosa que en las fuerzas armadas equivalía más o menos al rango de general o almirante. Y Puller sabía que Carter también había encabezado la mucho mayor DTRA, o Agencia de Reducción de Amenazas de Defensa, que ocupaba una posición destacada en mantener América a salvo de las WMD.

Puller conocía a Carter por motivos profesionales. Nunca habían trabajado juntos, pero se habían reunido en varias ocasiones.

Carter había subido a bordo del centro y la DTRA más o menos al mismo tiempo en que habían destinado allí a Susan Reynolds. De modo que estuvieron juntos en Fort Belvoir. La DTRA empleaba a mucha gente y Fort Belvoir era inmenso, y Reynolds solo era un pequeño componente de aquella organización.

«Hay otro momento crucial. Me tendieron la trampa y se libraron de mí en el STRATCOM justo antes de mi siguiente ascenso.»

Estaba previsto que pasara de comandante a teniente coronel. A partir de ahí su trayectoria era predecible en lo que a rango atañía: coronel, una estrella, dos estrellas y así sucesivamente. Lo único impredecible sería el ritmo. Había normas que determinaban la espera entre ascensos, incluso un tiempo mínimo para ciertas categorías, requisitos de formación para el desempeño de determinadas funciones. Y también había los escollos adicionales para saltar a ascensos especiales. Aquello era meritocracia en su máxima expresión. Y Puller siempre había ascendido deprisa, señalado para lucir las estrellas en los hombros casi desde el mismo momento en que salió de la Academia de las Fuerzas Aéreas siendo el mejor de su promoción, a considerable distancia del siguiente compañero de clase.

Y entonces se le ocurrió la posibilidad.

Como teniente coronel del STRATCOM iban a trasladarlo a la ABF, o Base de las Fuerzas Aéreas, de Bolling en Washington, D. C., destinado al Mando Central de Inteligencia, Vigilancia y Reconocimiento de las Fuerzas Conjuntas, o ISR, un componente del STRATCOM.

A Puller le constaba que todos estos acrónimos volverían loca a la mayoría de los civiles. Pero durante buena parte de su vida había sido lo único que conocía, convirtiéndose en un lenguaje con el que se manejaba tan fácilmente como podía recitar el alfabeto o saber el orden de las medallas y los galones de un uniforme.

En el ISR habría estado bajo la tutela de un dos estrellas. También habría tenido línea directa con la infraestructura de inteligencia de Estados Unidos gracias a que la NSA quedaba a tan solo un breve trayecto en coche hasta Fort Meade, en Maryland.

«¿Podía ser posible?»

Volvió a echar un vistazo al currículo de Donovan Carter. No le costó mucho encontrar lo que buscaba. Dos años atrás habían destinado a Carter al ISR.

Acto seguido repasó el historial profesional de Susan Reynolds.

Y entonces todo se juntó como los rescoldos que finalmente se encienden y producen una llama.

La habían destinado, junto con Carter, al ISR. Ahora Carter estaba en el Centro WMD y Reynolds también.

¿De modo que le habían tendido la trampa para que no consiguiera el ascenso y no lo trasladaran a Bolling, donde habría trabajado con Donovan Carter? Si tal era el caso, ¿por qué? ¿Y quién había ocupado su vacante en Bolling?

Algo salió reptando de un recóndito almacén de su cerebro y desfiló delante de sus ojos. Consultó su portátil solo para confirmar que estaba en lo cierto. Carter, Reynolds y esa persona.

La vacante de Puller en Bolling la había ocupado un hombre que entonces tenía rango de coronel. Desde entonces había ascendido a general de brigada. Pocos días antes su carrera y su vida habían terminado en Kansas.

Se llamaba Timothy Daughtrey.

45

John Puller aguardó hasta llegar a su habitación para abrir el documento adjunto del e-mail. Se sentó en la silla y leyó la carta una vez, y después, como buen soldado que era, la leyó otras dos veces, llenando las lagunas que habían dejado las lecturas anteriores.

Dejó el teléfono y se quedó mirando fijamente la pared de enfrente. Nunca había sabido que su padre pudiera ser tan elocuente con la palabra escrita. Sabía dar órdenes como nadie, concisas e imposibles de malinterpretar, era el Ulysses S. Grant de su generación. Pero transmitir sentimientos y emociones como lo había hecho en la carta dirigida al consejo de guerra, bueno, era algo tan extraordinario como inesperado.

Nunca había conocido aquella faceta del viejo. Dudaba de que alguien la conociera, ni siquiera su hermano. Sobre todo su hermano. Puller no había seguido el camino de un oficial y su padre nunca lo había perdonado. Sin embargo, Bobby, que sí era oficial, se había llevado el grueso del escarnio de su padre. Puller había sido un soldado con un rifle en las trincheras. Había combatido por su país, lo habían herido por su país y había sido, según el punto de vista de su padre, un gran soldado. Su hermano había sido, en palabras de su padre, «un buen aviador haciendo de mecanógrafo», esta última palabra en desdeñosa alusión al inmenso talento de su hermano para la tecnología.

Pero en aquella carta Puller sénior había escarbado en alguna parte para encontrar palabras adecuadas para convencer a un tribunal militar de que diera la posibilidad a su hijo de vivir en lugar de enviarlo a una muerte segura. Había dicho cosas acerca de su hijo mayor que Puller nunca hasta entonces había oído en boca del viejo. De hecho, era como si fuesen dos hombres distintos. Pero ahí estaban, con la buena letra de su padre. Cómo había sido capaz de hacerlo mientras la enfermedad le iba corroyendo la mente era algo que escapaba a la comprensión de Puller.

Guardó el teléfono en un bolsillo y metió sus cosas en la bolsa de viaje. Salió de la habitación y se reunió con Knox en el vestíbulo. Reparó en que estaba colorada y se la veía agotada.

—¿Qué pasa, has echado una carrera mientras estaba en mi habitación?

—¿Por qué lo dices?

—Tienes la cara encendida y los ojos enrojecidos. Y te veo hecha polvo.

—Tal vez haya contraído algo. Soy alérgica al polen. Y solo he dormido tres horas.

—Entendido —dijo Puller mientras se dirigían al coche.

—Me recuperaré pronto —aseguró Knox enseguida—. He tomado una pastilla. Por eso me he acercado a la farmacia.

—Pues entonces yo conduciré y así tú podrás descansar.

—Te lo agradezco.

Cargaron el coche y ocuparon los asientos delanteros. Las nubes se habían espesado y ennegrecido, y estaba empezando a llover.

—Un tiempo estupendo para echar una cabezada —dijo Puller—. Escucha las gotas que golpean el techo y te quedarás frita en el acto.

—Ya. —Knox se acurrucó en el asiento, tapándose con la chaqueta, y dijo—: Por cierto, ¿adónde vamos?

—De vuelta al D. C.

—¿Por qué?

—¿Por qué no? ¿Prefieres regresar a Kansas?

—No especialmente. Creo que allí ya hemos hecho cuanto había que hacer.

—En algún momento tendré que regresar para recoger a mi gata.

Knox sonrió socarrona.

—Todavía me sorprende que tengas una mascota, Puller. Y encima, un gato que estaba tendido en la cama junto al cadáver de Daughtrey como si tal cosa.

—AWOL es genial cuando está sometida a presión. Y es fácil de cuidar.

—¿Como su propietario?

—Seguramente por eso nos llevamos tan bien.

—Hay un largo trecho hasta el D. C.

—No hay problema. Conduciré todo el camino. Así tendré ocasión de pensar.

—¿Y cuando lleguemos al D. C.?

—La primera prioridad será comprobar qué le ocurrió a Niles Robinson.

—Parece un buen plan —dijo Knox, y cerró los ojos.

Puller llegó a la autopista, enfiló hacia el norte y aceleró.

—¿Ya te has dormido, Knox?

—No, aún no.

—Perdona.

—¿Algo te ronda la cabeza?

—¿Tienes algún enemigo?

—¿No los tenemos todos?

—¿Alguno en concreto?

—Ahora mismo no se me ocurre ninguno. —Se enderezó en el asiento—. ¿Por qué me lo preguntas?

Puller daba golpecitos al volante con la mirada fija al frente.

—He recibido un mensaje de texto.

—¿Sobre qué?

—Sobre ti.

—¿Qué dice sobre mí?
—Que no eres lo que pareces. Que no debería confiar en ti.
Knox apartó la vista y frunció el ceño.
—¿Quién te lo ha enviado?
—No lo sé. Llamé al número, pero no contestaron. Intenté rastrearlo, pero quizá era un móvil desechable. De hecho, me sorprendería que no lo fuese.
—¿Por eso te has comportado como lo has hecho esta mañana?
—Sí.
—¿O sea que te has creído el texto sin siquiera saber quién lo enviaba?
—No sé qué he creído.
—Y una mierda. Claro que te lo has creído. Incluso después de que nos atacaran en ese callejón y por poco nos mataran.
—Si me lo hubiese creído habría hecho algo al respecto.
—Pero no me lo has dicho enseguida.
—No, es cierto —concedió Puller—. Pero es que tampoco soy perfecto.
Knox cruzó los brazos y se hundió en el asiento.
—Bueno, tampoco yo soy perfecta, de eso no cabe duda.
—¿Hay algo que te preocupe? Tengo tiempo para escuchar.
—Por mi parte, nada.
—Tanto mejor.
—Y quizá el texto llevara razón, quizá no sea lo que aparento ser.
—Con texto o sin él, nunca he pensado que fueras quien aparentas ser, Knox.
Knox le lanzó una mirada.
—Entonces ¿por qué...?
—Dejémoslo correr por ahora.
—No te entiendo, Puller, de verdad que no. Cada vez que creo que te tengo calado me das una sorpresa.
—Dijiste que soy predecible.

—Pero estoy aprendiendo que no lo eres. Al menos no en todo.

—Un buen soldado nunca deja de aprender.

Knox volvió a acurrucarse en el asiento y cerró los ojos.

—¿Has leído la carta que escribió tu padre?

—Sí.

—¿Y?

—Y me ha hecho entender que ninguno de nosotros somos quienes aparentamos ser. Ahora duerme un poco. Te despertaré cuando estemos cerca.

Pocos minutos después su respiración devino acompasada y los brazos le cayeron en los costados.

La lluvia arreció y con ella, el viento. Puller tuvo que esmerarse para mantener el coche en línea recta en la autopista, pero conducía con sus dos manazas aferradas al volante.

Una vez que dejaron atrás lo peor de la tormenta, su mente pudo olvidar las exigencias de conducir con mal tiempo y demorarse en las palabras que había escrito una leyenda militar de tres estrellas que supuestamente había perdido la cabeza en un hospital de veteranos.

Si Puller sénior era consciente de todo lo que había escrito en aquella carta, tal vez aún hubiera esperanza.

Para todos ellos.

Y quería que su hermano tuviera ocasión de leer aquellas palabras.

Lo deseaba con toda el alma.

Podían compensar muchas cosas. Tal vez, incluso en un mundo imperfecto, podrían compensarlo todo.

46

Algo más de seis horas después, cuando ya se acercaban a la zona del D. C., Puller despertó a Knox dándole un empujoncito en el costado. Se despertó tal como lo haría él, serena, alerta y dispuesta a correr o a apretar el gatillo, según fuese el caso.

—No se me ha ocurrido preguntarte dónde te alojas —dijo Puller.

—Puedes dejarme en el Hotel W. Es muy céntrico. Ya he dormido allí otras veces.

—Bien cerca de la Casa Blanca. ¿Vas a reunirte con el presidente?

—No, no lo tengo previsto en mi agenda para hoy.

Puller se volvió hacia ella de golpe. Tal como lo había dicho, parecía que hablara en serio.

—Pues al W.

—¿Qué vas a hacer tú? —preguntó Knox.

—Ir a Quantico a cambiarme de ropa y recoger cosas que tal vez necesite. Y a dar el parte de novedades.

—Yo haré lo mismo en el hotel.

—¿Cómo se tomarán que hayas disparado a dos hombres y matado a uno?

—Me parece que se lo tomarán bastante bien, habida cuenta de las circunstancias. Aunque me consta que tendré que rellenar una montaña de formularios. Y en algún momento tendré que regresar a Carolina del Norte y a Kansas para ocuparme de ello.

—Espero que logren dar con el tipo al que disparaste en Charlotte.

—Sí, estaría bien. Quizá esté muerto en algún otro callejón. Pueden hacer otra prueba de folículos —agregó con sarcasmo—. Si encuentran hielo, quizá sea de Alaska. O quizá de Siberia.

El teléfono de Puller volvió a emitir un zumbido. Miró la pantalla aprovechando que el semáforo estaba en rojo. Lo metió de nuevo en el bolsillo.

—¿Algo importante?

—El general Rinehart y el señor Schindler quieren reunirse conmigo.

—¿Dónde?

—Ellos también han regresado al este. Cena en el Army-Navy Club. Esta noche a las ocho y media. ¿Te apuntas?

—Dudo mucho de que quieran reunirse conmigo.

—Me trae sin cuidado lo que quieran o dejen de querer. Estás en mi equipo. Así que también tienes que venir e informar.

—Tengo entendido que Rinehart suele tener un humor de perros.

—Cualquiera que persiga su cuarta estrella tiende a enfurruñarse. Tengo que ir a buscar mi uniforme. Puedo recogerte a las ocho pasadas y vamos juntos. ¿Te parece bien?

—Me parece bien, Puller. Y me siento halagada.

—¿Por qué?

—Porque me has incluido en tu equipo.

Detuvo el coche delante del Hotel W y Knox se apeó y sacó su bolsa de viaje del maletero. Se acercó a la ventanilla de Puller y le hizo una seña para que la abriera. Se inclinó un poco y sonrió con coqueta timidez.

—Aunque, por otra parte, pensaba que eras tú quien estaba en mi equipo.

Le dio un cachete en la mejilla, se volvió y se dirigió sin prisa hacia el vestíbulo del hotel.

Puller observó sus andares hasta perderla de vista, subió la ventanilla y se marchó.

Al llegar a Quantico se reunió brevemente con Don White, su comandante, que no estaba nada contento con la situación, sobre todo porque al parecer le constaba que Puller no podía contárselo todo.

—Sé que hay muchos peces gordos que te respaldan, Puller. Pero mi consejo es que vigiles todos los puntos de la brújula. Si esto termina en desastre, cosa harto posible, te señalarán con el dedo tan rápido que la cabeza te dará vueltas.

—Recibido —había dicho Puller.

Condujo hasta su casa pensando en esta advertencia y en la semejante que le había hecho Shireen Kirk. De aquel asunto nada bueno saldría para él. Pero por más lista que fuese, quizá estuviera equivocada.

«A lo mejor consigo encontrar a mi hermano.»

Llamó al despacho de Rinehart y le dieron el visto bueno para que Knox asistiera a la cena. Después puso al día papeleo atrasado y llamó al veterinario de Fort Leavenworth para ver cómo seguía AWOL.

—¿Qué quieres que te diga? La maldita gata no parece saber siquiera que la has abandonado —fue la respuesta del veterinario, y Puller casi pudo ver la sonrisa que acompañaba a aquel comentario.

—Ya, bueno, dile que yo también la quiero.

No disponía de mucho tiempo antes de regresar al D. C. para la cena, pero se puso el chándal y salió a correr. Después regresó paseando a su apartamento, sintiéndose bien con los músculos cansados y más animado gracias a las endorfinas. Se dio una ducha rápida y se sentó en la cama envuelto con una toalla para repasar las notas que había reunido durante los últimos días.

Macri, muerta.

El ucraniano, muerto.

Daughtrey, muerto.

Los transformadores, desaparecidos.

Los hombres que lo habían secuestrado.

La persona que lo había salvado, posiblemente su hermano.

Las mentiras de Susan Reynolds.

El ataque en el callejón.

La muerte de Niles Robinson.

La carta que escribió su padre.

Su hermano en libertad.

Y Knox. Habían compartido una mirada de avidez y por poco acaban compartiendo mucho más. Y después estaba el mensaje de texto. Ella no era lo que aparentaba ser. Lo cierto era que no podía confiar totalmente en ella. En aquel asunto, no podía fiarse de nadie. Aquel no era el mundo de los soldados. Ese lo entendía de pleno. Contabas con el tío que tenías a tu lado y él contaba contigo porque era la única forma de sobrevivir.

Aquello no era servir de soldado aunque hubiera uniformes a porrillo en la mezcla. Aquello era el ámbito de la inteligencia, que al parecer estaba plagado de mentiras flagrantes, filiaciones políticas, segundas intenciones y planes que cambiaban, y todo el mundo te decía lo que querías oír mientras te clavaban más hondo el puñal en la espalda y le daban la culpa a otro. Ese mundo, el mundo de su hermano, le era completamente ajeno. Se sentía como un recluta novato, abandonado en el quinto pino para que nadase o se ahogase, para vivir o morir.

Se puso el uniforme de bonito y salió de Quantico enfilando la Interestatal 95 hacia el D. C. Por suerte, iba en dirección contraria al tráfico. La 95 en dirección al sur era, como de costumbre, igual que un aparcamiento. Se detuvo delante del Hotel W y se disponía a enviar un mensaje de texto a Knox para decirle que la aguardaba allí fuera cuando ella salió con una falda azul marino, chaqueta a juego, una blusa rosa pálido, medias muy finas y tacones altos. Se había recogido el pelo en una trenza y llevaba un bolso de mano. Y ahora él sabía que dentro había una pistola.

Quitó el seguro a la puerta del pasajero y Knox se deslizó al interior del vehículo con un frufrú de la falda y la mirada de Puller clavada en sus largos muslos.

—¿Un día productivo? —preguntó Knox.

—Bastante. ¿Y el tuyo?

—He hecho bastantes cosas. ¿Has arreglado lo de mi asistencia esta noche?

—Todo resuelto.

—Me sorprende que lo hayan permitido.

—Estoy convencido de que se efectuaron llamadas, se enviaron e-mails, se examinó tu historial centímetro a centímetro, se hicieron consultas y se informó a las personas apropiadas. Ahí lo tienes. Ahora saben más de ti que tú misma.

Arrancó y se dirigió hacia el Army-Navy Club, que no quedaba a mucha distancia, pero que con el tráfico de aquella hora de la noche y la miríada de semáforos que se interponían parecía que fuese de cincuenta kilómetros.

—¿Cuál es el orden del día para esta noche? —preguntó Knox.

Puller le echó un vistazo y vio que lo estaba mirando fijamente.

—No soy yo quien lo establece. Son ellos. Los generales y los tipos con acceso directo al presidente son propensos a hacerlo. Yo no soy más que un humilde suboficial mayor.

—Tienes que mejorar tu autoestima, Puller, o no llegarás rápido a ninguna parte.

—No llega más lejos quien más corre.

—Salvo si alguien te está disparando.

—¿Te encuentras mejor? ¿Se te ha pasado lo que fuere que tenías?

Knox cruzó los brazos de nuevo, gesto que Puller constató una vez más que Knox hacía cada vez que se ponía a la defensiva o salía por la tangente.

—Estoy en ello.

—Bien. Quizá deberías probar con Sudafed. O con un sacerdote.

Knox se volvió para mirarlo.

—¿Un sacerdote?

—Tu expediente dice que eres católica. He pensado que quizá querrías confesarte. Se supone que es bueno para el alma.

—¿Me estás acusando otra vez de mentirte?

Puller se abrió paso entre el tráfico de la hora punta hasta que se detuvo ante un semáforo en rojo.

—Nos quedan unos diez minutos para llegar.

—No te sigo, Puller.

—No estabas enferma ni incubando un catarro. Tu voz era normal, no rasposa ni ronca. Durante el trayecto al D. C. no has tosido ni estornudado, ni siquiera moqueado. En un momento dado he puesto el aire acondicionado y ni siquiera te has estremecido. Y yo también soy alérgico al polen. En el aire no había porque de lo contrario lo sabría.

—¿Adónde quieres llegar?

—Estabas congestionada y con los ojos enrojecidos por otra razón. La emoción puede provocar eso. Más concretamente, llorar puede provocarlo, aunque no te tengo por una llorica. Por otra parte, no te conozco muy bien. Pero si algo hizo que te desmoronaras tuvo que ser algo grave. Y eso podría reaparecer y estallar delante de mis narices. Si me equivoco en algo, no dudes en decírmelo.

El semáforo se puso verde, pero Puller no se movió. El coche de detrás tocó el claxon.

—Sigue conduciendo —dijo Knox—. Como bien has dicho, tenemos diez minutos.

Puller cruzó la calle. Cosa de un minuto después, Knox dijo:

—Te dije que no era lo que parecía.
—Y yo te dije que no me sorprendía.
—Pero ¿y si...? —Se calló y miró por la ventanilla.
—¿Y si qué? —dijo Puller.
Knox se volvió hacia él.
—Para.
—¿Qué?
—Aparca aquí mismo. Podemos hacer el resto del camino a pie. Si llegamos un poco tarde, seguro que al general y al señor Schindler no les importará. De hecho, quizá caminar sea más rápido que ir en coche con este tráfico.
Milagrosamente, Puller encontró una plaza de aparcamiento en la manzana siguiente, que otro coche estaba dejando libre.
Habían recorrido media manzana cuando Knox levantó la vista hacia él y le tocó la manga del uniforme.
—Bonita gorra. Quería decirte que estás muy guapo vestido de azul. Bastante imponente.
—Tú también estás estupenda, pero estoy aguardando a oír lo que me tienes que decir.
—Que me asignaran este caso no fue coincidencia. Me lo asignaron porque te lo habían asignado a ti.
—¿Y cuál era tu cometido?
—Vigilarte e informar. Cosa que he hecho.
—¿Eso es todo?
Knox le dio un leve puñetazo en el brazo.
—¿Qué pasa, no tienes bastante con esto?
—No es momento de flirtear, Knox.
Se puso seria de golpe y miró al frente mientras caminaban.
—No, eso no es todo. ¿Los transformadores?
—¿Qué pasa con ellos? —dijo Puller hastiado.
—Los hice desaparecer. Junto con Jordan, el técnico.
Puller se paró en seco y ella no se dio cuenta hasta haber dado unos pasos más. Regresó lentamente hacia él, con la frente arrugada de preocupación.

—¿Hiciste desaparecer pruebas cruciales de una investigación? —dijo Puller—. Eso es obstrucción.

—No fue bajo mi autoridad, te lo aseguro. Cumplía órdenes.

—¿De quién?

—De mis superiores.

—Me gustaría saber sus nombres, rangos y números de identificación. Y me gustaría saberlos ya.

—Me temo que no puedo decírtelos.

—Acabas de reconocer que has cometido un delito, Knox, un delito grave.

—Nunca me juzgarán, Puller. Así es como funcionan las cosas en mi mundo.

—Pero no en el mío.

—Por si no te has dado cuenta, tú estás en mi mundo, no en el tuyo, porque ahí es donde vivía tu hermano.

—¿Por qué hiciste desaparecer pruebas?

—Porque habrían revelado restos de un artefacto explosivo.

—O sea, ¿que hubo sabotaje?

—No podían dejarlo al azar, Puller. Igual que el generador. Lo estropearon adrede.

—¿Y los dos técnicos?

—Ni idea. Es bastante fácil de hacer. Macri y sus compinches no tuvieron problemas con eso.

—¿Te has enterado de todo esto ahora?

Knox reanudó la marcha y Puller se adecuó a su ritmo.

—Tenemos un problema, Puller, un problema muy grande. Hay un traidor en nuestras filas. Quizá más de uno. No, con toda seguridad, más de uno. Tal vez un montón. Y ocupan puestos muy altos. Consiguieron enviar a tu hermano a la DB. Han perjudicado la seguridad de esta nación. Sin duda están planeando algo más, algo grande.

—Pues entonces ¿qué pinto yo, Knox, si sabes todo esto? ¿Por qué me invitaron a la fiesta?

—Esa es la cuestión clave, Puller. ¿Por qué te invitaron a la fiesta? Todavía no he encontrado a alguien que me lo pueda contestar a mi satisfacción.

—Los generales Rinehart y Daughtrey y James Schindler me dijeron que pensaban que, debido a mi relación con mi hermano, tendría más perspicacia que otros. Pensaban que les daba más posibilidades de encontrarlo.

—Tal vez sí, tal vez no.

—Bien, puesto que vamos a cenar con dos de ellos, ¿por qué no se lo preguntamos?

—Eso es precisamente lo que no puedes hacer. Cuando he dicho que esto llega muy alto quería decir que podría llegar hasta el Everest.

—Schindler está en el NSC. Es el hombre de confianza del presidente. Y Rinehart es candidato para el Estado Mayor Conjunto. ¿Me estás diciendo que son traidores?

—No te digo que lo sean ni te digo que no lo sean porque no lo sé. Lo que sí sé es que tenemos que descubrir la verdad antes de que se arme una gorda en alguna parte. Por lo que sé, ya puede haberse armado.

—Vaya, parece ser que sabes muchas más cosas que yo.

—Quizá sea verdad en ciertos asuntos reservados. Pero no sé el porqué ni el quién, tal como has dicho antes. Y hasta que sepamos estas cosas es como si no supiéramos nada.

—Pero ¿por qué llevarse los transformadores? ¿Por qué encubrir el sabotaje?

—No queremos que sepan que lo sabemos. Si pasan a la clandestinidad quizá nunca demos con ellos.

—¿Y Macri? ¿Y los tipos que me secuestraron?

—Carezco de explicaciones, Puller. No sé si forman parte de la conspiración o si son otra facción de la que nada sabemos.

—¿Y los tipos del callejón?

—Si lo supiera te lo diría.

—¿Estás segura?

—No me vengas con estas.

Puller se detuvo otra vez.

—¿No crees que me he ganado ese derecho?

Knox suspiró.

—La respuesta corta es: te has ganado ese derecho. —De pronto le agarró el brazo—. Pero te estoy suplicando que no te metas en eso, ahora no. Después, cuando todo haya terminado, podrás darme una patada en el culo.

Puller le miró el trasero.

—Puedes darlo por hecho —dijo.

47

Subieron la escalinata del Army-Navy Club y entraron al bien iluminado vestíbulo. El comedor principal quedaba a la derecha, pero Puller no sabía con exactitud dónde iba a celebrarse la cena con Rinehart y Schindler. Mientras se quitaba el abrigo, su problema quedó resuelto por un hombre trajeado que se apresuraba hacia ellos.

—¿Jefe Puller? ¿Señorita Knox?

—Soy Puller.

—Y yo Knox.

—Tengan la bondad de seguirme, por favor. Los esperan en un comedor privado de arriba.

Lo siguieron hasta la segunda planta y después por un largo pasillo.

Había tres hombres aguardando cuando entraron en el pequeño comedor. Cuando el hombre que los había acompañado se marchó, cerrando la puerta a sus espaldas, los tres hombres se levantaron. Uno era Rinehart con su uniforme de bonito, cuya pechera parecía una armadura con todas aquellas medallas. Otro era James Schindler con un traje negro, camisa blanca y corbata escarlata. Rinehart presentó al tercer hombre, que también iba de traje y corbata. Tenía unos cincuenta años, estaba en forma y llevaba el pelo rubio grisáceo cortado sin orden ni concierto. Un lado de su rostro había sufrido alguna clase de daño catastrófico que ya se había reparado, pero no del todo. La cuenca del ojo, la mejilla y la mandíbula de ese lado presentaban un aspecto más que cadavérico. Y daba la impresión de que el ojo era de cristal.

—Les presento a Donovan Carter —dijo Rinehart—. Es el jefe de la DTRA.

Puller hizo lo posible para mantener una expresión inescrutable, aunque le costó lo suyo. El jefe de la DTRA también era el director del Centro WMD. ¿Así que ese era el jefe último de Susan Reynolds?

Puller presentó a Knox a los tres hombres y todos se estrecharon las manos.

En cuanto se sentaron les sirvieron las ensaladas y el vino. Cuando los camareros los dejaron masticando sus lechugas y tomates y bebiendo sorbos de chardonnay, Rinehart miró a Puller y dijo:

—Es obvio que han sucedido muchas cosas. Agradeceríamos un informe completo.

Puller lanzó una mirada a Carter y después volvió a mirar a Rinehart.

—Ha sido convenientemente puesto en antecedentes, Puller —dijo el general.

Puller comenzó su intervención, desgranando lo ocurrido punto por punto. Cuando terminó evitó mirar a Knox por miedo a que le hubiese estado observando a causa de lo que había omitido relatar. Su secuestro y su ángel custodio. Los transformadores que Knox había hecho desaparecer. El sicario que entró en la DB para matar a su hermano. Sus sospechas sobre Reynolds. Y lo que habían descubierto acerca de Niles Robinson.

—¿Una capitana del Ejército formaba parte de una conspiración en la DB? Increíble —dijo Rinehart. Se volvió hacia Knox—. ¿Y usted es quien tuvo el encuentro mortal con ella?

—Me temo que sí, señor. Intentó matarme. No tuve más remedio que defenderme.

—Y unos hombres les siguieron en Charlotte y también disparó contra uno de ellos —dijo Schindler—. Resulta asombroso.

—Podría haber sido yo mismo quien disparase —dijo Puller—. Knox solo fue más rápida.

—Pero no lo maté —dijo Knox—. No estaba allí cuando regresamos. Quizá llevaba chaleco antibalas. A lo mejor alguien le ayudó a escabullirse. No sé cuál fue el caso.

Rinehart carraspeó.

—¿Quiénes podían ser esos hombres? ¿Tienen alguna relación con Robert Puller?

—Bueno, estamos investigando su fuga —dijo Knox—. No se me ocurre otro motivo por el que pudieran ir a por nosotros.

Donovan Carter habló por primera vez.

—Pero sin duda usted tiene enemigos, agente Knox. Todos hemos leído su historial profesional en cuanto hemos sabido que vendría esta noche. Ha hecho cosas extraordinarias en nombre de su país. Eso conlleva un precio.

—No cabe discutir que Lenora Macri intentó matarme. Y que se disponía a huir a Rusia y después, desde allí, quién sabe adónde. Ayudó al sicario a entrar en la DB.

—Espere, espere —exclamó Rinehart—. ¿Qué sicario en la DB?

Puller echó una rápida ojeada a Knox. Le había sorprendido que dijera aquello, puesto que no lo había mencionado en su informe. Ella correspondió con una ligera inclinación de cabeza para cederle la palabra.

Puller tardó poco en explicar lo del hombre de más que había en la compañía de PM que respondió a la situación que se generó en la DB, y por qué era posible que Robert Puller hubiese ocupado su lugar para escapar. Finalmente agregó:

—El análisis forense ha confirmado que estuvo hace

poco en Ucrania. Quizá vivía allí. Y su irrupción en la DB para matar a mi hermano es lo único que realmente tiene sentido.

—Hombre, también pudo haber ido allí para ayudar a su hermano a escapar —sugirió Carter.

—¿Y por qué lo mató?

—¿Tuvieron un altercado? ¿Fue un accidente?

—Le rompieron el cuello, usando una técnica concreta. Dudo de que fuese un accidente.

—¿Y algún tipo de desacuerdo? —sugirió Carter.

—No me convence —dijo Puller—. Y cuando has planeado una fuga tan elaborada para salir de una prisión de máxima seguridad tampoco es que andes sobrado de tiempo para ponerte a comentar y discutir los detalles. Te limitas a ejecutar el plan. Pero no veo cómo podría funcionar el plan si ambos tenían intención de salir. Ese hombre no llevaba consigo un segundo equipo antidisturbios. Y no veo cómo mi hermano podría haber salido, aun yendo equipado, sin que nadie se diera cuenta.

Rinehart miró a Puller, pero no dijo palabra. Carter y Schindler parecían poco convencidos.

—¿Y qué me dicen de Daughtrey? —preguntó Knox—. ¿Quién lo asesinó?

—Posiblemente Robert Puller —dijo Carter—. Sucedió en Kansas, donde su hermano se fugó.

—¿Por qué atacó a Daughtrey? Creo que ni siquiera lo conocía.

—Timothy Daughtrey fue quien ocupó la vacante que dejó su hermano en el ISR de la Base de las Fuerzas Aéreas en Bolling. Robert Puller iba a ascender a teniente coronel y lo habrían asignado al ISR. Yo habría trabajado con su hermano si no hubiese ingresado en prisión.

—¿Está diciendo que atacó a Daughtrey porque se quedó con una vacante que él no podía ocupar porque estaba en prisión? —preguntó Knox con escepticismo.

—Podría ser más que eso —dijo Carter—. Puede que hubiera algo más entre ellos. Eran coetáneos, competidores en el escalafón militar. No digo que sucediera. Solo lo apunto como posibilidad. Y el hecho es que, si bien Daughtrey iba un rango por delante de su hermano, Robert Puller tenía más combustible en el depósito. Teníamos los ojos puestos en él desde hace mucho tiempo. En algún momento habría superado a Daughtrey. Que fuese por una, dos o tres estrellas solo era cuestión de tiempo. Daughtrey iba a tocar su techo profesional. Tenía bastante talento, pero no era tan excepcional como su hermano.

—Aunque, lógicamente, todo esto cambió cuando Puller ingresó en prisión —dijo Schindler.

—Tal vez injustamente —terció Knox—. Y ahora parece probable que sea inocente.

—Yo no lo veo tan claro —dijo Rinehart—. Todavía no. No han presentado ninguna prueba que lo corrobore, ni un indicio. Y lo que apuntan ustedes se puede explicar. Por ejemplo, si Macri estaba implicada en ayudar a su hermano a escapar, quizá él le prometió algo a cambio.

—No tenía nada que ofrecerle —dijo Knox.

—Que nosotros sepamos —repuso Rinehart—. Un tipo listo como él quizá tenía activos en el éter digital. La soborna y se escapa. Ustedes descubren que Macri ha cobrado, sin saber de quién, y tienen un encontronazo mortal con ella. Ahora no podrá decirnos con quién trabajaba.

—¿Y los tipos del callejón? —insistió Knox.

Rinehart se encogió de hombros.

—Si Robert Puller era un traidor y estaba vendiendo secretos al enemigo, esas fuerzas aún estarían en activo. Tienen todos los incentivos para que la verdad no salga a la luz. Y el hecho de que el hombre hallado muerto en la DB fuese ucraniano refuerza esta teoría. Quizá trabajaba para su país o para los rusos o para otros, que a su vez sería a quienes Puller vendía secretos.

—Así pues, ¿piensan que es culpable? —preguntó Puller.

Rinehart se enfureció.

—Fue declarado culpable en un consejo de guerra. Huyó de la prisión. Hasta que usted o alguna otra persona pueda refutarlo o explicarlo, sí, pienso que es culpable.

—¿Y Niles Robinson? —dijo Knox.

—Testificó contra Puller —dijo Carter—. Y hay algo más, algo de lo que quizá no estén enterados.

Knox y Puller lo miraron expectantes.

—Tal como seguramente ya saben, Susan Reynolds trabaja en el Centro WMD. También prestó declaración en el consejo de guerra de Puller. Me informó personalmente de que Robert Puller irrumpió en su casa, la amenazó y le inyectó un veneno para hacerle confesar que había mentido al acusarlo, pero logró escabullirse y se hizo con un arma. Pero él escapó sin darle tiempo a atraparlo. —Hizo una pausa y agregó—: O a dispararle.

Puller se limitó a mirarlo fijamente un momento.

—¿Mi hermano estuvo en casa de Susan Reynolds?

Carter asintió con la cabeza.

—Y nos mostró la señal de la inyección. Le hicieron un análisis de sangre. Por suerte, no hallaron rastro de veneno. Sin duda se trató de un farol.

—Y eso significa que está en la Costa Este —agregó Rinehart—. O al menos lo estuvo.

Puller seguía mirando a Carter.

—¿Cuándo se enteraron de esto?

—Hoy mismo.

—¿Se lo han dicho a alguien más?

—A las partes adecuadas. A quienes buscan a Puller, sí.

—Y eso me incluye a mí.

—Por eso se lo estoy contando ahora.

—¿Dice que intentó que Reynolds confesara que había mentido? —dijo Puller.

—Sí. Quizá la estaba grabando y quería utilizar lo que dijera como moneda de cambio. Pero si efectivamente dijo algo que la incriminara fue porque la había amenazado y temía por su vida.

Puller fue a decir algo, pero Knox se le adelantó.

—¿Qué le dijo exactamente? —preguntó.

—Aparte de suplicar por su vida, dijo lo que pensó que él quería oír. Era un traidor convicto que había matado a un hombre para huir de la prisión. Me cuesta imaginar lo asustada que debía estar. Hemos puesto vigilancia en su casa por si vuelve a aparecer.

Puller miró a Rinehart y a Schindler.

—¿Ustedes dos estaban al tanto de esto?

—Donovan nos ha informado justo antes de que llegaran ustedes —dijo Schindler—. No es precisamente el retrato de un hombre inocente.

—Suponiendo que sea verdad —dijo Puller.

—¿Por qué iba Reynolds a inventarse algo semejante? —dijo Carter en tono de mofa—. Solo conseguiría meterse en este lío cuando no estaba involucrada en absoluto. No tenía alicientes para mentir.

—Los alicientes varían según el color del cristal con que se miren, al menos esa ha sido mi experiencia —dijo Puller.

—Y mi experiencia, señor Puller, me ha llevado a ver las cosas tal como se presentan. Y en contraste con los actos de su hermano, la señora Reynolds es con mucho el testigo más fiable. Es una empleada valiosa que ha servido lealmente a este país durante muchos años.

—Solo estoy señalando que todavía no conocemos todos los hechos.

—Su sesgo a favor de su hermano es lógico. —Carter miró primero a Rinehart y después a Schindler—. Y eso hace que me resulte muy difícil entender por qué está usted implicado en esta investigación.

—Está implicado, Donovan, porque le pedimos que se implicara —respondió Rinehart con aspereza.

—Conociendo como conoce a su hermano —agregó Schindler—, y con su formación como investigador, consideramos que tenía muchas probabilidades de seguirle la pista. Quizá más que ningún otro.

—Bien, pero eso no ha sucedido, ¿verdad? —repuso Carter.

—Llevo menos de una semana en el caso —dijo Puller, que de pronto se dio cuenta de que más bien parecía un año.

—Y hay otros efectivos persiguiendo a Robert Puller —agregó Rinehart—. No nos lo jugamos todo a una carta.

—De acuerdo, por ahora voy a suponer que saben lo que están haciendo —dijo Carter mientras les servían la comida.

Comieron mayormente en silencio, solo con alguna pregunta y respuesta de vez en cuando. Una vez que llegaron los cafés y una copa de oporto para Rinehart, Puller miró a Knox antes de decir a los tres hombres:

—Averiguamos que mi hermano recibió una carta amenazadora durante su consejo de guerra. Una carta que básicamente decía que si no dejaba que lo condenaran, mi padre y yo pagaríamos las consecuencias.

Miró enseguida a Rinehart, Schindler y Carter para ver su reacción. Le decepcionó ver que ninguno de los tres pareciera sorprenderse.

—Estamos al corriente de eso, Puller —dijo Rinehart.

—Me dijeron que no se lo habían comunicado a nadie.

—No crea ni por un instante que confiamos exclusivamente en usted para llevar a cabo esta investigación —dijo Schindler—. Tal como ha dicho el general Rinehart, no nos lo jugamos todo a una sola carta.

—En este caso usamos una política de tierra quemada, Puller. Hablamos tanto con la defensa como con la acusación. Y con el juez. Nos enteramos de la existencia de la carta, entre otras cosas, por Doug Fletcher —dijo Rinehart.

—Me entrevisté con él, pero no mencionó que hubiese hablado con ustedes.

—Porque mi gente le dijo que no lo contara. Y aunque ya no pertenece a las fuerzas armadas, sabe obedecer una orden de un tres estrellas.

—¿Por qué era importante que yo no lo supiera?

—No se hizo forzosamente para que usted no lo supiera.

Ni siquiera sabía que usted iría a hablar con él. Se hizo confidencialmente para mantener este asunto en un grupo lo más reducido posible de personas que debían saberlo.

—¿Y qué pensaron sobre la existencia de la carta?

—Pudo haberla escrito el propio Robert Puller. Por eso no se presentó como prueba.

—Eso no es del todo exacto. No se presentó como prueba porque mi hermano no quiso. Supongo que Fletcher se lo dijo a su gente.

—¿Qué más da? Aunque se hubiese presentado, no había manera de certificar su autenticidad.

—Esa es la cuestión. Mi hermano sin duda lo sabía. ¿Por qué iba a molestarse en escribirla? No iba a servirle de nada.

—No lo sabe con certeza —dijo Schindler—. Quizá cambió de opinión después de escribirla y decidió no utilizarla. Quizá pensó que tendría más peso en la apelación. No lo sé porque no soy abogado. Su hermano es sin lugar a dudas un genio. A veces los genios hacen cosas irracionales. A veces deliran. Tal vez se sentía culpable por lo que había hecho y escribió la carta y se inventó esa historia para compensarlo de alguna manera, al menos para él.

—Mi hermano no es un genio loco. No tenía delirios. Es tan pragmático como yo.

—Pero usted no tuvo trato con él en aquella época, ¿me equivoco, Puller? —dijo Carter—. Estaba en el extranjero sirviendo a su país. Las personas cambian.

—No tanto. Y menos mi hermano.

Carter se terminó el café, se limpió la boca con la servilleta y se volvió hacia Rinehart.

—Me parece que hemos agotado las posibilidades de esta reunión —dijo.

Rinehart asintió con la cabeza y se bebió el último sorbo de oporto.

Antes de que se pusieran de pie, Puller dijo a Carter:

—¿Por qué lo han incorporado al grupo de personas que debían saberlo?

—Puller, por Dios, el señor Carter es el director de la DTRA —dijo Schindler muy serio—. Supervisa un presupuesto de tres billones de dólares con personal desplegado en más de doce países. Está autorizado al máximo nivel.

—No me cabe la menor duda. Solo preguntaba por qué está implicado en este asunto en concreto.

Antes de que Rinehart tuviera ocasión de contestar, Carter levantó la mano.

—Esta la respondo yo, Aaron, si no te importa. —Se volvió hacia Puller—. Tal como he dicho, antes de estar a cargo de la DTRA trabajé donde su hermano iba a ser destinado antes de ir a prisión. Uno de mis colegas de allí era el malogrado general Tim Daughtrey cuando todavía era coronel. No trabajé con su hermano en aquella época, pero nos conocimos. Vi que tenía tanto potencial como el que más. Nunca me consideré mentor suyo porque, a decir verdad, no me consideraba suficientemente inteligente para serlo. Además, a Robert Puller le sobraban los mentores porque todo el mundo quería aprovecharse de su influencia. No quise creer que era culpable, pero también tengo que atenerme a los hechos. Bien, ¿mi interés en este caso? Como bien sabe, su hermano estaba en el meollo de muchos programas que a su vez constituyen el núcleo de lo que hace este país tanto en el campo de la defensa nuclear como en el de la inteligencia. Aparte de mis deberes en la DTRA, mi principal objetivo en el centro es localizar armas de destrucción masiva e impedir que caigan en manos de nuestros enemigos. El trabajo que su hermano hacía en el STATCOM guarda relación directa con lo que intento hacer en el centro. Si se ha escapado y la gente a la que vendía secretos vuelve a estar en activo, es preciso que me entere de lo que está sucediendo. Este país se enfrenta a muchos enemigos y problemas, desde la guerra cibernética al espionaje empresarial. Y la mayor preocupación a la que hacemos frente es que un renegado use armas de destrucción masiva contra nosotros. Una cuadrilla de guerreros cibernéticos puede atacar la red, inutilizar servidores de datos y piratear millones de cuentas de tarjetas de crédito. Pero una única arma de destrucción masiva puede borrar del mapa una ciudad entera y matar a cientos de miles de personas. Las tarjetas de crédito pueden reemplazarse. Las personas, no. Dicho esto, ¿qué le parece que es más problemático desde el punto de vista de la seguridad?

—Gracias por haber contestado a mi pregunta, señor —dijo Puller.

Carter se levantó, hizo una pequeña reverencia y le dedicó una sonrisa forzada.

—No hay de qué.

48

Rinehart y Schindler se marcharon en un coche conducido por un hombre de uniforme. Puller se dirigía a la salida cuando Knox le agarró el brazo, reteniéndolo.

—Espera un momento, Puller.

Poco después Donovan Carter los abordó en el vestíbulo.

—¿Tienen tiempo para un último trago? —preguntó, mirando a una y a otro.

Puller miró de reojo a Knox, que dijo:

—Es una propuesta que no podemos rechazar, señor.

Subieron al bar de la segunda planta. Quedaban muy pocos clientes y ocuparon una mesa del fondo. Carter pidió un whisky con soda, Knox una copa de prosecco y Puller una Heineken. Cuando llegaron las bebidas, Carter sacó una píldora de un pastillero de plata y se la tomó con un trago de whisky.

—Analgésico —explicó.

—¿Puede mezclarlo con alcohol? —preguntó Knox.

—Seguramente no, pero llevo años haciéndolo sin efectos secundarios adversos. Y el whisky hace que la engulla un poco mejor.

—¿Analgésicos? —dijo Puller.

Carter señaló el lado dañado de su rostro.

—Por si no se ha dado cuenta, sufrí heridas de tipo permanente.

—¿Qué sucedió, si no le importa que pregunte? —dijo Knox.

—Afganistán en 2001.

—¿Estaba en las fuerzas armadas? —preguntó Puller.

—Estaba allí sirviendo a mi país antes de que llegaran los uniformes. Me capturaron y torturaron. Lo que ven en mi cara solo son las señales visibles. Tengo muchas más debajo de la ropa. Los talibanes son bastante duchos en infligir dolor. Y cicatrices.

—¿Estaba recabando información secreta? —preguntó Knox.

Carter asintió con la cabeza.

—La inteligencia sobre el terreno era crucial antes de que invadiéramos. Afganistán es un hueso duro de roer. Muchas naciones lo han intentado. Los británicos. Los rusos. Es bastante sencillo ganar una guerra allí convirtiendo los escombros en polvo, como suele decirse. Sin embargo, es absolutamente imposible conquistar el país una vez que los tanques se retiran, tal como descubrimos para nuestro pesar.

—¿Cómo escapó? —preguntó Puller.

—Me gustaría decir que me rescataron, pero no fue así. Hui por mi cuenta. No sé muy bien cómo. El dolor me hacía perder la cabeza. Pero quizá estaba tan desesperado que aparté el sufrimiento de mi mente. Maté a los tres talibanes que me vigilaban. De haber tenido tiempo, los habría torturado antes de rebanarles el cuello. Parecía lo apropiado. Pero no tuve ocasión. Me arrastré unos quinientos kilómetros a través de un paisaje que parecía la luna hasta que llegué a un lugar seguro. Dos años de rehabilitación me permitieron recuperar el movimiento, caminar, hablar y usar los brazos. Pero las cicatrices son permanentes. El dolor es permanente. De modo que tomo píldoras y bebo whisky, aunque tampoco en exceso. Y sirvo a mi país y lo hago bien. Después de la dura experiencia en Afganistán la gente me consideró un héroe, con razón o sin ella. Al menos tenía las heridas para demostrarlo. Desde luego, eso me ayudó en mi carrera militar, que a partir de entonces fue como el lanzamiento de un cohete. Iba y venía de Capitol Hill a los servicios de inteligencia y terminé siendo un buen experto en seguridad nacional y asuntos exteriores. Alcanzar la categoría SES y estar al frente de la DTRA y del centro son realmente mis puntos culminantes. No puedo esperar más. Y ahora saben más sobre mí de lo que desearían —agregó, con una tímida sonrisa.

—¿Por qué nos ha ofrecido esta última copa? Tenía la impresión de que había dicho cuanto quería decir durante la cena —comentó Puller.

—Lo he hecho. Pero no estoy seguro de que ustedes hayan dicho todo lo que querían decir. Y si es así, soy todo oídos. Verán que se me da bien escuchar. Y sin la presencia del tres estrellas y del hombre de confianza del presidente, he pensado que se sentirán más a gusto para expresarse.

Knox habló a bocajarro.

—Vale, hagámoslo. Realmente pensamos que Robert Puller no es culpable.

—¿En qué se fundamentan?

—Las pruebas presentadas en el juicio eran inconsistentes.

Carter meneó la cabeza mientras bebía otro sorbo de whisky.

—¿Las declaraciones de dos testigos? ¿Datos clasificados hallados en su persona? ¿Un rastro de deudas de juego online que proporcionaba el motivo? No puede decirse que sean inconsistentes.

—El rastro online pudo haberse fabricado.

—Tal vez. Pero ¿qué me dicen del testimonio de Reynolds y Robinson?

Puller estudió su semblante con atención.

—En tanto que piensa que no puedo ser objetivo con mi hermano, quizá usted no pueda serlo con Reynolds, dado que trabaja para usted.

Carter se recostó y ponderó aquella sugerencia.

—Tomemos ese camino por un momento. Supongamos que Reynolds mintió. ¿Por qué? ¿Qué tiene él que lo vuelva tan especial?

—Tal como ha dicho, era una baza muy valiosa para el gobierno.

—Sí, lo era. Pero nuestro gobierno cuenta con muchas personas valiosas. Así pues, ¿por qué ir a por él en concreto?

—¿Puede haber un motivo para apartarlo del STRATCOM?

—Se estaba preparando para abandonar una rama del STRATCOM después de su siguiente ascenso, tal como he dicho en la cena. Iba a incorporarse en el ISR, que, como bien sabe, es un componente de mando bajo autoridad del STRATCOM. Yo habría trabajado con él allí, como también he comentado.

—¿Habría alguna razón para impedir que se incorporase? —preguntó Knox.

Carter se encogió de hombros.

—No sé qué decir. El ISR tiene muchos empleados. ¿Robert era tan importante como para provocar una conspiración como la que han descrito? Cuesta creerlo.

—Ha dicho que trabajó en el ISR con el general Daughtrey cuando todavía era coronel.

—En efecto.

—Puesto que Daughtrey ocupó la vacante que dejó mi hermano en el ISR, usted ha dado a entender que eso podría ser un motivo para que mi hermano se vengara y lo asesinara. Pero veámoslo desde otro punto de vista.

Carter dejó su copa y dijo con curiosidad:

—¿En qué sentido?

—¿Mi hermano era el principal candidato para ocupar la vacante en el ISR? —dijo Puller.

—Sí. Sin lugar a dudas.

—¿Y Daughtrey era el siguiente? —preguntó Knox.

—Vale, ya veo adónde está yendo esto —respondió Carter—. ¿Están diciendo que tendieron una trampa a Robert Puller para impedir que se incorporase al ISR?

—Sí, y además eso permitía que Daughtrey ocupara su lugar —agregó Puller.

—¿Con qué propósito?

—¿Qué conllevaba el puesto? ¿A qué tendría acceso la persona que lo ocupara? —preguntó Puller.

Carter tomó otro sorbo de whisky y se rascó la barbilla.

—A todo, más o menos. El trabajo del ISR es amplio y de gran alcance. Desde el espacio hasta el fondo del mar y en realidad todo lo que hay de por medio. El ISR es, en muchos aspectos, los ojos, oídos y cerebro del Departamento de Defensa. Su comandante tiene una doble función porque también lidera la Agencia de Inteligencia de Defensa. El ISR trabaja con todas las demás plataformas importantes de inteligencia, la NSA, Geospatial, National Reconnaissance. Sus responsabilidades abarcan todo el espectro militar de requisitos, amenazas transnacionales, la guerra global contra el terrorismo y las armas de destrucción masiva. En realidad, todo.

—¿De modo que Daughtrey habría tenido acceso a todo eso?

—Más o menos, sí.

—Y entonces lo asesinaron —observó Puller.

—Pero para entonces ya había dejado el ISR —señaló Carter.

—Y fue a otro componente del STRATCOM —dijo Knox—. ¿A cuál?

—Al Cibercomando de Estados Unidos.

Puller asintió con la cabeza.

—Otro punto caliente. ¿Cómo era su trabajo en el ISR?

—Me pareció que tenía mucho talento, que era trabajador y ambicioso.

—¿Cuán ambicioso? —preguntó Puller de inmediato.

—La mayoría de los oficiales con ganas de ascender en el escalafón son ambiciosos. Lo sabe de sobra.

—No me refiero a medallas y estrellas.

—¿Pues a qué?

Knox intervino:

—Susan Reynolds vive en una casa de más de un millón de dólares, conduce un coche de setenta mil dólares, lleva zapatos de Prada y tiene un armario lleno de bolsos Coach. Y en su biblioteca hay un cuadro original de Joan Miró. Busqué el precio. Es imposible que lo comprara ni con veinte años de su salario.

Puller le lanzó una mirada de extrañeza. Knox no le había mencionado los Prada, los bolsos Coach ni el cuadro.

Ella se fijó en su mirada.

—Soy una chica, Puller, aunque vaya armada y sepa pelear. Me fijé en los zapatos y los bolsos. Y vi el cuadro cuando estuve allí. Estudié historia del arte en Amherst.

—¿Joan Miró? —preguntó Puller.

—Era español, nacido en Barcelona. Hace décadas que falleció.

—Entonces ¿es un artista famoso?

—Veamos, para que te hagas una idea, Puller. Un cuadro suyo se vendió hace un par de años en una subasta en la sala Sotheby's de Londres por casi cuarenta millones. De manera que sí, supongo que puede decirse que era un pintor bastante bueno.

—Caray —dijo Puller.

A Carter le intrigó aquella información.

—Nunca he estado en su casa. No sabía qué tipo de coche conduce. Y, a decir verdad, no reconocería un zapato de Prada aunque me lo tirasen a la cabeza.

—Lo cierto es que está viviendo por encima de sus posibilidades —dijo Knox—. ¿De dónde proceden esos ingresos adicionales? Y hay una cosa más. Fue a trabajar en el ISR al mismo tiempo que Daughtrey. Y ahora está en el Centro de Armas de Destrucción Masiva mientras que Daughtrey estaba en el Cibercomando. Ahora bien, ¿y si seguían trabajando juntos? Porque todo es muy incestuoso, ¿no? Con dobles funciones, el STRATCOM lo cubre todo. El mundo de la inteligencia está más interconectado que nunca.

—Eso es cierto. Pero ¿se refiere a trabajar juntos como espías?

—Espías, informantes, infiltrados, llámelo como prefiera. ¿Tendrían cosas para vender?

—Por supuesto que sí. Motivo por el que efectuamos comprobaciones de antecedentes y tenemos procedimientos de autorización y realizamos exámenes periódicos, pruebas con polígrafos y seguimientos. Y por el que vigilamos de cerca a todo el mundo.

—Bueno, usted no estaba al corriente de su situación económica, ¿no?

Carter se recostó en el asiento con una expresión todavía dubitativa, aunque un poco menos que antes.

—Permítame insistir. ¿Cuán ambicioso era Daughtrey? No hablo de estrellas, sino de dinero. ¿Alguien lo ha comprobado recientemente? Porque aparte de Reynolds tenemos a Lenora Macri. No era más que capitana en Leavenworth. Pero tenía una cuenta en las Caimán, abierta con un alias, llena de pasta. Por eso me pregunto cuánto podría haber acumulado un una estrella.

Carter cogió su vaso y volvió a dejarlo sin tomar ni un sorbo.

—Daughtrey me dijo una vez que estaba pensando en dejar las fuerzas armadas y abrir su propia consultoría o quizá establecerse como contratista privado del Departamento de Defensa.

—Sería una buena manera de lavar cualquier suma que le hubiesen pagado —observó Knox—. Lo camufla en contratos de consultoría y contrata a un oscuro auditor para que todo parezca correcto a primera vista.

—Me han dado mucho en que pensar. Ahora bien, ¿Daughtrey y Reynolds, espías?

—¿Y qué me dice de Robinson? —dijo Puller.

—¿Qué pasa con él?

—Tenía un hijo muy enfermo antes de que encarcelaran a mi hermano. Su seguro no cubría los tratamientos experimentales en el extranjero. Su hijo iba a morir. Una vez que mi hermano entra en prisión, su hijo recibe un tratamiento experimental en Alemania que costaba una suma de siete cifras y ahora está vivo y sano.

—¿Por qué no lo ha mencionado en la cena? —le espetó Carter.

—Lo estoy haciendo ahora.

—¿Piensa que pagaron a Robinson para que mintiera?

—Sí. Y a usted le dijeron que mi hermano fue a ver a Reynolds. ¿Por qué correr ese riesgo? ¿Para vengarse porque había testificado contra él? De ser así, ¿por qué no matarla sin más? ¿Por qué la dejó viva para que contara a las autoridades que estaba en la zona? Si es un asesino, ¿qué más le da un asesinato más?

Carter apuró su vaso de whisky con soda.

—No estaba seguro de qué saldría en esta conversación cuando los he invitado a una última copa, pero, francamente, no preveía algo semejante a esto. Ha montado un argumento plausible para explicar cómo inculparon a su hermano, planteando que los verdaderos enemigos todavía campan a sus anchas.

—La cuestión es qué podemos hacer al respecto —dijo Knox—. Porque casi todo lo que tenemos son conjeturas y especulaciones. Eso de nada sirve ante un tribunal.

—Déjenme ver qué puedo averiguar por mi parte. Me pondré en contacto con ustedes. Y lo haré pronto.

Se levantó, soltó unos billetes para pagar las bebidas y se marchó.

—Muy bueno lo del Miró, los bolsos y los zapatos.

—No te lo dije en su momento porque ya sabíamos que tenía mucho más dinero del que debería tener. No he añadido nada importante.

—Cierto. Pero reunirse con Carter de esta manera ha sido un riesgo muy grande —dijo Puller.

—Si queremos progresar en nuestra investigación, encender un fuego en un polvorín quizá sea la única vía de que disponemos. De hecho, si no hubiese propuesto que tomásemos una copa lo habría hecho yo misma.

—Para bien o para mal, pronto lo sabremos.

—En efecto.

—Pero no olvides que si el polvorín se incendia —dijo Puller—, un montón de personas pueden quedar atrapadas en la bola de fuego, incluidos nosotros.

49

Puller dejó a Knox en su hotel antes de dirigirse de regreso a Quantico. Paró para echar gasolina cerca de la base. Otro vehículo se situó junto al surtidor vecino. Alguien se apeó para llenar el depósito.

Puller había metido la manguera en el agujero correspondiente y estaba apoyado contra la capota de su coche cuando una voz dijo:

—No reacciones, Junior. Alguien podría estar vigilando.

Quizá porque estaba esperando que tarde o temprano ocurriera algo semejante, Puller ni siquiera pestañeó. Sacó el móvil y fingió que consultaba los mensajes con absoluta despreocupación. Con el rabillo del ojo vio la camioneta aparcada en el surtidor contiguo. Un hombre alto, casi tan alto como él, cargaba combustible. Bajo la luz cenital Puller entrevió al hombre que sabía que era su hermano. Si aquel hombre no lo hubiese llamado Junior quizá no habría reconocido a Bobby. Solo había tres personas en el mundo que alguna vez lo llamaban así: su padre, su madre y su hermano.

Calvo, brazos tatuados, barba de chivo, nariz y orejas completamente diferentes. Había un rifle en la ventana trasera y un adhesivo de «mantenga la distancia» pegado a un lado de la cabina.

—Has cambiado un poco —musitó Puller.

—Solo por fuera. Por dentro soy el mismo lerdo de siempre.

Robert abrió la cartera, sacó una tarjeta de crédito y la pasó por el lector. Pulsó los botones necesarios y metió la manguera en la boca de su depósito.

—Tenemos mucho que hablar —dijo Puller.

—En efecto, hermanito.

—He descubierto muchas cosas.

—Yo también.

—Te tendieron una trampa.

—Sí.

—Hay que arreglarlo.

—Ese es mi plan —dijo Robert.

—¿Cómo quieres que lo hagamos?

—No puedo ir a tu casa. Demasiado obvio.

Puller fingió que hacía una llamada, se llevó el teléfono a la oreja y dijo:

—Puedo deshacerme de cualquier sombra y después reunirme contigo.

—Iba a sugerir lo mismo.

—¿Te alojas por aquí cerca?

—Unos tres kilómetros atrás. En el Holiday Inn. ¿Lo conoces?

—Lo conozco.

—Aparcaré delante de mi habitación. La camioneta es fácil de identificar. Matrícula de Kansas.

—De acuerdo.

—Por favor, asegúrate de que nadie te sigue, hermano. Sería fatídico para los dos.

—No podrán seguirme, Bobby.

—Lo sé, Junior. Lo sé.

John Puller acabó de repostar y se marchó. Un par de minutos después Robert Puller se marchó en la dirección contraria.

John Puller alcanzó su complejo de apartamentos, pero siguió conduciendo hasta Quantico. Pasó el control de seguridad y se dirigió al edificio de la CID. Recorrió el pasillo hasta la oficina que compartía con otros agentes. Estaba vacía y estuvo unos veinte minutos haciendo garabatos en una hoja de papel al tiempo que procuraba serenarse después de haberse topado con su hermano fugitivo en una gasolinera.

A pesar de estar huido, le había parecido que su hermano estaba tranquilo y calmado. Y Puller había dejado que le dictara el plan a seguir, cuando esa no era su disposición natural. Sin embargo, entre ambos chicos Robert siempre había sido el líder. Aunque no hubiese sido el mayor de los dos, Puller pensó que siempre habría sido así. Simplemente, era su manera de ser.

Puller aguardó otros veinte minutos. Durante ese tiempo se cambió el uniforme de bonito por un traje de faena que guardaba en el vestuario. Salió del edificio por una puerta trasera y se encaminó hacia el estacionamiento. Se agenció un sedán de cuatro puertas y salió por una verja distinta. Condujo unos treinta kilómetros por carreteras secundarias, girando a derecha y a izquierda, retrocediendo, deteniéndose, yendo deprisa, después despacio, a fin de que fuese imposible que alguien lo hubiese seguido. Entonces aparcó a casi un kilómetro del Holiday Inn y fue a pie el resto del camino, cruzando bosques y zonas residenciales.

La camioneta con matrícula de Kansas estaba aparcada delante de la habitación 103. Puller echó un vistazo a la caja y la cabina de la camioneta al pasar junto a ella. Llamó con los nudillos a la puerta de la habitación del motel, que tardó pocos segundos en abrirse, después de que hubiese observado que la cortina de la ventana adyacente a la puerta se desplazaba hacia un lado, solo lo justo para mirar quién llamaba.

Puller no entró de inmediato. Apoyó la mano en la culata de su M11 enfundada.

—¿Bobby? —dijo en voz baja.

—No hay moros en la costa, Junior.

Puller entró, cerró la puerta a sus espaldas y echó la llave.

Solo había una luz encendida en la pequeña habitación, una lámpara de mesa junto a la cama. Su hermano se sentó en una silla que había en un rincón. A través de otra puerta Puller vio el cuarto de baño. Encima de la cama había una bolsa de viaje.

Puller se sentó en el borde de la cama y miró a su hermano.

—¿Algún problema para llegar? —preguntó Robert.

—Me he tomado mi tiempo y si alguien ha sido capaz de seguirme se merece ganar.

Robert Puller se levantó y abrió los brazos.

—Es cojonudo volver a verte, John.

Puller también se levantó y ambos hombres se fundieron en un prolongado abrazo acompañado de palmadas en la espalda. Cuando se separaron, Puller vio que su hermano tenía los ojos húmedos y notó que los suyos también estaban lagrimeando. Era una sensación de lo más inusual ver a su hermano fuera de la prisión. Le hizo sentir bien aun sabiendo que sería un encuentro fugaz y momentáneo.

—¿Cómo te has apañado para encontrarme? —preguntó Puller.

—No te seguía a ti, al menos al principio. Seguía a otra persona y te he visto en el Army-Navy Club.

—¿Quién es esa otra persona?

—Donovan Carter. Le seguía la pista desde Fort Belvoir. Me llevé una sorpresa de aúpa cuando has aparecido.

—¿Por qué seguías a Carter?

—Intento hacer lo que estoy seguro que estás haciendo tú: resolver un problema.

—¿El de quién y por qué te tendieron una trampa?

Robert asintió con la cabeza.

—Susan Reynolds estaba en el ajo.

—Hablamos con ella. Le dijo a Carter que habías ido a su casa y que la habías amenazado. Que le habías inyectado un veneno.

Robert sacó su teléfono y pulsó un botón. Puller escuchó la conversación con Reynolds que su hermano había grabado.

—No demuestra nada, por supuesto. Pudo haberlo dicho para que no la matara. Y no fue veneno. Dejé que la dominara su imaginación y después la dejé fuera de combate con un sedante.

—¿Los rusos? —dijo Puller.

—Una cortina de humo, al menos eso pienso. ¿Te has enterado de lo de Robinson?

—Su hijo fue el motivo, ¿verdad?

—Sí. Estaba hablando por teléfono conmigo en Union Station cuando alguien lo abatió de un disparo.

—Tal como imaginé.

—¿En serio? Bueno, no puedo decir que me sorprenda. También grabé esa conversación. El punto álgido fue cuando dijo que tal vez alguien tendría un problema si yo ocupaba la vacante en el ISR.

—¿Quién?

—No tuvo ocasión de decírmelo.

—Daughtrey ocupó tu vacante en el ISR. Después pasó al Cibercomando.

—Y ahora está muerto.

—Lo encontraron en mi habitación del motel de Kansas.

—Allí te vi con una mujer. No sabía que lo habían encontrado en tu habitación.

—Es la agente Veronica Knox del INSCOM. ¿La conoces?

—No. —Hizo una pausa, mirando fijamente a su hermano—. Seguro que tienes un montón de preguntas que hacerme.

—Y algunas respuestas. ¿La DB? Enviaron a un ucraniano a matarte tras haber orquestado el corte del suministro eléctrico. Una tal Macri, capitana, se ocupó de ello. Knox terminó matándola en un tiroteo.

Robert jugueteaba con un bolígrafo.

—Cuando ese tío entró en mi celda, ya abrigaba sospechas.

Antes de ir a la DB ya sabía que había un generador de emergencia que era infalible. Pero había fallado. También sabía que si se cortaba la corriente las puertas se cerraban automáticamente. No sucedió así. Se abrieron. Eso significaba que alguien había manipulado el software. Aunque no sabía qué estaba ocurriendo exactamente ni que yo fuese el objetivo. Así que decidí quedarme en mi celda y ver cómo evolucionaban las cosas. Cuando oí que había alguien en la puerta de mi celda grité que estaba tendido bocabajo con las manos en la nuca. El tío entró con un puñal, cuando el procedimiento operativo estándar exige una pistola en una situación como aquella. Y nunca irías solo a despejar una habitación. Como mínimo iríais dos. Estaba claro que aquel tío era un canalla.

—Y con un puñal podía matarte sin hacer ruido, mientras que un disparo atraería a un buen puñado de otros PM.

Robert asintió con la cabeza.

—Además, una puñalada podría atribuirse a otro recluso que hubiese fabricado una navaja y que estuviera resentido conmigo. Seguramente sería la explicación que darían cuando encontraran mi cuerpo. Nadie sospecharía de uno de los PM.

—Seguro que contaban con ello. Pero les volviste las tornas.

—No estaba en el suelo con las manos en la nuca. Estaba detrás de la puerta. Lo desarmé. Cuando se puso a gritarme en lo que reconocí como ucraniano tuve claro que quería matarme. De manera que lo maté yo a él.

—¿Quebrar, crujir y listos? Fue lo que se me ocurrió al oír la descripción del forense.

—Me vino muy bien, hermano. Te lo agradezco.

—Después te pusiste su equipo para poder salir.

—Por suerte era más o menos de mi talla.

—Regresaste en el camión a Leavenworth y después te largaste. Pero ¿cómo cambiaste tan radicalmente tu aspecto?

Robert sonrió y se tocó la nariz.

—Cuando me mudé a Kansas alquilé un almacén con un nombre ficticio. Abrí cuentas bancarias y me hice con una tarjeta de crédito con ese nombre y equipé el almacén con todo lo que necesitaría para cambiar de aspecto y también otras cosas.

—¿Por qué? Entonces no sabías que te arrestarían ni que te fugarías de la DB.

—No, eso no estaba previsto para nada. Pero mientras estuviera en el STRATCOM me disfrazaría y saldría de incógnito a los garitos que hay en la base.

—Pero ¿por qué?

—Cuando llegué a la instalación de los satélites me enteré de que algunas personas destinadas allí no mantenían el pico cerrado como debían. Mi trabajo fue decisivo para desmontar un círculo de gente que acosaba a soldados y personal del STRATCOM borrachos para sacarles información que vender, o para chantajearlos con ella.

—¿Y nadie sabía de tu *alter ego*?

—Eso lo habría echado todo a perder. Y me vino la mar de bien cuando salí de la DB. Pude cambiar de aspecto, armarme, disponer de equipo, dinero en efectivo y una tarjeta de crédito y seguir mi camino.

—¿Qué has hecho desde que te fugaste?

—Tratar de descubrir quién me tendió la trampa. —Hizo una pausa y miró con intención a su hermano—. Escucha, me tiene pasmado que te hayan permitido trabajar en este caso.

—Un tres estrellas de nombre Aaron Rinehart y un tipo del NSC, James Schindler, fueron a verme junto con Daughtrey. Fue decisión suya.

—Conocí a Rinehart. Sé de Schindler. Daughtrey nunca se ha cruzado en mi camino. Sea como fuere, ¿cuál es su punto de vista?

—No lo sé. Una amiga de la JAG me dijo que no ve nada positivo para mí en este asunto.

—Diría que es un buen consejo.

—Estabas siguiendo a Carter. ¿Sospechas de él?

—Reynolds trabaja en el Centro WMD que él dirige. Daughtrey trabajó con él en el ISR. No sé si es la persona a la que aludía Robinson, pero me pareció que era un buen sitio para empezar. No he encontrado muchas pistas en este embrollo, de manera que las sigo todas hasta que dé con la buena.

—¿Todo esto es por dinero? Creo que para Reynolds sí.

—Tiene un Joan Miró en su minimansión —dijo Robert.

—Me lo señaló mi colega Knox.

—Ese cuadro vale unos cuantos millones de dólares. Eso es motivo de sobra para que el STRATCOM registre por sorpresa los domicilios de todo el personal con acceso a información confidencial. A veces los árboles no nos dejan ver el bosque. Pero no creo que para todos ellos se trate de un asunto de dinero.

—¿Pues qué, si no? Si son traidores, están vendiendo información.

—Tal vez, pero creo que en esto hay algo más que dinero.

Puller lo meditó un momento.

—Por cierto, me parece que ya sé cómo metió Reynolds el DVD en tu bolsillo.

—¿Cómo?

—Su padre era mago. Ella fue su asistente. Seguro que es bastante hábil con los juegos de manos.

—Seguro que estás en lo cierto.

Los hermanos se miraron.

—¿Y ahora qué? —preguntó Puller.

—Dime qué más has averiguado —dijo Robert—. Seguro que es mucho.

Puller así lo hizo, sin guardarse nada. Veía que la mente de su hermano iba a dos kilómetros por minuto, asimilándolo todo para luego catalogar cada pieza pulcramente. Cuando terminó preguntó:

—¿Tú qué te cuentas?

Robert tardó un momento en responder a su hermano.

—¿Piensas que hay una conspiración en marcha? —preguntó Puller.

—Pues sí. No puede ser cosa de una sola persona.

—¿Te he contado lo de los tíos que me raptaron?

—Sí.

Puller estudió el semblante de su hermano detenidamente.

—¿Fuiste tú? ¿Tú eres el que disparó?

Robert asintió lentamente con la cabeza.

—Me alegró estar allí para poder echarte un cable, John. Conociéndote, seguramente te habrías librado de ellos por tu cuenta, pero, bueno, me alegró poder ayudarte. No he podido hacerte un solo favor durante más de dos años.

—No le des más vueltas, Bobby, me salvaste la vida. Aunque podrías haberte puesto en contacto conmigo entonces.

Robert lo miró con culpabilidad.

—Pensé en hacerlo, créeme. Me consta que hay mucha gente buscándome. Gente muy bien preparada para hacer su trabajo. Solo... solo quería que oyeras mi versión. Quería que supieras que...

—Nunca he creído que fueses culpable.

Robert esbozó una sonrisa.

—Por supuesto. O al menos no lo sabías con certeza.

—Me enteré de lo de la carta amenazadora que encontraste en tu celda.

La sonrisa de Robert se esfumó.

—¿Quién te lo dijo?

—No importa. Te dejaste ganar a propósito para protegernos a papá y a mí. Tu carrera, años de tu vida, todo, Bobby.

—Lo cierto es que fui demasiado arrogante. En ningún momento pensé que me condenarían porque era inocente. Menuda ingenuidad.

—Aun así te dejaste ganar.

—No podía permitir que le ocurriera algo malo a mi familia —dijo en voz baja—. Vosotros dos sois lo único que me queda.

—¿Alguna idea sobre quiénes pueden ser?

—No. Pero has dicho que la voz que oíste cuando te secuestraron era la de un tipo que se consideraba patriota. Resulta tan interesante como preocupante.

—¿Por qué preocupante?

—Porque según mi experiencia el patriotismo, si bien es una buena cualidad, puede impulsar planes bastante peligrosos si se lleva al extremo.

—Un plan todavía desconocido —dijo Puller.

—Me parece que podemos arrojar un poco de luz sobre él.

—¿Cómo?

—Si me impidieron que fuese al ISR y Daughtrey ocupó mi vacante, ahí tenemos algo.

—¿Cuál sería el motivo?

—Soy honesto e irreprochable. No se me puede comprar. Palabras inusuales en boca de un traidor convicto, pero es la verdad. Daughtrey, por otra parte, tal vez no era ninguna de estas cosas.

—Y lo querían en el ISR. Carter nos contó lo importante que es para la defensa nacional.

—En muchos aspectos cruciales, el ISR es nuestra defensa nacional.

—¿O sea que un traidor podría hacer mucho daño?

—Catastrófico.

—¿Qué sabes sobre Daughtrey? ¿Cómo llegó tan lejos en las fuerzas armadas sin que nadie sospechara?

—Suponiendo que fuera culpable. Todavía no tenemos pruebas que lo demuestren. Pero si era culpable, ¿quién sabe cuándo se pasó al otro bando o qué motivos tenía para hacerlo?

—Si era un traidor, ¿por qué matarlo?

—¿Has dicho que formaba parte del equipo que te reclutó para trabajar en mi caso?

—Sí.

—Pues si era uno de los malos, lo hizo para aprovecharse de la investigación. Confiaba en que me encontrases para asegurarse de que no regresaba vivo a la DB.

—Pero ¿cómo puedes perjudicarlos?

—No lo sé. Para ellos fue como si no existiera mientras estuve en la DB, John. Tuvo que ocurrir algo que desencadenara todo esto.

—De acuerdo, supongamos que es verdad. Retomemos la pregunta de por qué mataron a Daughtrey.

—La razón principal para matar a un espía es bastante obvia.

—¿Decidió desertar?

—O cambió de parecer. Quizá la conciencia le dictó que trazase una línea para no matar a alguien a sangre fría.

—Entonces firmó su propia sentencia de muerte.

—Sí, en efecto. —Robert se frotó los muslos con las manos—. ¿Cómo podemos trabajar juntos sin que nadie se entere?

—¿Un par de teléfonos desechables?

—Y podemos usar el código que nos inventamos de niños.

—Siempre decías que era indescifrable.

—Supongo que ha llegado la hora de comprobarlo.

—Una cosa más, Bobby.

—Dime.

—Tengo una carta que debes leer.

Su hermano entornó los ojos.

—¿Una carta? ¿De quién?

Puller abrió el documento en su pantalla y le pasó el móvil a su hermano.

—Tú lee.

Robert agarró el teléfono con curiosidad y empezó a leer. Aunque la carta era relativamente corta, todavía la estaba leyendo o, mejor dicho, releyendo, cinco minutos después.

Finalmente devolvió el móvil a su hermano.

—Por eso cambiaron los cargos de espiar a espionaje —dijo Puller en voz baja mientras observaba a su hermano con detenimiento.

—La diferencia entre morir y vivir —dijo Robert en un tono apagado. Parecía que lo hubiese despojado de sus últimos restos de energía—. Nadie me había hablado de esta carta.

—Yo tampoco sabía nada hasta hace muy poco.

Puller miró la pantalla. La carta de su padre era extraordinaria, aunque solo fuese porque Puller nunca había conocido aquella faceta de su padre. Aunque su hermano ya había leído la carta, Puller sintió que tenía que hacerlo. Creyó que se lo debía a ambos hombres.

Carraspeó y leyó:

> Tuve el honor de servir a mi país de uniforme durante cuatro décadas. Mucha gente que cree conocerme probablemente habrá pensado que ese servicio fue el punto álgido de mi vida. Si lo hicieron, se equivocaron. El colofón de mi vida es y siempre será ser el padre de dos jóvenes extraordinarios. Dios me ha demostrado que un hombre no puede tener un propósito más elevado. Y si bien estuve ausente durante muchos momentos importantes de sus vidas, no ha transcurrido ni un solo día sin que pensara en ellos. Los quiero más de cuanto haya querido algo o a alguien a lo largo de mi vida. De modo que hoy les escribo, caballeros, no como una persona que ve a un hombre adulto enfrentado a la destrucción de su vida profesional y a la pérdida de su libertad, sino más bien como un padre que ve al joven muchacho con una mente bondadosa, un carácter amable y compasivo y un corazón extraordinario que, lo sé sin asomo de duda, es inocente de estos cargos. Y confío en que el tiempo demuestre que llevo razón. Y por Dios que aguardaré ese día con todas mis fuerzas, todo mi espíritu y todo el amor por mi hijo, el mayor Robert W. Puller.

Puller no pudo seguir porque se le quebró la voz. Dejó de leer y levantó la vista.

Robert fue a decir algo, pero entonces se calló, apoyó los codos en los muslos y dejó caer la cabeza.

Cuando su hermano mayor rompió a llorar, Puller se sentó a su lado y le rodeó los hombros con un brazo.

Los Puller permanecieron sentados juntos un largo rato, hombres corpulentos, fuertes y valientes transformados de nuevo en dos chiquillos por las palabras amorosas de un viejo, que habían llegado mucho más tarde de cuanto deberían haberlo hecho.

50

La mañana siguiente Puller se reunió con Knox en el vestíbulo del Hotel W. Aunque se había esforzado en disimularlo, al parecer ella se dio cuenta de que estaba cambiado.

—¿Te encuentras bien? —preguntó Knox.

Puller se restregó los ojos.

—Esta noche apenas he dormido.

Knox no se compadeció.

—Bienvenido al club. Creo que desde que te conocí no he dormido una noche entera.

Salieron del hotel y fueron hasta el coche, aparcado en la calle. El aire era sorprendentemente frío y seco, y soplaba una leve brisa. Un jet efectuó un viraje brusco a la izquierda para evitar sobrevolar el espacio aéreo restringido tras despegar del Reagan National.

—Dime una cosa, mientras no dormías, ¿has vuelto a pensar en nuestra última copa con Donovan Carter? —preguntó Knox.

—Carter nos proporcionó una excusa para que vayamos a hablar con Reynolds otra vez.

—¿Por la visita que le hizo tu hermano?

—Exactamente.

—Lo más probable es que ahora esté trabajando.

—Trabaja para el Departamento de Defensa. Soy un investigador militar debidamente asignado al caso. Nada nos prohíbe entrevistarla mientras esté en el trabajo.

—¿Qué vas a preguntarle?

—Quiero que nos cuente el encuentro con Bobby. Y quiero observarla mientras contesta a nuestras preguntas.

—¿Indicios en su lenguaje corporal?

—A menudo revelan más de lo que las personas dicen realmente.

Puller había llamado previamente y Susan Reynolds los recibió en su despacho, un espacio modesto que parecía estar curiosamente abarrotado y ordenado a la vez. Llevaba su cordón de seguridad colgado del cuello, sus facciones eran plácidas, los saludó con cortesía y les indicó las sillas que podían ocupar.

Se sentó y aguardó.

Mientras Puller se acomodaba en la silla dejó que sus ojos vagaran por la habitación. No vio objetos que no guardaran relación con el trabajo. Aquella mujer ni siquiera tenía plantas.

Cuando la miró de nuevo, se encontró con que estaba observándolo. Y Puller tuvo claro que sabía exactamente lo que había estado haciendo.

—Me gusta mantener las cosas simplificadas y separadas, —dijo Reynolds—. Lo profesional y lo personal.

—Lo comprendo. —Puller señaló una foto en la que aparecía Reynolds de joven en una formación de hombres en lo que parecía ser una pista de aterrizaje—. Parece interesante.

Reynolds se volvió para mirarla.

—En los noventa formé parte de un equipo de verificación del START cuando Estados Unidos y los soviéticos estaban reduciendo su arsenal nuclear. Como se aprecia en la foto, era la única mujer de ambos equipos y la más joven con diferencia. Un motivo de orgullo. Aunque trabajé duro para tener esa oportunidad.

—¿Fue un trabajo interesante? —preguntó Knox.

—Sí. Aunque a las siete de cada tarde los rusos habían bebido suficiente vodka para hacer flotar un portaaviones. Por eso no estoy muy segura de lo precisa que fue su verificación. Jamás toqué una gota de alcohol y puse todos los palitos en las tes y los puntos sobre las íes —agregó con énfasis.

—No me cabe la menor duda —dijo Puller—. Bien, nos han dicho que Robert Puller...

Reynolds le interrumpió.

—Su hermano, querrá decir. Lo supe en cuanto nos conocimos.

Puller prosiguió como si tal cosa.

—Nos dijeron que Robert Puller fue a verla.

—Más bien a matarme.

—Pero no la mató.

—Conseguí zafarme, encontré una pistola y él huyó como el cobarde que obviamente es.

—¿La maniató?

—No, me puso una pistola en la cabeza y después me inyectó lo que según él era un veneno. No podía creer que el muy cabrón me hubiese hecho aquello. Quizá la prisión lo volvió loco.

—¿De modo que fue capaz de reducirlo y alcanzar su pistola?

—No he dicho que lo redujera. Es un hombre y, como bien sabe, bastante más corpulento que yo. Aunque no sea una debilucha. Conseguí pegarle en el rostro con una lámpara. Mientras se recobraba fui hasta la librería. Allí guardo una pistola del cuarenta y cinco. La desenfundé. Cuando me vio armada y dispuesta a disparar, dio media vuelta y huyó.

—¿Le golpeó la cara con una lámpara?

—Así es.

—Tuvo que dolerle.

—Espero que el daño le hiciera rabiar —dijo Reynolds—. Merecía que le doliera lo indecible.

—Magullado y con sangre, probablemente.

—Sí. Lo estaba. Y sorprendido, créame.

—¿Qué era lo que quería? —preguntó Puller.

—Me amenazó. Quería que confesara que había obrado mal.

—¿Por qué haría algo así? —preguntó Knox.

Reynolds la miró detenidamente como si acabara de reparar en su presencia.

—¿Cómo voy a pensar como un chalado? Está desesperado. Escapó de la prisión. Ha matado a un hombre. Tal vez a dos.

—¿Qué la lleva a decir eso? —preguntó Puller bruscamente.

—Me enteré de lo que le ocurrió a Niles Robinson. Todos estamos al corriente. Lo mataron de un disparo en la estación de tren.

—¿Por qué piensa que Robert Puller tuvo algo que ver con eso? —preguntó Knox.

Reynolds le dedicó una mirada condescendiente.

—Oh, no lo sé, pensémoslo. Irrumpe en mi casa a punta de pistola y me amenaza porque testifiqué contra él. Entonces, poco después, Niles Robinson, que también testificó contra él, muere de un disparo en Union Station. ¿Qué probabilidades hay de que lo hicieran dos personas distintas cuando sabemos que Robert Puller estaba en la zona? ¡No insulte a mi inteligencia!

—¿Qué le dijo a Puller? —preguntó Knox.

—Le dije muchas cosas. Que se largara. Que me dejase en paz. Que no volviera a presentarse en mi puerta. Y entonces me pinchó en el cuello con lo que dijo que era un veneno y por descontado le dije cuanto quería oír.

—¿Por qué se condujo usted así? —preguntó Puller.

Ahora le tocó a él recibir una mirada desdeñosa.

—Porque me daba pena y no quería que tuviera que regresar a prisión. Y tenía muchas ganas de confesar mi traición y ocupar su lugar. —De repente espetó—: ¿Por qué demonios cree que lo hice? Porque me dijo que solo así me daría el maldito antídoto del veneno que me había inyectado.

—Pero en realidad no la envenenó —señaló Puller.

—En efecto, ahora lo sé. Dijo que me había inyectado un organofosfato. Permítame recordarle que es una sustancia espantosa. Estaba muerta de miedo. Habría dicho cualquier cosa con tal de conseguir el antídoto.

—Cuando lo golpeó con la lámpara y consiguió una pistola, ¿qué esperaba conseguir?

—Obligarlo a que me diera el antídoto.

—¿Y cuando escapó?

—Llamé a la policía y a una ambulancia. Pensaba que me quedaban literalmente minutos de vida. El terror me tenía fuera de mí, gracias a ese malnacido.

—Supongo que sentiría un gran alivio cuando resultó no ser el caso —observó Knox.

Reynolds ni siquiera se dignó contestar.

Hicieron unas cuantas preguntas más a Reynolds y después se marcharon. Cuando Puller se volvió en el umbral vio que Reynolds lo miraba fijamente. No sonreía ni se mostraba triunfante. Simplemente lo observaba. Y después se volvió y reanudó su tarea.

Mientras recorrían el pasillo, Knox dijo:

—Cada vez que veo a esa mujer me vienen ganas de estrangularla.

—A mí no, yo le pegaría un tiro —dijo Puller.

Knox levantó la vista hacia él.

—Y bien, ¿has sacado algún indicio del lenguaje corporal de esa bruja?

—Paradójicamente, esta vez ha sido más lo que decía que cómo lo decía.

—¿Qué quieres decir?

A Puller le constaba que Reynolds no había golpeado a su hermano con una lámpara. No estaba magullado ni había sangrado. Pero no podía decírselo a Knox sin revelar que él y su hermano se habían visto. Sin embargo, había algo más.

—Revisé el informe de toxicología de Reynolds después de que mi hermano presuntamente le inyectase veneno. ¿Recuerdas que Carter nos dijo que le habían hecho un análisis? Bien, esta mañana me he hecho enviar una copia por e-mail.

—Y no encontraron veneno.

—No, pero sí que reveló trazas de un sedante muy potente. Lo bastante fuerte para haberla dejado sin sentido.

Knox se detuvo y Puller hizo lo mismo.

—¿Un sedante? —preguntó Knox—. ¿Por qué nadie más se ha dado cuenta?

—Porque me figuro que dejaron de leer el informe de toxicología cuando vieron que no contenía veneno. En cambio, yo tengo la costumbre de leerlo todo hasta el final.

—¿Por qué había un sedante en su organismo?

—Pudo habérselo inyectado mi hermano.

—¿Por qué iba a hacerlo si quería que Reynolds hablara?

—Para poder escapar cuando terminaron de hablar.

—¿Y por qué mintió Reynolds si sabía que lo más probable era que le hicieran un análisis de sangre?

—Porque no es tan lista como cree. Dudo de que lo pensara detenidamente. Y me parece que realmente odia a mi hermano y que vio una oportunidad para fastidiarlo de verdad. Llamarlo cobarde e intentar hacernos creer que fue capaz de luchar contra él con éxito le habrá alegrado el día. Ah, y es evidente que sabía que tú habías registrado su casa y encontrado el arma en la librería. Por eso la ha mencionado. Los buenos mentirosos siempre añaden algún dato verdadero para que su mentira sea más plausible.

—O sea, que estaba mintiendo... en todo.

—No lo he dudado ni por un instante —dijo Puller.

51

Casi habían llegado a la salida del edificio cuando dos empleados de seguridad los detuvieron.

—¿Jefe Puller? ¿Agente Knox? —dijo uno que llevaba uniforme de camuflaje y ostentaba el rango de sargento.

—¿Sí? —dijo Puller.

—El señor Carter desea verlos a los dos.

Donovan Carter los estaba aguardando en una habitación aneja a su despacho oficial. Había otra persona en la habitación, un hombre de estatura media con una espesa mata de pelo rubio y penetrantes ojos verdes. Igual que Carter, iba de traje azul marino reglamentario con camisa blanca y una corbata a rayas en tonos discretos.

—Les presento a Blair Sullivan —comenzó Carter, indicando al hombre que estaba su lado—. Es el jefe de la sección de seguridad interna.

Sullivan asintió bruscamente con la cabeza en su dirección, pero no dijo palabra.

—Después de nuestra conversación de anoche... —prosiguió Carter.

Puller lanzó una mirada a Sullivan y Carter dijo:

—No se preocupe, agente Puller. Lo he incorporado a

nuestro círculo. Ha sido fundamental para seguir la pista a ciertos asuntos.

Sullivan cruzó los brazos e hizo lo posible por no mirar a Puller ni a Knox.

Carter abrió una carpeta que tenía delante.

—Empecemos por el historial económico de Susan Reynolds. Yo no estaba al corriente de esto, pero su marido era un agente del FBI al que mataron hace muchos años.

—Un atropello con fuga, según nos dijo ella —observó Puller—. Nunca se resolvió.

Carter echó un vistazo a Sullivan, que tomó la palabra.

—Adam Reynolds tenía una póliza de seguro de vida por valor de dos millones de dólares —dijo Sullivan.

—¿Por qué tan cuantiosa? —preguntó Puller.

—Era agente del FBI. Tenían dos hijos pequeños. La señora Reynolds tenía una póliza semejante a su nombre porque viajaba mucho al extranjero, a lugares remotos, para el gobierno. Por lo tanto, ambos tenían perfiles de alto riesgo. La indemnización fue debidamente pagada. La señora Reynolds cobró el dinero. Lo usó para saldar unas deudas y criar a sus hijos, y el resto lo invirtió. Ojalá le hubiese pedido consejo para invertir. Le fue mucho mejor que a mí. Huelga decir que la suma del seguro ha crecido sustancialmente durante los años transcurridos desde entonces.

Se calló y miró a Puller.

—¿Y el Joan Miró de su biblioteca? —preguntó Knox.

—En efecto es un Joan Miró, pero una edición limitada y firmada. Yo nunca podría permitírmelo, pero la señora Reynolds lo adquirió hace varios años a un precio bastante bueno. Y disponía del dinero para hacerlo. Hace años que aparece en su declaración de la renta.

Una vez más, Sullivan se calló y miró a Puller significativamente.

Carter dijo:

—Disculpen que no estuviera al tanto de todo esto cuando hablamos anoche.

—Con el debido respeto, señor, usted dirige una organización con miles de empleados —dijo Sullivan—. Es imposible que esté al corriente de los pormenores financieros particulares de cada persona. Ese es mi trabajo.

—¿Y Niles Robinson? —preguntó Knox.

—No es empleado de la DTRA —respondió Sullivan en el acto—. El señor Carter también me ha hablado de su preocupación al respecto. Sugiero que comprueben lo que quieran en su última agencia. —Sullivan hizo una pausa—. No obstante, el señor Carter me ha referido lo que le dijeron acerca del señor Robinson. Y dado que yo también soy padre de un niño que padeció un grave problema de salud, les aseguro que un padre hará todo lo que pueda para que su hijo lo supere. No me sorprendería si el señor Robinson hubiese empeñado todo lo que tenía y pedido todos los préstamos que pudiera para salvarle la vida a su hijo. Y tengo que decir que me resulta repugnante que usted haya sacado la conclusión de que un hombre traicionara a su país de semejante manera. En serio.

—Yo no saco conclusiones, señor Sullivan, investigo asuntos —respondió Puller.

—Bien, pues me parece que tendrá que seguir investigando, pero siguiendo otro camino. Susan Reynolds es un miembro muy respetado de la DTRA y, según he podido comprobar, nunca ha tenido una mancha en su expediente. —Sullivan hizo otra pausa y acto seguido su cuerpo entero apareció hincharse de indignación—. Su hermano, en cambio, no puede decir lo mismo, ¿verdad? Y me resulta increíble que acuse a uno de los nuestros de traición mientras alguien de su propia sangre no solo ha huido de una prisión, sino que además ha matado a un hombre. ¿No tiene vergüenza, señor Puller?

Se puso de pie al decir esta última parte y dio la impresión de ir a dar un puñetazo a Puller, que lo superaba en peso unos veinticinco kilos y un palmo en talla.

—¡Sullivan! —dijo Carter bruscamente—. No se pase de la raya. Siéntese de inmediato.

Sullivan se dejó caer en la silla, cruzó los brazos y apartó la mirada.

—Disculpe el tono y las palabras de mi colega, agente Puller —dijo Carter—. No debemos dejarnos llevar por las emociones. —Miró a Sullivan y agregó con voz firme—: Después hablaremos. —Se volvió de nuevo hacia Puller—. Dicho esto, tengo que estar de acuerdo con sus conclusiones acerca de Susan Reynolds. Según parece, todo está en orden. Y así se lo he comunicado a ella.

—Bien, agradecemos que haya investigado el asunto, señor —dijo Knox, levantándose y tirando a Puller de la manga. Puller tenía la vista fija en Sullivan. Cuando este por fin lo miró y se encontró con la penetrante mirada de Puller, se apresuró en mirar hacia otro lado.

Salieron de la oficina de Carter y los acompañaron hasta la salida. Una vez en la calle, Knox dijo:

—Fantástico, primero Reynolds y ahora esto. ¿Por qué tengo la impresión de que acaban de enviarme al calabozo?

Al ver que Puller no reaccionaba, agregó:

—¿Crees que ese tal Sullivan está en el ajo? Se ha comportado como un psicópata.

Puller negó con la cabeza y sacó las llaves de su coche.

—Consultó el archivo y encontró lo que encontró. Y si tuvo un hijo enfermo seguramente piensa que soy un gilipollas. Y entiendo lo que quiere decir con lo de que mi hermano es un traidor y yo ando señalando a buenas personas. Pero aún estoy atragantado.

—¿Y Carter? —preguntó Knox.

Puller no contestó enseguida.

—No lo sé, Knox. El jurado todavía está deliberando.

—Lo que sí puedo decirte yo es que el Joan Miró no pertenecía a una edición limitada. Era un original. Lo juraré si es preciso.

—Bueno, a estas alturas hará tiempo que ha desaparecido, sea original o no —dijo Puller.

—Supongo que sí —convino Knox con tristeza.

—De todos modos, creo que me equivoqué con Reynolds.

—¡Cómo! ¿Estás diciendo que crees que es inocente?

—No, creo que es mucho más peligrosa y mucho más capaz de lo que pensaba. Acaba de metérmela doblada. No quiero parecer engreído, pero no estoy acostumbrado a que me ocurra.

—Bueno, yo tampoco —respondió Knox—. Mintió sobre tu hermano. Tenía sedante en el torrente sanguíneo. No cogió su arma y lo ahuyentó. Podemos usar eso contra ella.

—Tendrá una explicación lista para todo, Knox. Se automedicó, confiando en retrasar el efecto del veneno.

—Ya —dijo Knox con resignación—, supongo que tienes razón. Pero no podemos permitir que esa bruja se salga con la suya, Puller.

—No va a salirse con la suya, aunque tampoco será fácil impedirlo.

—Ojalá tuviéramos algo contra ella.

Miró a Puller, que tenía la mirada ausente y obviamente no la estaba escuchando.

—Puller, ¿dónde tienes la cabeza?

—Me parece que se me ha escapado algo.

—¿Escapado? ¿Dónde?

—Esa es la cuestión. No sé dónde. Pero había algo que no cuadraba, ahí dentro. Solo que no sé el qué.

—Bien, es un resumen genial de cómo estamos en todo lo relacionado con este caso, ¿no? —dijo Knox sombríamente—. Simplemente no sabemos nada.

52

Knox se separó de Puller en Fort Belvoir, donde estaba ubicado el INSCOM. Quería presentarse y tenía papeleo que terminar. Quedaron en verse más tarde en su hotel.

Antes de conducir de regreso a Quantico, Puller se detuvo en una cafetería y sacó un teléfono recién comprado, uno de dos, en realidad. El otro lo tenía su hermano. Mientras tomaba café, se tomó su tiempo para teclear un mensaje largo y enviarlo.

El código indescifrable de su hermano sería puesto a prueba, pensó. Mas, por otra parte, confiaba plenamente en la habilidad de Robert.

Mientras estacionaba en el complejo de apartamentos su nuevo teléfono emitió un zumbido. Paró el coche y lo sacó del bolsillo. La respuesta de su hermano coincidía en longitud con el mensaje original. Corrió a su apartamento y, con una libreta y papel, fue capaz de descodificar el mensaje en cuestión de media hora.

Su hermano se había inventado el código cuando eran niños. Lo había fundamentado en el concepto de las libretas de un solo uso sobre el que había leído, pero que ahora podía reutilizarse. Realmente era indescifrable porque era semejante al método de sustitución de cifras, pero valiéndose de un cuento que Robert Puller había creado y después enseñado, palabra a palabra, a su hermano menor una y otra vez hasta que incluso al cabo de tantos años Puller era capaz de recordarlo con todo detalle. Si no conocías el cuento, no podías descifrar el código. Y los únicos que se sabían el cuento original eran los dos Puller.

Puller había referido a su hermano el resultado de sus reuniones con Reynolds y después con Carter y Sullivan, así como los datos del historial económico de Reynolds. El mensaje descodificado de Robert era sucinto:

> Borró bien sus huellas. Averigua lo que puedas sobre la muerte de su marido. Que fuese agente del FBI es intrigante. Nunca me lo comentó a mí ni a nadie más que yo supiera que conocía. Cuanto más entiendo su hostilidad hacia mí, más probable es que sea la persona a la que aludió Niles Robinson durante nuestra llamada telefónica. Pero los celos no pueden ser el motivo principal. Fue mi sustitución por Tim Daughtrey. Así que debes investigarlo más a fondo. Todo lo que puedas encontrar sobre su carrera, John. Y cuando digo todo es todo.

No obstante, la última parte del mensaje de su hermano era más sorprendente e intrigante:

> Que Reynolds fuese parte del equipo de verificación del START también es importante. Me lo dijo cuando nos «conocimos», aunque entonces lo pasé por alto. Pero que mencionaras que te lo refirió cuando viste la foto en su despacho me lo hizo recordar. Averigua cuanto puedas al respecto porque es fácil que guarde relación con su destino actual. Bien podría ser el premio gordo que andamos buscando.

Puller se quedó un momento mirando aquella parte del mensaje antes de borrarlo todo. Entendía adónde quería llegar su hermano. Si Reynolds era una espía, los espías no espiaban solo una cosa a lo largo de los años. Iban donde más partido podían sacar a su traición.

Ahora bien, era imposible que Reynolds operase sola. Tenía que haber alguien más con una influencia enorme. Y solo había unos pocos a ese nivel.

Donovan Carter podría ser uno de ellos.

El jefe de la DTRA bien pudo haberlos escuchado la víspera mientras tomaban la última copa solo para averiguar qué sabían. Bien pudo habérselo contado todo a Reynolds, a fin de que estuviera preparada para recibirlos. Y aunque su economía parecía totalmente lógica y normalmente habría convencido a Puller, le constaba que aquella mujer era una mentirosa.

Escribió un mensaje breve a su hermano y se metió el móvil en el bolsillo. Tenía mucho trabajo que hacer y más valía que se pusiera manos a la obra.

Empezando por el general de brigada Tim Daughtrey.

Tras numerosas llamadas, búsquedas en internet y una visita relámpago a la Base de las Fuerzas Aéreas de Bolling en el D. C., Puller había acumulado un montón de material sobre el fallecido. Cribó aquella información mientras esperaba en el vestíbulo del Hotel W. Todavía no tenía noticias de Knox, pero esperaba saber de ella en cualquier momento. Suponía que se reuniría con él en el hotel.

La carrera de Daughtrey se había desarrollado mediante una fórmula de eficacia comprobada de trabajo duro, rellenando todas las casillas para ascender continuadamente e ir donde tenía que ir y hacer lo que tenía que hacer en cada una de las paradas de su implacable persecución de estrellas para las charreteras. En ese sentido era como muchos hombres y mujeres que habían hecho exactamente lo mismo a lo largo de los años. Sus puntos fuertes y experiencias, no obstante, no habían sido en el campo de batalla, sino más bien en la tecnología, que podía ser el campo de batalla del futuro. Al menos eso era lo que todo el mundo parecía decir en el Pentágono. El consenso general era que Daughtrey era muy apreciado y que su muerte había sido una enorme pérdida para la defensa del país.

Puller reunió todos estos datos y después se los envió en un mensaje cifrado a su hermano.

A continuación abordó el asunto de la muerte del agente del FBI y marido de Reynolds. Encontró unos cuantos recortes de prensa en internet. Adam Reynolds había sido agente en la oficina local de Washington, D. C. Solo tenía treinta y pocos años cuando lo atropelló un coche cerca de su casa.

Puller tenía un contacto en el Bureau y llamó por teléfono a esa persona, que recordaba el caso y que incluso había trabajado por poco tiempo con Adam Reynolds muchos años antes. Reynolds había sido uno de los pocos agentes del FBI asesinados, aunque no había sido en acto de servicio.

—Regresaba a pie de una cafetería de un centro comercial cercano a su casa —dijo el agente.

—¿Cómo lo sabes?

—Si no recuerdo mal, encontraron el vaso de café a unos tres metros de su cuerpo. Y alguien de la cafetería recordó haberlo visto entrar.

—¿Dónde fue exactamente? —preguntó Puller.

—En Burke, Virginia. Su esposa dijo que iba allí constantemente. Adam era bebedor de café, como casi todos nosotros.

—¿Su esposa estaba en casa?

—Me parece que no. No, ya lo tengo. Estaba fuera del país. También trabajaba para el Tío Sam. No recuerdo dónde.

—Pero por aquel entonces tenían dos hijos pequeños. ¿Quién estaba con ellos?

—No estoy seguro. Quizá ya tenían edad suficiente para quedarse solos un rato. Ya sabes que las cosas eran diferentes entonces. Podías dejar solos a tus hijos un momento sin que la gente te gritara o lo colgara en Facebook.

—¿No encontraron al conductor?

—No. Era bastante entrada la noche. En la zona donde lo atropellaron no había casas, de modo que nadie vio nada.

—¿Pensaste que lo habían atacado? ¿Que estaba relacionado con el trabajo?

—Es lo primero que pensamos siempre. Pero la conclusión oficial fue que probablemente lo había arrollado un borracho que se dio a la fuga. Una verdadera lástima, porque Adam era muy buen tío.

—¿El matrimonio iba bien? ¿Todo en orden en ese terreno?

—Que yo sepa, sí. Pero no éramos amigos íntimos ni nada por el estilo. Vi a su mujer unas cuantas veces. Parecía agradable. Pasaba mucho tiempo fuera, según decía Adam. ¿Por qué lo preguntas?

—Por nada. Solo busco a tientas pistas sobre un caso.

—¿Un caso relacionado con la muerte de Adam? ¿Después de tantos años?

—Podría estar vinculada con algo que estoy investigando. Me figuro que no sabes dónde viven sus hijos. Creo que el chico es abogado.

—En efecto. En realidad, trabaja en el Bureau. Supongo que quiso seguir los pasos de su padre. Al menos en parte.

—¿Tienes sus datos de contacto?

—Puedo buscarlos ahora mismo. Te los doy a condición de que un día me cuentes de qué demonios va todo esto, Puller.

—Prometido. Y gracias.

Puller anotó la información y colgó. Llamó a Dan Reynolds, que estaba en las oficinas del FBI en el D. C. Cuando Puller le explicó quién era y de qué quería hablar con él, esperaba que el joven le hiciera un montón de preguntas o que le colgara el teléfono. Pero, en cambio, Reynolds dijo:

—En veinte minutos puedo quedar con usted en el Dunkin' Donuts que está a la vuelta de la esquina de la WFO.*

Sorprendido, Puller enseguida aceptó y se dirigió hacia su coche. Camino del aparcamiento envió un mensaje de texto a Knox para ponerla al corriente.

* Siglas en inglés de la Organización Mundial de la Familia.

El Dunkin' Donuts estaba bastante lleno cuando Puller llegó. Pero no tuvo dificultad en localizar a Dan Reynolds, pues el joven había heredado la estatura y el aspecto de su madre. Puller se presentó, compraron sus cafés y salieron de nuevo para sentarse a una mesa en la acera.

Dan Reynolds, además de heredar la estatura y el atractivo de su madre, tenía su misma mirada penetrante. Bebió un sorbo de café y siguió con la vista un coche que pasaba por allí.

—¿Por qué un agente de la CID del Ejército investiga la muerte de mi padre después de tantos años? No pertenecía a las fuerzas armadas.

—Podría estar relacionada con otro caso de índole militar —contestó Puller.

—¿Le importa decirme cuál?

Puller lo meditó antes de contestar.

—Un antiguo compañero de su madre murió asesinado en Union Station.

—Niles Robinson —dijo Dan.

—Exacto.

—¿Y ese es el caso en cuestión? Robinson tampoco pertenecía a las fuerzas armadas.

—No, pero era testigo en un caso que atañe a un militar.

Dan se volvió y miró a Puller a los ojos.

—¿Y eso qué relación puede tener con la muerte de mi padre?

—Ni idea. Por eso ando husmeando por ahí en busca de una pista. —Hizo una pausa y al cabo agregó en un tono desenfadado—: Supongo que podría hablar con su madre.

Dan hizo un gesto con la mano, descartando la sugerencia.

—Yo no perdería el tiempo con ella, si estuviera en su lugar.

—¿Por qué no? Trabaja en esta zona.

—En la DTRA. Pero no le contará nada.

—No lo entiendo. Era su marido.

—Sí, era su marido, ¿qué le parece?

Puller se inclinó hacia delante.

—Es preciso que entienda lo que me está queriendo decir.

Dan volvió a mirar los coches que pasaban por la calle.

—Tenía once años cuando mataron a mi padre. Mi hermana tenía nueve.

—Tuvo que ser duro.

—Fue un infierno. Mi padre salió para ir caminando a la tienda y nunca regresó.

—Su cafetería preferida.

Dan lo miró.

—No, fue a la tienda a comprar unas cuantas cosas.

—Pero encontraron un vaso de café de su cafetería favorita cerca del cuerpo. Al menos eso es lo que me han dicho.

—No lo sabía. Para mí había ido a la tienda. Normalmente nunca nos dejaba solos a mi hermana y a mí. Pero ella había llamado.

—¿Quién había llamado?

—Mi madre.

—¿Y qué le dijo?

—Que comprara unas cosas en la tienda. Cosas que según ella necesitábamos. Al menos eso dijo mi padre. Estaba molesto porque, como he dicho, no le gustaba dejarnos solos. Pero así era ella.

—¿Cómo?

—Siempre conseguía lo que quería. Mi padre era agente del FBI, un hombre duro. Pero cuando estaba con ella, bueno, se achicaba. Me parece que le tenía miedo.

—Tengo entendido que es muy buena tiradora.

Dan puso cara de repugnancia.

—¡Sus armas! Está muy orgullosa de sus armas. Las quería más que a nosotros. Un día, teniendo yo siete años, entré en su «cuarto de trofeos» y la lie buena. Desperdigué todo su armamento por el suelo. Solo quería atraer su atención. Pensé que iba a darme una paliza de muerte. Tuve suerte de que papá estuviera en casa.

—Parece un tanto desequilibrada. Es asombroso que superase un polígrafo y consiguiera autorizaciones de alta seguridad.

—Jekyll y Hyde, agente Puller. Decía y hacía lo que debía, cuando quería. Lo que ocurría dentro de nuestra casa era harina de otro costal. Nunca encontrará una actriz mejor. No tiene nada que envidiar a Meryl Streep.

Puller ensayó mentalmente varias preguntas y puntos de vista posibles antes de decir:

—Su padre pudo habérselos llevado con él a la tienda aquella noche.

—No, mi hermana se había roto la pierna aquel verano; iba escayolada. De hecho, ya estaba dormida cuando mi madre llamó. Él nunca la habría dejado sola. Yo me quedé para cuidarla.

—¿Dónde estaba su madre?

—En el extranjero. Quizá en Europa del Este.

—Bueno, si era de noche en la Costa Este, allí sería muy temprano.

—Supongo que sí. Pero llamó. Oí sonar el teléfono. Y hablé con ella un momento.

—¿Y después su padre salió?

—Sí.

—Si quería darse prisa porque iba a dejarlos solos, ¿por qué no fue en coche?

—El coche no se puso en marcha. Volvió a entrar en casa echando chispas. Cogió la chaqueta y se marchó a pie. La tienda no quedaba muy lejos.

—¿Y solo tenían aquel coche?

—El de mi madre estaba en el trabajo. Siempre lo dejaba allí cuando se iba al extranjero.

—Así que estaba regresando porque encontraron el vaso de café, pero no encontraron ningún artículo comprado en la tienda. ¿Cómo se explica?

—No lo sé. Fue un atropello con fuga. Al menos eso fue lo que nos dijeron. Éramos niños. No nos dijeron gran cosa.

—Mire, si me equivoco, le ruego que me lo diga. No es más que el investigador cínico que llevo dentro quien habla. —Puller titubeó, escogiendo sus palabras con sumo cuidado—. Pero tengo la impresión de que usted tiene serias dudas sobre este asunto. ¿Me equivoco o estoy en lo cierto?

Dan se volvió a mirar a Puller otra vez.

—Si me está preguntando si pienso que mi madre tendió una trampa a mi padre para que lo mataran, pues sí, eso es lo que pienso.

Puller asimiló esta novedad lentamente.

—Eso es toda una acusación.

—Soy abogado, sé lo que es una acusación grave.

—¿Cuándo llegó a esta conclusión? Seguro que no fue cuando aún era niño.

—No, fue después, cuando ya era adulto. —Sonrió con ironía—. Cuando también yo me volví un cínico.

—Entendido —dijo Puller alentadoramente.

—Las cosas no cuadraban. ¿Por qué llamó tan tarde para que fuera a comprar a la tienda? ¿Por qué no pudo esperar? Además, mi padre se había tomado el día libre para llevar a mi hermana al médico por lo de la pierna y el coche había funcionado bien. ¿Por qué no se puso en marcha después?

—Para que tuviera que ir a pie a la tienda. ¿Esa fue su conclusión?

—Y que lo atropellara un coche, sí.

—¿Alguna vez le ha planteado esta posibilidad a alguien?

—No.

—¿Por qué no?

—Mi madre puede resultar bastante intimidante para un adulto, y mucho más para un crío. Y cuando empecé a sospechar en serio, ¿qué podía hacer? Habían transcurrido años. Las pruebas ya no existían. Habría carecido de sentido.

—El seguro pagó una buena indemnización.

—Lo sé.

—¿Habló con alguien sobre la llamada de su madre?

—Nadie me preguntó. Mi madre regresó a casa al día siguiente. Ella se ocupó de todo.

—¿Está dando a entender que impidió que usted y su hermana hablaran con terceros?

—Más o menos, sí. Y los polis estaban convencidos de que había sido un atropello con fuga. No investigaron otras posibilidades.

—La verdad es que he hablado con su madre. Me insinuó que pensaba que pudo haber tenido relación con uno de los casos de su padre.

—¿Le dijo que había llamado a casa aquella noche?

—No, por alguna razón lo omitió.

—¿Y bien?

—Deduzco que no se lleva bien con ella.

—No, en absoluto. Aunque no hubiese ocurrido esto de mi padre, mi madre no es un tipo de persona cálida y afectuosa. Tuvo a sus hijos, pero dudo de que tuviera el menor interés en ser madre como es debido. Yo estaba mucho más unido a mi padre. Y después de su muerte fue mi abuela quien nos crio, no ella. De modo que ahora no tengo relación alguna con mi madre. Y al parecer a ella le parece perfecto.

—¿Sabe que sospecha de ella?

—Nunca se lo he mencionado. Me cago de miedo, si quiere que le diga la verdad.

—En realidad, pienso que ha hecho bien. Me refiero a lo de no mencionárselo.

—La veo capaz de cualquier cosa.

—Si en efecto tuvo algo que ver con su muerte, ¿cree que lo hizo por dinero?

Dan se encogió de hombros.

—A veces oía a mi padre después de que hubiese estado empinando un poco el codo en su pequeño estudio.

—¿Qué decía?

—Tenía discusiones terribles con mi madre por cualquier cosa. Y cuando ella no estaba en casa, se metía en su estudio y hablaba solo.

—¿De qué hablaba exactamente?

—Solo pillaba retazos de vez en cuando. Y no parecía que fuese muy coherente. Pero creo que tenía un problema con mi madre por las cosas que hacía ella en el trabajo.

—¿Sabe de qué se trataba?

—Solo sé que pasaba mucho tiempo en Rusia.

—¿Como parte de un equipo de verificación del START?

—Me parece que sí. Eso lo descubrí más adelante. Nunca me hablaba de su trabajo.

—¿Por qué iba a estar molesto su padre? Estaba ayudando a desmantelar arsenales nucleares.

—Diría que el problema no residía ahí. Creo que era algo más personal.

—¿Se refiere a alguien con quien ella trabajaba?

—Solo sé que una vez oí decir a mi padre que mataría al tipo si se le presentaba la oportunidad.

—¿Matar al tipo?

—Sí. Y mi padre era una persona bastante tranquila. No sé qué descubrió o le contaron, pero desde luego estaba muy cabreado.

—¿Qué opina su hermana?

—Estaba mucho más unida a nuestra madre que yo. No estaría de acuerdo con nada de lo que le he dicho. Se ven mucho. Son uña y carne. Mi madre incluso ha ayudado económicamente a mi hermana.

—¿Dónde vive ella?

—En Gaithersburg, Maryland. Tiene una tienda de ropa.

—¿Le va bien?

—No le va mal. Como he dicho, mi madre la ayuda económicamente.

—¿Eso le sorprende? Quiero decir, habida cuenta de lo que me ha dicho acerca de su madre.

Dan se encogió de hombros.

—Mi hermana no morderá la mano que le da de comer. Así que le dice lo que sabe que ella quiere oír. Pero para hacer justicia a mi madre, si quiere a alguien es a mi hermana.

Puller tomó unas cuantas notas y dijo:

—Me contó que había estado en el equipo olímpico de biatlón. Que podría haber ganado el oro.

—¿Le dijo que no compitió?

—Sí, por alguna clase de problema médico.

Dan se rio.

—¿Dónde está la gracia? —preguntó Puller.

—El problema médico era yo.

—¿Cómo dice?

—Estaba embarazada de mí. Por eso no la dejaron competir.

—¿Y se disgustó?

—Estaba tan disgustada que nunca lo sacó a colación. Si lo supe fue por mi padre.

—Oiga, hacen falta dos para bailar el tango. Sabía lo que estaba haciendo.

—Mi padre me dijo que según ella la había enredado con las píldoras anticonceptivas.

—¿Y lo hizo?

—¿Quién sabe? Si quería ganar una medalla en los Juegos Olímpicos, sabía que no podría mientras estuviera embarazada. Quizá mi padre hizo algo. Ella era muy controladora. A lo mejor quiso darle a probar su propia medicina. Y podría ser una de las razones por las que nunca se encariñó de mí. Supongo que yo representaba la oportunidad perdida de alcanzar la gloria.

—Es posible que fuese culpa de alguien, Dan, pero está más claro que el agua que no fue suya. Usted ni siquiera había nacido.

—Suena lógico. Pero hay personas que no se rigen por la lógica.

Permanecieron callados, tomando café.

Finalmente Puller dijo:

—Me sorprende que me haya contado todo esto.

Dan rio con tristeza.

—Me parece que yo también estoy sorprendido. Pero

cuando me ha llamado inesperadamente he pensado, en fin, solo he pensado...

—¿Que la verdad quizá saldría a la luz y por fin se haría justicia a su padre?

Se miraron de hito en hito.

—Al fin y al cabo, por eso ingresé en la oficina legal del FBI —dijo Dan—. Y quería mucho a mi padre.

—Bien, espero poder conseguirlo por su bien —dijo Puller.

«Y por el de mi hermano», pensó.

Dio las gracias a Dan Reynolds y se dirigió de vuelta a su coche. Antes de que llegara, sonó su móvil. Era Knox.

—Me estaba preguntando cuándo sabría de ti —dijo Puller. Escuchó un momento y dijo—: Shirlington, ¿eh? De acuerdo, valía la pena intentarlo. ¿Por qué no te quedas un rato con ellos y nos vemos después? —Hizo una pausa, escuchando, pero Knox se calló a media frase. Puller se puso tenso. Dijo—: ¿Knox? ¿Knox?

La oyó gritar algo, no a él, a otras personas.

Cuando entendió lo que decía se echó a correr.

El siguiente ruido que oyó hizo que Puller redoblara sus esfuerzos. Mientras corría a toda pastilla hacia su coche, gritó al teléfono:

—¿Knox? ¡Veronica!

Ella no contestó.

Y después se cortó la línea.

53

Knox llevaba un buen rato sentada en un coche que había solicitado al INSCOM en Fort Belvoir. Aunque había dicho a Puller que tenía que presentarse ante sus superiores y rellenar un montón de formularios, su verdadero propósito era demorarse para luego seguir a Donovan Carter cuando saliera del edificio.

Tenía un Town Car negro con chófer. Y Knox pudo ver al hombre que lo acompañaba.

Era Blair Sullivan, el tipo de seguridad interna que tanto se había acalorado por su investigación sobre Susan Reynolds.

Al salir del complejo de la DTRA, Knox los siguió. Tomaron la Interestatal 95 y Knox se mantuvo a unos cuantos coches de ellos. Salieron a la Interestatal 395 y se dirigieron al norte, hacia el D. C.

Knox no sabía si aquello la conduciría a alguna parte, pero se le había presentado la oportunidad y sintió que debía aprovecharla. No tenía nada que perder. Salieron en Shirlington. Poco después el coche se detuvo delante de un pequeño centro comercial al aire libre lleno de bares y tiendas de lujo. El chófer aparcó el Town Car y Carter y Sullivan entraron en uno de los restaurantes.

—Fantástico —dijo Knox en voz alta para sí misma—. Una cena temprana. ¡Qué mala suerte! Y no puedo entrar porque, salvo si se han quedado ciegos, me verán.

Retrocedió hasta una plaza de aparcamiento del otro lado de la calle y aguardó. Escuchaba la radio y contestaba e-mails, pero cada dos por tres echaba un vistazo a la calle. Estaba tamborileando con los dedos en el volante cuando una furgoneta se paró al lado de donde estaba estacionado el Town Car. Un tipo cachas abrió la puerta del pasajero y al hacerlo dio un golpe al lateral del Town Car.

La ventanilla del Town Car se abrió y el chófer de Carter asomó la cabeza. Knox le oyó gritar al tipo de la furgoneta, que le gritaba a su vez.

El chófer se apeó y ambos hombres se encararon, gritándose y golpeándose el pecho mutuamente.

Knox confió en que aquello no empeorase, pues estaba bastante segura de que el chófer iba armado. Su mirada se desvió hacia un adolescente que se deslizaba por la acera en un monopatín. Llevaba el pelo largo y rizado, una gorra de béisbol con la visera hacia atrás, una sudadera con capucha, pantalones vaqueros desgarrados en las rodillas y los muslos y zapatillas de deporte sin cordones del tamaño de dos perros pequeños. Iba agachado y de pronto intentó efectuar un salto complicado y se cayó de culo justo al lado del Town Car, desapareciendo de su campo visual.

La mirada de Knox volvió a posarse en los dos hombres. Todavía discutían, solo que ahora el chófer de Carter estaba mostrando sus credenciales al cachas. Esperó que eso pusiera fin a la disputa.

Knox miró de nuevo al chaval, que se estaba levantando justo al lado del Town Car. Se sacudió el polvo de los pantalones y miró en derredor con cara de cordero degollado mientras recogía el monopatín.

«No eres un as del monopatín», pensó Knox.

Mientras colocaba el monopatín en el suelo, montaba en él y se daba impulso pasó junto a los dos hombres. Después cobró velocidad, dobló la esquina trazando una curva cerrada y se perdió de vista.

El cachas subió de nuevo a la furgoneta, todavía gritando con el ceño fruncido, y la furgoneta retrocedió justo cuando se abría la puerta del restaurante y Carter y Sullivan salían a la calle. El chófer gritó algo más al cachas mientras se alejaba tocando el claxon. El chófer se volvió, vio a Carter y a Sullivan y corrió a abrirle la portezuela al jefe de la DTRA.

Knox sacó su móvil y llamó a Puller, que contestó enseguida.

Le dijo lo que estaba haciendo y también dónde estaba. Puller contestó a esta información con unas pocas frases sucintas.

—Recibido —dijo Knox—. Pero creo que...

Como si alguien hubiese pulsado un botón secreto de su cerebro, Knox empezó a reconstruir lo que acababa de ver.

No, no lo que acababa de ver.

Lo que realmente acababa de ocurrir.

Oyó que Puller la llamaba: «¿Knox? ¿Knox?».

No le hizo ni caso. Lo que acababa de ver era una maniobra de distracción.

El conductor de la furgoneta chocando adrede con el Town Car.

Un chaval que no era tal chaval pasando en monopatín mientras el chófer está distraído con el cachas de la furgoneta.

Después una caída aposta que permitía al chaval acceder a los bajos del Town Car sin que nadie lo viera.

Después el chaval se había esfumado.

Como si eso fuese una señal convenida, el cachas había renunciado a seguir discutiendo y la furgoneta se fue a toda mecha.

De súbito reaccionó y vio que Carter y Sullivan estaban en el coche.

El chófer lo puso en marcha.

Sin soltar el teléfono, Knox abrió la portezuela de golpe, saltó a tierra y se echó a correr cruzando la calle.

—¡Salgan de coche! —chilló—. ¡Salgan del coche! Hay una...

El suelo se movió violentamente bajo sus pies, el pavimento se sacudió como una serpiente ciega de crack. El mundo entero se veía a cámara lenta. Knox trastabilló y se preparó para lo que sabía que se avecinaba y contra lo que no podía hacer nada en absoluto. Imágenes de Mosul regresaron vívidas a su mente. Sentada en un Humvee blindado y un segundo después tirada en el suelo sin saber qué había ocurrido, sin saber si los demás estaban vivos o muertos, si también ella iba a morir allí. Si volvería a mover las piernas.

Todo esto tardó una millonésima de segundo en pasarle por la cabeza. Y eso estaba bien porque, incluso sin eso, se le había acabado el tiempo.

Había apartado la vista en el último instante, y estuvo bien que lo hiciera. Mirar directamente una explosión de suficiente magnitud podía dejar ciega a una persona. Aunque poco importaba en realidad. La gente que estaba suficientemente cerca para quedarse ciega con semejante resplandor normalmente no sobrevivía.

Su último pensamiento consciente la sorprendió:

«Lo siento, Puller. Ahora es cosa tuya».

La onda expansiva de la explosión la levantó, haciéndole perder los zapatos y lanzándola seis metros por el aire hasta que chocó con la luna del escaparate de una tienda de ropa blanca. Consiguió taparse la cabeza con las manos justo antes del impacto y su móvil salió despedido, cayó en la calle y se rompió. Knox terminó en el suelo de la tienda hecha un guiñapo.

El Town Car estaba destrozado. Los restos de los tres hombres que lo ocupaban eran irreconocibles. La explosión había hecho añicos las ventanas a un lado y otro de la calle. Había personas tendidas en las aceras, ensangrentadas, maltrechas, inconscientes, y algunas no volverían a despertar.

Otras gemían, sollozaban e iban dando tumbos de acá para allá. Unas estaban en estado de shock, otras, malheridas y otras, aunque ilesas, solo podían mirar horrorizadas lo que había sucedido.

Era como una calle de Bagdad o Kabul, no una zona pudiente a pocos kilómetros de Washington, D. C.

Las alarmas de coche que había disparado el estallido se iban apagando calle arriba y abajo. Ahora había personas corriendo, unas hacia el lugar del estallido, otras alejándose, sin duda aterrorizadas al pensar que iban a tener lugar otras explosiones. Un agente de policía que había estado haciendo las veces de guarda de seguridad en una joyería hacía lo posible por ayudar a los heridos y dirigir a la gente hacia una zona más segura.

Dentro de la tienda de ropa blanca Knox estaba tumbada bocabajo en el suelo sobre un montón de vidrios rotos, cubierta de sábanas y almohadas con las que se había estampado al atravesar la luna del escaparate. Tenía los ojos cerrados, jadeaba al respirar y tenía el rostro bañado en sangre.

Al cabo de un momento las sirenas empezaron a ulular, la gente empezó a gritar más alto, los supervivientes intentaban ayudar a otros supervivientes y a los moribundos. Luego estaban los muertos. Habían ido al centro comercial a comer, de compras o a hacer un recado sin saber que aquella sería la última vez que harían alguna de esas cosas.

Dentro de la tienda, Veronica Knox permanecía inmóvil. La sangre seguía fluyendo por su rostro.

54

Cuando Veronica Knox abrió los ojos lo primero que vio fue una luz blanca cegadora.

Eso la convenció de que en verdad estaba muerta. Y que de un modo u otro, a pesar de haber cometido uno o dos pecados mortales y veniales, había terminado arriba en lugar de abajo, eclesiásticamente hablando.

«Es un puñetero milagro», pensó. Y estaba siendo literal al respecto.

Lo segundo que vio fueron los tubos transparentes que terminaban en su brazo derecho.

Eso borró de un plumazo el elemento eclesiástico y los pensamientos sobre milagros.

Lo tercero que vio fue a John Puller junto a ella.

Eso la devolvió de pleno a la tierra. Y a la vida.

Lo vio suspirar aliviado y luego llevarse un dedo al ojo y frotarlo como si se quisiera quitar algo.

«Una lágrima», pensó su mente aturdida. Pero no, los hombres como John Puller no derramaban lágrimas. Si derramaban algo, era sangre, no agua.

Intentó incorporarse, pero él se lo impidió poniéndole una manaza en el hombro.

—Relájate, Knox. Te diste un golpe tremendo. El médico dice que es un milagro que todavía sigas aquí.

De pronto se miró el cuerpo, atolondrada.

—¿Estoy aquí? ¿Estoy toda aquí?

Puller le apretó el hombro para calmarla.

—Dos brazos con sus respectivas manos, aunque en la izquierda tienes dos dedos rotos, de ahí las tablillas. Tienes dos piernas con sus respectivos pies. Una cabeza con el cerebro intacto, aunque conmocionado. Y un montón de cortes superficiales en el cráneo, los brazos y las piernas, de ahí los vendajes. Y perdiste tanta sangre que tuvieron que hacerte una trasfusión.

—¿Puedo moverlo todo?

—Compruébalo tú misma.

Tentativa, Knox movió primero el brazo derecho y luego el izquierdo, después meneó los dedos, incluso los que llevaba entablillados. Respiró profundamente y bajó la vista a las piernas.

Puller vio que se le arrasaban los ojos en lágrimas y tuvo claro que estaba pensando en Oriente Próximo, cuando las piernas dejaron de funcionarle. Levantó un poco la sábana, destapándole los pies. Le apretujó un dedo.

—¿Lo notas?

Knox asintió con la cabeza.

—Ahora menea los dedos.

Knox tragó saliva, se preparó y lo hizo. Los notó, los vio y volvió a desplomarse sobre la almohada con un sentido: «Gracias a Dios».

Puller volvió a taparle los pies.

—Tienes las piernas bien, Knox. Dicho esto, tuviste una suerte endemoniada.

—Recuerdo que volé a través de... un cristal —dijo despacio y aturdida.

—Escogiste bien la tienda en la que entrar volando. Ropa de cama. Chocaste con la luna del escaparate, que era bastante dura. Pero caíste encima de una exposición de edredones y almohadas muy mullidas. Eso amortiguó el golpe.

—¿Y Carter? —murmuró Knox.

Puller negó con la cabeza y dijo en tono grave:

—No sobrevivió. Tampoco Sullivan ni el chófer. Apenas quedó nada de ellos.

—¿Cuánto tiempo llevo aquí?

—Te trajeron anoche temprano. Ahora es última hora de la tarde.

—Supongo que querrán interrogarme.

—Pues sí. Pero me dieron permiso para entrar aquí y hacerte compañía hasta que volvieras en ti. La poli y los federales han tomado la escena del crimen. Mucha gente vio cosas. Tienen un montón de declaraciones.

—Apuesto a que no saben lo que yo vi.

Puller se sentó en una silla junto a la cama.

—¿Por qué no me lo cuentas a mí?

Knox echó un vistazo a la puerta de cristal de la habitación y vio a un agente de policía, a un tipo trajeado y a un fornido PM que estaba montando guardia.

—No van a correr el menor riesgo contigo —dijo Puller, siguiendo su mirada—. Los polis, el FBI y las fuerzas armadas.

Knox se volvió de nuevo hacia Puller y lentamente pero con claridad le contó lo que había visto. La furgoneta, el chaval, todo.

—O sea, que fue un montaje desde el primer momento —concluyó Puller.

—Eso parece. Ahora bien, ¿por qué centrarse en Carter?

—Bueno, dirigía buena parte de nuestra defensa nacional. Solo por eso ya es un objetivo.

—No, eso ya lo sé. Lo que me intriga es el momento elegido. ¿Por qué ahora?

—¿Quieres decir que guarda relación con lo que estamos haciendo?

—Podría ser.

Puller la miró de arriba abajo.

—¿Estás lista para recibir información?

Knox sonrió y deslizó una mano en torno al antebrazo de Puller.

—Contigo a mi lado estoy lista para cualquier cosa.

Puller cubrió su mano con la suya.

—Perdona que no estuviera contigo cuando ocurrió esto, Knox. Tendría que haber estado allí.

—Era imposible que supieras que iba a emprender mi poco meditado viaje detectivesco.

—Intentaste salvarlos. Por teléfono te oí gritarles que salieran del coche.

Knox, abatida, negó con la cabeza y se tapó la cara con la otra mano. Dejó ir un sollozo, con los ojos arrasados en lágrimas, y gimió:

—No lo vi venir a tiempo, Puller. Tendría que haberme dado cuenta antes, pero no lo hice.

—Hiciste todo lo que podías hacer. Disponías de segundos, quizá ni siquiera segundos. Poco importa lo que hicieras o dejaras de hacer, Knox, iban a morir igualmente. Ya eran hombres muertos. Solo que no lo sabían. Así que, aunque te vengan ganas de cargar con la culpa, te ruego que no lo hagas. De nada les servirá a ellos o a ti.

Sollozó otra vez, se tranquilizó, se secó los ojos con la sábana y se centró en él.

—Me figuro que fue la llamada telefónica más rara que hayas recibido alguna vez, ¿eh?

Puller bajó la vista.

—Cuando oí la detonación de la bomba a través del teléfono...

Knox alargó el brazo y le agarró el mentón, atrayendo su mirada de nuevo hacia ella.

—Estoy aquí, Puller. Un poco vendada y desangrada. Pero no estoy muerta. Contémoslo como una victoria.

Puller sonrió.

—Lo cuento como algo más que eso.

Se sostuvieron la mirada un rato y después Puller volvió a lo práctico.

—Hablé con un agente del FBI que se acordaba de Adam Reynolds, el marido de Susan.

—¿El del atropello con fuga? —dijo Knox.

—Tal vez sí, tal vez no.

Pasó a referirle el resto de su conversación con el agente y después el encuentro con Dan, el hijo de Susan Reynolds.

Esa parte hizo que Knox intentara incorporarse otra vez y, una vez más, Puller se lo impidió.

—Ya lo sé —dijo—. Ya lo sé. Esa mujer es una mala pieza.

—La muy bruja hizo que mataran a su marido por alguna razón. ¿Otro hombre? ¿Eso pensaba Adam Reynolds?

—Parece ser que sí. Y ella trabajaba en la antigua Unión Soviética.

—¿Sabemos dónde exactamente?

—Estoy en ello. Pero tenía que ver con el programa de verificación del START. Nos lo dijo ella misma.

—Desmantelando armas nucleares.

—En efecto. Y ahora trabaja en el Centro WMD —le recordó Puller.

Una vez más, Knox intentó incorporarse, pero en esta ocasión él la ayudó, ajustando la inclinación de la cama con el mando.

—¿Así que todo esto es por las armas de destrucción masiva?

—Quizá lo sea ahora. Si es una espía lo más probable es que haya cubierto mucho terreno a lo largo de los años. Las armas de destrucción masiva quizá sean lo último en su lista de tareas. Pero los puestos que ha ocupado le han dado acceso a montones de información valiosa que nuestros enemigos pagarían más que bien.

—Y te mira como si fueses idiota solo por insinuar que puede estar involucrada en algo turbio.

—Si ha estado haciéndolo tanto tiempo como creo, su cara de póquer tiene que ser ejemplar. Y por la manera en que su historial económico se fraguó y endureció, estoy empezando a pensar que se la consideraba un recurso de alto nivel a largo plazo. No tengo más remedio que creer que la póliza de seguro por dos millones de dólares fue idea suya, no de su marido.

—Tengo que salir de aquí, Puller. Tenemos que volver al trabajo.

—¡Hala! Necesitas descansar. Y tiempo para curarte.

—No tengo tiempo ni para lo uno ni para lo otro. Eso puede esperar.

—No, no puede esperar.

Intentó incorporarse y Puller se lo impidió nuevamente. Siendo la tercera vez, Knox le dijo:

—Maldita sea, John Puller, si tuviera una pistola te pegaría un tiro en el culo.

—Bueno, pues menos mal que no la tienes.

Knox dejó de forcejear, se recostó y soltó un prolongado y resignado suspiro.

—De acuerdo. ¿Cuándo demonios podré marcharme de aquí?

—Lo comprobaré con los médicos, pero seguramente dentro de veinticuatro horas. Y después, reposo en cama.

—¡Mierda!

—Es lo que hay, Knox.

—¿Y tú qué harás mientras tanto?

—Seguiré investigando.

—¿Sin mí? —dijo Knox, perpleja ante semejante perspectiva.

—Te mantendré informada de todo, lo prometo.

—¿Y no dejarás que te maten? —Lo dijo como si bromeara, pero no había una pizca de humor en su mirada—. Por poco la palmo, Puller. Un paso más, un segundo más y sin colchones al final de la pista no estoy aquí.

—Ya lo sé.

—No, quizá no lo sepas. —Alargó el brazo y le agarró la camisa con el puño—. No mueras. Simplemente... no.

—Vale. No lo haré.

Knox soltó lentamente la camisa y se arrellanó, falta de aliento.

—Pasaré a verte luego.

—Bien —dijo Knox sin mirarlo.

Puller salió de la habitación. Había referido a Knox todo lo que sabía. Ahora tenía que contárselo a otra persona.

Su hermano.

Sin código.

Cara a cara.

55

Terminó por enviar primero un mensaje cifrado para avisar a su hermano de que quería verlo. Después hizo lo que había hecho la vez anterior. Condujo hasta Quantico, cambió de coche y se marchó por otra salida. Recorrió las carreteras secundarias, girando a derecha e izquierda, volviendo sobre sus pasos y volviendo a dar media vuelta antes de dirigirse a su verdadero destino. La camioneta de su hermano estaba aparcada enfrente de la misma puerta del motel.

Llamó. Vio el movimiento de las cortinas y apoyó la mano en la culata de su M11. Dijo:

—¿Bobby?

Y su hermano contestó:

—No hay moros en la costa, Junior.

Déjà vu.

Puller cerró la puerta a sus espaldas, cruzó la habitación y se sentó en el borde de la cama. Su hermano estaba en la misma silla que había ocupado en su último encuentro.

—¿Te has enterado? —preguntó Puller.

Robert asintió con la cabeza.

—Lo sabe todo el mundo. Carter ha muerto.

—Y otros dos tíos.

—Los medios dicen que fue una bomba.

—Los medios están en lo cierto. Mi colega Knox estaba allí. Lo vio todo. Intentó evitarlo. Por poco la matan.

—¿Qué vio exactamente?

Puller miró muy serio a su hermano.

—He dicho que por poco la matan, Bobby. Ahora mismo está en una cama de hospital. Quería levantarse para seguir trabajando en este asunto. Para ayudar a intentar exculparte.

Era una desafortunada rareza del portento de su hermano que no siempre fuese capaz de captar el aspecto personal de la ecuación.

Robert se quedó muy desconcertado.

—Perdona, John. ¿Cómo se encuentra?

—Se pondrá bien.

Pasó a contar a su hermano lo que Knox había observado.

—Pues sí que actuaron deprisa —dijo Robert—. Y tenían agentes que podían hacerlo aunque los avisaran con poca antelación.

—¿Cómo sabes que no lo han planeado durante mucho tiempo?

—Te reuniste con él por la mañana y estaba muerto a media tarde.

—Podría no tener relación.

—Lidiamos con probabilidades, John. Y la más clara es que exista una relación. A más B igual a C.

—Pero cuando nos reunimos con Carter y su secuaz estaba claro que pensaban que Reynolds era absolutamente inocente. Para ellos el asunto quedó zanjado.

—Leí tus notas sobre la conversación. Quizá sea lo que dijeron, pero dudo de que lo creyeran de verdad.

—¿En qué te basas?

—Para empezar jugaron demasiado fuerte su baza, John. El jefe de la DTRA no va a reunirse contigo la mañana después de haberte tomado una última copa con él. No invitará a la reunión a su jefe de seguridad interna. Resulta que conozco a Blair Sullivan. Ha trabajado en todo el STRATCOM. Si te dijo más de dos palabras, o se puso sentimental de alguna forma, fue puro teatro. Él no es así. Podría ver que un piano le está cayendo encima mientras almuerza en la terraza de una cafetería y lo único que haría sería apartarse hacia la derecha y terminar su bocadillo.

—¿Por qué iba a fingir? ¿Por qué intentó engañarnos? Si se creyeron lo que les dijimos, no lo comprendo.

—El mero acto de que se lo creyeran no significa forzosamente que quisieran colaborar contigo en esto. No eres uno de los suyos. La DTRA es una agencia crucial para este país. Jamás querrían dar la impresión de que no controlan como es debido a sus empleados. Y si tienen un espía en su entorno, sería ropa sucia que desde luego no airearían en público.

—Pues ¿qué hacen?

—Lavarla en casa. Por eso Sullivan asistió.

—Así pues, ¿pensaban que Reynolds está sucia?

—No puedo decirte qué pensaban exactamente, pero lo que sí puedo decirte es que por una acusación de espionaje no habrían efectuado una rápida investigación económica a la mañana siguiente para llegar a la conclusión de que todo iba a pedir de boca. Eso requeriría un poco de tiempo y habrían tenido que revisar su historial completo. Por Dios, John, trabaja en el Centro WMD. Ahí no caben los errores. Y si tú descubriste las circunstancias sospechosas que rodearon la muerte de su marido, ellos también pudieron hacerlo. Tienen un departamento entero formado por personas sumamente brillantes que trabajan en eso.

—¿En serio? Bien, si realmente fuesen tan brillantes no le habrían dejado hacer lo que probablemente ha estado haciendo durante los últimos veinte años, ¿no te parece?

—Hay alguien que ha hecho mal su trabajo; en esto estoy de acuerdo contigo.

—Pues ¿por qué liquidaron a Carter tan deprisa?

—Me figuro que en la DTRA el runrún de vuestra reunión con Carter y Sullivan llegó a oídos de Reynolds.

—Me dijeron que se habían reunido con ella y que la habían informado de sus conclusiones.

—Ahí lo tienes. Pero seguro que ella sospechó lo mismo que yo. Que no se daban por satisfechos. Y que iban a seguir investigando. Se puso en contacto con su gente. Se tomó la decisión de apretar el gatillo.

—Maldita sea, como bien has dicho, no pierden el tiempo.

—Que estuvieran al tanto de su plan de viaje me lleva a creer que Reynolds tiene espías por todas partes.

—¿Espías por todas partes en la DTRA? ¿Lo dices en serio?

—Bueno, al menos algunos excepcionalmente bien ubicados, aunque no sean numerosos. Y si realmente están bien ubicados, unos pocos pueden conseguir más que muchos. Una secretaria, un oficinista, un administrador de datos. Esos puestos quizá parezcan relativamente triviales, pero están en el meollo de importantes flujos de información.

—Me alegra que puedas quedarte aquí y analizarlo con tanta calma.

—Aquí hay más espías de lo que nunca llegarías a creer, John. Y no solo en el gobierno. El ámbito empresarial está plagado. Y muchos trabajan para nuestros supuestos aliados. Roban nuestros secretos, los usan contra nosotros y nos sonríen mientras lo hacen. Somos Estados Unidos, el gorila de una tonelada. Todo el mundo nos odia.

—¿Y si Carter habló con alguien de sus sospechas? ¿Su muerte no pondría a Reynolds en el punto de mira?

—Posiblemente. Pero las cosas no van tan deprisa en el mundillo de la inteligencia. Carter jamás llevó uniforme. Principalmente era un erudito y un empollón.

—Mató a tres talibanes en Afganistán para escapar.

—Concedido, pero en los años transcurridos desde entonces ha estado inmerso en la academia, a falta de un término mejor. Quien va despacio llega más lejos. Habría querido meditarlo, reunir y tomar en consideración datos adicionales. Seguramente llevó a Sullivan con él para conocer su opinión. Reynolds está en un nivel directivo en la DTRA, con expediente destacado. Nadie acusa visceralmente a un personaje como ella sin tener pruebas irrefutables. De lo contrario te estás buscando una demanda y un ojo morado para la agencia. Y Carter podría haber perdido su empleo.

Puller, frustrado, negó con la cabeza.

—El mundo de la inteligencia me supera, Bobby. Estoy acostumbrado a poder contar con las personas que llevan el mismo uniforme que yo.

—Ahora la DTRA no está centrada en Reynolds. Andan buscando al asesino de Carter. Y dudo de que alguien crea seriamente que ella tuvo algo que ver con esto.

Puller se frotó las sienes y dijo:

—Todavía no sabemos por qué mataron a Daughtrey.

—Pienso que podemos especular razonadamente que lo mataron porque ya no quería seguirles el juego. Niles Robinson cometió este mismo acto de traición cuando fue a Union Station para hablar conmigo. Lo habían seguido, tal vez supusieron que yo estaba en el otro extremo de la línea, y lo pagó muy caro.

—De acuerdo, pero para empezar, ¿cómo metieron a Daughtrey en esto? Todo lo que he averiguado sobre él apunta a un patriota intachable.

—Pues entonces tenemos que hallar el motivo por el que cambió de bando. Puede ser muy sutil, pero lo bastante evidente para que un «patriota» cambie las tornas.

Puller se quedó un momento pensando.

—Tiene un apartamento en Pentagon City.

—¿Crees que podrás entrar?

—Puedo probar.

—Me gustaría ir contigo.

—No va a ser posible, Bobby. No es nada personal, pero si me atrapan contigo, los dos iremos a parar a la DB tan deprisa como puedan trasladarnos allí.

Mientras Puller se disponía a marcharse, Bobby dijo:

—Lamento de veras lo de tu amiga. A veces soy demasiado analítico para mi propio bien.

Puller esbozó una sonrisa.

—No te preocupes. Son cosas que tenéis los genios, supongo.

—Vaya, no me parece una razón demasiado buena —dijo Robert en voz baja.

56

El piso de Tim Daughtrey estaba en un rascacielos de lujo en Pentagon City. No estaba casado ni tenía hijos. Parecía ser un hombre totalmente dedicado a su carrera militar. Era un edificio seguro y un vigilante paró a Puller en el vestíbulo. Sacó sus credenciales y el vigilante les echó un vistazo.

—Aun así no puedo dejarle subir, señor. ¿Sabe lo que le ocurrió al general Daughtrey?

—Claro, por eso estoy aquí. Investigo su asesinato.

El vigilante volvió a mirar las credenciales de Puller.

—Pero usted es del Ejército y él era de las Fuerzas Aéreas.

—También participaba en un operativo multiplataforma de inteligencia que abarca todos los cuerpos militares. —Hizo una pausa e inclinó la cabeza hacia el vigilante—. Parámetros confidenciales de seguridad nacional —agregó en voz baja.

El vigilante miró inquieto hacia los ascensores.

—Entonces quizá no tendría que haberle dejado subir.

—¿A quién? —preguntó Puller bruscamente.

—A un amigo del general Daughtrey.

—¿Ese amigo tiene nombre?

—Charles Abernathy.

—¿Y qué está haciendo ahí arriba?

—Recoger unas cosas.

Puller puso cara de incrédulo.

—No lo entiendo. ¿Por qué deja subir a un amigo y a mí me pone trabas?

—Bueno, la verdad es que vive aquí, a veces. Con el general Daughtrey.

—Creía que Daughtrey era el propietario del piso.

—En realidad está a nombre de una empresa y el señor Abernathy, como directivo de la empresa, está autorizado a entrar y salir. Al menos eso pone en mis papeles. Todo está autorizado y demás. De hecho, pasa más tiempo aquí que el general Daughtrey.

Puller miró los ascensores y después la placa de identificación del vigilante.

—Mire, agente Haynes.

—No soy poli de verdad, solo un empleado. Llámeme Haynie.

—De acuerdo, Haynie. No quiero causar problemas a nadie. Pero un general de las Fuerzas Aéreas fue asesinado en circunstancias muy sospechosas. Hay un amigo suyo arriba haciendo Dios sabe qué. No tengo claro que eso deba permitirse.

Haynes estaba cada vez más nervioso.

Puller prosiguió:

—Tengo que subir, ver qué está haciendo ese hombre e intentar poner a buen recaudo cualquier prueba. ¿La policía ya ha estado aquí?

—Quizá vinieron cuando yo no estaba de turno. Se supone que tenemos que apuntarlo todo, pero algunos vigilantes solo piensan en cobrar a fin de mes.

—Pues es tanto más crucial que suba. Estamos hablando de seguridad nacional, Haynie. Esto no es un juego. Bien, ¿qué piensa hacer?

Haynes cogió una llave de un gancho de detrás de su mostrador.

—Venga conmigo, señor.

Condujo a Puller a los ascensores y usó la llave de tarjeta para abrir uno de ellos. Le pasó la llave a Puller.

—Su piso es el 945. Esto es una llave maestra. Abre todas las puertas.

Puller cogió la llave.

—Gracias.

—De nada, señor.

Haynes saludó torpemente a Puller antes de que se cerraran las puertas.

Puller llegó al piso noveno y enfiló deprisa el pasillo hacia el piso de Daughtrey. Llevaba la llave en una mano y apoyaba la otra en la culata de la M11 enfundada. Alcanzó la puerta del apartamento y comprobó si el pasillo estaba despejado en ambas direcciones. Arrimó la oreja a la puerta y escuchó. No oyó más que el zumbido del aire acondicionado.

Metió la llave en la cerradura y la giró, abrió la puerta haciendo el mínimo ruido posible al tiempo que desenfundaba su pistola. Cerró la puerta, se agachó y volvió a escuchar.

Nada.

Miró a su alrededor. El piso era grande y le sorprendió el buen gusto de la decoración por el modo en que todo estaba conjuntado. Nunca habría imaginado que un autoritario general dedicado a su carrera tuviese tiempo para llenar un espacio de semejante manera.

Siguió avanzando, manteniéndose agachado. Había pensado en anunciar su presencia, pero el instinto le dijo que no sería buena idea. Si aquel tipo era cómplice de Daughtrey, quizá sería presa del pánico y le dispararía tal como Macri había hecho con Knox. Puller no tenía inconveniente en usar su arma. Pero prefería con mucho no utilizarla, igual que cualquier soldado.

Cruzó la cocina, que parecía un lugar donde un chef de cinco estrellas se sentiría como en casa cortando verduras. Los pies se le hundieron en la gruesa moqueta y le llamaron la atención las obras de arte colgadas en las paredes y las igualmente imaginativas esculturas que descansaban en mesas y pedestales.

Había estanterías de caoba del suelo al techo llenas de libros encuadernados en piel. El mobiliario parecía relativamente nuevo a excepción de las antigüedades, y los acabados de madera, cromo, piedra y bronce daban la impresión de ser muy caros. Quizá demasiado caros incluso para la cartera de un una estrella. ¿Daughtrey lo había hecho por dinero, igual que Reynolds?

Se agachó más al oír el ruido, apuntando el cañón de su arma hacia el pasillo de donde procedía. Siguió avanzando, manteniéndose agachado y en diagonal a la puerta hacia la que se dirigía.

Al acercarse a la habitación el ruido fue más distintivo, como una transmisión confusa volviéndose más clara al modularse la frecuencia.

Alcanzó el umbral y decidió echar un vistazo rápido.

Era un dormitorio. Y al parecer había alguien dentro.

Una segunda mirada le confirmó que la habitación estaba ocupada. Había un hombre sentado en la cama. Tenía la cabeza gacha. Sostenía algo con las dos manos.

Y el sonido que Puller había oído sonaba bastante claro ahora.

Aquel hombre estaba llorando.

No, en realidad estaba sollozando.

Puller entró con calma en la habitación, confirmó que el hombre no iba armado y después enfundó la pistola.

—¿Señor Abernathy? —dijo, con la mano todavía en la culata del arma.

El aludido se llevó tal susto que dejó caer al suelo lo que sostenía entre las manos. Por suerte el suelo estaba alfombrado, pues de lo contrario podría haberse resquebrajado.

—¿Quién... quién es usted? —dijo Abernathy con voz trémula al tiempo que se echaba para atrás.

Era un hombre delgado, de apenas sesenta y cinco kilos, y quizá metro setenta con zapatos. Iba vestido con pantalones azules, zapatos de ante sin calcetines y una camisa estampada. En el bolsillo de su chaqueta deportiva asomaba un pañuelo a juego con la camisa. En la muñeca izquierda llevaba un reloj Tag Heuer. El pelo empezaba a ralearle, pero el corte era profesional y se lo peinaba hacia atrás con gomina. Iba bien afeitado y sus inteligentes ojos azul celeste estaban enrojecidos.

Puller le mostró sus credenciales.

—Soy investigador militar. Suboficial mayor John Puller. Ejército de Estados Unidos, CID 701 de Quantico.

Abernathy echó un vistazo a la placa de la CID y a la tarjeta de identificación, pero en realidad dio la impresión de no ver nada.

—Supongo... supongo que está aquí por lo de Tim —dijo con una voz cavernosa.

—El general Daughtrey, sí.

—Alguien lo mató.

—Estoy al corriente. ¿Qué relación tenía con el general Daughtrey?

Abernathy evitó mirarlo a los ojos.

—Éramos amigos... buenos amigos.

—Tengo entendido que eran copropietarios de este piso.

Abernathy se quedó pasmado al ver que Puller lo sabía.

—Me lo ha dicho el vigilante de abajo. Por eso le ha dejado subir.

Abernathy asintió con la cabeza lentamente, se agachó y recogió la fotografía enmarcada que había dejado caer.

Puller se acercó un poco y, señalando la foto, dijo:

—¿Puedo?

Abernathy contestó con resignación.

—En fin, supongo que ya no importa, ¿no?

Puller cogió la foto. Era de Daughtrey, que no iba de uniforme, y Abernathy dándose un amistoso abrazo, mirándose a los ojos.

Puller levantó la vista hacia él.

—Deduzco que ustedes dos eran amigos... íntimos.

Abernathy se rio en silencio.

—No nos andemos con rodeos, ¿de acuerdo? La verdad es

que estoy harto de esta mierda, y perdone mi lenguaje. Éramos mucho más que amigos.

—Ya veo.

—Entonces entenderá por qué teníamos que mantenernos por debajo del radar.

—La ley del NPNH está superada, señor —dijo Puller, refiriéndose a «No Preguntes No Hables».

—¿Desde cuándo? —dijo Abernathy con escepticismo—. Verá, para los una estrella que luchan por ascender en el escalafón podría muy bien ser como un elefante encadenado a sus tobillos. Usted es militar. Lo sabe mejor que nadie. ¿Cuántos generales han salido del armario recientemente?

—Ahora mismo se me ocurre uno. Una reservista del Ejército ascendida a general de brigada hace un par de años.

—Una mujer —señaló Abernathy—. Eh, no me malinterprete, me alegro por ella. Y mucho. Pero no he visto oficiales varones corriendo a sumarse a ese desfile del orgullo gay.

—No, señor. Al menos por ahora.

—Quizá nunca lo veremos.

—Están empezando a salir del armario en deportes profesionales como el baloncesto e incluso el fútbol. Si puede ocurrir en la NFL,* nunca se sabe lo que puede ocurrir.

—El mundo castrense es harina de otro costal. Le aseguro que he aprendido esa lección.

—Bien, el general Daughtrey y usted. ¿Puede hablarme de su vida privada?

—¿Por qué? —le espetó Abernathy, pero enseguida se calmó—. Perdone. He sido un grosero. Estoy pasando un momento muy difícil.

—Le aseguro que lo comprendo, señor. Y lo que me diga quedará entre nosotros. Solo le pregunto porque a lo mejor me ayuda en la investigación. Eso es todo.

Abernathy asintió con la cabeza, se enjugó los ojos, se serenó y se sentó en una silla.

* Siglas de la Liga Nacional de Fútbol americano. *(N. del T.)*

—Hemos estado juntos unos diez años. Diez años fantásticos. Pero todo en secreto. Incluso compramos este piso a nombre de una empresa. Nunca aparecemos juntos en público. No recibiré ninguna prestación ahora que Tim ha muerto. Tampoco es que me importe. Soy socio de un importante bufete de abogados. He ganado un montón de dinero, mucho más que Tim. Demonios, pagué casi todo lo que hay aquí, y yo mismo lo diseñé. Verá, en realidad no quería ser abogado. Quería ser el próximo Ralph Lauren. Pero la vida no siempre resulta como uno querría.

Miró el suelo.

—Todo es cuestión de principios, en realidad. No tengo absolutamente ningún derecho. Ni siquiera podré asistir a su funeral en Arlington. Nadie me entregará una bandera. Se la llevarán sus padres, aunque no hayan tenido relación alguna desde hace años. Le ayudaba a redactar sus discursos. Le ayudaba a preparar las evaluaciones para los ascensos. Cocinaba para él y lo cuidaba cuando se ponía enfermo. Y para que lo sepa, él hacía otro tanto por mí. Viajábamos juntos. Íbamos de vacaciones juntos, pero siempre con la espada de Damocles encima. Así que llegábamos a los sitios por separado y también nos marchábamos por separado. Cuando alguien preguntaba por mi presencia le decíamos que yo era un viejo amigo —añadió con amargura—. Un maldito viejo amigo.

Su risa dio paso a un sollozo.

—Ahora entiendo lo duro que debía ser —dijo Puller.

Abernathy lo miró.

—Estamos en 2014, no en 1914. Para mí no tiene sentido que otros dicten a quién puedo o no puedo amar abiertamente. Es vergonzoso.

Puller le devolvió la foto y miró a su alrededor.

—¿Ha venido a recoger cosas?

—¿Cosas incriminadoras, quiere decir? Sí, supongo que sí. Nunca hice nada que pusiera a Tim en un aprieto mientras estuvo vivo. Por descontado no lo haré ahora que se ha ido. Le quería mucho.

—Seguro que él lo agradecería.

Abernathy miró rápidamente a Puller.

—¿Está más cerca de encontrar a su asesino? Por favor, dígame que sí. Tim era un hombre encantador. Sé que iba de uniforme, pero era amable como el que más.

—Creo que solo será cuestión de tiempo. Y le prometo que haré cuanto esté en mi mano para atrapar a quien lo asesinó.

Abernathy miró a Puller con sentimiento.

—Gracias, creo que puedo confiar en usted.

—¿Puedo hacerle más preguntas?

—¿Como cuáles? —preguntó Abernathy con cautela.

—¿En algún momento notó un cambio en la actitud del general Daughtrey?

—¿En qué sentido?

—¿Empezó a parecer que estaba más nervioso? ¿Se irritaba con más facilidad? ¿Daba la impresión de ocultarle cosas?

Abernathy ya estaba asintiendo con la cabeza antes de que Puller terminara la pregunta.

—Demonios, acierta usted en todo. No paraba de preguntarle qué le pasaba porque aquello no era propio de él. Pero no se atrevía a contármelo. Al principio me aterrorizaba que hubiese conocido a otro. Pero no se trataba de eso. Me habría dado cuenta. Era tan afectuoso como siempre. Pero había levantado un muro que yo no podía atravesar. Quiero decir, estaba acostumbrado a que guardara secretos debido a su trabajo. Era normal.

—Pero ¿luego fue diferente?

—Sí. Sus secretos relacionados con el trabajo eran algo cotidiano. Cuando las cosas cambiaron, bueno, tuve la impresión de que esos secretos lo culpabilizaban. Que lo avergonzaban. Eso no podía asociarse con el trabajo. Era uno de los buenos.

—¿Comentó alguna vez algún incidente que provocara ese cambio? ¿Algún nombre?

—No, la verdad es que no. Una vez dijo que había que pagar un precio para mantener lo nuestro en secreto. Y que quizá ese precio era demasiado alto.

—Interesante elección de palabras. ¿Recuerda cuándo comenzó más o menos este secretismo?

—Puedo decírselo con toda exactitud porque discutimos de mala manera. Lo habían reasignado al STRATCOM. A un mando de componente, creo que lo llaman.

—¿Al ISR? —sugirió Puller.

—Exacto, al ISR. Estaba en la Base de Bolling de las Fuerzas Aéreas en Anacostia, de modo que al menos el traslado fue a un lugar cercano. Antes había estado destinado en Luisiana, y antes de eso en Dakota del Norte, donde la localidad más cercana tenía menos habitantes que este edificio.

—¿A propósito de qué discutieron?

—Verá, siempre me había dicho que quería cambiar el rumbo de su carrera en las Fuerzas Aéreas. Pensé que había decidido rechazar aquella oferta y aceptar otro puesto para el que era candidato. Tim era un hombre muy brillante. Mucha gente lo quería tener en sus mandos.

—Pero ¿cambió de opinión?

—A decir verdad, creo que alguien se la hizo cambiar. Así que se fue a su nuevo destino.

—¿Esto ocurrió hace un par de años?

—Hace un poco más, pero sí.

—¿Alguna vez mencionó al soldado que, en definitiva, iba a reemplazar en ese puesto?

—No, nunca. Lo que sí sé es que detestaba estar en el ISR. Viajaba mucho. Se reunía con gente en lugares remotos.

—¿Se lo dijo él?

—Sí. Nunca me daba contenido ni contexto, pero era como si tuviera una necesidad apremiante de confiarle algo a alguien.

—¿Le dijo algo más?

—Sí, en efecto. Algo muy extraño habida cuenta de lo que había hecho hasta aquel momento.

Puller aguardó expectante.

—Recientemente me dijo que quería irse de las fuerzas armadas.

—¿Le dijo por qué?

—Me dijo que todo se había vuelto muy complicado. Y que ya no disfrutaba con lo que estaba haciendo.

—¿Le dio algún motivo de esa infelicidad en el trabajo? —preguntó Puller.

—No, nunca. Cuando le pedía que fuese más concreto, cambiaba de tema.

Tras entregar a Abernathy su tarjeta y pedirle que le llamara si recordaba algo más que considerase relevante, se despidió y dejó a Abernathy sosteniendo la foto del hombre que había amado en vida y que ahora lloraba en la muerte.

Mientras Puller bajaba en ascensor, por fin sabía cómo habían convertido a Daughtrey en un traidor.

57

Después de la visita a Abernathy, Puller se tomó un respiro para redactar un e-mail cifrado a su hermano, contándole lo que le había revelado el desconsolado abogado. Daughtrey era gay y se habían servido de eso para chantajearlo a fin de que traicionara a su país. Y quizá lo mataron porque se había negado a seguir haciéndolo. Incluso cabía que los hubiese amenazado con denunciarlos. Eso sin duda habría garantizado un balazo en la cabeza. Según parecía no tenían reparos en matar a cualquiera en cualquier momento y por cualquier razón.

La respuesta codificada de su hermano llegó enseguida.

Puller tuvo que sonreír con tristeza cuando lo leyó.

«Tenemos que atrapar a esos mamones. A todos y cada uno de ellos.»

«De acuerdo, Bobby, de acuerdo. Pero ¿cómo?»

Mientras conducía miró su reloj. Ya había terminado el horario de visitas, pero estaba seguro de que harían una excepción. Paró en un Smashburger y compró dos hamburguesas completas, dos raciones grandes de patatas fritas y dos Coca-Colas de grifo que contenían suficiente refresco para llenar una bañera.

Una vez que los guardias apostados en el pasillo le dieron el visto bueno, Puller entreabrió la puerta y asomó la cabeza. Knox estaba tendida con los ojos cerrados. Todavía llevaba un tubo en el brazo derecho y seguía estando conectada a un monitor. Leyó las constantes vitales y le pareció que todo iba bien.

Se acercó a la cama y se sentó en la silla que había al lado.

—¿Knox? —dijo en voz baja.

Ella abrió los ojos lentamente.

—¿Estoy oliendo comida, Puller? —dijo.

—Caray, muy bien, Knox. ¿Fuiste un sabueso en una vida anterior?

—La comida de aquí, porque lo llaman comida, es una porquería.

—Esto es un hospital. Si la comida fuese buena querrías quedarte, y eso no resultaría, ¿no crees?

Sacó las hamburguesas y las patatas fritas y las puso en la mesa de comer que empujó hasta la cama. Finalmente accionó el mando de la cama para que Knox quedase más o menos sentada.

Knox miró las hamburguesas y las patatas fritas y después miró a Puller un tanto escéptica.

—Ya sé que no es tu manduca saludable habitual, frutos secos y ramitas y requesón desnatado. Pero se me ha ocurrido que...

—Te quiero —interrumpió Knox.

—¿Qué? —dijo Puller, sobresaltado.

—Acércate para que te pueda abrazar.

Así lo hizo, y ella lo abrazó unos segundos, apretando la cara contra su pecho.

Cuando se separaron, Knox dijo:

—Cuando estaba en el equipo de remo comía esto constantemente. Hasta que fui mayor no me di cuenta de que no podía seguir haciéndolo a no ser que quisiera pesar ciento veinte kilos.

—Qué amable de tu parte confiarme este secreto.

Knox dio un buen mordisco a la hamburguesa y bebió un trago largo de Coca-Cola.

—Eres como un caballero de brillante armadura que viene a salvarme de una torre llena de espaguetis blandos y otras cosas que llaman comida, pero que sabe a papel de aluminio pintado con un espray marrón.

—No sé si llevo la armadura muy reluciente.

Knox tomó otro bocado de hamburguesa y después unas cuantas patatas fritas. Aun así fue capaz de farfullar:

—Por Dios, qué rico.

—Tendrás que correr quince kilómetros y ponerte a hacer tablas de gimnasia como una loca para quemar todo esto.

—Merecerá la pena.

Se limpió la boca con una servilleta de papel y observó cómo Puller daba un mordisco a su hamburguesa.

—¿Solo has venido para alimentarme o me traes algo más?

—Traigo mucho más.

Echó una ojeada a la habitación.

Ella siguió su mirada.

—¿Algún problema?

—Podría haber más de cuatro orejas aquí dentro —musitó Puller.

Knox se recostó, se comió otra patata frita y después se inclinó, abrió el cajón de la mesita de noche, sacó un bloc de notas y un boli y se los pasó a él.

—Puedes tragártelo después de mostrármelo —dijo en voz baja.

Puller lo escribió todo y le devolvió el bloc.

Knox lo leyó todo, enarcando las cejas en varios puntos. Arrancó la hoja de papel y se la pasó a Puller, que la arrugó y se la metió en el bolsillo.

—La engulliré después de comer. Pero hasta entonces...

Sacó su móvil, abrió su colección de música y puso una canción. La música llenó la habitación mientras Puller se acercaba a Knox. Si alguien escuchaba a escondidas, ahora tendría serias dificultades para entenderlos.

—Maldita sea, Puller —dijo Knox—. Daughtrey. Pobre hombre. Nunca hubiera imaginado...

—Ya. Pero ahora tenemos el motivo.

—Igual que Niles Robinson. Nunca ganas, hagas lo que hagas.

—A diferencia de Reynolds.

—Desde luego. Ella tomó su decisión en su propio provecho.

—Así que eliminaron a Daughtrey porque probablemente ya no estaba dispuesto a hacer lo que querían que hiciera. Y quería dejar las fuerzas armadas. Cosa que no podían permitir.

—Yo lo veo igual.

Knox se recostó sobre la almohada sin disimular cierta inquietud.

—¿Qué pasa? —preguntó Puller.

—¿Me prometes que no te cabrearás conmigo?

Puller se desconcertó al oír la pregunta, pero enseguida relajó su expresión.

—Por poco mueres en una explosión. ¿Cómo quieres que me enfade contigo?

—No lo sé. Por eso pregunto.

—De acuerdo, prometo no enfadarme.

—Me parece que sé por qué escogieron a tu hermano. Y también el momento.

Puller se quedó estupefacto.

Knox lo miró nerviosa.

—¿Vas a repensarte la promesa de no enfadarte?

—¡Cuéntamelo y punto, Knox!

—Recibimos una advertencia sobre tu hermano.

La mirada de Puller fue glacial.

—¿Recibisteis una advertencia sobre mi hermano?

—Sí.

—¿Quién la recibió?

—El INSCOM.

—¿Y de quién era la advertencia?

—No lo sabemos. Fue anónima.

Puller respiró profundamente. Saltaba a la vista que estaba a punto de perder los estribos. Al parecer Knox se dio cuenta, pues se hundió en la cama como si intentara desaparecer.

—¿Qué decía exactamente la advertencia? —preguntó Puller, con la voz tensa pero controlada.

—Que habían tendido una trampa a Robert Puller y que el Departamento de Defensa debería investigar el caso más a fondo.

—¿Cuándo fue exactamente?

—Hace unos cuatro meses. Es a lo que me refería con lo del momento elegido.

Ahora Puller sí que perdió los estribos.

—¡Cuatro meses! ¿Y me lo dices ahora? ¿Qué demonios pasa contigo, Knox?

Se volvió, avergonzado.

—Perdona —dijo—. No es momento ni lugar para esto. Perdona —repitió.

Knox le puso una mano en el hombro y tiró ligeramente de él.

—Mírame, Puller. Por favor.

Puller se volvió para mirarla. Knox estaba temblando. Y en la cama parecía menuda y desamparada.

—Me merezco cualquier cosa que quieras decir, Puller. Puedes gritarme y maldecirme e incluso darme un puñetazo si quieres. No te preocupes.

—No voy a hacer nada de eso, Knox. Al menos no ahora.

—Tendría que habértelo dicho antes. Me consta. Pero no lo hice. Es como si tuviera una enfermedad. Soy incapaz de decir la verdad a los demás.

Esta última parte la dijo en voz baja. Sus facciones reflejaban incredulidad, tal vez por haber hecho semejante confesión. A él. A sí misma.

Puller se apoyó en el respaldo, asintiendo pensativo.

—Olvidemos el momento en que ocurrió lo que me has dicho y centrémonos en lo que me has dicho. ¿Cuatro meses? Es el tiempo que habría costado preparar el golpe contra él. La cuestión es cómo descubrieron que vosotros ibais a reabrir la investigación sobre Bobby.

Knox estaba muy atribulada.

—La respuesta simple es que tenemos un infiltrado en el INSCOM, cosa que resulta increíble. ¿Recuerdas que ya te lo comenté?

Puller la miró aquilatándola.

—¿Por eso te asignaron este caso? ¿No solo para que me vigilaras?

—Sí —reconoció Knox.

—Habría estado bien saberlo antes.

Knox se sonrojó y le temblaron los labios.

—También tendría que haberte dicho eso, Puller. Sé que te estabas devanando los sesos intentando dilucidar cuál era el catalizador de todo esto. Y no abrí la boca.

—No estoy muy contento, que digamos. Pero ya es agua pasada.

Knox pareció aliviarse un poco.

Puller continuó:

—Y es posible que ahora sepamos quién es la fuente anónima.

—¿Quién?

—Niles Robinson.

—¿Por qué?

Puller la miró fijamente.

—Yo también tengo mis secretos.

Knox pareció incomodarse, pero, habida cuenta de lo que había ocultado, tampoco podía insistir demasiado.

Puller estaba pensando que Robinson se había referido a eso cuando le dijo que había intentado arreglar las cosas. Aparentemente había intentado arreglarlas poniéndose en contacto con el INSCOM, si bien de manera anónima.

—¿Alguna idea sobre quién es el topo?

—Ni una sola pista. Pero realmente ha obstaculizado todo lo que hacemos. Ya no sabemos con quién podemos contar.

—Me lo figuro.

—Y en ningún momento pensamos que planearían matar a tu hermano en la DB. Si hubiésemos tenido el menor indicio habríamos tomado medidas para garantizar su seguridad.

—Te creo —dijo Puller en voz baja.

—De hecho, ese asalto hizo que fuésemos conscientes de que teníamos un problema en nuestras filas. La filtración procedía de nuestro lado.

Incómoda, toqueteó la última patata frita.

—¿Siempre llevas comida como esta a las chicas?

—No he tenido relación con muchas chicas.

—Cuesta bastante creérselo.

—Está bien. Solo las damas hospitalizadas por heridas fruto de un atentado con bomba reciben este tipo de trato especial.

Esto la hizo sonreír. Se comió la última patata frita.

—Lamento no habértelo dicho en su momento.

—En el fondo eres simple y llanamente una espía. Y ellos no pueden dejar que se sepa todo. Ahora acábate la hamburguesa. Y no toques mis patatas fritas —agregó cuando la vio mirar su ración intacta con avidez.

58

Robert Puller estaba sentado en su camioneta, observándola. La matrícula de Kansas le había parecido que llamaba la atención, por eso había cambiado las placas por unas del D. C. que le había quitado a un coche en un depósito de vehículos.

Susan Reynolds estaba cenando en una mesa junto a la ventana delantera de un restaurante de la calle H, elegante y muy de moda. Tenía el aspecto de quien no tiene preocupaciones, pero las apariencias podían ser engañosas. Y no iba a subestimar a aquella mujer otra vez. Puller había revisado su historial profesional muchas veces, centrándose en partes que antes solo había hojeado. Había asimilado todo aquello y creado un mosaico nuevo que presentaba interesantes posibilidades.

Saltaba a la vista que aquella noche iba vestida para seducir. Llevaba una falda hasta las rodillas, pero bien ceñida, y la blusa blanca almidonada con los dos botones de arriba desabrochados era sugerentemente reveladora. Los zapatos eran de tacón alto y las medias tenían costuras detrás.

Se hundió más en el asiento del conductor cuando vio pasar un coche patrulla del D. C. Le constaba que la policía estaría avisada de su posible presencia en el área metropolitana.

Había seguido a Reynolds desde su casa hasta allí. No había reconocido al hombre con el que estaba, pero iba vestido como un abogado o un chanchullero, lo cual significaba que llevaba ropa cara. Puller había tenido ocasión de verlo cuando llegó poco después que Reynolds. Conducía un Aston Martin. De modo que cuando menos tenía dinero. Mientras los observaba, Reynolds se rio de algo que dijo él.

Debía estar bien ser capaz de seguir hallando diversión en la vida cuando acababan de pulverizar a tu superior. Puller se imaginaba que el resto de la DTRA estaría llorando a su jefe asesinado. Y a Blair Sullivan. Y al chófer. Tres hombres inocentes que no vivirían ni un día más. Pero Reynolds no. Ella seguía adelante sin la más mínima mancha en su haber. Sin una pizca de remordimiento.

Puller sabía que Reynolds había tenido que desempeñar algún papel en el atentado con bomba. Solo que no sabía exactamente cuál ni por qué. Su hermano le había dicho que Sullivan había arremetido contra él en su defensa de Reynolds. Y Donovan Carter había estado de acuerdo con la postura de su jefe de seguridad interna, aunque no forzosamente en su tono. Por lo tanto, si Reynolds no estaba en peligro de ser descubierta, ¿por qué matarlos?, quería saber su hermano. Sin embargo, Carter había sospechado de Reynolds. Lo mismo que Sullivan, de eso Puller estaba seguro. Y Reynolds sin duda se había dado cuenta o lo había descubierto de alguna manera, precipitando sus muertes.

Su hermano era un soldado magnífico y un investigador fuera de serie, pero también era un hombre honorable y honesto. Y si bien era capaz de saber cuándo mentía un sospechoso, el mundo de la inteligencia era un paradigma diferente por completo. En ese mundo la gente no mentía solo para ocultar cosas. Mentía para ganarse la vida. Y cuando hacías una cosa una y otra vez solías terminar siendo todo un experto. Al menos así era para quienes persistían en ello. Los demás eran expulsados del terreno de juego o perecían dentro de él.

Eso era lo que resultaba tan desconcertante en Reynolds.

Su hermano estaba convencido de que mentía. Y cuando la había interrogado a punta de pistola, Robert Puller había tenido la misma sensación. Y en efecto había mentido. También había dicho la verdad sobre un hecho crucial, pero intentando modelarla como una mentira muy inteligente.

«Vio el espejo que estaba usando. Sabía que le observaba el rostro. Me engañó. O al menos lo intentó.»

Ahora caía en la cuenta. Y esa verdad le preocupaba en grado sumo. Miró a Reynolds y a su invitado con los prismáticos. Definitivamente había algo en aquel hombre que le resultaba familiar. Con la cámara que había comprado, Puller le hizo una foto con zoom. Descargó la imagen a su portátil y después la pasó por las mismas bases de datos que había usado para identificar al hombre que había matado en la celda de la prisión.

A diferencia de entonces, la búsqueda dio resultado.

Malcolm Aust.

Vinculó el nombre con el rostro. Por supuesto.

No era un abogado ni un chanchullero.

Era un inspector jefe de armamento de la ONU originario de Alemania, sumamente respetado en todo el mundo tanto por sus conocimientos como por su valentía.

Aunque Puller algo sabía acerca de él, enseguida leyó la biografía de Aust. Llevaba más de veinticinco años en el cargo y había viajado prácticamente a todos los puntos calientes del globo. Se le tenía en gran estima y también había escrito artículos académicos y aparecido a menudo en los telediarios.

Era culto, hablaba varios idiomas y era rico porque había heredado la fortuna del imperio de perfumería de su familia. De ahí que el Aston Martin no preocupara a Puller. Pero había algo que sí lo hacía.

¿Por qué se había reunido Reynolds con él? Pese a su empleo en el Centro WMD y a sus muchos logros, no estaba a un nivel como para cenar con alguien de la talla de Aust. Sus respectivos círculos profesionales estaban rigurosamente controlados por quienes pertenecían a esa órbita. Se atenían a estrictos órdenes jerárquicos como cualquier buen escalafón. Los distintos estamentos simplemente no se relacionaban entre sí. Era fácil que Aust compartiera mesa con secretarios de Estado o presidentes de comités del Congreso. Que se codeara con generales y almirantes y consejeros delegados de empresas clave o incluso con jefes de Estado. Pero Reynolds no era ninguna de esas cosas.

Sin embargo, Aust parecía estar bastante enfrascado con ella, y Puller empezó a preguntarse si su interés no sería puramente personal. Reynolds, a pesar de lo que Puller creía que había hecho, era muy atractiva e inteligente y ocupaba un cargo importante en un campo con intereses semejantes a los de Aust.

Mientras los observaba brindaron y Reynolds se inclinó sobre la mesa para darle un beso en la mejilla. El semblante de Aust, que Puller veía a través de los prismáticos, dejaba claro que quería mucho más que el roce de los labios rojo rubí de la dama contra su piel.

«Esto quizá se pondrá interesante.»

Fue entonces cuando miró por el retrovisor y vio al hombre. Estaba a unos cuatro coches de distancia y fumaba despreocupadamente un cigarrillo apoyado contra un edificio. Había apartado la mirada, solo que no a tiempo.

«El vigilante está siendo vigilado. Me han descubierto. Pero no creo que se hayan dado cuenta de que lo sé. Al menos por el momento.»

Puller siguió mirando de tanto en tanto por el retrovisor para controlar los movimientos de aquel hombre. También miró en derredor para ver si había alguien más vigilando. Había muchos coches aparcados a lo largo de la calle. Podía ser cualquiera de ellos. Y entonces vio un destello luminoso en un Mercedes negro situado tres coches más atrás en el otro lado de la calle.

El flash de una cámara. Alguien acababa de tomar una foto de él y su camioneta.

Sacó el móvil y envió un mensaje de texto cifrado a su

hermano. Fue breve pero con mucha información. Necesitaba la ayuda de John Puller. Y la necesitaba ya.

Miró al restaurante del otro lado de la calle.

Aust ya no estaba en la mesa, pero Reynolds seguía allí. Hablaba por teléfono. Asintió varias veces, dijo algo y terminó la conversación. Se pasó la mano por el pelo y al hacerlo echó un vistazo afuera. La táctica fue buena, y si Puller no hubiese descubierto que lo estaban vigilando, seguramente no habría detectado nada inusual.

Sin embargo, cuando Reynolds miró por la ventana su mirada se cruzó con la suya. Fue solo un instante, pero fue suficiente. Que hubiesen dado con él era inexplicable. Ni siquiera su hermano le había reconocido.

Los faros del Mercedes cobraron vida cuando se puso en marcha el motor.

Puller volvió a mirar por el retrovisor y vio que el hombre que le había estado vigilando subía a un todoterreno, que también se puso en marcha.

Puller miró hacia delante. Había un semáforo en el cruce siguiente. A aquellas horas había poco tráfico, cosa buena y mala para él. Estaba acercando la mano a la llave de contacto cuando su móvil sonó. Echó un vistazo a la pantalla.

Su hermano había contestado.

Igual que la caballería, John Puller estaba de camino. Aunque quizá no llegaría a tiempo. No obstante, Robert tuvo una idea. Sus dedos volaron sobre el teléfono. Envió un programa descargado junto con unos datos adicionales a su hermano, todo ello vinculado. Confió en que diera resultado. De lo contrario, era hombre muerto.

Cuando terminó, Robert Puller contó hasta tres, observando el semáforo, y giró la llave de contacto. El motor de la camioneta arrancó. Puller puso la marcha.

El Mercedes salió disparado de su plaza de aparcamiento, pero Puller aceleró con un chirrido de neumáticos y se puso delante del coche de fabricación alemana en el carril libre. Le sacó ventaja y miró a la derecha.

Reynolds seguía sentada a la mesa y lo miraba fijamente mientras pasaba a toda mecha.

Y entonces ella desapareció y la camioneta pasó volando por el cruce. El semáforo se puso en rojo, tal como había planeado. Solo el Mercedes logró cruzar, simplemente porque no se detuvo. El todoterreno quedó bloqueado por el tráfico procedente de la izquierda y la derecha. Pero el conductor usó su vehículo como si fuese un ariete y superó el obstáculo.

La persecución había comenzado.

59

John Puller llevaba su teléfono normal en el bolsillo delantero derecho y el desechable en el izquierdo. Estaba sentado al lado de la cama de Knox cuando el desechable vibró.

Lo sacó y leyó el mensaje. Era bastante corto y lo descifró enseguida. Se puso de pie antes de terminar de leerlo.

Knox levantó la vista hacia él.

—¿Qué ocurre?

—Tengo que irme —dijo desde la puerta.

—¿Puller?

—Puedes comerte mis patatas.

Y acto seguido se marchó.

Knox se quedó un momento mirando fijamente la puerta y de pronto se arrancó el tubo conectado al brazo, saltó de la cama, corrió al armario, agarró la bolsa con su ropa ensangrentada y empezó a vestirse mientras el monitor empezaba a ulular.

Puller fue a la carrera hasta su coche. Subió, arrancó el motor y puso la palanca del Malibu en posición de marcha. Salió derrapando del estacionamiento del hospital hasta la calle.

Su hermano le había dado su última posición, pero aun así sería un milagro que lo encontrara. Y para entonces podría ser demasiado tarde. No, no cabía esa opción. Había fallado a Knox cuando le necesitó, pero no iba fallarle a su hermano.

Su móvil emitió un zumbido otra vez. Lo cogió con una mano sin dejar de conducir. Miró boquiabierto la pantalla. Mostraba un mapa con un punto. Un punto en movimiento. Su hermano se las había arreglado para enviarle un rastreador en tiempo real con el móvil desechable. Enseguida ubicó el punto, giró a la derecha y a la izquierda, aceleró en la rampa de acceso a la interestatal y pisó el gas a fondo. Volaba adelantando al tráfico, derecho al este. Cruzó velozmente el puente Roosevelt y entró en el D. C.

Enseguida tendría que elegir entre tres direcciones. Echó un vistazo al mapa sin aflojar la marcha. Bobby se dirigía al oeste, de modo que iba en dirección a Puller. Pero también se dirigía al norte, de modo que al mismo tiempo se estaba alejando. Puller miró al frente. Había un coche patrulla en el primer carril de la izquierda y Puller circulaba muy por encima del límite de velocidad permitido. En el centro unas obras hacían retroceder el tráfico que se dirigía a la avenida Constitución. Puller giró bruscamente a la derecha entre los cláxones de los demás coches y se abrió camino hasta el carril de salida que conducía a la avenida de la Independencia. Pasó volando los cruces siguientes mientras seguía el punto con el rabillo del ojo. Entonces tuvo una idea. Tecleó un mensaje de tres palabras:

»Ve al sur».

Segundos después vio que el punto giraba. Observaba su avance mientras dejaba atrás un cruce tras otro, dando ráfagas con los faros y bocinazos al adelantar a otros coches a escasos centímetros de distancia. Si a un poli le daba por perseguirlo, tanto mejor. Pero no vio ni un solo coche patrulla.

Efectuó un cálculo rápido y acto seguido escribió: «Este».

El punto giró una vez más. Puller hizo lo mismo para

acercarse a su hermano por la izquierda. Cruzó otras dos intersecciones y comprobó la posición del punto.

Envió otro texto:

«Siguiente a la izquierda».

El punto se movió en esa dirección. Puller volvió a mirar al frente al tiempo que la camioneta, con los neumáticos echando humo, apareció catapultada en la calle y se dirigió hacia él. Puller soltó el teléfono y miró detrás del vehículo de su hermano. El tiempo de enviar mensajes había terminado. Había llegado la hora de entrar en acción.

Había dos coches enemigos. Su hermano los había descrito en el primer mensaje.

Un Mercedes S550 negro y un Escalade también negro. El morro del Escalade estaba golpeado. Puller no sabía por qué. El Mercedes iba pegado al parachoques de la camioneta y buscaba un hueco para ponerse a su lado. Era imposible que en una recta la camioneta pudiera mantenerlo a raya.

Puller iba derecho hacia el par de vehículos, apenas le quedaban segundos. Envió un texto más:

«Acelera».

La camioneta salió despedida hacia delante, dejando una pequeña brecha entre ella y el Benz.

Puller comprobó si llevaba bien el cinturón de seguridad, se fijó en el chivato del airbag del salpicadero, respiró hondo y pisó a fondo el acelerador. Confió en que el Ejército tuviera un buen seguro para aquel cacharro. Y sabía que pasaría el resto de su vida rellenando formularios. Pero mejor eso que asistir al funeral de su hermano.

Se cruzó con Bobby a su izquierda y dio un volantazo hacia la brecha. Con los neumáticos chirriando y las fuerzas de la gravedad aplastándolo contra la portezuela del coche, se abalanzó contra el S550. Su parachoques delantero izquierdo enganchó el parachoques izquierdo trasero del otro coche. Había calculado el tiempo a la perfección, y el Mercedes dio un giro de trescientos sesenta grados. Mientras Puller lo rebasaba a toda pastilla pudo ver la expresión de pasmo y susto de los ocupantes del S550. El Mercedes terminó el giro en redondo completamente descontrolado, salió por los aires y se estampó contra un árbol muy recio que había en la acera.

El metal cedió, la madera no, y el S550 quedó fuera de combate.

El Escalade había esquivado esta melé reduciendo la marcha. Ahora arremetía de nuevo como un tiburón en pos de una foca.

Puller había ido a parar a la otra acera y arañó un coche aparcado. Giró el volante a la izquierda y salió disparado por un hueco entre los coches aparcados, volviendo de golpe a la calzada. Su hermano se había adelantado y se estaba alejando hasta perderse de vista. Pero ahora el Escalade estaba detrás de Puller, acortando distancias.

El conductor del todoterreno aceleró y su parachoques embistió la trasera del Malibu, arrugándola.

Puller derrapó en zigzag antes de recuperar el control. Miró al frente. Su hermano estaba aminorando la marcha. Puller maldijo, encendió los faros y tocó la bocina de un modo muy concreto.

La camioneta volvió a cobrar velocidad.

«El bueno y viejo código morse», pensó Puller. Acababa de deletrear VETE.

Su ánimo duró poco, ya que el todoterreno volvió a golpearlo y después se puso al lado de su coche.

Sabía lo que ocurriría a continuación.

Bajaron las ventanillas del todoterreno. Cañones de arma aparecieron en las aberturas.

Él ya había desenfundado su M11. Pulsó el interruptor de la ventanilla derecha. Mientras bajaba disparó directamente a la ventanilla del conductor. El cristal no se rompió.

«Policarbonato. Fantástico.»

Por desgracia, sus ventanillas no eran a prueba de balas.

Un instante antes de que abrieran fuego pisó a fondo el freno, quemando neumático, y el todoterreno lo adelantó. Las armas rugieron y una hilera de coches aparcados de pronto estuvo llena de agujeros de bala, radiadores humeantes, neumáticos deshinchados y ululatos de alarmas de coche.

Puller miró en derredor en busca de un poli, pero, una vez más, no vio ni a uno. Esperaba oír sirenas, pero lo único que oyó fue su propio corazón palpitándole en las orejas. ¿Qué pasaba, estaban todos desayunando? ¿El presidente había salido con su comitiva y los polis le estaban despejando las calles?

Los coches que iban delante habían visto lo que se les venía encima y habían salido de los carriles de circulación, dando bocinazos.

Giró el volante a la derecha y se situó detrás del todoterreno.

No podían disparar a través de la luna trasera del todoterreno, pero podrían hacerlo desde las ventanillas. Calculó la altura de su capó y la del parachoques del todoterreno. Bien, no tardaría en saber si su cálculo era acertado.

Pisó el gas a fondo y el Malibu aceleró, golpeó el parachoques del todoterreno y se quedó enganchado. Puller siguió dando gas y el capó del Malibu se arrugó y después se deslizó debajo del parachoques del todoterreno. Siguió pisando el pedal hasta el suelo.

Los cañones de las armas reaparecieron por las ventanillas, apuntando hacia atrás. Puller se tumbó de lado en el asiento justo antes de que estallara el parabrisas, cubriéndolo de trozos de cristal. Pero como los dos vehículos estaban enganchados, realmente no necesitaba ver para conducir. El todoterreno lo hacía por él. Él solo proporcionaba el impulso adicional.

Aguardó a que el fuego cesara, se enderezó y pisó el gas más a fondo. El Malibu se metió debajo del guardabarros del todoterreno. Un centímetro, dos centímetros. Su capó se estaba abollando de mala manera; su parachoques delantero no era más que un recuerdo tirado en la calzada.

Pero lo que había querido que ocurriera había ocurrido. El chasis del motor del Malibu, mucho más resistente que la carrocería, empezó a soportar el peso de la trasera del todoterreno.

Y entonces las ruedas del todoterreno empezaron a elevarse ligeramente. Puller no necesitaba que dejaran de tocar por completo la calzada, solo que no se adhiriesen a ella.

De pronto comenzó a abrirse la luna trasera del todoterreno. Eso solo podía significar una cosa. Se estaban preparando para disparar de nuevo y el conductor se estaba asegurando de que esta vez tuvieran una línea de tiro directa.

«Vaya, esto no podemos tolerarlo», pensó Puller.

Giró el volante del Malibu a un lado y al otro y no pudo evitar sonreír cuando los dos tiradores sin cinturón de seguridad, que intentaban apuntarle a través de la abertura trasera, chocaron entre sí como bolas de un *flipper*. Giró bruscamente el volante un par de veces más y sus cabezas entrechocaron. Uno de ellos se cayó. El otro soltó el arma y se agarró la cabeza, maldiciendo.

El conductor del todoterreno sin duda adivinó lo que Puller estaba haciendo, pues oyó que el motor del todoterreno bajaba de vueltas y el vehículo desaceleraba. El único problema era que Puller era quien ahora llevaba la voz cantante, no el otro vehículo. Seguía pisando el pedal del gas hasta la alfombrilla del suelo y el todoterreno avanzaba propulsado por el Malibu.

Puller miró lo que se avecinaba y estimó la trayectoria.

Contó los segundos mentalmente, esperando que su hermano hubiese salido de aquella calle y desaparecido del todo. No veía delante del todoterreno para comprobarlo.

Dejó de contar al llegar a diez, rezó en silencio y entonces giró el volante a tope hacia la derecha.

El morro del Malibu se libró de la trasera del todoterreno, que viró bruscamente hacia la izquierda. Cuando sus ruedas traseras tocaron de golpe el suelo se adhirieron al asfalto en pleno viraje. Ni el conductor ni el todoterreno estaban preparados para aquella salvaje mezcla de fuerzas gravitacionales y centrífugas. El todoterreno trazó una espiral, chocó con el bordillo, después contra un coche aparcado y luego con un banco de acero atornillado al pavimento de la acera.

Y finalmente, como signo de exclamación, dio una vuelta de campana.

Aterrizó sobre la capota, que cedió, y después siguió deslizándose, aplastando el lado del conductor. Se detuvo de costado tras colisionar con la esquina de una casa de ladrillo y mampostería.

Puller siguió circulando veloz sin volver la vista atrás. Giró a la izquierda, después a la derecha y comprobó la posición del punto en la pantalla. Su hermano estaba delante, a unas dos calles de distancia y avanzando deprisa.

Harto de mensajes, Puller le llamó.

—¿Estás bien? —preguntó su hermano, preocupado.

—Los dos enemigos inutilizados y yo intacto, aunque con el coche destrozado. ¿Y tú?

—Me han pillado, John. No entiendo cómo. Estaba vigilando a Reynolds mientras cenaba y de repente me he visto rodeado.

—¿La matrícula de Kansas?

—Imposible. Cambié las placas.

—Tampoco es posible que te reconocieran.

—No. Cuando fui a su casa, Reynolds no llegó a verme.

Entonces Puller lo vio claro.

—¡Su casa! Bobby, tiene un sistema de seguridad bastante complejo. ¿Te fijaste en si había cámaras de vídeo exteriores?

—Mierda. Tiene que ser eso. Yo no las vi, pero tampoco las busqué con detenimiento. Seguro que vio las imágenes y sabe qué aspecto tengo ahora. No me puse el pasamontañas hasta que llegué a la puerta. Y me lo quité al salir.

—Y una cámara de vigilancia pudo haber captado tu camioneta en la calle. Por eso te han localizado.

—Menuda metedura de pata.

—La señora es buena, hay que reconocerlo.

Robert Puller respiró profundamente.

—Parece ser que no soy muy bueno sobre el terreno como caballero de capa y espada.

—Todavía no te han atrapado. Y has sido muy ingenioso al enviarme el mapa de tu posición en tiempo real.

—Es sencillo, en realidad. Solo es software.

—Aun así, no te habría encontrado sin él.

—He visto cómo te lo has montado ahí atrás. Estaría muerto si no hubieses aparecido.

—Pues estamos en tablas. ¿Has visto algo interesante esta noche?

Robert le contó lo de la cena de Reynolds y Malcolm Aust.

—¿Un pez gordo en el mundo de las armas de destrucción masiva? —dijo Puller.

—Uno de los más gordos. Lo que no sé es cómo encaja. Dudo mucho de que Aust sea cómplice de una conspiración.

—¿Quién sabe, Bobby? La única persona en la que sé que puedo confiar eres tú.

—¿Y ahora qué hacemos?

—Busca un sitio nuevo para alojarte y envíame un mensaje. Deshazte de la camioneta.

—Necesito un transporte.

—Intentaré encontrarte algo. Solo que cuando devuelva esta chatarra al Ejército quizá no me dejen sacar otro vehículo. Te iré a ver en cuanto pueda.

—Esta noche casi nos pillan —dijo Robert—. Y no me vengas con tonterías como que «solo cuenta en el lanzamiento de herraduras».

—No lo haré, porque no son herraduras. Es un combate, solo que sin declaración de guerra.

—Tenemos que pasar a la ofensiva en lugar de limitarnos a reaccionar.

—Cuando se te ocurra cómo hacerlo asegúrate de explicármelo, hermano mayor.

—Sí —dijo Robert con tristeza—. Lo haré, Junior.

60

Sin parabrisas ni parachoques delantero, Puller decidió que sería mejor deshacerse del coche y resolver el papeleo más adelante. Finalmente oyó sirenas y motores a toda pastilla y se preguntó qué encontrarían los polis cuando llegaran allí. ¿Aquellos tipos todavía estarían dentro de los vehículos siniestrados? ¿Estarían muertos? Si no, ¿contestarían a sus preguntas? ¿Empezaría a desenredarse aquella maraña?

Fue apretando el paso hasta una estación de metro y estaba a punto de entrar en el edificio para tomar un tren cuando un coche chirrió al frenar en seco a su lado.

Se llevó al mano a la culata de la M11 automáticamente. La ventanilla bajó y lo que vio lo dejó verdaderamente pasmado.

—¿Te llevo a alguna parte? —preguntó Knox.

Se miraron de hito en hito tanto rato que la situación se volvió incómoda. Y también para que el coche que aguardaba detrás tocara el claxon.

Puller abrió la portezuela y se sentó al lado de ella.

—Abróchate el cinturón —dijo Knox—. Esto se puede poner movidito. Aunque, de todos modos, has tenido una noche bastante movidita, ¿verdad?

—¿Cómo me has encontrado? Se supone que estás en una cama de hospital.

—Busca en tu bolsillo izquierdo.

—¿Qué?

—Tú busca, Puller.

Hizo lo que le pedía y sacó un pequeño objeto de metal.

—¿Cuándo has metido el dispositivo de rastreo aquí dentro? —preguntó secamente.

—Cuando te he abrazado para agradecerte las hamburguesas. Susan Reynolds no es la única buena haciendo juegos de manos.

Puller la miró fijamente.

—O sea, ¿que resolviste cómo metió el DVD en el bolsillo de mi hermano?

—Solo con un poco de magia —dijo Knox, mientras dejaban atrás la estación de metro.

—¿Seguro que debes conducir en tu estado? —preguntó Puller.

—Estoy bien. Me preocupas más tú.

—No sé de qué hablas.

—Has conducido de una manera endiablada ahí atrás. Deberías estar orgulloso. Asumir la responsabilidad, Puller.

Puller dejó el dispositivo de rastreo en el hueco para bebidas.

—No voy a necesitarlo más, y seguro que vosotros sois de los que les gusta reciclar.

Knox hizo caso omiso de este comentario y dijo:

—¿Te importaría contarme qué ha sucedido esta noche?

—Creía que tenías localidad de primera fila.

—En realidad, estaba en la zona de hemorragia nasal. Por eso te pido un resumen.

—¿Sabes quiénes iban en los coches negros? —preguntó Puller.

Knox sonrió, pero sin el menor regocijo.

—¿Por qué me lo preguntas? Solo he sido una mera espectadora.

—He pensado que podrías tener una suposición informada, siendo espía y todo eso. Esto es más tu terreno que el mío.

—¿A quién estabas protegiendo, Puller?

—¿Qué quieres decir?

—Recibes un mensaje de texto, sales pitando de mi habitación del hospital sin decirme adónde vas ni probar tus patatas fritas, y lo siguiente que sé de ti es que estás jugando a los camiones monstruo en medio del D. C. —Se detuvo junto al bordillo y puso el freno de mano. Volviéndose hacia él agregó—: Debía tratarse de una razón realmente importante. O más en concreto, de una persona.

—No acabo de ver qué quieres que diga, Knox.

—Te importa mucho la verdad, Puller. No paras de sermonear al respecto. Me llevas ante lápidas de Custer fallecidos hace siglos para señalármelo. Me lo metes en la cabeza. Me lo echas en cara. Me haces sentir una mierda por ocultarte cosas. ¿Debo deducir que tu postura significa que usas un doble rasero? Y cuando me dijiste que nunca me habías mentido y que nunca lo harías, ¿qué estabas haciendo? ¿Divertirte un poco a costa de una espía, hijo de puta?

Terminó su diatriba golpeándole la mandíbula con el puño izquierdo, con dedos rotos y todo. El golpe dolió porque Knox era fuerte y sabía dar puñetazos, pero no demasiado. Sus palabras le hirieron mucho más.

Knox se frotó los dedos lastimados y Puller se acarició el mentón con la mano y después miró por la ventanilla.

—Si no hablas, no vamos a ninguna parte —dijo Knox.

—No tengo muy claro si puedo hablar mucho de esto, Knox. Nada claro.

Mientras lo decía, sintió como si el estómago se le llenara de hielo seco.

—Me temo que con eso no va a bastar, Puller. Hay demasiado en juego.

Puller la miró. Knox sostenía el teléfono, con un dedo posado sobre la tecla de enviar.

—¿A quién llamas? —preguntó Puller.

—Bueno, tengo a muchas personas en marcación rápida, Puller. Y reconocerías los nombres de todas ellas. Las ves en los periódicos y los telediarios. Son de las que dan ruedas de prensa y deciden políticas a seguir y hacen avanzar el país en nuevas direcciones. Nos mantienen a salvo y atacan a nuestros enemigos y no tendrán inconveniente en arrancarte tus medallas, tus galones y hasta el uniforme para encerrarte todo el milenio próximo si la persona que conducía esa camioneta era quien pienso que era.

—¿Y quién piensas que era?

—¿Estás haciendo esto para fastidiarme? Si es así, no te molestes. Creo que no podría estar más cabreada contigo de cuanto lo estoy ahora mismo. Me cantaste las cuarenta porque te oculté pruebas. De acuerdo, muy bien. Me lo merecía. Ahora me toca a mí. ¿Cuál es la condena por ayudar y encubrir a un delincuente convicto, Puller? Eres policía militar, deberías sabértela de memoria.

—Ya lo entiendo, Knox.

—No, creo que no lo entiendes. Esto no es un caso de delincuencia menor, Puller. Esto no va de un mala pieza que vende droga en una base o que se marcó un baile adúltero con la esposa de su comandante o que acuchilló a un tipo porque le vino en gana. Estamos hablando de seguridad nacional. Esto es de alcance global. Estas son las apuestas más altas que verás en toda tu vida. Podríamos estar hablando de armas de destrucción masiva enemigas.

Puller suspiró y la miró.

—Ya he pasado por eso, Knox.

Los aires de superioridad de Knox se esfumaron.

—¿Qué?

—Es un asunto confidencial. Pero con todos tus amigos de marcación rápida no tendrás problema en averiguarlo todo. Bobby te lo explicaría mejor que yo.

Knox frunció los labios.

—¿Así que era Bobby el de la camioneta?

—En efecto.

—¿Desde cuándo conoces su paradero?
—Desde hace poco.
—¿Y fuiste consciente de que tenías el deber de arrestarlo?
—Pues sí.
—Pero no lo hiciste.
—Es obvio que no.
—Tienes un problema muy gordo, Puller.
Puller asintió con la cabeza, dirigiendo la mirada más allá de ella.
—Eso es un eufemismo, en realidad —dijo.
—¿Y qué se supone que debo hacer? Yo también tengo un deber que cumplir.
—Pues adelante, Knox. Haz esa llamada. Aguardaré aquí mientras la haces.
—Eres un auténtico capullo, poniéndome en esta situación, ¿lo sabes?
—Sí, más bien sí.
—¿Está al tanto de todo?
Puller asintió con la cabeza.
—¿Tuvo algo que añadir a la fiesta?
—En efecto.
Al ver que no decía más, Knox le espetó:
—Bien, ¿yo también puedo oírlo o es un secreto entre hermanos?
Puller miró el teléfono que Knox seguía teniendo en la mano.
—¿No vas a hacer la llamada?
Knox se quedó un rato mirando el teléfono, como si fuese un arma y se debatiera entre si disparar o no, antes de volver a metérselo en el bolsillo.
—Ahora no. Quizá después —agregó en tono de advertencia—. Vamos, ponme al día.
Cuando Puller hubo terminado, Knox preguntó:
—¿Malcolm Aust? ¿Seguro que era él?
—Sí. ¿Lo conoces?
—Personalmente no. Pero por supuesto sé quién es. Un

renombrado experto en armas de destrucción masiva. Las ha erradicado por todo el mundo. Y es uno de los inspectores de la ONU más importante de los últimos tiempos.

—Pues ¿por qué estaría cenando con Reynolds?

—Tu hermano ha dicho que estaban acaramelados. ¿Podría ser solo eso?

—Bobby piensa que no. Ha dicho que nunca sería suficiente para Reynolds.

—Probablemente en eso lleva razón.

—Dime, ¿qué ha hecho Aust a lo largo de los años?

—Fue muy valiente al declarar que Sadam Huseín no tenía armas de destrucción masiva, aunque nadie le hizo caso. También ha trabajado en Corea del Norte, Irán, Libia y Pakistán. También colaboró en supervisar la destrucción de las armas químicas de Asad en Siria. Aunque dudo de que acabaran con todo el arsenal.

Puller la interrumpió.

—¿Tuvo algo que ver con el START?

—Por supuesto. Fue antes de mi época, pero estoy informada. Nosotros teníamos nuestro equipo, los rusos tenían el suyo y Aust lideraba un grupo de observadores independientes enviado en representación de otros países interesados.

—Para asegurarse de que los peces gordos jugaban ateniéndose a las reglas.

—Sí, ¿y qué iban a hacer exactamente si no lo hacíamos nosotros? Dudo mucho de que Francia hubiese declarado la guerra a Estados Unidos. —De pronto Knox cambió de expresión—. Reynolds formó parte de ese equipo de verificación. ¿Crees que pudo conocer a Aust entonces?

—No lo sé. Solo sé lo que me dijo Dan Reynolds.

—Que su padre estaba cabreado con un tío del equipo de verificación.

—Exacto. Ahora bien, ¿y si no era una cuestión sexual? ¿O al menos no solo eso?

—¿Quieres decir que Adam Reynolds quizá entonces ya pensara que su mujer era una traidora?

—Y entonces muere.

—Pero Malcolm Aust es de lo más honesto que hay, Puller. Jamás ha estado implicado ni en un asomo de escándalo. Y su fortuna le viene de familia. No lo haría por dinero.

—¿Qué pasó con el START?

—Se desmantelaron unas cuantas cabezas nucleares. Pero todo se vino abajo. Tanto Estados Unidos como Rusia conservaban considerables arsenales. Y como Rusia no es tan meticulosa como nosotros en la protección de las armas nucleares, Moscú es el enemigo en potencia con arsenal de armas de destrucción masiva. Sobre todo en algunos países del antiguo bloque soviético. Esos países no tienen mucho dinero y su capacidad para proteger adecuadamente sus cabezas nucleares es más que dudosa, al menos en opinión de la comunidad internacional.

—¿Piensas que Aust puede estar molesto por esta razón? Al fin y al cabo, él lo estuvo observando todo. Incluso cuando el programa se vino abajo. Y ahora tenemos material nuclear que podría caer en manos de terroristas.

—Supongo que es posible.

A Puller se le ocurrió otra cosa.

—Si se cabreó de verdad porque nadie le hizo caso cuando dijo que Irak no tenía armas de destrucción masiva, esta podría ser una manera de desquitarse.

—Pero ¿con qué finalidad? —preguntó Knox.

—Quizá la de enseñar a los peces gordos una lección que nunca olvidarán.

61

—Tienes que llevarme hasta tu hermano, Puller, y tienes que hacerlo ahora.

—¿De veras? —contestó impasible Puller.

El coche volvía a circular.

—¿Dónde está? —preguntó Knox.

—No lo sé.

—Pero es obvio que tienes manera de ponerte en contacto con él.

—Sí, claro.

—Pues hazlo y concierta una cita.

—¿Por qué? ¿Tienes intención de ponerle las esposas?

—Yo no arresto personas, Puller. Hablo con ellas. Reúno información, no huellas dactilares y sospechosos.

—No te lo tomes mal, pero ¿cómo sé que puedo confiar en ti?

—No puedes confiar en mí, digamos que esa es la clave. Pero tampoco tienes alternativa. Así que o me llevas hasta él o usaré mi marcación rápida y te irás de cabeza al calabozo. Y aun así daré con tu hermano. Pero para entonces no seré ni la mitad de simpática. ¿Me explico con claridad?

—Capto la idea —concedió Puller. Sacó su móvil y envió un texto cifrado a su hermano.

—Tendré que aguardar a que responda.

—Sí, bueno, más vale que no se ande con rodeos. Y si le has enviado una advertencia en esa jerga que te acabo ver teclear, ya puedes ir dando por terminada tu carrera militar.

—Y yo que pensaba que te caía bien.

—Nadie me cae tan bien como eso —repuso Knox. Y estaba claro que no lo decía en broma.

Puller recibió respuesta de su hermano diez minutos después. Había incluido una advertencia en el texto. Pero su hermano había decidido ignorarla.

El mensaje era breve e iba al grano: «¿Dónde y cuándo?».

—Dile que se reúna con nosotros en mi habitación del Hotel W. Es la número 406. Dentro de una hora. Eso si ya ha recobrado el aliento después de la carrera de la NASCAR.*

—¿Te parece un lugar sensato para el encuentro?

—Dudo mucho de que alguien busque a tu hermano justo en la calle de la Casa Blanca. Esconderse a plena vista, creo que lo llaman. Y, además, me figuro que habrá cambiado de aspecto.

—Sí, claro.

—¿Y bien? —dijo Knox expectante, bajando la mirada a su móvil.

Puller escribió y envió el mensaje. Miró a Knox.

—¿Te gusta dar órdenes?

—No. Me encanta dar órdenes. Vayamos pasando. Tengo que prepararme para conocer al famoso, o tal vez infame, Robert Puller. Y quiero verme lo mejor posible.

Puller estaba sentado en una silla junto a la ventana. Knox estaba apoyada en el borde de su cama. Llamaron a la puerta. Knox hizo una seña a Puller.

—Seguramente será mejor que primero vea tu cara.

* Siglas de la National Association for Stock Car Auto Racing, Asociación Nacional de Carreras de Automóviles de Serie. *(N. del T.)*

Puller se levantó y abrió la puerta. Su hermano entró enseguida y Puller volvió a cerrar.

Robert Puller llevaba consigo su bolsa de viaje. Echó un vistazo a la habitación antes de detener su mirada en Knox, que se había quitado los vendajes y arreglado el pelo. También se había duchado y cambiado de ropa. Llevaba vaqueros, una blusa y botas de media caña.

No se levantó cuando Robert entró, como tampoco le tendió la mano. Se limitó a levantar la vista hacia él, con una mirada inescrutable.

Parecía que nadie quisiera romper el silencio. El semblante de ambos Puller reflejaba la tensión que sentían. Puller sabía que si Knox optaba por tener mano dura, su hermano estaría de vuelta en la DB aquella misma noche. Y Puller seguramente también. Su mirada buscó la de Robert y dedujo por la expresión de su hermano que estaba pensando prácticamente lo mismo.

Fue Knox quien finalmente rompió el silencio.

—Conseguirías trabajo fácilmente en el departamento de maquillaje y peluquería de cualquier estudio de Hollywood —dijo a Robert—. Lo sé por experiencia. Usamos algunas de sus técnicas en mi profesión.

Robert no contestó y Knox indicó una silla al lado de la que Puller había ocupado hasta su llegada.

—¿Por qué no toman asiento, caballeros, y charlamos un rato?

Los hermanos se miraron y acto seguido ocuparon sus asientos.

Knox comenzó sin más preámbulos:

—Estoy en inteligencia militar, y eso significa escuchar mucho más que largar discursos. Pero esta vez voy a hacer una excepción. Punto uno: debería entregaros a los dos. Hay tantos cargos contra vosotros que tardaría seis meses en completar el maldito papeleo. Motivo más que suficiente para no hacerlo. Pero creo en el *quid pro quo*.

Posó su mirada en Robert Puller.

—Punto dos: igual que tu hermano, creo que no eres culpable. Pero te condenaron y sentenciaron, y eso significa que para los militares eres culpable.

Robert permaneció callado.

—Y ahora llegamos al punto tres: los verdaderos traidores siguen sueltos. Y tenemos que atraparlos. Y mi plan consiste en utilizarte como cebo. No te lo pido. Te lo advierto —agregó Knox—. Este es el *quid pro quo* para no entregarte ahora mismo.

Robert miró a su hermano.

Puller dijo:

—¿Has pensado esto detenidamente, Knox? Hay muchas más cosas que pueden salir mal que bien.

Lo miró con incredulidad.

—¿Realmente vas a largarme un sermón sobre los pros y contras de correr riesgos después de las tonterías que has hecho con él?

Puller negó con la cabeza.

—Era necesario que lo hiciera. En cambio, tú tienes opciones. Y tienes que elegir la mejor. Me refiero a la mejor para ti. Yo me lo he buscado. No te preocupes por lo que vaya a pasarme.

—Ambos podríais entregarme —dijo Robert—. De hecho, desde vuestro punto de vista, este sería el mejor plan. Conseguiríais un ascenso, medallas y un aumento de sueldo.

—No me interesan los ascensos, las medallas ni el dinero —replicó Knox. Miró a Puller—. Me interesa hacer bien mi trabajo. ¿Y tú qué dices? ¿Preferirías entregar a tu hermano para que puedan ponerte otra medalla en tu pecho varonil?

—¿A ti qué te parece, Knox? —preguntó Puller.

—Para que quede claro, ¿debo tomarlo por un sí? —respondió Knox.

—Cuéntanos el plan.

Knox no titubeó.

—Quiero enfrentarme a Reynolds.

—Eso ya lo hemos hecho —repuso Puller.

—En efecto. Pero ahora vosotros acabáis de dejar un reguero de coches destrozados en medio del D. C. Apuesto a que los polis van a encontrar a alguien vivo en el Benz o en el todoterreno.

—¿Y? —preguntó Puller.

—Y Reynolds no lo sabrá con certeza. No sabrá si alguno de sus matones la ha señalado. Podemos entrar con esa palanca y apretarle los machos hasta que se venga abajo.

—No sé si dará resultado —dijo Puller—. Es un hueso duro de roer.

—Hay otra cosa —dijo Robert. Ambos lo miraron.

—¿El qué? —preguntó Knox.

—Cuando la interrogué le pregunté con quién estaba trabajando.

—¿Y qué dijo? —inquirió Knox.

—Que estaba trabajando con los rusos. Lo tengo grabado en mi móvil.

—Te creo. Pero ¿esto a qué viene? —dijo Knox.

—Cuando lo dijo, su microexpresión la delató. Yo estaba observando su reflejo en un espejo que había situado estratégicamente.

—¿Cómo la delató? —preguntó Puller.

—Enarcaba las cejas, provocando pequeñas arrugas en su frente.

—Típico de alguien que miente —observó Knox.

—También se tocó la nariz.

—¿La nariz? —dijo Knox—. Esa no la sabía.

—Cuando mientes, un subidón de adrenalina en los capilares de la nariz hace que te pique —explicó Puller—. Por eso quienes mienten se la rascan sin querer.

Robert asintió con la cabeza.

—Exacto. Pero el caso es que estudié su currículo. Reynolds trabajó en equipos de interrogatorio en Oriente Próximo sonsacando inteligencia a la gente, a personas curtidas que no querían rendirse. También enseñaba tácticas de interrogatorio.

—O sea, que sabía que la microexpresión y el rascarse la nariz al contestar una pregunta indican una mentira —dijo Puller.

—Correcto —dijo Robert—. Y también sabía que yo tenía formación para interpretar rostros. Muchos hicimos esos cursos en el STRATCOM. Y seguro que vio el espejo que estaba usando. Pero metió la pata, solo que no me di cuenta hasta después.

—¿Y eso? —preguntó Knox.

—Aunque yo sabía que me estaba mintiendo todo el rato, esta fue la única vez que mostró estos indicadores. La verdad es que tiene un autocontrol impresionante.

Puller dijo:

—O sea que cuando contestó «Rusia»...

—En realidad decía la verdad —concluyó Knox.

—Eso es lo que creo, sí. Se pasó de lista, en realidad. Suele pasarle a menudo a la gente que se cree más inteligente que los demás. Habría sido mejor que se hubiese rascado la nariz y adoptado microexpresiones todo el rato, para confundirme.

—Pues si los rusos andan metidos en esto, tiene que ser algo grande —dijo Puller—. Sea lo que sea.

—De hecho parece que durante los últimos años Moscú ha sido capaz de leernos los pensamientos —agregó Knox—. Siempre daban la impresión de ir un paso por delante de nosotros. En millones de asuntos distintos.

—Hombre, si tenían a Tim Daughtrey infiltrado en el STRATCOM, proporcionándoles una puerta trasera a nuestras comunicaciones seguras, no deja de ser comprensible —dijo Robert.

—Creo que Reynolds lleva mucho tiempo espiándonos —dijo Knox—. Quizá desde sus tiempos en el equipo de verificación del START. Quizá la reclutaron entonces.

—¿Dónde quieres hacer esto exactamente? —preguntó Puller—. Su casa está vigilada. Nos lo dijo Donovan Carter. O sea, que queda descartada. Si quieres que Robert nos acompañe, no podemos enfrentarnos a ella en la DTRA por motivos evidentes. O sea, que también queda descartada.

Knox cogió su teléfono.

—Hice que siguieran a Reynolds.

—¿Desde cuándo? —preguntó Puller.

—Desde que nos ganó la mano en su casa —contestó Knox.

—¿Y dónde está ahora mismo? ¿Ha salido del restaurante y se ha ido a casa?

—No. —Knox miró la pantalla de su móvil—. Tiene otra casa. Una cabaña, en realidad, a hora y media en coche de aquí, en Virginia.

—¿Y se dirige hacia allí?

—Casi ha llegado.

—¿Una cabaña? —preguntó Robert—. Seguro que tiene un propósito.

—Quizá la use como punto de encuentro seguro —sugirió Knox—. Y a lo mejor se va a reunir con quienesquiera que sean sus compinches. Si es así, me encantaría pillarlos a todos.

Puller se levantó.

—Pues andando.

Knox también se levantó y le puso una mano en el brazo.

—Pero que quede bien clara una cosa. Yo dirijo esta operación, no tú, y mucho menos tu hermano. ¿Entendido? Pase lo que pase, me obedeceréis.

Los hermanos Puller cruzaron una mirada. Robert asintió con la cabeza y Puller también.

Knox los observó un prolongado momento, pareció darse por satisfecha, dio media vuelta y se dirigió a la puerta de la habitación.

—¿Por qué siempre termino topándome con mujeres cabezotas? —murmuró John Puller a su hermano.

—Te he oído —dijo Knox desde el umbral.

62

Puller conducía y Robert iba sentado a su lado. Knox iba en el asiento trasero dando indicaciones mientras consultaba la pantalla de su teléfono de vez en cuando. Era bastante tarde y ya habían dejado atrás el D. C. y los barrios residenciales del norte de Virginia. Al frente apenas podían discernir las estribaciones de las montañas Blue Ridge. Puller salió de la autopista y el coche siguió rodando por carreteras cada vez más estrechas y con el firme en peor estado.

—¿Cuánto falta? —preguntó Puller.

—Calculo que unos diez minutos. Te avisaré cuando estemos lo bastante cerca para dejar el coche. El resto del camino lo haremos a pie.

—¿Dónde están los tíos que la siguen? —preguntó Puller.

—Desplegados al norte y al este de la cabaña, pero a unos cien metros de distancia, formando un perímetro.

—¿Cuántos son, por si necesitamos refuerzos?

—Dos grupos de tres. Armados.

—Bien, esperemos que no los necesitemos —dijo Robert.

Unos seis minutos después Knox indicó a Puller que se detuviera y aparcaron a un lado de la carretera.

Los dedos de Knox volaban sobre las teclas de su móvil,

pero el texto no salía. Miró el indicador de carga de la pantalla. Al parecer el mensaje se había atascado a medio enviar.

—La cobertura es una mierda —se quejó. Marcó un número. No logró comunicar.

—Yo estoy a cero —dijo Puller, tras echar un vistazo a su teléfono.

—Igual que yo —dijo Knox—. Bien, tendremos que improvisar. Pero nosotros somos tres y ella solo una.

Puller le agarró el brazo.

—Esta misión es demasiado importante para andarse con improvisaciones. Necesitamos comunicaciones fiables porque de lo contrario podrían dividirnos y pillarnos uno por uno.

—Permaneceremos juntos mientras podamos. Después ya buscaremos la manera de comunicarnos.

—Esto no me gusta, Knox.

—¿Me estás diciendo que cada vez que entrabas en combate las condiciones eran perfectas?

—Claro que no, el combate nunca es perfecto.

—¿Y entonces qué hacías, soldado?

—Se adaptaba —contestó Robert—. Y eso es lo que vamos a hacer. Andando.

Bajaron del coche y desenfundaron las armas. No había casas en aquella carretera que ascendía hacia una hendidura entre dos laderas donde la tierra se allanaba. Había empezado a propagarse una niebla.

—Las condiciones del terreno son bastante malas —dijo Puller a Knox.

—Y no olvidéis que, tal como os señaló Reynolds claramente, tiene armas y es realmente buena utilizándolas.

—Sobre todo disparando de lejos —dijo Knox sombríamente—. Es una francotiradora de calibre olímpico.

—Bien, pues no podemos darle ocasión de demostrar su destreza —dijo Puller.

Knox abría camino mirando la pantalla de su teléfono. Puller se dio cuenta y se puso a su lado.

—Memoriza el lugar al que vamos, Knox, y después apaga el maldito móvil. Es como si llevaras una radiobaliza pegada al pecho.

Knox asintió con la cabeza, dio un rápido pero concienzudo último repaso a la pantalla y apagó el teléfono.

Avanzaron por la carretera hasta que Knox los condujo a la derecha por un trecho de terreno irregular, rocoso y resbaladizo. Sin embargo, los tres iban bien calzados y pasaron sin mayores dificultades.

Habían avanzado otros quinientos metros cuando Knox levantó la mano y se detuvieron. Los dos hombres se acercaron a ella, que señaló al frente. A lo lejos, a unos cien metros al este, se entreveía una tenue luz.

—Eso tiene que ser la cabaña —dijo, señalando la luz—. Es la única construcción que hay por aquí.

Puller miró alrededor en todas las direcciones de la brújula antes de volver a mirar la luz.

Su hermano lo miró y dijo:

—¿Cómo lo ves, Junior?

—¿Junior? —dijo Knox volviéndose hacia Puller—. ¿Así es como te llama tu hermano?

—Bueno, es que es un júnior —dijo Robert—. Lleva el nombre de nuestro padre.

—Pero tú eres el hijo mayor —señaló Knox—. ¿Por qué no eres tú el júnior?

—El júnior no siempre es el mayor —respondió Robert—. Y a mí me puso el nombre mi madre. Su hermano se llamaba Robert.

Knox echó una ojeada a Puller, pero no añadió más. Puller no la miró. Tenía la vista puesta en el objetivo que tenían enfrente.

—Lo que veo, Bobby —dijo Puller, al parecer decidiendo hacer caso omiso de la conversación acerca de su apodo—, es que la aproximación a la cabaña es muy abierta por todos lados. El terreno es llano; no hay refugio. No hace falta ser tirador olímpico para liquidarnos fácilmente.

—Pero hay niebla y poca luz —señaló Knox—. Eso nos da ventaja.

—Si yo fuese Reynolds tendría algún sistema de seguridad perimetral. Si tropezamos con él seremos blancos fáciles. Las gafas de visión nocturna de última generación funcionan la mar de bien aunque haya niebla. Apuesto a que ella las tiene, y nosotros, no.

—Bueno, no vamos a quedarnos cruzados de brazos —replicó Knox—. Esta es tu especialidad, Puller. Imagínate que estás en Kandahar y quieres despejar una casa. ¿Qué harías?

Puller estudió la zona durante un par de minutos.

—Muy bien, lo que podemos hacer es separarnos y aproximarnos por tres lados. —Señaló enfrente—. Este es el lado este, que da a la parte trasera de la cabaña. Creo que deberíamos aproximarnos por el oeste, el norte y el sur, cubriendo la fachada y dos lados, porque lo lógico es que el instinto le haga vigilar su retaguardia.

—En el lado sur las laderas vuelven a empinarse y el terreno es más escabroso. Dudo de que espere que alguien venga desde esa dirección.

—Entendido, pues entonces ataquemos por ahí —dijo Knox.

Puller negó con la cabeza.

—No podemos jugárnoslo todo a una carta. A no ser que haya un puñado de tiradores en la cabaña, solo puede defender una posición a la vez. —Señaló a Robert—. Tú das la vuelta, Bobby, y te aproximas desde el sur. Yo iré desde el oeste, hacia la fachada de la cabaña, y Knox, tú entras desde el norte.

—¿Cómo nos comunicamos y coordinamos? —preguntó Robert—. Mi móvil sigue sin cobertura.

—Estaremos lo bastante cerca para usar el flash del teléfono para comunicarnos —respondió Puller—. Cada uno hará la señal cuando llegue a su posición. A continuación, yo haré dos destellos cuando esté listo para aproximarme a la cabaña. A partir de ese momento contad sesenta segundos. Y después atacamos.

Knox le sonrió en la penumbra.

—¿Ves? Te adaptas bien a las condiciones sobre el terreno.

Puller hizo caso omiso y dijo:

—¿Está confirmado que está dentro?

—Su coche está aparcado ahí. Está confirmado.

—Entendido —dijo Puller—. Venga, vamos allá. Pero mantened la cabeza baja, avanzad despacio y metódicamente. Y atentos a mi señal. —Miró el reloj—. Cinco minutos para llegar a nuestras posiciones. Deberías tener tiempo de sobra, Bobby. Eres el que va más lejos.

Robert se marchó. Antes de separarse de Puller, Knox dijo en tono de broma:

—¿Quieres que te llame Junior a partir de ahora?

—Nadie me ha llamado Junior excepto mi hermano y mi padre —respondió Puller secamente—. Y mi madre. Y mi padre ya solo me llama suboficial mayor.

La sonrisa de Knox se desvaneció, asintió bruscamente y se marchó.

Puller echó un último vistazo alrededor. Aquello no le gustaba nada. Había evaluado muchos campos de batalla y había afinado mucho su instinto. Todo en aquella misión era problemático. La inteligencia sobre el objetivo era incompleta y encima el canal de comunicación se había roto. No sabían qué les aguadaba dentro de la cabaña. Knox decía que estaba confirmado que Reynolds estaba allí, pero para Puller no había la menor certidumbre al respecto.

Sin embargo, el plan estaba establecido, las fuerzas desplegadas, la inteligencia era la que era, así como el terreno al que se enfrentaban. Quitó el seguro de la M11 y se puso en marcha, abriéndose camino deprisa hacia su posición para después agacharse tras el matorral que quedaba a unos quince metros de la cabaña.

Estudió la construcción en la penumbra. Había una habitación iluminada. Él estaba de cara a la puerta principal. La habitación iluminada quedaba a la izquierda de esta. No sabía si era un dormitorio o una cocina.

El Lexus de Reynolds estaba en el sendero de grava, a la izquierda de la puerta principal. Al menos eso pudo confirmarlo. La cabaña era pequeña, rústica, con un porche que cubría más o menos la mitad de la fachada. La puerta era de madera, las paredes también. Estaba despintada. Lo que más preocupaba a Puller era que no encajaba con el carácter que atribuía a Reynolds.

Era una mujer a la que obviamente le gustaban las cosas buenas y que tenía el dinero suficiente para darse esos gustos. Así pues, ¿por qué tenía una cabaña cutre en medio de ninguna parte? ¿Solo para encuentros clandestinos? Lo dudaba mucho. ¿Y cómo era posible que Reynolds se hubiese dejado seguir tan fácilmente?

Todo aquello parecía estar fuera de lugar, pero estaban a punto de llevarlo a cabo. Miró la hora y vio cómo la manecilla alcanzaba la señal de los cinco minutos. Cuando la alcanzó, sacó el teléfono y emitió un destello. Pasó un segundo y entonces vio los destellos que respondían desde la derecha y la izquierda. Los tres estaban en posición. Se puso a contar sesenta segundos en su reloj de inmediato. A los cincuenta y ocho, flexionó las piernas y preparó el arma. A los cincuenta y nueve estaba empezando a avanzar. A los sesenta inició un recorrido en zigzag hasta el porche, manteniéndose agachado y a un lado, sin exponerse en ningún momento al campo de visión desde la fachada de la cabaña.

La luz de la casa no se apagó. No se encendió ninguna otra. Ninguna sombra pasó por delante de aquella luz. No oía más sonidos que el ocasional correteo de un animal en el bosque vecino y los latidos de su propio corazón.

Ya estaba en el porche con la espalda pegada a la izquierda de la puerta. La cerradura era muy sencilla. Una vez más, aquello no cuadraba. Miró arriba, abajo y a lo largo del alero. Ninguna cámara de vigilancia. No había tropezado con ningún cable trampa. Si el porche tenía integrada una placa de presión que disparase una alarma, tenía que ser una muy silenciosa.

Se plantó delante de la puerta y le dio una patada entre la cerradura y el marco. La puerta se rompió hacia dentro y cruzó la abertura, trazando arcos amplios y precisos con la M11 delante de él.

A izquierda y derecha oyó ruido de cristales rotos y pasos. Un instante después Robert apareció en la entrada, a su izquierda.

—Mi lado, despejado —dijo a su hermano.

Ambos se dirigieron a la derecha.

Se echaron a correr al oír los disparos.

—¡Knox! —gritó Puller.

Abrieron puertas a patadas y despejaron habitaciones hasta que segundos después llegaron a la última habitación. La puerta estaba entreabierta. Y la luz, encendida.

Puller abrió la puerta del todo y él y su hermano llenaron el umbral, con las armas apuntadas al frente.

En el suelo había trozos de cristal de la ventana rota.

Reynolds estaba sentada en su cama, agarrándose el hombro, y el brazo izquierdo le chorreaba sangre.

Knox apuntaba a la cabeza de Reynolds. Miró de reojo a Puller.

—He tenido la mala suerte de entrar justo en el dormitorio —explicó. Bajó el arma—. Me ha disparado, pero soy mejor tiradora que ella. Aunque no sea olímpica —agregó, dedicando a Reynolds una mirada maliciosa. Señaló la bala alojada en la pared cerca de la ventana.

—Nunca lo he dudado —dijo Puller, sonriente.

Knox echó un vistazo al brazo ensangrentado de Reynolds.

—¿Te importa inspeccionar la herida? A mí se me da fatal.

Puller no enfundó el arma para acercarse a Reynolds, que lo miró con ojos doloridos.

—Ha intentado matarme.

—Seguro que tenía una buena razón.

—Habéis allanado mi casa.

—Una vez más, con razón.

—Voy a llamar a la policía.

—Lo que vas a hacer es confesar —le espetó Knox.

Reynolds dirigió la mirada hacia ella.

—Realmente piensas con muy poca claridad. No tengo nada que confesar.

—Se acabó, Susan —dijo Knox—. Los matones que enviaste tras Robert Puller han quedado fuera de combate gracias a su hermano pequeño. La poli los tiene en prisión preventiva. Están largando lo indecible. Tu mejor opción es cooperar y conseguir una sentencia más leve. Pero aun así pasarás una temporada muy pero que muy larga en prisión.

Reynolds miró a Robert Puller, que todavía la estaba apuntando.

—La verdad es que tendrías que haberlo dejado correr, Robert.

—¿Cómo quieres que lo hiciera? Enviasteis a un fulano a matarme.

—Pues entonces tendrías que haber muerto sin más. —Hizo una mueca, se agarró el brazo y exclamó—: Mierda. Me has dado en el hueso.

—Lo siento —dijo Knox, aunque no lo sentía lo más mínimo—. Puller, mejor será que hagas un torniquete para que nuestra testigo estrella no se desangre.

Puller enfundó su pistola y se sentó al lado de Reynolds.

Robert metió la suya en el cinturón y se puso al lado de Knox.

—Ha sido más fácil de lo que esperaba —dijo.

—Desde luego —respondió Knox.

Puller se puso a examinar la herida de Reynolds, subiéndole la manga de la blusa.

—Eh, Junior.

Puller fruncía el ceño porque no lograba ver...

—Knox, ¿dónde demonios le has dado?

—¡John! —exclamó Robert.

Puller se volvió hacia su hermano.

—¿Qué pa...?

Se calló.

La pistola de su hermano ya no estaba en su cinturón. Ahora estaba en la mano de Knox y apuntaba a Puller.

Con la otra mano Veronica Knox mantenía su pistola contra la cabeza de Robert.

Sonrió a Puller como pidiéndole perdón.

—Te dije que no podías confiar en mí... Junior.

63

Reynolds apartó el cubrecama y se levantó, empuñando una Glock de nueve milímetros que había escondido debajo de la almohada.

Iba descalza y con vaqueros. Apuntó a Puller, que se había levantado de la cama y retrocedido. Reynolds se tomó un momento para limpiarse el rojo del brazo usando la sábana de la cama.

Cuando hubo terminado, miró a Robert Puller.

—Trucos de teatro —dijo—. En la línea de lo que llevas tú. Buen trabajo, por cierto. Nunca te habría reconocido de no haber sido por las cámaras exteriores de vigilancia que tengo en casa.

—¿Por qué Rusia, Susan? —dijo Robert—. No necesitan ayuda. Están metidos en Oriente Próximo, ¿verdad?

—Moscú siempre tendrá más capacidad de resistencia que esas ratas del desierto. Los terroristas quedarán subsumidos en economías emergentes porque no tienen ni idea de cómo dirigir un país o crear empleo. A la gente de allí le importa menos Alá que el agua potable, la electricidad y los medios para alimentar a sus familias. Pero Rusia es un país de verdad. Con un ejército de verdad. Con capacidad nuclear de verdad.

—¿Y quieres apoyar a un país gobernado por un ex agente del KGB?

—¿En oposición a qué? ¿A un país gobernado por viejos millonarios blancos y sus lacayos a sueldo en Washington?

—Sucede lo mismo en Rusia. Solo que allí el gobierno los respalda abiertamente.

Reynolds se calzó un par de zapatos que había en el suelo al lado de la cama.

—No vamos a mantener una discusión geopolítica sobre la validez de mis argumentos o posturas, Robert.

—Has hecho un daño incalculable a los intereses de este país, Susan.

—Bueno, como se suele decir, todavía no has visto nada.

—¿Qué se supone que significa eso? —preguntó Puller de inmediato.

—Literalmente lo que acabo de decir. ¿Piensas que he trabajado tan duro solo para matar a tu hermano? Él solo era una pieza, una pieza minúscula de lo que está por venir. —Sonrió—. Si todavía estáis vivos, cosa que dudo, nunca lo olvidaréis. —Miró a Robert—. Pensándolo mejor, quizá te mantenga con vida solo para que lo veas.

Knox apuntó al tobillo de Puller.

—Tu arma de repuesto. Sácala cogiéndola por el cañón y pásasela a Susan.

Puller se subió la pernera izquierda, sacó la pistola de cañón corto, la dejó en el suelo y la empujó con el pie hacia Reynolds, que se agachó y la recogió.

Cuando Puller se irguió, Knox dijo:

—¿Hay algo que quieras decirme, Puller?

Él se limitó a mirarla fijamente.

Robert miró a Reynolds y dijo:

—Me gustaría saber cómo habéis orquestado todo esto de esta noche.

—Ha sido bastante fácil —dijo Reynolds—. He venido aquí. Se lo he dicho a Veronica. Me había informado de que pronto os tendría a mano y que os traería.

—O sea, ¿que no te estaban siguiendo? —preguntó Robert.

—No —contestó Knox—. Os lo he dicho para confundiros.

—¿Cuánto tiempo lleváis trabajando juntas? —preguntó Robert.

—No mucho, en realidad —dijo Knox—. Pero ha sido memorable. —Miró a Reynolds y sonrió—. Sabe ser muy persuasiva.

—Pero vamos a ver —dijo Robert—. John ha escogido los lados de la casa por los que íbamos a atacar. ¿Cómo sabías que estaría en la habitación por la que entrarías?

Knox empujó a Robert hacia su hermano y después se metió una de las pistolas en el bolsillo de la chaqueta. Mantuvo la otra apuntando a Puller. De otro bolsillo sacó su teléfono.

—Tengo cobertura. He llamado a Susan y le he dicho por qué lado entraría después de que tu hermano lo hubiese decidido. Ha reptado hasta esta habitación. *Et voilà!*

Robert asintió sin decir palabra. Miró de reojo a su hermano, que todavía no había apartado los ojos de Knox.

—¿Seguro que no quieres decirme nada, Puller? —preguntó Knox en son de burla.

—Dudo de que recupere el habla, Veronica —dijo Reynolds—. Sus ojos me dicen que esto es lo último que se esperaba.

—¿Sabes una cosa? —dijo Knox en tono de enojo—. Podrías haberme dicho que ibais a liquidar a Carter con una bomba. Por poco vuelo en pedazos.

—Lo siento, tuvimos que darnos prisa. Y además no sabía que lo estabas siguiendo.

—¿Por qué tuviste que matar a Carter? —preguntó Robert.

—Sospechaba de mí —contestó Reynolds—. A pesar de lo que haya podido decirte tu hermano, iban a abrir una investigación. Y eso habría sido muy molesto para mí.

—Vámonos —dijo Knox. Empujó a Puller delante de ella mientras Reynolds seguía apuntando a Robert.

Antes de llegar a la puerta Puller rompió su mutismo. Hablando en voz baja para que solo le oyera Knox, dijo:

—¿Cómo te lo montaste en el ataque en el callejón de Charlotte?

—Suponía que te lo preguntarías. Mi pistola llevaba munición de fogueo. Hice que salieras corriendo detrás de los otros, así el «hombre muerto» tendría tiempo de sobra para desaparecer, dejando un rastro de sangre, eso sí.

—¿Por qué has hecho todo esto?

—Me constaba que todavía sospechabas de mí. Me sirvió para disipar tus sospechas.

—Entonces ¿ha sido por dinero? —dijo Puller—. ¿Solo por gusto? ¿Envidia profesional? ¿Por ascender demasiado despacio? ¿O extrañabas vivir deprisa?

—Quizá por un poco de cada.

—No entiendo nada, Knox —dijo Puller.

Mientras caminaban lo miró con curiosidad.

—¿Y bien? —preguntó Knox con desenfado.

—Creo que tu viejo tenía el doble de agallas que tú. Sabías que nunca estarías a su altura. Seguramente te inventaste la mierda que contabas acerca de él. ¿Lo mataste y después se te ocurrió la idea del suicidio?

Knox se mantuvo imperturbable ante su mordacidad.

—Tal vez. Y cuando te mate a ti podré inventarme cualquier mentira sobre cómo te humillaste para salvar la vida. O quizá no será mentira. Quizá lo harás. Quizá no eres ni de lejos tan duro como crees, Junior.

—Y quizá tú no seas tan lista como crees.

—Verás, te estoy apuntando con una pistola. —Hizo una pausa y le dedicó una mirada cómplice—. Me querías, Puller. Me querías en tu cama. Te lo noté en la mirada.

Estaban fuera de la casa, camino del coche. Knox había levantado la voz y Robert, que había oído la última parte, miró a su hermano.

—Prefiero pegarme un tiro en la cabeza que ponerte un dedo encima —dijo Puller.

—Sé que me deseabas. No lo puedes negar. Y tampoco es que sea poco atractiva.

—Por supuesto, Knox. Por dentro. Podrías ser la chica del póster de «la belleza está en el interior». Mi instinto acertaba contigo. No podía fiarme de ti porque no tienes agallas.

—Caí herida por mi país —le espetó Knox.

—Yo también. Pero nunca he dejado que una escoria como ella —señaló a Reynolds— me convenciera para romper mi juramento. Eres débil, Knox. Débil. No eres nada.

La mirada de superioridad de Knox se desvaneció. Detuvo sus pasos, se volvió hacia Robert y le puso el cañón de la pistola en la cabeza.

—¡Arrodíllate!

—¿Qué? —dijo un Robert perplejo.

—¡Que te arrodilles ahora mismo!

Robert se puso de rodillas. Knox apoyó el cañón de la pistola en su nuca y miró a Puller.

—¿Quieres disculparte por ese comentario? Si no, le meto una bala en la cabeza.

Puller bajó la vista hacia su hermano y después la levantó de nuevo hacia Knox.

—¿Realmente quieres hacer esto? —dijo en voz baja.

—Tengo una idea mejor. Puedo dispararle con tu arma de repuesto.

Sacó el revólver del bolsillo, tiró del percutor hacia atrás y puso el cañón contra el cráneo de Robert.

—Tienes tres segundos para pedirme perdón, Puller, o tu hermano mayor dejará de existir. Uno, dos...

—Perdón —dijo Puller.

Knox disparó de todos modos. Pero había inclinado el cañón hacia la izquierda y la bala no dio a Robert, que gritó y se cayó al suelo agarrándose la cabeza.

Puller se echó a correr hacia su hermano, pero Reynolds le apuntó a la cara.

Robert se incorporó y fulminó a Knox con la mirada.

—Creo que me has roto el tímpano.

—Mejor eso que volarte los sesos. Tengo entendido que tienes un cerebro muy grande. ¡Ahora, en pie!

Robert se levantó como buenamente pudo, sin dejar de taparse la oreja.

Llegaron al Lexus.

—Atémoslos —dijo Knox.

Reynolds asintió con la cabeza y usó bridas para maniatar a los Puller. Todos subieron al Lexus. Los Puller en el asiento trasero y Reynolds en el del acompañante, apuntándolos con el arma.

Regresaron al D. C. y, siguiendo las indicaciones de Reynolds, Knox aparcó el coche en un garaje subterráneo. Era más de medianoche y el aparcamiento estaba lleno porque pertenecía a un edificio residencial.

Knox cortó las bridas con una navaja.

—Si nos encontramos con alguien por el camino y hacéis algún intento de comunicaros, estáis muertos y ellos también.

Subieron en ascensor hasta la planta baja y allí tomaron un ascensor privado hasta la doceava, para lo que Reynolds tenía una llave tarjeta. Las puertas se abrieron a un vestíbulo forrado de madera y granito. Knox empujó a Puller clavándole el cañón de su pistola en la espalda. Fueron hasta la primera habitación aneja al vestíbulo, que resultó ser una estancia amplia con paredes de cristal que ofrecían un inmenso panorama de la zona del D. C. Las luces de la sala estaban atenuadas.

Puller miró a su alrededor. Lo mismo hicieron Knox y Robert.

Sin embargo, Reynolds no estaba confusa. Miró hacia el rincón de la habitación donde estaba situado un escritorio.

Había alguien sentado detrás del escritorio. Solo su silueta era visible.

Reynolds se volvió hacia Knox.

—No iba a traerte aquí —dijo—, hasta que hiciste lo que hiciste con estos dos —agregó, señalando a los Puller—. Has acojonado a Robert y humillado a su egocéntrico hermano. ¿Qué podría haber sido mejor?

Knox miró con impaciencia la figura sentada detrás del escritorio.

—¿Puedes presentarme formalmente?

Reynolds encendió una luz. Apenas iluminó la habitación. Todo estaba sumido en sombras. Pero había una cosa que pudo ver claramente.

Knox dio un grito ahogado. Puller, un paso al frente.

Robert no abrió la boca y se quedó mirando fijamente al hombre sentado detrás del escritorio.

Desde las sombras, James Schindler correspondía a sus miradas, con los ojos muy abiertos y penetrantes. Parecía estar evaluando la situación en silencio.

Knox apartó la vista de Schindler y miró a Reynolds.

—Tengo que reconocerlo, tienes acceso a lo más alto.

Reynolds sonrió.

—Es necesario para lo que planeamos.

—Y ahora puedo ayudaros a ejecutar el plan.

—Por eso estamos aquí. Pero lo primero es lo primero.

Desenfundó su pistola, le puso un silenciador, apuntó a Robert Puller y dijo:

—No te creerías cuánto tiempo he estado esperando esto.

Antes de que disparase, Knox la desarmó dándole una patada. Después giró sobre sí misma y le arreó otra en las piernas. Reynolds cayó desplomada al suelo.

Un instante después Knox lanzó dos armas. Un asombrado Puller cogió una al vuelo y Robert la otra.

—Knox, ¿qué demonios...? —preguntó Puller.

—Os lo explico después —chilló Knox—. Apuntad a Reynolds. No la perdáis de vista.

Robert apuntó con su arma a Reynolds, que seguía tirada en el suelo.

Cuando Puller miró hacia el escritorio, Schindler no había movido ni un músculo. Simplemente seguía sentado. Puller se quedó boquiabierto cuando entendió la verdad.

Knox apuntó a Schindler.

—Queda arrestado. ¡Levántese! ¡Ya!

—¡Knox! —gritó Puller—. Algo no encaja.

Knox lo miró un instante.

—¿El qué?

El cristal de detrás de Schindler se hizo pedazos cuando una bala de gran potencia lo atravesó.

Los Puller y Knox se echaron cuerpo a tierra.

—Han disparado desde el edificio de enfrente —gritó Puller.

Otro disparo hizo añicos el siguiente panel de cristal. Después llegaron ráfagas a raudales a través de esas aberturas, dando contra las paredes y el suelo. Una dio a la lámpara, que explotó, sumiéndolos en una oscuridad casi total.

—¿Qué demonios está pasando? —gritó Knox desde detrás del sillón donde se había resguardado.

—Quédate agachada —le contestó Puller.

—Un momento, ¿dónde está Reynolds? —gritó Robert.

Los tres la buscaron por la habitación a oscuras.

—Me parece que he oído el ascensor durante el tiroteo —dijo Robert.

Miraron en derredor, pero ninguno se movió. Puller suponía que seguirían disparando, pero no fue así.

Un instante después Puller se levantó con cautela y se asomó a las ventanas destrozadas. Cuando Knox empezó a ponerse de pie, le dijo bruscamente:

—Quédate agachada. El tirador todavía puede estar ahí fuera.

Robert se había arrastrado hasta el escritorio para examinar a Schindler, que aún no se había movido, ni siquiera al comenzar los disparos.

—¡John! —exclamó frenéticamente.

Puller cruzó la habitación como una exhalación y se arrodilló junto a su hermano.

—¿Qué ocurre?

Robert Puller abrió la chaqueta de Schindler.

En cuanto Puller lo vio agarró a su hermano y lo empujó hacia el ascensor.

—¡Vete! ¡Vete!

Después gritó a Knox:

—¡Huye, Knox!

Los tres corrieron como locos hacia el ascensor, pero cuando Knox pulsó el botón no se encendió.

—Reynolds lo habrá inutilizado —dijo Robert.

Puller miró a izquierda y derecha y localizó la puerta al fondo del vestíbulo. La encontró cerrada cuando giró el picaporte. Sacó la M11 y destrozó la cerradura de un tiro.

—¿Qué ocurre? —gritó Knox antes de que Puller la empujara por la abertura y luego hiciera lo mismo con su hermano.

—¡Corred!

Cerró la puerta a sus espaldas y corrió escaleras abajo hasta el primer rellano. Knox y Robert llegaron primero, se volvieron, y enfilaron el tramo hacia el segundo rellano.

Puller casi había llegado al primer rellano cuando se oyó la detonación. La onda expansiva sacó de quicio la puerta de la escalera y el aire comprimido bajó como una ola a un millón de kilómetros por hora.

Cuando alcanzó los cien kilos de Puller, lo levantó del suelo como si no pesara nada.

Lo último que Puller recordaba era haberse precipitado de cabeza por la escalera. Después golpeó contra algo muy duro.

Y después no hubo más.

64

Cuando Puller abrió los ojos lo único que vio fue oscuridad. Al principio pensó que estaba muerto, pero entonces se preguntó cómo era posible que pudiera ver. O pensar.

Después la oscuridad se aclaró un poco y distinguió una silueta.

Después oyó una voz.

—Es horrible que te hagan volar por los aires, ¿verdad?

La silueta se fue transformando poco a poco en algo más consistente. Y familiar.

Knox le estaba sonriendo, pero la preocupación era evidente en sus ojos y su frente arrugada. Le secaba la frente con una toalla húmeda.

Junto a ella vio a su hermano, igual de preocupado pero sin sonreír.

Puller intentó incorporarse, pero ahora fue el turno de Knox de impedírselo con una mano. Estaba tendido en una cama en una habitación pequeña y con la luz atenuada.

—Te quedaste inconsciente, Puller. —Levantó tres dedos—. ¿Cuántos hay?

—Estoy bien, Knox.

—¿Cuántos hay?

—¡Tres!
—Muy bien, debes tener la cabeza más dura de lo que creía.
Puller miró a su alrededor.
—¿Dónde estamos?
—En Virginia, cerca de Gainesville. Reynolds dejó su coche en el garaje con las llaves puestas en el contacto. Hemos ido a buscar mi coche, dejamos el suyo y después hemos circulado hasta que hemos encontrado este sitio —dijo Knox—. Hemos estando aguardando a que te despertaras.
Puller se frotó la cabeza e hizo una mueca al tocar el chichón que tenía en el cogote.
—Hemos estado a punto de llevarte al hospital un par de veces —dijo Knox—. Eso habría requerido dar explicaciones problemáticas. Si hubiésemos visto que empeorabas te habríamos llevado.
Puller miró por la ventana y vio que estaba oscureciendo.
—¿Todo esto ocurrió anoche?
Knox asintió con la cabeza.
—¿Qué ocurrió exactamente? —inquirió Puller.
—¿Recuerdas la explosión? —preguntó Knox con inquietud.
—No sufro pérdida de memoria, si eso es lo que estás preguntando —dijo Puller—. Vi el cinturón de explosivos que llevaba Schindler. Salimos pitando. Estábamos en la escalera. La bomba explotó y salí volando por los aires. Y choqué contra algo muy duro.
—Sería la pared, Junior.
—Parecía más bien un tanque Abrams. —Echó un vistazo a la habitación—. ¿Qué lugar es este?
—Una habitación de motel —contestó Knox.
—¿Cómo salimos del edificio al que nos llevó Reynolds?
—Por suerte tu hermano y yo habíamos girado para bajar hacia el segundo rellano. Tú recibiste la onda expansiva con mucha más fuerza que nosotros, aunque también nos derribó.

Fue muy oportuno que estuviera tu hermano. Te sacó de allí a hombros. Yo no habría tenido fuerza suficiente.

—No había tenido que llevarte tanto rato desde que tenías cuatro años —dijo Robert—. Y ahora pesas muchísimo más.

—¿Acudió la poli?

—Seguro que sí. Pero nos las arreglamos para marcharnos antes de que llegaran. —Knox volvió a secarle la cara con la toalla—. Ahora en serio, ¿cómo te encuentras?

—Mejor de lo que debería, supongo.

Knox se apoyó en el respaldo de la silla y suspiró.

—Con lo bueno que era el plan. Llevo dos meses trabajando infiltrada en este caso, y cuando finalmente llego a quien creo que es el pez gordo, me encuentro con que Reynolds me ha embaucado.

—Nos ha embaucado a todos —señaló Robert—. Obviamente, no confía en nadie.

—Pero os entregué a ella. Interpreté muy bien mi papel. Casi te dejo sordo para ganarme su confianza. —Tocó el brazo de Robert—. Lo siento. Fue improvisado. Tenía que venderle que era una traidora de verdad.

—Lo entiendo. Y además me parece que casi he recuperado el oído del todo.

Puller se incorporó un poco y Knox no intentó impedírselo.

—¿Por qué no nos pusiste al corriente antes de que fuésemos a por Reynolds? —preguntó, enfurruñado.

Knox negó con la cabeza.

—¿Poneros al día sobre la marcha, antes de la operación? Ni hablar. No habríais estado bien preparados. Habríais dicho o hecho algo o mirado mal, y Reynolds es demasiado aguda. Se habría dado cuenta. Tenía que dejar que os comportarais tal como os sentíais: convencidos de que os había traicionado.

—Chica, yo me lo tragué —dijo Puller, malhumorado—. Pero corriste un riesgo al no decírmelo. Podría haberte disparado.

—Debía correr ese riesgo. Había trabajado demasiado en esto. Pero cuando vi a Schindler me quedé anonadada. No tenía ni idea de que estuviera implicado. Pero allí estaba. —Miró a Puller—. Aunque todo era pura fachada. Una farsa. ¿Cómo te diste cuenta?

—Le vi los ojos. De cerca los tenía vidriosos. Y ni siquiera había pestañeado.

—Ya estaba incapacitado —agregó Robert—. Seguramente usaron un paralizante.

—Es evidente que Reynolds estaba poniendo a prueba tu lealtad —dijo Puller—. Por eso decidió disparar a Bobby. Si realmente estabas de su parte, dejarías que lo hiciera. No lo estabas y no lo hiciste.

—Y así fue capaz de hacer que desmontara mi propia tapadera.

—Me alegra que lo hicieras —dijo Robert—. De lo contrario no estaría aquí. Me fijé en su mirada. Iba a apretar el gatillo.

—¿Y a qué vinieron todos aquellos disparos a través de las ventanas? —preguntó Knox, que de inmediato respondió a su propia pregunta—. Para que Reynolds pudiera escapar.

Puller asintió con la cabeza.

—Fue nauseabundo, debo admitirlo.

Knox se relajó y dobló la toalla.

—Era mi única posibilidad de atraparlos, Puller. A estas alturas ya se habrán esfumado.

—Me sorprende que llegaras tan lejos con ellos —contestó Puller.

—No fue fácil. Cuando nos dieron el soplo acerca de Robert, diciendo que podía ser inocente, revisamos su caso con todo detenimiento. Solo una cosa nos llamó la atención: Susan Reynolds.

—¿Cómo la abordaste? —preguntó Robert.

—No lo hice. Dejé que fuese ella quien me abordara a mí. Habíamos montado una tapadera bastante convincente. Me pasaron por alto cuando me tocaba ascender. Había ciertas irregularidades en mi expediente, una acusación de soborno. Reynolds podía acceder a esa información fácilmente. De repente un día me llamó. —Miró a Robert—. Le dije a tu hermano que eras inocente y que un compañero tuyo de trabajo no era tan leal como parecía.

—¿Cuándo os dieron el soplo? —preguntó Robert.

—Unos cuatro meses antes de que se desatara el infierno en la DB e intentaran atentar contra tu vida.

—Así que ese fue el catalizador —dijo Robert.

—Me parece que pudo ser cosa de Niles Robinson —intervino Puller—. Cargo de conciencia.

—Tal como le dije a Puller, por desgracia fuimos nosotros, seguramente, quienes por poco hacemos que te maten. Era obvio que teníamos un infiltrado en el INSCOM. Corrió el rumor de que estábamos revisando tu caso. Creemos que eso incitó el intento de asesinato.

—Bueno, también me dio la oportunidad de escapar.

—Entonces decidimos tender una trampa a Reynolds. Yo estaba en el INSCOM. Quizá era una manzana podrida. Podía serles útil. Tardó dos meses porque era muy cauta. Finalmente se puso en contacto conmigo. Una llamada, un e-mail, un mensaje de texto. Un encuentro cara a cara en un lugar apartado. Después las cosas empezaron a calentarse enseguida. Yo no sabía que habían atentado contra ti, Robert. Todavía no estaba en su círculo. Ya se lo conté a Puller. Pero cuando ocurrió y escapaste, Reynolds quiso verme ora vez. Quería que participara en la investigación.

—¿Por qué no le parasteis los pies justo entonces? —preguntó Puller.

—Porque seguramente solo la atraparíamos a ella. Y todavía no sabíamos cuál era la jugada final. No podía ser solo el asesinato de tu hermano. Teníamos que saber qué se proponían. Si apretábamos el gatillo demasiado pronto, nunca lo descubriríamos.

—Y te incorporaste a la investigación —dijo Puller.

—A partir de ahí formé equipo contigo, cosa que a ella le

encantaba porque estaba convencida de que tu hermano te buscaría. Y cuanto antes lo pillaran, mejor.

—¿Por qué me consideraban tan importante? —preguntó Robert.

—En primer lugar, Reynolds te detesta. Creo que para ella representas todos los ascensos que no consiguió. Todos los superiores a los que no impresionó. Todas las oportunidades que fueron a parar a otros. Piensa que es más inteligente que tú. Y haría cualquier cosa con tal de demostrarlo. Tú eras el niño prodigio allí donde ibas. Y cuando tu carrera te condujo a su parte del mundo, te convertiste en un enemigo muy peligroso. Cuando decidieron quitarte de en medio antes de que te trasladaran al ISR, se puso la mar de contenta. Y había una segunda cuestión. Tenían a Daughtrey bajo control. Él necesitaba el trabajo más que tú. Y ahora sabemos que le hicieron chantaje.

—¿Alguna idea sobre lo que se traen entre manos? —preguntó Puller—. Reynolds dijo que todavía no habíamos visto nada. Cuando aseguró que lo que estaban planeando iba a ser memorable, le tomé la palabra.

—Ese es el problema. Ni una pista. Esperaba descubrir algo más anoche. Pero Reynolds fue más hábil que yo. La subestimé, y supongo que sobreestimé mi propia inteligencia.

—¿Crees que seguirán adelante con lo que sea que estén planeando? —preguntó Robert.

—No podemos suponer que no —dijo Knox—. De hecho, es posible que se precipiten las cosas.

—Pero Reynolds ya no puede actuar al descubierto después de lo de anoche —dijo Puller.

—No hemos hablado con la policía —dijo Knox—. Tarde o temprano identificarán los restos de Schindler por su ADN. Pero no sé de quién es el apartamento ni quién disparaba por las ventanas.

—Y yo no puedo hablar con la policía por razones obvias —agregó Robert.

—Pero nosotros, sí, Knox —dijo Puller.

—Será su palabra contra la nuestra. No tenemos pruebas. Y si detienen a Reynolds les dirá que Robert está con nosotros. De manera que hay que decidir si mentimos o decimos la verdad, y ninguna de estas opciones es buena si no queremos ir a prisión. Y, conociéndola, se inventará un cuento plausible conforme nosotros organizamos su secuestro y participamos en el asesinato de un miembro destacado del NSC.

—Esto es ridículo —espetó Puller, pero acto seguido respiró profundamente para serenarse—. Si se da el caso tendremos que centrarnos en todo lo que tenemos para descubrir qué están planeando realmente.

—Reynolds tiene que estar estrechamente involucrada sea lo que sea, pues han tomado medidas muy drásticas para protegerla —señaló Robert.

—Es verdad —dijo Knox—. Pero ¿en calidad de oficial de la DTRA o de espía?

Puller y Robert se quedaron mirándola con cara de pasmo. Saltaba a la vista que no sabían qué contestar.

—Solo tenían dos habitaciones disponibles en este motel —dijo Knox—. Esta y la de al lado. He pensado que tú y tu hermano podéis quedaros en esta y yo me quedaré con la otra.

—Voy a buscar mi bolsa al coche —dijo Robert.

Cuando hubo salido de la habitación, Knox se volvió hacia Puller.

—Me ha vencido, Puller.

—A mí también me ha dado una patada en el culo. Una vez más. Estoy empezando a tener verdadero complejo de inferioridad.

—Ha llevado las cosas a un nivel más alto. No me lo esperaba.

—Pues tenemos que llevarlas a un nivel que ella no se espere.

—Ya no tengo tapadera, Puller. No tenemos por dónde entrar.

—Entre los tres lo conseguiremos.

—¿Lo piensas de verdad?

—Sin la menor duda —dijo Robert, que había regresado y oído esa parte de la conversación.

Dejó la bolsa en el suelo y se sentó en el borde de la cama.

—Nos han dado inteligencia real, por descontado sin tener intención de hacerlo. Pensaban que a estas alturas estaríamos muertos, de modo que el hecho de que la viera reunida con Malcolm Aust no preocupaba demasiado a Reynolds.

—¿Acaso crees saber por qué estaban reunidos? —preguntó Knox.

—Aust es astuto, sofisticado y rico. Pero estoy convencido de que Reynolds lo sedujo. Los vi en el restaurante. Por parte de él había interés sexual. Por parte de ella, profesional.

—¿Qué interés profesional puede tener Aust para ella? —preguntó Knox.

Robert se inclinó hacia delante.

—A falta de un término mejor, Aust es el guardián del secreto.

—¿El guardián del secreto? Creía que se dedicaba a localizar armas de destrucción masiva —dijo Puller.

—Esa es una parte. Pero solo una. Es investigador, supervisor e inspector. Un hombre de confianza. En función de la situación asume un papel diferente.

—¿Por qué iba a depender de la situación su papel? —preguntó Knox—. Tal como dice Puller, su trabajo consiste en husmear armas de destrucción masiva ilegales.

—Oh, en realidad es mucho más complejo que eso —dijo Robert como si tal cosa—. Tomemos Israel, por ejemplo. Su postura oficial es que no tienen armas de destrucción masiva. Pero son nuestro aliado incondicional y, por lo tanto, nunca pediremos una inspección sobre lo que tienen o dejan de tener. Pero para fines estratégicos necesitamos saber en privado qué capacidad tienen. Ahí entra Aust. Bien, Pakistán tiene bombas nucleares. Nos preocupa que algunas de ellas pasen a manos corruptas por falta de seguridad. Lo mismo sucede con Rusia. Ninguno de estos países es un auténtico aliado nuestro, pero pedir una inspección de su arsenal es muy peliagudo desde el punto de vista político y diplomático. Si se llevara a cabo una inspección en Pakistán, pongamos por caso, revelaría la ubicación de las ADM y su grado de seguridad. Si esa información se filtrara, podría conducir a los terroristas directamente a los depósitos, justo lo que tal inspección trataba de evitar. Así pues, Aust es una especie de intermediario que goza de la confianza de ambas partes y que mantiene el sistema dentro de los límites de la honestidad, o al menos de lo razonable. Y fijaos en Siria. Asad tiene depósitos de armas químicas. Presionado por un acuerdo internacional, se avino a destruirlas. Nadie que tenga dos dedos de frente se traga que haya destruido todos los depósitos, pues ¿qué dictador en su sano juicio, y perdón por el oxímoron, haría algo semejante? Sin embargo, Aust fue a Siria a verificar lo que se había hecho. Estoy convencido de que es muy bueno en su trabajo. Seguro que sabe qué destruyó Asad. Y seguro que sabe de otros escondrijos de armas.

—Pero ¿no informaría al respecto? —dijo Puller.

—Redactaría un informe oficial, por descontado. Este se distribuiría a los medios del mundo entero con arreglo a la planificación de los poderes fácticos. Pero también habría un informe extraoficial, de difusión restringida, que contaría una historia diferente.

—O sea que el público está desinformado —dijo Puller—. No tiene sentido.

—Tiene todo el sentido si después quieres presionar a sujetos como Asad o Kim Jong-un o a un sinfín de dirigentes de su calaña. Siempre te guardas un as en la manga para jugarlo cuando lo necesites. Las pruebas de que alguien como Asad mintió y no destruyó sus armas de destrucción masiva pueden ser muy contundentes cuando se usan en el futuro. Todo se basa en el momento oportuno. Todavía esperamos llegar a una solución en Siria que no conlleve una guerra abierta. Esa inteligencia puede allanar el terreno para alcanzarla.

—Pero ¿por qué los sirios permiten que Aust sepa que

existen otros arsenales secretos? Deben ser conscientes de que más adelante esa información puede usarse contra ellos.

—Eso demuestra lo importante que llega a ser un tipo como Aust. Conoce lugares como Siria como la palma de su mano. Tiene topos en todas partes. Rastrea como nadie las armas de destrucción masiva. Por eso se dedica a lo que se dedica. Y los países como Siria lo saben. Es un juego al que todos juegan. Si más adelante se juega esa baza contra Siria, responderán en consonancia. Pero así ganan tiempo. Y también ganamos tiempo nosotros para ocuparnos de países como esos con mesura y diplomacia en lugar de declarar la guerra y enviar tropas sobre el terreno. Después de Irak y Afganistán ya no tenemos agallas ni dinero para eso. Pero todavía desempeñamos un papel importante en los asuntos internacionales. El mundo espera que Estados Unidos lleve la voz cantante. Y de esta manera podemos hacerlo sin comprometer vidas ni riquezas en enormes cantidades. Todo se basa en lo que sabemos y en cuándo usamos lo que sabemos.

Puller negó con la cabeza.

—Eso está muy por encima de mi nivel salarial. Por eso solo soy un soldado que acarrea un fusil.

—No te infravalores, Puller —dijo Knox.

—Todo nos conduce de nuevo a Aust —dijo Robert—. Si le necesitan, nuestra búsqueda se restringe considerablemente.

—¿Y si lo hace *motu proprio*? —interpuso Knox—. Has dicho que Reynolds lo sedujo. Que para él era una cuestión de sexo y para ella de trabajo. Ahora bien, ¿y si está en el ajo?

—¿Con qué motivación? —preguntó Robert.

Knox se volvió hacia Puller.

—Dile lo que me has dicho antes.

—Fue quien más levantó la voz desmintiendo que Irak tenía armas de destrucción masiva —dijo Puller—. Y de todos modos entramos en guerra. ¿Y si quiere darle una lección al mundo? ¿En concreto a Estados Unidos?

—¿Ayudando a alguien como Reynolds? ¿Tal vez conduciéndola a un arsenal secreto de armas de destrucción masiva para que las use contra nosotros? —Robert negó con la cabeza—. No me parece plausible, John, la verdad.

—Bien, si no lo es, la respuesta real debe ser extrañísima, porque no se me ocurre algo que tenga sentido.

—Tenemos una ventaja táctica —terció Knox—. He estado escuchando las noticias. Las autoridades han tomado el apartamento donde estaba Schindler. Ha quedado totalmente destruido. Los apartamentos de encima y de debajo también han sufrido daños. Por suerte, parece ser que no hay víctimas colaterales. Todavía no han hecho público el nombre de Schindler. Es posible que aún no lo hayan identificado. Pero es muy probable que Reynolds piense que también estamos muertos, con el cuerpo hecho pedazos entre los escombros. Si piensa que se ha librado de nosotros seguirá adelante con su misión.

—Y quizá baje un poco la guardia —señaló Puller.

—Exacto.

—Si es así todavía tenemos una oportunidad —dijo Robert.

Puller se levantó de repente, con cara de estar muy concentrado.

—Tenemos que irnos ahora mismo.

—¿Adónde? —preguntó Knox.

—Al despacho de Reynolds en la DTRA.

—¿Por qué?

—Porque acabo de recordar que había algo en su despacho que podría hacer saltar la tapa de todo este asunto.

65

Era una casa de campo situada entre Middleburg y Purcellville, Virginia, originalmente un criadero de caballos. No quedaba un solo equino en la propiedad. Se había comprado por cinco millones de dólares en efectivo y se utilizaba unas cuatro semanas al año. El resto del tiempo su propietario viajaba por el mundo.

El Range Rover estaba aparcado en el estacionamiento adoquinado que quedaba delante de la doble puerta principal. Había servicio que se ocupaba de la casa durante el día y un cocinero por las noches por si era necesario, pero aquella noche no lo sería y, por lo tanto, solo había un ocupante en la casa.

Malcolm Aust se había puesto pantalones vaqueros, una camisa blanca más bien holgada y arremangada y unos zapatos Ferragamo sin calcetines. Llevaba su riqueza con absoluta soltura porque la había poseído toda su vida. No había ganado un solo céntimo de su fortuna por sí mismo, pero consideraba que su trabajo como inspector de armas de destrucción masiva justificaba que viviera rodeado de lujos. Tenía cincuenta y cuatro años, pero parecía más joven porque tenía dinero para cuidarse. Hacía ejercicio, solo comía productos ecológicos y las comidas se las preparaban personas que sabían lo que hacían. Su mente era ágil y estaba llena de datos importantes, confidencias impagables y una sofisticada estrategia mundial que ejecutaba diligentemente.

Rodeó la pequeña mesa que habían dispuesto en la biblioteca. Era una estancia forrada de madera con tres paredes de librerías y armarios y ventanas que daban al jardín. Aust gustaba de rodearse de tomos gruesos, y él mismo había escrito unos cuantos.

Dicho sea en su favor, a diferencia de otros dueños de hermosas bibliotecas, había leído casi todos los libros de las estanterías.

La mesa estaba puesta para dos. La cena propiamente dicha aguardaba en una mesa auxiliar, tapada para mantenerla caliente. Había dos copas de vino encima de la mesa. Miró la hora en su reloj y descorchó una botella de su reserva personal. Aquella botella era especialmente buena, y deseaba que la velada también lo fuese.

Oyó que se aproximaba un coche. Oyó la portezuela al cerrarse y el clic-clac de unos tacones sobre los adoquines.

Aust sirvió las dos copas de vino. Después se volvió y cruzó el vestíbulo hacia la puerta principal. Segundos después la abrió y allí estaba ella.

Reynolds iba vestida tan seductoramente como cuando cenaron en el restaurante. Bueno, quizá iba un poco más seductora.

La sonrisa de Susan Reynolds fue cálida y coqueta e intrigantemente sugestiva. Aust notó un cosquilleo de deleite que le bajó del cogote a la base de la columna vertebral.

Se besaron. Reynolds prolongó el contacto de sus labios con los suyos. La mano de Aust se deslizó un poco más allá de la cintura y la agarró donde la carne era mullida. A través de la tela del vestido sus dedos se deslizaron por encima de las braguitas.

Al parecer Reynolds estaba dispuesta a dar un paso más aquella noche.

—Es como si nuestra cena hubiese sido hace mucho tiempo —dijo Aust tras apartarse de ella para cerrar la puerta.

—Demasiado tiempo —convino ella—. Te extrañé en cuando te marchaste.

La condujo a través del vestíbulo hasta la biblioteca.

Cuando vio la mesa puesta Reynolds exclamó:

—Qué delicia, Mal.

Aust le tomó la mano y se la besó.

—Igual que mi invitada. Deliciosa.

Reynolds rebosó de alegría.

—Si sigues por ese camino pensaré que tienes intenciones.

—Bueno, permíteme aclararlo ahora mismo. Las tengo.

—Pensaba que estarías agotado después de tus últimos viajes. Me sorprendió que tuvieras tiempo para cenar conmigo anoche. Me he quedado atónita cuando me has llamado para que nos viéramos hoy. Atónita pero encantada —agregó.

—Me paso la vida viajando. Estoy acostumbrado. Aunque este último viaje ha sido especialmente arduo, debo reconocerlo. Hace semanas que regresé, pero sigo estando agotado.

—Zaire no es un sitio en el que sea fácil entrar ni salir —observó Reynolds.

—Desde luego que no. Pero la misión era muy importante.

—Tal vez una de las más importantes que has llevado a cabo, Mal, y eso es decir mucho.

—¿Nos sentamos? He servido tu vino predilecto.

Reynolds echó un vistazo a la botella y sonrió.

—Esto simboliza muchos recuerdos felices para mí.

—Pues confiemos en que esta noche se sume a la lista.

Se sentaron a la mesa.

—Me figuro que la DTRA debe estar en una situación terrible ahora mismo —dijo Aust con tristeza—. Donovan era un buen hombre. Muy bueno en su trabajo.

—Ha sido espantoso. Estamos totalmente confusos.

—Y después esa explosión en un edificio de apartamentos en el D. C.

—Desde luego. También estoy enterada. Se desconoce la

causa. Hay víctimas, pero todavía no han dado los nombres. Aunque dudo de que guarde relación con la muerte de Donovan.

—¿Y con el trabajo en el Centro WMD?

Reynolds abrió las palmas de las manos.

—Tal como acabas de decir, la misión es demasiado importante. Aunque nuestro jefe haya muerto, tenemos que seguir adelante.

—Por supuesto —dijo Aust.

—Aun siendo un lugar remoto, Zaire te habrá parecido un poco pintoresco después de la violencia que reina en Siria.

Aust se encogió de hombros.

—Me he enfrentado a muchos dictadores como Asad. Se sale con la suya en la medida en que puede. Miente, engaña y oculta cosas.

—¿Cuántas armas químicas tiene en reserva?

—Susan —dijo Aust en un tono de amable amonestación.

—Sé que te gusta guardar las cosas en secreto, pero ¿ni una pista? —preguntó Reynolds con dulzura.

—Ni siquiera para ti, querida. Pero cuando salga el informe oficial podrás leerlo entero.

Alzó su copa y le indicó que hiciera lo mismo.

Brindaron y bebieron un sorbo de vino.

Aust se limpió la boca lentamente con la servilleta.

—Tengo que aplaudirte por hacerme reparar en la situación tan calamitosa en potencia que se vive en África.

—Bueno, nuestro trabajo en el Centro consiste en localizar ese tipo de coyunturas y cortarlas de raíz, si es posible.

—Circularon rumores de que se había militarizado, pero creía que solo eran eso, rumores. ¿Cómo te las arreglaste para averiguarlo? No me lo has contado.

—A través de distintos canales. Tenemos observadores en todas partes. Incluso en el remoto Zaire. Pero solo nos habían llegado generalidades, Mal. Fuiste tú quien les siguió el rastro.

—Quizá llegamos un poco tarde a la fiesta —dijo Aust, arrugando la frente con preocupación.

Reynolds dejó la copa en la mesa.

—¿Tarde? ¿Y eso?

—Saldrá en mi informe sobre Zaire, pero sobre esto puedo darte un pequeño adelanto.

Dejó la copa en la mesa y frotó el índice y el pulgar.

—Te he visto hacer esto otras veces. Cuando estás muy nervioso —agregó Reynolds.

Aust pasó por alto el comentario y dijo:

—Te había comunicado detalles sobre el objetivo.

—Correcto. Y los trasladé a quien correspondía.

—Verás, cuando llegamos al objetivo nos pareció que alguien había estado allí antes que nosotros.

—¿Quién?

—Todavía no lo sabemos. —De pronto dio un palmetazo en la mesa que por poco volcó su copa de vino—. El caso es, Susan, que estoy casi seguro de que no lo conseguimos todo.

—¿Ya has informado al respecto?

—No quiero sembrar el pánico fundamentándome en información incompleta.

—Pero ¿no tienes ninguna certeza en un sentido o en el otro?

—En el lugar del objetivo no había nadie. Solo el escondite. Donde esperábamos encontrarlo.

—¿Y bien?

—Soy muy meticuloso en mi trabajo, como bien sabes.

—Por supuesto que sí. Eres una leyenda, Mal.

—Los cilindros estaban en un búnker subterráneo. A tres metros de profundidad. Suelo de tierra, paredes y techo de bloques de cemento.

—¿Y no había nadie?

—Alguien había estado allí.

—¿Cómo lo sabes?

—Encontramos dos casquillos y rastros de sangre. Muy leves, pero ahí estaban.

—Tal como has dicho, meticuloso.

—Y había algo más en la tierra.

—¿El qué?

—Recuperamos seis cilindros, seis cilindros de un metro y medio. Cada uno pesaba bastantes kilos.

—Seguro.

—Pero el suelo era de tierra, ¿entiendes?

—¿Sí? —dijo Reynolds, expectante.

—Solo era un débil rastro. Pero era inconfundible.

—¿Qué era, Mal?

—Tres cilindros más. Se veían las hendiduras en la tierra.

—Pero ¿no estaban allí? ¿Ocultos en algún otro sitio, tal vez?

Aust negó con la cabeza.

—Lo registramos todo a fondo. No había nada.

—¿Me estás diciendo que tal vez han desaparecido tres cilindros?

—Sumándolo a los casquillos y a la sangre, creo que alguien se nos adelantó. Hablamos con unos lugareños que habían visto llegar los cilindros. Había nueve en total. De eso estaban seguros.

—¿Por qué iba nadie a llevarse solo tres cilindros?

—Quizá esperaban que no viéramos el rastro de esos. Ni del presunto ataque contra quienes los custodiaban.

Reynolds bebió un sorbo de vino.

—Siempre ha circulado el rumor de que los rusos los convierten en aerosol.

—No fue más que un rumor sin fundamento. Dudo mucho de que los rusos hayan conseguido hacerlo.

—¿Por qué Zaire precisamente?

—Bueno, es donde se desarrolló la versión más letal. Una tasa de mortalidad del ochenta por ciento. En África hay científicos, Susan. Mejores de lo que pensamos. Y partes de ese continente se han convertido en epicentros de actividad terrorista. Se está invirtiendo mucho dinero allí, y no para construir colegios o infraestructuras, sino para hacer daño en otras partes del mundo. Como por ejemplo aquí.

—Motivo por el que el Centro trabajaba en ello.

—Y me condujo en esa dirección.

—Solo disponíamos de inteligencia muy vaga. Tú hiciste el trabajo duro al seguir el rastro.

—Pero ¿y si alguien llegó antes que yo? ¿Y si alguien se llevó esos cilindros para sus propios fines?

—Esto suena muy ominoso, Mal. ¿Cómo puedo ayudar?

A modo de respuesta, Aust alargó el brazo hasta debajo de su silla, sacó una pistola y le apuntó a la cabeza.

—Puedes decirme a quién alertaste, Susan. Y qué planes tienen para los cilindros. Y puedes decírmelo ahora.

Reynolds ni pestañeó.

—Menudo cambio de tercio, Mal. No sé si he visto alguno mejor. O peor, según el punto de vista.

—Tú eras mi enlace con el Centro. Me dijiste que habías enviado materia reservada sobre el objetivo a quien correspondía. Seguro que lo hiciste. Solo necesito saber a quién.

—No sé de qué estás hablando.

—No voy a menospreciar tu inteligencia, así que te ruego que no menosprecies la mía. Donovan Carter me llamó el día en que murió. Me dijo que quería hablar conmigo sobre un asunto importante. Cuando le pregunté de qué se trataba, solo mencionó un nombre. El tuyo. Sabía que éramos amigos. Sabía que trabajábamos juntos.

Reynolds bebió un poco más de vino.

—¿Y qué dijo sobre mí nuestro difunto Carter?

—Que abrigaba dudas sobre tu lealtad. Que habían surgido problemas. Que se estaban haciendo indagaciones y estableciendo sólidos fundamentos sobre tu posible traición. Que quizá habías tendido una trampa a Robert Puller para situarte en el ISR.

—¿Tan concreto fue? Y yo que pensaba que me habían exculpado del todo.

—Es sumamente improbable, puesto que creo que hiciste que lo mataran.

Reynolds movió un dedo y lo miró con malicia.

—Sin embargo, cenaste conmigo la misma noche en que murió. ¿No tienes corazón, Mal?

—Como puedes comprender, no quería creer eso de ti. Tienes un intelecto de primera. —Su mirada recorrió el cuerpo de Reynolds—. Junto con otros atributos.

—Tengo la impresión de que esta noche me he arreglado sin motivo. —Sonrió afectuosamente, entornando los ojos—. Sin embargo, parece ser que te he hecho divagar. No tienes ni idea de lo que te vas a perder esta noche, Mal. Tu sentido de la oportunidad es horrendo.

—¡Deja de portarte como si esto fuese un juego, Susan! ¿Realmente niegas algo de lo que he dicho?

Reynolds se encogió de hombros.

—Veo que has tomado una decisión. Y nunca me ha gustado perder el tiempo, Mal. Lo siento. Me gustabas. Te lo digo de verdad.

—Me utilizaste para conseguir lo que querías.

—Así es. Pero verás, solo utilizo a quienes realmente me gustan. Y solo para que lo tengas claro, los rusos sí consiguieron convertirlo en aerosol. Hace unos cuantos años. Después los muy desgraciados se las apañaron para perderlo en África. Esos fueron los cilindros que recuperaste. Y te agradezco mucho tan duro trabajo. Estaba fuera de mi alcance, por eso recurrí a mi buen amigo y verificador del START para que lo hiciera por mí.

—¿Dónde están los cilindros? —preguntó Aust enérgicamente—. Sabes tan bien como yo el daño que pueden causar. Me lo vas a decir ahora mismo o de lo contrario...

Reynolds se levantó.

—Necesito algo más fuerte que el vino. ¿El whisky está donde siempre?

No aguardó una respuesta, sino que se dirigió a un armario, abrió la puerta y sacó una botella.

Observándola atentamente, Aust no dejó de apuntarla.

—Quiero una respuesta, Susan. Si colaboras conmigo, quizá consigamos deshacer parte del daño que has hecho. Eso favorecerá tu causa más adelante.

Reynolds cogió un vaso de un estante y destapó el whisky.

—Agradezco la cortesía profesional, Mal, en serio. Es muy galante de tu parte. Pero no necesito tu consideración. Me quedo con los que me invitaron a la fiesta.

Se sirvió una buena dosis de whisky y lo removió.

—¿Traicionarás a tu país?

—Bueno, yo no lo veo así.

—¡Eres estadounidense!

Reynolds le plantó cara.

—Ya no me rijo por tan anticuadas lealtades. No me dan resultado.

Aust agarró con más fuerza la pistola.

—¡Pero qué dices! ¿Te has vuelto loca?

—Mal, deberías salir más a menudo. Porque hoy en día todo el mundo está un poco chalado.

Levantó el vaso a modo de brindis.

Un instante después una bala rompió la ventana de detrás de Aust y le dio de pleno en la nuca. Aust cayó de lado al suelo con un golpe sordo.

Reynolds bebió un sorbo de whisky y dejó el vaso en el estante. No miró a Aust al pasar por encima de su cuerpo para salir de la casa.

66

Obviamente, Robert no los acompañó a la DTRA. Sus placas les permitieron entrar en el edificio y un guardia de seguridad los escoltó hasta el despacho de Reynolds.

Mientras el guardia abría la puerta con su llave maestra, dijo:

—No regresará hasta el lunes por la mañana.

—Dudo mucho de que regrese alguna vez —dijo Puller.

Encendió las luces y cruzó el despacho para ponerse detrás del escritorio.

—¿Recuerdas que dije que había algo raro cuando salimos del despacho de Reynolds la última vez?

Knox asintió con la cabeza.

Puller cogió la foto que había visto en su visita anterior a Reynolds.

—Pues bien, esto era lo raro.

—¿Cómo así? —preguntó Knox.

Puller señaló a una Reynolds más joven en una hilera de hombres.

—Aquí la tienes.

—Muy bien, ¿y qué?

Puller pasó el dedo por la hilera de hombres.

—¿Reconoces a alguno?

—Este es Malcolm Aust. Pero ya sabíamos que estaba en el equipo de verificación. ¿Todavía sospechas que colabora con Reynolds?

Puller pasó por alto la pregunta y dijo:

—¿Reconoces a alguien más?

Knox le cogió la foto y los miró uno por uno. Cuando llegó al final de la hilera volvió al principio y los estudió con más detenimiento. Se detuvo en un hombre que estaba a la izquierda de Reynolds. Era alto, bien plantado, de facciones regulares y angulosas, un semblante verdaderamente memorable.

—Este tipo me resulta familiar.

Puller había sacado su móvil y cargó una imagen.

—Esto está sacado de una pantalla de ordenador en Fort Leavenworth.

Cuando Knox miró el retrato que aparecía en la pantalla y lo comparó con la foto, dio un grito ahogado.

—¡Dios mío, es él!

—Ivo Mesic. El supuesto croata que metió en la DB al presunto asesino de mi hermano dentro del maletero de su coche.

—¿Crees que es cómplice de Reynolds? Pero ¿por qué?

—Ella trabaja en el Centro WMD. Ambos eran verificadores del START, cosa que guarda relación con el armamento nuclear. Le daba coba a Aust, que se gana la vida localizando armas de destrucción masiva.

—De modo que están planeando algo. ¿Con una bomba atómica?

—No lo sé. Tampoco es que le gente vaya dejando bombas atómicas por ahí.

Mientras salían del edificio para ir en busca del coche, sonó el teléfono de Knox. Contestó, escuchó y después dijo:

—Muy bien, gracias por la advertencia.

Guardó el teléfono, pálida e impresionada.

—¿Qué ocurre? —preguntó Puller.

—Malcolm Aust está muerto.

—¿Qué? —exclamó Puller—. ¿Cómo ha sido?

—Esta noche tenía que llamar a Los Ángeles para participar en una videoconferencia. No lo ha hecho. Visto que no contestaba al teléfono ni al e-mail, han enviado a alguien a su casa para comprobar si estaba bien. Lo han encontrado muerto. Un disparo en la cabeza.

—Esto significa que el plan está dando fruto. Están atando todos los cabos sueltos —dijo Puller.

—Pero ¿cuál es ese plan, Puller? —espetó Knox—. No tenemos una sola pista. Y eso significa que no podemos detenerlo.

—Sí que tenemos pistas. Solo nos falta unir las piezas. Y contamos con uno de los cerebros más dotados del mundo para que nos ayude.

Pisó gas a fondo y dirigió el coche hacia el motel. Hacia Robert Puller.

Estaban sentados en la habitación del motel mirándose unos a otros. Puller y Knox habían informado a Robert sobre lo que acababan de descubrir en el despacho de Reynolds. Y también sobre el asesinato de Malcolm Aust.

—¿En qué estaba trabajando? —preguntó Robert—. Necesitamos saberlo, John. Así restringiremos las posibilidades considerablemente.

Puller sacó su teléfono y llamó al general Aaron Rinehart. El general estaba reunido, pero llamó a Puller poco después. Puller le hizo un breve bosquejo de lo que habían descubierto y de lo que sospechaban.

—Lo averiguaré, Puller —dijo Rinehart—. Entretanto me aseguraré de que todo el mundo esté en alerta máxima. Y pondré todos los recursos disponibles a buscar a Reynolds y a Ivo Mesic.

Mientras Puller hablaba por teléfono Robert tecleaba en su portátil. Cuando Puller terminó la llamada su hermano le dijo:

—Su nombre real es Anton Bok.

Dio la vuelta al portátil para que vieran una página con dos imágenes y texto.

—El Equipo de Verificación del START en los años noventa. Un informe completo con nombres, antecedentes y fotos. —Señaló una imagen—. Bok es el tercero por la izquierda. Justo al lado de Reynolds.

—¿Qué antecedentes tiene? —preguntó Knox.

—Ex militar. Ex KGB. Con el equivalente a un máster en bioquímica y un doctorado en biología molecular.

—Química y biología —dijo Puller.

—Biología molecular —subrayó Robert.

—Pero también tenía experiencia en bombas atómicas, de lo contrario no habría formado parte en el equipo de verificación —señaló Knox.

—Lo más probable es que estuviera ahí para espiar por cuenta de Rusia más que para contar cabezas nucleares —dijo Robert—. Y para reclutar a Susan Reynolds.

—Así que sus especialidades son la química y la biología —dijo Puller—. ¿Qué nos dice eso?

—No todas las armas de destrucción masiva son nucleares —dijo Robert—. Las bombas atómicas son difíciles de conseguir e imposibles de fabricar salvo si dispones de una inmensa infraestructura y de billones de dólares y años para trabajar en ello. Pero hay un sinfín de posibilidades de bioterrorismo mucho más baratas y fáciles de manufacturar. Contaminan el agua, el aire y la cadena alimentaria. Además, eso encajaría mejor con la formación de Bok.

—Me sorprende que dejara esa foto en su despacho —dijo Knox.

—Ella no sabía que habíamos seguido la pista de Ivo Mesic en Fort Leavenworth. Por lo tanto, no le preocupaba que descubriéramos su relación. ¿Recuerdas lo que dijo su hijo

Dan a propósito de su padre? ¿Que lo mataría si tuviera ocasión? Creo que Reynolds y Anton Bok son mucho más que colegas de trabajo. Seguro que disfrutaba viéndole la cara a diario. ¿Y quién iba a sospechar? ¿Que en su despacho tiene una foto de sus tiempos como verificadora del START? Es de lo más normal.

—Probablemente llevas razón, Junior —dijo Robert.

Pocas horas después sonó el teléfono de Puller. Era Aaron Rinehart. Puller escuchó y asintió con la cabeza. Se levantó.

—Rinehart ha localizado a alguien con quien tenemos que hablar.

—¿Quién es? —preguntó Knox.

—El segundo al mando después de Donovan Carter.

—¿Qué puede contarnos?

—Según parece puede decirnos en qué trabajaba Malcolm Aust.

67

Al amanecer no regresaron a la DTRA. Warren Johnson, director interino de la DTRA, estaba en unas oficinas en el D. C.

Puller condujo deprisa y aparcaron en el garaje subterráneo en tiempo récord. Él y Knox pasaron el control de seguridad y subieron en ascensor hasta su despacho.

Johnson los recibió en el vestíbulo. Era un hombre bajito, calvo, con la nariz chata y los ojos medio escondidos tras unas gafas muy gruesas. Los condujo a un despacho y se sentaron en torno a una mesa pequeña. Johnson fue directo al grano.

—El general Rinehart me dejó claro que debía ser franco y hablar libremente con ustedes acerca de todo este asunto.

—Nos sería muy útil —dijo Puller—. Me da que se nos acaba el tiempo.

—Me habló de sus sospechas sobre Susan Reynolds. Ahora mismo no expresaré mi opinión al respecto. Pero con Donovan y ahora Malcolm Aust asesinados, en realidad poco importa lo que yo opine. —Se inclinó hacia delante—. El caso es que Susan Reynolds era el enlace con Malcolm en una misión que se estaba llevando a cabo con la participación del Centro WMD.

—¿Qué misión era esa? —preguntó Puller—. ¿Estaba relacionada con armas químicas en Siria, quizá?

—No. Recibimos información sobre la existencia de un depósito secreto de Ébola-Zaire convertido en arma en África.

—¿Ébola-Zaire? —dijo Knox.

Johnson asintió con la cabeza.

—Existen cuatro tipos de virus del ébola. El Ébola-Reston es uno. Hubo mucho alboroto a propósito de este porque afectaba a los monos y estaba en una zona densamente poblada, Reston, Virginia, de ahí su nombre. Pero el Ébola-Reston no es patológico para las personas. El Ébola-Zaire, en cambio, es letal para los seres humanos.

—Ha dicho convertido en arma —señaló Puller.

—Creemos que lo han convertido en un aerosol. Significa que puede diseminarse a través del aire. Hasta ahora siempre habíamos creído que todos los brotes de ébola requerían exposición directa, intercambio de fluidos, ese tipo de cosas. Eso hacía que el virus, aun siendo extremadamente peligroso, fuese manejable en la mayoría de las situaciones. Hace unos años circuló el rumor de que los rusos habían obtenido Ébola-Zaire en aerosol, pero el rastro desapareció. Pensamos que solo era un rumor. Hasta que recibimos los últimos datos de inteligencia.

—¿Reynolds dirigía la misión por parte de ustedes? ¿También era la fuente de información?

—No está claro —dijo Johnson, muy preocupado—. Pero bien puede haberlo sido. Ella y Aust se conocían desde hace tiempo. Fue idea de ella recurrir a él para rastrear este depósito ilegal. Aust tuvo éxito. —Hizo una pausa—. Pero con un descargo de responsabilidad.

—Ya me lo figuraba —dijo Puller—. ¿Qué descargo?

—Creía que no lo había retirado todo. Al menos eso fue lo que le confió a Donovan y Donovan a su vez me lo dijo a mí.

—¿Por qué no se lo llevó todo? —preguntó Knox.

—Porque estaba convencido de que alguien había llegado antes que él y se había llevado parte de las existencias.

Knox y Puller cruzaron una mirada.

—O sea, ¿que Reynolds se aprovechó de Aust para conseguir lo que quería? —dijo Knox—. Seguramente le enviaba informes a diario. Él descubre la ubicación del alijo y se la transmite. Y ella envía a su equipo con antelación para llevarse una parte.

Johnson levantó una mano.

—No voy a especular sobre este punto. Pero no disponemos de tiempo para preocuparnos de eso. Nos enfrentamos a un grave problema si ese alijo va a ser utilizado.

—No tengo la menor duda de que se usará —dijo Puller—. Y me sorprendería mucho si no lo usaran contra nosotros.

—¿Nosotros? —dijo Johnson—. ¿Se refiere a este país?

—Me refiero a esta zona.

—¿En qué se fundamenta? —inquirió Johnson.

—En el hecho de que Susan Reynolds está aquí.

—Ébola-Zaire en aerosol —dijo Knox—. ¿De cuántas víctimas estamos hablando con la cantidad de virus que tienen?

—Sería catastrófico en una zona tan poblada como esta. Basta que una gota de líquido infectado de virus entre en el cuerpo para que sea mortal. No existe cura ni una vacuna aprobada para los humanos. Como quizá ya sepan, ha surgido otro brote en África occidental. Ha muerto mucha gente y todavía no lo han controlado.

—¿Las personas expuestas lo contagian? —preguntó Knox.

—Por supuesto. Pero lo único bueno del ébola es que, a diferencia de otras enfermedades, solo lo contagias después de haber desarrollado los síntomas, a saber, vómitos y fiebre. Sin embargo, es puñeteramente difícil diagnosticarlo porque los síntomas son semejantes a los de muchos otros tipos de enfermedad. Irónicamente, la mejor herramienta de diagnóstico es el pasaporte. Si has estado en zonas de África donde haya habido brotes de ébola, se restringen las posibilidades de diagnóstico.

—Pero ¿y si ocurre aquí? —dijo Puller—. La gente podría pensar que tiene la gripe. Y al cabo diez días o dos semanas ya lo contagiarían a un montón de semejantes sin siquiera saber que tienen el ébola.

—Es una posibilidad sin precedentes —dijo Johnson, apenado.

—¿Cuánto material se llevaron según Aust antes de que llegara al depósito?

—Tres cilindros de metro y medio. Puede parecer que no es mucho, pero en forma de aerosol basta muy poco para causar estragos. Y la infección a través de los pulmones, que están cuajados de vasos sanguíneos que recorren todo el cuerpo, es bastante rápida.

—¿Qué fue de los cilindros que recuperó? —preguntó Puller.

—Se transportaron a un recinto de alta seguridad, equipado para hacer frente al bioterrorismo. Está previsto examinarlos a fondo y después serán destruidos.

—¿Todavía no ha comenzado el examen?

—No. Preparar esas cosas requiere tiempo para garantizar que se hacen con garantías. El examen quizá nos conduzca a quienes diseñaron el arma. En cuyo caso me imagino que habría serias consecuencias.

—¿Podrían ser los rusos? —preguntó Knox—. Tengo entendido que ustedes piensan que la sustancia procede de allí.

—Es harto probable. Y tal como está el mundo ahora mismo, con Rusia volviendo a levantar su cabeza imperialista, las cosas pueden llegar a desestabilizarse un poco.

—Creo que ya están bastante desestabilizadas —intervino Puller.

—¿Quienes se infecten de esta manera podrán contagiar a los demás simplemente respirando cerca de ellos, o será necesario un intercambio de fluidos corporales u otra clase de contacto? —preguntó Knox.

—No puedo contestar con certeza porque nunca nos hemos enfrentado a algo semejante. Nuestra gente está trabajando en ello, pero no espero una respuesta rápida. Los científicos son muy suyos. Pero en el peor de los casos, quienes se infecten a través del aire pueden infectar a los demás de la misma manera: una tos, un estornudo. Con lo cual tenemos un efecto multiplicador. Miles. Cientos de miles. Sería como una película catastrófica de Hollywood.

—Así pues, ¿los cilindros convertidos en aerosol son como las bombonas de oxígeno? —preguntó Puller.

Johnson asintió con la cabeza.

—Sí. He visto fotos de los que encontró Aust. Tienen exactamente ese aspecto. ¿Piensa que pueden desplegarlos en algún lugar de esta zona?

—El D. C. es la capital. Si usted quisiera hacer una gran declaración de intenciones, ¿en qué otro lugar lo haría? —dijo Puller.

—Pero ¿dónde, Puller? —preguntó Knox—. Hay demasiados objetivos que cubrir.

—Vamos a ver —dijo Johnson—, muchos objetivos obvios tienen monitores de aire que detectan gran variedad de patógenos con vector de propagación aérea y también cualquier variación de la composición normal del aire que circula por los conductos de ventilación. Muchas instalaciones importantes los tienen. La Casa Blanca, el Departamento de Seguridad Interior... la lista es larga. Si se detecta una variación o un patógeno concreto, el sistema de ventilación se cierra de inmediato y se ponen en marcha multitud de procedimientos que incluyen la posible evacuación o incluso la cuarentena, en función de lo que haya exactamente en el aire.

—Bueno, no deja de ser un consuelo —dijo Knox.

—Pero no sé con certeza si muchos de los monitores desplegados pueden detectar el ébola en forma de aerosol, puesto que hasta ahora no sabíamos que existiera ese agente biológico.

—Vaya, el consuelo acaba de salir por la ventana —dijo Knox.

Sonó el teléfono de Puller. Era su hermano. Fue a un rincón del despacho y refirió a Robert lo que Johnson les había contado.

—El ébola diseminado en forma de aerosol es algo muy serio, John.

—Ya lo he visto. Nuestro problema es que sabemos que está aquí. Solo que desconocemos cuál será el objetivo. Y aunque nos restrinjamos a esta zona, y en eso podría equivocarme por completo, sigue habiendo un montón de opciones. Y dudo de que quieran hacerlo público por miedo a que cunda el pánico.

—Bueno, es comprensible —respondió Robert—. Pero le he estado dando vueltas. Y he hecho unas cuantas llamadas.

—¿Has hecho llamadas? —dijo Puller, sorprendido.

—Sí. Me he hecho pasar por ti. Tenemos la misma voz, hermano, por si no te has dado cuenta. En fin, me he puesto en contacto con un tipo que está en Leavenworth, el sargento primero Tim McCutcheon. Me ha dicho que ya había hablado contigo.

—Cierto. Fue quien nos dijo que Ivo Mesic se dio el piro de allí el día que el ucraniano intentó matarte en la DB. ¿Por qué querías hablar con él?

—Porque tiene expedientes del programa de Estudios Militares para Extranjeros.

—¿Y eso por qué te interesa?

—Porque creo que le interesaba a Ivo Mesic. O, mejor dicho, a Anton Bok.

—No te sigo, Bobby —dijo Puller, a todas luces frustrado—. Y se me está acabando el tiempo, así que sé lo más claro que puedas.

—Creo que Bok estaba en Leavenworth para algo más que colar a mi presunto asesino en la base. Lo veo como un tío polivalente que no perdería el tiempo sentado en un aula durante un mes entero. Pienso que estaba allí para aprender lo que necesitaba aprender.

—¿Y eso qué sería?

—Sus estudios comprendían algunos temas interesantes

sobre el mundo militar estadounidense. Pero uno en concreto me llamó la atención.

—¿Cuál?

—Un curso titulado «Mando y Control Estadounidense: Una historia del Pentágono». El curso incluye un estudio fascinante y exhaustivo de las instalaciones. Bastante exhaustivo. Cuenta cómo funciona todo, John. De las cafeterías al aire acondicionado. De los cinco anillos al programa de Biovigilancia.

—¿Lo dices en serio?

—Me parece que en el futuro querremos ser un poco más reservados con nuestra información, sobre todo con quienes visten un uniforme distinto.

—Gracias, Bobby.

Knox, que había oído parte de la conversación, corrió a su lado.

—¿Qué ocurre?

Puller ya estaba marcando un número en el teclado de su móvil.

—Soy el suboficial mayor John Puller. Tengo que hablar con el general Aaron Rinehart, y tengo que hacerlo ya.

La voz le preguntó en referencia a qué.

—Al apocalipsis —dijo Puller—. Dígale que es sobre el apocalipsis.

68

Llegaron al Pentágono a primera hora de la mañana, cuando multitud de personas se dirigían al edificio a trabajar. Rinehart se reunió con Puller y Knox en una de las entradas con miembros de la Agencia de Protección del Pentágono y varios hombres vestidos con uniformes contra riesgos biológicos. Tenían dos carritos de golf consigo. Puller dedicó un par de minutos a informarlos a todos para que supieran a qué podían estar enfrentándose.

—¿Ébola convertido en arma? —dijo el jefe de la Agencia de Protección, un hombre llamado Ted Pritchard—. ¿En forma de aerosol? ¿E introducido a través del sistema de aire acondicionado?

—Sí —dijo Puller.

—Este lugar está lleno de monitores de aire. Tomas exteriores situadas en el interior. El sistema detecta alteraciones y partículas extrañas. Incluso el ébola.

—Pero aunque lo detecte, la gente ya estará infectada cuando se cierre el sistema —dijo Puller.

—¿Dónde demonios piensa que está? —le ladró Rinehart.

Puesto que Puller no contestó, Pritchard dijo:

—Tenemos siete plantas, dos de ellas subterráneas, seiscientos tres mil metros cuadrados, doce hectáreas y veintisiete kilómetros y medio de pasillos. Y miles de personas trabajando. No es una aguja en un pajar. Es una aguja en medio de una puñetera granja.

—La última vez que estuve aquí faltó poco para que chocara con alguien que arrastraba un carro lleno de bombonas de oxígeno. ¿Dónde podía dirigirse? —preguntó Puller.

Rinehart miró a Pritchard.

—¿Sabe la respuesta?

—El Anillo E es donde tienen sus despachos los oficiales de mayor graduación. Cuando se efectuaron las obras de reforma se configuró para sellarlo y conectarlo a un sistema de suministro de oxígeno de emergencia.

—Mando y control —dijo Puller en voz baja. Se volvió hacia Pritchard—. ¿Dónde está la reserva de oxígeno para este sistema de emergencia?

El Pentágono consistía en cinco anillos pentagonales concéntricos comunicados por diez pasillos radiales. Su coste original fue de ochenta y tres millones de dólares y se construyó en solo dieciséis meses durante la participación de Estados Unidos en la Segunda Guerra Mundial. Aun siendo enorme, se diseñó para poder ir de un punto a otro del edificio en siete minutos.

Con los carritos de golf, Puller y compañía tardaron cuatro minutos. Durante el trayecto Puller dijo en voz baja a Rinehart:

—James Schindler ha muerto.

Rinehart demostró un enorme dominio de sí mismo al recibir la noticia.

—¿Cómo lo sabe? —preguntó en voz baja.

Puller le explicó lo que había ocurrido en el edificio de apartamentos.

—Me enteré viendo el telediario —dijo Rinehart, negando con la cabeza—. Pero no sabía que Jim estuviera involucrado.

—Tardarán un poco en identificarlo —dijo Puller tristemente—. Pero yo estaba allí y por poco acabo muerto también.

—¿Y Reynolds?

—También estaba, pero escapó.

—Quiero que me lo cuente todo, Puller, pero no ahora.

—De acuerdo.

El suministro de oxígeno estaba emplazado en el sótano, cerca del Pasillo 3. La puerta estaba cerrada. La abrieron y entraron en tropel.

—¿Qué buscamos? —preguntó Rinehart.

Puller examinó los cilindros.

—Estos parece que llevan un tiempo aquí. Y son diferentes de los que vi. Verdes, no plateados. ¿Puede comprobarlo?

Pritchard corrió a un terminal de ordenador encastrado en la pared, tecleó una contraseña y después otras teclas. Leyó lo que apareció en la pantalla y se volvió hacia Puller.

—Se sustituyeron hace unos dos meses.

—¿Hay otro lugar donde se guarden cilindros?

—No, señor.

—No es posible. Estuve aquí hace poco y vi un carrito cargado de cilindros. Faltó poco para que me arrollara.

—Bien, pues no los entregaron aquí.

Rinehart agarró a Puller del hombro.

—¿Piensa que ha interpretado esto incorrectamente? Es posible que no estén aquí, Puller. Quizá estemos perdiendo un tiempo muy valioso.

Knox lo miró.

—¿Dices que viste el carrito con los cilindros cuando estuviste aquí?

Puller asintió con la cabeza y señaló a Rinehart.

—Usted estaba conmigo, señor. ¿No recuerda haberlo visto? Tuve que sostenerle cuando dio un traspié.

Rinehart reflexionó un momento y de pronto abrió mucho los ojos.

—Sí que lo recuerdo. Nos topamos con un carrito motorizado que transportaba lo que parecían bombonas de oxígeno.

Puller se volvió hacia Pritchard.

—¿Adónde irían con ellas?

—No lo sé con certeza.

—Bueno, aquí no están —dijo Knox.

Salieron deprisa de la habitación. Puller se puso a caminar a grandes zancadas pasillo abajo mientras los demás subían a los carritos y lo seguían. Knox también fue a pie y lo alcanzó.

—¿Adónde vas? —preguntó.

—Espero ver algo que me conduzca a otra cosa.

—Pero ¿buscas algo en concreto?

—Sí. Otra manera de diseminar el virus.

—¿Cuál podría ser si no son los conductos del aire? Así es como se disemina cualquier arma química en aerosol.

Puller no la estaba escuchando. Se había parado, con la mirada perdida.

Rinehart saltó de uno de los carritos y agarró a Puller del brazo.

—¿Tenemos que evacuar, Puller? Esto es el maldito Pentágono. Llevará tiempo.

Puller tampoco lo escuchó. Corrió a una pared y arrancó un trozo de papel sujeto con cinta adhesiva. Lo leyó y se volvió al grupo de hombres.

—¿Hoy está previsto un simulacro de incendio?

—Sí —dijo Pritchard. Miró el reloj—. Dentro de unos ocho minutos. ¿Por qué?

—¡Y no se le ha ocurrido decirlo! —rugió Puller.

Pritchard se enfureció.

—Ha dicho que el ébola circularía por los conductos del aire. Nadie ha mencionado el sistema antiincendios.

—No tenemos tiempo para una pelea de gallos —espetó Knox.

—¿Hay aspersores en todo el edificio?

Pritchard señaló el techo. Todos levantaron la mirada y vieron un aspersor metálico.

—Formaba parte de la renovación que se estaba llevando a cabo antes del 11-S. Irónicamente, la parte que recibió el impacto del avión había sido la primera en ser renovada. Es la razón principal por la que el edificio no se derrumbó de inmediato cuando chocó el avión. Habíamos reforzado la estructura exponencialmente. A pesar de todo, Dios veló por nosotros aquel día.

—Esperemos que hoy también esté de guardia —dijo Puller.

—Oye, Puller —exclamó Knox—. No se puede desplegar un arma en aerosol a través de una red de aspersores.

—El caso es que hemos dado por sentado que es un aerosol porque todo el mundo decía que lo era. Johnson dijo que ni siquiera habían empezado a examinar los cilindros que encontró Aust. No saben qué contienen. Pero en un cilindro también se puede transportar agua. Y en la red de aspersores no hay monitores, ¿verdad?

Pritchard negó con la cabeza.

—El agua es agua. Viene por una tubería específica para el sistema antiincendios.

—¿Está separada del agua potable? —dijo Puller.

—Sí. Solo abastece la red de aspersores. Se diseñó para que no tuviéramos que preocuparnos de que faltara presión de agua en caso de incendio.

—Bien, pues quizá hoy esa agua no sea solo agua. Y el agua cubrirá mejor a todo el mundo que enviando el virus por los conductos de aire —señaló Knox. Miró el aspersor que tenían encima—. El agua llegará a todas partes, contaminará todas las superficies. Penetrará por los ojos, por la boca o por cualquier herida en la piel. Será una pesadilla. Y excepto nosotros nadie sabrá que los están rociando con ébola en lugar de simple H_2O.

—Pero ¿cómo lo conectarían a la tubería? ¿Y cómo la abrirán?

—La segunda respuesta es sencilla —dijo Puller—. Y quizá la primera también. Cuando empiece el simulacro de incendio, saltará una alarma, ¿verdad?

Pritchard asintió.

—Correcto. Sonará la alarma.

—¿Y la gente tendrá que evacuar?

—¿Podemos ir más deprisa? —dijo Knox, pero Puller levantó la mano, aguardando la respuesta de Pritchard.

—No. Sería demasiado alboroto para un simple simulacro. Todo el mundo debe dirigirse a los distintos puntos donde se prepararía la evacuación. Se les dará información detallada sobre qué hacer y por dónde evacuar en caso de una emergencia real.

—Muy bien, ¿y los aspersores no se activarán?

—No, por supuesto que no —contestó Pritchard.

—Pues me parece que esta vez lo harán. Salta la alarma y se abre el agua. La gente pensará que ha sido un fallo mecánico. O quizá que casualmente se ha declarado un incendio de verdad. O que el sistema de alarma ha sufrido un corto circuito.

—Y muchos se irán a casa a cambiarse de ropa —agregó Knox.

—Y contaminarán a miles de personas que a su vez contaminarán a miles más —dijo Puller—. Y el Pentágono estará contaminado durante años. Quedaría inutilizable. Nadie querría regresar. Hay que reconocer que estos cabrones han pensado bien las cosas.

—¡Nos quedan menos de siete minutos, Puller! —dijo Rinehart.

Puller agarró a Pritchard del brazo.

—¿Dónde está la toma de la tubería?

—¡Por aquí! Llegaremos en tres minutos.

Subieron a los carritos y se marcharon a toda prisa. Las personas que circulaban por los pasillos se volvían a mirarlos, intuyendo que algo iba mal.

Mientras avanzaban a toda mecha Rinehart dijo con preocupación:

—La gente está empezando a ponerse nerviosa, Puller.

—Pues que se ponga nerviosa. Solo tenemos que impedir que muera.

—Pero deberíamos evac...

—General, por lo que sabemos tienen vigilado este sitio. Si iniciamos un éxodo en masa podrían acelerar lo que hayan planeado. Salvo que usted sepa cómo sacar a hurtadillas de este edificio a miles de personas.

Rinehart cerró la boca y miró hacia delante, con la frente sudorosa y los ojos llenos de preocupación.

Cuando Pritchard abrió la puerta de la gran sala principal de la red de agua, Puller y los demás se pusieron a registrar el lugar frenéticamente. Puller los encontró, astutamente escondidos en un marco de metal que sujetaba la inmensa tubería que abastecía la red de aspersores. Los tres cilindros plateados estaban conectados a la tubería de tal manera que se vaciaran directamente en el agua que iba a los aspersores.

—¿Con qué frecuencia se revisa este lugar? —preguntó Puller.

—No estoy seguro —dijo Pritchard—. Probablemente no muy a menudo. No hay necesidad de hacerlo más de una vez al mes.

—¿Aunque hoy haya un simulacro de incendio? —dijo Knox.

—Solo es un simulacro. Nadie espera que los aspersores se activen. Solo quieren poner a prueba las alarmas y asegurarse de que la gente sigue el plan de evacuación. El centro de control de alarmas está ubicado en otra parte del edificio.

—¿No se pueden arrancar sin más estos cilindros? —preguntó Rinehart.

Puller negó con la cabeza.

—Tardaríamos demasiado. Y quizá tengan un explosivo camuflado. De hecho, me sorprendería que no lo tuvieran.

—¿Y si cancelamos el simulacro? —sugirió Rinehart.

—De nada serviría, señor —dijo Puller—. Estoy convencido de que lo que han planeado se llevará a cabo en cualquier caso.

—Si el virus del ébola está mezclado con agua, quizá se haya diluido —dijo Rinehart.

—Johnson nos dijo que basta con que una gota de líquido mezclado con ébola entre en el cuerpo para que mueras —dijo Knox.

—¿Desde dónde se corta el agua? —preguntó Puller.

—Desde allí —dijo Pritchard.

Corrieron al rincón. Knox lo vio primero.

—Lo han saboteado —dijo—. Han roto la palanca.

—Podemos llamar a la compañía de aguas y ver si pueden cortarla ellos —dijo Pritchard.

—Buena suerte con el servicio al cliente —dijo Puller—. Habremos muerto de ébola y usted todavía estará a la espera escuchando una canción de los Bee Gees.

—Tenemos que hacer algo —gritó Rinehart—. Solo nos quedan minutos.

Puller seguía inspeccionando el lugar.

—El virus no puede infectar a la gente mientras la red de aspersores no se active.

—Pero seguro que han preparado un dispositivo que lo haga —le espetó Rinehart—. De lo contrario todo esto carece de sentido.

Puller se volvió hacia él.

—Lo entiendo, señor. Pero si descubrimos cómo tienen previsto activar el sistema y lo neutralizamos, después podremos ocuparnos de los cilindros con las medidas de seguridad necesarias.

Miró a Pritchard.

—¿Pueden activarlo a distancia, con un ordenador?

—No. Sería muy mal diseño si alguien pudiera hacerlo a distancia cuando no se ha detectado un incendio. El agua causaría muchos destrozos.

De repente Rinehart tuvo una idea.

—Pero ¿se puede desactivar a distancia el sistema de aspersores? Quiero decir con los controles informáticos.

Pritchard negó con la cabeza.

—Negativo, señor. También se trata de un dispositivo de seguridad. No queremos que alguien lo piratee y desactive el sistema. Pues entonces si hubiese un incendio no tendríamos con qué combatirlo.

Puller seguía buscando.

—La mejor manera de activar la red de aspersores es encender un fuego. Las llamas y el humo dispararían la alarma y los aspersores.

—Eso es obvio —dijo Knox—. Pero ¿dónde? Tal como dice Pritchard, este sitio es enorme.

—Tiene que ser un sitio poco frecuentado. De lo contrario alguien podría verlo y avisar.

—¿Y si esos tipos están dentro del edificio ahora mismo —dijo Pritchard—, y van a activarlo directamente?

—Dudo mucho de que quieran estar aquí si van a soltar agua contaminada con ébola —dijo Puller.

—Exacto. Querrán estar lo más lejos posible —dijo Rinehart.

—Igual que yo —murmuró Knox.

Puller miró a Pritchard.

—Si los aspersores se activan, ¿lo harán en todo el Pentágono? ¿Aunque el origen del incendio sea pequeño o esté controlado en una zona concreta?

—El sistema de aspersores va por zonas —contestó Pritchard—. Por ejemplo, como esta sala alberga el suministro principal de agua para la red de aspersores, un incendio aquí dentro pondría en marcha una distribución de agua a gran escala. La teoría es que si el fuego inutiliza el suministro de agua a los aspersores conviene mojar la mayor superficie posible antes de que eso ocurra. —Señaló hacia arriba—. Y encima de nosotros está el Anillo E. Hay muchos oficiales de alto rango ahí arriba. El agua sin duda los alcanzaría.

Puller todavía buscaba.

—Corrieron un riesgo importante trayendo aquí esa mierda. Pero llegar a un lugar es más fácil que llegar a un segundo lugar. Corres el riesgo de que te detengan y se descubra todo el plan. Esta sala es la clave. Según lo que ha dicho Pritchard un fuego aquí dentro liberaría una tonelada de agua.

—¿Aquí dentro? —dijo Rinehart.

—Sí. Si pueden hacer todo lo que quieren en un mismo lugar, seguramente será el que hayan elegido.

Mientras Puller deambulaba por la sala levantó la vista.

—Allí —gritó. Estaba señalando un rincón oscuro del techo, a unos doce metros de la tubería de agua—. Es el mejor sitio para poner el detonador justo aquí, donde están los cilindros y la toma de agua.

—Nos quedan dos minutos, Puller —advirtió Rinehart.

—Es como una gran pastilla de encender fuego —dijo Puller mientras Knox acudía a su lado—. Seguramente pensaron que con esto bastaría. No alcanzará la tubería de agua ni afectará al sistema de aspersores. Pero tendrá un punto de inflamación, mucho humo y llamas. Y al final el fuego quemará esta sala hasta tal punto que se tardará mucho en encontrar esas bombonas adicionales. Para entonces casi todo el edificio podría estar contaminado.

—Bien, pues arránquelo y larguémonos de aquí —vociferó Rinehart.

—Señor, cuando estalle todavía estaremos dentro del edificio por más prisa que nos demos con los carritos. Y la onda expansiva activará los aspersores estemos donde estemos. Tenemos que desactivarlo aquí y ahora.

Sacó una navaja de un bolsillo y se la pasó a Knox.

—Súbete a mis hombros.

—¿Qué?

Puller le dio la vuelta, le agarró las caderas, se agachó y la levantó, sentada sobre sus hombros, con una pierna a cada lado de su cabeza y mirando en la misma dirección que él.

—Dime qué ves —dijo Puller.

—Una caja negra con un temporizador led.

—¿Qué marca el temporizador?

—Veinte segundos y contando.

—Arranque el detonador de la pastilla —dijo Pritchard.

—No son tan idiotas —gritó Puller—. Eso no hará más que acelerar la detonación.

—Tiene razón —dijo Rinehart con la voz tomada—. Mierda, se nos acaba el tiempo.

—¿Cuántos cables? —preguntó Puller.

—Dos. Uno rojo y uno negro.

—¿Los dos son de un solo cordón?

—El rojo es doble.

—Probablemente será el falso. Si cortas ese se acelera la cuenta atrás de golpe.

—¡Probablemente! —le espetó Rinehart—. ¿No lo sabe seguro? No tenemos tiempo para probabilidades, Puller.

—Corta el rojo, Knox —gritó Puller.

—Si acabas de decir que es el falso.

—¡Corta el rojo ya!

—Estás...

—Puller —chilló Rinehart—. No nos queda...

—Ahora, Knox —gritó Puller—. ¡Córtalo!

Knox cortó el cable rojo y cerró los ojos.

Se oyó un pum, un siseo, y todos aguantaron la respiración.

Finalmente Knox abrió los ojos y se encontró observando una pastilla de encender fuego que no había ardido. Soltó el aire y susurró:

—Gracias, Señor.

—Perfecto —dijo Puller, después de soltar el aire a su vez.

Knox lo miró desde arriba.

—Lo hemos conseguido. Misión cumplida.

Puller negó con la cabeza.

—No. No mientras Susan Reynolds y Anton Bok anden sueltos.

Acto seguido se disparó la alarma de incendios. Por suerte, los aspersores no.

69

Puller estaba sentado en una silla y miraba con atención a su hermano. Robert ya estaba al corriente de lo que había ocurrido en el Pentágono.

Knox estaba sentada en el borde de la cama entre ambos. Había oscurecido. Llovía. Las manos de Knox temblaban un poco.

—El ruido de la maldita lluvia me hace pensar en lo que podría haber sucedido hoy en el Pentágono —dijo.

—La brigada de riesgos biológicos ha conseguido desconectar los cilindros de la tubería de agua —dijo Puller—. Lo están limpiando todo, comprobándolo todo.

—¿Así que convirtieron el ébola en aerosol en un arma química acuosa? —preguntó Robert.

—No lo sé, Bobby —dijo Puller con cautela, frotándose la cara—. Lo están investigando. La amenaza ha sido neutralizada, pero el problema no está resuelto.

—Porque Reynolds y Bok andan sueltos —respondió Robert.

—Todo el mundo los está buscando —agregó Knox—. No podrán esconderse mucho tiempo.

—No estés tan segura —dijo Puller en tono de advertencia—. Hasta ahora han conseguido hacer casi todo lo que querían.

—Excepto matar a todo el mundo en el Pentágono —repuso Knox.

—¿Dónde crees que pueden estar? —preguntó Robert.

—Bueno, no los veo del tipo que abandona una lucha, sobre todo después de que les hayamos chafado el plan —dijo Puller.

—O sea, que andan por aquí intentando hacer otra cosa. ¿Un plan B?

Puller se encogió de hombros.

—Supongo que solo es eso, una suposición. —Se calló y miró con solemnidad a su hermano—. Ha llegado la hora, Bobby.

—¿La hora de qué? —dijo Knox enseguida.

—De que me entregue —contestó Robert en voz baja.

Knox miró incrédula a Puller.

—¿Qué? ¿Te has vuelto loco?

—No hay más remedio, Knox —dijo Puller.

Knox se levantó.

—No sabes lo que dices. Todavía no tenemos pruebas de su inocencia. Lo encerrarán otra vez en la DB. Y esta vez no volverá a salir.

—Mi hermano tiene razón —dijo Robert.

—¿Y qué piensas hacer? ¿Presentarte tranquilamente y rendirte?

—No exactamente —dijo Puller—. Hay que preparar el terreno.

—¿Qué terreno? —preguntó Knox.

—Haces muchas preguntas —dijo Puller.

—Normalmente las hago cuando no me dan respuestas —replicó Knox.

—¿Cómo quieres que lo hagamos, Junior? —dijo Robert.

Puller se levantó.

—Necesitaré un poco de tiempo para juntar las piezas. Quédate aquí.

Knox también se levantó.

—Voy contigo.

—No tienes por qué —dijo Puller.

—Lo sé muy bien. Voy contigo por decisión propia.

—Puedo exponer y defender el caso de mi hermano.

Knox sonrió con recato.

—Nunca lo he puesto en duda. Pero siempre es mejor que te acompañe alguien que tenga mucha labia. Y huelga decir que yo la tengo.

—Te refieres a mentir —dijo Puller.

—Me refiero a presentar el mejor caso posible usando los hechos o casi hechos que tenemos a mano. —Hizo tintinear las llaves de su coche—. Vámonos.

Después de lo ocurrido en el Pentágono, Rinehart los recibió de inmediato. Puller habló veinte minutos. Knox hizo lo mismo otros cinco.

Cuando terminó, Rinehart no dijo palabra. Permaneció sentado en su silla, con las manazas entrelazadas encima del escritorio.

Más de una vez Knox miró a Puller, pero ese no apartaba los ojos de Rinehart.

Finalmente, el tres estrellas carraspeó y dijo:

—No puedo decir que apruebo lo que ha hecho porque no es así. La tarea que le encomendamos era arrestar a Robert Puller, no trabajar con él. Desobedeció esa orden.

—En efecto, señor.

—Eso podría conllevar un consejo de guerra por cobijar a un fugitivo a quien podría haber enviado a la DB.

—Me consta, señor.

—¿Él dónde está?

—En un motel, en Virginia.

—¿Y dice que les ha estado ayudando?

—Fue quien señaló que el Pentágono era el objetivo. De no haber sido por él...

Rinehart interrumpió.

—El virus se habría extendido. Miles de personas habrían muerto. La cúpula militar de este país estaría diezmada.

—Cierto, señor —dijo Knox, mirando inquieta a ambos hombres—. En mi opinión, se ha redimido de sobra.

—No es una cuestión de redención —vociferó Rinehart—. Es una cuestión de derecho. —Miró a Puller—. Tiene que entregarlo de inmediato.

—Lo haré con una condición.

Rinehart lo fulminó con la mirada.

—No está en posición de imponer condiciones, Puller.

—Solo una condición.

—Sé lo que ha hecho, soldado. Ha arriesgado su vida para salvar vidas. Pero está bailando peligrosamente cerca del precipicio.

—Tienen que dar protección a mi hermano.

—¿Protección?

—No puede regresar a la DB. Todavía no.

—Todavía están en libertad, señor —intervino Knox—. Reynolds, Bok y Dios sabe quién más. Entraron en el Pentágono. Tienen espías, según parece, en todas partes. Sabrán que Robert Puller desbarató su plan.

—También lo hicieron ustedes dos. Si él necesita protección, ustedes también.

Knox miró a Puller.

—Quizá no sea mala idea, al menos durante una temporada —dijo.

—¿Y qué pasa con Reynolds y Bok?

—Los atraparemos, Puller —respondió Rinehart—. Hay miles de agentes buscándolos. Tenemos controladas todas las entradas y salidas del país. No escaparán. —Hizo una pausa—. Aceptaré su condición si ustedes aceptan la mía. Estarán bajo protección junto con su hermano. Así permanecerán a salvo y nosotros tendremos tiempo de resolver la situación. Bastante han hecho ya.

—Esto no me gusta —dijo Puller—. Estoy en deuda con

esas personas, señor. Les debo un contraataque con todo lo que tengo a mano.

—Lo comprendo, soldado. Pero las tres estrellas que llevo en los hombros significan que la diferencia entre nuestros rangos es abrumadora. Y usted va a estar rebajado de servicio porque se lo ordeno yo. No tengo costumbre de repetirme. ¿Entendido?

Ante el mutismo de Puller, Knox lo agarró del brazo.

—Puller, es la única solución. No tienes elección. Ahora no puedes tirarlo todo por la borda. Has luchado demasiado duro.

Puller apartó un momento la vista y después miró a Rinehart.

—Entendido, señor.

70

El general Rinehart estaba sentado frente a Robert Puller en la casa de seguridad donde los habían confinado. Era una casa de tres habitaciones al final de una calle sin salida en un barrio de Maryland que había sufrido muchos procedimientos de ejecución hipotecaria durante la crisis económica. Eso hacía que estuviera aislada, pero también que fuese más segura. Había agentes en un perímetro de seguridad alrededor de la casa, así como en el interior. Un helicóptero la sobrevolaba cada dos horas.

Rinehart iba de uniforme; Robert Puller llevaba vaqueros y camiseta. Sin embargo, ambos hombres parecían estar en pie de igualdad.

Rinehart dijo a Robert:

—Quiero pensar que es inocente de todos los cargos, Puller. No quiero que regrese a la DB. Pero eso no depende de mí.

—Lo comprendo, señor.

Puller y Knox se mantenían a cierta distancia, aguzando el oído.

—Seré franco con usted —dijo Rinehart—. A pesar de lo que me han contado que hizo para evitar un desastre en el Pentágono, no hay pruebas fehacientes para revocar su condena.

—Esto también lo comprendo, señor.

—Y, sin embargo, se ha entregado.

—Fue idea de mi hermano, y estuve de acuerdo. Nunca tuve intención de escapar y desaparecer, pero la oportunidad se presentó sola. Una vez fuera, mi objetivo fue demostrar mi inocencia y después intentar reparar los daños que habían causado los verdaderos traidores.

—Se refiere a Reynolds.

—Bueno, es la única que sigue viva. Daughtrey y Robinson han muerto. Y traicionaron a su país bajo coacción. Después tenemos a Anton Bok, el agente ruso que reclutó a Reynolds.

—Todavía me cuesta creerlo.

—Supongo que no se ha presentado a trabajar en la DTRA.

Rinehart negó con la cabeza.

—No, está desaparecida. Su casa está vacía. Todo indica que ha huido.

—Habiendo desbaratado su plan en el Pentágono, tampoco es de extrañar —dijo Puller.

—Pero eso no demuestra su inocencia.

—No, ya lo sé. Directamente, no. Pero espero que se plantee una duda lo bastante razonable para que al menos se autorice un segundo juicio.

—Tampoco depende de mí, pero usaré mis influencias para intentar que se lo concedan.

—Se lo agradezco, señor —dijo Puller.

—Es asombroso que tuviéramos una espía en un puesto tan alto. Y que consiguiera matar a Daughtrey, a Schindler y a Carter.

Robert asintió.

—Está muy capacitada. Y no actúa sola. Bok también es muy competente. Consiguió una plaza en el programa para militares extranjeros de Leavenworth. Consiguió colar a un asesino en la base. Creo que es una pieza fundamental del complot contra el Pentágono.

—Así pues, ¿Rusia está detrás de todo esto?

—Es posible que Bok esté actuando para una tercera parte, pero según lo que nos dijo Reynolds, creo que está trabajando para la madre Rusia, sí.

—Encajaría con lo que han estado haciendo últimamente —dijo Rinehart.

—Responde a su afán de dominio regional. Y si Bok está trabajando para los rusos, significa que Reynolds también. No es una gran planificadora. Pero es muy hábil ejecutando los planes de otros. Lo descubrí cuando trabajé con ella en el STRATCOM.

—Me parece que un tribunal militar te absolvería —terció Knox.

Robert la miró.

—Mi fuga no me valdrá muchos puntos a favor, pero, una vez que explique por qué, me gustaría creer que lo entenderán.

—Opino que ahora mismo lo más perentorio es asegurase de que no te maten —agregó Puller.

Rinehart se mostró un tanto escéptico.

—¿Piensa realmente que intentarán algo? Me inclino a pensar que es más probable que intenten largarse a Moscú.

—He visto a Reynolds de cerca y diría que es de las que detestan perder. Y cuando pierde, toma represalias. Además, odia a mi hermano. No querría tenerla como enemiga. Pregunte a su marido muerto.

—¿De veras piensa que tuvo mano en eso? —dijo Rinehart, de nuevo escéptico.

—Creo que participó a dos manos —contestó Puller con firmeza.

Rinehart se levantó.

—Bien, pondré las cosas en marcha. Habrá muchos obstáculos que sortear y no hay garantías.

—Nunca he esperado que las hubiera —dijo Robert.

Cuando Rinehart se hubo marchado, Puller se sentó al lado de su hermano.

—Saldrá bien, Bobby.

—No me dores la píldora, Junior. Los dos sabemos que pinta muy mal. Está muy bien sentarse aquí con Rinehart para charlar, pero los jueces y los abogados quieren hechos. Y creo que no los tenemos.

—Hay una manera de conseguir pruebas irrefutables —dijo Puller.

—¿Cuál?

—Encontrar a Reynolds y obligarla a decir la verdad.

—Tienen a un montón de gente buscándola —señaló Robert.

—Dudo de que logren seguirle el rastro —dijo Knox.

—Podemos encontrarla —dijo Puller.

Robert y Knox lo miraron.

—¿Cómo? —preguntó Knox—. Estamos encerrados en una casa de seguridad.

—Hay una persona con la que no he hablado —dijo Puller.

—¿Quién es? —preguntó su hermano.

—La hija de Susan Reynolds. Quizá tenga alguna pista sobre el paradero de su madre.

—¿Y cómo vas a ir a hablar con ella? —preguntó Robert.

—Saliendo por la puerta para ir a verla.

Y John Puller se levantó y eso fue lo que hizo.

71

Puller entró en la tienda de ropa poco antes de la hora de cierre. La joven que estaba detrás del mostrador levantó la vista.

—¿Qué se le ofrece? Estaba a punto de cerrar la puerta.

—He llamado antes para verla. Soy John Puller. —Le mostró la placa—. ¿Es usted Audrey Reynolds?

—Ah, claro —dijo ella, frunciendo el ceño—. Sí, soy Audrey. Deme un segundo.

Fue a colgar el cartel de cerrado en la puerta y después la cerró con llave. Se volvió hacia Puller.

—La verdad es que no sé qué puedo contarle.

—Nada demasiado complicado. He hablado con su madre. Ahora me gustaría hablar con usted. —Echó un vistazo a la tienda. Para él todas las prendas estaban diseñadas para mujeres muy jóvenes que quisieran lucir un aspecto de putilla—. ¿Qué tal va el negocio?

—Bien —dijo Audrey—. Oiga, ¿realmente tenemos que hacer esto?

—Es importante —respondió Puller.

No era tan alta como su madre, pero sí más gruesa y robusta. Debía de parecerse a su padre, pensó. Llevaba la melena castaña suelta sobre los hombros. Era guapa de cara, pero se la veía cansada. Seguramente lo estaba, concluyó Puller, después de una larga jornada de pie vendiendo al por menor.

Audrey suspiró.

—De acuerdo. Vayamos a sentarnos, al menos. Tengo un despachito en la trastienda.

Fueron allí y se sentaron a una pequeña mesa ovalada.

—¿Quiere café? —preguntó Audrey.

—No, gracias.

Audrey se levantó, se sirvió un tazón de café recalentado y se sentó delante de él.

—Muy bien, ¿qué quiere saber?

—¿Ha visto a su madre últimamente?

Audrey bebió un sorbo de café antes de contestar.

—Hará cosa de una semana. Cenamos juntas.

—¿De qué hablaron?

—De cosas, cosas personales. Cosas del negocio. Me ayuda con la tienda. De vez en cuando nos reunimos para ver cómo va todo.

—¿Dispone de recursos económicos para eso?

—Oiga, seguro que la ha investigado. Sabe que recibió una indemnización del seguro cuando mataron a mi padre. Invirtió muy bien. No es súperrica, pero no tiene que preocuparse por el dinero. Y es muy generosa conmigo.

—La tienda es muy bonita.

—Gracias. Siempre quise tener mi propio negocio. Me encanta el diseño de modas. Mi madre cuida de mis sueños.

—Tengo entendido que viajaba mucho cuando usted era pequeña.

—En efecto, ayudaba a desmantelar armas nucleares. Un trabajo muy bueno, ¿verdad?

—Sí. Muy importante. Dígame, ¿qué recuerda sobre la muerte de su padre?

Audrey se quedó perpleja ante el cambio de rumbo de la conversación.

—¿Por qué lo pregunta? Fue hace mucho tiempo.

—Para recabar tanta información de antecedentes como pueda. Quizá sea un fastidio, pero forma parte del procedimiento.

Audrey asintió y agarró el tazón con las dos manos.

—Poca cosa, en realidad. Me había roto una pierna. Recuerdo que me dolía muchísimo. Hacía un calor insoportable. Papá salió y poco después la casa estaba llena de polis y agentes del FBI. Mi madre llegó a casa al día siguiente y se encargó de todo. Como siempre hace.

—¿Ha vuelto a hablar con ella desde la última vez que la vio?

—Un par de veces.

—¿Qué le dijo?

—Oiga, era personal.

—De acuerdo, ¿alguna vez le ha mencionado a un hombre que se llama Anton Bok?

—No.

—¿Alguna vez ha visto a este hombre?

Le pasó una foto de Bok. Audrey la miró mientras Puller no le quitaba el ojo de encima, buscando algún indicio de que lo conociera. Audrey le devolvió la foto.

—No, nunca he visto a este tipo. No parece, o sea, no parece estadounidense. Y esos nombres tampoco lo son.

—Es ruso.

—¿Y dice que mi madre lo conoce?

—Trabajó con él cuando verificaban la reducción de cabezas nucleares.

—¿Se refiere a cuando hacía su trabajo? —preguntó sarcástica.

—Sabemos que su madre tiene una cabaña en Rappahannock County, Virginia.

La sorpresa de Audrey pareció sincera.

—No lo sabía.

—¿Sabe qué otras propiedades tiene?

—Tiene un apartamento en Wintergarten, una estación de esquí cerca de Charlottesville.

—¿Sabe la dirección?

Se la dijo a Puller, que la anotó.

—Muy bien. ¿Algún otro sitio aparte de la casa en Springfield?

—Que yo sepa, no.

—¿Le ha dicho si tiene planes de salir del país?

Audrey se levantó.

—Escuche, ¿qué demonios está pasando?

Puller cerró su bloc de notas y se levantó.

—Lamento tener que decirle que su madre es sospechosa de espionaje.

—¡Mentira! ¿Qué pruebas tiene?

—Me temo que no puedo decírselo.

—Porque no tiene ninguna.

—Ningún hijo quiere pensar algo semejante sobre uno de sus padres. Pero la estamos investigando. De lo contrario no estaría aquí.

—¡No le creo!

Puller bajó la vista al teléfono móvil de Audrey, que estaba encima de la mesa.

—¿Por qué no intenta llamarla ahora mismo?

—¿Para qué?

—Solo para saludarla.

—¿Por qué? ¿Para poder rastrear la llamada? —dijo Audrey en tono acusador.

—No he traído el equipo necesario para rastrear llamadas. Y usted tendría que hablar un buen rato para que pudiera hacerlo. Solo dígale hola y que le gustaría verla pronto. Esto no será un problema, ¿verdad, Audrey?

—No hay problema —dio Audrey enojada—. Pero no tengo ganas de llamarla, ¿de acuerdo?

—Audrey, este asunto es muy grave. No quiero pensar que usted esté implicada. Creo que está atrapada en medio de algo y que no debería ser así. Quiero ayudarla a salir de esta. De modo que llame a su madre. Esto no tiene que ver con usted. Tiene que ver con ella.

Sin apartar la vista de los ojos de Puller, cogió el teléfono y marcó un número.

—Manos libres, por favor —dijo Puller.

Audrey pulsó el botón y dejó el teléfono encima de la mesa. Puller oyó el tono de llamada y después el contestador con la voz de Reynolds. Cortó la llamada y dijo:

—Si tiene noticias de ella, llámeme, por favor.

Le dio una tarjeta que Audrey cogió a regañadientes.

—¡Mi madre no ha hecho nada malo!

—Entonces no tiene por qué preocuparse, ¿verdad? —dijo Puller.

Las lágrimas habían empezado a resbalar por las mejillas de Audrey.

—¡Es un mierda! ¿Se entera? ¿Cree que puede entrar aquí y echarme toda esa basura encima?

Parecía dispuesta a tirarle el tazón de café.

—Usted llámeme, Audrey. Cuando hable con ella.

Puller dio media vuelta y salió de la tienda, subió al coche y regresó a la casa de seguridad.

72

Susan Reynolds apagó el rastreador que estaba conectado al micrófono oculto que había puesto en el vehículo de John Puller mientras estaba aparcado delante de la tienda de su hija. Había seguido la señal electrónica hasta allí.

O casi hasta allí.

Había girado dos calles antes que Puller, pero había observado el punto del rastreador hasta que llegó a su destino. Después se dirigió al motel donde estaba registrada bajo un alias. Había pagado la habitación con dinero en efectivo. Envió un e-mail encriptado con la dirección de la casa de seguridad.

Horas después sonó su teléfono. Contestó. Era Anton Bok.

—He reconocido la zona —dijo Bok—. Es una casa de seguridad. Cinco agentes en el exterior. Mi sensor térmico indica la presencia de cinco en el interior. Seguramente John Puller, Knox y Robert Puller, además de dos agentes.

--Un total de nueve agentes contando a John Puller y a Knox —dijo Reynolds.

—Formidable, pero no imposible —dijo Bok con calma—. No obstante, podemos dejarlo correr. Vivamos para luchar otro día.

Reynolds negó con la cabeza y sonrió.

—Anton, nuestros días de lucha han terminado. Pero lo hemos pasado bien. Más de veinte años. Lo del Pentágono obviamente no ha dado resultado, pero sí casi todo lo demás. Es un historial para estar orgullosos. Hemos servido bien a nuestros jefes. Hemos sido los mejores espías que han tenido jamás. Y los idiotas de aquí no han sospechado de mí en todos estos años. Hasta ahora.

—Mi país está orgulloso, Susan. Muy orgulloso de mí. Y de ti. Nos esperan con los brazos abiertos.

—Pero hay un asunto inconcluso —dijo Reynolds.

—Inconcluso —convino Bok—. Robert Puller.

—He terminado por detestar a su hermano casi tanto como a él.

—Pues dos pájaros de un tiro —dijo Bok.

—Tres, contando a Knox. No me olvido de ella. ¿El jet privado está listo?

—En cualquier momento. Mañana podemos estar en Rusia. Tenemos una medalla que entregarte.

—Prefería con mucho una velada contigo.

—Tendremos muchas. Hay una dacha muy bonita cerca de San Petersburgo que será nuestra. Tiene jardín.

—Me gustan los jardines. Sigue con el reconocimiento.

—La casa está al fondo de una calle sin salida. La puerta principal da directamente a la calle. Las casas de ambos lados están vacías. Las patrullas exteriores son escalonadas. Hay un garaje donde guardan los coches.

—¿Y mi posición?

—Hay un sitio perfecto para ti. Un montículo al oeste, en el mismísimo final de la calle en dirección opuesta a la casa de seguridad. La casa que había antes está demolida, así que la línea de tiro es directa. Mil doscientos metros aproximadamente, con una buena trayectoria en ángulo descendiente hasta el objetivo.

—He tirado más lejos con los ojos cerrados.

—Lo sé muy bien. Pero tienes que ser rápida. Sacarte será la parte más difícil.

—No tengo intención de entretenerme. Y tampoco es que tenga que matarlos uno por uno.

—Iré personalmente a recogerte.

—¿Y después a Rusia?

—Y después a nuestra nueva vida en paz.

A las tres de la madrugada Susan Reynolds montó su nido de francotiradora en el promontorio, después de que Anton Bok le hubiese confirmado que estaba despejado. Sacó de un estuche su arma favorita. Era un fusil Barret M82, conocido en las Fuerzas Armadas de Estados Unidos como el M107. El suyo era un M107 configurado especialmente, que podía disparar una munición sin igual.

Con aquella arma, un miembro del Ejército de Estados Unidos había matado de un tiro a un enemigo en 2008 desde más de dos mil metros de distancia. El récord mundial de muerte en combate a distancia lo ostentaba un británico. Había matado a un afgano desde casi dos mil quinientos metros de distancia.

El disparo de Reynolds sería desde una distancia mucho más corta, pero aun así requería una enorme destreza. Y contaba con la mejor tecnología para ayudarla, incluidos un telémetro láser, las mejores ópticas de largo alcance, una central meteorológica portátil y software de predicción balística de última generación.

Pero en realidad solo necesitaba su mira telescópica y su arma. Sería literalmente como disparar a la pared de un cobertizo. Tenía un cargador automático para alimentar de munición el M107. Sacó uno de los proyectiles y lo examinó. El cartucho de calibre cincuenta tenía la punta verde y un anillo gris. Los entendidos lo conocían como cartucho de efecto combinado.

Volvió a meter la bala, instaló el fusil, se agachó detrás de él y se acomodó. El freno de boca desmontable y el compensador de retroceso estaban al final del cañón para amortiguar mejor la sacudida. La empuñadura trasera tenía un solo tubo de apoyo. El doble pie anterior estaba hincado en el suelo para mejorar la tracción.

Conectó la mira y miró a través de ella. Barrió el terreno con el arma, fijándose en puntos a la derecha y la izquierda del objetivo antes de apuntar derecho a la casa de seguridad.

La última patrulla había pasado minutos antes. La casa estaba a oscuras. Sus ocupantes seguramente estarían durmiendo. No vio siluetas moviéndose en el interior. Bien, nunca sabrían cómo habían muerto.

Vació los pulmones, redujo el pulso hasta un ritmo aceptable y templó los nervios. Aunque en realidad sabía que difícilmente podía fallar a tan corta distancia y con aquel objetivo en concreto. No con la munición que había cargado.

Disparó una vez y la bala voló como un rayo hasta colisionar con la casa. El cartucho era un HEIAP, siglas de munición explosivo-incendiaria antiblindaje. El proyectil de calibre cincuenta llevaba incorporado un penetrador de tungsteno de calibre treinta. Podía explotar a través del blindaje de tanques, paredes de ladrillo y bloques de hormigón. El revestimiento de madera y los tabiques de mampostería no suponían un auténtico desafío.

El explosivo Comp A que contenía el cartucho estalló al impactar, destruyendo toda la fachada de la casa. El suministro de gas natural se inflamó, haciendo saltar el tejado por los aires y extendiendo el fuego a las casas vecinas.

Reynolds volvió a disparar y destrozó la camioneta aparcada delante de la casa. Las cuatro ruedas se levantaron del suelo mientras el vehículo se desintegraba. Disparó una vez más contra la casa y otra explosión iluminó la noche. Otra pared de la casa se derrumbó hacia dentro. El interior era pasto de las llamas. Otra explosión derribó la chimenea de ladrillo.

Reynolds aguardó pacientemente para ver si alguien salía corriendo de la casa. Si se diera el caso, recibiría un calibre cincuenta de pleno. Lo atravesaría y explotaría en el otro lado.

Disparó otras tres veces, destruyendo los demás vehículos

de los guardias de seguridad. Uno aterrizó directamente en medio de la calle, bloqueando el acceso. Las llamas y el humo cubrieron el suelo y comenzaron a ascender, llenando el cielo nocturno como un incendio incontrolado.

Como Reynolds ya no podía ver sus objetivos, decidió que por aquella noche había terminado. Quienquiera que hubiera en la casa estaría muerto. Era imposible sobrevivir a semejante ataque. Ahora solo faltaba un trayecto en coche hasta el jet y podría dar comienzo su nueva vida en Rusia.

Estaba a punto de levantarse de detrás del arma cuando una bala le dio en el hombro izquierdo.

Al principio se quedó tan impresionada que no se dio cuenta de que le habían disparado. La bala la había atravesado antes de incrustarse en la tierra. Tenía la clavícula rota y los ligamentos destrozados. Sangraba, pero la bala le había dado con tanta fuerza que la herida estaba casi cauterizada y la pérdida de sangre era mínima.

Asqueada tras la impresión del disparo, Reynolds se puso de pie con esfuerzo, agarrándose el brazo inútil. Miró frenéticamente en derredor para ver desde dónde le habían disparado. Pero solo vio oscuridad. Abandonó el arma y fue bajando a trompicones por el sendero que la llevaría hasta el coche donde la aguardaba Bok. Oyó que alguien se le acercaba por detrás. Intentó huir, pero su perseguidor iba más deprisa que ella.

Reynolds se volvió, tropezó con un arbusto y cayó al suelo, chillando de dolor.

Se dio la vuelta y levantó la vista.

John Puller la estaba mirando, con el fusil al hombro y su pistola apuntándola.

Al ver quién era, gritó:

—¡Me han disparado!

—Ya lo sé. He sido yo.

—Cabrón. ¡Miserable cabrón!

Puller no le hizo caso y habló por el *walkie-talkie*.

—Envíen una camilla. A lo alto del promontorio. Una

herida de bala. No hay peligro de muerte, no es preciso que corran.

—Te mataré. Lo juro por Dios.

Intentó darle una patada, pero falló. Se puso a gemir agarrándose el brazo.

Puller se arrodilló a su lado.

—Solo hay una diferencia clave entre el tiro olímpico y el combate, Susan. Quizá lo hayas pasado por alto. —Hizo una pausa—. En una Olimpiada nadie te devuelve los disparos.

73

Con las armas desenfundadas, Knox y Robert se aproximaron al coche aparcado en un lado de un camino trasero. Los agentes de seguridad que los custodiaban se habían dispersado en busca de Anton Bok, pero Knox y Robert habían permanecido juntos y enfilado aquella dirección, mientras que los demás se habían dirigido hacia otras zonas. Knox llegó la primera al coche y se asomó al interior.

Estaba vacío.

—¡Cuidado! —gritó Robert—. A las seis.

Knox saltó por encima del capó una fracción de segundo antes de que el fuego de ametralladora barriera la parte delantera del coche, reventando un neumático y un faro.

Knox cayó pesadamente al suelo en el otro lado del coche y soltó la pistola.

Robert disparó al tirador, pero Bok ya se había resguardado detrás de un árbol. Se asomó y disparó otra ráfaga, sembrando de balas el lugar desde donde Robert había disparado. Corteza y hojas cayeron de los árboles.

Pero eso fue todo, porque Robert ya no estaba allí.

Bok volvió a resguardarse y se trasladó a otro punto.

Knox se arrastró por el suelo y recuperó su pistola. Echó

un vistazo rápido por encima del coche y pegó unos cuantos tiros en dirección a Bok.

Ninguna de las balas dio en el blanco porque Bok estaba cambiando de sitio otra vez. Daba un rodeo con la intención de atacar a Knox por su flanco descubierto.

Knox lo dedujo y gateó deprisa hasta la parte trasera del coche.

Bok salió de entre los árboles un instante después y acribilló el coche a balazos. Los neumáticos de aquel lado se deshincharon y una de las balas alcanzó el depósito de gasolina. El combustible empezó a salpicar el camino.

Bok se tomó un momento para recargar su arma.

—¡Apártate, Knox! ¡La gasolina! —gritó Robert

Knox miró hacia él, después miró la gasolina y después el lugar donde había estado Bok hasta momentos antes.

Dio media vuelta y se echó a correr mientras Robert salía al claro al mismo tiempo que Bok.

Ambos hombres dispararon a la vez.

Bok había recargado la ametralladora con balas incendiarias. Cuando alcanzó el depósito de gasolina, el Ford sedán explotó.

Un trozo de carrocería pequeño, pero aun así letal, salió despedido hacia Robert. Intentó esquivarlo, pero el metal le dio en el brazo, abriéndole un tajo y haciéndole soltar el arma. Estupefacto, se agarró el brazo ensangrentado y buscó a Knox desesperado.

—¡Knox!

No hubo respuesta.

Miró al otro lado del camino mientras el humo empezaba a disiparse. A través de las llamas que devoraban el coche vio a Bok de pie, apuntándole directamente.

—Susan está herida y arrestada —gritó Robert.

Bok no contestó. Dio unos pasos al frente. Disparó una ráfaga a los pies de Robert. Y después otra. Robert retrocedía sujetándose el brazo.

Bok siguió avanzando.

—Pues no me queda nada por lo que vivir, ¿no?

—Eso depende de ti —dijo Robert.

—No me imaginaba que alguien como tú pudiera ser tan, ¿cómo lo decís?, afortunado —dijo Bok—. Susan tenía mucho más talento. Era mucho más abnegada. Se preocupaba mucho más que tú.

—Por los rusos.

—Le hice ver la luz. Ese era mi trabajo.

—Y el de ella era no convertirse en una vil traidora. En eso diría que fracasó estrepitosamente. Y, por cierto, la hemos hundido en la miseria.

—Vuestro país ya ha pasado a la historia. Ahora les toca a los nuevos líderes del mundo. Las barras y estrellas ya no cuentan. Ella lo supo ver claramente, aunque tipos como tú no os percatéis.

—¿Y piensas que Rusia llenará ese vacío? —preguntó Robert, incrédulo—. Tenéis un líder descamisado, una economía totalmente basada en combustibles fósiles y unas fuerzas armadas que ni siquiera son capaces de controlar sus propias armas atómicas. No es una gran receta para el dominio. Más bien para un rápido declive.

Bok se detuvo a pocos pasos de Robert y después miró a un lado.

—Cuéntaselo a ella —dijo, señalando algo con el cañón de su arma.

Robert miró hacia donde señalaba.

Knox estaba tumbada en la hierba bajo los árboles, con un lado de la cabeza ensangrentado. Respiraba con dificultad.

A Robert le temblaron los labios.

—No saldrás vivo de aquí, Bok.

Bok no dijo palabra.

—También puedes matarme a mí —dijo Robert—. Pero acabas de echar por tierra tu única escapatoria.

—Tal como he dicho, ya no me importa. No sin Susan. Estábamos enamorados, ¿sabes?

—Dudo mucho de que personas tan retorcidas como vosotros sean capaces de amar.

Bok levantó el arma y apuntó a la cabeza de Robert.

—Esta va por Susan.

Con el rabillo del ojo Robert vio que Knox se incorporaba despacio, pistola en mano. Disparó. Un tiro dio de pleno a Bok en medio de la cabeza. Se desplomó.

Robert volvió la vista atrás. El disparo de Knox había errado el blanco. El otro disparo, no.

John Puller estaba bajando su fusil de francotirador. A tan corta distancia era un arma devastadora contra la carne, los huesos y los sesos.

—Y esta va por mi hermano —le dijo al muerto.

Detrás de él llegó un grupo de enfermeros con equipo médico y una camilla. Pasaron corriendo por encima de Bok para ir a socorrer a Knox. Puller corrió junto a su hermano y le examinó el brazo ensangrentado.

—¿Está muy mal? —preguntó.

—No demasiado. Me repondré. Ocúpate de Knox. Está peor que yo.

Puller llamó a un enfermero, que sentó a Robert y empezó a curarle la herida.

Puller fue a la carrera hasta donde Knox estaba tendida en la hierba y se arrodilló a su lado. Dos enfermeros habían empezado a examinarla.

Knox levantó la vista y dijo:

—¿Le he dado? ¿He matado a Bok?

—Has pillado a ese desgraciado. Está muerto.

Knox esbozó una sonrisa y se tocó la cabeza.

—Me duele un montón. Más que la cadera.

—Me lo imagino, estos chicos se ocuparán de ti.

—¿Me pondré bien?

—No te quepa duda.

—¿Me estás mintiendo?

—La verdad es que nunca te he mentido, Knox.

Knox alargó el brazo y le asió la mano.

—¿Tu hermano está bien?

—Listo para que nos marchemos. Céntrate en ti misma.

—Duele a rabiar.

Puller miró a uno de los enfermeros.

—¿Pueden hacer algo al respecto? ¿Ahora mismo?

—Lo estamos intentando, señor —dijo el enfermero.

Puller se volvió hacia Knox.

—Haremos que tu madre venga y se quede contigo mientras te recuperas.

—¿No quieres quedarte conmigo? —musitó Knox.

—Me refiero a los tres. Me gustaría conocerla.

—Creo... creo que te caerá bien.

—Si se parece en algo a ti, seguro que sí.

—La hemos atrapado, Puller. Esta vez la hemos atrapado.

—Sí, la hemos atrapado. Los hemos atrapado a los dos.

—Esto duele mucho, John.

Puller le estrechó la mano con más fuerza.

—Te pondrás bien, Veronica.

—Eres un buen hombre, John Puller. Una excelente persona.

Knox cerró los ojos lentamente.

74

Puller abrió la puerta, la cerró a sus espaldas y se sentó a la pequeña mesa delante de ella. Dejó la carpeta que llevaba encima de la mesa.

Susan Reynolds llevaba mono naranja de preso y las manos y los pies esposados. El hombro y el brazo izquierdo estaban enyesados. Miraba impasible a Puller desde el otro lado del tablero de madera.

—¿Qué tal el alojamiento, Susan? —preguntó Puller.

—Maravilloso. Hacía años que no estaba tan cómoda.

Puller echó un vistazo al yeso.

—Los médicos tienen instrucciones de tener cuidado con los analgésicos. No quieren que te vuelvas adicta.

—Estaba convencida de que tenía que darte las gracias a ti.

—Siento lo de Anton. Por desgracia perdió la cabeza en la casa de seguridad.

Reynolds siguió mirándolo sin inmutarse.

Puller abrió la carpeta.

—Puesto que a duras penas soporto respirar el mismo aire que tú, vayamos al grano.

Deslizó un documento hasta ella, que ni siquiera lo miró.

—¿Qué es? —preguntó con indiferencia.

—Una confesión. Una confesión detallada no solo de lo que has hecho últimamente, sino de lo que hiciste para inculpar a mi hermano. Solo tienes que firmarla.

—Y tú solo tienes que meterla en una trituradora en cuanto te vayas, porque no pienso firmar nada.

Puller se recostó en la silla.

—Firmas la confesión y la pena de muerte queda descartada.

—¿Una inyección letal? Adelante. Asesinaste a Anton. ¿Qué me importa vivir un segundo más?

—No lo asesiné. Le disparé antes de que asesinara a otros.

—Esa es tu versión de la verdad. Me quedo con la mía. Así que tu ventaja es menos que cero, Puller. Mátame. Acabemos de una vez. Y que tu hermano regrese a prisión a pudrirse hasta el fin de sus días. Incluso con lo que ha sucedido ahora, no hay pruebas para revocar su condena. Seguro que eso me hará sonreír cuando le diga adiós a este desdichado mundo.

—¿Aun habiéndole tendido una trampa para incriminarlo? Es inocente. Lo sabes de sobra.

Reynolds puso cara de aburrida.

—¿Cuántos dispositivos de vigilancia hay aquí dentro? ¿Tres? ¿Diez? —Levantó la voz—. Para que conste, Robert Puller es culpable como el pecado. Robó información clasificada. Se reunió con un conocido espía iraní. Trabajaba conmigo para derrocar el gobierno de Estados Unidos. Es pura escoria. Esto es lo que declararé a cambio de un trato que me permita vivir en paz y tranquilidad en una prisión de mínima seguridad con la posibilidad de que se me conceda la libertad condicional dentro de cinco años.

Se volvió hacia Puller y sonrió burlonamente.

—Siempre hay que tener un plan de emergencia. —Hizo una pausa, estudiándole el semblante—. ¿Nunca te preguntaste quién te había enviado el mensaje de texto diciéndote que no te fiaras de Knox?

Puller permaneció callado, a la espera.

—Lo envié yo.

—¿Por qué, si creías que trabajaba contigo?

—Porque no me lo acabé de creer. No me fío de nadie. De nadie en absoluto. Excepto de Anton. Ya sabes lo que dice el refrán: divide y vencerás. Si os matabais entre vosotros, tanto mejor.

—¿Cómo fue lo de planear el asesinato de tu marido?

—Estaba en Rusia, a miles de kilómetros —dijo Reynolds, burlona.

—Ya, Rusia, tu país de adopción. Pero me pregunto dónde estaba tu amigo Anton.

—Bueno, nunca lo sabremos, puesto que lo asesinaste.

—Tu hijo sabía lo que habías hecho. Me lo contó. Me llamó cuando te detuvieron. Me dio las gracias por haber cerrado el caso satisfactoriamente.

—Al pobre Danny siempre le costó un poco asimilar las cosas. Pasaba demasiado tiempo en un mundo de fantasía. Y además era el ojito derecho de su padre. Le faltan cojones.

—Es fiscal del FBI, con un historial de condenas impresionante.

—¿De verdad crees que me importa?

—Lo que digo es que no le engañaste.

—Y mi respuesta sigue siendo la misma. Me importa un bledo.

—¿Orquestaste mi secuestro en Kansas?

Reynolds asintió con la cabeza.

—Tanto si nos decías lo que sabías como si te cerrabas en banda, te habríamos matado. Solo jugamos contigo. Lo que cuenta es el estilo. Anton y yo teníamos mucho. Otros se habrían limitado a pegarte un tiro.

—Vaya, pues tu estilo dio a mi hermano la oportunidad de salvarme la vida.

Reynolds cambió de postura en la silla para rascarse el hombro con la barbilla.

—Me gustaría saber cómo lo lograste —dijo—. ¿Cómo sabías que íbamos a atacar la casa de seguridad?

—Dan me dijo que tú y tu hija estabais muy unidas. Así

que fui a ver a Audrey. Sabía que te llamaría después de que yo la llamara para fijar una cita. Y tú me seguirías hasta la casa de seguridad.

—Pero la hice estallar. Balas incendiarias.

—Pero no estábamos dentro de la casa.

—Te vi entrar. Y no volviste a salir. Anton vigilaba la parte de atrás. Te habría visto.

—Esa casa de seguridad lleva mucho tiempo en la red y, por consiguiente, ha sido remodelada. Hay una salida de emergencia que conduce a un túnel que a su vez conduce a una casa cuatro puertas más abajo. Todas las casas que la rodean están vacías, de modo que fue fácil hacerlo. Atacaste la casa correcta, pero en el momento equivocado porque no había nadie dentro. Los de seguridad exterior adoptaron la misma estrategia. No queríamos que alguien estuviera en peligro cuando abrieras fuego con tu destreza olímpica de francotiradora.

—¿Y tu disparo?

—Me figuré que aquel promontorio te proporcionaría la mejor línea de tiro. De manera que me situé a unos cien metros para vigilar aquel punto. Cuando vi el destello de tu cañón aguardé a que terminaras de disparar y apreté el gatillo.

—No eres tan buen tirador como piensas. A cien metros yo haría diana nueve de cada diez veces. —Señaló el brazo y el hombro enyesados—. Solo conseguiste herirme.

—He matado a personas desde mucho más lejos que tu tiro de la otra noche, Susan. Y estaban disparando contra mí. No te maté porque no quería matarte. Solo quería herirte. Y lo hice, y además incapacitándote.

Reynolds se mofó.

—No me lo creo.

—Soy soldado. Me gano la vida así.

—¿Por qué demonios ibas a quererme viva? —espetó Reynolds—. No tuviste reparos en matar a Anton.

—No dejé vivo al pobre Anton. Pero a ti te necesitaba viva.

—¿Por qué?

Puller echó un vistazo al papel que todavía estaba entre ambos, encima de la mesa.

—Porque necesito que firmes esto. —Sacó un bolígrafo del bolsillo y se lo ofreció—. Incluso puse cuidado en herirte en el brazo izquierdo para que pudieras firmar con la otra mano. Eres diestra.

—No tengo motivación alguna para firmar nada. Y menos algo que ayudará a Robert Puller. Que se pudra en prisión.

Había una tele atornillada en un rincón del techo. Puller cogió el mando a distancia y la encendió.

Al aparecer la imagen, Reynolds se irguió.

—¿Qué demonios es esto?

Puller se volvió para mirar la pantalla en la que Audrey Reynolds aparecía sentada en un calabozo, vestida con un mono naranja de presa, sollozando y con cara de no dar crédito a lo que le estaba ocurriendo.

—Está detenida y aguardando a que le lean los cargos —dijo Puller.

—¿Por qué? —espetó Reynolds perpleja—. ¿Qué motivos puede...?

—Como cómplice en un complot terrorista contra Estados Unidos —interrumpió Puller.

—¡No ha tenido nada que ver con esto!

Puller la miró con desdén.

—Vamos, Susan. ¿De verdad esperas que nos creamos que la hija con la que estabas tan unida no sabía nada? Hasta un fiscal novato conseguiría que la condenaran. Te telefoneó después de que yo la llamara para fijar nuestra cita.

—Me llamó, sí, pero no...

Puller dio un puñetazo tan fuerte en la mesa que parte de la madera se agrietó.

—¡Cierra el pico! ¡Y escucha!

Reynolds se quedó de piedra.

Puller se inclinó hacia delante.

—Así es como van a ir las cosas, Susan. A no ser que firmes esta confesión y aportes cualquier testimonio que sea preciso para que mi hermano sea exculpado, serás juzgada, condenada y ejecutada. —Señaló la pantalla que tenía detrás—. Al mismo tiempo tu hija será juzgada, condenada y enviada a prisión el resto de su vida sin la posibilidad de conseguir la libertad condicional. No debido a lo que hiciera ella, sino a lo que has hecho tú. Estás a punto de destrozar la vida de tu hija, Susan.

—¡Ella no sabía nada de esto! Así lo testificaré.

—¿Crees que a los de arriba les va a importar? —dijo Puller—. Además, nos la jugó de mala manera.

—¿Te refieres a la llamada? Eso no fue nada.

—Escuchamos las llamadas. Digo bien, llamadas. Porque volvió a hablar contigo cuando me marché de la tienda. Después de que le dijera que sospechábamos que eras una espía. No solo te puso en bandeja que me siguieras hasta la casa de seguridad, sino que por teléfono quedó claro que sabía que estabas involucrada en algo delictivo. ¿Y tu financiación del negocio de sus sueños? Un jurado creerá fácilmente que era en pago por ayudarte a espiar a nuestro país. Y quizá incluso para lavar dinero. Dinero procedente del terrorismo. Porque el plan del Pentágono no era un acto de guerra, era un acto de terrorismo. Y eso convierte en terrorista a cualquiera que esté implicado, sea ciudadano estadounidense o no. Y eso significa que muchos derechos legales importantes se van al garete.

Reynolds apretaba los dientes y daba la impresión de estar a punto de vomitar.

Puller prosiguió:

—Quizá no supiera exactamente qué hacíais Bok y tú, pero está claro que sabía lo suficiente para acusarla de cómplice en un atentado terrorista. Su vida ha terminado, Susan. Salvo que hagas lo que debes hacer por tu hijita.

—No... no puedo...

Puller golpeó de nuevo la mesa, pero esta vez con la palma de la mano.

—Deja que te lo aclare, Reynolds. Ante todo, he venido para que exculpen a mi hermano. Pero también he venido para darte una última oportunidad de salvar a Audrey. Creo que es inocente. Y las personas inocentes no deberían ir a prisión. ¡Como mi hermano! Pero este es un caso de seguridad nacional y están sedientos de sangre. ¡Por poco aniquilas a la cúpula militar de este país! De modo que perseguirán a cualquiera que esté a un tiro de piedra. Y eso incluye a tu hija. Los abogados del gobierno están ahí fuera, al otro lado de esta puerta, aguardando tu respuesta. Si no firmas esta confesión ahora mismo esta propuesta de acuerdo desaparece para siempre. Y tu hijita tendrá que pasar los próximos sesenta años de su vida en una prisión federal de máxima seguridad. La culpa será tuya y solo tuya. Y puedes llevarte esto contigo a la cámara de ejecuciones.

Puller dejó el bolígrafo encima de la confesión y se apoyó en el respaldo, observándola.

Reynolds le sostuvo la mirada un momento antes de dirigir los ojos hacia su hija en la pantalla.

—¿Vas a coaccionarme, a amenazarme para que confiese? —dijo con un hilo de voz.

—No, te estoy alentando tan bien como puedo a que digas la verdad. Los hechos que aportes para corroborar las declaraciones de la confesión no dejarán duda sobre tu culpabilidad. Y si tu testimonio conduce a que detengamos a otros espías o traidores, tanto mejor.

—¿Crees que los rusos no intentarán matarme si coopero? —replicó Reynolds.

—Celda de aislamiento en una prisión federal, Susan. Ahora mismo somos los mejores amigos que tienes. Ese es el único lugar donde no podrán hacerte daño.

Despacio, muy despacio, Reynolds alargó la mano derecha y cogió el bolígrafo. Después de firmar los documentos miró a Puller.

—Desde luego eres un cretino desalmado.

—Quizá por eso nos entendemos tan bien —repuso Puller—. Porque tú eres lo mismo.

Recogió los papeles y el bolígrafo, se levantó y salió por la puerta sin volver la vista atrás.

75

Puller se ajustó la corbata y se puso la chaqueta. La abotonó hasta arriba, se aseguró de que todas sus condecoraciones estuvieran en el sitio adecuado y después cogió su gorra y la sujetó con el brazo.

Su hermano lo aguardaba en la cocina, también de uniforme y también con la gorra bajo el brazo. El otro brazo lo seguía llevando en cabestrillo como consecuencia de la herida.

—¿Estás listo, coronel Puller?

—Técnicamente sigo siendo comandante, Junior. Todavía no tengo rango de teniente coronel.

—Cuestión de tiempo. Pero eres uno de los una estrella más jóvenes en la historia de las Fuerzas Aéreas.

Robert quitó una hilacha de la chaqueta de su hermano.

—Ya veremos. Tengo que ponerme al día después de estos dos años.

—¿Podemos irnos? —preguntó Puller.

—Espera un momento —dijo su hermano.

Puller se sorprendió.

—No te lo habrás repensado, ¿verdad?

Robert se sentó.

—No, no es eso.
—Pues entonces ¿qué?
—Knox me dijo que le hablaste de mamá.
Puller se sentó, adoptando una expresión enojada.
—Se lo dije en confianza.
—Échame la culpa a mí, Junior. Después de la conversación que tuvisteis antes de que fingiera que me mataba, le pregunté qué había ocurrido entre vosotros dos.
—No ocurrió nada —espetó Puller.
—Pero ¿deduzco que pudo haber ocurrido?
Puller no contestó de inmediato.
—Sí, pudo haberlo habido. Pero ¿qué pinta en eso mamá?
—Knox me dijo que el momento más memorable de aquella noche fue cuando te abriste y hablaste de nuestra madre. Knox no conocía esa faceta tuya. Me dijo que se quedó asombrada por lo sensible y cariñoso que parecías al hablar de ella.
Puller no contestó. Se limitó a mirar el suelo.
—Yo también la echo de menos, Junior —dijo Robert—. Pienso en ella cada día. Preguntándome si todavía estará viva. Y...
Puller interrumpió, hablando enérgicamente.
—¿Y si nos abandonó por decisión propia?
—¿Qué piensas tú? —preguntó Robert.
—Pienso —comenzó Puller— que es un misterio que nunca resolveré.
Robert apoyó una mano en el hombro de su hermano.
—En fin, ahora que he vuelto puedes hablar conmigo. Hablar de muchas cosas. Y no tienes que tomar un avión a Leavenworth para hacerlo.
—Un sueño hecho realidad, Bobby. Tener a mi hermano mayor de vuelta.
Robert se levantó.
—Estaba pensando lo mismo, hermanito. Ahora hagamos lo que tenemos que hacer.
Condujeron hacia el norte. Puller aparcó en el estacionamiento y los dos hermanos entraron juntos en el edificio, qui-

tándose la gorra al hacerlo. Recorrieron el pasillo. Al acercarse a su destino, Robert aflojó el paso.

—¿De verdad piensas que es una buena idea? —dijo.

—Sí. Y tú también, según parece hasta hace dos segundos.

—Supongo que estoy un poco nervioso.

—Bienvenido al club. Yo me pongo nervioso cada vez que entro aquí. Preferiría asaltar un convoy de malditos talibanes.

Puller dio un codazo a su hermano y siguieron caminando. Puller saludó con la cabeza a una enfermera que conocía.

—Se ha levantado y está en su butaca —dijo la enfermera.

—¿Sabe que venimos?

—Se lo he dicho. Lo que no sé es si lo ha captado.

Miró a Robert.

—Me alegra que haya podido venir, señor.

—Finalmente —respondió Robert.

Ambos hermanos respiraron hondo y Puller abrió la puerta y entró. Robert lo siguió.

La puerta se cerró sola a sus espaldas y ambos se plantaron de lado con sus uniformes impecables.

Al otro lado de la habitación, en su butaca, estaba su padre.

John Puller sénior iba vestido de otra manera aquel día. Normalmente su atuendo consistía en una camiseta, pantalones azules del pijama del hospital y pantuflas. Solía llevar el pelo blanco despeinado y la barba sin afeitar.

Aquella mañana lo habían afeitado, iba bien peinado y vestía pantalones y un polo. Calzaba mocasines.

Robert miró a Puller, que miraba a su padre sin salir de su asombro.

—¿Hay algo diferente, hoy? —susurró Robert.

—Desde luego que sí —respondió Puller.

Robert hizo una mueca de extrañeza.

—General —dijo Puller—. Hemos venido a presentarnos, señor. —Empujó a Robert hacia delante—. Traigo conmigo a un hombre nuevo. A partir de ahora se presentará a usted regularmente.

Puller sénior se volvió hacia ellos, aunque no se levantó de la butaca. Miró de arriba abajo los uniformes de ambos hombres antes de detenerse en el rostro de Robert.

—¿Nombre? —dijo Puller sénior.

Robert miró de reojo a su hermano, que asintió para infundirle ánimo, antes de decir:

—Comandante Robert W. Puller, Fuerzas Aéreas de Estados Unidos.

Puller sénior lo miró fijamente un momento antes de volver la vista hacia su otro hijo.

En esa mirada, por primera vez en mucho tiempo, Puller percibió reconocimiento. Su padre no solo veía algo. Lo reconocía. Dio un paso al frente y dijo en voz baja:

—¿Papá?

Robert se volvió de golpe hacia Puller. Su hermano le había referido el subterfugio que normalmente usaba con su padre. Interpretar el papel de suboficial mayor ante las tres estrellas de su padre.

Puller dio otro paso vacilante hacia su padre.

—¿Papá?

Puller sénior se levantó despacio de la butaca. Las piernas le temblaban un poco y las rodillas le crujieron, pero finalmente se irguió cuan alto era. Su mirada pasó de su hijo menor a su hijo mayor.

Dio unos pasos vacilantes hacia Robert.

El viejo tenía el ceño arrugado, los ojos penetrantes. Pero en los bordes Puller vio algo que jamás había visto hasta entonces, ni siquiera cuando su madre desapareció: lágrimas.

—¿B-Bob?

Al oír el nombre de su hermano, Puller alargó el brazo y tocó la pared para mantenerse derecho.

Robert habló con la voz entrecortada.

—Soy... yo... papá.

El viejo cruzó la habitación con sorprendente rapidez para situarse delante de su hijo. Lo miró de arriba abajo otra vez, asimilando todos los aspectos del uniforme, deteniendo la mirada en las hileras de condecoraciones que lucía en el pecho. Levantó la mano y tocó una. Después la mano se alzó hasta el rostro de su hijo. El pelo todavía no le había vuelto a crecer, pero Robert se había desprendido de todos los demás elementos que alteraban su aspecto.

—Soy yo, papá —dijo con firmeza—. Otra vez de uniforme.

Puller siguió apoyado en la pared mientras observaba todo esto.

La mano de Puller sénior bajó hasta la que su hijo no tenía herida y se la estrechó.

—Bien, hijo. Bien.

Después su padre lo soltó, se volvió y regresó a su butaca, en la que se sentó lentamente. Giró la cara hacia la pared.

Robert, un tanto confundido, miró a su hermano. Puller inclinó la cabeza, indicando que Robert debía seguir a su padre.

Robert fue hasta la ventana, retiró una silla y se sentó al lado de su padre. Su padre siguió mirando la pared fijamente, pero Puller oyó que su hermano le hablaba en susurros. Permaneció un momento más observándolos y después salió de la habitación, se apoyó contra la pared, cerró los ojos, soltó un prolongado suspiro y procuró contener las lágrimas.

Mientras se deslizaba hasta el suelo, perdió aquella batalla.

76

Puller caminó entre las tumbas de Fort Leavenworth hasta que encontró la que buscaba. Volvía a llevar uniforme de bonito azul marino, con la gorra puesta. El sol calentaba el ambiente y el cielo estaba despejado. El Big Muddy fluía caudaloso después de las lluvias recientes. Fort Leavenworth había recobrado la normalidad. La DB había recobrado la normalidad, aunque seguía faltando un preso que nunca regresaría.

Era una lástima, pensó Puller, que no hubiesen enviado a Reynolds a la DB a cumplir su condena de cárcel. No era del género apropiado y ya no era militar. Estaba en una cárcel civil de máxima seguridad en alguna parte de Texas. Nunca volvería a salir. Y le constaba que incluso eso era demasiado leve para ella.

Había ido a ver a AWOL a la consulta del veterinario y se llevaría a su gata consigo de vuelta a casa. El felino pareció alegrarse al verlo, aunque quizá solo fue por la golosina que le había llevado.

Echó un vistazo al cielo y después posó la mirada en la lápida. Se agachó delante de ella. Fue entonces cuando la persona apareció a su lado. Como estaba en cuclillas, pudo verle bien las largas piernas.

Levantó la vista y vio a Knox. Llevaba una falda negra corta, las piernas sin medias, y su blusa era blanca y escotada. Sostenía sus tacones altos con una mano. Las vendas habían desaparecido y el pelo le había vuelto a crecer casi del todo después de la cirugía, aunque ahora lo tenía más de punta.

La verdad era que a Puller le gustaba su nuevo aspecto. Parecía más ajustado a su carácter. Bohemio. Sí, sin duda aquella mujer marchaba al paso de su propio tambor.

Puller se levantó. Knox levantó la vista hacia él y balanceó los zapatos delante de él.

—Es obvio que los tacones de aguja no están pensados para cementerios embarrados.

—Ya lo veo —dijo Puller, sonriendo.

—Muy bien, me has convocado aquí. Me dijiste que nos encontrásemos hoy y a esta hora ante la lápida de Thomas Custer. Y aquí estoy.

—Agradezco que hayas venido. No sabía si lo harías.

—¿Cómo iba a negarme?

—¿Damos un paseo?

Dieron media vuelta y caminaron de lado entre las hileras de tumbas hacia el aparcamiento.

—El otro día llevé a mi hermano a ver a mi padre.

—¿Qué tal fue?

—Reconoció a Bobby.

—¿Es insólito?

—Bueno, teniendo en cuenta que me ha estado llamando comandante durante el último año, diría que sí, es insólito.

Knox le dio un leve puñetazo en el brazo.

—Me parece que estás un poco celoso.

—Lo estoy. Quizá más que un poco.

—Pero eso es bueno, ¿no? Me refiero a que tu padre lo reconociera.

—Los médicos dicen que probablemente solo fue transitorio. La impresión al verle.

—¿Qué sabrán los médicos? A mi juicio, debes seguir creyendo que tu padre todavía sigue siendo él, Puller. Es posible que de vez en cuando salga de su estupor. Y cuando lo haga, disfruta de su compañía. Nunca des nada por sentado.

Puller se detuvo y la miró.

—Me he acostumbrado a que me des consejos.

—Bueno, no tengo muchas ocasiones de darlos. Te hace sentir bien cuando llevas una vida que por lo general gira en torno al engaño.

—Te comprendo.

Hubo un incómodo paréntesis de silencio hasta que Knox dijo alegremente:

—Finalmente tu hermano se ha reincorporado. Con el expediente limpio. Su carrera militar puede volver a despegar como un cohete.

—Sí. Está entusiasmado y asustado.

—También yo lo estaría. Cualquiera lo estaría. Pero podrías habérmelo dicho por teléfono. No era preciso que voláramos a Kansas. —Enseguida agregó, con una expresión traviesa—: Eh, no me malinterpretes. ¡Los cementerios me gustan como a la que más!

—Pensé que te había perdido —dijo Puller de improviso, con la voz ligeramente quebrada.

Knox se tocó la cabeza delicadamente.

—¿Lo ves?, en realidad me mentiste. Dijiste que estabas seguro de que me recuperaría. Pero no te lo reprocho. —Hizo una pausa y prosiguió en tono de broma—. Sigo teniendo el cerebro intacto. Los médicos me lo aseguraron. Ni una pérdida de materia gris. Y tampoco es que me sobrara.

Sin embargo, su expresión revelaba lo conmovida que estaba por lo que Puller le acababa de decir.

Puller se acercó a ella.

—Decir cosas como esa... me cuesta.

Knox le acarició la mejilla, ahora con una expresión seria.

—Ya lo sé, John. Créeme. —Lo miró de arriba abajo—. Estás muy guapo con este traje azul. ¿Vas a alguna parte?

—Quizá.

—¿Quizá? ¿No lo sabes?

—En realidad no depende de mí.
—¿De quién depende? ¿De tu comandante?
—No. En realidad depende de ti.
Knox se quedó de piedra, pero se arrimó a él.
—¿Y eso?
A modo de respuesta Puller sacó dos billetes de su chaqueta y se los mostró.
Knox los miró.
—¿Billetes de avión? —Levantó la vista hacia él y dijo aterrada—: Un momento. No serán a las Vegas, ¿verdad?
—No, a Roma.
—¿Roma? —dijo Knox en voz baja.
—¿Has estado alguna vez?
—Dos. Me parece la ciudad más romántica del mundo.
—Tengo una semana de permiso. Quiero pasarla contigo. Y solo contigo. Quiero que nos vayamos tan lejos de escenas de crímenes y de operaciones clandestinas como sea humanamente posible. Solo quiero que seamos... normales. Solo durante una semana, Knox. Y ver qué pasa. Juntos.
Knox se quedó abrumada.
—Puller, en realidad no sabemos nada el uno del otro —dijo entrecortadamente.
—Sé suficiente.
—No sabes nada. Solo sabes lo que te he dicho. Y como bien señalaste en su momento, soy una mentirosa.
—Verás, Knox...
Knox le agarró el brazo.
—No sabes cuánto me halagas.
Puller dio un paso atrás, su cuerpo entero pareció desinflarse, y se miró los pies.
—¿Halagada? ¿Esto es lo que decís las mujeres cuando la respuesta es no?
Knox le levantó el mentón con el dedo para que le viera la cara.
—Tal como dije, eres recto como un clavo. Honorable en extremo. Y mi vida no es... nada de eso.

—Pero solo en lo profesional. Y por necesidad.

—No estoy segura de que haya líneas divisorias tan claras, Puller. En mi caso, no. Ya no.

—No te creo.

—Que me creas o no es lo de menos. Los hechos son los hechos.

Puller bajó la vista a los billetes de avión.

—Espero que sean reembolsables —dijo Knox.

Puller sonrió un instante, pero sin alegría.

—Aunque tal vez los necesites algún día.

Puller la miró.

—¿Por qué?

Knox se puso de puntillas y le dio un beso.

—Porque nunca se sabe, ¿no?

—¿Adónde irás ahora? —preguntó Puller, desanimado.

—Donde me ordenen. Igual que tú.

—¿Puedo hacerte una pregunta?

—¿Cuál?

—¿Por qué llorabas aquel día en Charlotte? ¿Era porque habíamos hablado de tu padre?

Knox se miró los pies descalzos, los dedos entre las briznas de hierba.

—No. Tal como te dije, lo superé hace mucho tiempo.

—Pues entonces ¿por qué?

Knox soltó el aire de golpe.

—Fue porque sabía que iba a tener que seguir mintiéndote. Que iba a seguir utilizándote.

—¿Y eso?

—Antes no me importaba. De repente me importó y aquella mañana me arrolló como un tren.

—¿Qué cambió?

Knox le acarició la mejilla.

—Creo que sabes muy bien lo que cambió.

Puller permaneció callado.

—Soy humana, Puller. A pesar de lo que hayas podido pensar. Me preocupo.

Puller le asió la mano con la que lo había acariciado y se la estrechó unos segundos antes de soltarla.

—¿Otro día? ¿A lo grande?

Puller asintió con la cabeza.

—Sí, de acuerdo.

Knox lo miró de arriba abajo una vez más y se estremeció ligeramente.

—¿Puedo decirte otra vez lo guapo que estás de uniforme?

Dicho esto, dio media vuelta y se marchó, sosteniendo los zapatos con una mano. Volvió la vista atrás una vez, dedicó a Puller una sonrisa que hizo que le flaquearan las piernas, y después subió al coche y arrancó.

Puller observó cómo se alejaba hasta que la perdió de vista.

Miró una vez más los billetes de avión.

Nunca había hecho algo tan espontáneo en toda su vida profesional. Su existencia entera había sido rigurosa, estructurada, meditada. No era dado a caprichos ni extravagancias. Pero se había dejado llevar por la espontaneidad, cosa que creía que ya no poseía. En la vida profesional corría riesgos constantemente. En la personal, no había corrido ninguno.

Hasta entonces.

Pero Knox llevaba razón en muchas cosas que había dicho. En realidad, no se conocían muy bien. Y tal vez su vida era muy diferente de la suya. Quizá eran irreconciliables.

Aun así, no se arrepentía de lo que había hecho. Pues en aquel momento de su vida había sido lo que más deseaba por encima de todo. Nunca había sentido algo semejante por nadie hasta entonces. La deseaba tantísimo que realmente le resultaba doloroso soportarlo.

Guardó los billetes de avión en la chaqueta y se dirigió al coche.

Había recuperado a su hermano.

Y había perdido a la mujer que creía que podría amar.

Tendría que haber sido un empate.

Pero la vida no funcionaba así, ¿verdad?

Se quitó la gorra y subió al coche.

Se quedó mirando en dirección al Big Muddy, sus pensamientos un reflejo de las turbulentas profundidades del río.

Knox tenía sus problemas de seguridad nacional que resolver.

Puller tenía delincuentes que atrapar.

Tal vez un día sus caminos se cruzarían de nuevo.

Puso el coche en marcha.

Hasta que llegara ese momento, John Puller seguiría haciendo lo que sabía hacer mejor.

Agradecimientos

A Michelle, por acompañarme siempre en el viaje.

A Mitch Hoffman, por dar siempre con la palabra clave.

A Michael Pietsch, Jamie Raab, Lindsey Rose, Sonya Cheuse, Emi Battaglia, Tom Maciag, Martha Otis, Karen Torres, Anthony Goff, Bob Castillo, Michelle McGonigle, Andrew Duncan, Rick Cobban, Brian McLendon y al resto de personas de Grand Central Publishing, por todo lo que hacéis.

A Aaron y Arleen Priest, Lucy Childs Baker, Lisa Erbach Vance, Frances Jalet-Miller, John Richmond y Melissa Edwards, por un trabajo excelente en todos los frentes.

A Anthony Forbes Watson, Jeremy Trevathan, Maria Rejt, Trisha Kackson, Katie James, Natasha Harding, Sara Lloyd, Lee Dibble, Stuart Dwyer, Geoff Duffield, Johnathan Atkins, Stacey Hamilton, James Long, Anna Bond, Sarah Wilcox, Leanne Williams, Sarah McLean, Charlotte Williams y Neil Lang de Pan Macmillan, por continuar ascendiéndome a nuevas cimas en el mundo entero.

A Praveen Naidoo y su equipo en Pan Macmillan de Australia, por hacer un trabajo tan espectacular.

A Sandy Violette y Caspian Dennis, por cuidar tan bien de mí.

A Arabella Stein, por ser tan buena amiga y agente. Toda la suerte en tu nueva carrera.

A Ron McLarty y Orlagh Cassidy, por vuestras extraordinarias interpretaciones de audio. ¡Felicidades por el Audie! Bien merecido.

A Steven Maat, Joop Boezeman y el equipo Bruna por mantenerme en la cima en Holanda.

A Bob Schule, por hacer un trabajo particularmente bueno en este libro.

A Chuck Betack, por mantenerme fiel a todos los asuntos militares.

A Steve Jennings, nunca volveré a ver la DTRA de la misma manera. Tu ayuda fue valiosísima. Pero aun así no puedo dejarte ganar al tenis (lo siento).

A las ganadoras de la subasta Shireen Kirk, Lenora Macri y Susan Reynolds, espero que os gustaran vuestros personajes.

A Roland Ottewell, por un gran trabajo de corrección de estilo.

A Kristen y Natasha, ¡por mantenerme razonablemente cuerdo!

A Lynette y Art, gracias por todo y mis mejores deseos para vosotros en Florida.

Y a Spencer, por llevar el timón.